악령 Ⅱ
도스토예프스키

일신서적출판사

차 례

— I권에 이어서 계속 —

제 7 장 동지 • 7
제 8 장 이반 황자(皇子) • 38
제 9 장 스체판 씨의 가택수색 • 53
제10 장 해적들, 운명의 아침 • 66
• • • 스타브로긴의 고백 • 94

제 3 부

제 1 장 축제, 제1부 • 137
제 2 장 축제의 종말 • 173
제 3 장 깨어진 로망스 • 209
제 4 장 최후의 결의 • 238
제 5 장 여행하는 여자 • 271
제 6 장 분주한 하룻밤 • 314
제 7 장 스체판 선생의 최후의 방랑 • 358
제 8 장 종말 • 403

감상과 해설 • 419

□ 주요인물

브세볼로드 니콜라예비치 스타브로긴   자아사상의 창조자로 바르바라 부인의 외아들. 명철한 두뇌와 수려한 이목구비의 미남 청년으로 뭇 여성들의 선망을 한몸에 받지만 빈곤과 어둠, 죄악, 음란, 황폐에 휩싸인 뒷골목에 몸을 던지는 등 정신분열증을 일으킨다.

스체판 트로피모비치 베르호벤스키   옛 세대의 대표적인 지성인이긴 하나 현대의 생동하는 맥박에 대해서는 한없이 무지하고 무감각한 공상적 이상주의자. 스타브로긴에게는 정신적인 아버지나 다름없는 그는 러시아의 사회적 공산주의의 모태가 된 러시아적 배경이다.

표트르 스체파노비치 베르호벤스키   스체판 선생의 외아들. 비밀 결사의 우두머리로 파괴의 화신이자 광신적으로 혁명 사상의 실현에 광분하며 스타브로긴에게 메피스토펠레스적인 역할을 한다.

샤토프   소작인의 아들, 메시아 사상의 사도로 자기 신념을 다하다 표트르의 마수에 쓰러진다.

키릴로프   인신 사상가. 자신의 의지력의 한계를 뛰어넘기 위해 권총으로 자살함으로써 스스로를 자멸시키는 과격한 사상을 지녔음에도 불구하고 그 자신은 삶과 인생을 무한히 사랑하는 유리알처럼 투명한 맑은 영혼의 소유자이다.

리자베타 니콜라예브나   귀족의 영양으로 명석한 두뇌와 미모의 소유자이나 병적일 만큼 강한 자존심과 불 같은 성격 때문에 스스로 파멸해 버리는 슬픈 운명의 여인.

바르바라 페트로브나 스타브로기나   부유한 장군의 미망인. 삶의 유일한 빛인 아들이 파멸됨으로써 허무하게 쓰러져 버리는 부인의 최후는 어머니로서의 인생을 느끼게 한다.

죽인다 해도 그 흔적은 찾을 길 없고
우리는 마침내 길을 잃었으니 어떻게 하면 좋을까?
악령은 우리를 광야로 이끌어
마구 끌고다닐 것이니

수없이 많은 악령들은 어디로 물러가는 것일까?
왜들 저렇게 슬픈 노래를 부를까?
아궁이 속 귀신의 장례일까,
아니면 마녀의 결혼식일까?

푸시킨

마침 그곳 산에서 많은 돼지 떼가 먹고 있는지라, 악령들이 그 돼지에게로 들어가게 허하심을 간구하니 예수께서 허하시니라. 이에 악령들이 사람에게서 나와 돼지에게로 들어가니, 그 떼가 절벽으로 내달아 호수에 빠져 몰사하거늘, 목자들이 그 일을 보고 도망하여 성내와 촌에 고하니라. 사람들이 그 된 것을 보러 나와서 예수께 이르러 악령 나간 사람이 옷을 입고 정신이 온전하여 예수의 발 아래 앉은 것을 보고 두려워하니라, 악령에 씌웠던 사람이 이렇게 구원받은 것을 본 자들이 저희에게 이르매……

『누가 복음』 제8장 32~36절

제 7 장   동 지

1

비르긴스키는 무라비나야 거리에 있는 자기집(이라 해도 결국 아내의 집)에서 살고 있었다. 목조의 단층 건물로 그 밖에 동거인이라곤 없었다. 주인의 생일이라는 명목으로 약 십오 명 가량의 손님이 모였지만 흔히 볼 수 있는 지방의 생일 모임 같지는 않았다. 비르긴스키 부부는 동거 생활을 시작하던 시초부터 명명일에 손님을 불러들인다는 것은 바보 같은 짓이며, 제다가 『뭐 기뻐할 이유가 조금도 없지 않은가』 하고 딱 결정지어 버렸던 것이다. 이 이삼 년 동안 두 사람은 스스로 사회에서 완전히 멀어져 버린 것이다. 그는 상당한 재능도 있었고, 『불쌍한 건달』이라고 불리는 그런 인물도 아니었는데, 웬일인지 세상에서는 그를 두고 고독을 즐기고 『오만불손한』 말투를 쓰는 사람처럼 말하고 있었다. 마담 비르긴스카야는 산파 노릇을 하고 있었기 때문에 남편이 장교급에 맞먹는 상당한 관위를 갖고 있음에도 불구하고 이미 그 직업 하나만으로도 사회의 한층 낮은 계급에 서게 되어 승려의 아내보다도 낮게 보게 되어 있는데도 그녀의 태도에는 그 사명에 따르는 겸양의 미덕은 조금도 엿볼 수 없었다. 그런데 바로 사기꾼인 레뱌드킨 대위와 어리석은 관계를 맺은데다 그것을 어떤 주의에서 나왔다느니어쩌니 하고 뻔뻔스럽고 노골적인 행위를 한 다음부터는 거리의 부인들 중에서도 제일 품위가 낮은 사람들까지도 예사롭지 않은 경멸의 눈을 갖고 외면해 버리는 것이었다. 그러나 마담 비르긴스카야는 그러한 일이야말로 자기가 원하는 것이라는 태도로 받아들였다.
 그러나 주의할 점은 이 엄격한 귀부인들도 몸이 거북하게 되면, 이 거리에 있는 세 사람의 다른 산파를 제쳐놓고 될 수 있는 한 아리나 프로호브나(즉 마담 비르긴스카야)에게 의지하려고 했다. 심지어는 군(郡)에서도 지주들이 모시러 나오는 판이니 결정적인 경우에 있어서의 그녀의 지식, 기술, 강한 운세가 그러한 신망을 모으고 있었던 것이다. 그래서 그녀도 결국은 아주 부잣집이 아니면 출입하지 않게끔 되었다. 물론 돈만은 욕심스러울 정도로 좋아했다. 자기 역량에 충분한 자신이 생기자 그녀는 조금도 주저함이 없이 자기 멋대로 행동했다. 때로는 일부러 그러는지도 모르겠으나 훌륭한 상류층의 집에 드나들면서 도무지 들어 보지도 못한 허무주의 자식의 무례한 행위나,『모든 신성한 것』에 대한 냉소 등으로 신경이 약한 산모들의 간담을 서늘하게 만드는 것이었다. 더욱이『신성한 것』이 특히 필요한 순간을 골라서 해치우는 것이었다. 이 거리의 의사인 로자노프(이 사람도 산부인과 의사)의 증언에 의하면, 어느 때 산모가 고통에 못 이겨 고함을 지르며 전지전능하신 하느님의 이름을 부르고 있을 때 비르긴스카야는 갑자기 마치 총이 불을 뿜어대듯이 그러한 모독적인 말을 마구 내뱉었다. 그런데 이것이 산모에게 강한 경악을 주어 오히려 분만을 재촉했다는 얘기다.
 더욱이 허무의자라고는 하지만 비르긴스카야도 필요에 따라서는 단순한 상류사회의 풍습뿐 아니라 극히 낡은 미신적인 습관까지도 결코 소홀히 넘기지는 않았다. 그것은 이러한 습관으로 인해 이익을 얻는 경우에 한해서였다. 예를 들면 자기가 받은 갓난아기의 세례식은 무슨 일이 있어도 놓치지 않았다. 그럴 때에는 뒤꼬리가 긴 녹색 비단옷을 입고, 뒤로 묶은 머리를 정성껏 지지고 나타났다. 그러면서도 평소에는 자신의 단정치 못한 옷차림을 자랑으로 아는 그런 여자였다. 성스러운 의식이 진행되는 동안, 언제나 사제를 당황케 할 정도로『거만한 표정』을 짓고 있지만, 식이 끝나면 반드시 자기 손으로 샴페인을 따라 돌리는 것이었다(말하자면 그 때문에 옷을 차려입고 오는 것이다). 그리고 만일 그녀에게 축의금을 주지 않고 잔을 잡았다간 그땐 정말로 큰 소동이 일어나는 것이다.
 오늘 밤 비르긴스키네 집에 모인 손님들은(대부분이 다 남자들이었다), 우연히 어디서 모아들인 것처럼 이상한 풍채를 하고 있었다. 마른 안주도 없거니와 트럼프도 없었다. 몹시 낡은 하늘빛 벽지를 바른 객실 한복판에는 두 개의 식탁을 붙여 놓고 그 위에 큼직하기는 했으나, 그다지 깨끗지 못한 상보를 씌워 놓았다. 식탁 위에는 두 개의 사모바르가 끓고 있었다. 스물다섯 개의 컵이 놓인 커다란 쟁반과 남녀 학생을 둔 엄격한 기숙사에나 있을 것 같은 흔해빠진 프랑스 식 빵을 얇게 썰어서 산더미처럼 담아 놓은 바구니가 식탁 구석자리를 차지하고 있다. 삼십 세 가량의 노처녀가 차를 따르고 있었다. 이 여자는 주인 여자의 언니 뻘이 되는, 눈썹이 엷고 흰 머리털을 한, 말이 없고 비뚤어진 성격의 여자로서 새로운 사상에도 공명하고 있었다. 주인인 비르긴스키조차 집안에서의 생활에서는 이 여자를 굉장히 두려워하고 있었다.

　방 안에는 여주인과, 눈썹 없는 언니와 페체르부르그에서 온 지 얼마 안 되는 주인 비르긴스키의 누이동생, 이렇게 세 사람의 여자가 있었다. 아리나 프로호브나는 얼굴 생김새도 그다지 밉지 않은 스물일곱 살 가량의 신수가 훤한 부인이었지만 다소 머리가 더부룩하고 외출복 같지 않은 푸르스름한 모직 옷을 입고 있었다. 대담한 눈초리로 손님들을 둘러보며 버티고 앉아 있는 모습은 『자 보세요, 난 아무것도 두려운 게 없어요.』라고 알려 주고 싶어 못 견디는 것 같았다. 오늘 도착한 비르긴스카야 양, 그 허무주의자인 여학생은 역시 상당히 아름다운 얼굴이었으며 탄력 있는 살집이 보기 좋았고 공처럼 동글동글했다. 볼이 몹시 붉었으며 키는 그리 크지 않았다. 뭔가 돌돌 만 서류를 들고 아직 여행하던 옷차림 그대로 아리나의 옆에 서서, 자못 초조하고 뛰어오를 듯한 눈초리로 두리번두리번 사방을 돌아보고 있었다. 주인인 비르긴스키는 오늘 밤 몸이 불편한 것 같았으나 그래도 역시 나와 식탁 앞에 있는 안락의자에 앉았다. 손님들도 다 자리에 앉아 있었다. 이렇게 식탁 하나를 둘러싸고 단정하게 의자에 앉아 있는 모습은 마치 무슨 회의를 하는 것 같은 느낌을 주었다. 보아하니 일동은 뭔가 기다리고 있는 것 같았다. 그리고 기다리고 있는 동안 큰소리이긴 하지만 어딘가 모르게 남의 일 같은 대화를 계속하고 있었다. 스타브로긴과 베르호벤스키가 나타나자 모두들 말을 뚝 그쳤다.

　여기서 나는 서술의 정확을 기하기 위해 몇 마디 설명을 덧붙이려 한다. 내 생각으로는 이 사람들은 사실 뭔가 특별하고 새로운 것을 들을 작정으로,

그것을 즐거움으로 삼고 모인 모양이다. 더욱이 미리 통고를 받고 모였을 것이다. 그들은 이 오래된 도시에서도 특히 짙은 적색 자유주의의 대표자들이었다. 그리고 특히 이『집회』를 위해 비르긴스키가 극히 신중한 태도로 가려낸 자들이었다. 또 한 가지 말해 두겠는데, 그 중의 몇 사람인가(극히 소수였지만)는 지금까지 한 번도 이런 모임에 참석한 일이 없었다. 물론 대다수의 사람들은 뭣 때문에 이런 통지가 있었는지 확실히 모를 정도였다. 더욱이 그들은 모두 그때 표트르를 임시 밀사로서 러시아로 돌아온 해외전권위원처럼 생각하고 있었다. 이 상상은 웬일인지 금세 정확한 사실로 인정되어 아주 자연스럽게 사람들의 마음에 들었던 것이다.

그렇다고는 하나 생일 축하를 구실로 모인 이 사회인들의 무리 속에는 뚜렷이 어떤 임무를 의뢰받은 사람도 몇인가 있었다. 표트르는 이 거리로 온 다음 모스크바나 군내의 장교들로 이미 이루어진『오인조(五人組)』를 조직했던 것이다. 이『오인조』는 H현에도 생긴 모양이었다. 오인조는 지금도 큰 식탁에 마주앉아 있지만, 극히 교묘하고 평범한 표정을 짓고 있었으므로 아무도 그런 일은 눈치채지 못했다. 이제는 비밀이 될 것도 없으니까 말하지만 그것은 첫째로 리푸친, 다음은 주인인 비르긴스키, 비르긴스카야 부인의 남동생 뻘이 되는 귀가 긴 쉬갈료프, 람신 그리고 끝으로 톨카첸코라는 기묘한 사나이였다. 그는 이미 마흔 살을 넘은 연배로 러시아 민중(주로 악당이나 강도)의 위대한 연구가로서 알려져 있었다. 일부러 선술집만 돌아다니며 (더구나 이것은 민중 연구를 위해서만이 아니었다) 더러운 옷과 콜타르를 칠한 군인화와 묘하게 눈에 주름을 짓는 교활한 얼굴과 꾸며댄 속어 등을 자랑하며 다니는 사람이었다. 전에, 람신이 한두 번 이 사람을 스체판 선생네 모임에 데리고 간 일이 있었지만 별로 대단한 인상도 남기지 못했다. 이 사람이 거리에 모습을 나타내는 것은 특히 직업이 없을 때이고, 보통 때는 철도 관계 일을 전전하고 있었다.

이 오인조는 자기들이야말로 러시아 전국에 산재하고 있는 수백 수천이나 되는 같은 오인조의 하나다, 그리고 자기들은 모두 위대한, 그렇다곤 하나 비밀의 중앙 단체의 지시로 움직이고, 그 중앙 기관은 다시 유럽에 있는 인터내셔널과 유기적인 연락을 맺고 있다는 뜨거운 신념을 안고 있는 제1의 집단이었다. 그러나 유감스럽게도 그들 사이에도 불화가 나타나기 시작했다는 사실을 인정하지 않을 수 없었다. 그것은 이러하다. 그들은 이미 봄 무렵부터 처음에는 톨카첸코에 의해, 다음은 다른 데서 온 쉬갈료프에 의해 미리 예고되었던 표트르의 도착을 몹시 기다리고 있었으므로, 그로부터 뭔가 이상한 기적 같은 것을 기대하여 아무런 비평과 반성도 없이 두말 않고 그 자리에서 이 비밀조직에 들어갔던 것이다. 그러나 오인조가 성립하자마자 금방 그들은 화를 낸 모양이었다. 더욱이 그 원인은 내가 상상하는 바로는 그들이 너무 빨리 수락해 버렸기 때문인 것 같았다. 물론 그들은 나중에 『들어갈 용기가 없어서 들어가지 않았다.』 하는 소리를 듣고 싶지 않아 고결한 수치심에서 입회한 것이지만, 적어도 지금 자기네들의 훌륭한 공훈쯤은 표트르가 존중해 주었으면 했다. 적어도 사례로서 뭔가 대단히 중대한 의의를 띤 일화라도 말했어야 옳았을 것이다. 그러나 표트르는 그들의 지극히 당연한 호기심을 만족시키려고 하지 않았고 필요 없는 말은 한 마디도 지껄이지 않았다. 그리고 눈에 띄게 엄격하고 더욱이 사람을 바보 취급하는 듯한 태도로 그들을 대하는 것이었다. 이것이 다섯 사람의 화를 돋군 것이다. 쉬갈료프는 다른 오인조를 부추겨서 『설명을 요구하자』 하고 설쳐댔다. 그러나 그것은 물론 지금 여기서, 국외자들이 많이 모인 비르긴스키 집에서 하자는 건 아니다.

  국외자라 하니까 또 한 가지 느낀 것이 있다. 앞서 말한 오인조의 친구들은 오늘 밤 비르긴스키의 집에 모인 손님들 가운데, 뭔가 자기들이 모르는 다른 단체에 속한 자가 없는가 하는 의심을 품은 것이었다. 더구나 이 단체는 비밀의 성질을 띤 것으로 역시 베르호벤스키의 손에 의해 이 거리에 조직된 것으로 믿고 있었다. 그래서 결국 이 자리에 모인 모든 사람들은 서로 상대방의 마음속을 살피려 했고 서로 묘하게 애매한 태도를 취하고 있었다. 이러한 사정은 이 모임에 어딘가 모르게 부조리한, 어느 정도 소설 같은 기분을 주고 있었다. 개중에는 전혀 그런 의혹의 권외에 서 있는 사람도 있었다. 예를 들어 비르긴스키의 가까운 친척 뻘이 되는 현역 소좌 등이 그러했다. 그는 극히 순진한 인간으로 오늘 밤도 특별히 초대된 것은 아니지만, 자기가 스스로 명명일을 축하한답시고 찾아왔으므로 도저히 거절할 수가 없었던 것이다. 그러나 야회의 주인은 태연했다. 「뭐, 괜찮아, 밀고하지 않아.」 하고 장담하고 있었기 때문이다. 워낙 둔한 천성이었음에도 불구하고 지금까지 줄곧 극단적인 자유주의자들이 출입하는 장소를 기웃대기를 좋아했던 것이다. 자기로선 별로 동감하고 있는 것은 아니었지만 남의 얘기 듣기를 무척 좋아했기 때문이다. 게다가 좀 엉큼한 점도 있었다. 즉 젊었을 때, 〈경종(警鐘)〉(게르첸이 영국에서 발행한 잡지)과 몇 종류의 격문을 굉장히 많이 전해 준 일이 있었다. 더구나 자기는 책을 펴보는 것도 두려워하는 주제에 전달하는 일을 거절한다는 것은 그야말로 비겁한 짓이라고 생각했던 것이다(러시아에는 이러한 인간이 지금도 간혹 눈에 띈다).

　그 밖의 손님은 초조하리만큼 압박된 고결한 자존심의 소유자와 같은 타입이 아니면, 불타기 쉬운 청춘기의 최초의 고결한 발작을 느끼고 있는 타입이었다. 개중에는 두세 사람의 학교 선생도 있었다. 한 사람은 마흔다섯 살 가량의 절름발이 중학 교사로, 무척 익살맞고 유별나게 허영심이 강한 사나이였다. 두어 명의 장교들도 있었지만 그 중 한 사람은 극히 젊은 포병 장교였다. 그는 최근 어느 육군의 학교를 나와 이 거리로 온 지 얼마 안 되며, 말수가 아주 적은 젊은이로서 아직 누구와 사귈 여가도 없었는데, 오늘 밤 갑자기 비르긴스키네 집에 나타나서 연필을 들고 앉아 있었다. 그리고 거의 말참견도 않고 쉴새없이 수첩에 뭔가 적고 있었다. 일동은 물론 그것을 눈치채고 있었지만 웬일인지 모르는 체하려고 애를 쓰고 있었다. 그곳에는 또 람신과 한패가 되어 성서 파는 여인의 바구니에 난잡한 사진을 집어넣은 건달패 신학생도 있었다. 몸집이 큰 젊은 사람으로 쾌활하고 대범한 동시에 수상쩍은 행동을 하는데다, 늘 남의 흠이라도 찾아내려는 듯이 미소를 띠고 나만큼 잘난 사람이 없다는 듯한 의기양양하고 침착한 얼굴을 하고 있었다. 그리고 또 무엇 때문인지는 몰라도 이 거리의 시장의 아들도 참석하고 있었다. 그 나이에 비해 너무나 닳고닳은 불량소년이다. 이 사람에 대해서는 가련한 중위 부인의 말이 나왔을 때 이미 설명한 바 있다. 그는 밤새껏 입을 다물고 있었다. 마지막으로 중학생 한 명이 있었다. 유달리 정열에 불타기 쉽고, 머리가 마구 헝클어진 열여덟 살 가량의 소년으로 자기의 존엄성을 상처입은 젊은이 같은 태도로 침울한 표정을 지으면서 앉아 있었는데, 보아하니 열여덟 살이라는 자기의 나이가 고통스러워 못 견디는 것 같았다. 이 햇병아리가 중학의 상급반에서 조직된 어떤 음모단의 단장이라는 사실이 나중에 알려져 모든 사람들을 놀라게 했던 것이다.

나는 샤토프에 대한 얘기를 하지 않았다. 그는 테이블 뒤쪽 구석에 자리잡고 의자를 남보다 조금 앞으로 끌어내 놓고 물끄러미 발 밑을 바라보며 침울하게 말도 없이 앉아 있었다. 차도 빵도 사양하고 줄곧 모자를 든 채 앉아 있는 모습은, 나는 손님이 아니라 용건이 있어 왔을 뿐이므로 마음만 내키면 곧 일어나 가버리겠다는 것을 알리려고 하는 것 같았다. 그의 옆에서 얼마 떨어지지 않은 곳에 키릴로프도 자리를 차지하고 있었다. 역시 말이 없었지만 발 밑을 바라보지도 않았고, 오히려 그 광채도 없고 움직이지도 않는 눈으로 얘기하는 사람들의 얼굴을 하나하나 뚫어져라 쳐다보면서 추호의 흥분도 경이의 빛도 없이 듣고 있었다. 처음으로 그를 보는 몇몇 손님은 생각에 잠긴 듯한 얼굴로 흘금흘금 훔쳐보며 그를 지켜보고 있었다.

비르긴스카야 부인이 오인조의 존재를 알고 있는지 여부는 잘 모르겠으나 나의 상상으로는 모든 것을 다 알고 있는 것 같았다. 즉 남편의 입에서 새어나간 것이다. 여학생은 물론 아무 일에도 관여하지 않았다. 그녀에겐 또 자신의 걱정이 있었다. 그녀는 이삼 일 이곳에 머문 다음, 일일이 대학 소재지를 찾아가며 앞으로 자꾸 멀리 나아갈 계획이었다. 그것은 『가난한 학생과 노고를 함께 하고 또는 그들이 저항 운동에 눈뜨게 한다.』라는 것이다. 그녀는 석판으로 인쇄된 선전물을 수백 장 갖고 있었는데 그건 아마 그녀 자신이 기초한 것 같았다. 여기서 주의할 점은 그 중학생이 이 여학생을 보자, 마치 불구대천의 원수를 만난 것처럼 미워하기 시작했다는 사실이다. 중학생이 그녀를 보는 것은 생전 처음이었고 그녀 역시 처음으로 대면했던 것이다. 소좌는 그녀의 숙부 뻘이 되었다. 오늘 만난 것은 십 년 만이었다.

스타브로긴과 베르호벤스키가 들어왔을 때 그녀의 볼은 딸기처럼 새빨개졌었다. 방금 여성 문제에 관한 주장의 차이로 숙부와 한바탕 논쟁을 벌였던 것이다.

2

베르호벤스키는 거의 아무에게도 인사를 하지 않고 눈에 띄게 무례한 태도로 상석 의자에 털썩 몸을 던졌다. 그 얼굴 표정은 까다롭다기보다 오히려 거만할 정도였다. 스타브로긴은 공손히 인사를 했으나 일동은 두 사람이 오기만을 기다린 주제에 마치 무슨 지시라도 받은 듯이 두 사람의 모습을 알아차리지 못한 듯한 태도를 취하고 있었다. 스타브로긴이 자리에 앉자마자 여주인은 엄숙한 태도로 그쪽을 돌아다보았다.

「스타브로긴 씨, 차를 드시겠어요?」

「주세요.」 하고 그는 대답했다.

「스타브로긴 씨에게 차를.」 하고 그녀는 차를 따르는 여자에게 지시했다. 「당신도 드시겠어요?」 이것은 베르호벤스키에게 말한 것이다.

「물론 들죠, 그런 걸 손님에게 물어 보는 사람이 어디 있어요? 그리고 크림도 가져오세요. 도대체 당신네 집에서는 항상 차랍시고 이상야릇한 것만 내놓으니 말이오. 더구나 오늘은 명명일의 축하연이 아닙니까?」

「그럼 당신도 명명일을 인정하시나요?」 하고 갑자기 여학생이 웃었다. 「방금 그 얘기를 하던 참이었는데.」

「케케묵었어.」 하고 중학생이 테이블 저쪽 끝에 가서 중얼거렸다.

「케케묵었다니 무슨 소리죠? 아무리 순박한 것이라 해도 편견을 망각한다는 것은 결코 케케묵은 것이 아니예요. 뿐만 아니라 부끄럽게도 오늘날까지 새로운 의의가 있는 것으로 돼 있어요.」 여학생은 부추기듯 의자에서 앞으로 나서며 재빨리 이렇게 응수했다. 「게다가 순박한 편견이란 있을 수 없어요.」 하고 그녀는 열심히 덧붙여 말했다.

「난 다만 이런 말을 하고 싶었던 거예요.」 중학생은 몹시 흥분했다. 「편견이란 물론 케케묵은 것으로 박멸하여야만 합니다. 그러나 명명일이 어리석고 곰팡이가 핀 것이란 것은 누구든 다 알고 있어요. 그런 것 때문에 귀중한 시간을 낭비할 필요는 없어요. 그러지 않아도 온 세상 사람이 헛되이 잃은 귀중한 시간이 아닙니까? 그런 일보다 좀더 필요성이 절박한 문제에 당신의 기지를 이용하는 편이 좋지 않을까요……..」

「너무나 길어서 무슨 말인지 도무지 모르겠네요.」 하고 여학생은 외쳤다.

「난 누구든간에 다른 사람과 똑같이 발언권을 가지고 있다고 생각합니다. 그러므로 내가 다른 사람과 마찬가지로 의견을 발표하고자 하는 이상……..」

「아무도 당신의 발언권을 빼앗지는 않아요.」 하고 이번에는 여주인이 말참견을 하여 날카롭게 말문을 막았다. 「다만 입속으로 우물거리지 말아 달라고 부탁하는 거예요. 하지만 당신이 한 말은 아무도 못 알아듣지 않아요.」

「그러나 한 마디 더 해야겠습니다. 당신네들은 나를 존경하고 있지 않군요. 내가 가령 자신의 생각을 충분히 표명하지 못했다 하더라도, 그것은 결코 나에게 사상이 결핍되어 있기 때문이 아닙니다. 오히려 사상이 남아돌기 때문입니다……」 하고 중학생은 거의 정신없이 중얼거렸지만 완전히 당황했다.

「말할 줄 모르면 잠자코 있어요.」 하고 여학생은 메어붙이듯 말했다. 중학생은 벌써 의자에서 벌떡 일어섰다.

「난 다만 이런 것을 말하고 싶었을 뿐입니다.」 수치심에 온몸이 달아오를 대로 달아올라 주위를 둘러볼 용기도 없이 그는 이렇게 외쳤다. 「당신이 똑똑한 체 거드럭거리고 있는 것은 단지 스타브로긴 씨가 들어왔기 때문입니다, 그뿐입니다!」

「당신의 사상은 더럽혀졌습니다. 배덕의 사상입니다. 그리고 당신 발전의 열등함을 폭로하고 있습니다. 더 이상 나에게 말을 걸지 말아요.」 하고 여학생은 화가 나서 말했다.

「스타브로긴 씨.」 하고 여주인은 입을 열었다. 「당신이 오시기 전에 방금까지 여기서 가정의 권리라는 문제로 서로 논쟁하고 있었어요. 바로 그 장교입니다.」 하고 그녀는 친척 뻘 되는 소좌를 턱으로 가리켰다. 「물론 나는 옛날에 해결된 케케묵은 무의미한 문제로 당신을 괴롭히고 싶지는 않지만 도대체 어디서 그런 가정의 권리인지 의무인지 하는 것이 생겼을까요? 말하자면 지금 일반적으로 생각하고 있는 편견의 의미를 띤 권리나 의무 그것이 문제입니다. 당신의 의견은?」

「어디서 생겼다니, 무슨 소립니까!」 스타브로긴은 되물었다.

「그것은 이렇답니다. 예를 들어 신에 대한 편견이 천둥 소리나 번개에서 생겼다는 것은 우리에게 다 알려진 일이죠.」 마치 스타브로긴에게 덤벼들기라도 할 듯한 눈초리로 별안간 여학생이 또다시 말문을 열었다. 「원시의 인류가 천둥 소리나 번갯불에 놀라 그런 것에 대한 자기의 무력함을 느꼈기 때문에 눈에 보이지 않는 적을 신격화했다는 것은 너무도 잘 알려진 사실이 아닙니까? 그러나 가정에 대한 편견은 어디서 생겼을까요? 또 가정 그 자체는 왜 생긴 것일까요?」

「그것과 이것은 좀 다릅니다……」 하고 여주인은 말을 막으려고 했다.

「그런 질문에 대답한다는 것은 좀 실례가 되지 않을까 생각됩니다.」 스타브로긴은 말했다.
「어째서 그렇죠?」 여학생은 내친 김에 앞으로 나섰다.
 그러나 선생들 속에서 웃음을 참는 듯이 킬킬대는 소리가 들려왔다. 그러자 다른 한쪽 구석에서 럄신과 중학생이 그 웃음에 합세했다. 이어서 친척인 소좌의 목쉰 웃음소리가 크게 들렸다.
「당신은 보드빌이나 쓰시면 좋겠어요.」 여주인은 스타브로긴을 향해 이렇게 말했다.
「그것은 당신의…… 성함은 모르겠습니다만, 당신의 대답은 그다지 명예롭지는 않아요.」 하고 분노를 참지 못하는 듯 여학생은 쏘아붙였다.
「얘, 너무 주제넘게 굴지 마라!」 하고 소좌는 소리쳤다. 「계집애는 정숙하게 굴어야지, 마치 바늘방석에라도 앉아 있듯이 그렇게 침착하지 못하니 무엇에 쓰겠니.」
「가만히 계세요. 그런 진부한 비유를 끄집어내어 내게 반말지거리를 하지 마세요. 난 이번에 처음으로 당신을 만났을 따름입니다. 난 당신과의 친척 관계를 인정하지 않으니까요.」
「이봐, 난 너의 아저씨란 말야. 네가 아직 젖먹이였을 때 이 손으로 안고 돌아다녔단 말이다!」
「당신이 무엇을 안고 다녔든 내가 알게 뭡니까. 난 그때 안아 달라고 부탁한 일도 없어요. 그러고 보면 당신 자신의 즐거움을 위해 그런 게 아닙니까? 정말로 무례한 장교님이시군요. 그리고 주의해 두겠는데 가령 만민이 평등하다는 주의에서 나온 것이 아니라면, 날 보고 너라고 말하지 마세요. 난 단연 거절합니다.」
「요즘 여자들은 다 저모양이라니까!」 소좌는 주먹으로 테이블을 꽝 내리치며 자기 바로 맞은편에 앉아 있는 스타브로긴을 향해 이렇게 말했다. 「아니 죄송합니다. 나는 자유주의나 현대주의는 다 좋아합니다. 현명한 사람들의 얘기를 듣는 것도 좋아합니다. 그러나 미리 말해 둡니다만 이것은 남자들을 말하는 것입니다. 여자들은, 특히 이런 현대적인 말괄량이들이라면, 딱 질색입니다. 이것은 내게 있어 뭐라 말할 수 없는 고통입니다! 이봐, 넌 그렇게 팔딱거리는 게 아냐!」 의자에서 뛰어 일어서려는 여학생을 향해 그는 이렇게 외쳤다.「흥, 나도 발언권을 요구한다, 정말 화가 나서.」
「당신은 다른 사람들을 방해할 뿐이잖아요. 스스로는 한 마디도 의견을 말하지 못하는 주제에.」하고 여주인은 못마땅해서 투덜댔다.
「아니, 이쯤 되면, 나도 다 말해 버려야겠어.」소좌는 뜨겁게 달아올라 스타브로긴에게 말했다.「스타브로긴 씨, 새로운 손님으로서 나는 당신에게 기대를 겁니다. 비록 지기(知己)의 영광을 갖지는 못했지만 여자들이란 남자들이 없다면 파리떼 모양 맥을 못 추게 됩니다. 이것이 내 의견입니다. 그네들이 말하는 부인 문제라는 것은 단순히 창의성의 결핍에 불과합니다. 나는 굳이 단언합니다. 그런 부인 문제는 모두 남자가 생각해낸 것입니다. 바보처럼 덤불을 쑤셔 뱀이 나오게 한 격이지요. 난 다행하게도 아내가 없지만 전혀 변화란 것이 없으니까요. 극히 단순한 취지조차도 생각해내지 못한단 말입니다. 부인 문제의 취지는 다 남자들이 대신해서 생각해낸 것입니다! 예를 들어 이애도 말예요. 어렸을 때 내가 안고도 다녔고 열 살 때쯤은 함께 마주르카를 춘 일도 있어요. 그런데 오늘 오래간만에 찾아왔길래 자연의 정의로써 달려가서 끌어안으려고 하니 이애는 두 마디째부터 신은 없다고 말하지 않겠어요. 글쎄 두 마디째가 아니고 세 마디째라고 해도 어쨌든 너무 빠르지 않습니까? 그야 현명한 사람들은 신앙을 갖고 있지 않을는지 모르겠지만 그것은 자기 머리 탓입니다. 그런데 너 따윈 물거품이란 말이다. 도대체 너 따위가 신이 뭔지 알겠니? 넌 남학생으로부터 배웠겠지. 만일 신명에게 등불을 올리라고 하면 정말 그렇게 하겠지.」
「당신은 거짓말을 하고 있어요. 당신은 지독한 심술쟁이에요. 나는 아까 그만큼 논리적으로 당신의 무자격을 논증해 드리지 않았어요.」이런 사나이와 더 오래 논의한다는 것조차가 어리석은 일이라는 듯이 여학생은 내뱉듯 대답했다.「내가 아까 당신에게 말했지 않아요, 우리들은 모두 그리스도교 초등 강의에서 우리들의 조상과 양친을 공경한다는 것은 곧 장수하며 복받는 일이라 하는 것을 배웠어요. 이것은 십계명에도 있어요. 가령 하느님이 사랑에 보수를 줄 필요를 인정한다면 그것은 더 말할 것도 없이 부도덕한 신입니다. 이런 말을 사용하면서 난 아까 당신에게 논증해 보인 거예요. 결코 두 마디째가 아닙니다. 하지만 당신은 자신의 권리를 주장하지 않았어요. 도대체 당신이 둔해서 지금까지 그것을 모른다 해도 그걸 내가 알게 뭐예요. 당신은 그게 약이 올라 화를 내는 거예요. 이것이 당신네들 세대의 정체란 말예요.」
「이 바보 같은 년!」 소좌는 말했다.
「당신이 바봅니다.」
「그런 욕설을 하다니!」
「그러나 카피톤 막시므비치, 실례지만 아까 당신 스스로가 그렇게 말하지 않았어요, 나는 신을 믿고 있지 않다고.」 테이블 맞은쪽 끝에서 리푸친이 간사스러운 말투로 이렇게 외쳤다.
「내가 뭐라 했든 상관없잖아요. 내 일은 다른 문제니까요! 어쩌면 사실 나는 신앙을 가지고 있는지도 모릅니다. 그러나 완전히 믿어 버린 것은 아닙니다. 가령 전혀 신앙을 갖고 있지 않다 하더라도 신을 총살형에 처해야 되겠다는 그런 말은 절대로 안 합니다. 나는 경기병대에 근무하고 있을 무렵 곧잘 신의 문제를 생각했었죠. 대부분의 시에서는 경기병이란 술을 마시며 소동이나 부리는 것처럼 쓰는 것이 공식화되어 있지요. 그야 나도 술쯤은 마셨는지도 모릅니다. 그러나 믿지 않으시겠지만 곧잘 한밤중에 양말만 신고 잠자리에서 튀어나와 성상 앞에서 성호를 긋고, 신앙을 베풀어 주십사 하고 기도를 했던 것입니다. 그 당시부터 신이 있느냐 없느냐 하는 문제로 마음이 편치 않았기 때문입니다. 그만큼 나는 이 문제로 고민해왔던 겁니다. 더구나 아침이 되면 물론 다 잊어버리고 신앙이 사라져 버리는 것 같은 기분이 들었지요. 전체적으로 내가 관찰한 바로는 누구나 낮에는 어느 정도 신앙심이 희박해지는 것 같아요.」
「당신 집에 트럼프가 없습니까?」 서슴없이 하품을 크게 하면서 베르호벤스키는 여주인에게 물었다.
「나도 정말로 당신의 질문에 동감입니다!」 지금까지의 소좌의 말에 분통이 잔뜩 치밀어 얼굴이 새빨개진 여학생은 내뱉듯이 말했다.
「바보 같은 소리를 들으며 귀중한 시간만 낭비했어요.」 여주인은 딱 자르듯이 말하고는 명령하듯이 남편을 바라보았다.
여학생은 엄숙해졌다.
「나는 여기 모이신 여러분께 대학생의 고뇌와 저항 운동에 관해서 한 마디 하고자 했습니다. 그런데 부도덕한 대화로 시간이 낭비되었으므로……」
「도덕적인 것도 부도덕적인 것도 그런 건 하나도 없어요.」 여학생이 말을 꺼내기가 바쁘게 중학생은 참지 못하고 이렇게 말했다.
「그런 건 말이야 중학생 나리, 당신이 배우기 훨씬 전부터 알고 있었어요.」
「그럼 나는 이렇게 확신합니다.」 하고 이쪽도 기를 썼다. 「당신은 말이오, 이쪽에서 뻔히 알고 있는 사실을 우리에게 가르쳐 주려고 멀리 페체르부르그에서 온 갓난아기입니다. 당신이 아마 잘못 인용한 『그대의 부모를 공경하라』 하는 성훈(聖訓)도 그것이 부도덕한 일이라는 것은, 벌써 벨린스키 이래, 러시아 전국에 다 알려져 있답니다.」
「아니 이게 언제 끝장이 날까요?」 비르긴스카야 부인은 단호히 남편에게 이렇게 말했다.
그녀는 주부로서 어리석기 짝이 없는 대화에 얼굴을 붉혔다. 특히 몇몇의 웃는 얼굴과 새로 초대된 사람들의 의아한 표정을 보자 더 이상 부끄러움을 참을 수 없었다.
「여러분!」 비르긴스키는 갑자기 언성을 높였다. 「가령 누구라도 이 모임에 보다 적합한 얘기를 하고 싶다거나 혹은 뭔가 발표하고자 하는 분이 계시다면 제발 기회를 놓치지 마시고 시작해 주십시오.」
「그럼 실례지만 한 가지 질문을 제출하겠습니다.」 지금까지 아주 단정하게 앉아 잠자코 있던 절름발이 선생이 부드러운 말투로 입을 열었다. 「도대체 우리는 지금 여기서 어떤 회의에 참석하고 있는 것인가요, 아니면 단순히 손님으로서 초대된, 흔히 볼 수 있는 하찮은 사람들의 모임인가요, 그걸 좀 알고 싶습니다. 이것은 좀더 질서를 갖추고 싶다, 오리무중으로 있고 싶지 않다, 하는 취지에서 물어 보는 겁니다.」
이 『핵심을 찌른』 질문은 효과를 나타냈다. 일동은 서로가 답을 요구하듯이 눈짓을 했다. 그러자 갑자기 지시라도 받은 듯이 베르호벤스키와 스타브로긴에게 시선을 돌렸다.
「나는 차라리 『우리는 회의석상에 있는 거냐 아니냐』 하는 질문에 대한 답변을 모두 투표로 결정했으면 합니다.」 비르긴스카야 부인이 말했다.
「나는 전적으로 그 동의에 찬성합니다.」 리푸친이 응했다. 「좀 막연한 동의이긴 하지만.」
「나도 찬성입니다, 나도.」 하고 말하는 사람들의 목소리가 들렸다.
「나도 그러는 편이 질서가 있을 것 같아서 좋다고 생각합니다.」 비르긴스키가 단안을 내렸다.
「그럼 투표를 시작합니다!」여주인이 선언했다.「럄신 씨, 당신은 피아노에 마주앉아 주세요. 당신도 투표가 시작되면 거기서 투표할 수 있을 거예요.」
「또!」하고 럄신은 소리쳤다.「나는 이제까지 당신들을 위해 할 만큼 뚱땅거렸어요.」
「하지만 나의 간곡한 부탁이에요. 자 저쪽으로 가서 치세요. 아니면 당신은 공동 사업에 이바지하는 것이 싫단 말인가요?」
「그렇지만 아리나 씨, 걱정 마세요, 아무도 엿듣는 사람은 없어요. 그것은 당신의 공연한 걱정이에요. 게다가 창문도 이렇게 높은데, 가령 누가 엿듣는다 해도 뭘 알아듣겠어요.」
「아니 우리 자신조차도 무슨 소린지 모르잖아요.」누군가가 중얼거렸다.
「아닙니다, 내가 말하는 건 경계하는 것은 언제나 중요한 일이라는 겁니다. 만일 밀정 따위가 있을 경우를 생각해서 말입니다.」그녀는 베르호벤스키를 향해 설명했다.「길거리에서 듣더라도 과연 명명일이니까 음악소리가 나는구나하고 생각하게끔 하는 것이 좋을 겁니다.」
「체, 어리석기는.」하고 투덜대면서 럄신은 피아노 앞에 앉더니 마치 주먹으로 패듯이 아무렇게나 건반을 두드리며 왈츠를 치기 시작했다.
「회의를 하는 편이 좋다고 생각하시는 분은 오른손을 들어 주세요.」비르긴스카야 부인이 제의했다.
어떤 자는 들었지만 어떤 자는 들지 않았다. 개중에는 한 번 들었다가는 다시 내리는 자도 있었고, 내렸다가는 다시 드는 자도 있었다.
「제기랄! 나는 아무것도 몰랐단 말이야.」하고 한 사람의 장교가 외쳤다.
「나도 모르겠어!」또 한 사람이 외쳤다.
「나는 알았어!」한 사람은 이렇게 외쳤다.「만일 찬성이면 손을 올리는 걸세.」
「도대체 무엇에 찬성이란 말인가?」
「말하자면 회의에 찬성한다는 거야.」
「아냐, 회의를 열지 않는 쪽이야.」
「나는 회의에 찬성입니다.」중학생은 비르긴스카야 부인을 향해 말했다.

「그럼 왜 손을 들지 않았죠?」

「나는 줄곧 당신만 보고 있었어요. 그런데 당신이 들지 않기에 나도 들지 않았습니다.」

「저런 바보 같으니라고, 나는 내가 제의했기 때문에 들지 않은 거예요. 여러분, 다시 한 번 제의를 하겠습니다. 회의에 찬성하는 사람은 앉은 채로 손을 들지 마세요. 그리고 찬성치 않는 사람은 오른손을 들어 주세요.」

「찬성치 않는 사람은?」 중학생이 되물었다.

「당신은 도대체 일부러 그런 소리를 하는 건가요?」 비르긴스카야 부인은 화가 머리끝까지 치밀어서 이렇게 외쳤다.

「아닙니다, 그렇지 않습니다. 찬성하는 사람인가, 찬성하지 않는 사람인가를 묻는 것입니다. 이 점을 확실히 해두지 않으면.」 이러한 소리가 몇 군데서 들려왔다.

「찬성하지 않는 사람은 찬성하지 않는 거지 뭐.」

「그야 그렇지. 그러나 도대체 어떻게 하면 되는 거요? 만일 찬성하지 않으면 드는 거요, 들지 않는 거요?」 하고 장교가 소리쳤다.

「참 내, 우리는 아직 입헌 정치에 익숙지 못하단 말이오!」 하고 소좌가 한 마디 했다.

「람신 씨, 부탁이니 제발 그만하세요. 당신이 뚱땅거리니까 전혀 들을 수가 없잖아요.」 하고 절름발이 선생이 주의를 했다.

「정말이에요, 아리나 씨, 아무도 엿듣는 사람은 없어요.」 하고 람신은 벌떡 일어섰다. 「게다가 치고 싶지도 않아요! 나는 이곳에 손님으로 온 것이지 피아노를 치러 온 건 아니니까요.」

「여러분!」 비르긴스키는 제안했다. 「회의 쪽이 좋은가 어떤가 다들 구두로 대답해 주세요.」

「회의다 회의다!」 하는 소리가 사방에서 들려왔다.

「그럼 투표할 필요도 없어요. 됐습니다. 여러분, 어떻습니까? 이것으로 충분한가요, 아니면 투표를 해야 합니까?」

「필요없어요, 필요없어, 이제 알았소!」

「하지만 어쩌면 회의에 찬성하지 않는 분도 있을지 모릅니다.」

「아냐, 아냐, 다 찬성이오!」

「도대체 회의란 무엇을 말하는 건가요!」하고 외치는 소리가 들려왔다. 아무도 그 말에 대답을 하지 않았다.

「의장을 선출해야지!」하는 소리가 사방에서 울려왔다.

「주인공이지, 물론 주인공이지!」

「여러분 그렇다면……」의장에 선출된 비르긴스키는 이렇게 말했다.「나는 아까 처음에 제의한 일을 되풀이합니다. 가령 누구라도 좋으니 이 자리에 보다 적합한 얘기를 하고 싶다거나 또는 무엇이든 발표했으면 하고 희망하시는 분이 계시면 제발 시간의 낭비가 없도록 빨리 시작해 주십시오.」

모두들 조용해졌다. 모든 시선은 또다시 스타브로긴과 베르호벤스키에게로 쏠렸다.

「베르호벤스키 씨, 당신은 발표하고 싶은 일이 아무것도 없어요?」하고 여주인이 정면으로 물었다.

「아무것도 없소.」그는 의자 위에 앉은 채 하품을 크게 하면서 몸을 뒤로 젖혔다.「다만 코냑을 한 잔 마시고 싶을 뿐입니다.」

「스타브로긴 씨, 당신은 어떻습니까?」

「고맙소, 나는 마시지 않겠습니다.」

「나는 뭔가 말하실 게 없느냐고 묻고 있는 겁니다. 코냑을 말하는 게 아닙니다!」

「말하라니 뭘? 아니 말은 하고 싶지 않아요.」

「당신에겐 코냑을 드리겠어요.」그녀는 베르호벤스키에게 대답했다.

여학생이 일어섰다. 그녀는 지금까지 몇 번이나 일어서려고 했었다.

「저는 불행한 학생들의 고뇌와 도처에서 그들을 저항 운동에 궐기시키는 문제를 보고하기 위해 이 거리로 온 겁니다……」

여기에서 그녀는 말을 중단당했다. 테이블 맞은편 끝에 이번에는 다른 경쟁자가 나타난 것이다. 모든 시선은 그쪽으로 쏠렸다. 귀가 긴 쉬갈료프는 침울하고 시무룩한 태도로 자기 자리에서 천천히 일어섰다.

그리고 우울해 보이는 몸짓으로 깨알 같은 글씨로 잔뜩 써넣은 두툼한 노트를 테이블 위에 놓았다. 그는 앉을 생각도 않고 묵묵히 서 있었다. 많은 사람들은 당황한 듯한 얼굴로 노트를 보았는데 리푸친과 비르긴스키와 절름발이 선생은 뭔가 만족해하는 것 같았다.

「발언을 청합니다.」 꽤 까다롭긴 했으나 단호한 말투로 쉬갈료프는 이렇게 말했다.

「좋습니다.」 비르긴스키는 승낙했다.

변사는 자리에 앉아 삼십 초 가량 침묵을 지키고 있더니 마침내 위엄있는 목소리로 입을 열었다.

「여러분!……」

「자요, 코냑!」 차 심부름을 하던 친척 여자가 코냑을 가지고 와서 사람을 바보 취급이라도 하는 것처럼 거칠게 쏘아붙이더니 쟁반이나 접시에다 받쳐들지도 않고 맨손으로 들고온 잔을 술병과 함께 베르호벤스키 앞에 갖다 놓았다.

코가 납작해진 변사는 거만하게 입을 다물었다.

「괜찮아요, 계속하세요, 나는 듣지 않으니까요!」

베르호벤스키는 제멋대로 술을 부으면서 말했다.

「여러분, 지금 여러분의 주의를 촉구함에 있어서」 하고 쉬갈료프는 다시 시작했다. 「제일차로 중대한 의의를 지닌 한 가지 사실에 대하여 여러분의 도움을 얻기 전에(그 사실이 무엇인가는 나중에 알게 되겠지만) 나는 미리 서론을 말할 필요를 느낍니다.」

「아리나 씨, 당신 집에 가위가 있습니까?」 갑자기 베르호벤스키가 물었다.

「가위를 어디에 쓰게요?」 이쪽은 눈을 크게 떴다.

「손톱 깎는 것을 잊었어요. 벌써 사흘째나 깎는다 깎는다 하면서도.」 길게 자란 더러운 손톱을 태연하게 들여다보면서 그는 이렇게 설명했다.

아리나는 자기도 모르게 발끈 화가 났다. 하지만 비르긴스카야 양은 뭔가 마음에 든 모양이었다.

「제가 아까 창문 위에서 본 것 같은데.」 그녀는 의자에서 일어나 창문 쪽으로 가더니 이윽고 가위를 찾아내어 금방 가지고 왔다.

베르호벤스키는 여학생의 얼굴을 보지도 않고 가위를 받아들더니, 가위질을 하기 시작했다. 아리나는 과연 이것이 현실적인 태도라는 것을 깨닫고 화를 잘 내는 자기 성질을 부끄럽게 생각했다. 모든 사람들은 말없이 시선을 주고받았다. 절름발이 교사는 독살스럽고 부러운 듯한 눈초리로 베르호벤스키를 바라보고 있었다. 쉬갈료프는 말을 계속했다.

「현재의 것에 대체할 미래의 사회조직에 대한 문제 연구에 나의 정력을 바쳐온 이래, 나는 다음과 같은 신념을 얻게 되었습니다. 즉 머나먼 고대로부터 187…년까지의 모든 사회계통의 건설자는 자연과학 및 인간이라 불리는 불가사의한 동물에 대하여 아무것도 몰랐던 공상가, 바보, 동경자, 자가당착가에 불과하다는 것입니다. 플라톤, 루소, 푸리에, 기타 여러 가지 유토피아 설, 이러한 것은 모두 참새 정도의 이용가치가 있을는지도 모르겠으나 인류사회를 위해선 아무런 쓸모도 없는 것입니다. 그러나 우리가 하등의 쓸모도 없는 명상을 버리고 단연코 행동을 개시하려는 현대에 있어서 미래의 사회 형식 여하는 특히 필요한 문제이기 때문에 나는 지금 세계 개조에 관한 자기 자신의 시스템을 제공하려고 생각하는 바입니다. 즉 이게 바로 그렇습니다!」하고 그는 노트를 쾅 쳤다.「나는 이 모임에서 이 책의 내용을 될 수 있는 한 요점만 추려서 말하려고 하였습니다만, 아직도 많은 설명을 첨부할 필요가 있으므로 이 책의 소개는 장(章)으로 따져도 적어도 열흘 밤 이상을 계속하지 않으면 안 됩니다.」킬킬 웃는 소리가 들렸다. 「게다가 미리 말해 둡니다만 나의 시스템은 아직 완성되어 있지 않습니다.」 또다시 웃음소리가 들렸다. 「나는 내가 수집한 재료에 당황하고 있습니다. 나의 결론은 출발점이 된 최초의 관념과 직각적으로 반대되고 있어요. 말하자면 무한의 자유에서 출발한 나는 무한한 전제주의로써 결론을 맺고 있는 겁니다. 그러나 한 마디 덧붙이겠습니다만 내가 도달한 결론 이외에 단연코 사회 형식의 해결법은 있을 수 없다는 것입니다.」

웃음소리는 점점 더해갔다. 그러나 웃는 것은 비교적 젊은 사람, 즉 앞뒤 사정을 모르는 사람들이었다. 여주인과 리푸친과 절름발이 교사의 얼굴에는 일종의 위엄있는 표정이 떠올랐다.

「당신 자신마저 자기의 시스템을 이룩하지 못하고, 절망으로 빠져들었다면 우리 같은 사람이야 어떻게 할 수가 없잖아요.」하고 한 장교가 조심스럽게 물었다.

「당신이 말씀하신 대롭니다, 장교님.」쉬갈료프는 날카롭게 말하며 그쪽으로 몸을 돌렸다. 「특히 『절망』이란 말을 사용하신 것은 아주 정확한 말입니다. 그렇습니다, 나는 절망에 빠졌습니다. 그러나, 그럼에도 불구하고 이 내 책에 진술한 것은 모두가 변할 수 없는 진리입니다. 결코 그 밖에 방법은 없습니다. 그러니까 헛되이 시간을 보내지 않도록 여러분께 권해 드리는 바이며, 열흘 밤을 계속해서 내 책의 내용을 들은 뒤에 자기 의견을 말해 줬으면 하는 겁니다. 만일 회원 여러분이 나의 설득을 듣고 싶지 않다면 일찌감치 헤어지는 편이 좋을 겁니다. 남자는 관직에 있기 위해 여자는 자기 부엌으로…… 왜냐하면 만일 나의 학설을 부정한다면 이젠 다른 방법을 발견할 수 없기 때문입니다. 절대로 없습니다. 때를 놓친다는 것은 자기를 해칠 뿐입니다. 왜냐하면 반드시 나중에 같은 결과로 되돌아오기 때문입니다.」

모든 사람이 웅성대기 시작했다.「도대체 저 사람은 뭐요, 정신이라도 돈 게 아닌가?」하는 소리가 들려왔다.

「그러고 보니 모두가 쉬갈료프의 절망에 걸린 셈이군.」하고 람신이 결론을 맺었다.「당면한 문제는 그가 절망하느냐 안 하느냐 하는 거군.」

「쉬갈료프 씨가 절망에 가까워지고 있다는 사실은 그 사람 개인의 문제입니다.」하고 중학생이 말했다.

「나는 투표를 제의합니다. 쉬갈료프 씨의 절망은 어떤 점까지가 공동 사업에 관계하고 있는가, 또 아울러 그의 학설을 들을 만한 가치가 있는가 없는가 하는 것을.」장교는 유쾌하게 이렇게 결정지어 버렸다.

「아니 그건 좀 다릅니다.」이윽고 절름발이 교사가 엷은 미소를 띠며 말했기 때문에 진지하게 말하는 것인지 장난삼아 하고 있는 것인지 분간할 수 없었다. 「그건 좀 다릅니다. 쉬갈료프 씨는 너무 자신의 문제에 몰두하고 있으며 게다가 너무나 겸손합니다. 나는 이분의 저술을 알고 있습니다. 이 분은 이 문제의 최후의 해결법으로서 인류를 크고 작은 동일치 않은 두 부분으로 분할할 것을 주장하고 계십니다. 즉 십분의 일만의 사람이 개성의 자유를 얻어 나머지 십분의 구에 대한 무한한 권력을 향유한다, 그리고 십분의 구는 저마다 개성을 잃고 마치 양떼 같은 것으로 화해 버려 무한한 복종을 하면서 몇 세대의 개조를 거친 다음 결국 원시적인 천진난만의 경지에 도달해야 한다는 겁니다. 그것은 소위 원시의 낙원 같은 겁니다. 물론 일을 합니다만. 저자가 주장하고 있는 방법, 즉 인류의 십분의 구에서 의지를 탈취하여 몇 세대의 개조를 통해 이것을 짐승의 무리로 화하게 하는 방법은 꽤 훌륭한 것입니다. 자연과학에 그 뿌리를 두고 논리적으로 되어 있습니다. 개개의 논점에 대해서는 이의가 있을지도 모르겠으나, 저자의 두뇌나 지식으로 보면 의심할 여지가 없습니다. 단지 열흘만이라도 조건이 도저히 주위의 사정 때문에 용납되지 않는다는 것은 지극히 유감스러운 일입니다. 그렇지 않다면 여러 가지 재미있는 얘기를 들을 수 있을 텐데.」

「당신은 진정으로 말하는 건가요?」 비르긴스카야 부인은 어느 정도 불안한 빛까지 띠며 절름발이를 향해 이렇게 말했다. 「이 사람은 인간을 처치하기가 곤란해서 십분의 구까지 노예로 만들어 버리겠다는 건가요? 나는 전부터 저 사람을 의심해왔어요.」

「결국 당신은 당신의 형제에 대한 말을 하시는 겁니까?」 하고 절름발이 교사가 물었다.

「당신은 친척 관계를 운운하고 계시는 겁니까? 당신은 나를 조롱하고 있는 겁니까?」

「귀족을 기르기 위해 일하고, 게다가 하느님인지 뭔지에 복종하는 것은······ 그것은 비열한 짓입니다!」 여학생이 맹렬히 대들었다.

「나는 비열함을 권하는 게 아니라 낙원을 권하고 있는 것입니다. 이 지상에는 그 이외의 낙원이란 있을 수 없습니다.」 쉬갈료프는 위엄을 띤 말투로 말했다.

「난 낙원 같은 건 아무래도 좋아요.」 람신은 외쳤다. 「그 대신 처치하기 곤란하면 그 인류의 십분의 구를 붙잡아다 흔적도 없이 폭발시켜 버리겠어요. 그래서 교육받은 소수를 남겨 두면 그런 자들은 과학적인 생활을 시작하는 거지요.」

「어릿광대가 아니면 그런 말을 할 수 없어요!」 하고 여학생은 새빨개졌다.

「저 사람은 어릿광대야, 하지만 쓸모가 있는 사람이야.」 비르긴스카야 부인은 그녀에게 속삭였다.

「아니, 어쩌면 이것이 가장 좋은 해결책일지도 모른다!」 쉬갈료프는 뜨겁게 달아올라 람신 쪽을 돌아봤다. 「자네는 물론 모르겠지, 자네는 지금 어느 정도로 심각한 사실을 말했는지 자신도 모를걸세, 명랑한 람신 군. 그러나 자네의 의견은 거의 실현될 가망이 없으니까 역시 지상의 낙원, 그렇게 명명된다면 그렇게 해도 좋아, 그 정도로 낙착을 봐야겠지.」

「하지만 상당히 어리석은 얘기군!」 갑자기 입에서 흘러나오듯이 베르호벤스키는 이렇게 말했다. 그러나 그는 어디까지나 태연하게 눈도 내리깐 채 손톱을 깎고 있었다.

「어디가 어리석다는 겁니까?」 마치 한 마디라도 그가 말을 하면 곧 억누르려고 기다리기라도 한 듯 절름발이 교사는 재빨리 이렇게 입을 열었다. 「왜 어리석다는 겁니까? 쉬갈료프 씨는 어느 정도 인류애를 논(論)하는 이들 같은 광신적인 경향이 있습니다. 그러나 기억하고 계시겠지만 푸리에나, 특히 카베나 그리고 푸루동 같은 사람들까지도 가장 전제적이고 가장 특출한 문제의 해결법을 시도하고 있는 점이 적지않이 있습니다. 쉬갈료프 씨는 어쩌면 그들보다도 훨씬 냉정하게 문제를 해결하려 하고 있는지도 모릅니다. 나는 기탄없이 말합니다만 그의 저술을 다 읽고 나면 그 속에 있는 논점에 동의하지 않을 수 없습니다. 그는 누구보다도 가장 현실주의에서 멀어지지 않은 사람인지도 모릅니다. 그의 지상의 낙원은 거의 실물입니다. 현실적으로 인류가 그 상실을 슬퍼하고 있는 낙원입니다. 만일 그러한 것이 전부터 존재했다면 말입니다.」

「아무래도 처음부터 입을 열 줄 알았어!」 하고 베르호벤스키는 또 중얼거렸다.

「실례지만」 하고 절름발이 교사는 점점 열을 올리기 시작했다. 「미래의 사회 조직에 관한 담화나 비판은 현대에 있어서의 모든 사색인에게 거의 절박하고 필연적인 문제가 아닙니까? 게르첸은 한평생 그 일에만 마음을 썼습니다. 내가 확실히 들은 바로는 벨린스키도 미래의 사회 조직에 있어 극히 상세한 점까지 이를테면 부엌 속의 자질구레한 점까지 논하고 해결하면서 친구와 함께 여러 밤을 새웠다는 얘기입니다.」

「개중에는 정신이 돈 사람까지 있을 정도였어요.」 하고 불쑥 소좌가 말했다.

「그래도 마치 독재관(獨載官)이나 된 듯이 묵묵히 앉아 있기보다는 어떤 사물에 도달할 때까지 논의해 보는 것이 좋지 않을까요.」 이윽고 한바탕 공격을 할 모양인지 리푸친은 위엄있게 이렇게 말했다.

「내가 어리석다고 한 것은 쉬갈료프에 대한 말이 아닙니다.」 하고 베르호벤스키는 귀찮은 듯이 입속으로 우물거렸다. 「여러분」 그는 약간 눈을 들었다.

「내 생각으로는 푸리에라든가 카베라든가 기타 여러 가지 책들, 또 《노동

권리》나 쉬갈료프 식 논의 같은, 그런 것은 다 소설 같은 것입니다. 그런 것은 천 권이고 만 권이고 쓸 수 있습니다. 미적인 시간 낭비입니다. 그건 나도 알고 있어요. 여러분은 이런 인색한 거리에서 사는 것이 지루하므로, 그래서 글이 씌어진 종이에 달려드는 거겠죠」

「잠깐만」하고 절름발이 교사는 의자 위에서 몸을 계속 움직였다. 「물론 우리는 시골뜨기입니다. 그리고 그 하나만이라도 동정받을 만한 값어치가 있는 것은 물론입니다. 그러나 이제 와서 잘못 보았다고 해서 울고 싶을 만큼 유감스러운, 진기한 일은 세상에 일어나지 않을 거라는 것도 알고 있습니다. 그런데 어떤 사람들은 여러 가지 외국에서 온 삐라를 통해 일반적인 파괴를 목적으로 하는 단체에 가입하고 그런 단체를 새로이 설립하지 않겠느냐고 우리에게 권하고 있습니다. 그 구실은 뭐냐하면, 아무리 세계를 치료한다 해도 도저히 완전히 치료할 가망은 없으니까, 차라리 일억 가량의 머리를 적당히 치료하여 뎅겅 잘라 버려 자기 몸을 가볍게 해두면 보다 정확하게 도랑을 뛰어넘을 수가 있을 것이다, 하는 겁니다. 물론 훌륭한 사상입니다. 그러나 적어도 지금 당신이 그렇게 경멸한『쉬갈료프 식 이론』과 마찬가지로 현실과 부합되지 않는 사상입니다.」

「나는 이치를 따지기 위해 온 것은 아닙니다.」베르호벤스키는 의미심장한 말을 자기도 모르게 입밖으로 냈지만 자기의 불찰을 조금도 눈치 못 챈 듯 더 잘 보이도록 촛불을 끌어당겼다.

「유감스럽습니다. 당신이 이치를 따지기 위해 오신 것이 아니라 함은 정말로 유감입니다!」

「내가 몸치장을 하는 것이 자네에게 어떻다는 건가?」

「일억 인간의 머리라는 것도 선전으로 세계를 개조하는 거나 마찬가지로 실현하기 곤란한 일일 겁니다. 특히 러시아와 같은 나라에 있어선 한층 곤란할지도 모릅니다.」또 리푸친이 불쑥 입을 열었다.

「그 러시아란 나라에 기대를 걸고 있는 게 아닌가?」하고 장교가 말했다.

「기대를 걸고 있다는 얘기는 우리도 들었어요.」하고 절름발이가 말을 받았다. 「우리들의 아름다운 조국은 이 위대한 목적을 실행하기에 가장 적합한 나라로서 신비한 손으로 지적되고 있다는 것은 우리들도 들은 바 있습니다. 단지 이런 걱정이 있습니다. 선전 방법으로 서서히 문제를 해결할 경우에는 우리는 개인으로서 뭔가를 획득합니다. 적어도 유쾌한 기분으로 지껄일 수 있습니다. 그리고 당국으로부터는 사회 사업에 공헌한 바 적지 않다고 관등쯤은 받을 수 있을 겁니다. 그러나 두 번째의 경우 즉 일억의 목이라는 방법으로 급격히 문제를 해결한다면 도대체 나는 어떠한 보상을 받을 수 있을까요? 아마 선전하기가 바쁘게 혓바닥을 싹둑 잘리고 말 겁니다.」

「자네 따위는 어김없이 잘릴걸세.」 베르호벤스키가 말했다.

「그런데 말입니다, 아무리 형편이 좋다 하더라도 그런 목 자르는 일은 오십 년 아니 삼십 년보다 더 빨리 처리되지는 않을 겁니다. 왜냐하면 그들도 염소 같은 것과는 다를 테니까, 쉽게 목을 내놓지는 않을 겁니다. 그보다는 오히려 가재도구를 챙겨가지고 어딘가 조용한 바다 속에 있는 평화스러운 섬으로 옮겨가서 온화하게 눈을 감는 것이 낫지 않을까요? 나는 확실히 이렇게 단언합니다.」 하고 그는 뜻있게 손가락으로 테이블을 탁 퉁겼다. 「당신네들은 그런 선전으로써 다만 이주를 재촉할 따름입니다!」

그는 의기양양한 태도로 말을 맺었다. 이 사나이는 지방에선 꽤 머리가 깬 편이었다. 리푸친은 교활하게 히죽 웃었다. 비르긴스키는 다소 실망한 듯한 태도로 듣고 있었다. 그 나머지 친구들은, 특히 부인과 장교들은 특별한 주의로써 논쟁에 귀를 기울이고 있었다. 일동은 이것으로 마침내 일억의 목을 주창한 사람이 찍 소리도 못할 정도로 당한 것으로 생각하고 어떻게 될 것인가 기다리고 있었다.

「그건 참 좋은 말을 했군요.」 전보다 훨씬 마음에 없는 말투로 사뭇 지리하다는 듯 마치 하품이라도 씹어삼키듯 베르호벤스키는 대답했다. 「이주한다…… 꽤 좋은 생각인데! 그러나 자네가 예감하고 있는 여러 가지 불이익이 뚜렷이 눈앞에 보임에도 불구하고 공동 사업에 몸을 던진 전사의 수가 나날이 증가하고 있으므로, 자네가 없어도 일은 할 수 있네. 지금은 말일세, 여보게, 새로운 종교가 낡은 것과 대체하려는 때라네. 그러니까 이런 전사가 나타나는걸세, 하여간 대사업이니까. 그러나 자네가 이주하는 게 좋을걸세! 여보게, 난 권하는 바일세, 평화스러운 섬보다 드레스덴으로 가는 편이 좋겠어. 거긴 첫째로 지금까지 질병이란 것이 없었던 곳이라네. 자네는 이성이 발달한 사람이니까 틀림없이 죽음이란 것이 두려울걸세. 둘째로,

러시아의 국경에 가까우므로 사랑하는 조국에서 수입을 받는 데도 편리할
테고, 셋째로는 소위 미술의 보고(寶庫)가 있다네. 그런데 자네는 전에 문학
교수를 했다니까 미적 감각을 가졌을 테지. 그리고 마지막으로 포켓 판
스위스라고도 할 수 있는 아담한 산수도 있다네. 이것은 시적인 감흥을 위해
극히 알맞은 물건이니까. 자네는 확실히 시라도 쓰고 있을 테니까 말일세.
한 마디로 말해 상자에 담은 보물이라 할 수 있을 테니까!」
　좌석에 동요가 일기 시작했다. 그 중에서도 장교들이 웅성대기 시작했다.
일 초만 그냥 내버려 두었다면 틀림없이 모두가 일제히 떠들어댔을 것이다.
그러나 절름발이 교사는 흥분했는지 미끼를 향해 달려들었다.
　「잠깐, 우리는 공동 사업을 떠나 다른 나라로 가버리겠다는 말은 아닙니
다! 그것을 이해해 주셔야죠……」
　「그것은 도대체 무슨 뜻인가? 자네는 내가 권하면 오인조에라도 들어
가겠다는 건가?」 갑자기 베르호벤스키는 이렇게 결론지어 버리고 천천히
가위를 테이블 위에 놓았다.
　일동은 깜짝 놀랐다. 수수께끼 같은 인간이 너무 당돌하게 그 정체를
드러냈다. 갑자기 『오인조』의 말을 꺼내지 않았는가.
　「어떤 사람이라도 자기의 결백을 믿는 자는 공동 사업을 피하려 들진
않습니다.」 하고 절름발이 교사는 입을 일그러뜨렸다.
　「그러나……」
　「아니 눈앞에 놓인 문제는 『그러나』 따위는 아닐세.」 하고 베르호벤스키는
날카롭게 위엄있는 말투로 가로막았다. 「나는 여러분에게 선고합니다. 나에게
필요한 것은 간단한 대답입니다. 물론 나도 이곳에 와서 여러분을 하나로
규합한 이상 여러분에 대하여 설명할 의무가 있다는 것은 알고도 남을 정
도입니다(이것 또한 뜻밖의 고백이다). 그러나 나는 여러분이 가지고 있는
사상을 어느 정도 알기까지는 어떠한 설명도 해줄 수 없습니다. 무익한 대화는
생략하고, 이젠 삼십 년 동안이나 장난삼아 지껄여댔던 어리석음을 두 번
다시 되풀이하고 싶지 않으니까요(그런데 지금까지는 사실 삼십 년간 다만
지껄여왔을 뿐입니다). 나는 단도직입적으로 묻겠습니다. 도대체 여러분은
어느 쪽을 바랍니까? 사회소설을 쓰거나 관청처럼 종이 위에다 몇 천 년
앞의 인류의 운명을 상상하거나 하는 유장한 방법을 원하십니까? 단, 미리

말해 둡니다만, 그런 태평한 일을 하고 있는 동안에 전제주의는 맛있게 익힌 고깃덩어리를 서슴없이 삼켜 버릴 겁니다. 그 고깃덩어리는 여러분의 입속으로 저절로 날아 들어오는데, 여러분은 입가를 스치고 지나가게 한 셈입니다. 게다가 또 방법은 어떻든 하여간 사람들의 속박을 풀고 인류가 자유로이 사회 조직을 개조할 수 있는 급속한 해결책 편을 들겠습니까? 이쪽은 종이쪽지 위의 공상이 아닙니다. 실행에 기초를 두고 있습니다. 『일억 인의 목, 일억 인의 목』하고 소란을 피우지만, 그것은 하나의 비유에 불과하다 하더라도, 하여간 일억 인의 목이라 한들 뭐 그리 두려워할 것도 없습니다. 왜냐하면 태평한 지상의 공상을 쫓고 있으면 약 백 년 동안에 전제주의가 일억은커녕 오억의 목이라도 먹어치울 테니까요. 안 그렇습니까? 불치의 환자는 어떤 처방을 종이에 써줘도 역시 고칠 수 없는 것입니다. 오히려 우물쭈물하고 있으면 점점 썩어가서, 다른 사람마저 완전히 감염되고 맙니다. 지금이라면 아직도 희망을 걸 수 있는 신선한 힘도 다 못 쓰게 되어 우리에게는 결국 파멸이 있을 뿐입니다. 사실 웅변으로 과격한 일을 지껄여대는 것도 상당히 유쾌한 일입니다. 그것은 나도 전적으로 동감입니다. 그러나 일단 활동이 시작되면 아무래도 좀 귀찮을 겁니다. 아니 그러나 나는 말재주가 없어서요. 실은 여러 가지 여러분에게 보고하고 싶은 것이 있어, 이 거리로 찾아왔기 때문에 한자리에 모인 여러분께 부탁이 있습니다. 그것은 투표 같은 일은 아닙니다. 지금 말한 두 가지 방법 중 어느 쪽을 여러분이 원하는지 기탄없이 명백히 말해 주기 바랍니다. 거북이의 새끼처럼 진흙 속을 느릿느릿 기어갈 것인가 아니면 전속력으로 그 위를 뛰어넘을 것인가!」

「나는 단연코 전속력으로 진흙 위를 뛰어넘는 쪽을 찬성합니다!」하고 중학생이 기쁨에 넘쳐 외쳤다.

「나도 마찬가지입니다.」하고 럄신이 맞장구를 쳤다.

「그 선택에는 물론 의혹의 여지가 없습니다.」하고 장교 한 사람이 중얼거렸다. 이어서 또 한 사람, 다시 또 한 사람.

무엇보다도 사람들을 가장 놀라게 한 것은 베르호벤스키가 『보고』를 가지고 와서 더구나 그것을 지금 말하겠다고 약속한 일이다.

「여러분, 내가 보기엔 다 격문에서 말하는 내용에 따라 결심한 것 같아요.」하고 그는 여러 사람을 돌아보면서 말하기 시작했다.

「그렇습니다. 모두가 그렇습니다.」하는 대다수의 목소리가 울렸다.
「나는 사실상 좀더 인도적인 결의에 찬성하지만」하고 소좌가 말했다. 「다들 그렇게 말하니 나도 여러분에게 동의한다고 해두죠.」
「그럼 물론 자네도 반대하지 않겠지?」하고 베르호벤스키는 절름발이 교사 쪽을 보았다.
「나는 결코 무엇을 어쩌자는 게 아닙니다만…… 내가 지금 여러분께 찬성하는 것은 다만 이 자리의 분위기를 파괴하지 않기 위해……」하고 이쪽은 얼굴을 붉히면서 말했다.
「정말 당신들은 다 그렇습니다! 자유주의적인 웅변을 위해선 반 년이라도 의논할 기세를 보이면서 결국 여러분과 똑같이 투표하고 마는 겁니다! 여러분 말은 그렇게 하지만 어디 한 번 잘 생각해 보세요, 여러분은 참말로 모두 각오가 되어 있는 겁니까?」
(각오란 무엇을 말하는 것일까. 어쩐지 막연한 물음이긴 했지만 무섭도록 유혹적인 말이었다.)
「물론 다 돼 있습니다……」하는 선언이 울려퍼졌다.
더구나 일동은 서로 흘끔 얼굴을 마주 쳐다보았다.
「그러나 혹은 나중에 가서 너무 빨리 찬성했다고 화를 낼지도 모릅니다. 여러분은 대체로 늘 그러니까요.」
사람들은 여러 가지 의미에서 동요하기 시작했다. 동요는 꽤 심했다. 절름발이 교사는 갑자기 베르호벤스키에게 덤벼들었다
「실례지만 그러한 질문에 대한 대답은 조건부로 되어 있습니다. 우리가 그렇게 결심을 표명한 이상 그런 묘한 투로 한 질문은……」
「어째서 묘한 투입니까?」
「그러한 질문은 그런 투로 하는 게 아닙니다.」
「그럼 제발 가르쳐 주게나. 실은, 나는 자네가 제일 먼저 화를 낼 거라고 굳게 믿고 있었네.」
「당신은 즉시 활동에 착수하는 각오 여하에 대해 우리들로부터 무리하게 답을 요구했지만, 애초에 어떤 권능을 위임받은 겁니까? 도대체 그런 질문을 하는 어떠한 전권(全權)을 가지고 있는 겁니까?」
「그런 일은 여보게, 좀더 진작 알아차렸더라면 좋았을 것을, 그럼 자네는

왜 대답을 한 건가? 찬성을 해놓고 갑자기 나중에 생각이 난 모양이군.」
「그런데 내가 보기엔 그런 중대한 질문을 던졌을 때의 당신의 경솔하고 노골적인 말투는 이런 일을 나에게 생각하게끔 해준 겁니다. 당신은 전혀 아무런 위엄도 권능도 갖고 있지 않다, 다만 당신 개인의 호기심에 불과한 일이다라고.」
「자네는 도대체 뭘 말하고 있는 건가, 뭘?」 대단히 걱정되는 듯 베르호벤스키는 이렇게 외쳤다.
「다름이 아닙니다. 입회의 권고라는 것은 그것이 어떠한 것이든, 적어도 두 사람이 마주앉아 하는 것이지, 모르는 사람이 이십 명이나 모여 있는 자리에서 공개적으로 하는 게 아닙니다!」 하고 절름발이 교사는 정면으로 말하고 나섰다.
그는 마음 먹은 일을 전부 털어놓았다. 그러나 그는 지나치게 흥분해 있었다. 베르호벤스키는 불안한 표정을 교묘히 지으면서 모든 사람이 있는 쪽으로 몸을 돌렸다.
「여러분, 나는 의무로서 여러분께 말하지 않으면 안될 것 같습니다. 이런 것은 모두가 바보 같은 얘기입니다. 우리들의 대화는 엉뚱한 옆길로 빗나가 버렸습니다. 나는 결코 아직 아무에게도 권유한 일은 없습니다. 내가 남을 권유하려고 한다 등의 말은 아무도 말할 권리가 없을 겁니다. 우리는 단순히 자타의 의견에 대하여 말했을 뿐입니다. 그렇지 않습니까? 그러나 그것은 어쨌든, 자네는 나를 굉장히 놀라게 해줬네.」하고 그는 또 절름발이 쪽을 돌아다보았다.「여기는 이런 허물없는 얘기까지도 서로 마주앉아 하지 않으면 안 된다니, 난 전혀 생각지도 않은 일이오. 그것보다 자네는 밀고를 두려워하는 건가! 과연 지금 우리 사이에 밀고자가 숨어 있다는 건가?」
예사롭지 않은 동요가 일기 시작했다. 사람들이 일시에 수군거리기 시작했다.
「여러분, 만일 그렇다면」 하고 베르호벤스키는 말을 이었다.「누구보다도 자신에게 가장 해가 미칠 것 같은 말을 한 것은 바로 납니다. 그래서 나는 어떤 하나의 질문에 대하여 여러분의 대답을 얻고 싶습니다. 물론 대답하고 안 하고는 여러분의 자유입니다. 절대로 여러분의 자유에 맡깁니다.」
「어떤 질문입니까, 어떤 질문입니까!」 일동은 웅성대며 물었다.

「다름이 아닙니다. 이 질문을 한 뒤 우리는 함께 머물러 있을 것인가, 아니면 묵묵히 자기 모자를 찾아들고 각기 다른 방향으로 헤어질 것인가, 그 점이 명백해지는 성질의 것입니다.」
「그 질문이란, 질문이란?」
「만일 우리들 가운데 누구이든, 정치적 의미를 띤 살인이 계획된 것을 안다면, 그 사람은 모든 결과를 예상하고 밀고할 것인가, 아니면 사건의 수행을 기대하면서 집에 우두커니 앉아 있을 것인가? 이에 대한 의견은 구구하겠지만, 질문에 대한 대답은 뚜렷합니다. 우리는 이대로 제각기 흩어질 것인가, 함께 머물러 있을 것인가, 물론 머물러 있는다면, 절대로 오늘 하룻밤만이 아닙니다. 실례지만 자네에게 제일 먼저 묻겠네.」 하고 그는 절름발이 교사 쪽을 돌아다보았다.
「왜 내가 먼접니까?」
「그것은 자네가 모든 것을 혼자서 시작하기 때문일세. 제발 부탁이니 속이지 말아 주게나. 이런 때에 잔꾀를 부려 봐야 도움이 못 되네. 그러나 어쨌든 자네 마음대로니까.」
「실례지만 그런 질문은 사람을 모욕하는 겁니다.」
「안돼, 좀더 정확하게 부탁할 수 없단 말인가.」
「비밀탐정의 앞잡이가 된 일은 없습니다.」 하고 이쪽은 점점 더 입을 일그러뜨렸다.
「제발 좀더 정확하게 말해 주게나. 그렇게 우물쭈물 하는 것은 질색일세.」
절름발이 교사는 이젠 완전히 화가 나서 대답도 하지 않게 되었다. 그는 말없이 안경 너머 독살스런 눈초리로 뚫어져라 하고 고문자(拷問者)의 얼굴을 노려보고 있었다.
「예슨가, 논가? 밀고할 건가, 안할 건가?」 하고 베르호벤스키는 소리쳤다.
「물론 밀고하지 않소!」 절름발이 교사는 더 맹렬한 소리로 고함쳤다.
「아무도 밀고할 사람은 없소. 물론 밀고따윈 안 해요.」 하는 다수의 목소리가 들려왔다.
「실례지만 소좌님, 어디 당신에게 물어 봅시다. 당신은 밀고하겠습니까, 안 하겠습니까?」 베르호벤스키는 말을 이었다. 「알겠습니까? 난 일부러 당신에게 묻는 겁니다.」

「안 합니다.」
「음, 그러나 가령 누가 일반 사람을 죽여서 돈을 강탈하려는 자가 있다는 것을 안다면 당신은 틀림없이 밀고하겠지요, 미리 주의를 줌에 틀림없겠지요?」
「물론입니다. 그러나 그것은 나 개인에 관한 경우고 지금 말하는 것은 정치적인 밀고를 말하는 것이니까요. 나도 비밀탐정의 앞잡이가 된 일은 없습니다.」
「여기엔 그런 자가 아무도 없어요.」 하고 말하는 사람들의 목소리가 또 들려왔다. 「쓸데없는 질문입니다. 누구의 대답이든 다 똑같을 겁니다. 여기엔 배신자는 없습니다.!」
「왜 이분은 일어서는 거죠?」 하고 여학생은 외쳤다.
「저건 샤토프다. 왜 당신은 일어서시죠, 샤토프 씨?」 하고 여주인이 소리쳤다.
사실 샤토프는 일어섰다. 그리고 자기 모자를 손에 들고서 베르호벤스키를 노려보고 있었다. 그는 뭔가 말할 게 있으면서도 갈피를 못 잡는 것 같았다. 그 얼굴은 창백하고 독살스러워 보였다. 그러나 그는 마침내 자기를 억제하고, 한 마디 말도 않고 묵묵히 그대로 방을 횡하니 나가 버렸다.
「샤토프 군, 그런 짓을 하다가는 오히려 자네 신상에 좋지 않을걸세.」 베르호벤스키는 그의 뒤에서 수수께끼 같은 말을 외쳤다.
「그 대신 네놈에겐 좋겠지, 개 같은 놈!」 샤토프는 문에서 고함을 치더니 그대로 가버렸다.
다시 떠드는 소리가 들렸다.
「과연 이래서 시험이 필요한 거군!」 하고 누군가가 말했다.
「도움이 됐군!」 하고 다른 사람이 외쳤다.
「도움이 되는 일이 늦지나 않을까?」 하고 제삼의 목소리가 들렸다.
「누가 저놈을 불렀는가? 누가 들여보냈나? 도대체 어떤 놈이야? 샤토프란 누굴 말하는 건가? 밀고를 할까? 안 할까?」 하는 질문이 빗발치듯 쏟아졌다.
「만일 배신자라면 가면을 뒤집어썼을 게 아닌가, 그런데 그놈은 침이라도 내뱉듯이 하고 나가 버렸단 말이야.」 하고 누군가가 주의했다.

「어마, 스타브로긴 씨도 일어났어요. 스타브로긴 씨도 역시 대답을 하지 않았어요.」하고 여학생이 외쳤다.

스타브로긴은 정말 일어섰다. 그에 잇따라 테이블 맞은편 구석에 앉아 있던 키릴로프도 몸을 일으켰다.

「실례지만 스타브로긴 씨」하고 여주인은 날카롭게 말하며 그쪽을 돌아다보았다. 「이곳에 있는 우리 모두가 그 질문에 대답했는데, 당신만은 말없이 가실 작정인가요?」

「나는 흥미있는 질문에 대하여 당신들에게 대답할 필요가 없다고 봅니다.」 스타브로긴은 중얼거렸다.

「그러나 우리는 다들 그 대답으로 모험을 했는데 당신만은 그렇지 않으니까 말입니다.」하고 몇몇의 목소리가 외쳤다.

「당신들이 모험을 했다고 해서 그게 나와 무슨 상관이란 말이오?」

스타브로긴은 웃었는데 그 눈은 번쩍번쩍 빛나고 있었다.

「어째서 당신이 알 바가 아닌가요? 어떤 이유죠?」하는 외침 소리가 들려왔다.

많은 사람들은 의자에서 벌떡 일어섰다.

「잠깐만 여러분, 잠깐만!」절름발이 교사는 부르짖었다.

「베르호벤스키 씨도 아직 이 물음에 대답하지 않았습니다. 다만 질문을 했을 뿐입니다.」

이 한 마디는 우뢰와 같은 효과를 불러일으켰다. 일동은 서로 시선을 마주쳤다. 스타브로긴은 절름발이 교사의 코 앞에서 껄껄 웃어대곤, 갑자기 방을 나가 버렸다. 키릴로프도 잇따라 나갔다.

베르호벤스키는 두 사람의 뒤를 쫓아서 현관으로 달려갔다.

「당신은 나를 어쩌자는 건가요?」하고 그는 스타브로긴의 손을 잡고 힘껏 움켜쥐면서 혀 꼬부라진 소리로 이렇게 말했다.

이쪽은 말없이 손을 뿌리쳤다.

「지금 곧 키릴로프네 집으로 가 계십시오. 나도 나중에…… 난 부득이한 볼일이 있어서, 어쩔 수 없는 볼일이 있어서!」

「난 볼일이 없소!」스타브로긴은 잘라말했다.

「스타브로긴 씨는 올 겁니다!」하고 키릴로프가 받아넘겼다.

「스타브로긴 씨, 당신에게도 볼일이 있어요. 내 그곳에 가서 알려드리지요.」
두 사람은 나가 버렸다.

제8장   이반 황자(皇子)

　표트르 베르호벤스키는 회의석상으로 되돌아와서 혼란을 수습하려고 생각했으나, 그들을 상대로 떠들어대는 것은 어리석은 일이라고 생각했음인지, 곧 모든 것을 다 그대로 내버려 두었다.
　이 분 뒤, 그는 떠나 버린 두 사람의 뒤를 쫓아 같은 길을 날듯이 달리고 있었다. 달리면서 필립포프네 집으로 빠지는 가까운 지름길이 문득 생각나기에 무릎까지 푹푹 빠지는 흙탕 속을 철벅거리며 지름길을 달려나갔다. 아니나다를까 그가 목표한 집에 당도했을 때는 스타브로긴과 키릴로프가 문으로 막 들어서려는 참이었다.
　「자네 벌써 왔나?」키릴로프가 알아차리고 이렇게 말했다.「잘 됐어, 들어오게.」
　「어째서 당신은 혼자 살고 있다고 했죠?」복도에 미리 준비되어 벌써 펄펄 끓고 있는 사모바르 옆을 지나가면서 스타브로긴은 물었다.
　「누구와 함께 살고 있는지 이제 금방 알게 될 거요.」키릴로프는 중얼거렸다.「들어오게나.」
　막 방으로 들어서려는 참인데 베르호벤스키는 재빨리 주머니 속에서, 아까 렘브케의 집에서 가지고 온 익명의 편지를 꺼내어 스타브로긴 앞에 놓았다. 세 사람이 다 앉았다. 스타브로긴은 잠자코 읽었다.
　「그럼?」하고 그는 물었다.
　「이 건달놈은 거기 써 있는 대로 할 겁니다.」하고 베르호벤스키는 설명했다.「하여간 그자는 당신 손아귀에 있으니까 어떠한 조치를 하면 좋을지 가르쳐 주세요. 나는 단언해 둡니다만 그자는 내일이라도 렘브케한테로 갈지도 모릅니다.」
「그까짓, 마음대로 하라고 하지요.」
「어째서요? 그것을 피할 방법이 있는데.」
「당신은 잘못 생각하고 있소. 그 녀석은 나의 의지에 좌우되고 있지 않소. 그리고 나는 아무래도 상관없으니까. 난 그 녀석한테는 조금도 위험을 느끼지 않아요. 위험을 느끼고 있는 건 당신뿐이오.」
「당신도 마찬가집니다.」
「글쎄.」
「그러나 다른 사람들이 당신을 용서하지 않을 거요. 그것을 모르겠어요? 보세요 스타브로긴, 그건 단순히 말의 유희에 지나지 않아요. 도대체 돈이 아까운 겁니까?」
「뭐, 돈 같은 것도 필요한가요?」
「꼭 필요합니다. 이천 루블이나, 최소한 일천오백 루블리. 보세요, 내일로 미루지 말고 오늘이라도 곧 나에게 그 돈을 건네 주세요. 그렇게 하면 내일 밤까지는 당신을 위해서 그놈을 페체르부르그로 보내겠어요. 그것이 또 그놈의 소원이니까, 만일 원하신다면 마리아 양도 함께 말입니다. 이건 특히 유의해 주십시오.」
그의 태도는 마치 일정한 궤도를 벗어난 점이 있어 보였다. 그는 이상하게 조심스럽지 못한 말투로 말했다. 말하자면 마음 속에서 충분히 심사숙고되지 않은 말투가 저절로 튀어나오는 것 같았다. 스타브로긴은 어이가 없어서 그의 얼굴을 지켜볼 뿐이었다.
「마리아를 다른 곳으로 보내야 할 필요성은 나한테는 없소.」
「어쩌면 오히려 싫을지도 모르죠.」 표트르는 비꼬듯이 말하고 싱긋이 웃었다.
「어쩌면 그럴지도 모르죠」
「하여간 속시원히 돈은 나오는 겁니까, 안 나오는 겁니까?」 독살스러운 초조한 빛을 나타내며 어딘가 위엄있는 말투로 그는 스타브로긴을 향해 소리쳤다.
상대는 진지한 표정으로 그를 힐끗 쳐다보았다.
「돈은 안 나와요.」

「뭣이, 스타브로긴, 당신은 뭔가 알고 있군요. 그렇지 않으면 이미 뭔가 손을 썼군요? 당신은 속이고 있군요!」

그의 얼굴은 일그러지고 입술 언저리에는 경련이 일었다. 그러다가 그는 갑자기 영문을 알 수 없는 괴상한 웃음소리를 내기 시작했다.

「당신은 아버지로부터 영지의 대금을 받지 않았소?」 스타브로긴은 태연하게 말했다. 「집의 어머니가 스체판 선생을 대신해서 당신한테 천육백인가 천팔백의 돈을 주었을 텐데. 그러니 당신이 천오백 루블리를 지불하구료. 이젠 남을 위해 돈을 내놓는 것이 싫어졌소. 그렇지 않아도 나는 돈을 너무 뿌렸으니까, 이젠 어리석은 생각이 들어……」 그는 스스로 자기 말에 엷은 웃음을 지었다.

「아, 당신은 또 농담을 하고 있군요…….」

스타브로긴은 의자에서 일어섰다. 베르호벤스키도 동시에 벌떡 일어나, 출입문을 막기라도 하려는 듯이 반사적으로 문쪽으로 등을 돌리고 섰다. 스타브로긴은 당장이라도 그를 문에서 밀쳐 버리고 뛰어나가려는 몸짓을 하더니, 갑자기 그 손을 멈췄다.

「나는 샤토프를 당신한테 양보할 수는 없소.」 그는 말했다. 표트르는 뜨끔했다. 두 사람은 서로 노려보고 있었다.

「당신이 뭣 때문에 샤토프의 피를 필요로 하는지 그것은 조금 전에 내가 당신에게 말한 대롭니다.」 스타브로긴의 눈은 빛나기 시작했다. 「당신은 그것을 고약(膏藥)으로 만들어 그 어중이떠중이들을 결합시키려는 거죠. 당신은 아까 그럴싸하게 샤토프를 내쫓았소. 그 친구가 『나는 밀고하지 않는다』라고 말할 리도 없고 또 당신 앞에서 거짓말을 하는 것은 치사하다고 생각할 테니까. 당신은 그것을 너무도 잘 알고 있었소. 그러나 나는, 도대체 나는 지금 뭣 때문에 당신한테 필요한 거죠? 당신은 전에 외국에 있을 때부터 나를 귀찮게 따라다니지 않았소? 당신이 이때까지 나에게 한 설명 따위는 그야말로 잠꼬대에 불과한 거요. 그런데 당신은 나를 꼬드겨서 천오백 루블리의 돈을 레뱌드킨에게 주게 하고, 그것으로 페지카에게 그 사나이를 죽이게 할 기회를 만들어 주려고 노리고 있는 거지. 나는 다 알고 있소. 당신은 게다가 내가 아내까지 죽이고자 한다는 따위로 생각하고 있는 거지. 그렇게 해서 범죄로 내 손발을 묶어 놓은 다음, 당신은 물론 나를 마음대로 휘두르겠다는 거지, 안 그래요? 도대체 당신은 뭣 때문에 권력이 필요하지? 어리석게도 뭣 때문에 나라는 인간이 필요하지? 좀 내 옆으로 가까이 와서 나를 보라구, 그리고 내가 당신의 동지인가 아닌가를 분간하고 나서, 앞으론 나를 괴롭히지 마시오.」

「아니 페지카가 자진해서 당신에게로 갔던가요?」하고 베르호벤스키는 숨이 막히듯 물었다.

「음, 왔었소. 그놈이 부르는 값도 역시 천오백이었소……. 허 그놈이 스스로 뒷받침할 거요. 저기에 서 있소……」하고 스타브로긴은 손으로 가리켰다.

표트르는 홱 돌아다보았다. 어둑어둑한 문턱 위에 새로운 사람의 그림자가 떠올랐다. 페지카이다. 반코트를 입고는 있었지만 마치 자기 집에라도 있듯이 모자를 쓰지 않은 맨머리였다. 그는 고른 흰 이빨을 드러내 놓고 히죽히죽 웃으며 서 있었다. 누런 빛이 감도는 그의 검은 눈이 『나리』들을 지켜보면서 조심성있게 방안을 둘러보고 있었다. 그는 아무래도 납득이 안 가는 점이 있었다. 보아하니 방금 키릴로프에게 끌려온 모양으로, 그 의아스러운 눈은 그가 있는 쪽을 보고 있었다. 페지카는 문턱에 서 있었는데 방으로 들어올 생각은 하지 않았다.

「아마 이자에게 우리의 거래를 들려 주기 위해선지 아니면 손에 돈이라도 쥐어 주는 현장을 보여 주기 위해 미리 당신이 준비해둔 모양이군. 그렇죠?」하고 스타브로긴은 묻더니 그대로 대답도 기다리지 않고 휙 방을 나가 버렸다.

베르호벤스키는 거의 미칠 듯이 문 옆까지 뛰어가 그를 잡았다.

「기다려, 한 발짝도 움직이지 마!」그는 상대방의 팔꿈치를 움켜쥐며 그렇게 외쳤다.

스타브로긴은 힘껏 그 손을 뿌리쳤지만 떼어 놓을 수가 없었다. 그는 앞뒤를 분간 못 할 정도로 분노의 발작이 온몸을 휩쌌다. 갑자기 왼손으로 베르호벤스키의 머리를 휘어잡더니 힘껏 땅바닥에 내동댕이치고 문 밖으로 나갔다. 그러나 아직 삼십 보도 채 못 가서 베르호벤스키가 또 쫓아왔다.

「화해합시다, 화해를.」하고 경련이 일어난 듯한 목소리로 그는 속삭였다.

니콜라이는 어깨를 으쓱하고 추켜보였지만 걸음을 멈추지도 않고 돌아보지도 않았다.

「자, 내일 리자베타를 당신한테로 데리고 가겠어요. 어떻습니까? 싫습니까? 어째서 대답을 하지 않죠? 뭐든지 원하는 대로 말씀하세요. 내가 반드시 해드리죠. 자 내 말좀 들어요. 나는 샤토프를 양보하죠, 싫습니까?」
「그럼 당신이 그 사나이를 죽이려고 결심한 것은 사실이군요?」하고 니콜라이가 소리쳤다.
「도대체 당신은 무엇 때문에 샤토프 같은 자가 필요합니까? 어떻게 할 작정인가요?」 연방 종종걸음으로 앞으로 달려가서는 스타브로긴의 팔꿈치를 붙잡으며(그런데도 자신은 그것을 느끼지 못하는 모양이다) 극도로 흥분한 베르호벤스키는 숨을 헐떡이면서 빠른 말로 이렇게 말했다.「자, 내 말을 좀 들어 보슈, 내 그 친구를 당신에게 주리다. 그러니 화해합시다. 당신의 요구는 좀 지나치지만 그러나…… 좌우간 화해합시다!」
스타브로긴은 마침내 상대방에게 시선을 돌렸으나, 그 순간 자기도 모르게 놀랐다. 그것은 평소와 같은, 아니 조금 전에 방에서 본 것 같은 눈초리가 아니었다. 또 그런 목소리도 아니었다. 그의 눈 앞에는 전혀 다른 얼굴이 있었다. 그는 빌고 있었다. 애원하고 있었다. 그것은 마치 가장 귀중한 것을 빼앗겼거나 아니면 빼앗기려고 하여 아직껏 제정신이 들지 않은 인간의 표정이었다.
「당신은 도대체 어떻게 된 거지?」 스타브로긴이 소리쳤다. 이편에서는 그 말에 대답도 안 하고 그저 그의 뒤를 쫓았다. 여전히 애원하는 듯한, 동시에 집요한 눈초리로 상대방의 얼굴빛을 살피는 것이었다.
「화해합시다!」하고 그는 다시 한 번 속삭였다.「사실은 나도 페지카와 마찬가지로 장화 속에 나이프를 감추고 있어요. 그렇지만 나는 화해하고 싶어요.」
「정말이지, 당신은 어째서 내가 필요할까, 제기랄!」 드디어 극도의 분노와 놀라움에서 스타브로긴은 이렇게 소리쳤다.「도대체 무슨 비밀이 있는 거지? 도대체 나는 당신한테 무슨 재액을 피하는 부적이라도 된다는 거요?」
「자, 들어 보세요. 우리들은 또다시 새로운 혼란시대(17세기 초의 병립내분시대)를 드러내 놓는 겁니다.」 표트르는 거의 열병에라도 걸린 듯이 빠른 말로 이렇게 지껄였다.「우리들이 혼란 시대를 야기시킬 수 있다는 것을 당신은 믿지 않는군요. 우리들은 그야말로 모든 것이 밑바닥에서부터 뒤집히는 것 같은 무서운 혼란 시대를 출현시키는 겁니다. 카르마지노프가 무엇 하나 의지할 것이 없다고 말한 것은 옳은 말입니다. 카르마지노프는 현명한 사나이죠. 아무튼 러시아 전국에 저런 집단이 열 개만 있어도 그야말로 나는 잡히기 어려운 존재죠.」

「그런 바보들뿐이오?」 이런 말이 스타브로긴의 입에서 마음이 내키지 않는 듯한 투로 흘러나왔다.

「아. 스타브로긴, 당신도 좀더 바보가 되시오. 좀 바보가! 그렇지만 실은 당신은 그런 것을 바랄 정도로 현명하지는 못합니다. 단지 당신은 겁내고 있는 겁니다. 당신은 믿지 않고 있습니다. 당신은 일이 너무 엄청나기 때문에 겁을 집어먹고 있는 겁니다. 그런데 그들이 왜 바보란 말입니까? 그 녀석들은 그렇게까지 바보가 아닙니다. 지금 세상에 똑바른 정신을 가진 사람은 하나도 없어요. 사실이지 지금 세상에는 특수한 두뇌를 가진 사람이 너무도 적어요. 비르긴스키는 매우 순진한 사람입니다. 나 같은 것과 비교하면 열 배나 순진한 사나이죠. 그러나 그 친구는 아무래도 상관없어요. 리푸친은 간사한 놈입니다. 그렇지만 나는 꼭 한 가지 그놈의 약점을 알고 있습니다. 사실상 아무리 간사한 놈이라도 각기 약점이 없는 놈은 없으니까요. 단지 랍신만은 그러한 약점이 하나도 없어요. 그 대신 그놈은 내가 마음대로 조종할 수 있지요. 이러한 집단이 그 밖에도 두서너 개 있습니다. 게다가 어디서나 통용되는 여권과 돈, 그것만으로도 대단한 거죠, 단지 그것만으로도? 게다가 감쪽같은 은신처가 있단 말입니다. 얼마든지 찾아보라고 그래요. 하나의 집단을 찾아냈다 해도 다른 집단이 바로 코앞에 있는 것은 알 수 없을 테니까, 우리는 혼란 시대를 야기시킬 셈입니다……. 뭐 우리 두 사람이면 충분합니다. 그런데도 당신은 그것을 믿지 않습니까?」

「쉬갈료프를 동지로 삼으시오. 그리고 나는 좀 편안하게 해주기 바라오…….」

「쉬갈료프는 천재적인 친구입니다. 아시죠, 그 사람은 푸리에 형의 천재입니다. 그러나 푸리에보다 대담합니다. 푸리에보다 강합니다. 나는 그 친구를 이용할 셈입니다. 하여간 그 친구는 『평등안』을 창안했으니까요!」

『이 사람은 매우 들떠 있군. 뭔가 심상치 않은 변화가 이 사나이의 마음속에 일어났음에 틀림없다.』 하고 스타브로긴은 다시 한 번 그의 얼굴을 보았다. 두 사람은 발걸음을 멈추려 하지 않고 계속 걸었다.

「그놈의 논설은 노트 속에서는 아주 잘돼 있어요.」하고 베르호벤스키는 말을 이었다.「그는 스파이 제도를 제창하고 있지요. 즉, 사회의 각자는 서로 감시하고 밀고할 의무가 있다는 겁니다. 개인은 전 사회에 속하고 전 사회는 개인에 속해서 모든 사람은 다 노예라는 거예요. 그 노예라는 점에서 모든 사람은 평등하다는 거죠. 극단적인 경우에는 상대방을 비방하고 중상하고 살인하는 방법도 응용되지만 주로 평등하지요. 첫째로 착수할 일은 교육, 과학, 재능 등의 수준을 낮추는 겁니다. 과학이나 재능의 높은 수준은 한층 더 고도의 능력을 가진 사람만이 도달할 수 있는 것이지만 그러한 고도의 능력은 필요가 없다! 고도의 능력은 항상 권력을 장악한 전제군주이다, 실제로 고도의 능력은 전제군주가 아닐 수 없다, 그리고 항상 이익을 가져오는 이상으로 인심을 해롭게 하고 있다, 그래서 그들은 박해를 받든가 아니면 형벌을 받고 있는 것이다, 키케로는 혀를 뽑혔고, 코페르니쿠스는 눈알이 도려졌고, 셰익스피어는 돌팔매질을 당했다라는 것이 쉬갈료프 일파의 주장입니다! 노예는 모두 평등하지 않으면 안 된다, 전제주의가 없는 곳에 자유나 평등이 있었던 예가 없다, 그러나 양떼들에게는 평등이 없어서는 안 된다, 이것도 쉬갈료프 일파의 주장이지요! 하하하, 당신은 이상한 생각이 듭니까? 나는 쉬갈료프 설에 찬성입니다!」

스타브로긴은 발걸음을 빨리하여, 조금이라도 빨리 집에 도착하려고 애썼다.『만일 이 사나이가 취했다면 도대체 어디서 마시고 왔을까?』하는 생각이 문득 그의 마음에 떠올랐다.『설마 그 코냑 한 잔 때문은 아닐 텐데.』

「이봐요, 스타브로긴, 산을 깎아서 평지로 만든다, 이건 좋은 생각입니다. 우스운 일이 아닙니다. 나는 쉬갈료프에게 찬성합니다! 교육도 필요없고, 과학도 소용없습니다! 과학 같은 것은 없어도 천 년쯤은 재료의 부족을 느끼지 않을 겁니다. 단지 복종이라는 것을 근사하게 완성시켜야 합니다. 이 세상에 단 한 가지 부족한 것은 이 복종입니다. 교육이라는 것은 벌써 귀족적인 욕망이니까요. 또 조금이라도 가정적인 것이나 애정 같은 것이 싹트면 거기에는 소유욕이라는 것이 발생합니다. 그러니까 우리들은 이 욕망이라는 것을 처분해 버리는 거죠. 음주, 비방, 밀고 등의 도구를 사용하는 겁니다. 일찍이 들어본 일도 없는 것 같은 음탕한 바람을 일으킵니다. 모든 천재를 싹트기 전에 질식시켜 버립니다. 이렇게 하여 일체의 것을 하나로

통분(通分)시키는 겁니다. 즉 절대의 평등입니다.『우리들은 한 가지 직업을 습득했다. 우리는 정직한 인간이다. 그러니까 그 밖에는 아무것도 필요없다.』얼마 전 영국의 노동자가 이러한 해답을 내놓았다는 겁니다.『단지 필요한 것이 필요할 뿐이다.』이것이 오늘 이후 전 세계의 주의가 되는 거죠. 그러나 경련(痙攣)도 또한 필요합니다. 이 일은 우리 지배자들이 뒷바라지를 해줘야 합니다(노예에겐 지배자가 필요하니까). 절대의 복종, 절대의 인격무시입니다만, 삼십 년에 한 번쯤 쉬갈료프 씨도 경련이라는 놈을 도구로 사용합니다. 그렇게 하면 누구나가 갑자기 서로 잡아먹기를 시작하는 거죠. 그러나 그것도 어느 정도까지만 해야 됩니다. 말하자면 심심치 않을 정도까지만 해야 됩니다. 말하자면 심심치 않을 정도로 하면 되는 거죠. 심심하다는 것은 귀족적 감각이니까요. 쉬갈료프 일파에게는 희망이라는 것이 없어집니다. 희망이나 고투는 우리들을 위해서 필요한 것이고, 노예들을 위해서는 쉬갈료프 설이 있습니다.」

「당신은 자기를 제외하는 거요?」하고 스타브로긴은 다시 물었다.

「그리고 당신도 역시. 사실은 나는 세계를 로마교황의 손에 넘겨 주려고 생각하고 있었어요. 교황을 맨발로 어리석은 민중 앞에서 걷게 한다는 겁니다. 그리고『너희들은 나를 이렇게 만들어 버렸다』하는 따위의 말을 하게끔 하면 모든 사람들이 와하고 그쪽으로 귀순해 버립니다. 군대까지 한패입니다. 교황이 상단에 있으면 우리들은 그 둘레를 둘러싸고, 우리 아랫단에는 쉬갈료프 일파가 올 겁니다. 다만 인터내셔널이 교황과 타협하지 않으면 안 되지만, 그것도 틀림없이 실현됩니다. 교황은 두말 없이 동의할 겁니다. 교황으로선 그 밖에 다른 도리가 없을 테니까요. 자, 내 말을 기억해 주세요. 하하하! 어떻습니까, 어리석은 짓입니까? 자, 어리석은 짓인지 아닌지 대답해 주세요」

「충분하군요.」하고 스타브로긴은 귀찮다는 듯이 중얼거렸다.

「정말 충분합니다! 들어 보세요. 나는 교황을 그만두었습니다! 쉬갈료프 일파야 될 대로 되라지! 교황 따윈 아무데나 멋대로 없어져 버리라지! 정말 우리에게 필요한 것은 당면한 문제지 쉬갈료프 설은 아닙니다. 왜냐하면 쉬갈료프 설은 보석상에나 장식할 물건이기 때문입니다. 그것은 이상이고 미래입니다. 쉬갈료프 설은 보석공이나, 모든 애타주의자와 마찬가지로 아주 바보입니다. 우리들한테는 좀더 천한 노동이 필요합니다. 그런데 쉬갈료프는 천한 노동을 경멸하고 있습니다. 교황은 서구라파의 것입니다. 러시아에서 일어설 사람은 당신입니다!」

「내 곁을 좀 비켜 줘. 이 주정뱅이!」하고 중얼거리곤 스타브로긴은 발걸음을 재촉했다.

「스타브로긴, 당신은 참 미남이군!」기쁨에 넘쳐 표트르는 이렇게 외쳤다. 「당신은 자신이 얼마나 미남인지 알고 있는지요? 당신이 가지고 있는 것 중에서 가장 귀중한 것은 자신이 그것을 조금도 모르고 있다는 것입니다. 나는 당신이라는 사람을 완전히 연구했습니다! 나는 항상 옆에서 혹은 구석에서 당신을 바라보고 있습니다. 당신에겐 단순한 면도 있어요. 소박한 면도 있고요. 당신은 그것을 알고 있나요? 또 있습니다. 정말 또 있어요! 당신은 틀림없이 괴로워하고 있을 겁니다. 더구나 정말 괴로워하고 있음에 틀림없습니다. 그것도 역시 이 단순한 마음 때문입니다. 나는 아름다움을 사랑합니다! 나는 니힐리스트이긴 하지만 미를 사랑합니다. 대개 니힐리스트는 미를 사랑하지 않는 건지요? 아니, 그들이 사랑하지 않는 것은 우상뿐입니다. 그런데 나는 어떤 우상을 사랑합니다! 즉 당신이 나의 우상입니다! 당신은 어느 누구도 모욕하지 않았지만 모든 사람에게 미움을 받고 있습니다. 당신은 사람을 평등하게 보고 있습니다. 그런데도 모두들 당신을 두려워하고 있죠. 이것이 무엇보다도 좋은 점입니다. 아무도 당신 옆에 와서 친숙하게 어깨를 두드리는 일은 없습니다. 당신은 무서운 귀족입니다! 귀족이 민주주의를 좇는다는 것은 참으로 숭고한 일입니다! 당신은 자기 것이건 남의 것이건 인간의 생명을 희생하는 것쯤은 아무렇지도 않게 생각합니다. 당신은 꼭 필요한 사람입니다. 나는 바로 당신과 같은 사람이 필요합니다. 나는 당신과 같은 사람, 당신 외에는 아무도 모릅니다. 당신은 지휘관입니다. 태양입니다. 나 같은 건 당신이 마음대로 할 수 있는 벌레입니다······.」

그는 갑자기 스타브로긴의 손에 입을 맞췄다. 소름끼치는 오한이 니콜라이의 등골을 오싹 스쳐갔다. 그는 겁에 질린 듯 그 손을 뿌리쳤다. 그들은 멈춰섰다.

「미쳤군!」스타브로긴은 자기도 모르게 이렇게 말했다.

「정말 나는 잠꼬대를 하고 있는지도 모릅니다. 열에 들떠 있는지도 모릅니다.」하고 이쪽은 재빨리 말을 받았다.「그러나 나는 제일보를 생각해냈습니다. 쉬갈표프 따윈 언제라도 이 제일보를 생각해낼 순 없을 겁니다. 사실 이 세상에는 쉬갈표프 같은 인간이 많습니다! 그런데 단 한 사람, 러시아에서 이 제일보를 생각해낸 사람이 단 하나 있습니다. 당신은 그게 누군지 압니까? 그 사람은 바로 나입니다. 왜 그렇게 나를 쳐다봅니까? 당신은, 당신은 나에게 필요합니다. 당신 없이는 나는 아무것도 아닙니다. 당신이 없으면 나는 파리나 마찬가집니다. 병 속에 든 사상입니다. 아메리카가 없는 컬럼버스입니다.」

스타브로긴은 우두커니 선 채 상대방의 광기어린 눈초리를 보고 있었다. 「우리는 처음으로 혼란 시대를 야기하는 겁니다.」연방 스타브로긴의 왼쪽 소매를 잡으면서 베르호벤스키는 굉장히 빠른 말로 지껄여댔다. 「이것은 당신한테 벌써 이야기한 거지만 우리는 국민의 한가운데로 파고드는 겁니다. 당신은 모르실지 모르나, 우리는 지금도 상당히 우세합니다. 우리들 편은 단순히 사람을 죽이거나, 집을 불지르거나, 고전적인 방법으로 권총을 쏘거나, 또는 물어뜯는 그런 녀석들만은 아닙니다. 그런 녀석들은 방해가 될 뿐입니다. 나는 규율 없이는 아무것도 이해할 줄 모릅니다. 사실 나는 사기꾼입니다. 사회주의자는 아닙니다. 하하! 나는 그런 녀석들을 다 따져 보았어요. 아이들과 한데 어울려 그들의 신이나 요람을 비웃는 교사, 이것은 이미 이쪽 편입니다. 죽은 자보다 죽인 자 쪽이 보다 많이 발달하고 있습니다. 또 돈을 얻기 위해서 살인을 하지 않으면 안 되었다고 말하는 교양있는 범인을 변호하는 변호사, 이것도 확실히 이쪽 편입니다. 실제의 감각을 경험하기 위해 백성을 죽이는 학생도 이쪽입니다. 자기의 자유주의가 아직 불충분하지 않나 하고 법정에서 전전긍긍하는 검사도 마찬가지로 이쪽입니다. 이쪽 편이고말고요. 그 밖에 행정관리, 문학자, 우리 편은 많습니다. 수없이 많습니다. 더구나 그런 친구들은 자기로서도 그 일을 모릅니다. 또 다른 방면에서 말하면 학생이나 바보녀석들의 유순함은 이젠 극도에 달했습니다. 교사들은 담즙(膽汁)이 든 주머니를 꽉 눌려 버렸습니다. 도처마다 명예심이 한없이 발달했고, 야수처럼 탐욕심이 왕성하기란 지금까지 들어 본 일도 없을 정도입니다······. 우리가 이룩한 약간의 사상으로 어느만큼 성공할 수 있을는지 당신은 도저히 모르겠지요? 내가 떠났을 땐 리트레(콩트의 제자, 실증파)의 범죄는 정신착란 때문이라는 주장이 맹렬하게 퍼졌는데, 이번에 돌아와 보니 이미 범죄는 정신착란은커녕 가장 건전한 상식이며 거의 의무입니다. 적어도 결백한 반항입니다.『하지만 발달한 인간이 아닌가, 가령 돈이 필요하다면 어찌 사람을 죽이지 않을 수 있을소냐!』이런 식이니 말입니다. 그러나 이런 일쯤이야 아주 간단한 편입니다. 러시아의 신도 값싼 보드카 앞에서는 후퇴했습니다. 백성도 취해 있고, 어머니들도 취해 있고, 아이들도 취했고, 교회는 텅 비어 버렸죠. 재판소에선『매질 이백, 그것이 싫으면 한 통 가져오라』바로 이런 식입니다. 아아, 이 시대풍조를 좀더 발전시키지 않으면 안 됩니다. 다만 유감스러운 것은 그렇게 한가하게 기다릴 시간이 없다는 겁니다. 그렇지 않다면 저 녀석들을 좀더 취하게 만들었을 텐데! 게다가 프롤레타리아가 없는 게 참으로 유감입니다! 그러나 그것도 이제 됩니다. 틀림없이 됩니다. 그런 경향으로 밀고 나아가고 있으니까……」

「우리가 좀 바보가 된 것도 역시 유감이군.」스타브로긴은 중얼거리고 가던 길을 걷기 시작했다.

「자, 들어 보세요, 좀. 나는 이런 걸 봤어요. 여섯 살 가량의 남자아이가 술취한 어머니의 손을 끌고 집으로 데리고 갔는데, 그 어머니는 아이에게 입에 담지 못할 욕을 퍼부었어요. 당신은 내가 그것을 좋아한다고 생각합니까? 그야 모든 것이 우리 손에 들어왔을 때는, 우리도 아마 그런 것을 다 치료해 버릴는지도 모릅니다……. 만일 필요하면 사십 년 동안, 어딘가 황야로 내쫓아 괴로움을 겪게 할 수도 있습니다……. 그러나 지금으로 봐선 한 세대나 두 세대 가량의 방종시대가 꼭 있어야만 해요. 인간이 더럽고 겁이 많고, 잔혹하고, 내 이익만을 아는 구더기가 돼버리는 것 같은 전대미문의 추악스러운 방종시대, 이것이 우리에게 필요한 거죠! 그리고 거기에 약간의『새로운 피』가 필요한 겁니다. 말하자면 약간 익숙해지기 위해서입니다. 당신은 뭘 웃고 있죠? 나는 별로 자가당착에 빠지지는 않습니다. 나는 애타주의자나 쉬갈료프 일파와 모순되어 있을 뿐 자가당착은 하지 않습니다! 나는 모사꾼이지, 사회주의는 아니니까요. 하하하! 다만 시일이 짧은 게 유감입니다. 나는 카르마지노프에게 오월에 시작해서 성모제까진 끝장을 내겠다고 약속했습니다. 너무 **빠릅니까**? 하하! 스타브로긴, 엉뚱한 말을 하는 것 같지만 러시아의 백성들은 더러운 욕은 하지만 그들에게 시니즘(추악철학)이란 것은 없습니다. 완전히 그 땅에 얽매인 노예가 카르마지노프보다 훨씬 자기를 존경하고 있었어요. 백성들은 상당히 심한 꼴을 당했지만, 그래도 자기네 신은 훌륭히 지켰어요. 그런데 카르마지노프는 그것을 할 수 없었습니다.」

「아니, 베르호벤스키 군, 나는 처음으로 당신의 고백을 들었소. 듣고 놀랐소.」하고 니콜라이는 말했다. 「그러고 보니 당신은 정말 사회주의자가 아니고 뭔가 정치상의…… 야심가 같은 거군?」

「모사꾼이죠, 모사꾼. 당신은 내 정체가 마음에 걸리는 거죠? 이제 본성을 드러낼 겁니다. 그쪽으로 말이 진행되고 있는걸요 뭐. 나도 무의미하게 당신 손에 입맞춘 건 아닙니다. 그러나 우선 무엇보다 국민에게 믿게끔 할 필요가 있습니다. 우리는 우리가 바라는 바를 알고 있지만 그들은 『몽둥이를 마구 휘둘러 동료들을 치고 있음에 불과하다』는 것을. 아아, 정말이지 시일만 넉넉하다면…… 시간이 없는 게 유일한 난점입니다. 우리는 파괴를 선전하는 겁니다……. 그것은 왜? 하고 말하는 놈이 실은 또 매력이 넘치는 질문이죠! 그렇다 하더라도 약간씩 준비 운동을 해야 합니다. 우리는 우선 화재를 도구로 씁니다……. 전설을 도구로 씁니다……. 이렇게 되면 아무리 쓸모없는 집단이라도 도움이 됩니다. 나는 당신에게 이런 집단 속에서 어떠한 포화 속으로도 돌진해가서, 더구나 그것을 영광으로 여기고 언제까지나 감사하는 그런 특출한 인간을 색출해 드리죠. 이리하여 혼란시대가 시작되는 겁니다! 이 세계가 전에는 보지도 못했던 그런 대동요가 시작되는 겁니다……. 러시아는 온통 자욱이 김이 서리고, 대지는 옛 신이 그리워 통곡하고…… 자, 거기에 어떤 인물을 등장시키는 겁니다……. 누구라고 생각합니까?」

「누굴까?」

「이반 황자(전설의 주인공)입니다.」

「누구라고?」

「이반 황자입니다. 당신입니다. 당신이란 말입니다!」

스타브로긴은 잠시 생각했다.

「멋대로 신분에 넘치는 이름을 참칭(僭稱)하는 건가요?」 몹시 놀라서, 흥분할 대로 흥분한 상대방을 물끄러미 쳐다보면서 갑자기 그는 이렇게 물었다.「그럼 결국 그게 당신 계획이군요!」

「우리는 지금 그분은 『잠복하고 있다』라고 말합니다.」뭔가 마치 사랑이라도 하는 사람과 같은 목소리로 베르호벤스키는 조용히 속삭였다. 사실 그는 도취되어 있는 것 같았다.「아시겠어요, 이『그분은 잠복하고 있다』라는 짧은 한 마디가 어떤 뜻을 지니고 있는가를? 그러나 그분은 곧 출현합니다. 모습을 나타냅니다. 우리는 그 거세종도(去勢宗徒)들보다 훨씬 마음에 드는 전설을 뿌립니다. 그 사람은 실제로 존재하고 있으나 아직 아무도 본 사람이 없다, 아아, 정말 재미있는 전설을 퍼뜨릴 수 있습니다! 즉 가장 중요한 것은 새로운 힘이 나타났다는 점입니다. 이것이 만인에게 필요한 겁니다. 이것을 사람들이 동경하고 있는 겁니다. 사회주의 따위가 뭡니까? 낡은 힘은 파괴되었지만 새로운 힘은 갖지 못하고 있지 않습니까? 그런데 우리들의 것은 힘입니다. 더구나 지금까지는 듣지도 못했던 근사한 힘입니다! 우리는 단 한 번만 지렛대를 들고 힘을 잔뜩 주면 이제는 지구가 들어올려집니다. 모든 것이 다 들어올려집니다!」

「그럼 당신은 진정 나를 목표로 삼고 있는 거요?」스타브로긴은 독살스럽게 히죽이 웃었다.

「무엇을 웃고 있죠, 더구나 그렇게 심술궂게? 나를 위협하지 마세요. 나는 지금 마치 어린애 같으니까 그런 웃음을 보기만 해도 죽도록 위협을 느낍니다. 아시겠어요, 나는 아무에게도…… 당신을 보여주지 않을 작정입니다. 아무한테도 말입니다……. 그렇게 하지 않으면 안 됩니다. 그분은 계시다, 그러나 아직 아무도 본 일이 없다, 어딘가에 몸을 숨기고 있는 것이다, 이렇게 생각하게끔 해줘야 합니다. 그러나 십만 명 중 한 사람한테쯤은 보여 줘도 무방합니다. 그러면 그 사람은 러시아 전국을 돌아다니면서『봤다, 봤어』하고 소리치고 다닐 겁니다. 만군의 신 이반 필립포비치도 전차를 타고 승천하는 것을 군중이『현재 이 눈으로』보았다고 하지 않습니까? 그러나 당신은 이반 필립포비치가 아닙니다. 당신은 미모의 대장부입니다. 신처럼 자랑스럽고 자기를 위해선 아무것도 요구하지 않는 희생의 후광을 짊어진 『숨겨진』미모의 대장부입니다. 하여간 유효한 것은 전설입니다! 당신은 틀림없이 그들을 정복합니다. 한 번 보기만 해도 정복합니다. 아무튼 새로운 진리를 품고『숨어 있는』사람이니까요. 그래서 우리는 솔로몬의 주문(呪文)

같은 것을 두세 개 도구로 씁니다. 게다가 여러 가지 집단과 오인조가 있으니까요. 신문 따위는 필요 없습니다! 약 만 명이나 되는 사람들 중에서 단 한 사람만의 청원을 들어 주면 그야말로 너나 할것없이 청원을 하러 옵니다. 어느 시골이건, 어떤 백성이건 어딘가 하나의 동굴이 있어 그곳에서 청원하라고 말만 하면 다 알게 됩니다.『새롭고 올바른 법이 나타났도다』하는 외침이 지구를 찌렁찌렁 울릴 겁니다. 바다에는 파도가 일고, 엉성한 작은 바라크들은 산산이 무너지고 맙니다. 그때 비로소 우리는 석조건축을 세울 방법을 생각해도 좋습니다. 그것은 정말 전후 미증유의 사업입니다! 그러나 건설하는 것은 우립니다. 우리들뿐입니다. 우리 이외에는 아무도 없습니다.」

「광란이군!」 스타브로긴은 말했다.

「왜 그러죠, 왜 당신은 싫습니까? 두렵습니까? 내가 당신에게 점을 찍어 놓은 것은 당신이 그 무엇도 두려워하지 않는 사람이기 때문입니다. 어떠세요, 계통이 서지 않습니까? 하지만 나는 지금 아메리카 없는 컬럼버스입니다. 사실 아메리카 없는 컬럼버스에게 계통이 설 리가 없지 않습니까?」

스타브로긴은 잠자코 있었다. 그러는 동안 마침내 바로 집 앞까지 왔다. 두 사람은 현관 앞에서 멈춰섰다.

「들어 보세요.」 하고 베르호벤스키는 상대방의 귀를 향해 몸을 굽혔다. 「나는 돈을 받지 않고 당신을 위해 일을 하죠. 나는 내일이라도 마리아에 대한 일을 끝장내 버리겠습니다……. 돈을 받지 않고 말입니다. 그리고 내일이라도 즉시 리자를 당신한테로 데리고 오겠습니다. 어떻습니까, 리자가 마음에 안 듭니까? 내일입니다.」

『이 친구가 왜 이러지, 정말 돈 게 아닌가?』하고 생각하면서 스타브로긴은 히죽이 웃었다. 현관문이 열렸다.

「스타브로긴, 우리들의 아메리카가 되어 주시겠죠?」 베르호벤스키는 마지막으로 다시 한 번 그의 손을 잡았다.

「뭣 때문에?」 하고 니콜라이는 진지하고 엄격한 말투로 되물었다.

「마음이 내키지 않는다는 말인가요? 나도 그러리라 생각했어요!」 난폭한 분노의 발작을 일으키면서 그는 이렇게 외쳤다.「그렇게는 안될 겁니다. 정말 아무짝에도 쓸모없고, 어쩔 수 없는 도령이군. 난 그런 말을 믿진 않아요.

당신은 늑대와 같은 욕망을 갖고 있어요!⋯⋯ 자 생각해 보세요. 당신의 주문은 너무 지나치게 크지만 그래도 나는 단념할 수 없어요! 이 세상에는 당신과 같은 사람은 다시 없기 때문입니다! 나는 외국에 있을 때부터 당신이란 사람을 생각했어요. 당신을 보고 있는 사이에 생각이 들었던 겁니다. 만일 내가 한쪽 구석에서 당신이란 사람을 보지 않았다 한들 그런 일은 꿈에도 생각하지 않았을 겁니다!⋯⋯」

스타브로긴은 대답도 않고 자꾸 계단을 올라갔다.

「스타브로긴!」 베르호벤스키는 뒤에서 외쳤다. 「그럼⋯⋯ 하루⋯⋯ 아니 이틀⋯⋯ 아니 사흘간의 여유를 드리죠. 사흘 이상은 안 됩니다. 사흘이 지나면 대답을 듣기로 하죠!」

제9장   스체판 씨의 가택수색

그러는 동안에 이쪽에서도 또 하나의 사건이 일어났다. 그것은 나를 놀라게 했으며 스체판 선생을 환장하게 한 사건이었다.

아침 여덟 시쯤 스체판 선생 집에서 나스타샤가 우리 집으로 달려와 『나리께서 적혔다』라는 소식을 전해왔다. 나는 처음에는 무슨 소린지 이해가 안 갔으나 차차 들어 보니 관리들이 찾아와서 서류를 압수하고 그것을 수첩에 『적은』 후, 병사들이 그것을 보자기에 싸가지고 손수레에 싣고 갔다는 사실만을 겨우 이해할 수 있었다. 그것은 기괴하기 이를데 없는 소식이었다. 나는 즉시 스체판 선생에게로 달려갔다.

가보니 그는 놀라운 상태에 빠져 있었다. 완전히 마음을 걷잡지 못하고 흥분할 대로 흥분했으면서도, 한편 의심할 여지없이 의기양양한 표정을 짓고 있었다.

방 한복판의 식탁에는 사모바르가 펄펄 끓고 있었고, 따른 채로 손도 대지 않고 내버려 둔 차잔이 하나 동그마니 놓여 있었다. 스체판 선생은 자기로서도 자신이 무엇을 하고 있는지 모르는 모양으로 테이블 둘레를 서성거리기도 하고 방 이 구석에서 저 구석으로 왔다갔다하기도 했다.

그는 여느 때처럼 빨간 자켓을 입고 있었는데, 내 모습을 보자마자 당황해서 그 위에 조끼와 웃옷을 입었다. 전에는 친한 친구에게 이런 자켓 차림의 모습을 보여도 결코 이런 짓을 한 일이 없었다. 그는 갑자기 열띤 태도로 나의 손을 잡았다.

「드디어 친구가 와주었군.」 하고 그는 한숨을 크게 쉬었다.

「여보게, 난 자네한테만 사람을 보냈다네. 아무도 이 일을 아는 사람은

없네. 나스타샤한테 일러서 문을 닫게 하고 아무도 들어오지 못하게 해야만
하네. 특히 그치들은 물론 제외해야 되겠지만……. 자네 알겠지.」
 그는 대답을 기다리듯이 불안하게 나를 쳐다보았다. 나는 물론 바짝 달
라붙어서 여러 가지 일을 꼬치꼬치 캐물었다. 연결이 안 되는 도막도막 끊어진
말에 쓸데없는 군말이 삽입된 많은 얘기 중에서 나는 다음과 같은 사실을
알아냈다. 즉 오늘 아침 일곱 시쯤에 『갑자기』 현청의 관리가 그의 집으로
왔다는 것이다.
 「미안하네, 난 그 사나이의 이름을 잊어버렸네. 그러나 우리나라 사람은
아냐. 아마 렘브케가 데리고 온 모양이야. 어딘가 모르게 좀 얼빠진 듯한
자로, 얼굴 표정으로 보아 독일인인 것 같더군. 이름은 로젠탈이야.」
 「블륨이 아닙니까?」
 「응, 블륨이야. 정말 그랬어. 자네는 그 사람을 알고 있었나? 겉으로는
멍청하고 호인인 듯한 면이 태도에 나타나 있지만, 반면 지나치게 엄격하고
어떻게 손댈 수 없을 정도로 점잔을 빼고 있었어. 경찰에 있는 놈이지만
그것도 밑에서 도는 놈 같았어. 그건 나도 알고 있지. 나는 아직 자고 있었다네.
그런데 어떠했겠나, 그자가 내게 장서와 초고를 『좀 보여달라』고 말하지
않겠나. 그래 생각나네. 그놈은 이런 말을 했단 말일세. 놈은 나를 끌고 가지는
않았어. 다만 장서만을……. 저자세로 나온 셈이지. 그놈이 나에게 찾아온
뜻을 설명하기 시작할 때의 모습이란 마치 내가 그…… 말하자면 그놈은
내가 갑자기 덤벼들어 마치 석고나 때려부술듯이 두들겨패기라도 할 것같이
생각한 모양이었네. 아무래도 그러한 말단 관리들은 상당한 신분이 있는
사람과 접촉했을 때 다들 그런 생각을 한단 말일세. 물론 나는 곧 모든 것을
알아차렸지. 이십 년 동안이나 이런 각오는 해왔다네. 나는 내 손으로 있는
서랍은 다 열고 열쇠도 다 줘버렸네. 내가 직접 줘버린걸세. 모든 것을 다
줘버린 거야. 나는 위엄을 지키면서 태연하게 있었네. 놈은 장서 중에서
게르첸의 외국판과 〈경종(警鐘)〉의 합본과 내 시를 적어 둔 것을 네 부나
가지고 갔네. 그것뿐이야. 서류와 편지, 그리고 내 역사·문학·정치적 논문의
초고 같은 것, 이런 것들을 다 가지고 간걸세. 나스타샤의 말에 의하면 한
군인이 손수레에 싣고 끌고 갔다는걸세. 게다가 비를 막기 위한 보자기를
그 위에 덮어서 말이야, 아아, 정말 그렇다네. 비를 막기 위한 보자기를.」

그것은 마치 잠꼬대 같은 말이었다. 이런 얘기로는 무슨 뜻인지 아무도 알아차릴 수 없을 것이다. 나는 또 그에게 질문의 화살을 퍼부었다. 도대체 블륨이 혼자 온 건가 아닌가? 누구를 대표해서 온 건가? 어떤 직권으로? 어떻게 그자가 그러한 주제넘은 짓을 했단 말인가? 어떤 방법으로 그것을 설명했던가?

「놈은 혼자였네, 단 혼자뿐이었네. 아니야 또 누군가가 옆방에 있었던 것 같았네. 그래 생각나네, 그 밖에도⋯⋯ 아니 그 밖에 또 누군가가 있었던 것 같아. 그리고 현관에는 감시원이 서 있었네. 그러나 이것은 나스타샤한테 물어 봐야겠어. 이런 일은 그녀가 더 잘 알 테니까. 자네도 짐작하겠지만 나는 굉장히 흥분해 있었다네. 그놈은 지껄여대더군. 잘 지껄여대더군⋯⋯ 여러 가지를. 아니 그놈은 그다지 말하지 않았던가, 그보다 내가 오히려 계속 지껄이고 있었지⋯⋯. 나는 내 일생의 역사를 들려 줬어, 물론 그러한 견지에서 본 일생이지만⋯⋯. 나는 극도로 흥분하고 있었지만 그러나 품위는 지키고 있었네. 그것은 자네에게 단언할 수 있네. 그러나 나는 아마 울음을 터뜨린 모양이야, 그게 마음에 언짢단 말일세. 손수레는 놈들이 이웃 가게에서 빌어온 거였네. 이웃에서 말야.」

「아아 어떻게 그럴 수가 있담. 어떻게 그런 짓을 할 수 있었느냐 말입니다. 그러나 제발 부탁이니 좀더 정확하게 말해 주세요, 스체판 트로피모비치. 당신이 말하고 있는 것은 너무나 꿈 같은 이야기라서!」

「여보게, 나 자신도 꿈을 꾸고 있는 것 같은 기분이라네⋯⋯. 그런데 말일세, 놈은 첼랴트니코프라는 이름을 입에 올리더군. 그래서 나는 그놈이 현관에 숨어 있는 것 같은 기분이 들었네. 아아, 그렇지, 참 생각나는군. 놈은 나에게 검사를 추천해 주었네. 틀림없이 드미트리 드미트리치라고 생각하네⋯⋯. 트럼프 놀이를 해서 나한테 십오 루블리를 빚진 자로 아직도 그 빚을 갚지 못한 놈이라네. 이것은 말이 나온 김에 해두는 말일세. 그러나 결국 나는 뭐가 뭔지 통 이유를 모르겠네. 그런데 나는 놈들의 의표를 찔러 주었네. 게다가 검사 따위야 내가 알 바가 아니야. 그러나 나는 놈에게 비밀을 지켜달라고 열심히 부탁했던 모양이야. 너무 열심히 부탁한 것 같네. 그래서 내 위엄을 손상시키지 않았나 하고 걱정이 될 정도로⋯⋯. 여보게 도대체 이것이 사실일 것 같나? 그러나 결국 놈도 겨우 승낙해 주었어⋯⋯. 아아 그렇다,

생각나는군, 이것은 그놈이 부탁한 거야. 자기는 잠깐 좀 『들여다보기』위해서 왔을 뿐이니까 그뿐이라고. 정말 그뿐이라고. 그 밖엔 아무일도 없다……, 그러므로 숨겨 두는 편이 좋지 않겠는가, 만일 조금도 의심되는 점이 발견되지 않으면 사건은 아무 일도 없이 끝날 것이라고 이렇게 부탁한 거라네. 그리고 나중에는 아주 신사적이었지. 나도 아주 만족하고 있네.」

「농담이 아닙니다. 그 사람은 자진해서 당신에게 이런 경우에 필요한 절차와 보증을 제공했는데, 당신은 손수 그것을 뿌리쳐 버린 게 아닙니까!」 나는 친구의 입장에서 자신도 모르게 화가 치밀어 이렇게 소리쳤다.

「아냐, 이것으로 좋아. 보증 같은 건 없는 편이 좋아. 뭣 때문에 세상을 시끄럽게 하겠나. 하여간 당분간은 신사적으로 교섭을 지속해가세. 자네도 알고 있겠지만 만일 그런 일의 소문이 쫙 퍼진다면, 이 거리에서는…… 나의 적이 많으니까 말이야. 게다가 그런 검사가 무슨 소용이 있겠나. 그 검사란 놈은 돼지 같은 놈이야. 그놈은 두 번씩이나 나에게 무례한 짓을 했다네. 게다가 작년에 그 미인이며 애교있는 나탈리아 파블로브나 집에서 실컷 두들겨맞은 일이 있네. 그때 놈은 여자 화장실로 도망쳤다네. 그런데 여보게, 제발 내가 하는 말에 반대하여 나를 비관시키지 말게. 왜냐하면 사람이 불행한 일에 빠졌을 때 옆에서 오십 명 내지 백여 명이나 되는 친구들이 입을 모아 왜 자넨 이런 바보 같은 짓을 했느냐고 떠들어대는 일만큼 싫은 일은 없으니 말야. 자, 하여간 앉게나. 그리고 차라도 마시게. 사실 나는 좀 피곤한 것 같네……. 잠깐 누워서 머리에 초로 찜질이라도 해야 할 것 같네. 자네는 어떻게 생각하나?」

「꼭 그렇게라도 해야죠.」 하고 나는 외쳤다. 「그보다 얼음으로 찜질하는 편이 좋을 것 같네요. 당신은 머리가 몹시 혼란할 테니까요! 보세요, 그렇게 창백한 얼굴을 하고 손을 벌벌 떨고 있지 않나. 자, 어서 누워 쉬세요. 그리고 이야기는 좀 뒤로 미루는 게 좋겠어요. 나는 옆에 앉아서 기다릴 테니까요.」

그가 선뜻 눕지 못하고 있기에 나는 억지로 뉘었다. 나스타샤가 찻잔에 초를 넣어가지고 들어왔다. 그래서 나는 그것을 타월에 적셔 그의 머리에 대었다. 그리고 나스타샤는 의자 위에 올라서서 한편 구석, 성상 앞에 매어단 등명에 불을 켜려고 했다. 나는 깜짝 놀라 그것을 바라보고 있었다. 전에는 등명 같은 것이 없었는데 이번에 갑자기 나타난 것이다.

「이것은 말일세, 아까 그놈들이 돌아가자 곧 내가 말해서 준비시킨 걸세.」 교활한 눈초리로 나를 쳐다보면서 스체판 씨는 중얼거렸다. 「이런 것이 방안에 있으면 체포하러 왔을 때 일종의 관념을 그들의 머리에 불어넣어 줄걸세. 그러면 돌아가서 이런 것을 보았다고 반드시 보고할 테니 말야……」

등명에 불을 켜자, 나스타샤는 문앞에 선 채 오른쪽 손바닥을 뺨에 대면서 울상이 되어 그를 쳐다보았다.

「저 아이를 저쪽으로 보내 주게, 뭐라고 구실을 붙여서.」 하고 그는 소파 위에서 나에게 턱으로 그녀 쪽을 가리켰다. 「지금의 나에겐 저런 러시아 식 동정이 싫어서 질색이란 말일세, 게다가 성가시단 말이야.」

그러나 그녀는 제 발로 나가 버렸다. 나는 그가 줄곧 문쪽으로 시선을 돌리고 현관 쪽에다 귀를 기울이고 있는 것을 알아챘다.

「이제 준비를 해둬야지, 여보게」 하고 그는 의미심장한 눈으로 올려다보았다. 「언제 어느 시간에 놈들이 와서 체포하는지도 모르니까. 그렇게 되면 눈 깜짝할 사이에 사람 하나가 사라져 버리는 거야!」

「뭐라고요! 누가 온단 말입니까? 누가 당신을 체포한단 말입니까?」

「실은 말일세 여보게, 나는 그놈이 돌아가려고 할 때 도대체 앞으로 나를 어떻게 할 작정이냐고 다짜고짜 물어 보았네.」

「차라리 어디로 유형을 보낼 참이냐 하고 물었으면 좋았을 것을!」 나는 역시 분에 못 이겨 이렇게 외쳤다.

「아니, 이 질문을 할 때 나도 그런 뜻을 내포시켰어. 그러나 놈은 아무 대답도 하지 않고 휙 나가 버렸어. 그런데 말일세, 내의라든가 의복이라든가 특히 방한복 같은 것은 아무리 놈들이 난폭하게 군다해도 그것만은 갖고 가게 해주겠지. 그렇지 않겠나. 그렇잖으면 병사들의 외투 하나만 입혀 보낼까, 그러나 나는 삼십오 루블리만 (그는 나스타샤가 나간 문쪽을 돌아다 보면서 갑자기 목소리를 낮췄다) 살짝 조끼 주머니 찢어진 곳에 넣어 두었는데. 자 여기야, 좀 만져 보게나……. 내 생각으로는 놈들도 설마 조끼까지는 벗기려들지 않을 테니까 말이야. 그러나 그냥 보여 주기 위해 지갑 속에 칠 루블리만 남겨 두었네. 『이게 전부요』라는 거지. 여보게, 잔돈과 동전을 테이블 위에 놓아 두었으니까 놈들은 내가 돈을 감추었다고는 짐작하지 못하고 아마 이것이 전부라고 생각할걸세. 아아, 오늘은 어디서 하룻밤을 새울지 하느님 외에는 아무도 아는 사람이 없으니 말이야.」
 나는 하도 어이가 없어 고개를 숙일 수밖에 없었다. 그가 말한 바에 의하면 체포할 수도 가택 수색도 할 수 없다는 것은 일목요연한 일이었다. 확실히 그는 착란되어 있었던 것이다. 더욱이 현행의 새로운 법령이 시행되기까지는 그러한 일도 종종 일어났던 것만은 사실이다. 그러나 그의 말에 의하면 그는 보다 합법적인 절차를 권고받았음에도 불구하고 그 의표를 찔러 단연코 그것을 물리쳤다는 것도 사실이었다……. 물론 이전에는, 극히 최근까지만 해도, 현지사는 극단의 경우, 이런 일을 할 권한을 갖고 있었지만…… 그러나 이 사건의 어디가 그러한 극단의 경우에 상당한 점이 있단 말인가 ? 이렇게 생각하니 나는 뭐가 뭔지 알 수 없게 되었다.
 「이것은 아마 틀림없이 페체르부르그로부터 전보가 왔기 때문일 거야.」 갑자기 스체판 씨는 이렇게 말했다.
 「전보 ! 당신 일 때문에 ? 그건 게르첸의 저서 때문인가요, 당신이 지은 극시 때문인가요, 정말 당신은 정신이 돈 모양이군요 ? 도대체 어떤 이유로 체포된다는 건가요 ?」
 나는 오히려 화가 났다. 그는 떨떠름한 얼굴로 뭔가 모욕이라도 느낀 것 같았다……. 그것은 내가 크게 소리쳐서가 아니라, 체포될 아무런 이유가 없다는 그 생각이 마음에 들지 않았던 모양이다.
 「세상이 세상이니만큼 어떤 이유로 체포될지 아무도 모르네.」하고 그는 아리숭한 말투로 중얼거렸다. 그러자 기괴하고 아주 어리석은 생각이 내 머릿속에 번쩍 떠올랐다.
 「스체판 트로피모비치, 한 친구로서 나에게 들려 주세요.」하고 나는 외쳤다. 「참다운 친구로서 밝혀 주세요. 난 결코 당신을 함정에 빠뜨릴 그런 짓은 하지 않겠어요. 당신은 뭔가 비밀결사에 관계하고 있는 게 아닌가요 ?」
 그런데 놀랍게도 그는 이 문제에 대해서도 뚜렷한 자신이 없었다. 자기가 어떤 비밀 결사에 관계하고 있는지 어떤지 스스로도 몰랐던 것이다.
 「글쎄, 이것을 어떻게 해석해야 좋을지, 여보게…….」
 「뭐라고요, 『어떻게 해석하면 좋을지』라뇨 ?」
 「만일 진심으로 시대의 진보에 동감하고 거기 관여하고 있다고 하면…… 누군들 그런 것을 명백히 말할 수 없지 않은가. 자기로서는 관계가 없다고 생각하고 있지만 뜻밖에도 어느결에 무엇엔가 관계하고 있는 그런 일이 있으니까 말일세.」
「어떻게 그런 일이 있을 수 있어요. 이때 문제는 예스냐 노냐 둘 중 하나뿐이오..」
「페체르부르그에서부터 시작된 일이네. 그 사람과 그쪽에서 잡지를 내려고 했을 때부터의 일이야. 바로 뿌리는 이곳에 있는 거라네. 그때 우리는 감쪽같이 빠져나가 놈들도 완전히 잊어버리고 있었는데 이번에 그것을 생각해낸 거야. 여보게, 여보게, 도대체 자네는 모른단 말인가!」 그는 병적으로 외쳤다. 「나는 체포되어 수인 마차에 실려 그대로 곧장 시베리아로 추방되어 일생을 보내든가, 아니면 감옥에 갇혀 사람들의 기억에서 망각되든가 둘 중 하나일세.」
이렇게 말하자 그는 갑자기 뜨거운 눈물을 흘리며 울기 시작했다. 눈물은 하염없이 쏟아져 나왔다. 그는 그 비단 손수건으로 눈을 가리면서 흐느껴 울었다. 오 분 가량이나 마치 경련이라도 일으킨 것처럼 목메어 울었다. 나는 가슴이 죄어드는 것 같은 기분이 들었다. 이십 년 동안 우리들의 예언자요, 전도자요, 교훈자요, 그리고 족장이었던 이 사람, 우리 일동 앞에 의기양양하고 엄숙하게 치솟았던 이 쿠콜리니크(제1편 제1장 5 참조), 우리들이 마음속으로 숭배하여 우리들의 영광으로 삼았던 스체판 씨가 지금 갑자기 울기 시작하지 않았는가. 교사가 회초리를 가지러 간 사이에 공포에 떨고 있는 어린 장난꾸러기 국민학교 학생처럼 훌쩍훌쩍 울고 있지 않은가. 나는 가엾은 생각이 들어 견딜 수 없었다. 『수인 마차』가 온다는 것을, 분명히 내가 그의 옆에 앉아 있는 사실처럼 마음속으로 굳게 믿고 있었다. 더구나 내일이 아니라 오늘 당장, 아니 이렇게 말하고 있는 동안에도 오리라고 각오하고 있을 것이다. 그것이 무엇 때문인가 생각하니 게르첸의 저서와 묘한 이상야릇한 자작시인 것이다! 이러한 흔해빠진 현실 생활의 지식이 전혀 결핍되어 있다는 일은 거룩하기도 하며 뭔가 답답하기도 했다.
그는 이윽고 울음을 그치고 긴의자에서 일어나 다시 방 안을 서성이면서 나와 얘기를 계속했지만 그 동안에도 연방 창 밖을 내다보기도 하고, 현관 쪽으로 귀를 기울이기도 했다. 우리들의 얘기는 밑도끝도없이 계속되었다. 내가 아무리 있는 말을 다해서 설득하고 위로해도 마치 콩을 벽에 내던지

듯 헛되이 퉁겨올 뿐이었다. 그는 제대로 들으려고도 하지 않았다. 그러면서도 역시 내게서 여러 모로 위로받고 싶어서 못 견디어했다. 나는 그런 의미에서 계속 지껄여댔다. 지금 그는 이제 나 없이는 아무 일도 할 수 없었다. 그래서 무슨 일이 있든 나를 놓으려 하지 않았다. 이런 줄 알았으므로 나도 그대로 남아 있었다. 두 사람은 두 시간 이상이나 앉아 있었다. 여러 가지 얘기 속에 그는 블륨이 두 장의 격문을 발견하고 집으로 가져간 사실을 문득 상기했다.

「아니 격문이라고!」 나는 어리석게도 깜짝 놀라서 이렇게 외쳤다.

「설마, 당신은……」

「뭐, 열 장 가량의 격문이 집에 날아들어왔단 말이야.」 그는 화가 나는 듯이, 때로는 거만하게, 때로는 슬프게, 때로는 깔보듯이 말하는 것이었다. 「그러나 여덟 장은 내가 처분했기 때문에 블륨이 가지고 간 것은 불과 두 장뿐일세……」 하고 그는 갑자기 자기 분에 못 이겨 얼굴이 새빨개졌다. 「자네는 나를 그런 녀석들과 한패로 생각하는군! 도대체 자네는 내가 그런 악당과 함께 어울릴 것 같나? 그런 삐라를 뿌리고 다니는 녀석들과? 아들놈 표트르와 그 겁많은 독선자들과? 아아 무슨 변이냐!」

「이거 큰일이군, 혹시 뭔가 잘못되어 당신을 그패들과 혼동하지 않았는지 몰라요……. 아니 그런 바보 같은 일이 있을 리는 없지.」 하고 나는 말했다.

「여보게」 하고 그는 난데없이 이렇게 말했다. 「나는 가끔 뭔가 세상을 소란케 하는 비열한 짓을 할 것 같은 기분이 들어서 야단이야. 여보게, 돌아가지 말게. 나를 혼자 내버려 두지 말게나. 아아, 나의 세상살이도 오늘로 종말을 고했어. 나 자신도 그렇게 느껴지네. 여보게, 때에 따라선 나는 그 소위처럼 그 주변에 있는 아무에게나 덤벼들어 마구 물어뜯을지도 모르네……」

그는 기묘한 눈초리, 놀란 듯한 동시에 자기도 남을 놀라게 하고 싶은 눈초리로 물끄러미 나를 쳐다보는 것이었다. 점점 시간이 흘러가는데 언제까지 있어도 『수인 마차』가 오지 않았으므로 그는 정말 초조한 기분이 들어 마침내는 화가 잔뜩 났다. 그러면서도 무엇 때문에 누구에게 화를 내고 있는지 자신도 알 수 없었다. 그때 무슨 볼일이 있어 부엌에서 응접실로 찾아온 나스타샤가 갑자기 외투걸이를 건드려 쾅 하고 쓰러뜨렸다. 스체판 씨는 깜짝 놀라 죽은 듯이 꼼짝 않고 서 있었다. 그러나 사태가 이렇게 판명되자 그는 비명에 가까운 소리를 지르며 거의 나스타샤에게 덤벼들 듯한 기세였다. 그리고 발을 쾅쾅 구르며 부엌으로 내쫓아 버렸다. 일 분 가량 지나자 그는 절망한 듯이 내 얼굴을 쳐다보면서 이렇게 말했다.

「나는 이제 파멸이야! 여보게」갑자기 내 옆에 앉더니 초연한 모습으로 내 눈을 물끄러미 바라보았다.「나는 결코 시베리아를 두려워하는 건 아닐세. 그것은 자네에게 훌륭히 맹세할 수 있네. 아아, 정말일세.」그의 눈에서는 눈물까지 흘러나왔다.「내가 두려워하는 것은 전혀 다른 일일세.」

나는 이미 그 모습을 보기만 해도 그가 뭔지 아주 중대하고 지금까지 참고 숨겨왔던 일을 마침내 밝히려 한다는 것을 알았다.

「나는 치욕이 드러나는 일을 두려워하네.」하고 그는 자못 비밀처럼 속삭였다.

「치욕이라니 어떤 것을 말합니까? 그것은 전혀 반대가 아녜요! 내가 책임지죠, 스체판 트로피모비치. 이 사건은 오늘 안으로 완전히 명백해져서 유리한 해결을 보게 될 겁니다……」

「그럼 자네는 내가 사면된다고 확신하고 있군?」

「도대체『사면』이란 뭐죠? 정말이지 무슨 말입니까! 당신은 사면을 받고자시고 할 일을 언제 저질렀단 말입니까? 나는 단연코 확언해 둡니다. 당신은 아무것도 그런 일을 저지른 게 없어요!」

「그런데 말일세, 여보게, 나의 일생이 처음부터 끝까지…… 여보게…… 저놈들은, 저놈들은 틀림없이 모든 것을 생각해낼 거야……. 만일 아무것도 발견하지 못한다 하더라도, 오히려 그러는 편이 더 나쁜걸세.」갑자기 그는 뜻밖에 이렇게 덧붙였다.

「어째서 그 편이 더 나쁜가요?」

「오히려 더 나쁜걸세.」

「모르겠군요.」

「실은 여보게, 실은 말일세, 나는 시베리아로 보내든, 아르한겔리스크로 보내든 상관없네. 시민권 박탈도 괜찮네. 죽으라면 죽을 수도 있네! 다만…… 나는 다른 일이 두려운걸세.」하고 그는 또 소리를 낮춰 겁에 질린 듯한 표정을 짓고 무슨 비밀이나 되듯이 이렇게 말했다.

「도대체 뭔데요, 뭡니까?」

「태형을 당하는 일일세.」하고 말하며 그는 난처한 얼굴로 나를 쳐다보았다.

「누가 당신을 태형에 처한다는 겁니까? 어디서 무슨 이유로?」 나는 그가 정신이라도 돈 게 아닌가 하고 어이가 없어 이렇게 외쳤다.

「어디서라니? 그거야 여보게…… 그런 일을 하는 데가 있다네.」

「그러니까 어디서 그런 일을 하느냐 말입니다.」

「자네는 정말」 내 귀에 입이 닿을 정도로 가까이 하면서 그는 속삭였다. 「왜 발 밑의 마룻바닥이 갑자기 짝 갈라져서 몸의 절반이 밑으로 내려떨어지는 장치가 있잖아……. 이것은 누구나 다 알고 있는 일이라네.」

「옛날 얘기예요!」 겨우 알아채고 나는 외쳤다. 「케케묵은 옛날 얘기예요. 아니 당신은 지금까지 그것을 정말로 믿었나요?」 나는 목청을 돋구어 껄껄 웃었다.

「옛날 얘기라고! 옛날 얘기라도 뭔가 근거가 있을 게 아닌가. 태형을 받은 자는 제 입으로 그런 소릴 지껄이지 않는 법일세. 나는 수천 번, 수만 번이나 이런 광경을 상상해 보았다네!」

「그러나 당신이, 당신이 무슨 이유로 그런 꼴을 당한단 말입니까? 당신은 아무것도 한 일이 없지 않습니까?」

「그러니까 더욱 안 된다는걸세. 내가 아무 일도 안 했다는 것을 알면 놈들은 나를 틀림없이 두들겨팰 테니까 말일세.」

「그래 그 때문에 당신을 페체르부르그로 끌고 간다고 생각하고 있는 겁니까?」

「자네, 나는 아까도 말했듯이 이제는 아무것도 애통하다고는 생각지 않네. 나의 세상살이는 끝난걸세. 스크보레쉬니키에서 그 사람과 헤어진 순간부터 나는 내 목숨도 아깝지 않다는 생각을 하게 되었다네……. 하지만 치욕, 볼꼴 사나운 망신을 어떻게 하나. 그녀가 뭐라고 할까? 만일 이 일이 알려지면…….」

그는 절망한 듯이 나를 쳐다보았다. 불행한 친구는 얼굴을 새빨갛게 물들이고 있었다. 나는 자신도 모르는 사이에 눈을 내리깔았다.

「그 여자에게는 아무것도 알려지지 않습니다. 당신 신상에는 아무 일도 일어날 리가 없을 테니까요. 나는 마치 생전 처음 당신과 얘기하고 있는 것 같은 기분이 들어요. 스체판 트로피모비치, 정말이지 오늘 아침의 당신에게는 그야말로 갈피를 잡을 수가 없었어요.」

「여보게, 나는 무슨 공포 때문에 이런 말을 하는 건 아닐세. 다만, 가령 내가 사면되어 다시 한 번 이곳에 돌아오게 된다 해도, 내 신상에 아무 일도 일어나지 않는다 해도, 그러면 그런대로 나는 역시 파멸이란 말일세. 그 사람은 평생 나를 의혹의 눈으로 보게 될 테니까. 나를, 시인이고 사상가이며 이십 년 동안 그 사람의 숭배의 대상이었던 나를!」

「그런 일을 그 사람은 꿈에도 생각하지 않습니다.!」

「생각한다네.」 하고 그는 깊은 확신을 갖고 속삭였다. 「나와 그 사람은 페체르부르그에서 몇 번이고 이 일에 대해 얘기했다네. 사순제 때 출발을 앞두고 말일세. 그때 둘이 다 겁에 질려 있었다네. 그 사람은 평생 나를 의심하겠지……. 그 의심을 깨끗이 씻어 버릴 수 있을까? 여간해서 정말이라고 생각하지 않을걸세. 게다가 이 거리의 사람들 중 한 사람이라도 나를 믿어 주겠는가, 그건 불가능하네……. 게다가 여자들이란…… 그 사람은 오히려 기뻐할걸세. 그야 물론 참다운 친구로서 틀림없이 슬퍼해 주기야 하겠지. 마음속으로부터 몹시 슬퍼해 주기야 하겠지. 하지만 정말은 기뻐할걸세……. 평생 나를 책하게 될 무기를 갖는 셈이 되니까 말일세. 아아, 내 일생은 망했네! 이십 년간 그 사람과 둘이서 완전한 행복을 즐겨왔는데……. 이번에 이렇게 될 줄이야!」

그는 두 손으로 얼굴을 감쌌다.

「스체판 트로피모비치, 당신은 곧 이 사실을 바르바라 부인에게 알리는 편이 좋지 않을까요?」 하고 나는 권해 보았다.

「천만에 말씀을!」 하고 그는 몸을 부르르 떨며 자리에서 벌떡 일어났다. 「절대로 절대로 무슨 일이 있어도 말할 수 없네. 스크보레쉬니키에서 헤어질 때 그런 소릴 들은 뒤인데, 어떻게 그런 말을!」

그의 눈은 번쩍번쩍 번득이기 시작했다.

우리는 계속 뭔가를 기다리면서——벌써 그런 관념이 머리에 꽉 박혀 버렸다——아마, 한 시간, 아니 더 이상 앉아 있었던 것 같다. 그는 다시 누워 눈까지 감아 버렸다. 이리하여 그는 이십 분 가량 한 마디도 하지 않고 누워 있었으므로, 잠이 들었든가 아니면 자기 망각에 빠져든 게 아닌가 하는 생각이

들 정도였다. 그러자 갑자기 무서운 기세로 몸을 일으켰다.
 그리고 별안간 이마의 손수건을 떼어내고 긴의자에서 벌떡 일어나더니 거울 앞으로 뛰어가서 떨리는 손으로 넥타이를 고쳐매고 있었다. 그리고 우뢰와 같은 소리로 나스타샤를 불러 외투와 새 모자와 단장을 내놓으라고 일렀다.
 「난 더 이상 참을 수 없네.」하고 그는 더듬거리는 소리로 말했다.「안돼, 도저히 안돼!…… 나는 직접 가보겠네.」
 「어디로?」하고 나도 역시 벌떡 일어섰다.
 「렘브케한테로. 여보게 나는 그렇게 하지 않으면 안돼, 의당 그렇게 해야 해. 그건 내 의무야, 본분이란 말이야! 나는 공민(公民)이야, 한 인간이야, 결코 나뭇조각이 아니란 말일세. 나는 권리를 지니고 있네. 내 권리를 요구하는걸세……. 나는 이십 년간 내 권리를 요구하지 않았네. 지금까지 죄스럽게도 그것을 잊고 있었던걸세. 하지만 이제야말로 그것을 요구하겠네. 렘브케는 내 앞에서 모든 것을 명백히 말할 의무가 있는걸세, 정말로 모든 것을! 그 사람은 틀림없이 전보를 받았을 거야. 그 사람에게 이렇게 나를 괴롭힐 권리는 없네. 그것이 안 된다면 체포하는 게 좋을걸세, 체포하는 게!」
 그는 묘하게 째지는 소리를 지르면서 발을 동동 굴렀다.
 「나는 당신 생각에 찬성입니다.」나는 그의 신상이 꽤 마음에 걸렸지만 일부러 될 수 있는 한 침착하게 말했다.「정말이지 이렇게 속을 썩여가면서 집에 있기보다는 그 편이 훨씬 낫겠어요. 그러나 당신의 지금 기분에는 찬성할 수 없습니다. 자 보세요, 당신 안색이 어떤지. 그래가지고 어떻게 거길 간다는 말입니까? 렘브케에 대해서는 좀더 품위를 지니고 여유있는 태도로 침착해야만 합니다. 정말 당신이 이 상태로 지금 그쪽으로 간다면 누군가에게 덤벼들어 물어뜯을 것 같은 그런 태도입니다.」
 「나는 스스로 내 자신을 적의 손에 넘겨 주러 가는걸세. 사자의 아가리 속으로 들어가는 거야…….」
 「그럼 나도 함께 갑시다.」
 「자네라면 그렇게 말해 주리라 생각하고 있었네. 기꺼이 자네의 희생을 받아들이기로 하지. 참된 친구의 희생이니까. 하지만 그쪽 집까지만이야. 꼭 집까지만일세. 그 이상 나와 같이 행동을 해서 자신에게 혐의를 초래하는 그런 짓을 자네는 해서는 안 되네. 그런 권리를 갖고 있진 않네. 문제 없네, 안심하게. 난 냉정하게 할 테니까! 난 지금 이 순간 마치 이 세상에 있는 온갖 것 중 가장 신성한 것의 높은 정상에 서 있는 듯한 기분이 든다네……」
「난 어쩌면 당신과 함께 그 집으로 들어갈는지도 몰라요.」하고 나는 그의 말을 가로막았다.「어제 브이소츠키를 통해 그 바보 같은 위원회에서 통지가 왔었어요. 모두들 기대를 걸고 있으니까 내일은 꼭 간사, 그게 아니고 뭐라고 하든가…… 즉, 빨간색과 흰색의 리본을 왼쪽 어깨에 달고, 접대의 감독을 하거나 귀부인들의 시중을 들거나 손님들의 자리를 살펴 준다는 역할을 떠맡은 여섯 명의 청년에 끼여 자선회에 나와 달라는 겁니다. 나는 거절하려고 하였습니다만 지금의 경우 율리아 부인과 직접 의논한다는 구실로 그 집에 안 들어간다는 것도 어리석은 얘깁니다. 그러니 함께 들어가도록 합시다.」
그는 끄덕이면서 듣고 있었지만 아무것도 몰랐던 모양이다. 우리는 문턱에 서 있었다.
「여보게」하고 그는 한편 구석에 있는 등명 쪽을 가리켰다.「여보게, 나는 지금까지 이것을 조금도 믿고 있지 않았지만 그러나…… 이렇게 해도, 이렇게!(그는 성호를 그었다) 가세!」
『아니, 이 편이 낫겠다.』그와 함께 현관으로 나오면서 나는 생각했다.『걸어가는 도중에 신선한 공기가 그의 기분을 진정시켜 주겠지. 그리고 마음의 안정을 얻은 다음, 집으로 돌아와서 누워 쉬기로 하자…….』
그러나 이것은 나 혼자서 멋대로 정한 생각이었다. 마침『도중에서』또 하나의 사건이 일어나 스체판 선생의 마음을 다시 뒤흔들어 완전히 그의 기분을 굳어 버리게 만들었던 것이다……. 사실 솔직히 말해, 이 친구가 오늘 아침 갑자기 보여준 뜻밖의 과단성은 나도 전혀 생각지 않았던 일이다. 불행한 친구여, 선량한 친구여!

제10장   해적들, 운명의 아침

1

　　도중에 우리들이 부딪친 일도 역시 놀라울 만한 것이었다. 그러나 모든 것을 순서있게 말해야 할 것 같다. 나와 스체판 선생이 함께 밖으로 나오기 약 한 시간 전의 일로, 한 무리의 군중들이 시중을 행진하는 것을 많은 사람들은 호기심에 찬 눈으로 주시하고 있었다. 이들은 쉬피굴린 공장의 직공으로 모두 칠십 명쯤——혹은 그 이상이었는지도 모른다. 그들은 거의 말없이 특히 정숙을 지키며 단정하게 걷고 있었다. 나중에 사람들의 말을 들어 보니, 이 칠십 명은 전체 구백 명 가량 있는 쉬피굴린 직공의 대표들로서 현지사에게로 몰려가, 공장주가 부재중이라 지배인에 대한 제재를 지사에게 요구하려는 것이었다. 그것은 지배인이 공장을 폐쇄하고 직공을 해고하는 데 있어 뻔뻔스럽게도 직공 전체의 급료를 속였다는 것이다. 이것은 지금에 와서는 조금도 의심할 여지가 없는 명백한 사실이다.

　　그런데 일부 사람들은 오늘날까지도 선출설을 부정하고, 선출로서는 칠십 명이라는 숫자가 너무 많다, 그것은 다만 몹시 분개한 사람들로써 자연스럽게 성립된 군중들로, 각기 자기에 대한 일을 호소하러 간 데 불과하다, 따라서 나중엔 그렇게 요란스럽게 떠들어대던 공장 전체의『소요』도 결코 없었다고 단언하고 있다. 또 일부의 사람들은 그 칠십 명은 단순한 소요자가 아니라 순전히 정치적 색채를 띠고 있다, 말하자면, 원래 극히 난폭한 성질인데다, 여러 가지 격문에 의해 선동된 자들이 틀림없다고, 기가 나서 주장하는 것이었다. 한마디로 말해, 이 사건에 관해 어떤 외부로부터의 영향을 인정할 것인가, 또는 무슨 음모라도 존재하고 있었던가 하는 문제에 대해서는 오늘날까지도 정확하게 알려지지 않고 있는 것이다. 그런데 내 개인의 의견은 이러하다. 직공들은 결코 격문등은 읽지 않았다. 가령 또 읽었다 하더라도, 한마디도 이해하지 못했을 것이다. 그것은 격문의 필자가 꽤 노골적인 문체를 즐겨 사용함에도 불구하고 전체적으로 봐서 상당히 애매하게 썼다는 이유 하나만으로 봐도 충분히 알 수 있다. 그러나 사실 직공들은 호된 꼴을 당한데다 경찰에 호소해도 자기네들의 불평을 동정해 주지 않으므로, 한덩어리가 되어『장군님께 직접』찾아가 만일 가능하다면 선두에서 탄원서까지 들고서, 현관 앞에 얌전히 정렬하여, 장군님의 모습이 나타나자마자 모두 일제히 그 자리에 무릎을 꿇고 전지전능하신 하느님이라도 대하듯이 애소(哀訴)해 보자, 이렇게 생각하는 것보다 더 자연스러운 일이 있을까? 내가 보기엔 소요니 선거니 하고 어렵게 생각할 필요는 없다. 왜냐하면 그것은 낡은 역사적 방법이기 때문이다. 러시아의 국민은 옛부터『장군님과 직접』얘기하는 것을 좋아했다. 더욱이 그것은 단지 자기 만족을 위한 것이므로, 결과야 어떻게 되든 상관하지 않았다. 표트르나 리푸친, 거기에다 또 누군가 다른 사람이——페지카와 같은 자도 끼여 있었는지도 모른다——미리 직공들 사이를 돌아다니며, 그들에게 뭔가를 지껄여댄 일이 있다 하더라도(이 점에 대해서는 사실 꽤 정확한 증거가 있다), 기껏해야 두세 사람, 많이 보아 다섯 사람 가량 붙잡아서 시험적으로 지껄여댔을 것이다. 그러나 그것조차 아무런 효과도 없었을 것이다. 반역이니 뭐니 하는 소문은 가령 직공들이 선전 문구를 다소나마 이해했다 하더라도 어리석기 짝이 없는 남의 일처럼 여겨 귀담아 듣지 않았을 것이다. 더욱이 페지카는 좀 문제가 다르다. 이자는 표트르보다는 훨씬 더 잘해 나갔을 것이다. 이로부터 사흘 뒤에 일어난 거리의 화재 소동에서도, 두 사람의 직공이 페지카와 관계있는 자였다. 그것은 이번에 틀림없는 사실로 폭로된 것이다. 그리고 다시 한 달이 지난 뒤 또한 직공 출신의 세 사나이들이 똑같이 방화 강도범으로서 군 쪽에서 붙잡혔다. 그러나 페지카가 잘 선동하여 재빠른 행동으로 직접 이끌었다고 하더라도 역시 그것은 지금 말한 다섯 사람에 불과한 모양이다. 왜냐하면 그뒤 다른 사람에 대해선 그런 얘기를 조금도 듣지 못했기 때문이다.

그것은 그렇다고 해두고, 직공들은 이윽고 지사관저 앞 광장에 떼지어 몰려와 말없이 얌전히 점령했다. 그리고 현관을 향해 입을 멍하니 벌린 채 지사의 출현을 기다리고 있었다. 이것은 남에게서 들은 얘기지만 그들은 그곳에 늘어서자마자, 곧 모자를 벗었다는 것이다. 지사는 마침 이때 고의적이기나 한 듯 부재중이었으므로, 그가 모습을 나타내기 삼십 분 전의 일이었다. 경찰 쪽에서도 곧 달려왔다. 처음에는 한둘이었으나, 나중에는 가능한 한 많은 인원이 몰려왔다. 물론 최초에는 위협적으로 해산을 명령했으나, 직공들은 울타리에 부딪힌 양떼처럼 꼼짝달싹하지 않았다. 그리고 어디까지나 장군님을 직접 만나러 왔다고 버티는 것이었다. 굳은 결심이 엿보였다. 부자연스러운 외침이 그치고 이윽고, 주의깊은 태도와 비밀리에 속삭이는 명령과, 까다롭고 분주한 근심스런 모습(그것은 상관들의 눈살을 찌푸린 모습으로 알 수 있었다) 등이 그것과 바뀌었다. 경찰서장은 렘브케가 돌아오기를 기다리기로 했다.

렘브케가 삼두마차를 전속력으로 달려 도착하자 마차에서 내리기도 전에 싸움을 시작했다는 말은 전혀 근거없는 말이다. 특히 그는 곧잘 거리에서 마차를 몰고 다녔다. 뒤쪽을 노랗게 칠한 마차를 몰고 다니기를 좋아했다. 그리고 『갈피를 못 잡는 상태에 빠진』 양쪽 말이 점점 정신없이 달려 시장터의 상인들을 감탄케 할 무렵에는 그는 마차 위에 일어서서 그 때문에 일부러 옆에 매어둔 가죽 끈을 잡고, 등을 쭉 펴면서 마치 기념비처럼 오른손을 허공에 내밀며 유유히 거리를 내려다보는 것이었다.

그러나 이번 경우에는 결코 싸움은 하지 않았다. 더욱이 마차에서 내렸을 때 한마디 거친 말을 하지 않을 수 없었지만, 그것은 단지 인기를 떨어뜨리지 않기 위한 수단이었다. 또 한층 더 바보 같은 얘기가 있다. 총검을 든 군대가 소집되었다느니, 어딘가에 전보를 쳐 포병대와 카자크들을 시급히 파견하라고 통달했다느니 하는 소문이다. 그러나 이런 일은, 지금은 말을 했던 당사자조차도 믿지 않는 것 같은 헛소문이다. 그리고 또 소방펌프를 끌어다가 군중에게 물을 끼얹었다는 것도 헛소문이었다. 그것은 단지 경찰서장이 홧김에 자기는 누구 한 사람이든 물속에서 몸을 적시지 않고 빠져나오게 하지는 않을 것이다(전원 유죄로 한다는 뜻)라고 외친 것에 불과한 것이다. 펌프란 얘기도 아마 여기서 나왔음에 틀림없으나 이런 식으로 수도의 신문의 통신란에까지 파급되어간 것이다. 어쨌든 가장 정확한 사태로 생각되는 것은, 처음에는 우선 가까이 있는 경찰들로 군중을 둘러싸게 하고, 그리고 제 1 분서장(分署長)을 시켜 급히 렘브케 앞으로 달려가게 했을 정도였을 것이다. 그는 렘브케가 약 삼십 분 전에 자기 전용의 포장마차를 타고 스크보레쉬니키로 떠났다는 사실을 알고 있었으므로 서장의 마차를 타고 그 방향으로 가도를 따라 달려갔을 것이다⋯⋯.

그러나 나로서는 도저히 해결되지 않는 의문이 하나 남아 있었다. 어째서 이 하찮은 아니 흔해빠진 한 집단의 방문자들을, 비록 칠십 명이라는 수이기는 하나, 갑자기 처음부터 대하자마자 국가 조직의 근저를 뒤흔드는 반역 운동이라고 규정지어 버렸을까? 왜 렘브케 자신까지 이십 분쯤 지나 급사의 뒤에서 모습을 나타냈을 때 이 관념에 사로잡히고 말았을까? 나는 어쩌면 이런 게 아닌가 하는 상상을 하고 있다. (이것 역시 나 개인으로서의 의견이지만) 공장의 지배인과는 아주 가까운 사이인 서장이 이 군중들을 이런 뜻으로 해석해 버려, 사실 사건을 규명치 않는 편이 유리하다고 생각한 것은 아닐까. 더욱이 렘브케 자신까지도 그런 식으로 결정해 버린 것이다. 최근 이틀 동안에 렘브케는 두 번이나 그와 비밀리에 특별한 회담을 가졌던 것이다. 더욱이 이 타협은 꽤 요령부득의 것이었지만 그래도 서장은 상대방의 얘기에서 쉬피굴린 공장의 직공들은 누군가에게 선동되어 사회 혁명적인 반역 운동을 일으키고 말 것이라는 생각과, 격분에 대한 걱정 등이 지사 나리의 머릿속에 굳게 뿌리박혀 있음을 알아차렸다. 또 그 뿌리박힌 정도가 보통이 아니므로, 만일 그런 선동 운운함이 거짓인 줄 안다면 지사 자신이 크게 낙담하리라는 생각이 들 정도였다.『어떻게 해서든지 페체르부르그의 정부를 놀라게 할 만한 수훈을 세우고 싶다.』렘브케 앞을 물러나면서 늙고 교활한 서장은 이렇게 생각했다.『뭐 상관없다. 우리들로서는 안성마춤이다.』

하지만 내가 굳게 믿는 바로는, 불행한 렘브케 씨는 가령 자기 공명을 위한 일이라도, 그런 반역운동을 원하지는 않았을 것이다. 그는 극히 정직하고 근면한 관리로, 결혼날까지 순결을 지킨 사람이다. 그가 설사 단순한 관용 땔감의 부정 유출이나, 또 그만큼 단순한 독일 처녀와의 결혼 대신, 마흔 살을 넘은 공작 영애의 허영심에 말려들어갔다고 해서, 그것이 과연 그 자신의 죄일까? 나는 거의 확실하게 알고 있지만, 그가 지금 스위스의 어떤 특수한 병원에 들어가서 새로운 영기(英氣)를 기르지 않으면 안될 불쌍한 심적 상태에 빠진 최초의 징후는 바로 이 운명적인 아침부터 나타난 것이다. 그러나 만일 이 아침부터 뭐가 뚜렷한 사실이 나타났다는 것을 긍정한다면, 그 전날 밤에도 이와 비슷한 사실이, 그만큼 뚜렷하지는 못할지라도 어느 정도까지는 나타났을 것이라고 말해도 그리 잘못된 말은 아닐 것이다.

 나는 가장 믿을 만한 소식통에 따라 다음 사실을 알고 있다(그것은 당사자인 율리아 부인이 그후 의기를 잃고, 거의 후회스런 감정을 느끼면서──왜냐하면 여자란 절대로 마음속으로부터 후회하는 일은 없으니까──이 사건의 일부를 들려 주었다고 상상해 두자). 다름 아니라 전날 밤 렘브케 씨는 이미 밤도 깊은 오전 두 시가 훨씬 지나 갑자기 찾아와서, 부인을 흔들어 깨워 『나의 최후 통첩』을 꼭 들어 달라고 말했다. 그 요구가 지나치게 강경했으므로 부인도 할 수 없이 투덜대면서도, 머리에 컬 페이퍼를 감은 채 잠자리에서 일어나 침대 의자에 걸터앉았다. 그리고 비꼬는 듯한 모멸의 빛을 표면에 나타내고 있었으나 하여간 끝까지 다 들었다. 이때 비로소 율리아 부인은 남편이 어떤 심정인가를 깨닫고 내심 매우 놀랐다. 그녀는 당연히 자신의 잘못을 깨닫고 자신을 굽혀야 했을 것이다. 하지만 부인은 공포를 감추면서 전보다 한층 더 자신을 고집했던 것이다.

 그녀는 모든 여자들과 마찬가지로 남편에 대한 일종의 전술을 알고 있었다. 이것은 이미 한두 번이 아니라 실지로 응용되어 그때마다 렘브케 씨를 환장하게 만들었던 것이다. 율리아 부인의 전술은 상대방을 경멸하는 무언의 시위로, 그것이 한 시간, 두 시간, 일주일, 때로는 삼 주일씩이나 계속되는 일이 있었다. 가령 어떤 일이 있든, 남편이 뭐라고 하든, 또 무슨 짓을 하든, 삼층에서 뛰어내리기 위해 창문으로 기어오른다 해도, 절대로 말을 하지 않는 것이다. 즉 감각이 예민한 남자로서는 도저히 견딜 수 없는 전술인 것이다! 율리아 부인은 이 며칠 동안의 남편의 실수나, 또 아내의 행정적인 수완을 시기하는 듯한 행위에 대해서 현지사로서의 남편을 곯려 줄 작정이었는지, 아니면 아내의 미묘한 선견지명을 이해하지 못하고 젊은 사람들에 대한 태도를 비난하는 남편에게 불만을 품고 있었음인지, 혹은 표트르에 대한 남편의 둔감하고 뜻없는 질투에 화를 냈기 때문인지, 어쨌든 부인은 밤 세 시라는 시각에도, 지금까지 본 일이 없는 렘브케 씨의 흥분에도 전혀 아랑곳없이 이때도 굽히지 않으리라 결심했던 것이다. 그는 이성을 잃고 부인의 내실 양탄자 위를 이쪽저쪽 종횡무진으로 걸어다니며 『모든 것을 다』 털어놓고 말았다. 전혀 앞뒤 연결도 없었지만 그 대신 가슴속에 끓고 있었던 일을 완전히 토로해 버리고 말았다. 그는 『너무 언어 도단이기 때문이다』라고 말했다. 서두부터 그는 모든 사람들이 자기를 비웃고 「내 코를 잡고, 맘대로 휘둘러대는 것이다.」라고 말을 꺼냈다. 「말을 어떻게 표현하든 난 상관없어요!」 부인의 조소를 알아채자 그는 갑자기 소리를 질렀다. 「코를 잡는다 해도 상관없지 않고, 그게 사실이니 별 수 없지! …… 글렀소 부인, 드디어 최후의 순간이 닥쳐온 거요. 지금은 웃거나 할 때가 아니오. 여자의 기교를 부리고 있을 때가 아니오. 우리는 몸을 비틀며 교태를 부리는 어느 귀부인의 내실에 있는 건 아니오. 말하자면 진실을 토로하기 위해 기구(氣球) 위에서 만난 두 개의 추상적인 존재인 거요.」(그는 물론 당황하여, 자기 사상에 올바른 형식을 발견할 수가 없었던 것이다. 더욱이 사상 그 자체가 잘못된 것은 아니다.) 「그것은 당신이오, 부인. 나를 이런 상태로 끌어낸 것은 당신이오. 내가 이 자리를 물려받은 것은 다만 당신 때문이오. 당신의 허영심 때문이오……. 당신은 비웃고 있군? 그렇게 뽐내지 마오, 그렇게 조급히 굴지 않는 편이 좋을 거요. 알겠소, 부인, 내 말해 두지만, 나도 이 자리를 마음대로 처리해 나갈 수 있고, 그만한 수완은 있단 말이오. 이런 자리 하나쯤이 아니오. 열 개의 자리라도 훌륭하게 처리해 보이겠소. 나는 그만한 솜씨가 있소. 그러나 부인, 당신과 함께 있으면, 당신이 옆에 있으면, 도저히 처리해 나갈 수 없단 말이오. 당신이 옆에 있으면 내게는 수완이 없어지기 때문이오. 원래 중심이란 둘이 있을 순 없는 거요. 그런데 당신은 그것을 둘로 만든 것이오――하나는 내게 있고, 또 하나는 당신 내실에 있소. 권력의 중심이 둘 생긴 것이오, 부인. 그러나 나는 그런 일을 용서할 수 없소, 도저히 용서할 수 없소. 공무란 것은 부부생활과 마찬가지로 하나의 중심만이 있어야 하오. 두 개의 중심이 있을 수는 없소……. 도대체 당신은 어떤 보답을 내게 해준 거요?」 하고 그는 계속해서 이렇게 외쳤다. 「우리들의 부부 생활에는 아무것도 없소. 다만 당신이 쉴새없이 내게 넌 쓸모없는 녀석이다, 바보일 뿐만 아니라 비열한 놈이다 하는 것을 증명하면 나는 또 비굴하게도, 난 쓸모없는 녀석이 아니다, 바보가 아니다, 오히려 고결한 성격으로 모든 사람에게 감동을 주고 있다라고 반증하지 않으면 안될 처지에 놓이는 거요 ──다만 이뿐이오, 그밖에 아무것도 없소. 자, 도대체 이것이 서로가 부끄러워해야 할 일이 아니란 말이오?」

　이렇게 말하며 그는 양쪽 발로 재빨리 양탄자 위를 쾅쾅 구르기 시작했다. 그래서 율리아 부인도 하는 수 없이 준엄한 위엄을 보이면서 천천히 일어나지 않으면 안 되었다. 그는 금방 온순해졌다. 그러나 그 대신 이번에는 감상적인 감정으로 흘러 훌쩍이고, 그렇다, 정말로 훌쩍거리기 시작했다. 율리아 부인의 깊은 침묵을 더 이상 참을 수 없어 자기 가슴을 두드리면서 오 분 가량이나 계속 울었다. 그러는 동안에 마침내 돌이킬 수 없는 실책을 저지르고 말았다. 즉 표트르에게 질투를 느끼고 있다고 자기도 모르게 말해 버렸던 것이다. 자신도 어처구니없는 바보 같은 말을 했다는 것을 알아차리자 그는 미친 듯이 날뛰면서 「신을 부정하는 일은 용서할 수 없어. 나는 당신의 객실에 모여드는 신앙이 없는, 형편없는 녀석들을 모두 쫓아 보낼 테야. 적어도 지사라면 신을 믿어야 하오. 따라서 지사 부인도 마찬가지오. 나는 젊은 놈들이 죽도록 싫단 말이오. 여보 부인, 당신은 자신의 품위를 지킨다는 점에서 남편에 대해 마음을 쓰고, 가령 수완이 없는 남자라 해도(그러나 나는 수완이 없는 남자는 아니오) 그 능력을 변호하는 것이 당연한 일 아니겠소! 그런데 이곳에 있는 자들이 나를 경멸하게 된 것도, 결국 원인은 당신 때문이오. 당신이 그 녀석들을 그렇게 만들어 버린 거요!」하고 그는 외쳤다. 그는 또 계속해서 이렇게도 외쳤다. 「부인 문제 따윈 다 없애 버리겠다. 그런 것은 냄새도 풍기지 못하게 하겠다. 그 아무 짝에도 못쓸 부인 가정 교사의 자선회 따위는 내일이라도 당장 금지시켜 해산시켜야겠소(가정 교사 따윈 제멋대로 하라지!). 당장 내일 아침이라도 부인 가정 교사를 만나는 즉시 카자크를 대동시켜 현 밖으로 내쫓아 버리겠소! 일부러라도 그렇게 할 거요, 일부러라도 그렇게 해보일 것이오!」하고 그는 째지는 듯한 소리를 질렀다. 「부인, 당신은 알고 있소? 이곳 공장에선 당신이 좋아하는 건달녀석들이 직공들을 선동하고 있단 말이오. 나는 그것을 잘 알고 있소. 알겠소? 고의로 격문을 뿌리고 있는 거요. 고의로! 난 그 녀석들의 이름을 네 사람 알고 있소. 아아, 나는 미칠 것 같소, 완전히 미칠 것 같소, 완전히!……」

　그러나 이때 율리아 부인은 갑자기 침묵을 깨고 엄숙하게 선언했다. 그런 범죄적인 음모가 있었다는 것은 전부터 알고 있다, 그러나 그것은 다 하찮은 일로 당신은 너무 심각하게 생각한 거다, 그 악당들의 일이라면 자기는 네 사람뿐만 아니라, 모조리 다 알고 있다(부인은 거짓말을 한 것이다), 하지만 그런 일로 미치게 할 생각은 더욱 없다, 뿐만 아니라 오히려 점점 자기 능력을 믿고 만사를 원만히 해결지을 작정이다, 즉 청년들을 격려해서 이성을 깨우친 다음, 거기서 갑자기 그들의 계획이 폭로된 것을 증명하고, 합리적이며 광명이 깃든 사업에 공헌할 수 있는 목적을 그들에게 계시해 준다라는 것이다.

　아아, 이때, 렘브케의 마음은 어떠했으랴! 표트르는 또 자기를 속였다. 그자는 자기에게 말한 것보다 훨씬 많이, 그리고 훨씬 빨리 부인에게 여러가지를 털어놓은 것이다, 틀림없이 그자야말로 이러한 괘씸한 계획의 주창자일 것이다, 이렇게 생각하니 그는 이미 이성을 잃고 말았다.

　「두고 보자, 이 간악한 년!」 단번에 모든 속박을 뿌리치고 그는 이렇게 소리쳤다. 「두고 보라구, 나는 당장 네년의 더러운 정부(情夫)를 붙잡아다 족쇄를 채워 감옥에 처넣을 테니까. 만일 그렇게 안 되면, 나는 당장 네년의 눈앞에서 이 창문으로 몸을 던져 죽어 버릴 테니!」

　이 지루한 설법에 대한 대답으로 율리아 부인은 분노에 격한 나머지, 얼굴이 새파래지며 갑자기 파열하는 듯한 큰소리로 깔깔 웃어댔다. 그것은 십만 루블리의 연봉으로 초빙된 파리의 여배우가 프랑스의 극장에서 화냥년으로 분장하여 자기에게 질투심을 일으킨 남편을 앞에 두고 조소할 때와 똑같은, 때로는 낮게 울리고, 때로는 높게 울려퍼지는 듯한 길고 긴 웃음이었다. 렘브케는 창문으로 몸을 던지려고 했으나 갑자기 못박힌 사람처럼 우뚝 서더니 두 팔로 팔장을 낀 채, 죽은 사람처럼 창백한 얼굴의 무서운 눈초리로, 웃어대는 부인을 노려보았다. 「두고 보자, 나도 뭔가를 할 테니까!」

　이 말에 이어 다시 일어난 격하고도, 새로운 웃음의 발작을 듣자, 그는 이를 악물고, 신음 소리를 내면서 갑자기 사납게 달려들었다. 그러나 그것은 창문 쪽이 아니라, 부인에게 주먹을 휘두르며 덤벼든 것이다! 그러나 그는 주먹을 내리치지는 않았다. 그럴 리는 없다. 절대로 그럴 리는 없다. 그러나 그 대신, 그는 온몸의 힘이 다 빠져 버렸다. 땅을 밟는 발의 감각도 없이 서재로 뛰어들어가 옷 입은 채 그대로 준비해 둔 잠자리 위에 엎어져 버렸다. 그리고 발작적으로 침대 덮개를 머리로부터 뒤집어쓰더니 그대로 두 시간 가량 꼼짝 않고 있었다. 자는 것도 아니고, 생각하는 것도 아닌 가슴에는 돌덩이 같은 감각을, 마음에는 둔한, 달싹하지도 않는 절망을 품으면서……. 가끔 그는 괴로운 듯, 열병이라도 앓는 것처럼 전신을 떨었다. 뭔가, 밑도끝도 없고 종잡을 수 없는 생각이 문득문득 떠올랐다. 십오 년 전, 페체르부르그 시절에 그의 집에 있었던 장침(長針)이 떨어진 낡은 벽시계가 떠오르는가 하면, 이번에는 지나치게 명랑하던 밀리부아라는 관리, 한 번은 그 사나이와 함께 알렉산드로프스키 공원에서 참새를 잡던 일, 잡고 보니 두 사람 중 한 사람은 벌써 육등관의 신분임을 깨닫고, 공원이 떠나가라 하고 웃었던 일들이 마음에 떠올랐다.

　내가 생각하기로는, 그는 아침 일곱 시쯤에야 겨우 잠들었던 것 같다. 잠든 것도 모르고 기분좋게 유쾌한 꿈을 꾸면서 열 시쯤에 잠이 깨자 갑자기 화닥닥 잠자리에서 일어났다. 일시에 모든 것이 생각났다. 그는 손바닥으로 자기 이마를 찰싹 때렸다. 아침도 먹지 않았고, 블룸도, 경찰서장도, 오늘 아침에 N회의의 위원이 각하의 기상을 기다린다고 전하러 온 관리도 모두 만나 주지 않았다. 그리고 아무 말도 듣지 않으려 했고, 이해하려고도 하지 않았으며, 그는 마치 미친 사람처럼 율리아 부인의 거실로 달려갔다.

　그곳에는 소피아 안드로포브나라는, 오래 전부터 율리아 부인 집에 신세지고 있는 양가 출신의 노부인이 있었다. 그녀가 부인은 열 시쯤에 많은 사람들을 데리고 세 대의 마차에 분승하여 바르바라 부인을 만나러 스크보레쉬니키로 갔으며, 그것은 이 주일 뒤 개최하기로 되어 있는 다음 번의 ——제 2 회 자선회 회장(會場)으로 정해질 스타브로긴 집의 모양을 검토하기 위한 것이고, 사흘 전에 당사자인 바르바라 부인과 약속된 일이라고 설명했다. 이 소식을 듣고 놀란 렘브케는 서재로 돌아가자마자 성급히 마차를 대령시켰다. 그는 잠시도 기다리고 있을 수가 없을 정도였다. 그의 마음은 율리아 부인에 대한 그리움으로 가득찼다. 단 한 번이라도 좋으니 그녀의 얼굴을 보고, 오 분간쯤 옆에 있었으면 했다. 그렇게 하면, 아마 그녀도 자기를 쳐다보고 그 모습을 알아차리면, 전처럼 생긋 웃어 줄지도 모른다, 용서해 줄지도 모른다……. 오오!「도대체 말은 어떻게 된 거야?」그는 책상 위에 있는 두꺼운 책을 기계적으로 뒤적이고 있었다. 그는 가끔 이런 식으로 책으로 점을 쳤다. 무턱대고 책을 넘겨 오른쪽 페이지의 위에서부터 석 줄 가량만 읽는 것이다. 나온 글귀는 다음과 같은 것이었다. 『모든 것은 온 세계에서 훌륭한 것 중에서도 가장 훌륭한 것을 위해 존재한다.』 볼테르의 《캉디드》이다. 그는 침을 탁 뱉고 서둘러 마차 쪽으로 달려갔다.
「스크보레쉬니키로!」
 마부의 말로는, 『나리』께서는 도중에 줄곧 재촉했는데, 마차가 『저택』에 가까워지자, 갑자기 말머리를 돌려 시내로 되돌아가라고 명령했다는 것이다. 「좀더 빨리, 부탁이다. 좀더 빨리.」 하고 그는 말했다. 「그런데 시가의 성곽에 미처 닿기도 전에 나리께서는 절더러 말을 멈추라고 하시더니 마차에서 내렸습니다. 그리고 길을 건너 밭 쪽으로 가시잖겠습니까? 전 그래서 어딘가 편찮으신가 보다고 생각하고 있는데, 나리께서는 우두커니 서서 열심히 꽃을 바라보고 계셨습니다. 이렇게 꽤 오랫동안 서 계셨기 때문에 정말이지 나도 좀 이상하게 생각했답니다.」 라는 마부의 말이었다. 나는 그날 아침의 날씨를 기억하고 있다. 차갑고 맑게 갠 날씨였으나 바람이 불어오는 구월이었다. 길 밖으로 벗어나간 렘브케 씨 앞에는 일찌감치 곡식을 거두어들인 발가숭이 벌판의 황량한 경치가 전개되어 있었다. 바람은 윙윙 소리를 내며 시들어가는 노란 들꽃의 초라한 잔해를 뒤흔들어 놓고 간다……. 과연 그는 자신의 신세를 『가을』과 서리에 무참히 짓눌린, 볼품도 없는 들꽃의 운명에 비교하고 싶었던 것일까? 아무래도 그렇게는 생각되지 않는다. 아니 절대로 그렇지 않다고 본다. 그 마부를 비롯해 그때 서장의 마차를 타고 왔던 제 1 분서장의 증언에도 불구하고 그는 꽃 같은 것은 전혀 기억하고 있지 않았을 것이다. 분서장은 그 뒤에야, 지사 각하가 한 다발의 노란 꽃을 손에 들고 있는 것을 실제로 목격했다고 단언했다.
 이 사람은 직무에 지대한 자랑을 느끼고 있는 행정 관리로서 바실리 이바노비치 플리부스치예로프라고 불렀고, 이 거리에서는 아직 온 지 얼마 안되는 새 손님이었지만, 직무 집행에 있어서는 좀 보기 드문 열성과 일종의 맹렬한 저돌적인 방법, 늘 한 잔 마신 것 같은 기분좋은 태도로 이미 동료들 사이에서는 이름을 날리고 있었다. 그는 마차에서 뛰어내리더니 지사 각하의 기묘한 모습엔 조금도 의아스러운 감정을 품지 않고, 미친 듯이 그러면서도 신념에 가득찬 표정으로, 「시내가 불온합니다.」 하고 거리낌없이 말해버렸다.
「응? 뭐라고?」 하고 렘브케는 엄한 표정으로 그쪽을 돌아보았으나 일체 놀란 기색도 없거니와 마차나 마부의 일도 기억하고 있는 것 같지도 않았으며, 마치 서재에라도 있는 듯한 태도였다.
「제1분서장 플리부스치예로프입니다. 각하, 시내에서 폭동이 일어났습니다.」
「플리부스치예르(독일어로 해적이란 뜻)?」하고 렘브케는 생각에 잠긴 듯한 얼굴로 되물었다.
「그렇습니다, 각하, 쉬피굴린 공장의 직공들이 폭동을 일으키고 있습니다.!……」
쉬피굴린이라는 말을 듣자, 그는 뭔가 머릿속에 떠오른 모양이다. 그는 부르르 몸까지 떨고 이마에 손가락을 댔다.「쉬피굴린!」이윽고 묵묵히 있긴 했으나, 여전히 생각에 잠긴 듯한 표정으로 그는 천천히 마차 가까이 다가가 올라타더니 시내로 돌아가도록 명령했다. 분서장도 같이 뒤를 따라 마차를 달렸다.
내가 상상하는 바로는 돌아오는 도중 렘브케의 마음에는 여러 가지 테마에 관한 기발한 상념이 떠올랐을 것이다. 그러나 그가 지사 관저 앞 광장에 들어섰을 때 뭔가 확고한 상념이나 일정한 의도를 품고 있었는가 하는 점에는 적이 의심스러우나, 질서정연하게 늘어서 굳건한 태도로 서 있는『폭도』의 무리나, 순경들의 줄이나, 어찌할 바를 모르는 듯한 얼굴을 한(어쩌면 일부러 그런 표정을 짓고 있었는지도 모른다) 경찰서장이나, 지사 쪽에 집중된 일동의 기대에 찬 빛이나, 이러한 것이 눈에 들어오자마자 그는 온몸의 피가 일시에 심장으로 몰려드는 것을 느꼈다. 그는 새파랗게 질린 얼굴빛으로 마차에서 내렸다.
「모자 벗어!」그는 숨을 몰아쉬면서 겨우 들릴까말까하는 목소리로 이렇게 말했다.「무릎을 꿇어!」이번에는 뜻하지 않게, 자신도 뜻하지 않은 높고 날카로운 소리로 이렇게 외쳤다. 이에 이어서 일어난 사건의 결말도 즉 이 뜻하지 않은 점에 기인한 것이다. 그것은 마치 사육제의 썰매타기(눈에 덮인 언덕의 꼭대기에서 썰매를 타고 미끄러져 내려오는 놀이)와 같은 것이었다. 높은 꼭대기에서 미끄러지기 시작한 썰매가 언덕 중간에서 멈출 수 있을까? 게다가 더욱 형편이 나쁜 것은 렘브케는 지금까지 쾌활한 성격을 가진 사람으로 알려졌고, 한 번도 남에게 고함을 지르거나, 발을 동동 구르거나 한 일이 없었다. 이러한 사람에게 만일 어떤 순간적인 일로 썰매가 줄이 끊어져 언덕을 미끄러져 내려오는 듯한 일이 일어났다면 그야말로 남보다 배나 위험한 것이다. 그는 눈앞에 있는 것이 모두 빙글빙글 돌고 있는 듯한 기분이 들었다.

「해적들!」 전보다 한층 더 날카롭고 한층 더 바보 같은 말투로 그는 소리쳤다. 그러자 그 목소리는 갑자기 뚝 끊어졌다. 그는 아직 무엇을 해야 할지 몰랐으나 이제 반드시 뭔가 해야 할 것이라는 것은 알고 있었다. 그는 그것을 자기의 온갖 존재로 직감하면서 멍하니 그곳에 버티고 서 있었다.

「오오!」 하는 소리가 군중 속에서 들렸다. 한 젊은이는 성호를 긋기 시작했다. 서너 명의 남자는 정말로 무릎을 꿇으려 했으나 다른 자들은 해일이 밀려오듯이 일제히 세 발짝 앞으로 나갔다. 그리고 일제히 요란하게 외치기 시작했다. 「장군님, 우리는 사십 코페이카의 약속으로 고용되었는데 지배인이…… 건방진 수작 말라면서…….」 어쩌구저쩌구 했으나 한 마디도 똑똑히 알아들을 수가 없었다.

슬프게도 렘브케는 아무것도 이해할 수가 없었다. 꽃은 아직 그의 손에 있었다. 바로 전에 스체판 씨가 수인 마차를 믿고 의심하지 않았듯이 폭동은 그에게 명백한 사실이었다. 더욱이 눈을 크게 뜨고 그를 쳐다보고 있는 『폭도들』 사이를 『선동자』인 표트르가 여기저기 분주히 돌아다니고 있다. 어제부터 잠시도 잊을 수 없었던 표트르, 저주하고도 남을 표트르!

「매질해!」 한층 더 뜻하지 않게 그는 이렇게 외쳤다.

죽은 듯한 침묵이 엄습했다.

가장 정확한 정보와 내 자신의 추측을 종합한 바로는 사건의 시초는 이런 식으로 일어난 모양이다. 그러나 앞으로는 나의 추측도, 정보도 점점 의심스러워진다. 그렇다고는 하나 두세 가지 정확한 사실이 없는 것도 아니다.

첫째로 너무 성급하게 여겨질 만큼 채찍이 이 장면에 나타난 것이다. 그것은 통찰력이 뛰어난 경찰서장이 미리 생각해서 준비한 것임에 틀림없었다. 특히 실제로 매질의 벌을 받은 사람은 불과 두 사람이었고, 세 사람도 못 된 것 같았다. 이 일은 명백히 단언할 수 있다. 군중의 대부분이, 적어도 반수가 처벌되었다 하는 소리는 새빨간 거짓말이다. 게다가 그 옆을 지나가던 가난하지만 신분이 있는 한 부인이 붙잡혀와서 그 자리에서 이유도 없이 매를 맞았다는 것도, 아울러 근거없는 바보 같은 헛소문이다. 그로부터 얼마 뒤 이 부인에 대한 일이 페체르부르그의 한 신문의 통신란에 실린 것을 나는 확실히 읽은 일이 있다. 그리고 이 거리의 묘지에 있는 양로원에 근무하고 있는 아브도챠 페트로브나 타라프이기나라는 부인에 대해서도 다음과 같은 소문이 나돌았다. 다름 아니라 이 부인이 어느 곳에 손님으로 갔다가 양로원으로 돌아오는 도중 광장을 지나가게 되었는데, 때마침 그 소동이 일어났으므로 자연스러운 호기심에 이끌려 구경꾼들 사이를 헤치고 앞으로 나갔다. 그리고 그 광경을 보기가 무섭게「어마, 이 얼마나 비열한 짓인가!」하고 외치며, 침을 탁 뱉었다. 덕분에 역시 붙잡혀 호되게 얻어맞았다는 것이다.

　이 사건은 신문에 실렸을 뿐 아니라 거리의 시민들이 분개한 나머지 그녀를 위해 동정금까지도 모았을 정도였다. 나도 이십 코페이카를 기부했다. 그런데 어떻게 된 일인지 타라프이기나라는 부인은 이 거리에 살고 있지도 않다는 것이 나중에야 알려졌다. 나도 일부러 묘지의 양로원까지 찾아가 조사해 보았으나 타라프이기나라는 이름은 전혀 들은 일도 없다는 것이다. 뿐만 아니라 내가 시중에 퍼지고 있는 소문을 얘기했더니 무섭게 화를 낼 정도였다. 내가 이 타라프이기나라는 실재로 존재하지도 않는 인물에 대해 말한 이유는 스체판 씨의 신상에도 이 여자와 같은 일이 아슬아슬하게 일어나고 있었기 때문이다(만일 이 여자가 실제로 있었다면 말이다). 뿐만 아니라 이 부인에 관한 어이없는 소문도 아무래도 스체판 트로피모비치로부터 나온 것 같은 생각이 들었다. 결국 소문이 점점 퍼져가다 보니 묘하게 탈선하여 타라프이기나로 탈바꿈을 하였는지도 모른다. 첫째, 무엇보다도 납득이 안 가는 것은 어떻게 해서 그가 내 옆을 빠져나갔는가 하는 점이다. 우리 두 사람이 광장에 들어서자마자 그는 벌써 어딘가로 가버린 것이다. 웬지 아주 심상치 않은 일이 일어날 것 같은 기분이 들었으므로 나는 광장을 빙 돌아서 곧장 그를 지사 관저의 현관으로 데리고 가려고 했었는데, 나는 나대로의 호기심이 생겨, 한 일 분 가량 멈춰서서 아무나 닥치는 대로 사람을 붙들고, 여러 가지 질문을 했던 것이다. 문득 정신이 들고 보니 스체판 트로피모비치는 이미 내 곁에 없지 않은가. 나는 본능적으로 어떤 느낌이 들어 가장 위험한 장소로 뛰어들어 그를 찾기 시작했다. 나는 웬일인지 그의 썰매가 언덕을 미끄러져 내려가기 시작했다고 직감했던 것이다. 아니나다를까 그는 이미 사건의 한 가운데로 끼여들어가 있었다. 지금도 기억하지만 나는 그의 손을 덥석 잡았다. 하지만 그는 이만저만이 아닌 위엄을 보이면서 조용히 그리고 거만하게 내 얼굴을 쳐다보았던 것이다.

「여보게」 하고 말한 그의 목소리에는 뭔가 팽팽한 현악기의 줄이 끊어진 것 같은 울림이 있었다. 「아아, 벌써 저자들이 여기서, 이 광장 안에서, 우리가 보는 앞에서, 저렇게 방약무인한 행패를 부리게 되면, 예컨대 이놈 같은 건...... 만일 독립적으로 활동할 수 있는 기회가 주어지면 무슨 일을 저지를지 뻔한 노릇이야.」

이렇게 말하고 그는 분노를 못 이겨 온몸을 와들와들 떨면서, 헤아릴 수 없는 도전의 욕망을 표면으로 나타내며, 두 발짝 떨어진 거리에 선 채 눈을 부릅뜨고 우리를 노려보고 있는 플리부스치예로프를 향해, 무서운 정의의 고발의 손가락질을 한 것이다.

「이놈이라고!」 벌써 눈앞이 캄캄해진 상대방은 이렇게 외쳤다. 「이놈이란 누구를 말하는 거냐? 도대체 너는 누구냐?」 하고 그는 주먹을 불끈 쥐면서 다가섰다. 「넌 어떤 놈이냐?」 미칠 듯한 병적인 소리로 그는 앞뒤 생각없이 악을 썼다(미리 말해두지만 그는 스체판 씨의 얼굴을 잘 알고 있었다).

한순간만 더 내버려 뒀더라면 그는 스체판 씨의 멱살을 잡았을 것이다. 그러나 때마침 다행히도 렘브케가 소리나는 쪽으로 몸을 돌리고, 뭔가 생각하는 듯 스체판.트로피모비치를 노려보고 있더니 갑자기 조급한 듯이 한 손을 내흔들었다. 플리부스치예로프는 기세가 꺾이었다. 나는 스체판 트로피모비치를 잡아끌고 군중 속으로부터 데리고 나왔다. 아마 그 자신도 이젠 물러가고 싶었는지도 모른다.

「돌아갑시다, 돌아가요.」 하고 나는 강력하게 말했다. 「우리가 매를 모면한 것도 렘브케 덕분입니다.」

「돌아가게, 여보게. 자네까지 이런 위험에 휘말리게 한 것은 내 잘못이야. 자네에겐 미래가 있네, 자네대로의 야심도 있으니까. 그러나 나 같은 것은, 『나의 때는 벌써 끝났으니 말이야』.」

그는 힘찬 걸음으로 지사 관저 현관으로 올라갔다. 현관지기는 나를 알고 있었으므로 나는 두 사람 다 율리아 부인을 만나러 온 거라고 말했다. 이

옥고 우리는 객실에 앉아서 기다리게 되었다. 이 친구를 혼자 내버려 둘 생각은 없었으나, 지금 뭐라고 말해 봐야 아무 소용없다는 것을 알았다. 그는 마치 조국을 위해 결사의 각오라도 한 것 같은 표정을 짓고 있었다. 우리는 자리를 나란히 하지 않고 제각기 구석자리에 앉았다. 나는 입구의 문 가까이 앉았고, 그는 저만치 떨어진 맞은편 자리에 앉아서 생각에 잠긴 듯 고개를 비스듬히 기울인 채 두 손을 가볍게 단장에 의지하고 있었다. 그 테가 넓은 모자는 왼손에 들고 있었다. 이렇게 우리는 십 분 가량 앉아 있었다.

2

갑자기 렘브케가 경찰서장을 데리고 빠른 걸음으로 성큼성큼 돌아왔다. 침착하지 못한 눈초리로 우리를 홀끗 보고는 각별한 주의도 두지 않고 오른쪽 서재로 들어가려고 했었다. 그러나 스체판 씨는 그의 앞을 가로막았다. 굉장히 키가 크고, 보통 사람과는 전혀 닮은 데가 없는 스체판 씨의 모습은 그에게 특별한 인상을 주었다. 렘브케는 멈춰섰다. 「이건 누구야?」 그는 납득이 안 간다는 듯한 태도로, 서장에게 묻듯이 중얼거렸으나 일체 그쪽은 쳐다볼 생각도 않고 언제까지나 홀끔홀끔 스체판 씨를 쳐다보고 있었다.

「퇴직 오등관 스체판 트로피모비치 베르호벤스키입니다, 각하.」 점잖게 머리를 숙이면서 스체판 씨는 이렇게 대답했다.

각하는 여전히 상대방을 지켜보고 있었으나 그것은 아주 흐릿한 눈초리였다.

「무슨 용무요?」 하고 말하면서 그는 장관다운 꾀까다로운 태도로 초조한 듯이 스체판 씨 쪽으로 귀를 기울였다. 아마 뭔가 청원서라도 가지고 온 청원자이거니 생각한 것 같았다.

「실은 오늘 각하의 이름으로 내방한 어느 관리 때문에 가택 수색을 받았습니다. 그 일에 대해서……」

「이름은, 이름은?」 갑자기 어떤 일이 생각나는지 렘브케는 다그쳐 물었다. 스체판 씨는 한결 더 점잖은 말투로 자기 이름을 되풀이했다.

「아, 아! 거기군……. 그 온상이군……. 그런데 당신이 지금까지 말하고 행동한 짓들은 모두 그런 방면에서……. 당신은 대학 교수죠? 대학 교수죠?」

「한때 N대학에서 청년 제군에게 강의를 하는 영광을 지녔습니다.」

「청년 제군에게!」 렘브케는 깜짝 놀란 모양이었다. 더욱이 자신이 무슨 얘기를 하고 있는지 누구와 말하고 있는지 아직도 확실히 모르는 것 같았다. 그것은 내가 장담할 수 있다.

「난, 절대로 그런 것을 용서할 수 없소!」 하고 그는 벌컥 화를 냈다. 「난 젊은이들을 용서할 수 없소. 이건 모두가 격문이오. 그리고 그것은 사회에 대한 침략이오, 해상 침략과 같은 거요, 해적 같은 행위요……. 도대체 당신의 부탁은 뭐요?」

「그것은 반대입니다. 당신 부인이 내일 자선회에서 뭔가 강연을 해달라고 나한테 부탁했습니다. 나는 아무것도 부탁하지 않았습니다. 나는 다만 내 권리를 요구하러 온 겁니다……」

「자선회에서? 자선회는 못 하게 할 거요. 나는 당신네들의 자선회 따위는 허락할 수 없어! 강연? 강연?」 그는 미친 듯이 외쳤다.

「각하, 실례지만 좀더 점잖게 말씀을 해주셨으면 합니다. 마치 애들에게 하듯이 소리를 지르거나 발을 구르거나 하진 마십시오」

「당신은 지금 누구하고 얘기하고 있는지 알고 있겠지?」

렘브께는 얼굴이 새빨개졌다.

「충분히 알고 있습니다, 각하.」

「나는 내 몸으로 사회를 지키고 있어. 그런데 당신네는 그걸 파괴하고 있단 말이야! 당신은…… 이제 생각나는군. 당신은 스타브로긴 장군 부인 집에서…… 가정 교사를 하고 있었죠?」

「그렇습니다, 나는 스타브로긴 장군 부인 집에서 가정 교사를 하고 있었습니다.」

「그리고 이십 년 동안 오늘까지 쌓이고 쌓인 모든 것의 온상이 되어왔군……, 모든 결과의……. 아무래도 난 지금 광장에서 당신을 본 것 같은데. 그러나 조심해야 해, 당신, 조심하는 게 좋아. 당신 사상의 경향은 다 알고 있으니 말이오. 알겠어요? 난 이 사실을 기억해 둘 테니까. 나는 당신, 당신의 강연 따위는 용서할 수 없어, 절대로 안돼. 그런 청원은 나한테 갖고 오지 말아 주게.」

그는 다시 빠져나가려고 했다.

「각하, 다시 되풀이하지만 각하께서는 잘못 생각한 것입니다. 그것은 부인께서 내게 의뢰한 것입니다. 더욱이 강연이 아닙니다. 내일 자선회에서 뭔가 문학상의 얘기를 해달라고 부탁받은 겁니다. 그러나 지금에 와서는 나 자신이 그런 의뢰는 거절하겠습니다. 다만 진심으로 부탁드리고 싶은 것은 다름이 아닙니다. 도대체 어떤 연유로, 무엇 때문에 나는 오늘과 같은 수색을 받았는가 그것을 설명해 줍시사 하는 겁니다. 나는 몇 권의 책과 서류, 나에게 귀중한 개인적인 편지들을 몰수당했고, 그들은 그것을 손수레에 싣고 거리로 끌고 나간 것입니다.」

「누가 수색했다고?」 갑자기 흠칫 놀라며 제정신으로 돌아온 렘브케는 느닷없이 얼굴을 새빨갛게 붉혔다.

그는 재빨리 서장 쪽을 흘끔 쳐다보았다. 바로 그때 문간에 등이 꾸부정하고 키가 후리후리한 볼품없는 블룸의 모습이 나타났다.

「아아, 바로 이 관리입니다.」 하고 스체판 씨는 그를 가리켰다.

블룸은 참으로 잘못했다는 듯한, 그러나 쉽게 항복할 것 같지도 않은 표정으로 앞으로 나왔다.

「자네는 이런 바보 같은 일만 한단 말이야!」 하고 화가 치밀어, 렘브케는 그에게 내팽개치듯 쏘아붙였다. 렘브케는 웬일인지 갑자기 태도가 일변하여, 일시에 제정신으로 돌아온 것 같았다.

「실례했습니다……」 그는 굉장히 당황하면서 얼굴이 새빨개져 더듬더듬 말했다. 「그건 모두…… 그건 아무래도 다 실책인 것 같습니다. 오해입니다, 오해에 불과합니다…….」

「각하」 하고 스체판 씨는 입을 열었다. 「나는 젊었을 때 어떤 흥미있는 사건을 목격했습니다. 어느 땐가 극장 복도에서 한 사람이 빠른 걸음으로 다른 사람 앞으로 다가가더니 여러 사람들 앞에서 따귀를 철썩 갈겼습니다. 그런데 곧 알고 보니 피해자는 정말 때려 주려고 마음먹었던 사람과는 전혀 딴 사람으로, 약간 얼굴이 비슷하다는 것만을 알게 된 겁니다. 그러자 때린 사람은 마치 귀중한 시간을 허비할 겨를이 없다는 듯 조급히 굴면서 화난 말투로, 바로 지금 각하가 말씀하신 것과 조금도 다름없이 『잘못 알았습니다……. 실례했습니다, 이것은 오해입니다, 오해에 불과합니다.』하고 말한 것입니다. 그래도 모욕을 받은 쪽이 언제까지나 화를 내고 고함을 치고 있으니까 자못 분한 듯이 이렇게 말했답니다.『난 오해라고 하지 않습니까. 왜 당신은 언제까지나 큰소리를 지르는 거요!』」
「그건…… 그건 정말 우스운 얘기입니다만…….」하고 렘브케는 일그러진 듯한 미소를 지었다.「그러나, 그러나…… 나 자신이 얼마나 불행한 인간인가를 당신은 모르십니까?」
그는 거의 외치다시피 이렇게 말했다. 그리고…… 까딱하면 두 손으로 얼굴을 감쌀 뻔했다.
이 뜻하지 않은 병적인 절규, 아니 오히려 흐느껴 우는 듯한 소리는 차마 들을 수가 없을 정도였다. 그것은 아마 어제부터 오늘에 이르기까지의 처음으로 완전히 그리고 명백히 일체의 사건을 자각할 수 있었던 최초의 순간이었음에 틀림없었다. 그러나 그 자각에 이어 자기를 배반하는 것 같은, 뭐라 말할 수 없는 한심한 절망이 엄습했다. 조금만 더 있었더라면 아마 방이 떠나갈 듯한 소리로 울었을는지도 모른다. 스체판 씨는 처음에는 놀란 눈초리로 상대방의 모습을 바라보았으나, 이윽고 갑자기 머리를 숙이고 다정한 목소리로 차분히 입을 열었다.
「각하, 이젠 나의 하찮은 불평에 마음을 괴롭히지 마시고 제발 나의 책과 편지를 돌려 주도록 일러 주십시오…….」
그는 중도에서 말을 그쳤다. 마침 이때 율리아 부인이 여러 사람을 데리고 요란하게 돌아온 것이다. 그러나 나는 이 대목을 될 수 있는 대로 상세히 쓸 생각이다.

3

우선 제일 먼저 말해 둘 것은 세 대의 마차에서 내린 일행이 우르르 객실로 몰려들어온 것이다. 율리아 부인의 거실로 들어가는 입구는 따로 되어 있어 현관 바로 왼쪽에 있었으나, 지금은 다들 객실을 통해 지나갔다. 그 이유는 내가 상상한 바로는 이 객실에 스체판 씨가 있었기 때문인 것 같았다. 왜냐하면, 스체판 씨의 신상에 일어난 일도 쉬피굴린 직공에 대한 일도, 거리로 들어서자마자 모두 율리아 부인의 귀에 들어왔기 때문이다. 이 일을 알려 준 사람은 럄신이었다. 그는 뭔가 실책을 저질렀기 때문에 혼자 집에 남게 되어 오늘 방문에 끼지 못했지만 덕분에 누구보다도 먼저 그 사건을 알게 된 것이다. 그는 내심 회심의 미소를 지으면서 유쾌한 소식을 전하려고 카자크의 보잘것없는 말을 빌어 타고, 돌아오는 일행을 맞으러 스크보레쉬니키로 가는 도로를 따라 달려갔던 것이다. 내 생각으론 율리아 부인은 원래 남자 못지않은 기질이긴 했지만 이러한 뜻밖의 소식을 들었을 때는 역시 어느 정도 당황했을 것이다. 그러나 그것도 불과 한순간의 일이었다. 예를 들어, 이 문제의 정치적인 측면 따위에는 마음을 쓸 필요가 없었다. 벌써 표트르가 네 번이나 쉬피굴린의 폭도들은 한 놈도 남김없이 흠씬 두들겨 줘야 한다고 부인의 머릿속에 불어넣었기 때문이다. 사실, 꽤 오래 전부터 표트르는 부인에게 절대적인 권위로 존재하고 있었다.

『하지만…… 나는 그분에게 이 보답을 해줄 테니까.』 부인은 틀림없이 속으로 이렇게 생각했을 것이다. 그분이란 물론 남편을 가리키는 말이다.

말이 나온 김에 잠깐 말해 두겠는데, 표트르도 역시 일부러 노린 것처럼, 오늘 방문에 끼지 않았었다. 뿐만 아니라 아침부터 아무도 그의 모습을 본 사람이 없었다. 또 한 가지 말해 둘 게 있다. 바르바라 부인도 자택에서 손님들을 맞이한 뒤 율리아 부인과 같은 마차를 타고 일행과 함께 거리로 돌아왔다. 그것은 내일의 자선회 일로 최후의 모임에 참석하기 위해서였다. 럄신이 전한 스체판 씨에 대한 소식은 그녀에게도 마찬가지로 흥미를 안겨 주었을 것이다. 아니 어쩌면 마음이 착잡했을는지도 모른다.

렘브케에 대한 보복은 곧 시작되었다. 아아! 그는 아름다운 아내를 한 번 쳐다보자 곧 그것을 깨달았던 것이다. 환한 얼굴에 매력적인 미소를 띠며 그녀는 빠른 걸음으로 스체판 씨에게 다가가서 화사한 장갑을 낀 손을 내밀었다. 그리고 마치 아침 내내 한시라도 빨리 스체판 씨 곁으로 달려가서, 찾아 준 인사로서 가능한 한 상냥하게 대접하고 싶다는 일념 이외엔 아무것도 생각하지 않았던 것 같은 태도로, 덮어놓고 애교있는 말을 던지는 것이었다. 오늘 아침의 가택 수색은 꿈에도 모르는 것처럼 한마디도 입 밖에 내지 않았다. 남편에겐 한마디의 말도 없이, 또 그쪽은 아예 쳐다볼 생각도 않고,

마치 그런 사람은 이 방안에 있기나 하느냐는 듯이 행동했다. 뿐만 아니라 재빨리 스체판 씨를 독점하고는, 객실 쪽으로 데리고 가버렸다. 그건 마치 그와 렘브케 사이에 무슨 의논 사항이라도 없었는가, 혹은 또 그런 일이 있다 하더라도 그런 얘기를 계속할 필요는 없다는 그런 태도였다.

되풀이하지만, 나의 눈에 비친 바로는 율리아 부인은 계속 고상한 태도를 지니고 있음에도 불구하고, 이번에도 또 큰 실수를 저지른 것이다. 특히 이때 부인의 실수를 거들어 준 사람은 바로 카르마지노프이다(그는 율리아 부인의 특별한 부탁으로 오늘 아침의 행차에 끼었었다. 따라서 간접적이긴 하나 이윽고 바르바라 부인을 방문한 셈이다. 그것을 바르바라 부인은 얕은 마음에서 몹시 기뻐했던 것이다). 방 안으로 채 들어서기도 전부터(그는 일행의 제일 뒤에 들어왔으므로) 스체판 씨의 모습을 보자마자 그는 큰소리로 불러댔다. 그리고 율리아 부인과 얘기중인데도 불구하고 옆으로 쫓아와서 끌어안았다.

「아, 이거 몇 년 만이오……. 몇 성상(星霜)이 지난 거요! 이제야 겨우…… 훌륭한 친구여!」

그는 키스하기 시작했다. 물론 뺨을 내민 것이다. 스체판 씨는 얼떨결에 그 볼에 키스를 하고야 말았다.

「여보게」그는 그날 밤, 하루에 일어난 일을 돌이켜 생각하며 나에게 이렇게 말했다. 「나는 그 순간 마음속으로 생각했다네. 우리 두 사람 중 어느 쪽이 더 비열할까? 그 자리에서 나를 욕보이기 위해 끌어안은 그 녀석인지, 아니면 그 녀석을 경멸하고, 그 녀석의 볼을 그렇게 천하게 여기면서도, 외면하지 못하고 그대로 키스해 버린 나인지, 쳇!」

「자 들려 주세요, 모든 것을 다 들려 주세요.」마치 이십오 년간의 생활을 일시에 완전히 다 말할 수 있는 것처럼 카르마지노프는 감미로운 혀짤배기 소리로 말을 꺼냈다. 그러나 이런 어리석은 경박함이 소위 『최고급의』고상함인 것이었다.

「당신은 기억하고 있습니까, 내가 최후로 당신과 모스크바에서 만난 것은, 그라노프스키 교수의 축연 석상에서입니다. 그로부터 이십사 년이란 세월이 흘렀습니다만……」 스체판 씨는 아주 격식을 갖춘 말을, 따라서 고상한 어조하곤 전혀 동떨어진 말을 했다.

「정말 반가운 사람입니다.」이젠 너무 지나치다고 생각할 만큼 친밀한 듯이 상대방의 어깨를 잡으면서 카르마지노프는 떠들썩한 소리로 허물없이 말을 가로챘다.「자, 율리아 미하일로브나, 어서 우리를 당신의 거실로 안내해 주시지 않겠습니까, 이분이 거기에서 편히 앉으면 모조리 얘기해 주실 겁니다.」

「그런데, 나는 그 변덕스러운 여자 같은 녀석하고는 한 번도 친하게 지낸 일이라곤 없단 말일세.」격분한 나머지 몸을 와들와들 떨면서, 그날 밤 스체판 씨는 계속 나에게 투덜댔다.「나는 어렸을 때부터 그 녀석이 미워 못 견디었다네……. 물론 그 녀석도 내게 같은 감정을 갖고 있었지만…….」

율리아 부인의 객실은 금세 사람들로 가득 찼다. 바르바라 부인은 냉정해지려고 애쓰고 있었으나 특별히 흥분에 싸여 있었다. 나는 부인이 두세 번 카르마지노프 쪽으로 증오에 찬 시선을 던지고, 스체판 씨에게는 분노의 시선을 보내고 있는 것을 알아차렸다. 그것은 기우에서 오는 분노였고, 애정에서 온 분노이기도 했다. 만일 스체판 씨가 지금 어떤 말 끝에 실없는 말이나 해서 여러 사람 앞에서 카르마지노프에게 당하고 만나면, 그녀는 당장 일어나서 그를 갈길 것 같은 모습이었다. 나는 깜박 잊고 말을 안 했는데 그곳에는 리자도 있었다. 그녀가 그렇게 기쁜 듯, 아무 걱정도 없이 명랑하고 행복한 듯한 표정을 짓고 있는 것을 나는 아직 본 일이 없었다. 물론 마브리키도 있었다. 그리고 늘 율리아 부인의 주위에서 얼씬거리는 젊은 부인네들과 제법 방종해진 청년들 중에는(이들은 방종을 쾌활로 여기고 하찮은 비꼼을 재치로 여기고 있다) 몇몇의 새로운 얼굴도 보였다. 어딘가 다른 지방에서 온 지나치게 아첨하는 폴란드 사람과, 쉴새없이 자신의 기지에 유쾌한 듯 큰소리로 웃어대고 있는 건장한 독일인 노의사, 그리고 페체르부르그에서 온 아주 젊은 공작 등이었다. 공작은 마치 자동 인형과 같은 모습으로 지나치게 높은 칼라를 달고, 자못 국가의 큰 인물이라도 된 듯 의젓하게 앉아 있었다. 그러나 보아하니 율리아 부인은 이 손님을 대단히 소중히 다루며, 자기의 객실이 이 사람에게 주는 인상에 꽤 신경을 쓰는 것 같았다.

「친애하는 카르마지노프」그림처럼 맵시있게 긴의자에 자리를 잡으면서 스체판 씨는 갑자기 카르마지노프에 못지않게 혀짤배기 소리로 이렇게 말했다.「친애하는 카르마지노프, 우리 구시대에 속해 있는, 일정한 신념을 품고 있는 인간의 생활은 가령 이십오 년간의 간격이 있다고는 하지만 꽤 단조롭게 보일 것입니다…….」

아마 스체판 씨가 뭔가 아주 우스꽝스러운 얘기를 한 것으로 알았던 모양인지 독일인은 마치 말이 울듯이 커다란 소리로 킹킹거리며 웃었다. 이쪽은 일부러 놀란 듯한 표정을 짓고 독일인을 쳐다보았으나 그것은 아무런 효과도 거두지 못했다. 공작도 그 높은 칼라를 움직여 독일인 쪽으로 얼굴을 돌리고, 코안경을 과시했으나 호기심의 빛은 조금도 엿보이지 않았다.

「……단조롭게 보일 것입니다.」가능한 한 길게, 그리고 멋대로 한마디 한마디를 잡아늘이면서 스체판 씨는 일부러 이렇게 되풀이했다.「이 사반세기 동안의 내 생활도, 바로 그러했습니다. 사실 어디서나 도리(道理)보다도 중들이 많은 세상입니다. 나도 이 속담에는 전적으로 동감이므로, 따라서 이 사반세기 동안의 나의 생활은…….」

「참, 중들이라니 재미있군요.」옆에 앉아 있던 바르바라 부인 쪽을 쳐다보며 율리아 부인은 이렇게 속삭였다.

바르바라 부인은 자랑스러운 눈길로 이에 응했다. 그러나 카르마지노프는 이 프랑스 어의 성공을 잠자코 보고 있을 수만 없었으므로 허둥대며 그 끽끽 소리로 스체판 씨의 말을 가로막았다.

「나는 그런 점은 이제 문제 없습니다. 그래서 금년으로 벌써 칠 년째, 카를르스루에에 자리를 잡고 있습니다. 작년에 시의회에서 수도 시설을 결의했을 때도 나는 이 카를르스루에의 수도 문제가 러시아의 소위 개조 시대에 생긴…… 나의 사랑하는 조국의 여러 문제보다도 한결 친근하고 귀중한 것이라고 마음속으로 느꼈던 겁니다.」

「동감해 마지않습니다. 비록 나의 진정한 마음과는 어긋납니다만.」하고 의미심장하게 머리를 수그리면서 스체판 씨는 한숨을 쉬었다.

율리아 부인은 득의만면이었다. 좌석의 대화가 깊이있는 사상적인 경향으로 옮겨졌기 때문이었다.

「그것은 하수도 말입니까 ?」하고 의사가 큰소리로 물었다.

「상수도입니다, 의사 선생, 상수도입니다. 나는 그때 설계안을 쓰는 일에 힘이 좀 되었었지요.」

의사는 폭발한 듯이 웃어댔다. 이어서 여러 사람들이 웃었는데, 이번에는 의사를 보고 웃는 웃음이었다. 그러나 이쪽은 그런 줄도 모르고, 다만 모두가 함께 웃어대니까 아주 만족한 모양이었다.
 「실례지만 카르마지노프 씨, 나는 당신 말에 찬성할 수 없습니다.」하고 율리아 부인이 재빨리 참견했다. 「카를르스루에는 뒤로 미루고, 당신은 전체적으로 얘기를 어물어물 속이기를 좋아합니다만, 이번에는 당신 말을 믿을 수 없어요. 러시아 사람들 중에서, 러시아의 문학자 중에서, 그토록 풍부하게 현대인의 전형을 계시하고, 그만큼 많은 현대적인 문제를 제출하고, 현대적인 활동가의 타입을 형성하는 주요한 현대적인 요소를 지시한 것은 도대체 누구일까요? 당신입니다. 당신 한 사람뿐입니다. 당신 외에는 아무도 없습니다. 그것을 이제 새삼스럽게 조국에 대해 냉담해졌다느니, 카를르스루에의 수도에 흥미를 느끼고 있다느니, 그런 걸 남에게 믿게 하려고 하시는 건가요! 호호!」
 「네, 나도 물론」하고 카르마지노프는 혀짤배기 소리를 내면서 「포고제프의 타입에 따라 슬라브주의자의 온갖 결점을 지적하고, 니코지모프의 타입에 따라 서구주의자의 온갖 결점을 폭로했어요…….」
 「흥, 온갖이란 말이 나오는군.」하고 람신이 작은 목소리로 속삭였다.
 「그러나 그것은 약간, 단지 어떻게 해서든 귀찮은 시간을 메우려고 한 일입니다. 그리고 동포의 성가신 요구를 만족시키기 위해서요…….」
 「스체판 트로피모비치, 당신은 아마 아시고 계실 줄 압니다만」율리아 부인은 점잔을 빼고 말을 이었다. 「내일 우리들은 훌륭한 시를 듣게 되어 있어요……. 그것은 카르마지노프 씨의 최근작의 하나로 아름다운 예술적 감흥의 결정입니다. 제목은 《메르시》라고 하는 건데, 그 속에서 앞으론 아무것도 쓰지 않겠다, 무슨 일이 있어도 사회에 얼굴을 내밀지 않겠다, 가령 하늘에서 천사가 내려온다 해도…… 그보다도 상류 사회의 사람들이 다들 간청해도, 이 결심은 번복하지 않는다는 선언을 하신다는 겁니다. 결국 카르마지노프 씨는 영원히 붓을 놓게 되므로 이 아름다운 《메르시》는 지금까지 몇 십 년 동안 끊임없이 러시아의 고결한 사상을 위해 바쳐온 노력에 대해, 사회가 항상 환희로 맞아 준 것을 감사하는 뜻에서 쓰신 거라고 합니다.」
 율리아 부인은 벌써 행복의 절정에 서 있었다.

「그렇습니다. 나는 작별을 고할 작정입니다. 나는 나의 《메르시》를 발표하고 떠날 참입니다. 그리고 저어…… 카를르스루에에서 눈을 감을 참입니다.」 카르마지노프는 점점 감상적으로 되어갔다.
 우리나라의 문호들은 대부분이 그러하지만(또 러시아에는 문호가 대단히 많다) 그는 칭찬의 말을 그냥 태연히 듣고만 있을 수가 없었으므로, 평상시의 기지에도 어울리지 않게 금방 마음이 약해져갔다. 그러나 내 생각으로는 이 정도의 것은 아무것도 아니다. 소문에 의하면 우리나라의 셰익스피어들(위대한 문호를 빈정댄 말) 중, 한 사람은 공개석상은 아니지만 여러 가지 얘기 끝에 「우리와 같은 위인은 그럴 도리밖에 별수 없어.」하고 툭 내던져 놓고는 자기는 그것을 눈치채지 못했다고 한다.
 「나는 그쪽에서, 카를르스루에에서 눈을 감을 작정입니다. 우리 위인들은 자신의 과업을 성취하고 나면, 보수를 바라지 않고 조금이라도 빨리 눈을 감는 일 외에는 할 일이 없으니까요. 나도 그대로 할 겁니다.」
 「제발 장소를 알려 주세요 그러면 나도 당신 무덤을 참배하러 카를르스루에로 가볼 테니까요.」하고 독일인은 괴상한 목소리로 껄껄 웃었다.
 「지금은 죽은 사람도 철도로 운반하니까요.」 누군가, 그다지 알려지지 않았던 한 청년이 불쑥 그런 말을 했다.
 람신은 환희에 차서 킬킬대며 웃었다. 율리아 부인은 눈살을 찌푸렸다. 그때 니콜라이 스타브로긴이 들어왔다.
 「아니, 당신이 경찰에 끌려갔다는 말을 들었습니다만?」제일 먼저 스체판 씨 쪽을 보며 그는 이렇게 물었다.
 「아니, 뭐 하찮은 경솔한 일이었습니다.」하고 스체판 씨는 쉰소리를 했다.
 「그러나 난 그 사건이 나의 부탁에 조금도 영향을 주지 않을 거라고 기대하고 있어요.」 또 율리아 부인이 말을 받았다. 「나는 아직까지 무슨 일인지 통 납득이 안 갑니다만, 하여간 그런 불쾌한 일에 신경을 쓰지 마시고, 우리들의 모처럼의 기대를 저버리지 말아 주십시오. 내일 모임의 문학회에서 당신의 강연을 들을 수 있는 기쁨을 우리들로부터 빼앗아가는 일은 없으시겠죠?」
 「글쎄요, 어떻게 될는지요, 나는 지금…….」
 「정말 바르바라 페트로브나, 나만큼 불행한 사람은 없어요……. 정말이지,

러시아에서도 가장 뛰어난 독창적인 사상가의 한 분과 사귈 수 있는 날이 빨리 왔으면 하고 고대하고 있던 참에, 뜻하지 않게 스체판 트로피모비치는 우리 곁을 떠날 것 같은 말씀을 비치지 않습니까.」

「아무래도 칭찬의 말씀이 너무 지나쳐서 나로선 못 들은 체하는 게 당연할지 모르겠습니다만」하고 스체판 씨는 한마디 매듭짓듯 말했다.「그러나, 나와 같은 보잘것없는 인간이 내일의 모임에 그처럼 필요하리라고는 믿어지지 않습니다. 하지만 나는……」

「아니, 당신네들은 아버지를 마구 추어올리고 있군요!」질풍처럼 방으로 뛰어들면서 표트르가 갑자기 이렇게 외쳤다.「나는 말입니다. 겨우 아버지를 내 손으로 잡았거니 생각할 여유도 없이 갑자기 가택 수색이니, 체포니 하게 되었고, 경관이 아버지의 멱살을 잡았다는 소문이 나돌더군요. 그런데 지금 보니 어떻습니까, 지사 나리의 살롱에서 귀부인들의 환대를 받고 있잖습니까. 필시 아버지는 지금 너무나 기뻐서 온몸의 뼈마디 하나하나가 욱신욱신할 겁니다. 이런 행운은 꿈에도 생각지 못했을 겁니다. 두고 보십시오, 이제 사회주의자들의 밀고를 시작할 테니까요!」

「그런 일이 있어서야 되겠어요, 표트르 스체파노비치. 사회주의는 실로 위대한 사상인걸요, 스체판 트로피모비치도 그걸 인정하지 않을 수 없겠죠.」 율리아 부인은 힘있게 변호했다.

「위대한 사상임에는 틀림없겠지만 그 선전자 누구나가 다 위대하다고는 말할 수 없어요. 이 정도에서 그만두기로 하자, 얘.」아들을 향해 이렇게 말을 맺으면서 스체판 씨는 아름다운 자세를 보이며 자리에서 일어섰다.

그러나 이때 전혀 예기치 않은 일이 일어났다. 폰 렘브케는 꽤 오래 전부터 객실에 앉아 있었는데 아무도 그것을 눈치채지 못한 것 같았다. 그러나, 그가 들어오는 것은 모두 보긴 했었다. 율리아 부인은 그때의 기분으로, 전부터의 결심에 이끌려 여전히 남편을 도외시하고 있었다. 그는 문 옆에 자리를 차지하고는 위엄있고 침울한 표정으로 대화에 귀를 기울이고 있었다. 오늘 아침의 사건을 암시해 주는 말을 듣자 그는 몹시 불안한 듯 안절부절 못했다. 그리고 풀을 빳빳이 먹여 앞으로 툭 튀어나온 그 칼라에 놀란 듯이 물끄러미 공작을 응시하고 있었다.

그러자 갑자기 방으로 뛰어든 표트르의 목소리를 듣고 그 모습을 보자

부르르 몸을 떠는가 싶더니 스체판 씨가 사회주의자에 관해 그 장엄한 한 마디를 던지자마자 중간에 앉아 있던 럄신을 밀어젖히고 그의 곁으로 성큼성큼 다가갔다. 럄신은 일부러 꾸민 듯한 태도로 놀란 듯이 비켜서더니 어깨를 쓰다듬으며 아주 호되게 당한 시늉을 했다.

「이제 충분합니다.!」 렘브케는 어리둥절한 스체판 씨의 손을 덥석 잡곤 힘껏 쥐면서 말했다. 「충분합니다. 현대의 해적들은 죄다 알고 있습니다. 더이상 말을 할 필요는 없습니다. 이미 상당한 방법이 강구되어 있습니다.」

그는 온 방안이 울리는 듯한 목소리로 이렇게 말하면서 힘차게 최후의 한마디를 맺었다. 일동은 웬지 평온치 못한 기분을 느꼈다. 나는 율리아 부인의 얼굴이 창백해진 것을 알았다. 더욱이 게다가 하나의 어리석은 우연이 다시 효과를 강하게 한 것이다. 상당한 방법을 강구한 취지를 선고하자 렘브케는 홱 돌아서서 급히 방을 나가 버렸다. 그러나 두 걸음을 옮기자 양탄자 끝에 걸려 앞으로 비틀대며 하마터면 그 자리에 쓰러질 뻔했다. 그 순간 그는 잠깐 멈춰서서 걸린 장소를 쳐다보고 있더니 이윽고「갈아야겠군.」하고 말하더니 그대로 문 밖으로 사라져 버렸다. 율리아 부인은 뒤를 따라 달려나갔다.

그녀가 나간 뒤 갑자기 웅성웅성 말소리가 들려왔으나, 뭐가 뭔지 조금도 알아들을 수 없었다. 다만「좀 기분이 나쁜 거다.」라든가 또는「한방 얻어 맞았군.」하는 소리가 들렸다. 개중에는 손가락으로 이마를 가리키는(정신이 좀 이상하다는 뜻) 사람도 있었다. 럄신은 구석에서 손가락 두 개를 이마 위쪽에 대고 있었다. 뭔가 집안 안의 일을 비추는 자도 있었으나, 그것은 물론 거의 소곤거리는 말이었다. 누구 하나 모자를 집으려는 자도 없었고, 너나 할것없이 모두 우두커니 기다리고 있었다. 율리아 부인은 그 동안에 무엇을 했는지는 모르나 오 분 가량 지났을 때, 애써 태연함을 보이면서 되돌아왔다. 그녀는 애매한 말투로, 렘브케는 좀 흥분했지만 대수롭지는 않다, 어릴 때부터 있었던 병인데 그것은 자기가 『더 잘』 알고 있다, 물론 내일 있을 자선회에 나오면 기분이 명랑해질 것이라고 말했다. 그리고 또 두서너 마디 스체판 씨에게 애교있는 말을 한 다음(그러나 그것은 단순히 사교상의 예의에 불과했다) 준비위원회의 사람들을 향해 큰소리로 이제 곧 평의회를 열었으면 좋겠다고 말했다. 그래서 위원회에 관계없는 사람들은 헤어져서 집으로 돌아가려고 채비를 차리기 시작했다. 그러나 이 운명적인 아침의 병적인 사건은 아직 종말을 고하지 않았던 것이다.……

아까 스타브로긴이 들어왔을 순간 리자가 재빨리 그쪽으로 시선을 돌리고 뚫어지도록 바라보고 있던 것을 나는 보았다. 그녀는 그 뒤에도 오랫동안 눈을 떼지 않았으므로 결국은 사람들의 주의를 끌게 되었다. 보아하니 마브리키는 뒤에서 그녀 쪽으로 허리를 굽혀 뭔가 속삭이려고 하는 것 같았다. 그러나 갑자기 생각을 다시 했는지 죄인과 같은 눈초리로 일동을 돌아보면서 급하게 몸을 일으켰다. 그러나 니콜라이도 사람들의 호기심을 불러일으켰다. 그의 얼굴은 여느 때보다 몹시 창백했고 눈은 굉장히 불안해 보였다. 들어오자 스체판 씨에게 그 질문을 던지더니 그는 그 자리에서 그 질문을 잊어버린 모양이었다. 뿐만 아니라 내가 보기에는 여주인에게 인사하러 가는 것조차도 잊어버리지 않았나 할 정도였다. 리자 쪽도 아예 보려고조차 하지 않았다. 그것은 결코 보고 싶지 않아서가 아니라, 역시 그녀를 전혀 알아보지 못하였기 때문인 것 같았다. 그것은 내가 단언할 수 있다. 율리아 부인이 일각의 지체도 없이 최후의 평의회를 열자고 제의한 뒤에 잠깐 동안 침묵이 흘렀는데, 그때 갑자기 일부러 크게 지르는 리자의 째지는 듯한 소리가 울렸다. 그녀는 스타브로긴을 부른 것이다.

「니콜라이 브세볼로도비치, 당신의 친척이라고 자칭하는 대위 한 사람이 나한테 줄곧 무례한 편지를 보내고 있어요. 당신 부인의 형제라면서, 레뱌드킨이라는 성인데, 당신의 일을 여러 가지로 비방하고, 뭔지 당신에 관계된 비밀을 알려 준다고 하더군요. 만일 그 사람이 정말 당신의 친척이라면 제발 나를 모욕하는 일을 그만두게 해주세요. 그리고 그런 불쾌한 일을 보지 않게 해주세요.」

이 말에는 무서운 도전이 도사리고 있었다. 모든 사람은 그것을 깨달았다. 비난은 적나라한 것이었다. 아마 그녀 자신도 예기치 않았던 일일는지 모른다. 그것은 마치 사람이 눈을 감고 지붕에서 뛰어내리는 그런 일과 흡사했다.

그러나 니콜라이의 대답은 그보다 더 예기치 않은 일이었다.

첫째 그가 조금도 놀란 기색이 없이 어디까지나 냉정한 주의를 기울여, 리자의 말을 다 들었다는 것부터가 기괴한 일이었다. 그의 얼굴에는 당황하는 빛도 분노의 그늘도 비치지 않았다. 그는 이 목숨을 건 질문에 대해서 솔직하고 확고한 태도로 그 자리에서 대답했다.
「네, 난 불행하게도 그 사람하고 친척 관계가 됩니다. 나는 그 사람의 누이동생, 옛 성(姓) 레뱌드키나의 남편이 된 지 벌써 오 년이 지났습니다. 걱정 마세요. 당신의 요구는 즉시 전하겠습니다. 그리고 앞으로는 당신을 괴롭히지 않도록 내가 책임을 지겠습니다.」
나는 바르바라 부인의 얼굴에 그려진 공포의 표정을 영원히 잊을 수가 없다. 부인은 실성한 듯한 얼굴로 의자에서 몸을 일으키면서 마치 방어를 하려는 듯이 오른손을 앞으로 내밀었다. 니콜라이는 어머니와 리자, 그리고 그 자리에 있는 모든 사람을 흘끔 쳐다보더니 갑자기 그지없이 거만한 미소를 띠며 유유히 방을 나가 버렸다. 니콜라이가 방을 나가려고 방향을 바꾸자마자 리자는 긴의자에서 벌떡 일어나, 확실히 그 뒤를 쫓아갈 듯한 몸짓을 하더니 곧 제정신이 들었는지 쫓아가는 것을 그만두었다. 그리고 아무에게도 작별을 고하지 않은 채 그대로 조용히 방을 나가 버렸다. 물론 바로 뒤를 따라 나간 마브리키와 함께……
이날 밤, 이 거리에서 일어난 소동과 뜬소문은 일일이 쓰지 않기로 하겠다. 바르바라 부인은 거리에 있는 자기집에 들어앉아 버렸다. 니콜라이는 어머니도 만나지 않고, 곧바로 스크보레쉬니키로 갔다는 것이다. 스체판 씨는 그날 밤, 그 친한 여자 친구의 집으로 나를 보내어 면회의 허락을 청했으나 부인은 나를 만나 주지 않았다. 그는 뜻밖의 일에 타격을 받아 울어 버렸다.
「아니 이런 결혼이! 이런 결혼이! 그 집에, 그 순결한 가정에 이런 무서운 일이 생기다니!」그는 쉴새없이 중얼거렸다. 그러나 카르마지노프를 생각해 내고는 무서운 기세로 욕을 퍼붓는 것이었다. 그리고 내일 있을 강연 준비에도 열심이었다. 더욱이 어쩌면 그리 예술적으로 태어났을까! 거울 앞에서까지 연습하는 것이었다. 그리고 내일에 할 강연 도중에 삽입하기 위해 따로 수첩에 적어 둔, 지금까지 자기가 말한 경구나, 재치있는 말들을 다 끄집어냈다.
「여보게! 이것은 위대한 이상을 위해 하는걸세.」분명히 변명을 하기 위함인지 그는 나에게 이렇게 말했다.
「여보게, 나는 이십오 년간 정든 곳을 떠나 갑자기 어딘가로 가버리는걸세. 어디냐고? 그건 나도 모르네. 그러나 나는 이제 가버리는 거네…….」

스타브로긴의 고백

1

니콜라이 브세블로도비치는 이날 밤 꼼짝도 하지 않고 밤새껏 긴의자에 앉은 채 옷장이 놓여 있는 한쪽 구석의 한 점을 뚫어져라 응시하고 있었다. 등불은 밤새도록 그의 방에 켜져 있었다. 아침 일곱 시쯤 앉은 채 꾸벅꾸벅 잠이 들어 버렸다. 이젠 완전히 틀에 박힌 습관에 따라 정각 아홉 시 반에 알렉세이가 아침 커피를 가지고 방으로 들어오면서 부스럭거리는 소리에 주인의 잠을 깨웠다. 그는 번쩍 눈을 떴으나, 뜻밖에 너무 오래 자버려 이렇게 늦어진 데 대해 불쾌한 놀라움을 느낀 것 같았다. 그는 매우 급하게 커피를 마시고, 재빨리 옷을 갈아입은 다음 분주히 집을 나섰다. 「일러 두실 말씀은 없으십니까?」하는 알렉세이의 조심스러운 물음에 대해서도 아무런 대답을 하지 않았다. 그는 깊은 생각에 잠긴 듯 아래만 쳐다보면서 거리를 걷고 있었다. 다만 순간적으로 얼굴을 가끔 들고 막연하면서도 몹시 불안한 모습을 보일 뿐이었다. 집에서 그리 멀지 않은 네거리에서 길을 가던 군중들의 한떼가 그의 가던 길을 가로막았다. 오십 명이나, 아니 그 이상 될 듯했으나, 질서 정연하게 거의 말소리 하나 없이 얌전하게 걷고 있었다. 그는 일 분 가량 어느 가게 앞에 멈춰 서 있어야만 했는데 누군가 옆에서 「저건 쉬피굴린 공장의 직공들이다.」라고 말했다. 그는 거기에 거의 주의를 기울이지 않았다.
겨우 열 시 반쯤에야 그는 그 고장의 수도원 스파흐 예피미예프스키 보고로도스키의 문전에 닿았다. 수도원은 시가를 벗어난 강기슭에 있었다.

그때야 비로소 뭔가 성가시고 마음에 걸리는 일을 생각해냈음인지 급히 호주머니 속을 뒤져 보고는 빙긋이 웃었다. 경내에 들어서자 처음으로 만난 수도원 사람을 붙잡고, 이 수도원에서 수도를 하고 있는 치혼 승정이 있는 곳을 가려면 어떻게 가느냐고 물었다. 수도원 사람은 연방 절을 하면서 즉시 안내해 주었다. 이층 건물로 되어 있는 기다란 수도원 맨 끝에 만들어 놓은 계단 옆에서, 저쪽에서 온 백발이 성성하고 살이 찐 수도사가 재빨리 군말없이 그곳까지 안내해온 사람으로부터 니콜라이를 인계받아 좁고 긴 복도로 인도했다. 역시 연방 굽실거리면서(특히 살이 쪘기 때문에 허리를 굽혀 절은 못 하고 다만 머리만을 꺼덕거릴 뿐이었다) 니콜라이가 뒤에서 따라가고 있음에도 쉴새없이 「이쪽으로 오십시오.」하고 말하는 것이었다. 살찐 수도사는 뭔가 묻기도 하고 수도원장의 이야기를 연방 지껄이고 있었다. 그러나 대답을 받지 못했기 때문인지 오히려 한층 더 공손한 태도를 취하고 있었다. 스타브로긴은, 지금 기억하고 있는 바로는 어릴 때 이곳에 온 일밖에는 없었음에도 불구하고, 이 수도사는 자기에 대한 일을 잘 알고 있다는 것을 알게 되었다. 복도 제일 끝에 있는 문 앞까지 당도하자 수도사는 권위있는 듯한 손길로 문을 열고 다가온 암자 당번에게 자못 친근한 어조로 들어가도 좋으냐고 물었다. 그리고 대답도 기다리지 않고 문을 활짝 열고는 허리를 공손하게 굽히면서『귀한 손님』을 안으로 들여보내고, 고맙다는 말을 듣자, 마치 달아나듯 모습을 감춰 버렸다.

 니콜라이는 그리 크지 않은 방 안으로 한 걸음 들어섰다. 그러자 거의 동시에 다음 방문 앞에 키 크고 앙상하게 여윈 사람이 모습을 나타냈다. 오십 세 가량의 나이였으며, 속옷 같은 검소한 중간 정도 길이의 옷을 입고 있었는데, 언뜻 보기에 웬지 모르게 병자 같아 보였다. 뭐라 말할 수 없는 애매한 미소를 띠고 묘하게 소심한 듯한 눈길을 하고 있었다. 바로 이 사람이 니콜라이가 처음으로 샤토프로부터 얘기를 듣고 그 이후로 어떤 일 끝에 몇 가지 참고 자료를 수집해 둔 그 장본인인 치혼 승정이었다.

 그 참고 자료란 각기 다르고 모순된 점도 있었지만, 뭔가 공통된 점도 있었다. 왜냐하면 치혼을 좋아하는 사람이나 싫어하는 사람이나(싫어하는 사람도 역시 있었다) 모두 묘하게 함구무언의 태도를 취하고 있었던 것이다——싫어하는 사람은 아마 경멸의 뜻일 게고, 귀의자(歸依者) 쪽은 아주 열성적인 사람까지도──일종의 사양하는 마음에서 그러는 것 같았다. 뭔가 승정의 약점이랄까, 그런 것을 숨기고 싶어하는 마음에서 우러난 일 같았다. 니콜라이가 들은 바로는 수도사는 벌써 육 년째 수도원에서 살고 있지만, 그가 있는 곳을 찾아오는 사람들 중에는 극히 하층 계급의 사람들도 있었고, 매우 지위가 높은 명사들도 있었다. 뿐만 아니라 멀리 페체르부르그에도 열성적인 숭배자가 있었고, 그것도 주로 부인들이 많다는 것이다. 그런가 하면 이 고장의 명사요, 클럽의 노장격일 뿐 아니라, 아울러 신앙심이 두터운 노인으로부터 들은 바에 의하면「저 치혼은 거의 미쳤다고 해도 무방할 정도이며, 거의 틀림없는 얘기지만, 술도 제법 잘 마신다.」는 것이다. 미리 말해 두지만, 이것은 전혀 터무니없는 말이며, 단지 오랫동안 앓고 있던 신병인 류머티즘으로 다리를 앓아, 가끔 신경성 경련을 일으키는 정도였다. 이것도 역시 니콜라이가 들은 얘기지만 이 승정은 성격이 약한 탓이라기보다『그 지위에 어울리지 않는, 또 허용할 수 없는 방심벽』때문에 수도원 내부에서 특별한 존경을 받을 수 없었다는 것이다. 소문에 의하면 수도원장은 그 직무에 대해 아주 엄정한 사람이며, 게다가 학문으로 널리 알려진 사람이었기 때문에 치혼에 대하여 적의를 품고, 그 무사태평한 생활 태도를 지적할 뿐만 아니라 거의 이단 사상(異端思想)까지도 들춰내어, 맞대놓고는 말하지 않지만 간접적으로 그를 비난한다는 것이다. 함께 묵고 있는 수도사들도 병든 이 승정에 대해서 무관심하다기보다, 너무 허물없는 태도를 취하고 있었다.

치혼의 암실인 두 개의 방도 어쩐지 이상하게 꾸며 놓았었다. 닳아빠진 가죽을 씌운 떡갈나무의 낡은 의자와 테이블이 나란히 놓여 있고, 서너 가지 우아한 물건들이 눈에 띄었다. 그것은 굉장히 사치스러운 안락의자, 훌륭하게 만들어진 커다란 책상, 목각 장식이 붙은 품위있는 책장, 그 밖에 예쁜 작은 책상과 구석장, 말할 나위도 없이 모두가 희사된 물건들뿐이었다. 값비싼 모직 양탄자가 깔려 있는가 하면, 바로 옆에 돗자리가 있기도 했다.『속세적인』내용이나 신화 시대를 취급한 판화가 있는가 하면, 금은색이 찬란한 성상을 넣은 감실(龕室)이 바로 그 구석 자리에 놓여 있었다. 더욱이 성상 하나는 유골이 든 아주 오래된 것이었다. 장서의 내용도 갖가지인데다 모순투성이였고, 그리스도교의 위대한 전도사나 고행자의 저술과 나란히『연극

책이나 소설책, 혹은 그보다 훨씬 지독한 것』까지 섞여 있다는 소문이다. 쌍방이 다 웬일인지 형편이 나쁜 듯한 모습으로 성급하게 애매한 첫대면의 인사를 나눈 다음, 치혼은 자기 거실로 손님을 안내했다. 그리고 여전히 성급한 태도로 책상 앞에 있는 긴의자에 앉게 하더니 자기는 옆 등의자에 걸터앉았다. 그때 놀랍게도 니콜라이는 완전히 당황해 버렸다. 그것은 마치 뭔가 이상하고, 다툴 여지도 없으면서도 동시에 그로서는 불가능한 일을 단행하려고 필사적으로 덤비는 듯한 상태였다. 그는 잠시 동안 거실 안을 둘러보고 있었지만 확실히 보고 있는 물건이 무엇인지도 모르는 것 같았다. 그는 생각에 잠겼으나 무엇을 생각하고 있는지 그 자신도 몰랐을지도 모른다. 주위의 적막이 그를 제정신으로 돌아가게 했다. 언뜻 보니, 치혼이 전혀 필요도 없는 미소를 띠며 기분이 나쁜 듯이 눈을 내리깔고 있는 것 같은 기분이 들었다. 그것이 한순간 그의 마음에 혐오감과 반항심을 불러일으켰다. 그는 일어서서 나가려고 했다. 그의 눈에는 치혼이 마치 취해 있는 것같이 보였던 것이다. 하지만 치혼은 갑자기 눈을 번쩍 뜨고 사념(思念)에 찬 또렷한 눈초리로 그를 바라보았다. 더욱이 동시에 니콜라이가 몸이 떨리는 것을 가까스로 참았을 정도로 뜻하지 않은 수수께끼 같은 표정이 엿보였다. 그러자 갑자기 이번에는 전혀 다른 상념이 떠올랐다. 치혼은 벌써 내가 무엇하러 왔는지 알고 있다, 이미 미리 예고를 받고 있다(이 세상, 그 누구도 그 원인을 알고 있는 자는 없을 텐데), 그가 먼저 입을 열지 않는 것은 손님의 굴욕감을 두렵게 여겨 양보하려는 마음이기 때문일 것이다.

「당신은 나를 아십니까?」 하고 그는 불쑥 무뚝뚝한 말투로 물었다. 「들어왔을 때 이름을 말하셨든가요? 미안합니다, 난 정말 정신이 없어서⋯⋯.」

「이름은 말씀드리지 않았지만, 나는 사 년 전에 이곳에서, 이 수도원에서 한 번 뵈온 일이 있습니다. 우연한 일로⋯⋯.」 치혼은 한마디 한마디 분명하고 똑똑하게 부드러운 목소리로 아주 천천히 말했다.

「나는 사 년 전에 이 수도원에 온 일은 없습니다.」 뭔가 불필요한 거친 말투로 니콜라이는 되받았다. 「나는 아주 어렸을 때 이곳에 온 일이 있을 뿐입니다, 아직 당신이 계시지 않았을 때.」

「그럼 잊어버리셨군요?」 구태여 내세우려고도 하지 않고 조심스러운 어조로 치혼은 주의를 촉구했다. 「아뇨, 잊을 리가 없습니다. 만일 그런 일을 기억하고 있지 않다면 우스운 일이 아닙니까?」뭔가 극도로 주장하는 것 같은 태도로 스타브로긴은 말했다. 「당신은 어쩌면 내게 대한 소문을 듣고 어떤 관념이 머릿속에 박혀 그것 때문에 자기가 만난 것 같은 착각을 하고 계신 게 아닙니까?」

치혼은 입을 다물었다. 그때 니콜라이는 가끔 신경질적인 경련이 치혼의 얼굴을 스쳐가는 것을 보았다.

그것은 고질화된 신경쇠약의 징후였다.

「뵙건데 당신은 오늘 기분이 좋지 않은 것 같군요.」하고 그는 말했다. 「쉬시는 편이 좋지 않을까요?」

그는 자리에서 일어나려고까지 했다.

「그렇습니다. 나는 어제부터 죽 오늘까지 다리가 몹시 아파서요, 어젯밤은 잠도 제대로 자지 못했답니다……」

치혼은 말을 멈췄다. 손님이 갑자기 뭔가 밑도끝도 없는 생각에 빠진 것이다. 침묵은 꽤 오래, 이 분 가량이나 계속되었다.

「당신은 나를 관찰하고 계셨나요?」불쑥 그는 불안하고 귀찮은 듯한 어조로 물었다.

「나는 당신을 보고 있는 동안에 어머님의 얼굴 모습이 생각났습니다. 외면상으로는 닮은 데가 없는 것 같으면서 내면으로는, 정신적으로는 매우 많이 닮았군요.」

「닮은 데는 조금도 없어요. 특히 정신적인 유사점이야, 앞으로도 없다고 봐도 될 것입니다!」웬일인지 자신도 모르게 극도로 고집하는 듯한 태도로, 또한 필요 이상으로 초조해하면서 니콜라이는 말했다. 「당신이 그렇게 말씀하시는 것은 나의 지금 상태를 동정해서 그러는 거죠?」그는 불쑥 이렇게 내뱉었다. 「흥! 아니, 어머니가 당신한테 자주 들릅니까?」

「그렇습니다.」

「몰랐군요, 한 번도 어머니에게서 직접 들은 적이 없습니다. 자주 옵니까?」

「대개 매달마다, 아니 더 많더군요.」

「한 번도, 한 번도 들은 일이 없습니다, 들은 적이 없는데요.」그는 이 사실에 무섭게 불안을 느끼기 시작한 모양이었다. 「당신은 물론 어머니한테서 들으셨겠죠, 내가 미치광이라는 것을?」하고 그는 또 툭 내뱉듯 말했다.

「아뇨, 미치광이라는 말은 못 들었습니다. 하기야 그런 말을 듣기는 들었지요. 하지만 다른 사람으로부터 들었습니다.」
「그럼 당신은 참 기억력이 좋으시군요, 그런 하찮은 일까지도 기억하고 계신 것을 보니. 따귀를 맞은 사건도 들으셨나요?」
「그런 소리를 들은 것 같군요.」
「결국 하나에서 열까지 다군요. 당신은 그런 소문을 들을 만한 여가도 있으시군요. 그럼 결투에 대한 말도?」
「네, 결투에 대한 말도.」
「허, 이곳은 신문이 필요없는 곳이군요. 샤토프가 앞질러와서 내게 대한 필요없는 말을 지껄였군요?」
「아닙니다. 난 샤토프 씨를 알고 있습니다만, 벌써 오래 전부터 그분을 만나지 않았습니다」
「흠…… 저기 있는 것은 도대체 무슨 지도입니까? 아니, 최근의 전쟁 지도군요! 왜 이런 것이?」
「이 지도를 본문과 대조하여 조사했어요. 상당히 재미있는 기록이었어요.」
「보여 주세요. 아, 이 전사(轉寫)는 그런대로 잘 되었군요. 그러나 당신에게는 기묘한 책입니다.」

그는 책을 집어서 내리훑었다. 그것은 최근의 전쟁에 관한 사정을 교묘하게 서술한 방대한 책으로서 군사적이라기보다 오히려 문학적으로 뛰어난 노작(勞作)이었다. 그는 잠깐 책을 뒤적여 보더니 갑자기 초조한 듯이 내동댕이쳤다.

「나는 뭣 때문에 이곳에 왔는지 통 모르겠어요.」 상대방의 대답을 기다리듯이 치혼의 눈을 곧바로 바라보면서 그는 까다로운 듯한 어조로 이렇게 말했다.

「당신도 그다지 건강한 것 같지 않군요.」
「네, 그럴는지 모릅니다.」

그는 갑자기 얘기를 꺼냈다. 그것이 너무나도 간단하고 딱딱 끊어서 하는 말 같았으므로 자칫하면 알아들을 수 없을 정도였다. 그의 말에 의하면 그는 일종의 환각증에 걸려 특히 밤이 되면 곧잘 자기 옆에 무엇인가 심술궂고 풍자적이고, 더욱이 『이성이 뚜렷한』 살아 있는 물체를 느낄 뿐만 아니라 때에 따라선 눈에 보이는 일까지도 있다는 것이다.
「여러 가지 이상한 얼굴을 하고, 갖가지 성격으로 변해서 나타나지만 그 정체는 항상 똑같은 것입니다. 그래서 나는 늘 초조해집니다……」
이 고백은 기괴하기 이를 데 없고 뒤죽박죽인데다, 마치 미치광이의 입에서 나온 것처럼 느껴졌다. 하지만 이때의 니콜라이의 어조는 지금까지 전혀 본 일이 없을 정도로, 이상할 만큼 개방되었고 그에게는 전혀 어울리지 않게 솔직함을 나타내고 있었으므로 그의 내부에 잠재해 있던 전날의 인간은 어느 결에 홀연히 사라지고 만 것 같은 기분이 들 정도였다. 그는 자기의 환각을 말할 때 공포의 빛을 숨김없이 드러냈었고, 그리고 그것을 조금도 부끄러워하는 기색이 없었다. 그러나 그것도 다 순간적인 일로, 나타났을 때와 마찬가지로 갑자기 사라져 버렸다.
「그러나 다 쓸데없는 일입니다.」 그는 문득 제자신으로 돌아가 언짢은 듯 초조한 목소리로 재빨리 이렇게 말했다. 「난, 의사한테 가보겠습니다.」
「꼭 가보시는 게 좋겠습니다.」 하고 치혼은 맞장구쳤다.
「당신은 자못 당연한 일처럼 말씀하시는군요……. 도대체 나와 같은 인간을 보신 일이 있습니까, 이렇게 환각에 빠진 인간을?」
「본 일이 있습니다. 그러나 극히 드문 일입니다. 지금까지의 경험으로는 딱 한 사람을 기억하고 있습니다. 장교인데요, 둘도 없는 생애의 반려자를 잃은 뒤부터 그렇게 되었답니다. 또 한 사람은 말로만 들었습니다만. 양쪽이 다 그 뒤 외국에서 치료를 받은 모양입니다……. 당신은 전부터 그 병에 걸려 있었던가요?」
「일 년쯤, 그러나 이것은 모두 실없는 일입니다. 의사에게 보이겠습니다. 다 어리석은 일입니다. 굉장히 어리석은 일입니다. 그것은 여러 가지 모습을 한 나 자신에 불과한 것입니다. 지금 내가 이 한 마디를 덧붙였으므로 당신은 틀림없이 이렇게 생각하고 계시겠죠. 이것은 정말 나 자신이지, 악령 따윈 아니라는 것을 충분히 확신하고 있지 않고 아직도 역시 의심하고 있을 거라고.」

치혼은 의심쩍은 듯 그를 쳐다보았다.
「그럼…… 당신은 정말 그것을 본 겁니까?」 하고 그는 물었으나 그것은 니콜라이의 말이 확실히 어리석고 병적인 환각에 불과하다고 말하는 데 대해 일체의 의심을 제거해 버리려는 듯한 어조였다.「당신은 정말로 어떤 모습을 본단 말입니까?」
「내가 이미 보인다고 했는데 그렇게 다짐을 하는 것은 이상하군요.」하고 스타브로긴은 또 한마디 한마디에 초조함을 나타내었다.「물론 보입니다, 지금 당신을 보고 있는 것과 마찬가지로. 어쩌면 현실적으로 보고 있으면서도 그 보고 있다는 사실에 확신을 갖지 못합니다……. 또 자칫하면, 나와 그것이, 어떤 게 진짜인지조차 모르게 됩니다……. 그러나 이런 건 다 쓸데없는 얘기입니다. 아무래도 당신은 상상할 수 없습니까, 이것이 진짜 악령이라고는!」너무도 급격히 냉소하는 말투로 변하면서 그는 껄껄 웃고 이렇게 덧붙였다.「하지만 그러는 편이 당신의 직업상 적합하지 않습니까.」
「아마 병이라고 보는 게 타당하겠죠, 게다가…….」
「게다가 뭡니까!」
「악령은 의심할 여지도 없이 존재합니다. 하지만 그 해석은 그야말로 구구합니다.」
「당신이 또 눈을 내리깐 것은……」스타브로긴은 초조한 듯한 조소를 띠면서 상대방의 말을 눌러 버렸다.
「내가 악령을 믿고 있으므로 남의 일이지만 부끄러워 그렇죠. 그러나 난 그것을 믿지 않는다고 해두고 어디 당신에게 교활한 질문을 하겠어요. 그런 게 정말 있는 겁니까, 없는 겁니까?」
치혼은 아리송한 미소를 지었다.
「아니, 그렇다면 꼭 알아 주셨으면 합니다만, 나는 당신의 생각을 조금도 부끄럽게 여기지 않습니다. 지금의 실례를 대신하여 당신에게 만족을 주기 위해 난 진지하게 아니, 뻔뻔스럽게 설명합니다만 난 악령을 믿습니다. 비유로서가 아니라 개체로서의 악령을 합법적으로 믿습니다. 난 누구에게서도 무엇 하나 탐문할 필요가 없습니다, 그뿐입니다.」
그는 신경질적으로 부자연스러운 웃음소리를 내었다. 치혼은 호기심에 찬 빛을 띠며 그를 쳐다보고 있었다. 그 눈초리는 부드럽긴 했으나 다소 겁먹은 것도 같았다.
「당신은 신을 믿습니까?」갑자기 니콜라이는 이렇게 내뱉었다.
「믿습니다!」

「그러나 성서에 그렇게 씌어 있지 않아요, 만일 믿음이 있어서, 산이여 움직여라 하면, 산은 즉시 움직인다고. 아무튼 바보 같은 소리를 해서 죄송합니다. 그러나 잠깐 호기심으로 알고 들려 주세요, 당신은 산을 움직일 수 있습니까, 어떻습니까?」
「하느님의 이르심이 있다면 그야 움직이게 할 겁니다.」하고 나직하고, 주저하는 듯한 음성으로 치혼은 눈을 내리깔면서 대답했다.
「아니, 그것은 하느님 자신이 움직이는 것과 결국 마찬가지가 아닌가요? 그렇지 않고 당신이, 신에 대한 당신의 신앙의 보답으로서 말입니다.」
「움직이지 못할는지도 모릅니다.」
「못할는지도 모릅니다? 아니, 그것도 나쁘진 않군요. 당신도 역시 의심하고 계시군요?」
「신앙이 모자라기 때문에 의심쩍게 여기고 있어요」
「뭐라고요, 당신도 신앙이 모자란다고요?」
「그렇습니다……. 신앙심을 갖는 방법이 부족할는지도 모릅니다.」하고 치혼은 대답했다.
「어쩐지 당신을 보고 있으니, 이것만은 예상할 수 없었군요!」다소 놀란 듯, 그는 갑자기 상대방을 홀끔 보았다. 그것은 지금까지의 질문의 조소적인 어조와는 전혀 어울리지 않은 정도로, 그야말로 한껏 솔직한 놀라움이었다. 「그렇지만, 하느님의 도움을 빈다 해도 역시 움직일 수 있다고 믿고 있군요. 아니 그것만으로도 부족하다고는 할 수 없어요. 적어도 믿고 싶다는 기분은 있으니까요. 산이라는 것도 글자 그대로 해석하고 있죠. 원칙상 나쁘지는 않습니다. 내가 알게 된 일이지만, 러시아의 급진적인 유대인 사제는 태반이 루터 파로 기울어진 것 같습니다. 이것은 뭐라고 해도, 불과 한 사람의 이곳 승정보다는 약간은 큰 뜻을 갖고 있으니까요. 당신은 물론 그리스도 교도이겠죠」. 스타브로긴은 빨리 이렇게 말했다. 때로는 진지하고 때로는 조롱하는 듯한 말이 흩뿌리듯이 튀어나왔다.
「주여, 그대의 십자가를 나는 부끄러워하지 않으리.」하고 치혼은 거의 속삭이듯 말했다. 그것은 일종의 열렬한 속삭임이었다. 머리를 점점 낮게 떨어뜨렸다.
「신을 믿지 않고 악마를 믿을 수 있습니까?」하고 스타브로긴은 웃기 시작했다.
「그건 이미 할 수 있다는 정도가 아닙니다. 아주 흔해빠진 일예요.」 치혼은 눈을 올려뜨고 싱긋 웃었다.
「그럼 당신은 그런 신앙이 뭐라해도 완전한 무신론보다 존경할 만한 것이라고 생각하시는 거죠……. 내기라도 하겠습니다.」 하고 스타브로긴은 껄껄 웃었다.
「뿐만 아니라 완전한 무신론 쪽이 속세의 무관심한 태도보다 훨씬 존경할 만합니다.」 하고 치혼은 대답했다.
「허, 그런 것을 생각하십니까!」
「완전한 무신론자는 완전한 신앙에 도달한다, 최후의 일보 직전인 층계에 서 있다(그것을 밟고 넘어서느냐, 않느냐는 고사하고라도), 그런데 무관심한 인간은 아무런 신앙도 갖고 있지 않다. 나쁜 뜻의 공포 정도의 것일 뿐. 그러나 그것도 순간적이고 느낌이 강한 사람에 한해서…….」
「흠…… 당신은 묵시록을 읽으셨습니까?」
「읽었습니다.」
「기억하고 있습니까. 『그대 라오디게아에 있는 교회의 사자(使者)에게 써 보낼지니』라는 것을……?」
「기억하고 있습니다.」
「그 책은 어디 있습니까?」 웬일인지 이상하게 서둘러대며, 눈으로 책상 위의 책을 찾아가며 스타브로긴은 침착하지 못하게 허둥대는 몸짓을 하고 있었다. 「나는 당신한테 읽어 드리고 싶습니다……. 러시아 어 번역본이 있습니까?」
「난 그것을 알고 있습니다. 기억하고 있습니다.」 하고 치혼은 말했다.
「보지 않고 욀 수 있겠습니까? 그럼 좀 읽어 주세요…….」
그는 갑자기 눈을 내리깔고, 양쪽 팔꿈치를 무릎 위에 올려 놓고, 견딜 수 없다는 듯한 모습으로 삼가 듣겠다는 공손한 자세를 갖췄다. 치혼은 한마디 한마디 생각해내면서 암송했다.
「그대 라오디게아 교회의 사자에게 써보낼지니, 아멘이시오, 충실하시고 진실하신 증인이며, 신의 조화의·근원이 되는 자, 이처럼 말씀하시되 그대, 차지도 않고 뜨겁지도 아니한 것을 그대의 행한 바로 알았노라. 나, 그대가 차거나 혹은 뜨겁지도 아니하고 차겁지도 아니하매, 나 그대를 내 입에서 뱉어 버리리라. 그대 스스로 나는 부유하고 풍부하며, 결핍됨이 없노라 하나, 그 실은 가련하고, 불쌍하고, 가난하고, 장님이고, 헐벗은 자임을 알지 못하는도다……」

「됐습니다.」하고 스타브로긴은 말을 중단케 했다. 「실은 난 당신이 무척 마음에 들었어요.」

「나도 그래요.」하고 치혼은 작은 소리로 응했다.

스타브로긴은 입을 다물었다. 그리고 갑자기 아까처럼 깊은 생각에 잠겼다. 그것은 마치 발작적으로 일어나는지 벌써 이것으로 세 번째였다. 게다가 치혼을 향해 『무척 마음에 든다』라고 말한 것도 거의 발작적이라고 해도 무방했다. 적어도 자기로서도 뜻하지 않았던 일임에 틀림없었다. 일 분 이상이 지났다.

「화를 내지 마세요.」 손가락으로 니콜라이의 팔꿈치를 만질 듯 말 듯하면서 어딘가 모르게 기가 죽은 듯한 모습으로 치혼은 이렇게 속삭였다.

이쪽은 섬뜩해서 화가 난 듯이 눈살을 찌푸렸다.

「어떻게 당신은 내가 화난 것을 알았나요?」하고 그는 빠른 어조로 물었다. 치혼이 뭔가 말하려고 했을 때 그는 갑자기 말할 수 없이 불안한 빛을 보이면서 상대방을 가로막았다.

「왜 당신은 내가 틀림없이 화를 낼 거라고, 그렇게 상상을 했습니까? 그렇습니다. 나는 심술궂은 기분에 빠져 있었습니다. 알고 계신 대로입니다. 그것도 달리 이유가 있어서가 아니라 말하자면 당신에게 『무척 마음에 든다』고 말했기 때문입니다. 알고 계신 대로입니다. 그러나 당신은 천하게 바꿔대는 사람입니다. 인간의 본성이란 것에 대해 비열한 생각을 갖고 있기 때문입니다. 이것인 만일 내가 아니고 다른 인간이었더라면 화를 내는 일이라고는 없었을 것입니다……. 특히 문제는 인간이 아니라 나입니다. 하여간 당신은 기인(奇人)이고 하느님에 미친 사람입니다……」

그는 점점 흥분해갔다……. 그리고 이상하게도 말씨도 거칠어졌다.

「알겠습니까, 나는 간첩이니 심리학자니 그런 사람들을 좋아하지 않습니다. 적어도 내 영혼을 들여다보려는 그러한 녀석들을 좋아하지 않죠. 나는 내 영혼 속에는 아무도 불러들이지는 않습니다. 나는 아무도 필요로 하지 않아요.

내가 내 처리를 합니다. 당신은 내가 당신을 두려워한다고 생각합니까?」
그는 한층 소리를 높여 대들듯이 얼굴을 쳐들었다.「당신은 틀림없이 이렇게 확신하고 있겠죠, 내가 이곳에 온 것은 어떤 『무서운』 비밀을 털어놓기 위해서라고 말입니다. 당신 나름대로의 암자적(庵子的) 호기심을 긴장시키면서 이제나저제나하고 기다리고 있는 거겠죠. 그렇다면 미리 말해 둡니다만, 나는 아무런 비밀도 털어놓지 않겠어요. 당신의 폐를 끼치지 않아도 잘 해나갈 수 있으니까요……」
치혼은 야무지게 상대방을 쳐다보았다.
「당신은 주님이 미지근한 것보다 찬 것을 사랑하는 데 놀란 것 같군요.」하고 그는 말했다. 「당신도 그저 미지근한 것이 되고 싶지는 않겠죠. 나는 그렇게 예감이 듭니다. 당신은 대단한 각오를 하고 있다고, 어쩌면 무서운 각오인지도 모른다고. 부탁이니 자기와 자기의 몸을 괴롭히지 말고 완전히 다 털어놓으세요」
「내가 무슨 작정이 있어 온 거라고 당신은 확실히 꿰뚫어보았습니까?」
「나는…… 꿰뚫어보고 있었습니다.」
니콜라이는 약간 창백해졌고 손은 바르르 떨리고 있었다. 몇 초 동안인가, 그는 최후의 결심을 했는지 말없이 눈을 고정시키고 있었다. 이윽고 웃옷 호주머니에서 뭔가 인쇄한 종이를 꺼내어 책상 위에 놓았다.
「이것은 공표할 예정인 인쇄물입니다.」하고 그는 쉰 듯한 목소리로 말했다. 「만일 단 한 사람이라도 이것을 읽었다면 나는 더 이상 감추지 않겠어요. 모든 사람에게 읽어 주겠어요 그렇게 결심했던 것입니다. 나는 당신 같은 사람을 일체 필요로 하지 않아요, 완전히 결심했기 때문에. 그러나 하여간 읽어 주세요……」
「읽을까요?」하고 치혼은 아주 심술궂게 물었다.
「읽어 주세요. 나는 까딱없습니다.」
「안 됩니다, 안경 없이는 글씨도 알아볼 수 없습니다. 자잘한 인쇄이므로, 외국에서 박은 것이라.」
「자, 안경.」스타브로긴은 책상 위에서 안경을 집어 주면서 긴의자 뒤로 몸을 기대었다. 치혼은 그 쪽은 쳐다보지도 않고 열심히 읽기 시작했다.

2

　인쇄물은 정말 외국의 것으로, 흔히 있는 소형의 편지지 석 장에 인쇄한 것을 대강 묶은 것이었다. 틀림없이 외국의 어느 러시아 인쇄소에서 비밀히 인쇄했음에 틀림없었다. 언뜻 보기에 불온문서의 체재를 갖추고 있었다. 제목은 『스타브로긴으로부터』로 되어 있었다.
　나는 정말 이 기록을 한 마디도 빼놓지 않고 적으려고 한다. 다만 철자상 잘못된 것은 정정했다. 이런 철자법의 오류는 상당히 많아서 다소 나를 놀라게 할 정도였다. 뭐라해도 필자는 교양이 있는 인물로, 물론 비교적인 얘기이긴 하지만 박학하다고 해도 좋을 정도이기 때문이다. 문장은 부정확한 점도 있으나 일체 개정하지 않았다. 하여간 우선 첫째로 필자가 문학자가 아닌 것은 명백하다.
　좀 얘기가 빗나가지만 한 가지만 더 미리 말해 둔다. 이 기록은 내 의견으로는 병 때문에 한 일이라기보다는 오히려 이 사람에게 깃들고 있는 악령의 짓이라 볼 수 있다. 비유해 말하자면 몹시 아파서 괴로워하는 인간이 잠깐 동안이라도 고통을 가볍게 하려고, 아니 가볍게 한다기보다 순간적이라도 현재의 고통을 다른 고통으로 바꿔 보려고 자리 위에서 몸부림을 치는 것과 마찬가지였다. 이렇게 되면 체제라든가 이성적이라든가 하는 일에 마음을 쓸 여가가 없음은 물론이다. 이 기록의 근본 사상은 벌을 받고 싶다는 무서울 정도의 거짓 없는 마음의 욕구이며, 십자가를 짊어지고, 만인의 눈앞에서 벌을 받고 싶다는 욕구인 것이다. 더욱이 이 십자가에 대한 욕구가 뭐라해도, 십자가를 믿지 않는 인간에게 생겼다는 것이다. 따라서 「이것 하나만으로도 아주 훌륭한 『사상』을 형성한다」(이것은 어떤 다른 기회에 스체판 씨가 말한 것이다).
　또다른 일면으로 보면 이 기록 전체는 확실히 다른 목적으로 씌어져 있음에도 불구하고, 그와 동시에 폭풍처럼 광포한 것이었다. 필자가 말한 바에 의하면 그는 이것을 쓰지 않고는 『배기지 못했다』는 것이다. 즉 『부득불』 써야만 했다고 선전하고 있는데, 그것은 정말 그랬던 모양이며 그는 가능하다면 이 쓴잔을 피하고 싶었을 것이다. 하지만 사실 쓰지 않을 수는 없었으므로 새로운 광포성을 발휘하는 호기(好機)를 잡으려고 덤빈 것이다. 그렇다, 병자는 자리 속에서 몸부림치면서 하나의 고통을 다른 고통으로 바꾸려고 했다. 그런데 사회를 상대로 하는 투쟁이 가장 견디어내기 쉬운 자세같이 생각되었으므로 그는 이 사회에 도전을 하게 된 것이다.

사실이지 이러한 기록이 씌어졌다는 사실 그 자체에, 사회에 대한 새롭고 뜻하지 않은 도저히 용서할 수 없는 도전이 예상된다. 아무래도 좋다. 다만 조금이라도 빨리 적수(敵手)를 만나기만 하면 되는 것이다.

그러나 어쩌면 이 사건 전체는, 즉 인쇄물도, 그 발표 계획도, 역시 지사의 귀를 문 사건의 변형에 지나지 않는 건지도 모른다. 이제 진상이 꽤 뚜렷해진 오늘날에도, 왜 이 생각이 내 머릿속에 떠오르는지 전혀 이해가 안 간다. 이 기록이 거짓이다, 즉 고스란히 머리에서 짜낸 것이다라는 그런 사실을 단언할 생각도 없으며, 증거를 끌어댈 생각도 없다. 무엇보다도 확실한 것은 진상을 그 양자의 어딘가 중간에서 탐구하는 일일 것이다. 사실 나는 너무 앞지른 것 같다. 하여간 기록 그 자체를 보는 것이 제일 좋을 것 같다. 치혼이 읽은 것은 다음과 같은 것이었다.

스타브로긴으로부터

나는 즉 퇴역 장교 니콜라이 스타브로긴은 186×년 음탕한 생활에 탐닉하면서 더욱이 그 생활에 만족을 느끼는 일 없이 페체르부르그에서 살고 있었다. 그 무렵 얼마 동안 나는 세 군데에 주거를 갖고 있었다. 한 군데는 나 자신의 집으로서 하녀를 두고 식사를 하고 있었다. 현재 나의 정실(正室)인 마리아 레뱌드키나도 그 무렵 이 아파트에 있었다. 그 밖의 두 집은 정사(情事)를 위해 월세로 빌어 쓰고 있었다. 한 집에서는 나를 사모하고 있는 어느 귀부인과 접하고, 또 한 집에서는 그 귀부인의 하녀와 밀회하고 있었는데, 얼마 동안은 이 두 사람, 즉 여주인과 하녀가 나의 집에서 얼굴을 맞대도록 하려는 계획에 골몰하고 있었다. 나는 두 사람의 성격을 잘 알고 있었으므로, 이 계략을 대단한 만족으로 기대하고 있었다.

남몰래 이 해후를 준비하고 있던 나는 그 두 집 중 하나, 고로호바야 거리에 있는 대가옥 속의 거처로 자주 발길을 돌리지 않으면 안 되었다. 이 거처가 하녀와의 밀회 장소였기 때문이다. 그것은 사층에 살고 있는 빈민으로부터,

또 세낸 단 한 칸의 방이었다. 빈민의 가족은 바로 옆, 한 칸 방에 살고 있었는데 한층 더 좁디좁은 방이었으므로, 간막이 장지문을 늘 열어 놓고 있었을 정도였다. 사실 나 자신도 그것을 원하고 있었다. 주인은 어느 사무실에 근무하고 있어서 아침부터 저녁까지 집을 비웠다. 부인은 마흔 살 남짓한 나이로 헌옷 고치는 일을 부업으로 하고 있었는데, 재단과 바느질을 해서 다 된 옷을 도매집으로 갖다 주느라고 이 역시 꽤 빈번히, 집을 비웠다. 나는 딸과 단둘이서 곧잘 집을 지켰다. 보아하니 아주 어려 보이는 애로 이름은 마트료샤라고 했다. 어머니는 이 딸을 귀여워했지만, 꽤 엄하게 굴어 그들 사회에서 흔히 볼 수 있는 뒷골목 가게의 마누라처럼 고래고래 고함을 지르는 것이었다. 이 딸이 나의 시중을 들어 간막이 뒤쪽을 곧잘 정리해 주었다. 미리 말해 두지만 나는 이 가옥의 번호를 잊었다. 이번에 조사해 본 결과 이 낡은 집은 헐려 버렸고, 그 전에 두어 채 있던 장소에는 어마어마하게 큰 새 가옥이 한 채 서 있었다. 빈민 부부의 이름도 역시 잊어버렸다. (혹은 그때부터 몰랐었는지도 모른다. 잘 생각해 보니 부인의 이름은 스체파니, 성은 미하일로브나라고 한 것 같다. 주인 이름은 기억이 나지 않는다). 열심히 찾을 마음만 먹고 페체르부르그의 경찰에 최선의 조사만 의뢰한다면 행방을 찾을 수도 있을 것이다. 그 집은 뒷마당의 모퉁이에 있었다. 모든 사건은 칠월에 일어났다. 당시 집은 엷은 옥색으로 칠해져 있었다.

언젠가 내 책상에서 나이프가 보이질 않았다. 전혀 필요 없는 것으로 팽개쳐서 굴러다니고 있었던 것이다. 설마 그 때문에 딸이 꾸지람을 당하리라고는 생각지 않았으므로, 이 일을 부인에게 말했다. 그런데 부인은 방금 헝겊 조각이 없어졌다면서 딸이(인형을 만들기 위해) 훔쳐간 것이라고 머리채를 붙잡고 야단치던 참이었다. 이 헝겊조각이 테이블보 밑에서 나왔을 때 딸은 한 마디 불평할 생각도 않고 잠자코 한군데를 응시하고 있을 뿐이었다. 나는 그것을 알아차리고, 그때 비로소 이 딸의 얼굴을 자세히 보았다. 그때까지는 다만 눈앞에 얼씬거렸다는 인상밖에 없었다. 그녀는 눈썹과 속눈썹이 하얗고 주근깨가 난 극히 흔한 얼굴이었으나, 표정에는 정말 어린 애다운 아주 순진하고 조용한 느낌을 풍기고 있었다. 지나치게 조용할 정도였다.

어머니는 딸이 아무 대꾸도 않는 것에 화가 나서 다시 주먹을 쥐었으나 그래도 때리지는 않았다. 바로 이때 나이프 분실이라는 사건이 드러난 것이다. 사실 우리 세 사람 외에는 아무도 없었고, 내 방 간막이 뒤에는 딸이 들어갔을 뿐이었다. 부인은 처음에 아무 잘못도 없이 호통을 쳤기 때문에 이번에야 말로 정말 노발대발했다. 갑자기 빗자루가 있는 곳으로 달려가서 그 속에서 회초리감을 한 줌 빼내더니, 벌써 열두 살이나 된 딸을 내가 보는 앞에서 둔부에 빨갛게 피가 맺히도록 후려쳤다. 마트료샤는 매를 맞는 것으로는 울지 않았다. 아마 내가 옆에 있었기 때문일 것이다. 그러나 한 번 때릴 때마다 기묘한 딸꾹질 같은 소리를 냈다. 그리고 맞고 난 다음, 꼬박 한 시간 동안이나 몹시 울어댔다.

그러나 그 전에 이런 일이 있었다. 부인이 빗자루가 있는 쪽으로 달려가서 회초리를 한 줌 빼려고 했을 때 나는 나이프를 침대 위에서 발견했다. 어느 순간에 책상에서 그곳으로 떨어졌던 모양이다. 나는 그때 곧 딸을 그대로 매맞게 하기 위해 이 사실을 말하지 말자는 생각이 들었다. 순간적으로 결심이 선 것이다. 이런 때 나는 언제나 숨이 가빠진다. 그러나 하나의 비밀도 남기지 않기 위해 모든 것을 죄다 보다 상세하게 서술하고자 한다.

내가 지금까지의 생애에 있어 경험한 바로는, 예사롭지 않은 치욕에 찬, 비굴하고 더럽고 더욱이 무엇보다도 우스꽝스러운 입장에 처하면, 무한한 분노와 함께, 비할 바 없는 쾌감이 샘솟는 것이 보통이었다. 범죄의 순간도, 생명에 위험을 느꼈을 때도, 역시 마찬가지이다. 만일 무엇을 훔치는 일이 있었다면 나는 절도를 행함에 있어, 내 비열함의 심각성을 의식하고 취하는 듯한 쾌감을 맛보았음에 틀림없다. 내가 사랑한 것은 비열 그 자체는 아니다 (그런 경우 내 이성은 완전히 작용하고 있었다). 단지 내가 비열함을 의식하는 괴로움 속에서 어떤 취한 듯한 기분을 즐기는 것이었다. 또 이와 마찬가지로 나는 결투장의 경계선에 서서 적의 발사를 기다리는 순간에도 똑같이 굴욕에 찬, 더욱이 광포한 감촉을 경험했다. 한 번은, 그것이 유달리 격렬했다. 고백하지만, 나는 가끔 이런 쾌감을 추구했다. 왜냐하면 이것이야말로 내게 있어서 이런 종류의 감촉 중에서도 가장 강렬한 것이었기 때문이었다. 나는 따귀를 맞았을 때(지금까지 두 번 맞았다) 무서운 분노에도 불구하고 역시 이 감각을 맛보았다. 만일 이 분노를 참고 있으면 쾌감이 상상할 수 있는 한도내의 것을 초월하고 마는 것이다. 나는 이 사실을 아직 누구에게도 말한 적이 없다. 암시해 준 일조차 없다. 오히려 치욕이니 오욕이니 해서 숨겨왔다. 그러나 언젠가 페체르부르그의 선술집에서 흠씬 두들겨맞고, 머리카락을 잡혔을 때 공교롭게 취하지 않았기 때문에 이 감촉을 맛보지 못하고, 다만 헤아릴 길 없는 분노만을 느껴 싸움만 하고 말았다. 하지만 나를 때린 사람이 프랑스의 자작이었다면——나의 따귀를 때렸기 때문에 나에게 맞아 아래 턱이 떨어진 그 자작이 외국에서 나의 머리카락을 휘어잡고, 목을 죄었다 할지라도 나는 취할 듯한 환희에 사로잡혀 분노 따위는 느끼지 않았을는지도 모른다. 그 무렵 나는 이같은 기분이 들었던 것이다.

내가 이런 것을 상세히 쓰는 것은 이 감정이 여태껏 나를 정복한 일이 전혀 없었고, 항상 의식이 완전한 상태로 남아 있었다는 사실을 만인이 알아 주었으면 하기 때문이다(그렇다, 모든 것이 의식 위에 이루어졌었던 것이다). 나는 이성을 잃을 때까지라기보다 고집을 부릴수록 이 감정에 사로잡히지만 결코 나를 잃을 정도에까지는 이르지 않았다. 그것이 맹렬하게 타오르는 불의 기세에까지 도달해 있어도 나는 그것을 완전히 정복할 수 있었을 뿐 아니라, 최정상에 달했을 때 억제할 수도 있었다. 단지 스스로 억제하려는 생각을 절대로 하지 않았을 뿐이다. 나는 원래 야수적인 정욕을 부여받았음에도 불구하고, 또 그 정욕을 항상 스스로 자극시켜왔음에도 불구하고, 수도사와 같은 생애를 지낼 수도 있었을 것이라고 확신하고 있다. 나는 언제라도 그렇게 마음만 먹는다면 나 자신을 지배할 수가 있다. 그렇기 때문에 여기서 단언해 두지만, 환경의 힘이나 병의 탓으로 돌려 나의 범죄의 책임을 벗으려고는 생각지 않는다.

딸의 처벌이 끝났을 때 나는 나이프를 조끼 주머니 속에 넣고 한 마디의 말도 없이 밖으로 나가서, 누구의 눈에도 전혀 띄지 않도록 아주 멀리 떨어진 곳에서 길거리에 던져 버렸다. 그리고 나는 이틀 동안 사태를 살피고 있었다. 딸은 울 만큼 울어 버리더니 전보다 한층 더 말이 없었다. 나에 대해서는 별로 나쁜 감정을 갖고 있지 않다고 나는 내심 믿고 있었다. 그러나 내가 보는 앞에서 그런 꼴로 매를 맞았다는 일에 다소의 수치감을 느끼고 있었을 것이다. 그러나 이 수치에 대해서도, 그녀는 아이들이 늘 그렇듯이 아마 자기 혼자만을 책하고 있었던 것 같다.

마침 이때, 이 이틀 동안에 나는 내가 세운 계획을 포기하고 물러서 버릴 수 있을까 하고, 한 번 자문해 본 일이 있다. 그때 나는 곧 할 수 있다, 언제라도 곧 손을 뗄 수 있다라고 느꼈다. 나는 그 당시 무관심병 때문에 자살하려고 했던 일이 있다(사실 무슨 이유에서인지 나도 잘 모른다). 그 결과 이 이삼 일 동안에(왜냐하면 계집애가 모든 것을 잊어버리기를 기다려야만 했기 때문이다) 나는 계속 떠오르는 망상으로부터 마음을 멀리하기 위해(혹은 그저 조롱거리를 얻기 위했음인지) 나의 아파트에서 도둑질을 했다. 그것은 나의 생애에 있어 단 한 번의 절도 행위였다.

이 건물 안에는 많은 사람들이 옹기종기 모여 살고 있었다. 그 중에서 한 관리가 가족과 함께 세간이 딸린 방을 두 개 빌어 쓰고 있었다. 나이는 마흔 살 가량, 그리고 어리석지도 않았고, 겉으로는 꽤 말쑥해 보였으나, 실은 가난했던 모양이다. 나는 이 사나이와 별로 친하지 않았다. 그는 나를 둘러싸고 있는 친구들을 무서워하고 있었다. 그는 마침 그때 삼십오 루블리의 월급을 타왔다. 내가 그러한 나쁜 마음을 갖게 된 주된 동기는 그때 나에게는 돈이 한 푼도 없었기 때문이다(사실 나흘 뒤에 우체국에서 돈을 받기는 했지만). 하여간 나의 절도 행위는 장난삼아 한 일이 아니라, 필요에 의해 한 셈이 된다. 더욱이 그 방법은 참으로 뻔뻔스러운 노골적인 것이었다. 나는 불쑥 그의 아파트로 들어갔다. 관리는 아내와 아이들과 함께 바로 옆에 있는 작은 방에서 식사를 하고 있었다. 문 바로 옆 의자 위에 벗어던진 제복이 접힌 채 놓여 있었다. 이 생각은 복도를 거닐고 있을 때부터 나의 머릿속에 떠올랐던 것이다. 나는 호주머니에 손을 넣고 지갑을 꺼냈다. 그런데 관리는 바스락하는 소리를 듣고 방에서 얼굴을 내밀었다. 적어도 뭔가 이상한 짓을 보았으리라 생각된다. 그러나 물론 모든 것을 다 본 것은 아니었으므로 자기 눈을 의심했던 것 같다. 나는 복도를 지나는 길에 지금 몇 시인가 그 집 벽시계를 보러 온 것이라고 했다. 「잡니다.」 하고 그는 대답했다. 그래서 나는 그대로 나가 버렸다.

그때 나는 술을 마구 퍼마셨다. 내 방에는 일 소대 가량 되는 패들이 있었던 것이다. 그 가운데는 레뱌드킨도 끼여 있었다. 나는 지갑을 잔돈과 함께 버리고 지폐만 남겨 두었다. 모두가 삼십 루블리, 빨간 지폐가 석 장, 노란 지폐가 두 장이었다. 나는 곧 빨간 지폐 한 장을 헐어 샴페인을 사러 보냈다. 그리고 또 한 장의 빨간 지폐를 꺼내어 썼고 다시 또 마지막 한 장도 써버렸다.

네 시간쯤 지나서 저녁 무렵에 그 관리가 나를 복도에서 기다리고 있었다.
「니콜라이 브세볼로도비치, 아까 저의 방에 들렀을 때, 혹시 제복을 의자 위에서 떨어뜨리지 않았습니까? 문 앞에 있었는데요……」
「아뇨, 모르겠는데요. 아니 그곳에 제복이 있었던가요?」
「네, 있었습니다.」
「마룻바닥에?」
「처음엔 의자 위였는데, 나중엔 마룻바닥에.」
「그래서 당신이 그것을 주워올렸습니까?」
「네, 그렇습니다.」
「허, 그래, 아직 무슨 용무가 있습니까?」
「아닙니다. 그러시다면 별로……」
그는 마음먹었던 일을 완전히 말해 버릴 용기가 없었다. 뿐만 아니라 아파트 안의 누구에게도 이 일에 대해서 말하는 일조차 꺼려했던 것이다. 이런 자들은 이 정도로 겁이 많은 것이다. 하여간 이 아파트 안에서는 다들 나를 덮어놓고 두려워하면서도 존경하고 있었다. 그 뒤 나는 두 번쯤 그와 복도에서 만나 눈과 눈이 마주쳐 퍽 재미있어 했으나 그것도 얼마 안 가 싫증이 나 버렸다.
사흘 뒤에, 나는 고로호바야 거리로 돌아갔다. 부인은 보따리를 들고 어디론가 나가려던 참이었다. 주인은 물론 집에 없었고, 나와 마트료샤만이 남게 되었다. 창문은 모두 활짝 열려 있었다. 그 집에 살고 있는 사람들은 대부분이 노동자였기 때문에 어느 층에서도 종일 쇠망치 소리와 노랫소리가 들려왔다. 나와 딸은 벌써 한 시간 가량이나 우두커니 앉아 있었다. 마트료샤는 자기 방에 틀어박혀, 나에게 등을 돌리고, 걸상에 걸터앉은 채 바늘을 가지고 뭔가 만지작거리고 있었다. 그러자 아주 불쑥 작은 목소리로 노래를 부르기 시작했다. 이런 일은 이 소녀에게 아직 보지 못한 일이었다. 나는 시계를 꺼내어 몇 신가 보았다. 두 시였다. 가슴이 두근거렸다. 나는 일어서서 소녀 쪽으로 살짝 다가갔다. 이 방의 창문 위에는 접시꽃 화분들이 늘어놓여져 있었다. 나는 조용히 그녀 옆 가까이, 마룻바닥에 앉았다. 소녀는 흠칫 놀라 몸을 떨었다. 처음에는 심한 경악을 느낀 듯, 갑자기 걸상에서 벌떡 일어났다. 나는 그 손을 잡아 살짝 키스하면서 소녀의 몸을 걸상 위로 끌어당기면서 그녀의 눈을 물끄러미 쳐다보았다. 내가 소녀의 손을 잡아 키스했다는 것은 그녀를 어린아이들처럼 흥겹게 했으나 그것은 순간적인 일에 불과했다. 그녀는 또다시 벌떡 일어났다. 이번에는 얼굴에 경련이 일어날 정도로 심하게 놀란 것 같았다. 그녀는 소름이 끼칠 정도로 고정된 눈으로 나를 쳐다보았다. 입술은 금방이라도 울음이 터져나올 듯이 실룩거리기 시작했다. 그러나 소리는 내지 않았다. 나는 다시 그 손에 키스를 하고 그녀를 무릎 위에 끌어안았다. 그때 소녀는 갑자기 온몸을 움츠리고 부끄러운 듯이 싱긋 웃었으나, 웬지 일그러진 듯한 미소였다. 얼굴은 온통 부끄러움으로 불처럼 달아올랐다. 나는 마치 술취한 사람처럼 그녀의 귀에다 뭐라고 속삭였다. 이윽고 그러는 동안에 놀라울 만큼 뜻밖의 이상한 일이 일어났다. 나는 그것을 영원히 잊을 수 없을 것이다. 소녀는 갑자기 두 팔로 내 목을 끌어안더니 열렬한 키스를 퍼붓기 시작했다. 그 얼굴은 극도의 환희를 나타내고 있었다. 나는 금방이라도 일어나 나가 버리고 싶었다. 이 어린것의 내부에 잠재해 있는 정열이 그만큼 불쾌하게 느껴졌던 것이다. 더욱이 그것은 갑자기 엄습해 온 연민의 감정 때문이기도 했다.

 모든 일이 끝나자 소녀는 꺼림칙한 듯 우물쭈물하고 있었다. 나는 그녀를 안심시키려고도 하지 않았고 애무를 하려고도 하지 않았다. 소녀는 겁에 질린 듯 미소를 지으며, 물끄러미 내 얼굴을 쳐다보고 있었다. 나는 갑자기 그 얼굴이 어리석게 여겨졌다.

 당황하는 표정은 점점 그녀의 얼굴에 퍼져갔다. 이윽고 그녀는 두 손으로 얼굴을 가리는가 싶더니 한쪽 구석에 틀어박혀 등을 돌리고, 꼼짝 않고 서 있었다.

 또 아까처럼 그녀가 겁을 내지나 않나 하고 걱정되기에 나는 말없이 집을 나섰다.

 생각건대 이 사건은 한없이 추한 행위로, 죽고 싶도록 공포감을 불러일으켜서 그녀의 마음에 돌이킬 수 없는 낙인을 찍었음이 분명하다. 아직 젖먹이의 기저귀 속에 있을 때부터 귀에 익었으리라 생각되는 러시아 식의 욕설과 그 밖에 여러 가지 상스러운 대화에도 불구하고 그녀는 아직 아무것도 몰랐으리라고 나는 확신하는 바이다. 그래 결국 그녀는 말로는 이루 다할 수 없을 정도로, 큰 죽음과 맞먹는 죄를 범하여,『하느님을 죽여 버렸다』고

할 그런 느낌을 지녔음이 분명하다.

　그날 밤 나는 앞서도 잠깐 말했듯이 술집에 가서 싸움을 했다. 하지만 이튿날 아침 눈을 떠보니 내 아파트였다. 레뱌드킨이 데려다 놓은 것이다. 눈을 뜨자 우선 머리에 떠오른 것은 소녀가 혹시 고해바치지나 않았나 하는 상념이었다. 그것은 그리 강렬한 정도는 아니었지만 진지한 공포의 순간이었다. 나는 그날 아침 굉장히 기분이 좋아 아무에게나 상냥하게 대했으므로 나를 둘러싼 녀석들은 놀라자빠질 지경이었다. 나는 그들을 내버려 두고 고로호바야 거리로 갔다. 나는 아래층 입구에서 그녀와 마주쳤다. 이웃 가게로 꽃상치를 사러 갔다가 돌아오는 길이다. 나의 모습을 보자 그녀는 형용할 길 없는 공포의 빛을 나타내면서 쏜살같이 계단을 뛰어올라갔다. 내가 들어갔을 때 어머니는 『미친 고양이처럼』 집으로 뛰어들어왔다고 딸에게 주먹으로 한방 먹이는 참이라 소녀의 공포의 참된 원인은 그대로 얼버무려졌다. 이런 식으로 만사가 평온하게 되었다. 소녀는 어딘가로 들어가 버려, 내가 그곳에 있는 동안 내내 나타나지 않았다. 나는 한 시간 가량 있다가 돌아와 버렸다.

　저녁때가 되어 나는 다시 두려움을 느꼈는데 이번엔 비교도 할 수 없을 정도로 강렬한 것이었다. 물론, 나는 어디까지나 버티고 나갈 수 있었지만, 진상이 폭로될 우려도 있었다. 나의 머릿속에는 유형(流刑)이라는 생각도 스쳐갔다. 나는 원래 공포라는 것을 몰랐다. 이때를 제외하고는 평생을 통해 전후를 막론하고 무엇 하나 무섭다고 생각한 일이 없다. 그러므로 시베리아 따위를 두려워할 리는 더욱 없었다. 사실, 그곳으로 유형당할 만한 일을 한두 번 한 것이 아니었다. 그러나 그때는 나도 완전히 겁을 먹었고, 웬일인지 정말로 공포를 느꼈다. 그것은 난생 처음 있는 일로 실로 괴로운 느낌이었다. 뿐만 아니라 그날 밤 나는 내 아파트에서 그녀에게 심한 증오를 느끼기 시작했다. 그녀를 미워한 나머지 죽여 버릴까 하는 생각을 할 정도였다. 증오의 주된 원인은 그녀의 미소를 생각해냈을 때 일어났다. 그리고 모든 일이 끝난 뒤, 그녀가 구석으로 뛰어가 두 손으로 얼굴을 가렸던 일을 생각하니, 뭐라 말할 수 없는 증오와 모욕감이 내 마음속에 끓어올라, 표현할 길 없는 분노가 치솟았다. 그러자 그에 이어 오한이 밀려들더니 마침내 새벽에는 열이 났다. 나는 또한 공포에 사로잡혔는데, 이 이상의 괴로움은

제 2 부   115

없을 거라는 생각이 들 정도로 극심한 것이었다. 그러나 나는 더 이상 소녀를 미워하지 않았다. 적어도 새벽녘에 경험한 것 같은 병적인 발작에 비길 만한 것은 못 되었다. 심한 공포는 증오와 복수의 감정을 완전히 쫓아 버리는 것이다. 이것은 나의 관찰이다. 정오경 가뿐한 몸으로 눈을 떴다. 그것은 간밤의 심한 괴로움이 이상하게 생각될 정도였다. 사실, 기분은 좋지 않았다. 나는 싫은 것을 억지로 참고 고로호바야 거리로 가야만 했다. 지금도 기억하지만 그때 도중에서 누구와 싸우고 싶은 충동을 느꼈다. 단 진지한 싸움이어야만 했다. 고로호바야에 와보니 나의 방에는 니나 자베리예브나가 와 있었다. 이 여자는 바로 그 하녀로 벌써 한 시간 가량이나 나를 기다리고 있었던 것이다. 나는 이 여자를 전혀 사랑하지 않았기 때문에 그녀는 부르지도 않았는데 찾아와서, 내가 화라도 내지나 않을까 하고 약간 겁을 먹으며 찾아온 것이다. 그러나 나는 갑자기 그녀의 방문을 기뻐했다. 니나는 좀 얼굴이 말쑥한 여자였는데, 조심성 있으며 상인 사회에서 좋아할 것 같은 거동과 말씨를 썼기 때문에 하숙집 부인은 벌써 오래 전부터 나를 보고 이 여자를 마냥 칭찬했던 것이다. 내가 들어갔을 때, 두 사람은 마주 앉아서 커피를 마시고 있었다. 부인은 유쾌한 말상대를 만나 법석을 떨고 있었다. 그 작은 방 구석에서 나는 마트료샤의 모습을 보았다. 그녀는 그곳에 앉아서 어머니와 여자 손님을 물끄러미 쳐다보고 있었다. 내가 들어가도 그녀는 전처럼 숨으려고도 하지 않고 도망가려고도 하지 않았다. 다만 뻐쩍 여윈 게 열이라도 있는 것 같았다. 나는 니나에게 부드럽게 대하고 부인 방과 접한 장지문을 닫았다(이런 일은 그 전에도 없었던 일이었다). 니나는 완전히 신바람이 나서 돌아갔다. 나는 그녀의 손을 잡고 전송을 했고, 그 뒤 이틀 동안이나 고로호바야 거리에는 가지 않았다. 이제 싫증이 난 것이다. 나는 모든 것을 정리해서, 하숙방도 내놓고, 페체르부르그에서 떠나려는 결심을 했다.

그러나 하숙방을 내놓으러 가보니 부인은 불안과 슬픔에 싸여 있었다. 마트료샤가 사흘 전부터 병으로 매일 밤 열이 오르고, 헛소리를 한다는 것이다. 물론 나는 무슨 헛소리냐고 물었다(두 사람은 내 방에서 소곤소곤 얘기했다). 그러자 부인이 내 귀에 대고 속삭이는 말은 「아, 무서워, 하느님을 죽여 버렸어.」라는 것이 딸의 헛소리라는 것이다. 나는 내가 돈을 낼 테니까 의사를 불러오라고 했으나 부인은 허락하지 않았다. 「하느님의 도움으로 이대로 좋아지겠죠. 노상 누워 있지는 않아요, 낮에는 밖에도 나가니까요. 이제 금방도 요 앞 가게에까지 심부름도 갔다왔어요.」 나는 마트료샤가 혼자 집에 있을 때 다시 와야겠다고 마음먹었다. 다행히 부인이 다섯 시쯤에 강 건너엘 가야만 한다고 말을 꺼내기에 저녁에 다시 오기로 했다.

나는 음식점에서 식사를 하고 정각 다섯 시 십 분에 고로호바야 거리로 되돌아갔다. 나는 언제나 내 열쇠로 방에 들어가는 것이다. 마트료샤 외에는 아무도 없었다. 그녀는 작은 방 간막이 뒤의 어머니 침대에 누워 있었다. 나는 그녀가 홀깃 쳐다보는 것을 알았으나 모르는 체하고 있었다. 창문이란 창문은 죄다 열려 있었다. 공기는 따뜻하다기보다 오히려 후덥지근했다. 나는 잠깐 방안을 거닐다 긴의자에 앉았다. 나는 모든 일을 최후의 순간까지 기억하고 있다. 마트료샤에게 말하지 않고 애타게 하는 것이 나는 몹시 기뻤다. 웬일인지 모른다. 나는 꼬박 한 시간을 기다리고 있었다. 그러자 갑자기 그녀가 간막이 뒤에서 뛰어나왔다. 그녀가 침대에서 뛰어내렸을 때 두 발이 마룻바닥에 부딪쳐 나는 쾅 소리도, 바로 이어서 꽤 빠른 발자국 소리가 난 것도 들었다. 그러자 그녀는 벌써 내 방 문턱 앞에 서 있었다. 선 채 말없이 물끄러미 보고 있었다. 나는 비열하게도 기쁨으로 심장이 두근거림을 느꼈다. 결국 내가 버티어 그녀 쪽에서 나올 때까지 기다릴 수 있었기 때문이다. 이 며칠 동안 한 번도 가까이에서 보지 않았지만, 정말 그 동안에 그녀는 무섭게 여위었다. 얼굴은 까칠했고 머리는 아마 불타듯 뜨거웠을 것이다. 커다래진 눈은 물끄러미 나를 응시하고 있다. 처음에는 그것이 둔한 호기심의 표정처럼 생각되었다. 나는 우두커니 앉은 채로 쳐다볼 뿐 꼼짝도 하지 않았다. 그러자 그때 또 갑자기 증오의 감정을 느꼈다. 그러나 금세 소녀는 나를 전혀 두려워하지 않는다, 그보다 오히려 열에 들떠 있다는 생각이 들었다. 그러나 열에 들떠 있는 것도 아니었다. 갑자기 그녀는 나를 향하여 턱짓을 했다. 그것은 제스처를 모르는 단순한 인간이 남을 책망할 때에 하는 것과 같은 그러한 턱짓이었다. 그러자 갑자기 그녀는 나에게 조그만 주먹을 쳐들면서, 그 자리에서 움직이지 않고 위협하기 시작했다. 처음 순간 나는 이 동작이 우습게 느껴졌으나, 점점 참을 수 없게 되었다. 그녀의 얼굴에는 도저히 아이들에게서는 볼 수 없을 것 같은 절망의 빛이 떠올랐던

제 2 부   117

것이다. 그녀는 계속 나를 위협하듯 작은 주먹을 휘두르고서는, 그 나무라는 듯한 턱짓을 하는 것이었다. 나는 공포를 느끼면서 일어나서 그녀 옆에 다가간 다음 살짝 조심스럽게 그리고 조용하고 부드럽게 말을 걸었지만, 그 말이 그녀의 귀에 들어갈 리 없었다. 이윽고 그녀는 그때와 마찬가지로 갑자기 두 손으로 얼굴을 가리고 내 방을 떠나더니 이쪽으로 등을 돌린 채 창가에 섰다. 왜 나는 그때 가버리지 않고, 무엇을 기다리는 것처럼 남아 있었는지 통 이해가 안 간다. 이윽고 나는 또 빠른 걸음소리를 들었다. 그녀는 복도로 빠지는 문으로 나갔다. 그곳에는 계단을 따라 아래층으로 내려가는 입구가 있었다. 나는 곧 내 방 문 쪽으로 달려가 문을 살짝 열고 보니, 마트료샤가 작은 광 속으로 들어가는 것이 보였다. 변소 옆에 있는 닭장 같은 것이었다. 아주 흥미있는 상념이 내 머릿속에 떠올랐다. 왜 이 상념이 제일 먼저 내 마음속에 떠올랐는지는 아직도 납득이 안 간다. 즉 그렇게 될 운명이었다고 본다. 나는 문을 닫고 다시 창가에 앉았다. 물론 지금 떠오른 상념을 믿을 수는 없었다. 「그래도……」(지금도 다 기억하고 있지만, 내 심장은 격하게 고동쳤다.)

  일 분쯤 지나 나는 시계를 보았다. 그리고 가능한 한 정확하게 시간을 봐뒀다. 무엇 때문에 정확한 시간이 필요했는지 모른다. 하지만 나는 그것을 할 만한 여유가 있었다. 전체적으로 나는 그때 모든 것을 하나도 빼놓지 않고 다 보려고 했다. 그래서 그때 관찰한 것을 지금 기억하고 있을 뿐 아니라 현재도 눈 앞에 보는 것 같은 생각까지 든다. 땅거미가 밀려왔다. 내 머리 위에서 파리 한 마리가 윙윙대더니 얼굴에 살짝 앉았다. 나는 그것을 잡아서 잠시 손가락으로 누르고 있었으나 이윽고 창 밖으로 날려 보냈다. 아래쪽에서는 짐마차가 한 대 요란스러운 소리를 내면서 문 안으로 들어왔다. 한 사람의 품팔이꾼이 뒷마당의 구석 쪽에 있는 창문 안에서, 벌써 아까부터 큰소리로 노래를 부르고 있었다. 일을 하고 있었으나 모습은 보이지 않았다. 문득 이런 생각이 떠올랐다. 내가 문 안으로 들어와 계단을 올라올 때까지 아무도 만난 사람이 없으니까 이제 아래층으로 내려갈 때도 물론 아무도 만나지 않는 편이 좋겠다. 그렇게 생각하고 나는 다른 하숙인들이 눈치채지 못하도록 조심스럽게 의자를 창가에서 떼어 놓았다. 책을 집어들었으나 곧 내던져 버리고, 접시꽃잎에 앉아 있는 작고 빨간 거미를 지켜보고 있는 동안에 망아(忘我)의 경지에 빠지고 말았다. 나는 모든 일을 최후의 순간까지 기억하고 있다.

　나는 갑자기 시계를 꺼냈다. 마트료샤가 나간 지 꼭 이십 분 지났다. 상상은 아마 적중한 것 같았다. 그러나 나는 십오 분을 더 기다려 보기로 했다. 『어쩌면 그녀가 돌아온 것을 이쪽에서 듣지 못했는지도 모른다.』 이런 생각도 내 머릿속에 떠올랐다. 그러나 그것은 있을 수 없는 일이었다. 죽은 듯이 고요한 주위는 윙윙거리는 한 마리의 파리 소리마저 들을 수 있을 정도였다. 갑자기 나의 심장은 다시 격하게 고동치기 시작했다. 시계를 꺼내어 보니, 아직 삼 분이 남아 있었다. 심장은 괴롭도록 뛰고 있었지만, 나는 그 삼 분 동안을 꾹 참고 앉아 있었다. 마침내 나는 자리에서 일어나 모자를 푹 눌러 쓰고, 외투 단추를 채운 다음, 내가 이곳에 온 흔적이 없나 하고 방 안을 돌아보았다. 의자는 전처럼 창가에 가까이 갖다 놓았다. 마지막으로 나는 문을 살짝 열고 내 열쇠로 문을 잠근 다음 광이 있는 쪽으로 걸음을 옮겼다. 광문은 닫혀 있었지만 잠겨져 있지는 않았다. 이 문은 언제나 잠겨 있지 않다는 것을 나는 잘 알고 있었으나 그래도 열어 보고 싶지 않았다. 다만 발돋음을 한 채 틈으로 들여다보기 시작했다. 이 순간 발돋음을 하면서 나는 문득 생각이 났다. 아까 창가에 앉아서 빨간 거미를 쳐다보면서 망아의 경지로 빠졌을 때, 자신이 발돋음을 하면서 이 문틈으로 한 눈을 감고 들여다보는 모습을 마음속에 그렸던 것이다. 이렇게 세부 묘사를 이곳에 삽입하는 것은 내가 어느 정도까지 자신의 지성(知性)을 뚜렷이 파악하고 모든 일에 책임을 질 수 있느냐 하는 문제를 기필코 증명하고 싶었기 때문이다. 나는 한참 동안 문틈으로 들여다보았다. 안이 어두웠기 때문이다. 그러나 아주 캄캄하지는 않았으므로 마침내 볼 수 있었다. 나에게 필요한 것을…….

　마지막으로 이곳을 떠날 결심을 했다. 계단에선 아무도 만나지 않았다. 세 시간 뒤, 나는 숙소에서 늘 어울리는 한패들과 함께 웃옷을 벗은 채 차를 마시면서 낡은 카드장을 뒤적이고 있었다. 레뱌드킨은 시를 낭독하고 있었다. 여러 가지 얘기가 많이 나왔으나, 마치 일부러 꾸며낸 듯 다들 재미있게 말했으므로 여느 때처럼 심심하지는 않았다. 그때 키릴로프도 한자리에 있었다. 럼주 병은 그곳에 있었지만 아무도 마시지 않았다. 단지 때때로 레뱌드킨이 혼자서 찔끔찔끔 입을 대는 정도였다.

프로호르 마로프는 「니콜라이 브세볼로도비치가 기분이 좋고 울적해하지 않으면, 우리들까지가 모두 유쾌해져서 재치있는 얘기를 하는 것 같군.」하고 말했다. 나는 이것을 곧 그 자리에서 머릿속에 새겨 두었다. 그러고 보니 나는 유쾌하고, 기분이 좋고, 울적하지 않았던 모양이다. 그러나 그것은 표면뿐이었다. 잊혀지지도 않는다. 자신의 해방을 기뻐하고 있는 나 자신이 비굴하고 더러운 겁쟁이임을 더욱이 한평생…… 이 세상에서도, 죽은 뒤에도 결코 결백한 인간은 될 수 없다는 것을 나로서도 환히 알고 있다. 그리고 또 이런 일도 있다. 나는 그때 『자신의 악취는 냄새 맡을 수 없다』라는 유대인의 격언을 내 몸으로 실현한 것이다. 왜냐하면 내가 마음속으로 비열하다고 느끼고 있으면서 그것을 수치로 생각지 않고 전체적으로 그다지 양심의 가책을 느끼지 않았기 때문이다.

　그때 나는 차를 마시면서 나를 둘러싼 한패들과 지껄이고 있는 동안에 난생 처음으로 엄숙하게 자기 정의를 내렸다. 다름이 아니라 자신은 선악의 구별을 알지도 못하거니와 느끼지도 못한다. 아니 자신이 그 감각을 잃었을 뿐만 아니라, 원래 선악 같은 것은 존재하지 않는다(그것도 나에게는 기분이 좋았다). 단지 편견이 있을 뿐이다, 자신은 모든 편견으로부터 자유롭게 될 수 있지만, 그러나 이 자유를 획득하면 몸은 파멸이다, 이러한 것이었다. 그것은 난생 처음으로 정의의 형태로서 의식한 것, 더욱이 모이는 한패들과 차를 마시면서 뜻도 모를 엉터리 같은 소리를 지껄이고, 웃고 하는 동안에 우연히 떠오른 의식이었다. 그러나 나는 모든 것을 기억하고 있다. 누구나 알고 있는 낡은 사상이 돌연 무엇인가 새로운 것처럼 마음에 비칠 때가 곧잘 있는 법이다. 그것은 인생 오십 년의 언덕을 넘어선 뒤에도 일어날 수 있는 것이다.

　그 대신 나는 시종 뭔가 기대하고 있었다. 과연 내 생각대로였다. 이럭저럭 열한 시가 될 무렵에, 고로호바야 집의 문지기의 딸이 부인 심부름으로 달려왔다. 마트료샤가 목을 매었다는 급보를 나에게 전하러 온 것이다. 나는 그 계집애와 함께 나섰다. 가보니 부인은 왜 나를 부르러 보냈는지 자신도 모르고 있었다. 그녀는 고함을 지르고 몸부림을 치곤 했다. 사람들이 많이 모여 있고 경관도 와 있었다. 나는 잠시 그곳에 서 있었으나 바로 물러났다. 나는 그 뒤로 별로 시끄러운 일을 당하지 않았다. 다만 필요한 심문에 답변만

했을 뿐이었다. 나는 딸이 병이 나서 헛소리를 하고 있다기에 자비로 의사를 부르자고 자청했었다는 말 이외에는 아무 말도 하지 않았다. 그리고 나이프에 대한 일도 심문을 받았다. 나는 그에 대해 어머니가 닦아세웠지만 별로 아무런 일도 없었다고 대답했다. 내가 그날 밤 갔던 일은 아무도 몰랐다.

나는 일주일 동안, 그곳으로 발길을 돌리지 않았다. 이미 장례식도 끝나 버렸기에 나는 방을 비우려고 가봤다. 부인은 벌써 그전처럼 누더기 조각이라든가, 바느질을 슬슬 시작하고 있었지만 그래도 역시 계속 울고 있었다. 「정말이지, 당신 나이프 때문에 그 아이를 호되게 때려 준 거예요.」하고 그녀는 말했지만 나를 그리 책망하는 말투는 아니었다. 나는 이미 그런 일이 있었던 이상, 이 방에서 니나를 만날 수 없다는 것을 구실로 부인과의 계산을 끝내 버렸다. 그녀는 헤어지면서도 다시 한 번 니나를 칭찬해 주었다. 돌아갈 때에 나는 방세 외에 오 루블리를 더 생각해 주었다.

그러나 무엇보다도 싫은 것은 머리가 멍할 정도로 생활에 싫증을 느꼈다는 사실이다. 만일 내가 놀란 일을 생각하고 반면 지긋지긋하게 느끼는 일만 없었다면 고로호바야 거리의 사건도 당시의 모든 사건과 마찬가지로, 위험이 사라짐과 동시에 완전히 잊어버렸을는지도 모른다. 나는 상대가 누구이든 상관없이 기회만 있으면 울분을 풀고 있었다. 그 당시 전혀 아무런 이유도 없는데 나는 누군가의 생활을 부숴 버리겠다는 생각을 했다. 될 수 있는 한 추악한 방법으로 하고 싶었던 것이다. 벌써 일 년 전부터 자살을 생각해왔지만 그보다 더 교묘한 일이 생겼다.

어느 때 나는 마리아 레뱌드키나를 보고 있는 동안에 갑자기 이 여자와 결혼해야겠다고 결심했다. (그녀는 그 무렵 아직 미치지 않았고, 다만 감격성이 심한 백치였을 뿐이다. 때마침 이 셋방에서 내 잔시중을 들고 있었는데, 마음속으로 정신없이 나를 연모하고 있다는 것을 주변의 한패들이 알아차린 것이다.) 스타브로긴이라는 인간이 이런 인간의 쓰레기 중에서도 쓰레기와 결혼한다는 생각이 나의 신경을 자극한 것이다. 이보다 더 추악한 일은 상상도 못 할 정도이다. 어쨌든 그 여자와 결혼한 것은 다만 『난잡한 술자리가 끝난 뒤 술기분으로 한 내기』때문만이 아니었다. 이 결혼의 증인은 당시 페체르부르그에 와 있던 키릴로프와 표트르 베르호벤스키와, 그리고 그녀의 오빠인 레뱌드킨과, 프로호르 마로프(지금은 죽고 없다)였다. 그 이외의 사람들은 아무도 몰랐으며 입회한 자들도 절대로 침묵할 것을 약속했다. 나는 언제나 이 침묵이 불길한 행위처럼 생각되었으나, 오늘날까지 그 약속은 깨지지 않았다. 오히려 내가 공표할 의도를 갖고 있었지만……. 이제야말로 모든 것을 다 발표해 버리겠다.

결혼 뒤 나는 어머니에게로 돌아가기 위해 N현을 향해 출발했다. 이 여행은 기분 전환이 목적이었다. 고향인 도시에서 나는 미치광이라는 인상을 남겼다. 이 인상은 아직까지도 뿌리깊이 박혀 있어 의심할 여지없이 나에게 해를 끼치고 있다. 그 일은 나중에 설명할 작정이다. 그리고 나서 나는 외국으로 떠나 그곳에서 사 년을 지냈다.

나는 동양에도 갔다. 아토스에서 여덟 시간의 밤기도로 밤을 새워 보기도 했다. 이집트에도 발을 디뎠고, 스위스에서 산 일도 있다. 아이슬란드에도 건너갔다. 괴팅겐(독일 작센 남부의 도시)에선 일 년간의 강의를 완전히 청강했다. 마지막 일 년 동안 나는 파리에 있는 러시아 상류 가정과 극히 가깝게 지냈고, 스위스에선 두 사람의 러시아 아가씨와 사귀게 되었다.

이 년 전 프랑크푸르트에서 어느 지물포 앞을 지나칠 때 나는 많은 사진 속에서 아름다운 아동복을 입은 소녀의 조그만 사진에 눈이 갔다. 그게 너무도 마트료샤와 닮았었다. 나는 곧 그 사진을 사가지고 호텔로 돌아오자 맨틀피스에 올려 놓았다. 사진은 그곳에 일주일 동안 그냥 놓여 있었다. 나는 홀깃 쳐다보지도 않았다. 그리고 프랑크푸르트를 떠날 때 가져오는 것도 잊어버렸다.

이런 일을 이곳에 써넣은 것은 얼마나 내가 자기 추억을 지배하고 무감각하게 되었느냐를 증명하기 위해서이다. 나는 그 추억들을 한데 묶어서 한꺼번에 내동댕이쳐 버린다. 그러면 한때의 추억이 늘 내가 요구하는 대로, 얌전하게 사라져 버리는 것이다. 나는 언제나 과거를 추억하는 것이 지리해서 거의 대부분의 사람들이 하는 것처럼 옛날 얘기를 지껄일 수가 없었다. 특히 나의 과거는 내게 관한 모든 것과 마찬가지로 증오할 뿐이므로 더욱 그러하다. 마트료샤에 대해서는 사진을 난로 위에 올려 놓고 잊어버리고 올 정도였다.

약 일 년 전 봄의 일이다. 독일을 통과하는 중에 멍하니, 갈아타는 역을 지나쳐 버리고 다른 기차의 선로로 들어간 일이 있다. 나는 다음 역에서 내렸다. 그날은 오후 두 시가 지난 맑게 갠 날이었다. 장소는 독일의 조그마한 시골이었다. 나는 어느 여관을 찾았다. 다음 열차는 밤 열한 시에 통과하므로 상당히 기다려야만 했다. 나는 별로 서둘러야 할 이유도 없었으므로, 오히려 일이 이렇게 된 것을 기뻐할 정도였다. 여관은 조그맣고 보잘것없는 것이었지만 완전히 녹음으로 덮여 있었고, 주위는 화단으로 둘러싸여 있었다. 나는 좁은 방에 들게 되었다. 기분좋게 식사를 마치자, 밤새껏 타고 왔기 때문에 오후 네 시쯤에 깊은 잠에 빠져 버렸다.

그때 나는 실로 뜻하지 않은 꿈을 꾸었다. 이런 꿈은 전에는 꾼 일이 없었던 것이다. 드레스덴의 화랑(畵廊)에 클로드 로랑의 그림이 진열되어 있었다. 카탈로그에는 《아시스와 가라테아》라고 되어 있지만, 나는 늘 『황금시대』라고 부르고 있었다. 나 자신도 왜 그렇게 불렀는지 모른다. 나는 전에도 이 그림을 본 일이 있지만, 그때도 사흘 전에 또 지나던 길에 정신차려 본 것이다. 아니 그랬다기보다, 이 그림을 보기 위해 일부러 화랑을 찾아갔던 것이다. 드레스덴에 들른 것도 분명 그 때문일지 모른다. 그런데 꿈에서 본 이 그림은 그림으로서가 아니라, 현실의 사건처럼 나타난 것이다.

그것은 그리스의 다도해 한 모퉁이로, 애무하는 듯한 푸른 파도, 크고작은 섬들, 바위, 꽃이 만발한 해변가, 요술의 파노라마와 비슷한 먼 곳, 손짓하여 부르는 듯한 낙조. 도저히 말로 표현할 수 없다. 여기서 유럽의 인류는 자기의 요람을 기억 속에 새겼던 것이다. 이곳에서 신화의 최초의 정경이 이루어졌고 이곳에 지상의 낙원이 존재했던 것이다……. 이곳에는 아름다운 사람들이 살고 있었다. 그들은 행복하고 깨끗한 마음으로 잠을 깨었다. 숲은 그들의 즐거운 노랫소리로 가득 찼고 신선한 힘이 넘쳐흘러 단순한 기쁨과 사랑에만 쏟아졌다. 태양은 아름다운 자기 아이들을 바라보면서 섬이나 바다에 빛을 내리쏟고 있었다! 이것은 인류의 멋진 꿈이며, 위대한 망집(妄執)이다! 황금시대, 이것이야말로 원래 이 지상에 존재한 공상 중에서 가장 황당무계한 것이지만 전인류는 그 때문에 평생 온 정력을 다 바쳐왔고, 그 때문에 모든 희생을 해왔다. 그 때문에 예언자로 십자가 위에서 죽거나 죽음을 당하거나 했다. 모든 민족은 이것이 없으면 산다는 일을 원하지 않을 뿐더러 죽는 일조차 불가능할 정도이다. 나는 이와 같은 느낌을 완전히 이 꿈 속에서 체험했다. 나는 사실 무슨 꿈을 꾸었는지 모르지만, 잠이 깨어나 생전 처음

문자 그대로 눈물에 젖은 눈을 떴을 때 바위도 바다도, 낙조의 비스듬한 광선도, 눈앞에 선하게 보는 것 같은 기분이 들었다. 전에는 몰랐던 행복감이 짜릿하도록 심장에 스며들어왔다. 벌써 해가 질 무렵으로 나의 작은 방 창문으로는 그곳에 나란히 올려 놓은 화분의 푸르름을 통해 낙조의 비스듬한 광선이 굵은 다발이 되어 흘러들어 나에게 밝은 빛을 던져 주었다. 나는 지나간 꿈을 되찾으려고 안달하는 것처럼 급히 두 눈을 감았다. 그런데 난데없이 쨍쨍 내리쬐는 햇빛 속에서 뭔가 조그만 한 점이 떠오르는 것을 보았다. 이 점은 갑자기 어떤 모양으로 바뀌더니 조그맣고 빨간 거미가 되어 내 눈앞에 똑똑히 나타났다. 나는 홀연히 생각해냈다. 그것은 지금과 마찬가지로 낙조의 광선이 내리쬐고 있을 때 접시꽃 잎사귀 위에 앉아 있었던 것이다. 나는 뭔가 몸을 콱 찌르는 것 같은 기분이 들어 침대 위에 일어나 앉았다…….

『이것이 그때 일어났던 일의 전부다!』

내가 눈앞에 본 것은! (오오, 그것은 현실이 아니다! 만일 그것이 진짜 영상이었더라면!) 내가 눈앞에 본 것은 여위고 열병에 걸린 듯한 눈초리를 한 마트료샤, 언젠가 내 방 문턱에 서서 턱짓을 해대면서 나를 향해 조그만 주먹을 휘두르던 바로 그 마트료샤이다. 나는 지금까지 이렇게 괴로운 체험을 한 기억이 없다! 나를 위협하면서도(그러나 왜 위협하려고 하였을까? 도대체 그녀는 내게 무엇을 할 수 있었나? 아아!) 결국 자기 몸 하나만을 책망했고, 이성(理性)이 채 굳지도 않은, 의지할 곳 없는 소녀의 비참한 절망! 이러한 것은 전무후무한 일이다. 나는 밤이 될 때까지 꼼짝도 않고 앉은 채 시간의 흐름도 잊고 있었다. 이것이 양심의 가책이니 회한이니 하고 불리는 것인지 나는 모른다. 하지만 뭐라고 말할 수 없음은 분명하다. 그러나 나는 다만 이 모습만이 견딜 수 없는 것이다. 즉 문턱에 서서 나를 위협하듯이 조그만 주먹을 휘두르고 있는 모습, 단지 이 순간, 단지 이 턱짓하는 모습, 이것이 아무래도 견딜 수 없는 것이다. 그 증거로는 지금도 거의 매일처럼 그 모습이 나의 마음속으로 찾아드는 것이다. 아니 영상 쪽에서 찾아드는 게 아니라 내가 스스로 불러내는 것이다. 그렇게 하고는 살아갈 수 없는 주제에 불러내지 않고는 못 견디는 것이다. 가령 환각이라도 좋다, 언제 현실로 그것을 본다면, 그래도 견뎌내기가 쉬울 것이다.!

왜, 평생을 통한 추억 중에서 어느 것이든, 이와 같은 괴로움을 나의 마음속에 불러일으키는 것이 또 없을까? 사실 인간의 판단의 표준으로 보면 그보다 훨씬 심한 추억이 얼마든지 있을 게 아닌가. 그 추억들로 인해 느끼는 것은 아주 하잘것없는 증오의 감정에 불과한 것이다. 그것도 현재 이런 상태이니까 나타나는 것이지 전에는 그런 것은 냉담하게 잊어버리든가 옆으로 밀어내든가 한 것이다.

그로부터 나는 그 해를 꼬박 방랑하며 마음을 달래 보려고 애썼다. 지금이라도 그런 마음만 든다면, 마트료샤도 뿌리칠 수 있으리라 믿고 있다. 나는 전과 다름없이 나의 의지를 완전히 지배할 수 있다. 그런데 난처하게도 그런 마음이 도저히 일어나지 않는다는 것이다. 나 자신이 그렇게 하고 싶지 않은 것이다. 앞으로도 그런 마음은 들지 않을 것이다. 이러한 상태는 내가 미쳐서 발광할 때까지 계속될 것이다.

스위스로 가서 두 달 가량 지났을 때 나는 심한 정욕의 발작을 느꼈다. 그것은 전에, 초기 무렵에 경험한 것과 같은 광포하기 이를 데 없는 성질의 것이었다. 나는 새로운 범죄에 대한 무서운 유혹을 느꼈다. 다름이 아니라 이중 결혼을 단행할 참이었던 것이다(왜냐하면 나는 이미 아내를 가진 몸이기 때문에). 그러나 어느 아가씨의 충고에 따라 그곳에서 도망쳤다. 이 아가씨에게 나는 모든 것을 털어놓았다. 자기가 그토록 원하던 여자마저 전혀 사랑하지 않았고, 대체로 과거에 한 번도 그 누구를 사랑한 일이 없다는 일까지 고백한 것이다. 하지만 이 새로운 범죄도, 도저히 마트료샤로부터 내 몸을 빼내는 것에는 아무런 도움이 되지 못했다.

이러한 이유로 나는 이 수기를 인쇄하여 삼백 부만 러시아로 가져가기로 결심했다. 때가 오면 나는 이것을 경찰과 내 고장의 관헌에게 보낼 작정이다. 그와 동시에 모든 신문사에 보내어 공표를 의뢰하고 페체르부르그와 러시아의 국토에 사는 다수의 친지에게도 배부하려고 생각한다. 이와 병행하여 외국에서도 번역문이 나올 것이다. 법률적으로는 나는 별로 책임이 없는지 모른다. 적어도 큰 문제가 야기되는 일은 없을 것으로 본다. 나 한 사람이 나 자신을 기소할 뿐이지 그 밖에 기소자가 없기 때문이다. 게다가 증거가 전혀 없다, 혹 있다해도 극히 적을 것이다. 또 마지막으로 나의 정신착란에 대한 의혹은 세상 사람들에게 깊이 뿌리박혀 있기 때문에 육친들은 반드시 이 풍설을 이용하여 나에 대한 법적인 처리를 없애려고 노력할 것이다. 내가 이와 같은 설명을 하는 까닭은 특히 현재 나는 완전한 이성과 지성을 갖고 있고, 나의 상태를 이해하고 있다는 것을 증명하기 위해서이다. 그러나 나의 처지가 되고 보면, 모든 사실을 다 알아야 할 세상 사람들이 남아 있는 것이다. 그들은 나의 얼굴을 보겠지만, 나도 그들의 얼굴을 보아 둘 것이다. 나는 모든 사람에게 얼굴을 보이고 싶다. 이것이 나의 마음을 가볍게 할지 어떨지는 나 자신도 모른다. 그러나 어쨌든 최후의 방법에 호소하는 것이다.

또 한 가지, 만일 페체르부르그 경찰이 힘껏 수색한다면 혹은 어떤 단서를 찾아낼 수 있을는지 모른다. 그 가난한 품팔이 부부는 지금도 페체르부르그에 살고 있을는지 모른다. 집은 물론 생각해낼 수 있을 것이다. 엷은 옥색빛으로 칠한 집이었다. 나는 아무데도 가지 않고 당분간(일 년이나 혹은 이 년) 어머니의 영지인 스크보레쉬니키에 머무를 작정이다. 만일 호출을 당하면 어디라도 출두할 것이다.

니콜라이 스타브로긴

3

고백의 묵독(默讀)은 약 한 시간이나 걸렸다. 치혼은 천천히 읽었고, 어떤 곳은 두 번씩 되풀이해서 읽는 모양이었다. 스타브로긴은 그 동안 내내 꼼짝도 않고, 묵묵히 앉아 있었다. 이상하게도 오늘 아침부터 죽 그의 얼굴에 나타나 있던 초조와 방심과 열에 들뜬 듯한 표정은 거의 사라져 버렸고, 평온한 빛으로 바뀌었다. 그곳에는 진지한 그림자까지 엿보였고, 높은 기품도 풍겨 나올 정도였다. 치혼은 안경을 벗고 잠시 주저하고 있더니 이윽고 상대편 얼굴을 쳐다보고, 약간 조심스러운 어조로 이렇게 말문을 열었다.

「이곳에 다소의 정정을 가하지 않아도 될까요?」

「뭣 때문에요? 나는 성심성의껏 쓴 겁니다.」하고 스타브로긴은 대답했다.

「문장을 좀……..」

「미리 얘기해 두지만」하고 그는 온몸을 앞으로 내밀면서 재빠르고도 날카롭게 말했다.「당신이 무슨 말을 하시든 그것은 모두가 헛일입니다. 나는 내 의도를 철회하지 않습니다. 제발 말리지 마세요. 나는 반드시 공표합니다.」

「당신은 아까 이것을 내게 줄 때도 그 예고를 잊지 않았어요.」

「마찬가집니다.」하고 스타브로긴은 딱 잘라말했다. 「다시 한 번 되풀이 합니다만 당신의 항의가 아무리 강하다 하더라도, 나는 내 의도를 변경하지 않습니다. 미리 말합니다만, 나는 이 졸렬한 말로(어쩌면 교묘한 말일는지 모릅니다, 그것은 판단에 맡깁니다) 당신이 조금이라도 빨리 나에게 반대하고 의견을 내세우게끔 할 생각은 추호도 없으니까요.」

「나는 당신 생각에 반대하거나, 특히 계획을 포기하도록 의견을 내세우는, 그러한 일은 하라고 해도 할 수 없습니다. 이것은 참으로 위대한 사상으로, 그리스도교 사상을 이 이상 더 완전히 표현할 수는 없습니다. 게다가 당신이 계획하고 계신 놀라운 고행은 인간의 회오가 도달할 수 있는 최대 한도입니다. 다만, 만일……」

「만일 뭡니까?」

「만일 이것이 진정한 회오이고 진정한 기독교 사상이라면 말입니다.」

「나는 성의껏 쓴 겁니다.」

「당신은 마음속에 바라고 있던 것보다 웬지 일부러 자신을 조잡하게 보이려고 하는 것 같군요.」 치혼은 점점 허물없이 말을 했다. 확실히 이『글』은 그에게 강렬한 인상을 준 모양이다.

「보이려고? 되풀이 말합니다만, 나는『보이려고』한 적은 없습니다. 특히 연극을 꾸미려고 한 일은.」

치혼은 눈을 내리깔았다.

「이 고백은 다시 말해, 죽도록 상처를 받은 마음의, 피치 못할 요구에서 나온 것이라고 생각합니다만, 안 그런가요?」하고 그는 대단한 열성을 기울이며 끈덕지게 말을 이었다. 「그렇습니다, 이것은 참회입니다. 당신은 이 참회의 자연스러운 요구에 지고 만 겁니다. 그리고 전대미문의 위대한 길에 발을 디딘 것입니다. 그러나 당신은 이제부터 여기 쓴 것을 읽는 모든 사람을 증오하고 멸시하고 그들에게 도전하려는 듯이 보입니다. 죄업을 고백하는 일을 부끄러워하지 않는 당신이 왜 참회를 부끄러워합니까?」

「부끄러워한다고요?」

「게다가 두려워하고 있습니다!」

「두려워한다고요?」
「모두가 실컷 내 얼굴을 봤으면 좋겠다고 당신은 썼습니다. 그런데 당신 자신은 어떻게 세상 사람의 얼굴을 보시겠다는 겁니까? 당신의 고백에는 군데군데 강한 표현을 쓰고 있습니다. 당신은 아무래도 자신의 심리에 홀려서, 하나하나 세밀한 기분을 내세우고 있습니다. 다만 자기의 무신경함을 자랑하면서 읽는 이들을 놀라게 하고 싶다는 듯이 보입니다. 하지만 그런 무신경 따위는 당신은 갖고 있지 않습니다. 어떻습니까, 그래도 도전이 아닙니까, 판관(判官)에 대한 죄인의 오만불손한 도전이?」
「도대체 어디가 도전이란 말입니까? 나는 나 자신의 비판을 일체 배제한 셈입니다.」
치혼은 입을 다물었다. 창백한 볼에 붉은 빛이 살짝 스쳐갔다.
「그 얘기는 그만둡시다.」 하고 스타브로긴은 날카롭게 가로막았다.
「그럼 이번엔 내가 한 가지 물어 보겠습니다. 이젠 이것을(하고 그는 인쇄물을 턱으로 가리켰다) 읽고 난 지 그럭저럭 오 분간이나 얘기를 하고 있는데 당신의 얼굴에는 혐오의 표정도, 수치스러운 듯한 표정도 엿볼 수가 없었습니다. 당신은 별로 까다로운 얼굴도 하고 있지 않은 것처럼……」
그는 끝까지 말을 맺지 못했다.
「당신에게는 이제 무엇 하나 숨기지 않겠습니다. 나는 두려워했습니다, 무위(無爲) 때문에 일부러 천한 일에 낭비된 위대한 힘을, 죄업 그 자체로 보면 똑같은 죄를 범한 자는 여럿 있지만, 다들 젊은 기분의 과오 정도로 생각하고, 편안한 양식을 안은 채 평온무사하게 살고 있습니다. 그와 똑같은 죄를 범하면서 위안과 쾌락을 맛보는 노인네들조차 있습니다. 세상에는 이같이 무서운 일로 가득차 있습니다. 그런데 당신은 그 죄의 깊이를 속속들이 느끼고 있습니다. 거기까지 달하는 일은 극히 드문 일입니다.」
「그 인쇄물을 읽고 나를 갑자기 존경하게 된 게 아닙니까?」 스타브로긴은 일그러진 듯한 고소를 지었다.
「그 일에 대해선 직접 대답은 하지 않겠어요. 그러나 당신이 그 소녀에게 저지른 행위보다 더 무서운 범죄는 물론 없으며, 또 있을 수도 없습니다.」
「그렇게 하나하나 자로 재는 듯한 일은 그만둡시다. 나는 여기에 쓴 것만큼 괴로워하지 않는지도 모릅니다. 또 사실 여러 가지 자기 비방을 하고 있는지도 모릅니다.」하고 그는 갑자기 이렇게 덧붙였다.
　치혼은 다시 입을 다물었다.
「그런데」하고 치혼은 또 입을 열었다.「당신이 스위스에서 손을 끊었다는 아가씨는 죄송스러운 질문입니다만, 지금…… 어디 계십니까?」
「이곳에 있습니다.」
　또다시 침묵이 찾아왔다.
「나는 당신에 대해 지나치게 자기 비방을 했는지도 모릅니다.」또 집요한 어조로 스타브로긴은 반복했다.「그러나 하는 수 없습니다. 나는 이 노골적인 고백으로 세상 사람들에게 도전한다고 해서 그것이 어떻다는 겁니까? 당신이 도전이라고 간주했기 때문이지만 나는 한층 더 증오하도록 만드는 겁니다. 나는 오히려 그 편이 마음이 편할 것 같습니다.」
「그것은 말하자면 당신 마음속에 있던 독기가 거기 응하는 독기를 불러일으키는 겁니다. 그래서 미움을 당하는 편이 남에게서 동정을 받는 것보다 한결 마음이 편하다는 이유에서 말입니다.」
「말씀하신 대로입니다.」하고 스타브로긴은 갑자기 웃어댔다.「이 고백을 발표하면 나는 제수이트 교도라고 불릴지도 모릅니다, 아니면 정말 의심쩍은 광신자라고 불릴는지도. 그렇지 않습니까, 하하하!」
「물론 그러한 비평은 반드시 있을 겁니다. 그런데 그 결심은 가까운 시일 안에 실행할 참입니까?」
「오늘이 될지, 아니면 내일이나 모레가 될지, 그런 것은 모릅니다. 하여간 가까운 시일 안에 할 겁니다. 아니, 당신이 말씀하신 대로입니다. 틀림없이 그렇게 될 겁니다. 나는 이것을 갑자기 발표할 셈입니다. 즉 세상 사람들이 미워 못 견디고, 괴로울 정도로 복수심이 불타오르는 순간에」
「내 물음에 대답해 주세요. 다만 진실하게, 나 혼자에게만, 나 혼자에게만.」하고 치혼은 전혀 딴 사람 같은 목소리로 말했다.「만일 누군가가 이 일을 용서해 준다면(하고 치혼은 인쇄물을 가리켰다), 그것도 당신이 존경하거나 두려워하는 그런 종류의 사람이 아니고, 당신의 일생을 알 리도 없는 미지의 인간이 이 무서운 고백을 읽고 마음속으로 말없이 당신을 용서해 준다면 그것을 생각하는 것만으로 마음이 편해지겠습니까? 아니면 아무래도 상관없는 일이겠습니까?」

「편해집니다.」하고 스타브로긴은 작은 목소리로 대답했다.「만일 당신이 용서해 주신다면 나는 훨씬 편해질 겁니다.」하고 그는 눈을 내리깔면서 덧붙였다.

「당신도 또한 나를 용서해 주신다는 조건으로.」조용한 목소리로 치혼은 이렇게 말했다.

「지나친 겸손이군요. 수도사님들의 틀에 박힌 그런 공식은 정말로 추태라 해도 좋을 정도입니다. 나는 진짜 사실을 죄다 말씀드리죠. 나는 당신이 용서해 주시기를 바라고 있습니다, 당신과 함께 또 누구 한두 사람이. 그러나 세상 사람들은, 온 세상 사람들은 미워해 주는 편이 좋겠습니다. 그러나 그것은 겸손한 마음으로 박해를 견뎌내기 위해서입니다……」

「세상 일반의 연민을, 같은 겸손한 마음으로 견뎌낼 수 없을까요?」

「안 될는지도 모릅니다. 왜 그런 일을……」

「당신의 성실함을 믿습니다. 그리고 내가 인간의 마음에 다가서는 일이 서툴음은 물론 송구스럽게 생각하고 있습니다. 나는 늘 스스로 이 점에 큰 결함을 느끼고 있습니다.」스타브로긴의 눈을 정면으로 바라보며 치혼은 혼이 깃든 솔직한 목소리로 말했다.「내가 이런 말을 하는 것도, 당신의 신상이 두려워서입니다.」하고 그는 덧붙였다.「당신 앞에는 거의 측량할 길 없는 심연이 입을 벌리고 있습니다.」

「견딜 수 없다는 겁니까? 세상의 증오를 견딜 수 없다는 겁니까?」스타브로긴은 흠칫 움직였다.

「다만 증오뿐이 아닙니다.」

「달리 또 무엇이 있습니까?」

「세상 사람들의 웃음.」치혼은 속삭이는 음성으로 간신히 이렇게만 말했다.

스타브로긴은 당황했다. 불안한 빛이 그의 얼굴에 나타났다.

「나는 그것을 예감하고 있었습니다.」하고 그는 말했다.「그러고 보니 나는 그『인쇄물』을 읽은 뒤 몹시 우스운 인물이 된 셈이군요. 제발 걱정 마시고 그렇게 언짢아 마세요. 나는 그것을 기대하고 있었으니까요.」

「공포는 모든 사람이 다 느낄 겁니다. 그러나 진지한 공포보다 외적인 공포가 더 많다고 생각됩니다. 인간이란 것은 직접 자기 이해를 위협하는

데 대해서만 공포를 느끼는 겁니다. 내가 말하는 것은 순진한 혼을 말하는 게 아닙니다. 순진한 혼의 소유자는 마음속에서 겁이 나서 자기 스스로를 책하겠지만, 그것은 잠자코 있으니까 눈에는 띄지 않습니다. 그러나 웃음은 그야말로 세상 전체에 울려퍼질 겁니다.」
「당신은 인간이란 것을 상당히 나쁘고, 상당히 더러운 것으로 생각하고 있군요. 정말 놀랐습니다.」 하고 다소 격분한 듯이 스타브로긴은 말했다.
「맹세하지만 그것은 다른 사람보다도 오히려 나 자신을 기준으로 한 판단입니다!」 하고 치혼은 외쳤다.
「정말입니까? 도대체 당신 마음에, 나의 불행을 보고 재미있어하는 그런 점이 있습니까?」
「그야 있을는지 모릅니다. 아니 많이 있을지도 모릅니다.!」
「충분합니다. 말씀해 주세요, 도대체 나의 수기의 어디가 그렇게 우스꽝스럽습니까? 나는 나 자신이 어디가 우스꽝스러운지 알고 있지만, 그래도 당신이 지적해 주세요. 될 수 있는 한 노골적으로 말씀해 주세요. 당신으로서 가능한 한 거리낌없이 말씀해 주세요. 되풀이해서 말씀드립니다만 당신은 정말로 색다른 사람이군요.」
「아무리 위대한 고백이라도, 그 외형에는 뭔가 우스꽝스러운 데가 내포되어 있는 것입니다. 아니, 당신이 사람의 마음을 정복할 수 없다는 그런 사실을 믿어서는 안 됩니다!」 하고 그는 거의 감격한 양 외쳤다. 「이 형식조차도 (하고 그는 인쇄물을 가리켰다) 정복할 수 있습니다. 다만 당신이 어떤 모욕이나 악담이라도 진지한 태도로 받아들이기만 한다면 겸손한 고행의 태도가 진지하다면 아무리 괴롭고 수치스러운 십자가라도 마침내는 위대한 영광, 위대한 힘이 되는 것이 상례입니다. 당신이 생존중이라도 위안을 얻을지도 모릅니다.」
「그럼 당신은 단지 형식 속에서만 우스꽝스러운 점을 발견하시는군요?」 하고 스타브로긴은 추궁했다.
「정말 그대로입니다. 추함이 치명상을 줍니다.」 하고 치혼은 눈을 내리깔면서 중얼거렸다.
「추함요! 추함이란 뭡니까?」
「범죄의 추함입니다. 세상에는 정말 추한 범죄가 있는 법입니다. 범죄는 어떤 성질의 것이든 피가 많으면 많을수록, 공포가 심으면 심할수록, 그만큼 효과가 강해집니다. 즉 회화적(繪畵的)으로 됩니다. 그런데 또 추악하고 수치스러운 범죄도 있습니다. 일체의 공포를 별도로 하고 뭐랄까, 너무도 아름답지 못한 범죄가……」

치혼은 끝까지 말을 맺지 못했다.

「그럼 결국」하고 스타브로긴은 흥분해서 말을 가로챘다.「당신은 젖비린내 나는 소녀의 손에 키스하는 나의 모습이 극히 우스꽝스럽게 생각되시는 모양이군요……. 나는 잘 압니다. 당신이 나를 위해 열심히 생각해 주는 것은 결국, 아름답지 못하고, 꺼림칙하다, 아니 꺼림칙한 게 아니라 추치스럽고 우스꽝스럽다는 점입니다. 이것이 나로선 분명 견디지 못하리라고 생각하시는 거죠?」

치혼은 말없이 그대로 있었다.

「알았습니다, 스위스의 여자가 이곳에 있는지 없는지를 나에게 물어보신 이유를.」

「당신은 아직 준비가 되어 있지 않아요, 단련이 부족합니다.」하고 치혼은 눈을 내리깔면서 겁먹은 듯 중얼거렸다.「대지에서 외따로 떨어져 있어요, 신앙이 없어요.」

「치혼 승정님, 나는 내가 나 자신을 용서하고 싶습니다. 그것이 나의 주목적입니다. 그것이 내 목적의 전부입니다.」어두운 감격의 빛을 눈에 나타내면서 스타브로긴은 갑자기 이렇게 말했다.「이제 알고 있습니다. 그러한 때 비로소 영상이 사라지는 겁니다. 그렇기 때문에 나는 한량없는 고통을 구하고 있는 겁니다. 자신이 일부러 구하고 있는 겁니다. 제발 나를 위협하지 마십쇼. 그렇지 않으면 나는 독기있는 상념을 안은 채 멸망하고 맙니다.」

이 심각함은 너무도 뜻밖의 일이었으므로 치혼은 자신도 모르게 자리에서 일어났다.

「만일 당신이 스스로 용서할 수 있다고 믿고 있다면, 그리고 사면을 이 세상에서 괴로움으로써 획득할 수 있다고 믿고 있다면, 확고한 신념을 갖고 이 목적을 스스로 부과하게 된다면, 그때야말로 당신은 일체를 믿고 있는 겁니다!」하고 치혼은 감격어린 어조로 외쳤다.「신을 믿고 있지 않다니, 당신은 어떻게 그 같은 말을 할 수 있었나요!」

스타브로긴은 대답하지 않았다.

「신은 당신의 불신을 용서해 주십니다. 왜냐하면 당신은 자신도 모르는 사이에 신을 숭배하고 있기 때문입니다.」

「그럼 그리스도도 용서해 주겠군요?」 스타브로긴은 일그러진 미소를 띠고 갑자기 목소리의 어조를 바꾸며 이렇게 물었다. 그 질문의 어조에는 가벼운 비꼼을 느낄 수 있었다.

「성서에도 그렇게 말하고 있지 않습니까? 『이 조그만 것 하나를 걸려 넘어지게 하는 자는』, 기억하고 계십니까? 성서의 가르침으로는 이보다 더 큰 죄는 없습니다……」

「당신은 다만, 볼꼴 사나운 소동을 일으키고 싶지 않아서 나에게 올가미를 씌우려고 하는 거죠, 치혼 승정님?」 그대로 자리를 뜰 것 같은 태도를 보이며 스타브로긴은 화난 듯한 목소리로 말했다. 「한마디로 말해 당신은 내가 침착하게 안정되어 결혼이라도 한 다음, 이곳 클럽의 회원도 되고, 제일(祭日) 때마다 이 수도원이나 찾아오곤 해서 한평생을 무난하게 끝내기를 바라고 계신 거죠. 말하자면 속죄의 고행이군요! 그렇잖습니까! 사실 당신은 인간 혼의 투시자이니까 틀림없이 그렇게 될 거라고 예감하고 있는지도 모릅니다. 중요한 것은 지금 본보기로 나에게 뜸을 떠두는 겁니다. 하여간 나 자신도 다만 그것만을 갈망하고 있으니까요. 안 그렇습니까!」

그는 여전히 엷은 웃음을 띠었다.

「아니, 그것은 고행이 아니오, 다른 것을 생각하고 있는 겁니다!」 스타브로긴의 냉소와 비꼼에도 약간의 주의도 기울이지 않고, 치혼은 열띤 목소리로 말했다. 「나는 어느 장로 한 분을 알고 있습니다. 이 고장이 아니라, 여기서 그리 멀리 떨어지지 않은 곳에 살고 있는 은둔자인데, 당신이나 나 같은 사람은 생각도 미치지 못할 그리스도교의 예지로 가득찬 분입니다. 그분은 나의 부탁을 들어 주실 테니까, 나는 그분에게 당신 일을 다 말씀 드리겠습니다. 어디 한 번 그분에게로 수행을 가셔서 '오 년이고, 칠 년이고 필요한 만큼 그분의 계율을 지켜 보세요. 반드시 율법대로 살아가겠다는 서약을 해보십시오. 그러면 그 위대한 희생에 의해 당신이 갈망하고 있는 것까지도, 아니 당신이 기대하고 있는 것까지도 속죄할 수 있을 겁니다. 정말 어떤 결과를 얻을 수 있는지, 지금으로서는 상상할 수도 없을 정도입니다.」

스타브로긴은 끝까지 진지하게 들었다.
「당신은 그 수도원으로 가서 수도사가 되라고 나에게 권하는 겁니까?」
「당신은 수도원으로 들어가 버릴 필요도 없으며 수도사가 될 필요도 없습니다. 다만 청법자(聽法者)가 되면 됩니다. 그것도 표면으로는 나타나지 않는 비밀의 청법자입니다. 혹은 처음부터 세상에 살면서 계율을 지킬 수도 있으니까요.」
「그만 하세요, 치혼 승정님.」하고 스타브로긴은 귀찮다는 듯 상대방을 가로막으며 의자에서 일어섰다. 치혼도 같이 자리에서 일어섰다.
「어떻게 된 겁니까?」놀라운 표정으로 치혼의 얼굴을 바라보면서 그는 불쑥 이렇게 외쳤다. 치혼은 팔짱을 낀 채 손님 앞에 서 있었는데 마치 놀라움에 충격을 받은 듯 병적인 경련이 순간적으로 얼굴을 스친 것같이 보였다.
「왜 그럽니까? 대체 왜 그럽니까?」상대를 부축하려고 가까이 다가가며 스타브로긴은 되풀이했다. 치혼이 쓰러질 것같이 보였던 것이다.
「나에게는 보인다……. 마치 현실처럼 보인다.」치혼은 깊이있는 비통한 표정을 지으며 혼속으로 스며드는 듯한 목소리로 외쳤다.「아아, 불쌍한 파멸된 청년, 당신은 지금 이 순간만큼 새롭고 큰 범죄에 다가선 일은 아직까지 없었을 거요.」
「고정하세요!」상대방의 모습에 마음으로부터 불안을 느낀 스타브로긴은 연방 이렇게 말하며 달래었다.「나는 좀더 앞으로 연기할는지도 모릅니다……. 당신이 말씀하신 대로입니다…….」
「아니 이 고백을 발표하기 전에, 그보다도, 위대한 결심을 단행하기 하루 전에, 한 시간 전에, 당신은 궁지를 벗어나는 출구로서 새로운 범죄를 결행합니다. 그것도 이 인쇄물의 공표를 모면하려고, 다만 그러기 위해.」
스타브로긴은 분노와 경악으로 몸서리쳤다.
「괘씸한 심리학자!」그는 갑자기 분노의 발작에 사로잡혀, 딱 잘라말하듯 이렇게 내뱉고는 그대로 뒤도 돌아보지 않고 암자를 나가 버렸다.

제 3 부

……인간이란 자기 개인의 행복보다도
어딘가에 완성된, 조용한 행복이
모든 사람과 모든 사물에 대해서
존재한다고 하는 것을 자각하는 편이
필요한 것입니다. 인간 존재의 법칙은
모두 한 점에 귀착되어 있는 것이므로…….

제 1 장   축제, 제 1 부

1

축제는 쉬피굴린 소동이 있던 날의 여러 가지 기괴한 사건에 방해됨이 없이 드디어 개최하기에 이르렀다. 내가 보는 바로는 렘브케가 바로 그 전날 죽었다고 해도 축제는 역시 그날 아침 열릴 것으로 생각했었다. 그처럼 율리아 부인은 이 행사에 적지 않은 뜻을 인정하고 있었다. 그러나 불행하게도 그녀는 최후의 순간까지 사태를 바로 보지 못해서 사회 분위기를 전혀 몰랐던 것이다. 결국에는 이 축제일에 무슨 큰 불상사가 일어나지 않는다고는 아무도 믿는 사람이 없을 정도였다. 개중에는 어떤 『결정적인 사태』가 일어날 것이라고 미리부터 초조하게 기다리면서 서로 이야기하고 있었다. 더욱이 대개의 사람들은 걱정스러워하는 듯한 태도를 보이려 애쓰고 있기는 했지만 대체로 러시아 인들은 온통 세상을 떠들썩하게 하는 끔찍한 소동을 대단히 좋아하는 버릇이 있었다. 그렇지만 이 거리에는 단순한 추문을 기다리는 갈망 이상으로 더 심각한 그 무엇이 있었다. 그것은 세상에서 흔히 볼 수 있는 초조였다. 웬지 모르게 분풀이를 하지 않으면 견디기 어려운 짓궂음 같은 것이었다. 누구든 모두가 모든 것에 대해서 진절머리를 내고 있는 것 같은 형편이었다. 어쩐지 사회 전체에 대해서 자칫하면, 터질 것 같은 역겨움, 그것을 겨우 참고 있는 듯한 역겨움이 충만해 있었다. 흔들림이 없는 것은 부인들뿐이었다. 그러나 그것도 율리아 부인에 대한 가차없는 증오라고 할, 단 하나의 경우에서였다. 이런 면에서는 부인 사교계의 각 파가 모두 다 결속되어 있었던 것이다. 그러나 이편에서는 꿈에서까지 행여 그런 일은 모르고 있었다. 그녀는 최후의 순간은 전세계에 둘러싸여 있고, 모든 것이 자기에게 광신적으로 신복하고 있다고 단정하고 있었던 것이다.

이 거리에 건달 같은 족속이 여럿 나타난 것은 이미 앞에서 애기한 바 있다. 무릇 혼란한 격동의 시대, 과도기에는 언제 어디서나 각종의 건달 같은 자들이 나타나게 마련이다. 내가 말하는 것은 소위 『선구자』족속을 이르는 것이 아니다. 즉 언제나 대개 어리석긴 하지만 아무때든 남보다 먼저 앞서 가려고(그것이 그들의 가장 큰 고민거리이다), 그 대신 다소라도 일정한 목적을 가지는 족속들을 두고 하는 말은 아니다. 나는 다만 단순한 건달을 두고 하는 말이다. 무릇 과도기에는 어떤 사회에도 이 건달족은 있는 것이다. 그들은 아무런 목적도 가지고 있지 않을 뿐 아니라, 사상의 조짐 같은 것도 가지지 못하고, 다만 열심히 불안과 초조를 체험할 뿐이다. 그럼에도 불구하고, 이 건달은 자신도 모르는 사이에 일정한 목적을 가지고 행동하고 있는 소수의 선구자적 인간의 지휘하에 떨어지고 마는 것이다. 그리고 이 소수의 일단은 아주 바보가 아닌 한(하기는 그런 일도 흔히 있지만), 이 복잡다단한 여러 현상을 제맘대로 주물럭거리는 것이다.

그래서 이 거리에서도 모든 것이 끝난 오늘에 있어서는 모두 이런 말을 하고 있다. 즉 표트르를 조종하고 있던 것은 인터내셔널이었지만, 그 표트르는 율리아 부인을 조종하고, 율리아 부인은 또 표트르의 사주를 받고 있어서, 여러 종류의 건달들을 날뛰게 하고 있었다는 것이다. 거리에서도 가장 머리가 똑똑하다는 사람들은 어째서 그때 멍청하게 있었느냐고 새삼스럽게 자기 자신에게 어이없어하고 있다. 도대체 이 지방의 혼란 시대란 것은 무엇을 가리키는 것인가? 또 과도기란 무엇으로부터 무엇으로 옮겨가는 과도기인가? 그것은 나 자신도 모르지만 다른 사람 역시 모른다고 생각한다. 만일 안다면 그것은 타곳에서 온 아무 인연없는 소수의 사람이리라. 아무튼 파격적인 건달 족속이 갑자기 설쳐대기 시작하면서 지금까지 감히 입을 벌리지 못하던 것이 거리낌없이 큰소리로 온갖 신성한 것을 평가하기 시작했던 것이다. 게다가 지금까지 무사하게 세력을 유지해왔던 일류 인사들이 돌연, 그들의 말에 귀를 기울이고, 아무 소리도 안 했던 것이다. 개중에는 창피스럽게도 맞장구를 치면서 박자를 맞추는 사람도 있었다

럄신이라든가, 첼랴트니코프라든가, 지주인 첸체트니코프라든가, 코흘리개인 자칭 라지시체프(제1부 제1장 참조)라든가, 근심스런 표정으로, 그러나 거만한 비웃음을 띠고 있는 유대 인이라든가, 타곳에서 들어온 술 취하면 웃기 잘하는 길손이라든가, 도시에서 온 주의주장이 있는 시인이라든가, 주의나 재능 대신 농군 외투를 입고 타르 칠을 한 장화를 신은 시인이라든가, 자신의 직무를 조소하고 일 루블리라도 더 벌리면 곧 칼을 버리고, 철도 서기 같은 자리로 옮기려는 소좌나 대좌라든가, 변호사로 전업하는 장군이라든가, 두뇌가 발달한 중개업자라든가, 발전돼가는 상인이라든가, 수없이 많은 신학생이라든가 하는 문제에는 권화라고 큰소리칠 여자라든가, 이런 것들이 갑자기 이 거리에서 설쳐대기 시작했다. 그것도 누구에게 재느냐 하면 클럽이라든가, 명예있는 정치가라든가, 의족을 끌고 다니는 장군이라든가, 옆에 얼씬거리지도 못할 엄숙한 귀부인 사회에 대한 것이었다. 바르바라 부인까지도 아들에게 무서운 불행의 파멸이 있기까지, 이 건달족의 심부름까지 했을 정도였으니 당시 그 외의 이지적인 귀부인들이 죄다 상기되어 이성을 잃어버렸던 것도 어느 정도 이해할 만한 점은 있었다.

벌써 앞에서도 말한 바와 같이, 지금으로선 모두 다 인터내셔널 탓이라고 해버리고 말았기 때문에 타곳에서 온 무관한 사람에게도 이런 의미로 이야기해 줄 정도로 이런 생각이 깊이 뿌리박고 있었다. 얼마 전의 일이지만, 주브리코프라고 하는 스타니슬라브 훈장을 목에 걸고 있던 예순두 살의 늙은 관리가, 누가 부르지도 않았는데, 어정어정 찾아와서, 자기는 만 삼 개월 동안, 의심없이 인터내셔널의 영향을 받고 있었노라고, 자못 뜻깊은 듯한 어조로 말을 꺼냈다. 사람들은 그의 연령이나 공적에 깊이 존경하고는 있었지만 더 잘 납득이 가도록 말해 달라는 의미에서, 일부러 초대를 했던 바 그는 『자신의 모든 감각으로 직감했다』는 말밖에 아무런 증거도 내놓을 수 없었지만, 아무튼 최초의 선언을 끝내 고집했기 때문에 사람들도 그 이상은 추구하려 하지 않았다.

되풀이해서 말하지만 처음부터 이 소동을 멀리하고 마치 문을 걸어 잠그고 집안에 틀어박혀 있듯이 꼼짝 않고 있었던 소수의 조심성있는 한 무리의 사람들이 있었다. 그러나 어떤 자물쇠라도 자연 법칙에 저항할 수는 없는 것이다. 아무리 조심성있는 가정에서도 역시 마찬가지로 여자애는 커서 무용이라도 한 가지 배우지 않으면 안 되게 마련이다. 그래서 결국엔 이런 사람들도 모두 결국 부인 가정 교사를 위해서 기부하기에 이르렀다. 게다가 무도회는 파격적으로 화려한 세상에 그런 것이 또 있을까 싶은 것으로 예상되어 있었다. 마치 기적과도 같은 소문이 떠돌았다. 손잡이 안경을 가진 타지방에서 온 공작, 왼쪽 어깨에 리본을 단 열 명의 간사들(다 젊은 춤꾼이었다), 페체르부르그에 있던 모든 것을 조종하던 몇 사람, 이런 사람들이 화제에 올랐다. 뿐만 아니라 카르마지노프가, 수입을 늘리기 위해서 이 현의 독특한 부인 가정 교사의 복장으로 《메르시》를 읽을 것에 동의한 만큼 전부 가장투성이의 『문학 카드리유』라는 것이 있어서, 하나하나의 가장이 그 각기 문학상의 유파를 나타내기 때문에 또 그 위에 모르긴 하지만, 『러시아의 고결한 사상』이란 것이 한 가지로 가장되어 춤추는 것이라는 풍문이 있었다.

이것이야말로 정말 진귀하다고 아니할 수 없다. 어떻게 신청하지 않을 수 있겠는가. 사람들은 다투어 신청했다.

2

프로그램에 따르면 축제의 첫날은 2부로 나뉘어 있었다. 즉 정오부터 네 시까지가 문학 프로고, 아홉 시 이후는 밤새도록 무도회로 되어 있었다. 그러나 이 진행 절차 속에 혼란의 원인이 있었던 것이다. 첫째 문학회가 끝나자마자 오찬회가 열린다는 풍문이 처음부터 사람들 사이에 틀림없는 사실로 알려져 있었다. 뿐더러 문학 순서가 끝나기 전에 특히 이것을 위해서 마련된 휴식 시간에 오찬회도 열린다……. 물론, 그것은 프로그램의 일부로 되어 있어서 요금은 무료고 게다가 샴페인까지 나온다는 풍문이 돌고 있었던 것이다. 삼 루블리라는 비싼 입장료가 덤으로 이 풍문을 조장시켰다. 『그게 아니면 그냥 기부하는 게 되지 않느냐, 행사는 하루 낮밤 계속할 예정이니 먹여 주는 것이 당연하지. 아니면 모두들 굶게!』 거리의 사람들은 모두 이렇게 생각했다.

사실에 있어서 이것은 당사자인 율리아 부인이, 그 경박한 성질 때문에 자기가 먼저 이런 불리한 소문의 씨를 뿌렸다. 한 달 전쯤, 아직 이 위대한 계획을 착안하고 얼마 안 되었을 무렵 기쁜 나머지 만나는 사람마다 정신없이 자선회에 대한 말을 했다. 그리고 당일은 여러 가지 의미의 건배를 들게 되어 있다는 것까지 지껄였을 뿐만 아니라 수도의 어느 신문에까지 그것을 보도케 했던 것이다. 당시 부인은 무엇보다도 이 건배가 기뻐서 자기가 손수 그 건배를 지휘하고 싶어서 안달을 부리고 있었기 때문에 자선회를 잔뜩 기다리고 있는 동안, 여러 가지 건배의 종류를 생각해내고 있었던 것이다. 이러한 건배는 동지들의 명예를 떨치고(도대체 어떤 명옌지 모르겠지만, 나는 단언하는데 이 불쌍한 부인은 무엇 하나 생각해내지 못했음에 틀림없다), 수도의 여러 신문의 통신란에 게재되어 중앙 정부의 사람들을 환희케 하고 찬탄케 하여 경이와 모방을 불러일으켜 다른 현에도 파급될 형세였다. 그러나 이 건배를 위해서는 샴페인을 필요로 한다. 그런데 샴페인은 빈속에 마실 수는 없는 것이다. 따라서 식탁과 오찬의 필요가 생겼던 것이다. 그 뒤 부인의 운동으로 위원회가 조직되고, 정식으로 일에 착수했을 때, 만일 연회 같은 것을 구상하고 있다면 설령 수입이 최고로 많다고 하더라도 가정 교사에게 보낼 돈은 얼마 안 남는다는 것이, 당장 명백하게 증명되었던 것이다. 이런 까닭으로 이 해결책은 두 가지로 낙착되었다. 떠들썩하게 건배를 올리고 가정 교사들에게는 구십 루블리 정도의 돈을 보내든가, 아니면 막대한 기부금을 거두어서, 행사 쪽은 말하자면 형식적으로 끝내 버리느냐? 하기는 이것은 위원회 측에서 부인에게 으름장을 놓아 봤을 뿐으로 다시 제삼의 절충적인 현명한 방법을 연구했다. 즉 향연에서 샴페인만 빼도록 하면 구십 루블리 정도가 아니고, 적지 않은 목돈이 남게 된다는 것이었다. 그러나 율리아 부인은 찬성하지 않았다. 그녀는 나면서부터 상인 근성의 중용을 천하게 여기고 있었다. 그래서 그녀는 즉석에서 이렇게 정하고 말았다. 만일 원안을 실행할 수 없으면, 당장 전력으로 정반대의 방법으로 행하지 않으면 안 된다. 즉 다른 현에서도 부러워할 정도로 막대한 돈을 모으지 않으면 안 된다.

「세상 사람들도 그 정도는 이해해 주지 않으면 안 돼요.」하고 그녀는 위원회의 석상에서 불과 같은 열렬한 어조로 결론을 내렸다. 「일반 인류의 목적을 달성한다는 것은 찰나적인 육체적 쾌락보다도, 훨씬 고상한 것입니다. 이번 행사도 사실 위대한 이상의 선전에 불과한 것이므로 만일 그런 무의미한 무도회 같은 것을 없애면 안 된다고 한다면 그저 약간 형식적으로, 대담하게 줄여서 독일식 무도회로 간단히 끝마칠 수밖에 없는 것입니다!」이런 식으로, 갑자기 부인은 무도회를 불구대천의 원수처럼 미워하기 시작했다.

그러나 사람들은 결국 부인을 진정시켰다. 예의 『문학 카드리유』나 그 외의 예술적인 행사도 그때 생각해내어, 이것을 가지고 육체적인 쾌락에 대신하도록 부인에게 권했던 것이다. 카르마지노프가 결국에 가서는 《메르시》의 낭독을 승낙한 것도, 역시 그때였다(그때까지는 어쩌구저쩌구하면서 사람들을 골탕먹이고 있었다). 그렇게 하면 교양없이 경솔한 이 마을 사람들의 머릿속에 박혀 있는 식사 운운의 생각도 자연히 소멸될 것은 뻔한 일이다. 이런 의미에서 이 행사는 어찌 됐든 또다시 대대적인 화려한 것으로 열리게 됐다. 하기는 전과는 그 뜻이 다소 달라지기도 했다. 그러나 너무 사회와 동떨어져서는 안 된다 싶어 무도회를 시작하면 레몬이 든 차와 둥근 과자를 내서, 그리고 편도수(扁桃水)와 레몬 수, 그리고 나서 최후로 아이스크림까지 내자고 결정을 했다. 그런데 이것이 전부였던 것이다.

그러나 언제 어떤 장소에서도 꼭 공복, 특히 갈증을 느끼는 사람들을 위해서는 제일 끝에 식당을 만들어서 프로호르이치(클럽의 요리사 장)를 그 담당으로 정했다. 그는 위원회의 엄중한 감시하에서 무슨 물건이든 주문하는 것은 줘도 좋지만, 단 따로 대금을 지불하지 않으면 안 된다, 그래서 특별히 홀 문께에 『식당은 프로그램 속에서 제외한다』는 글을 써붙이기로 했다. 그러나, 식당은, 카르마지노프가 《메르시》 낭독을 승낙한 넓은 홀에서 다섯 칸쯤 거리를 두기로 했었음에도 불구하고 제1부 진행중에는 낭독에 방해가 안 되도록 전적으로 식당을 열지 않기로 했다. 이 사건, 즉 《메르시》의 낭독을 위원회 사람들이 쓸데없이 중대시한 것처럼 보이는 것은 정말 이상할 정도이다. 뿐더러 지극히 실제적인 사람들까지도 그 예외는 아니었다. 약간 시적인 취미를 가지고 있는 사람들에게 있어서는 두말할 필요조차 없었다. 예를 들면 귀족단장 부인 등은 카르마지노프를 향해서, 자기는 낭독이 끝나면 곧 흰빛 홀 벽에 대리석판을 깔도록 당부했다고 했다. 그 판에는 금박으로 『몇년 몇월 며칠, 이곳에서 러시아 및 유럽의 문호가 일대의 붓을 놓음에 있어서, 《메르시》를 낭독하고 이것에 의해서 당시의 명사를 대표로 하는 러시아 대중에게 제1회의 낭독을 하였도다』고 적을 작정이다. 그러면 이 문구는 곧 무도회 석상에서, 즉 낭독회가 끝나고 다섯 시간 뒤에는 모든 사람이 보게 될 것이라고 예고했다. 나는 확실히 알고 있지만, 카르마지노프는 누구보다 먼저 일어나서 자기가 낭독하고 있는 동안은 무슨 일이 있더라도 식당을 열지 않도록 주장했다. 하긴 두서너 위원으로부터 그런 것은 지방 풍속에 맞지 않는다는 항의가 나오기는 했었다.

　사정이 이렇게 되어 있었음에도 불구하고, 이 고장 사람들은 모두가 여전히 호화판 향연, 즉 위원회에서 무료로 제공하는 식사를 믿고 있었다. 젊은 아가씨들까지도 과자나 잼이라든가, 그리고 들어 보지도 못한 먹을 것이 굉장히 많이 나온다고 공상하고 있었다. 사람들은 모금액이 굉장한 액수에 이르렀다는 것도, 거리가 온통 떠들썩하다는 것도, 시골 군에서까지 오는 사람이 많다는 것도, 입장권이 없을 정도라는 것도 잘 알고 있었다. 그리고 또 일정한 입장료 외에도 상당한 기부금이 있었다는 것도 일반에게 알려져 있었다. 가령 바르바라 부인 등은 입장료로서 삼백 루블리를 지불하고도 홀의 장식용으로 저택 온실에 있는 화초를 죄다 기부해 버렸다. 귀족단장 부인(위원회의 멤버)은 회장으로서 자기 집과, 거기에 필요한 양초를 제공했고, 클럽은 악대와 하인들을 동원했을뿐더러 온종일 프로호르이치를 양보하도록 했다.

　또 그 외에도 금액은 그다지 많지 않지만 여러 가지 기부가 있었기 때문에, 삼 루블리의 입장권을 이 루블리로 낮추자는 의견까지 나올 정도였다. 사실 위원회 측에서도 처음에는 삼 루블리의 입장료로는 아가씨들이 오지 않을 것이라고 걱정하고, 달리 가족입장권 같은 것을 만들까 하는 제안이 나올 정도였다. 즉, 한 가족 중의 딸 한 사람 분만 내면, 그 가족에 속하는 다른 딸들은 가령 열이 있더라도, 무료로 입장할 수 있게 하자는 것이었다. 그러나 모든 걱정은 기우로 끝났고 오히려 아가씨들이 그 주된 입장자였다. 가난한 하급 공무원들도 딸을 데리고 왔다. 만일 딸이 없었더라면, 그들은 이 행사에 참석할 생각도 안 했을 것이다. 그것은 명백한 사실이었다. 대단치 않은 어떤 서기 한 사람은 딸 일곱을 모두 데리고 왔다(물론 아내는 계산에 넣지 않고). 게다가 조카딸까지 데리고 왔지만 이런 패들이 제각기 삼 루블리짜리 입장권을 샀던 것이다.

　이런 상태였기 때문에 온 거리가 얼마나 법석이었을 것인가는 상상하기에 힘들지 않다. 축제는 두 종류의 행사로 나뉘어져 있었기 때문에 부인들의 옷도, 낭독 때 입을 모닝 드레스와, 춤출 때 입을 야회복으로 두 벌이 있어야 했다. 이런 것 하나만 봐도 대개 짐작이 간다. 이것은 뒤에 안 일이지만 중류 계급의 대다수는 이 날의 준비로 가정의 내복에서 시트, 이부자리에 이르기까지 모든 것을 깡그리 거리에 있는 유대 인에게 전당을 잡혀야만 했었다. 또 이 유대 인들이 마치 이때 한몫 보려고 대기하고 있기나 했듯이 삼 년 전부터 시중에 기반을 굳히고 있었던 것이었다. 공무원들은 대개 월급을 가불했고, 지주들 중에는, 없어서는 안될 가축을 파는 자도 있었다. 모두 딸을 공주처럼 차려입혀서 누구에게도 뒤지지 않게 하기 위해서였다.

이번 의상의 화려함은 이곳에서는 지금까지 예가 없었던 그런 것이었다.

거리는 벌써 이 주일째 각양각색의 가정 불화의 화제로 떠들썩했고, 그런 소문은 곧 비방자들의 입을 통해서 율리아 부인의 귀에 들어갔다. 나도 직접 율리아 부인의 앨범에서 그런 종류의 만화를 두서넛 본 일이 있다. 그런데 이런 일은 모두 그런 풍문의 출처가 알려졌기 때문에, 근래 거리의 가정에 기부를 받으러온 율리아 부인에 대한 격렬한 증오도 뜻밖에도 이런 데 기인한 것인지도 모른다. 지금은 모두가 부인을 마구 비난하고, 당시를 회상하고는 이를 갈고 있다. 그렇기는 하지만 위원회가 대중에 대해서 어떤 덜 좋아하는 일을 하든가, 무도회를 소홀히 하는 수가 있으면, 그야말로 일찍이 없었던 불평이 폭발할 것임에 틀림없었다. 그럼으로 해서 심중에 추문을 예기하고 있었던 것이다. 대체로 기대가 그처럼 컸다고 하면, 어찌 그런 일이 일어나지 않을 수 있으랴.

열두 시 정각에 오케스트라가 울렸다. 나는 간사의 한 사람, 즉『리본을 단 열두 사람의 청년』의 한 사람이었기 때문에 이 지긋지긋한 회상의 날이 어떻게 시작됐던가를 이 눈으로 직접 볼 수가 있었다. 맨 처음이 입구의 이상스러운 대혼잡이었다. 경찰을 비롯해서 도대체 첫단계부터가 만사에 있어서 필요한 조치가 되어 있지 않았다는 것은 무슨 이유에설까. 나는 선의의 입장자를 비난하려는 것은 아니다. 한 집의 아버지 같은 사람은 밀고당기는 일이 없었고, 관등을 내세워 타인을 밀어젖히지도 않았다. 그보다 오히려 멀찍이 떨어져서 이 거리에서는 드물게 보는 군중의 혼잡상을 바라다보면서 난처해하고 있었다. 사실 군중은 꽉 몰려서, 그냥 들어간다는 정도가 아니라, 마치 돌격이라도 하는 듯한 서슬로 뛰어드는 것이었다. 그 사이에 마차는 끊일 사이 없이 밀려와서 나중에는 아주 길을 메워 버리고 말았다.
 이 기록을 쓰고 있는 오늘은 나도 정확한 재료를 쥐고 있기 때문에 단언하지만 거리에서는 쓰레기 중의 쓰레기로 알려져 있는 깡패 족속이 여러 명 신이라든가 리푸친의 안내로 표도 없이 들어갔던 것이다. 자칫했으면 나처럼 간사역을 맞고 있는 친구 가운데도 이런 안내를 한 자가 있을는지도 모른다. 적어도 군에서 온 전혀 알지도 못하는 사람들까지 얼굴을 내밀었다. 이런 야만인들은 홀에 들어가자마자, 일제히(마치 의논이라도 한 듯이) 식당은 어디냐고 묻는 것이었다. 식당은 없다고 하니까, 조금도 사양 없이 이 거리에서는 들은 적도 없는 버릇없는 어조로 악담 욕설을 퍼붓기 시작했다. 하기는 그 패들 중에는 술에 취한 사람도 있었다. 그중에는 마치 야만인 모양으로 지금까지 본 적이 없는 귀족단장 부인 저택의 화려하고 아름다운 홀에 경탄해서 들어서자마자 입을 벌리고 멍청히 주위를 둘러보는 자도 있었다.
 이 방대한 흰 홀은 오래된 건축이면서도 대단히 장엄한 것이었다. 첫째 규모가 컸고, 창문은 위아래로 두 줄이었고 예스럽게 여러 가지 무늬를 그려 놓았고, 거기에다 천장에는 금빛을 뿌렸고 합창석도 마련되어 있을 뿐 아니라, 창문과 창문 사이에는 거울을 붙였고, 흰 바탕에 빨간 무늬의 커튼을 늘어뜨렸으며 대리석의 조상도 즐비하였고, 흰 바탕의 금색 테에는 빨간 빌로도를 친, 예스러운 나폴레옹 시대의 묵직한 가구들을 배치하고 있었다. 이날은 홀의 한모퉁이에 낭독할 문인들을 위해서 약간 높은 연단이 마련되어 있었다. 그리고 홀 전체에는 마치 극장의 관람석처럼 의자가 즐비하게 놓여 있었고, 그 사이사이에는 청중을 위해서 몇 갠가의 폭 넓은 통로가 마련되어 있었다. 그러나 맨 처음, 잠깐 동안의 경탄 뒤에 대담한 의미없는 질문과 의견이 들리기 시작했다.
 「우리들은 낭독 같은 건 안 듣겠다고 거절할 수도 있어! 우리들은 돈을 지불했단 말야……. 세상 사람들을 능청스럽게도 속였군! 주인은 우리들이다. 렘브케가 아니란 말야!」
 단적으로 말하면, 이 족속들을 회장에 넣은 것은 다만 이런 몰상식한 소리를 하도록 한 것이 아니었던가 생각될 정도였다. 특히 지금도 기억하고 있지만, 한바탕 충돌이 일어났을 때 그 전날 아침 율리아 부인 객실에 와 있던 그 높은 칼라의 나무도막으로 만든 인형처럼 생긴 공작이 수완을 발휘했다. 이 사람도 율리아 부인의 간곡한 청으로 왼쪽 어깨에 리본을 걸고 간사 보좌역을 하기로 한 사람인데 이 벙어리처럼 말이 없는, 스프링 장치로 만든 인형 같은 인상의 사나이가, 지껄이는 것은 어찌됐든, 일종의 독특한 역할을 하는 능력을 가지고 있다는 걸 알았다. 다름 아니라 곰보 얼굴에 키다리인 한 퇴역대위가 뒤에 따르는 일당의 건달들의 위세를 빌어서 식당은 어디로 가야 하느냐고 귀찮게 경관에게 눈짓을 했다. 이 신호는 지체없이 실행됐다. 술취한 대위의 악담 욕설에도 불구하고, 경관은 그를 홀 밖으로 끌어내고 말았다. 이럭저럭하는 사이에 겨우 진짜 청중이 얼굴을 보이기 시작했다. 그들은 석 줄로 늘어서서, 의자 사이에 마련된 석 줄의 통로로 걸어갔다. 불온한 사람들은 차차 조용해지기 시작했지만 그러나 군중의 얼굴에는 가장 조용한 사람들에게조차, 불만스러운 듯한 의외라는 표정이 나타나 있었다. 부인들 사이에는 벌써 몹시 놀라서 겁을 내는 사람도 있었다.

드디어 일동은 자리에 앉았다. 주악의 소리도 멎었다. 사람들은 코를 풀든가, 주위를 둘러보든가 하면서 지나치다고 생각될 정도로 엄숙한 얼굴로 버티고 있었다. 이것은 어떤 경우에도 좋지 않은 징조다. 그러나 렘브케네 사람들은 아직 오지 않았다. 명주, 빌로도, 다이아몬드 등이 사방에 번쩍거리고, 장내에는 뭐라고 말할 수 없이 좋은 향기가 감돌고 있었다. 사나이들은 있는 대로 모두 다 훈장을 달고 있었고, 노인들은 예복까지 거추장스럽게 입고 있었다. 이윽고 귀족단장 부인이 리자와 함께 나타났다. 이날 아침처럼 눈부실 정도로 순진하고 아름답게 보인 적은 지금까지 기억에 없을 정도였고, 또 이처럼 화려한 옷을 차려입고 온 적도 지금까지 없었다. 머리는 풍성하게 넘실거렸고, 눈은 빛났으며, 얼굴엔 환한 미소를 띠고 있었다. 그녀는 분명 장내의 사람을 경탄시켰던 모양이었다. 사람들은 그녀를 응시하면서 귀엣말을 하고 있었다. 「저 아가씬 눈으로 스타브로긴을 찾고 있는 거야.」 하고 속삭이고 있었지만 스타브로긴도 바르바라 부인의 모습도 보이지 않았다. 나는 그때 그녀의 얼굴 표정을 알 수 없었다. 어째서 저렇게 행복한 표정과 기쁨과 활기가 얼굴에 넘쳐흐르고 있는 것일까? 나는 어제의 사건을 생각으로 대조해 보고, 뭐가 뭔지 알 수가 없게 되어 있었다.

그렇지만 렘브케네 사람은 여전히 얼굴을 보이지 않았다. 이것부터가 벌써 실책이었다. 나중에 들은 이야기이지만, 율리아 부인은 최후의 단계까지, 표트르를 계속 기다렸다는 것이다. 자기만 자각을 못 했을 뿐이지, 벌써 이 무렵, 부인은 이 사람 없이는 한 걸음도 밖으로 나올 수 없었던 것이다. 겸해서 말해 두지만 표트르는 전날 최후의 위원회가 있을 때, 간사의 리본을 사퇴해서 가혹하게도, 눈물을 흘릴 정도로 부인을 실망시켰었다. 그리고 놀란 것은 이 부인의 실망은 뒤에 낭패로 변했다. 그녀는 그날 아침 어디를 갔는지 아주 자취를 감춰 버렸다. 그런 상황으로, 이날 밤까지 아무도 그를 본 사람이 없었다. 나는 장내의 이런 사실을 미리 알려 둔다. 드디어 여러 사람은 명백히 초조한 빛을 보이기 시작했다. 연단에도 올라오는 사람이 없었다. 뒷줄에서는 마치 연극 구경이라도 온 듯이 박수를 쳤다. 노인과 부인들은 이맛살을 찌푸리고, 「렘브케는 너무 거드름을 피우는군.」 하고 중얼거렸다. 청중 속에서도 점잖은 사람들이 모인 데서도 때에 따라서는, 정말 이 행사는 중지될는지 모르겠다고 쑥덕거렸다. 혹시 렘브케 부인은 머리가 돈 것이 아닌가？ 하는 속삭임이 시작되었다. 그러나 다행스럽게도 드디어 렘브케가 모습을 나타냈다. 그는 아내의 손을 잡고 나왔다. 사실은 나 자신도, 매우 그들의 도착에 신경을 쓰고 있었다. 그러나 이것으로 여러 가지 억측은 자연히 소멸되어 사실이 사태를 수습했던 것이다. 군중은 겨우 마음을 가라앉힌 성싶었다.

렘브케는 건강 상태가 매우 좋아 보였다. 내가 기억하는 한도내에서는, 모두 그렇게 생각한 모양이다. 많은 시선이 그에게로 쏠리었다. 사태를 해명하는 편의상 한 마디 첨부해 두지만, 전체적으로 이 상류사회는, 렘브케가 어떤 특수한 병에 걸려서 신음하고 있다고 생각하는 사람은 극소수였다. 사람들은 그의 행위를 전적으로 정상적인 것으로 알고 있었기 때문에 어제 아침, 광장에서 있었던 사건도, 오히려 칭찬의 소리로 맞이했던 것이다.

「그래, 사실은 처음부터 저렇게 하는 편이 좋았어.」 하고 고위층 관리들은 말했다. 「흔히 대개 부임할 때는 굉장한 인도주의자로 나타나지만, 결국은 저런 식으로 끝나는 것이야. 게다가 그것이 인도주의 그 자체를 위해서도 필요한 것을 자기 자신 느끼지 못하는 사람도 많으니까 말야.」 하고 사정을 아는 사람들은 말했다. 다만 그때 그가 지나치게 흥분한 것을 비난하며 「그건 좀더 냉정한 태도로 해야 했어. 하긴 새로 부임해서 얼마 안 되니까

무리는 아니지만.」하고 좀 유식한 사람들은 이런 말도 하는 것이었다.
 그와 같은 정도로 격렬한 호기심이 율리아 부인에게 쏠리었다. 물론 어느 한 경우에 관해서는 어떤 사람이라도 이야기를 하고 있는 나에게, 지나치게 정확한 설명을 요구할 권리는 없을 것이다. 그것은 비밀이다. 여성의 일신상에 관한 문제이다. 그러나 다만 한 가지 내가 알고 있는 것이 있다. 다른 것이 아니다. 어젯밤 부인은 렘브케 방으로 들어가서 열두 시가 넘도록 앉아 있었다. 부부는 모든 점에서 일치를 보았다. 모든 것이 잊혀졌다. 그리고 이야기가 그친 무렵엔 렘브케가 갑자기 그저께 밤의 막간의 일부를 회상하고, 송구한 듯이 아내 앞에 무릎을 꿇었을 때, 부인의 아름다운 손과 아름다운 입이 옛날의 기사 같은 미묘한, 그렇지만 감격에 마음이 약해진 남자의 뜨거운 참회를 중지시키고 말았던다.
 사람들은 그녀의 얼굴에서 행복의 빛을 보았다. 그녀는 멋진 옷을 입고, 밝은 표정으로 의젓하게 걸어 나아갔다. 지금이야말로 부인은 희망의 절정에 서 있는 것 같았다. 자기의 정책 목적이요, 영광인 자선회가, 드디어 실현된 것이 아닌가? 연단 바로 앞 자기 자리에 가더니, 렘브케 부인은 허리를 약간 굽히고 답례했다. 두 사람은 곧 사람들에게 둘러싸였다. 귀족단장 부인은 일어나서 그들을 마중하려고 했다. 그러나 그때 한 가지 좋지 않은 일이 생겼다. 오케스트라가 느닷없이 축하를 위한 취주곡을 울리기 시작했다. 그것은 전혀 행진곡 같은 것이 아니고, 전적으로 식당 취향의 취주였다. 곧잘 현 클럽에서 여럿이 식탁에 앉아서 누군가의 건강을 축하하면서, 건배를 들 때 쓰는 그런 것이었다. 나도 지금은 잘 알고 있지만, 신이 간사라는 자격으로 입장한 렘브케 부처에게 경의를 표하는 의미에서, 쓸데없는 수고를 했던 것이다. 물론 그는 잘 몰랐기 때문이라든가, 또는 너무 열성이 지나쳤기 때문이라고 변명할 여지는 있기는 했지만, 그런데도 나는 당시 아무 것도 모르고 있었지만 그들은 변명 같은 것은 전혀 걱정하지 않았었다. 이 하루로 모든 것을 끝내 버리려고 했던 것이다. 그러나 취주곡만으로 끝나지 않았다. 청중의 못마땅한 듯 의아한 표정과 냉소의 뒤를 이어, 돌연 홀 한 모퉁이와 합창단 석에서 우라아(만세) 소리가 터져나왔다. 역시 렘브케에게 경의를 표하는 모양이었다. 그것은 많은 사람의 소리는 아니었지만 정직하게 말하면, 잠깐 동안 계속되었다. 율리아 부인은 발끈해서 두 눈이 번들거리기 시작했다. 렘브케는 자기 자리 가까이에 서서, 소리가 나는 쪽을 돌아보면서, 매우 위엄있는 태도로 홀을 둘러보았다. 그러나 사람들은 그를 서둘러 자리에 앉혔다. 그의 얼굴에는 또 어제 아침, 부인 앞에서 스체판 선생 옆으로 가까이 가기 전에 찬찬히 그를 응시했던 때처럼, 예의 위엄성을 띤 미소가 떠오르고 있었다. 나는 그런 것에 신경이 쓰여 불안했다. 사실 지금 그의 얼굴은, 어딘지 불길한 표정이 있는 것처럼 보였다. 무엇보다도 나빴던 것은 그 표정이 어느 정도 우스꽝스러웠다는 점이다. 즉, 아내의 고상한 목적에 따르기 위해서, 일신을 희생의 제물로 바치고자 하는 사람의 표정이었다. 율리아 부인은 재빨리 나를 자기 곁으로 오라고 손짓하여, 이제 곧 카르마지노프에게 뛰어가서, 빨리 시작하도록 부탁해 달라고 속삭였다. 그래서 내가 막 몸을 일으키려는 순간, 또 하나의 새로운 사태가 시작됐다. 게다가 그것은 아까보다 더욱 창피한 것이었다.

연단 위에, 지금까지 모든 사람의 시선과 기대가 집중돼 있던 텅 빈 연단 위에, 지금까지는 다만 작은 탁자와, 그 앞에 놓인 의자와 탁자 위에 놓인 은쟁반 위의 물컵 외는 아무것도 없었던 텅 빈 연단 위에, 돌연 연미복에 흰 넥타이를 맨 레뱌드킨 대위의 괴이한 모습이 퍼뜩 어렸다. 나는 어찌나 놀랐던지 내 자신의 눈을 믿을 수가 없을 정도였다. 대위는 약간 머쓱해져서 연단의 한모퉁이로 갔다. 갑자기 청중 속에서「레뱌드킨, 넌 뭐야?」하는 고함 소리가 들려왔다.

대위의 머저리 같은 빨간 얼굴에는(그는 아주 취해 있었다) 이 소리를 듣자, 둔한 냉소가 퍼지는 것처럼 보였다. 그는 손을 들어 이마에 늘어진 머리카락을 위로 쓸어올리고, 흐트러진 머리를 한 번 돌렸다. 그리고는 인젠 어떤 일이라도 해보인다는 태도로 대담하게 앞으로 나왔다. 그러나 갑자기 웃음을 터뜨렸다. 그리 크지는 않았지만, 잘 들리는 긴 행복한 듯한 웃음 소리로. 그것 때문에 그의 거대한 몸집은 건들건들 흔들려서 눈이 가늘어졌다. 이런 거동을 보고 청중의 거의 반수 가량은 웃기 시작했고, 이십 명 정도는 손뼉을 쳤다. 점잖은 사람들은 씁쓸한 표정으로 서로 마주보았다. 그러나 이것은 삼십 초도 안 되는 짧은 시간이었다. 연단 위에는 간사의 리본을 단 리푸친이 두 하인을 데리고 갑자기 뛰어올라갔다. 하인은 조심스럽게 대위의 두 팔을 붙들었고, 리푸친은 무언가 귀엣말을 했다. 대위는 양미간을 찌푸리고「아, 그런 것이라면」하고 중얼거리더니, 손을 내젓고, 넓은 잔등을 청중에게 돌리고 세 사람과 같이 모습을 감췄다. 그러나 곧 리푸친이 연단으로 뛰어나왔다. 그의 입가에는, 언제나 달짝지근한 감을 주는 미소 중에서도 매우 달콤한 미소가 떠오르고 손에는 한 장의 편지지를 쥐고 있었다. 빠르지만 서두르지 않는 걸음걸이로 그는 연단 맨앞으로 나아갔다.

「여러분」하고 그는 청중을 향했다.「부주의로 약간 차질이 생겼습니다만, 그것도 이럭저럭 해결됐습니다. 그래서 저는 이 고장에 살고 계시는 한 분 시인으로부터 어떤 의뢰와 매우 정중하고도 심신한 간청을 받았기에 가능하다면 하고, 이것을 수락한 것입니다……. 동씨는 인간적으로 고상한 목적에 움직여…… 외견상으로는 그렇습니다만 우리들 일동을 결속하고 있는 같은 목적…… 즉, 우리 고장의 가난하지만 교양있는 소녀들의 눈물을 닦아 주려는 목적을 가지고…… 동씨는, 즉 우리 고장의 시인입니다……. 익명을 희망하면서 또한 자작의 시가 무도회에서, 아니 강연회였습니다, 낭독되기를 희망하고 계십니다. 이 시는 프로그램에는 실려 있지 않고, 또 예외입니다……. 이렇게 말씀드리는 것은 삼십 분 전에 도착했기 때문에…… 저희들로서는(저희들이란 누구일까? 나는 이 짤막짤막하고, 지리 멸렬한 연설을 한 마디 한 마디 그대로 인용한다) 매우 주의할 만한 순진한 감정이 또한 함께 주의할 만한 유쾌함과 결합하고 있는 점을 보았기 때문에 이 시는 낭독해도 좋을 것이 아니겠느냐, 즉 심각한 작품으로서가 아니라 축제에 적합한 소품으로서입니다만, 그렇게 생각하는 바입니다. 한마디로 말씀드리면 축제의 취지에 적합한 것으로서 더욱이 그 몇 줄은 특히 그렇기 때문에…… 존경하는 청중 여러분의 양해를 구하려고 생각하는 것입니다.」

「읽으시오!」홀의 저쪽 끝에서 소리질렀다.

「그럼 읽어도 좋단 말씀입니까?」

「읽으시오! 읽어 봐요!」하고 많은 사람의 고함 소리가 났다.

「그러면, 청중 여러분의 허락을 얻어서 읽기로 하겠습니다.」여전히 그 달짝지근한 미소를 떠올린 채 리푸친은 또다시 입을 씰룩거렸다.

그래도 그는 아직 결정을 내리지 못하는 성싶었다. 내가 보는 바로는 어쩔 줄 모르고 있는 것처럼 보였다. 이런 족속은 대담하게 방약무인한 짓을 하면서도 어떤 때는 실수로 머뭇거리는 수가 있는 법이다. 하기는 신학생

제 3 부   151

이었다면, 그렇지도 않았겠지만, 리푸친은 아무래도 구사회에 속하는 인간이었다.
「저는 잠깐 양해를 구합니다만, 아니, 양해를 구해 둡니다만, 이것은 곧잘 축제 같은 데 보내기 위해서 쓰고 계신 이전의 찬송가 같은 것은 아닙니다. 이것은 아마, 광상적인 노래라고 할 그런 것입니다. 그러나 놀기 좋아하는 기분과 결합된 진지한 정신이 있는가 하면 가장 현실적인 진리도 포함되어 있는 것입니다.」
「읽어라, 읽어!」
그는 종이를 펼쳤다. 말할 것도 없이, 아무도 그를 말릴 틈이 없었다. 게다가 그는 감사의 리본을 붙이고 나타났던 것이다. 그는 소리 높여 낭독을 시작했다.

조국의 가정 교사 아가씨에게, 축제를 맞으며, 시인으로부터.

기분이 어떠세요, 가정 교사님
마음껏 떠들고 축하를 즐겨요.
보수주의자도 조르즈 상드도
그런 건 상관없다. 마음껏 즐겨요!

「야아, 저건, 레뱌드킨이다! 레바드킨의 짓임에 틀림없다!」하고, 소리 지르는 사람이 몇 있었다.
와아, 하고 웃음소리가 일어났다. 수는 적었지만 박수 소리까지 들렸다.

코흘리개 애들에게
프랑스 아·베·쎄를 가르치곤 있지만
하다못해 교회의 종지기라도
추파를 던져오면, 싫다 않겠지.

「만세! 만세!」

그렇지만 개명한 지금 세상엔
종지기도 안 받아 줘.
돈이 필요해요. 아가씨들아
그것이 안 된다면 어찌하겠소?
아무래도 『아・베・쎄』와 목을 매야지.

「맞았어 맞았어! 과연 이거야말로 현실적이다. 돈이 없으면 어쩔 수 없는 거야!」

그렇지만 오늘은 반 잔 술로
우리들은 모은 돈을 춤을 추면서
그들에게 지참금을 보냅시다.
보수주의자든 조르즈 상드든
아무러면 무슨 상관, 실컷 즐겨라!
지참금을 가지고 시집을 갈
귀여운 아가씨 가정 교사님,
사양이란 웬말이냐 맘껏 즐기자!

솔직하게 말해서 나는 내 귀를 믿을 수가 없었다. 거기에는 설혹 무지를 가지고 변명해도, 도저히 리푸친을 용서할 수 없을 빤히 들여다보이는 검은 속셈이 있었다. 게다가 본래 리푸친은 바보는 아니었다. 그가 목적으로 하는 것은 매우 명백한 것이었다. 마치 누구든 모든 사람이 머리가 깨져라 하고 혼란을 조정하려는 성싶었다. 이 말도 안 되는 시의 몇 구절은(가령 맨 나중의 한 구절과 같은), 아무리 무지한 족속이라 하더라도, 묵과하기 어려운 성질의 것이었다. 리푸친 자신도 이런 모험으로 생색은 내보이기는 했지만, 자기 혼자서 너무 책임을 지나치게 졌다고 생각했던지, 제풀에 겁이 나서 연단을 물러나지도 못하고, 또 무슨 말을 하려는 듯이 서 있었다. 틀림없이 무언지 다른 결과를 예상하고 있는 성싶었다. 그런데 낭독중 내내 갈채를 보내고 있던 일당의 무뢰한들까지도 역시 같은 모양으로 겁이 난 것처럼 갑자기 조용해져 버리고 말았다. 무엇보다 어처구니없는 현상은 그들의 대다수가 이 낭독을 열광적으로 환영했다는 점이다. 즉 형편없는 졸작이라고는 전혀 생각하지 않고, 여자 가정 교사에 관한 사실 그대로의 현실적 진리, 말을 바꾸어 하면 훌륭한 경향시로 인정했던 것이다. 그러나 너무 지나쳤다고 할 이 무례한 내용은 드디어 이런 족속들까지 못마땅한 느낌을 가지게 했다.

일반 청중은 어떤가 하면, 그들은 기분 나쁜 정도를 지나쳐 노골적으로 모욕을 받은 듯했다. 나는 이때의 인상을 전함에 있어 결코 잘못 말하지 않으려 한다. 율리아 부인은 뒤에, 일 분간 더 그 상태가 계속됐다면 기절해 버렸을 것이라고 말했다. 그중에서도 지위가 높은 한 노인은 늙은 부인을 부축하여 일으켜서 사람들의 불안한 시선을 받으면서 둘은 서둘러 홀을 나가 버렸다. 혹은 또 다른 몇 사람도 이렇게 나갔는지 모르겠지만, 마침 그때, 당사자인 카르마지노프가 연미복에 흰 칼라를 하고 노트를 손에 들고 연단에 나타났다. 율리아 부인은 마치 구세주라도 맞는 것처럼, 환희에 찬 눈을 그쪽으로 향했다……. 그렇지만 나는 분장실로 들어가 있었다. 리푸친에게 할 말이 있었던 것이다.

「자네는 일부러 그랬지?」 격분 끝에 그의 손을 붙들면서 나는 소리쳤다. 「무슨 소리야? 우연이었어.」 그는 곧 거짓말을 하기 시작했다. 그리고는 언짢은 표정을 지으면서, 몸을 비비꼬았다. 「그 시는, 방금 막 가지고 온 것인데, 나는 그저 분위기를 흥겹게 하기 위해서……」

「결코 그렇지 않았어. 도대체 자네는, 이 말도 안 되는 건달 같은 시가 무슨 흥겨움이 있다고 생각했단 말야?」

「그럼 흥미있구말구.」

「자네는 아직도 거짓말만 하고 있어. 게다가 이 시는 결코 방금 막 가져온 것이 아니야. 이것은 자네가 직접 레뱌드킨과 함께 지은 것이지? 어쩌면, 어제 쓴 것인지도 몰라. 즉 곤란한 사태를 야기하고 싶었던 거야. 최후의 한 구절은 틀림없이 자네가 쓴 것이지? 종지기의 소재도 그래. 도대체 그 사나이는 무슨 뜻에서 연미복 같은 걸 입고 나타난 거야? 즉 그 사나이에게 낭독을 시키려 했던 것이 자네들의 계획이었단 말야! 그런데 그 사나이가 곤드레만드레 취했으니까……」

리푸친은 냉랭하고 독기에 찬 눈초리로 나를 보았다.

「도대체 그것이 자네와 무슨 상관이 있어?」 이상할 만큼 태연한 태도로 그는 갑자기 이렇게 물었다.
「무슨 상관이 있다니? 자네도 역시 이 리본을 달고 있잖아. 트토르 군은 어디 있나?」
「몰라, 어디 있겠지, 뭐. 도대체 왜 그러는 거야?」
「나는 인젠 모든 것을 알았어, 이건 결국 모두가 작당을 해서 오늘 행사를 망쳐 놓아 율리아 부인을 함정에 몰아넣으려는 음모임에 틀림없어.」
리푸친은 다시 한 번 나를 훑겼다.「그것이 자네와 무슨 상관이 있다는 거야?」그는 히죽이 웃고 어깨를 으쓱하더니 그 자리를 피해 가버렸다.
나는 마치 찬물이라도 뒤집어쓴 것 같았다. 나의 의문은 모두 사실로 나타났던 것이다. 아아, 그런데도 나는 모두가 착각이기를 바라고 있었던 것이다. 도대체 어떻게 하면 좋단 말인가? 스체판 선생과 의논할까 했으나, 그는 거울 앞에 서서 여러 가지 웃음짓기를 연구하면서, 노트한 종이쪽지를 연방 들여다보고 있었다. 그는 지금 곧 카르마지노프 다음으로 연단에 올라가지 않으면 안 되기 때문에 나와 얘기하고 있을 여유가 없었다. 그럼 율리아 부인에게로 달려갈까! 그러나 부인에게 알리기에는 아직 시기상조였다. 그녀의 병을 고치기 위해서는——자기는 여러 사람에게 둘러싸여서 모두 자기를 광신적으로 존경하고 있다는 착각을 깨기에는 좀더 난처한 경우를 당하지 않으면 안 된다. 그녀는 아무리 해도 내 말을 믿지 않고, 나를 망상증에 걸렸다고 생각할 것임에 틀림없다. 게다가 부인으로서도 어떻게 할 도리가 없지 않은가?『에라, 모르겠다』하고 나는 생각했다.『사실 나와 무슨 관계가 있느냐? 정말 그런 사태가 벌어지면, 리본을 떼버리고 집으로 가면 된다.』나는 이때 정말로,『정말 그런 사태가 벌어지면』하고 생각했다. 나는 지금도 그것을 기억하고 있다.
그러나 어쨌든 카르마지노프의 낭독을 들으러 가지 않으면 안 된다. 최후로 분장실을 돌아봤을 때 볼일도 없는 사람들이 여럿 드나들면서 어정거리고 있는 것을 보았다. 그 중에는 여자들도 섞여 있었다. 이 분장실이라는 것은 막으로 엄중하게 막은 협소한 장소로 뒤쪽에는 복도로 통해서 다른 방으로 통하게 돼 있었다. 여기서 연사가 차례를 기다리기로 되어 있었다.
그러나 이때 특별히 나의 주의를 끈 것은 스체판 씨 다음에 낭독하기로 되어 있는 사람이었다. 그는 역시 대학 교수와 같은 사람으로(나는 지금까지

이 사람이 어떤 인물이었는지 확실히 모른다) 일찍이 학생들간에 소요가 있었을 때, 자진해서 학교를 그만두었으며, 최근 이삼 일 전에 이 고장으로 온 사람이었다. 이 사람도 역시 율리아 부인에게 소개되었는데 부인은 마치 그를 하느님처럼 맞이했다. 지금은 나도 잘 알고 있지만, 그는 낭독회 전에 단 하룻밤 부인에게 갔을 뿐이었다. 그러나 밤중내내 묵묵히 입을 다물고 율리아 부인을 둘러싼 여러 사람의 농담이며 대화 등 전체 분위기에 마땅찮은 조소를 은근히 나타내고 있었다. 그 거만한 듯한, 또 동시에 겁쟁이 같으면서도 자존심이 센 듯한 태도는 사람들에게 불쾌한 인상을 주었다. 이번에 그에게 낭독을 의뢰한 것은 율리아 부인 자신의 소망이었다.

지금 그는 스체판 선생처럼 방안을 구석구석 돌아다니며, 무언가 입속으로 중얼중얼하면서, 거울은 보지 않고 마냥 발을 들여다보고 있었다. 그는 계속해서 능글맞은 냉소를 띠고 있었으며 웃음짓기의 연구 같은 것은 하고 있지 않았다. 이 사나이에게도 말을 걸 수 없다는 것은 명백한 사실이었다. 보기에는 마흔 살 정도의 나이로 키는 작은 편이고 머리가 벗겨지고 턱에는 잿빛이 도는 수염을 기르고 있었고, 복장은 단정했다. 그러나 무엇보다 재미있는 것은 빙글 한 번씩 돌 때마다 오른쪽 주먹을 쳐들고 머리 위에서 허공을 치면서, 마치 눈에 보이지 않는 적이라도 분쇄하는 것처럼 힘차게 그 손을 내려치는 이러한 동작을 계속적으로 뜻없이 되풀이하는 것이었다. 나는 괜히 숨이 막힐 것처럼 답답해서 서둘러 카르마지노프의 낭독을 들으러 뛰어나갔다.

3

홀 쪽에도, 웬지 불온한 공기가 감돌고 있었다. 미리 양해를 구해 두지만 나는 말할 것도 없이 천재의 위광에는 무릎을 꿇는 사람이다. 그런데 어떤 의미에서 우리 러시아의 천재들은 그 영광스러운 생애의 마지막에서 때때로 어린아이 같은 짓을 하는지 모르겠다. 물론 그것이 문호 카르마지노프로, 다섯 사람의 시종만큼이나 으스대는 태도로 나왔다고 해서 그런 것을 가지고 말한 것은 아니다. 그러나 다만 하나의 작은 작품을 가지고 이 현 청중을 한 시간 이상이나 어떻게 끌고 갈 수 있단 말인가! 전체적으로 내가 관찰하는 바로는, 가령 아무리 훌륭한 천재라 하더라도 이런 공개적인 낭독회에서는 이십 분 이상 대중의 관심을 집중시킨다는 것은 거의 불가능한 것이다. 이 대천재가 무대에 나타났을 때 사람들이 그를 매우 경건한 태도로 맞이하였다는 것은 사실이다. 지극히 잔소리가 많은 노인들까지도 호의와 흥미의 기색을 보였다. 부인들은 어느 정도 환희의 감정까지 나타냈던 것이다. 그러나 박수는 어쩐지 어울리지 않는 들쭉날쭉한 것이었으며 매우 짧았다. 하지만 카르마지노프 씨가 입을 열기까지는 뒤에서도 괴상한 소리를 지르는 사람은 없었다. 어쨌든 어디가 잘못되는 것 같은 사태는 일어나지 않았다. 그저 어딘지 모르게 의아해하는 듯한 분위기가 감돌고 있었을 뿐이었다. 나는 앞서도 말해 뒀듯이 그의 목소리는 너무 생기에 차서 어느 정도 여자의 목소리같이 들렸고, 게다가 순수한 귀족 출신의 특유한, 혀가 짧은 듯이 발음하는 버릇이 있었다.

  그가 아직 두서너 마디도 하기 전에 갑자기 누군가가 큰소리로 웃었다. 아마도 이것은 지금까지 한 번도 상류사회에 나가 보지 못한, 그리고 실없는 웃음을 잘 웃는 철모르는 바보 같은 자의 짓이리라. 그러나 비웃는 것 같은 느낌은 전혀 없었을 뿐 아니라, 웃음소리가 들리자 조용히하라는 욕설이 객석에서 일어나서 그는 더 이상 웃지 못했다. 그런데 카르마지노프는 점잖은 태도와 음성으로,「처음엔 낭독을 승낙하지 않았습니다만」하고 이야기를 계속했다(이런 말을 할 필요가 어디 있는가!).「무릇 문장이란 것은, 그것이 마음의 밑바닥으로부터 우러나온 것이기 때문에, 함부로 말한다는 것은 삼가야 하고, 따라서 이렇게 신성한 것을 여러 사람 앞에 공개한다는 것은 거북한 일이라고 할 수 있습니다(그걸 왜 대중 앞에 공개하려는가?). 그러나 간청을 거절할 수 없어, 이렇게 여러분에게 공개하는 바인데, 실은 저는 앞으로 영구히 붓을 놓고, 앞으로는 어떠한 일이 있어도, 다시 붓을 들지 않는다고 맹세를 했기 때문에 이 최후의 작품을 쓴 것입니다. 또 저는 금후로 대중 앞에서는 낭독을 절대로 하지 않겠다고 결심했기 때문에 이것을 최후로 이 마지막 작품을 낭독하기로 한 것입니다.」하고 이렇게 중언부언하는 설명을 늘어놓았다.

  그러나 이것으로 무슨 일이 일어나지는 않았다. 그리고 작가의 전제가 어떤 것인가 하는 것은 누구든 알고 있는 것이다. 그리고 한 마디 해둘 것은 이 고장 사람들의 무교양, 게다가 뒷줄에 있는 사람들의 지리해함을 생각한다면 이것도 또한 영향을 끼쳤다고 할 것이다. 아무튼 그가 이전에 곧잘 쓰곤 했던 단편이라든가 소품, 너무 기교가 지나쳐 흠이라지만, 그래도 읽을 만한 대목이 있었던 그런 작품을 읽는 것이 차라리 나을 뻔했다. 그랬으면 만사는 잘 되었을 것이다. 그런데 그렇지가 못했다. 장황한 설교가 시작됐다. 정말 간절하고 친절한 행위도 너무 지나쳤었다. 내가 단언하는 바로는 우리 마을의 청중뿐 아니라 수도의 청중들도 멍청해졌을 것이다. 그럴 듯하게 늘어놓는 장광설이 거의 삼십 페이지 이상 계속되는 것을 상상해 보면 될 것이다. 그런데 이 선생은 그야말로 높은 데서 내려다보는 식으로 신은 안 나지만, 인정상 희생적으로 들려 준다는 식으로 낭독을 했기 때문에, 이것은 이 고장 사람을 모욕하는 것과 같은 것이었다. 그런데 그 주제라는 것이 누구도 알 수 없는 모호한 것이었다. 어떤 인상이나, 회상을 제재로 한 것이었는데, 무슨 인상 무슨 회상일까? 이 고장의 식자들도 낭독의 전반에서는 이마에 주름을 잡고 열심히 그 뜻을 파악하려고 했지만, 아무래도 알 수가 없었기 때문에 후반에서는 예의상 그저 듣는 척하고 있을 뿐이었다. 사랑에 대한 것이 여러 가지 이야기되고 있었다. 이 대문호가 어느 부인에게 가지는 연정에 대한 것이다. 그러나 솔직히 말하면 그것이 아무래도 어색했다. 천재적인 문호의 땅딸막한 그 용모는 내가 보기엔, 처음 키스의 이야기는 어쩐지 어색했다. 첫째로 그 키스하는 방식부터가 일반적인 것과는 틀렸다. 우선 근처에는 아무래도 금작화가 피어 있지 않으면 안 된다(이건 꼭 금작화가 아니면 식물학 사전에서 찾아보아야 할 종류의 식물이어야 한다). 또 하늘빛도 반드시 보랏빛 음영을 띠고 있지 않으면 안 된다. 이런 것은 보통 사람은 아무도 지금까지 느끼지 못했던 것, 즉 보기는 했지만 느끼지 못했던 음영이다. 그것을『보면 알 것이다. 나는 보고 곧 느끼고, 너희들 바보를 위해서, 대수롭지 않은 것처럼 묘사하고 있는 거야.』하는 식이었다. 그래서 이 한 쌍의 흥미있는 남녀가 자리를 잡은 그 나무는 반드시 오렌지빛을 하고 있는 것이 아니면 안 된다. 둘이가 서 있는 곳은 독일의 어느 지방이다. 갑자기 그들은 전쟁 전의 폼페이우스라든가 카시우스를 보고 환희의 냉감(冷感)이 골수에 스며드는 듯한 느낌이 들었다. 전령 같은 것이 숲에서 울면 갑자기 글류크가 갈대 숲에서 바이올린을 켜기 시작한다. 그가 연주할 곡은 『아주 완전하게』란 곡명이라고 했지만 아무도 아는 사람이 없었다. 음악 사전이라도 찾지 않으면 안될 것이다. 곧 안개가 피어오르기 시작했다. 마치 수백만의 새털이불이 피어오르는 것 같다고 하는 편이 적절할 정도였다. 그러나 곧 모든 것이 사라지고, 이번엔 따뜻한 겨울날에 문호는 볼가 강을 노저어 건너고 있다. 이 장면은 두 페이지 반을 소요하고 있지만 그래도 결국은 얼음 구멍으로 빠져 버리고 만다. 천재는 가라앉았다, 그리고 마침내 익사해 버리고 말았다고 생각할는지 모르지만 천만에, 그렇게는 도저히 생각할 수 없는 것이다. 그것은 다만 그가 물속에 가라앉아서 허우적거리고 있을 때 뜻하지 않게 그의 눈앞에 얼음 한 조각을 띄워 놓기 위한 것에 지나지 않았다. 그것은 매우 작은 완두콩 정도의 크기밖에 안 되지만 그것은 마치 『얼어붙은 눈물』이라고 할 정도로 맑고 투명했다. 이 한 알의 얼음 속에 독일이, 아니 독일의 하늘이 어려 있는 것이다. 이 영상의 무지개와도 같은 섬광이 어떤 한 방울의 눈물을 회상케 했던 것이다. 그것은 『그대는 기억하고 있는가? 우리들이 에메랄드빛 나무 아래 앉아 있던 때를. 그대는 기쁜 듯이 즐거운 목소리로 「죄는 없습니다!」하고 외쳤다. 「그렇다. 만일 그렇다면, 이 세상에는 정직한 사람도 없어지게 된다.」하고 나는 눈물을 흘리면서 대답했다. 그랬더니 이때 그대의 눈에서도 눈물이 흘러 둘이는 함께 통곡하고, 그대로 영원히 헤어져 버리고 말았다.』

결국 여자는 어느 해안으로, 그는 어떤 동굴로 가버리고 말았다. 그래서 그는 지금 동굴 속으로 들어가고 있고, 삼 년 동안 계속 모스크바의 수하레바 탑 아래를 내려가고 있는 것이다. 그랬더니 돌연, 땅 한가운데라고 생각되는 곳에서 그는 한 불빛을 발견했다. 등불 앞에는 한 사람의 은자가 있었다. 은자는 기도를 올리고 있었다. 천재는 조그마한 창살문으로 다가갔다. 그때 뜻밖에도 한숨 소리를 들었다. 독자 여러분은 이것을 은자의 한숨으로 생각하는가? 천만에, 그는 그런 은자에게는 아무런 용무도 없는 것이다. 다만 이 한숨이 삼십칠 년 전의 그녀의 긴 한숨을 회상케 했을 뿐이다.

『그대는 기억하고 있는가. 우리들이 독일에서 마노빛 나무 아래 앉아 있던 때를, 그대는 나에게 이렇게 말했다. 「도대체 무엇 때문에 사랑하는 것일까요? 보세요, 주위에는 빨간 꽃이 피어 있습니다. 저 꽃이 지면 제 사랑도 시들어 버립니다.」이때 다시 또 안개가 피어올라서 호프만이 나타났다. 환회의 차가움이 우리들의 등줄기를 달렸고 둘이는 영원히 헤어졌다』 운운.
 간단히 말하면 내 말이 틀렸는지도 모르고, 나에게 이런 말을 할 수 있는 능력이 없는지도 모르지만 이 이야기의 뜻은 대개 이런 식의 것이었다. 게다가 러시아의 천재가 지니는 수준 높은 결말을 논하기 좋아하는 성벽은 얼마나 천박한 것일까. 유럽의 대철학가도, 석학도, 발명가도, 투쟁가도, 순교자도──모두가 이런 무거운 짐을 지고 노력하고 있는 사람들도, 우리 러시아의 천재에게 있어서는 마치 제 집의 부엌에 우글거리고 있는 요리사와 같은 족속이다. 즉 그가 대장인 것이다. 그들은 손에 흰 수건을 들고 그에게 인사를 드리러 오고, 그의 명령을 대령하고 있다는 식이다. 물론 그는 러시아 그 자체를 거만하게 냉소하고 있다. 그리고 유럽의 천재 앞에서 모든 면으로 러시아의 파산을 선고하는 것이 무엇보다 유쾌한 것이 되겠지만, 그 자신에 있어서는 벌써 이 유럽의 천재까지도 무시하고 있는 것이다. 그런 것은 모두 거의 결말 쓰기의 재료에 불과하다. 그가 어떤 타인의 사상을 가져다가 그에 대한 안티테제를 부합시키면, 결말이 성립되기 때문에 범죄는 존재한다──범죄는 존재하지 않는다, 진리는 없다, 정당한 것도 없다, 그 밖에 무신론, 다위니즘, 모스크바의 종(鐘)…… (그러나 유감스럽게도 그는 벌써 모스크바의 종을 믿지 않고 있다)…… 게다가, 바이런 식 우수, 하이네로부터 빌어 온 우거지상, 페쵸린 식의 맛 같은 것을 잠깐 곁들인다──고, 이미 문호의 기계는 힘차게 바람을 끊고 발동하기 시작했다.
 『그러나 어쨌든 칭찬해 주게, 칭찬해 주게, 나는 그것을 제일 좋아하는 것이니까. 내가 일대의 붓을 놓는다는 것은 다만 잠깐 그렇게 말해 봤을 뿐이야. 기다려 보게, 나는 앞으로도 삼백 편쯤 써가지고 너희들을 괴롭혀 줄 테다. 읽기에 진력이 나도록 말야…….』 이렇게 말하는 듯했다.
 물론 아주 무사하지는 않았다. 그러나 무엇보다 좋지 않았던 것은 그가 자진해서 소란을 피웠다는 점이었다.
 벌써 오래 전부터 발을 꼼지락거리든가 코를 풀든가 기침을 하는 소리가 들려오고 있었다. 결국 어떤 문학자라도 낭독회에서 이십 분 이상, 청중을 붙잡고 있을 때 일어나는 현상이 여기서도 일어나기 시작했던 것이다. 그러나 천재는 그런 눈치를 전혀 채지 못했다. 그는 청중 같은 것은 일체 관심 밖이었고, 여전히 신이 나서 떠들어댔고, 입속으로 중얼중얼하고 있기 때문에 드디어 모든 사람은 어리둥절해 버리고 말았다. 그때 갑자기 뒷줄에서 한 사람이 큰소리로 이렇게 외치는 소리가 들려왔다.
「이건 정말 바보 같은 수작이구나!」
이것은 자연히 입에서 튀어나온 소리로, 거리에 아무런 시위의 뜻이 포함되어 있지 않다는 것은 내가 굳이 믿는 바이다. 다만 청중의 기대가 어그러졌던 것이다. 그러나 카르마지노프는 낭독을 중지하고 비웃듯이 청중을 둘러보았다. 그리고 위엄을 손상당한 시종관과도 같은 태도로 갑자기 씩씩거리면서 입을 열었다.
「여러분, 여러분은 내 낭독에 꽤 지리함을 느낀 모양이군요.」
이렇게 그가 먼저 입을 연 것이 나빴다. 이렇게 대답을 요구하는 듯한 발언을 했기 때문에, 오히려 여러 건달들에게 대담하게 입을 열 기회를 주었던 것이다. 만일 그가 꾹 참고 있기만 했다면 울며 겨자먹듯이 했을지 모르겠지만, 아무튼 일은 무사했을 것이다. 때에 따라서는 그가 자기 물음에 대해서 박수를 기대하고 있었는지도 모른다. 그러나 박수 소리는 들리지 않았고 정반대로 모두 깜짝 놀라서 쥐죽은 듯이 조용했다.
「당신은 안쿠스 마르키우스를 전혀 보지도 못했어. 그런 것은 모두 화려체란 말요!」
누군가의 짜증스런 목소리가 갑자기 신경질적으로 울려퍼졌다.
「옳은 말이야!」하고 또 한 사람이 소리쳤다.「지금 세상에 정령 같은 게 어디 있냔 말야. 현대는 자연 과학의 시대다. 적어도 자연 과학을 공부해야지.」
「여러분 나는 그런 항의를 받으리라곤 꿈에도 생각지 못했어요.」 카르마지노프는 당황했다.
대천재는 카를르스루에에 있는 동안, 조국의 이런 변화에 대해서는 아무 것도 모르고 있었던 것이다.
「지금 세상에 세계가 세 마리의 물고기로 지탱하고 있다는 것은 책에서 읽더라도 창피한 일이에요.」하고 한 젊은 여자가 소리를 질렀다.「카르마지노프 씨, 당신은 동굴 속에 들어가서 은자를 만났다니, 도대체 그런 일이 어디 있어요. 게다가 지금 세상에 은자 이야기 같은 건 없단 말예요.」
「여러분, 여러분이 그렇게 정색해서 내 작품을 공격한다는 것은 정말 뜻밖입니다. 안 그렇습니까? 정말 무리가 아닙니다. 어떤 사람도 나 이상, 현실적인 진실을 존중하는 사람은 없을 것입니다.」

 그는 조롱하는 듯한 미소를 띠고 있었지만, 그래도 대단히 낭패하고 있었다. 그 표정은 마치 『나는 여러분이 생각하는 그런 사람이 아닙니다. 나는 여러분의 편입니다. 나를 칭찬해 주시오. 더 많은 칭찬을…… 저는 그것을 바라고 있으니까요…….』 그렇게 말하고 있는 듯했다.

 「여러분」 드디어 자존심이 상해서 그는 이렇게 외쳤다. 「제 시는 불행하게도 발표 장소를 잘못 택한 것 같군요. 게다가 나도 나올 데가 아니었던 것 같습니다.」

 「까마귀를 쏴서 소를 잡았단 말인가?」 하고 어떤 실없는 친구가 큰소리로 떠들어댔다. 틀림없이 취했을 것이다. 따라서 이런 친구에겐 전혀 신경쓸 필요가 없다.

 그러나 비웃는 소리가 한층 더 크게 일어난 것은 사실이었다.

 「소라뇨?」 하고 카르마지노프는 말꼬리를 잡았다. 그의 목소리는 힘들어하는 것처럼 들렸다. 「까마귀와 소의 비유에 대해서는 저는 언급하지 않기로 하겠습니다. 아무리 무식하다고 해도, 그런 비교를 입에 담기에는 나는 청중을 지나치게 존경하고 있기 때문입니다. 설혹 어떤 종류의 청중이든 간에……. 그러나 나는 이렇게 생각하고 있었습니다…….」

 「그러나 자넨 너무 말이 지나치지 않나?」 하고 누군가가 뒷줄에서 중얼거렸다.

 「그러나 나는 일대의 붓을 놓음에 있어, 독자에게 이별을 고하고자 하고 있기 때문에 어쨌든 들어 주실 것으로 알고 있었습니다.」

 「들읍시다, 들어요. 우리들은 듣겠어요.」 대담하게 용기를 내서 말하는 듯한 목소리가 두서너 줄 앞에서 일어났다.

 「읽어 봐요, 읽으란 말요!」 신이 난 부인 몇 사람이 그것에 맞장구를 쳤다. 드디어 박수 소리도 났지만, 그러나 그것은 산발적인 것이었다.

 카르마지노프는 일그러진 미소를 띠고 의자에서 몸을 일으켰다.

 「정말이에요, 카르마지노프 씨. 우리는 모두 명예로 알고 있으니까요.」 귀족단장 부인도 참을 수 없었던지 이렇게 말했다.

 「카르마지노프 씨.」 홀 구석에서 느닷없이 이렇게 부르는 젊은 목소리가 들려왔다. 그 사람은 시골 군의 국민학교의 젊은 교원으로서 이 고장에 온 지 얼마 안 되는 얌전한 인품의 청년이었다. 그는 당당하게 자기 자리에서 일어났다. 「카르마지노프 씨, 제가 만일 지금 당신이 낭독한 내용과 같은 사람의 행복을 경험했다 하더라도 낭독회 석상에서 읽는 글속에는 자신의 연애 이야기는 넣지 않았을 것입니다.」

그는 얼굴이 빨개서 말했다.

「여러분, 저는 이미 낭독을 마쳤습니다. 이것으로 저는 퇴장하겠습니다. 그러나 다만 최후의 여섯 줄만은 읽겠습니다.」

「그러면 나의 친구여. 독자여, 그러면 안녕……」 그는 곧 원고를 들고 읽기 시작했다. 그러나 이번에는 안락의자에 앉지 않았다. 「그럼 여러분이여, 하지만 나는 결코 친구로서 이별하기를 바라는 것은 아닙니다. 더 이상, 여러분들을 괴롭힐 필요가 어디 있겠습니까. 그러나 조금이라도 여러분을 위해서라면, 저는 욕을 먹어도 상관없습니다. 아아, 저는 기꺼이 욕을 먹겠습니다. 그러나 우리들이 영원히 잊어버릴 수가 있다면, 그것이 무엇보다 좋은 것입니다. 그리고 독자 여러분이 갑자기 착한 마음씨가 되어서, 제 앞에 무릎을 꿇고 눈물을 흘리면서 『쓰게, 카르마지노프여. 오오, 우리를 위해서 쓰라, 조국을 위해서 쓰라, 자손을 위해서 쓰라, 월계관을 위해서 쓰라!』고 간청을 한대도 나는 예의를 지키면서 그 호의를 사례하고, 여러분에게 대답할 것입니다. 『아니다. 사랑하는 동포여, 우리들은 벌써 많은 인연을 가졌다. 메르시, 이젠 각자의 길을 갈 때다! 메르시, 메르시, 메르시!』하고.」

카르마지노프는 공손하게 절을 한 번 하고, 얼굴이 빨갛게 되어서 분장실로 뛰어들어가고 말았다.

「홍, 누가 무릎을 꿇는대, 엉터리 같은 녀석……」

「정말 어처구니없는 자화자찬이군그래!」

「저건 단순한 유머야.」 누군지 약간 사리를 안다는 자가 이렇게 정정했다.

「체, 그런 유머는 질색이야.」

「그렇지만, 저 녀석은 정말 건방진데……. 안 그래요?」

「아무튼 겨우 끝났군그래.」

「아아, 졸려…….」

그러나 이렇게 무질서한 뒷줄의(뒷줄만이 아니었지만) 고성은 다른 쪽의 박수 소리에 들리지 않았다. 그것은 카르마지노프를 불러내는 소리였다. 율리아 부인과 귀족단장 부인을 선두로 몇몇 부인들이 연단 옆으로 몰려갔다. 율리아 부인의 손에는 흰 빌로드 판에 놓인 찬란한 월계관과, 또 하나의 장미의 생화로 만든 화환이 있었다.

「월계관!」하고 카르마지노프는 미묘하고도 조롱하는 듯한 웃음을 띠고 말했다.「저는 매우 감사하고 있습니다. 미리 준비된 것이긴 합니다만, 아직 시들지 않은, 살아 있는 감정이 서려 있는 이 화환을 받도록 하겠습니다. 그러나 숙녀 여러분, 저는 정말 이번에 갑자기 리얼리스트가 됐기 때문에 지금 세상에서는 월계관도 저에게 있는 것보다는 능숙한 요리사들 손에 있는 것이 훨씬 적당하다고 생각합니다……」

「그렇구말구, 요리하는 사람이 더 필요할 거다.」비르긴스키네 집에서, 『회의』에 참석했던 예의 그 신학생이 이렇게 외쳤다.

회장의 분위기는 적잖이 깨졌다. 월계관의 증정식을 보려고, 여기저기서 자리를 박차고 일어나는 사람이 꽤 많았다.

「나는 이제부터 요리하는 사람에게 삼 루블리 더 주도록 하겠다.」또 한 사람이 큰소리로 맞장구를 쳤다. 그 소리는 지나칠 정도로 컸다.

「나도 그러겠어!」

「나도.」

「도대체 여긴 식당이란 게 없나?」

「여러분, 우리는 결국 사기를 당한 거요……」

그러나 겸해서 말해 두지만 이런 무례한 사람들도 아직은 역시 이 고장의 고위층 관리라든가, 같이 홀에 있었던 고위층 경찰들을 매우 겁내고 있었던 것이다. 한 십 분쯤 지나서, 겨우 사람들은 제자리에 앉았지만, 전의 질서는 이미 회복할 수 없었다. 가엾게도 스체판 선생의 강연은 마침 이러한 혼란이 차차 싹트기 시작할 무렵이었던 것이다.

4

그래도 나는 다시 또 분장실로 뛰어들어가 전후 사정을 생각하지 않고 그에게 충고했다. 내 생각으로는 모든 것이 결단났으니, 이런 때 아예 연단에 올라가지 말고 복통이라도 났다고 무슨 구실을 대서 곧 집으로 돌아가는 편이 낫겠다고. 또 나도 역시 리본을 떼버리고, 같이 가는 것이 좋겠다고 했다. 그는 이때 연단 쪽을 향하고 있었는데 갑자기 걸음을 멈추고 거만한 눈초리로 나를 머리끝에서 발끝까지 훑어보더니 엄숙하게 한 마디 했다.
「어째서 자네는 나를 그렇게 비겁한 인간으로 보나?」
나는 아무 소리 않고 물러나 버리고 말았다. 이 사람이 아무런 소동도 일으키지 않고 무사히 그곳에서 돌아올 수는 없으리라고, 나는 믿어 의심치 않았다. 그것은 2×2는 4라 할 만큼 명확한 일이었다. 내가 아주 풀이 죽어서 멍청히 서 있으니까, 스체판 선생 다음에 등단하기로 되어 있는 다른 지방 교수의 모습이 눈에 띄었다. 예의 그 주먹을 연방 머리 위로 쳐들고 있는 힘을 다해서 내리치고 있던 아까의 그 사람이다. 그는 역시 자기 일에 열중해서 짓궂게 게다가 득의만연한 웃음을 띠고 입속으로 중얼중얼하면서 이리저리 걸어다니고 있었다. 나는 거의 무의식적으로 그의 옆으로 다가갔다. 여기서도 쓸데없는 친절을 베풀었던 것이다.
「당신은 믿고 있어요?」하고 나는 말했다.「여러 경우로 미루어볼 때, 강연이 이십 분 이상 계속되면, 청중은 그때부턴 전혀 귀를 기울이지 않습니다. 아무리 명강을 한대도 삼십 분을 견디지는 못할 것입니다.」
그는 갑자기 걸음을 멈추고, 분노에 전신을 부르르 떨었다 싶더니, 형용하기 어려울 만큼 교만한 표정이 그의 얼굴에 나타났다.
「걱정 마시오.」하고 그는 내뱉듯이 중얼거리고, 내 옆을 떠났다.
이때 홀에서 스체판 선생의 목소리가 들렸다.
『에라, 너희들이 어떻게 되든 내가 무슨 상관이냐!』나는 이렇게 생각하며 홀로 달려갔다.
스체판 선생은 조금 전의 혼란이 채 수습되기도 전에 안락의자에 앉아 있었다. 앞줄 사람들은 매우 탐탁찮게 그를 맞이했던 모양이다(최근 클럽에서는 왜 그런지 그를 싫어해서 전처럼 존경하지 않았다). 그러니 폭언이 안 나온 것이 다행이라고 할 수 있겠다. 내 머릿속에는 어제부터 이상한 생각이 달라붙어 있었다. 다름이 아니라, 그가 단에 오르자마자 일제히 휘파람 소리가 울릴 것이라는 이런 생각이 들었던 것이다. 그런데 조금 전의 혼란의 여파로 청중들은 그의 등단을 미처 모르고 있었다. 사실 카르마지노프조차 그런 꼴을 당했는데 이 사람은 도대체 뭘 어떡하겠다는 건가. 그는 창백한 얼굴빛이었다. 게다가 벌써 십 년 동안이나 공중의 면전에 나타난 일이 없는 것이다. 그 흥분한 태도며, 또 나에 대한 여러 가지 거동으로 보아서 그가 이 등단을 가지고 자기 운명의 개척이라든가, 또는 그것과 유사한 행위로 간주하고 있는 것은 이미 명백한 사실이었다. 나는 바로 이것을 두려워하고 있었던 것이다. 이 사람은 내게 있어 소중한 사람인 것이다. 그러니 그가 입을 열기 시작했을 때, 그의 최초의 한 마디를 들었을 때, 내 마음이 과연 어떠했는가는 독자의 상상에 맡긴다.

「여러분」 모든 것을 결심한 것처럼 그는 갑자기 말했다. 그러나 목소리는 떨리고 있었다.

「여러분! 오늘 아침 저에게는 근래 이곳에 살포된 불법적인 유인물이 한 장 왔습니다. 나는 여러 번 자신에게 이렇게 물었습니다. 이 종이가 지니는 비밀은 과연 무엇인가?」

넓은 홀은 순식간에 조용해졌고, 일동의 눈은 그에게로 쏠렸다. 그 속에는 겁에 질린 듯한 눈도 섞여 있었다. 잘하는 짓이다. 한마디로 흥미를 끌어들이는 솜씨가 있는 것이다. 분장실에서도 머리를 내밀고 보는 사람이 있었다. 리푸친이나 럄신은 신경을 곤두세우고 귀를 기울이고 있었다. 율리아 부인은 다시 나를 손짓으로 불러서

「그만두라고 해요, 어떻게든 그만두게 하세요!」 하고 불안스럽게 속삭였다.

나는 그저 어깨를 움츠릴 뿐이었다. 결심한 사람을 못 하게 하다니, 될 수 있는 일인가 말이다. 불행하게도 나는 스체판 선생의 성격을 너무나 잘 알고 있었던 것이다.

「저건 격문을 두고 하는 말이야!」 하고 중얼거리는 소리가 들려왔다. 홀이 술렁거리기 시작했다.

「여러분 나는 비밀이 존재한다는 것을 모두 알아내고야 말았습니다. 그들이 거두고 있는 효과의 비밀은 요컨대 그들의 어리석음에서 연유하는 것입니다 (그의 눈은 번들번들 빛나기 시작했다). 그래서 말입니다. 여러분, 만일 그것이 일부러 조작된 위장이라면 그것이야말로, 정말 천재적 재능이라고 할

만합니다. 그러나 그들의 장점도 충분히 인정해 주지 않으면 안 됩니다. 그들은 조금도 조작한 것이 아닙니다. 그것은 뛰어나게 솔직한 뛰어나게 정직한, 그리고 뛰어나게 단호한 우행입니다. 그것은 가장 순수한 어리석음의 에센스입니다. 화학적 원소와 같은 것입니다. 이것이 만일 아주 조금이라도 영리한 표현으로 되어 있었다면 누구든 이 단순한 어리석음이 거짓없는 성질의 것임을 당장 눈치챌 것입니다. 그러나 지금, 사람들은 이상하게 생각하면서도 주저하고 있습니다. 즉 그렇게까지 어리석은 것이라고는 아무래도 믿을 수 없기 때문입니다.『이 속에 이 이상의 의미가 전혀 없을 리가 없다』고 생각하고 누구든 그 비밀을, 그 말의 속뜻을 읽으려고 하는 것입니다. 이렇게 해서 효과는 나타났던 것입니다. 아아, 이처럼 우매한 것이 빛나는 보수를 받은 적은 지금까지 일찍이 없었던 일입니다. 하기는 약간씩의 보수는 받고 있었습니다. 즉 겸해서 말씀드립니다만 우매함은 대천재와 마찬가지로 인류의 운명에 대해서 똑같이 유망한 것이기 때문입니다.」

「사십 대의 궤변이다!」라고 하는 누군가의 말소리가 들려왔다. 그러나 매우 점잖은 말투였다. 그러나 그 말에 뒤이어 모든 것이 둑이 터진 것처럼 되어 버렸다. 격한 욕설과 소음이 일어났다.

「여러분, 만세! 나는 우매를 위해서 축배를 들고자 합니다!」이미 완전히 흥분해 버려서 홀 전체를 제압하듯 스체판 씨는 이렇게 외쳤다.

나는 컵에 물을 따라 준다는 구실로 그의 옆으로 달려갔다.

「스체판 트로피모비치, 그만 끝내 버리세요! 율리아 부인의 부탁이니까…….」

「무슨 소리야, 자네야말로 나를 내버려 두게. 왜 그렇게 쓸데없이 참견인가!」하고 그는 소리를 지르며 나에게 대들었다.

나는 일찌감치 달아나 버렸다.

「여러분」하고 그는 말을 이었다.「흥분은 무엇을 위한 것입니까? 내가 들은 분개의 절규는 무엇 때문입니까? 나는 감람의 지팡이를 가지고 왔습니다. 나는 최후의 말을 가지고 왔습니다. 사실 나는 이 문제에 대해서 최후의 말을 가지고 있습니다.…… 그리해서 서로가 화목을 도모하지 않으렵니까?」

「그런 거 필요 없다!」하고 한쪽에서 소리치니까「쉬이! 조용히 해봐!

끝까지……」하고 또 한쪽에서 빽 소리를 질렀다.

그 중에서도 홍분하고 있는 것은 이미 한 번 말을 꺼낸 젊은 패 몇몇이었다. 그들은 이제 가만히 있을 수 없는 모양이었다.

「여러분, 이 문제에 대한 최후의 말은 모든 것을 용서하는 것입니다. 나는 이미 생활을 끝낸 노인으로서 기탄없이 당당하게 단언합니다만, 생명의 영기는 의연히 약동하고 있습니다. 생의 힘은 젊은 세대 속에 고갈되어 있는 것은 아닙니다. 현대 청년의 감격은 우리들의 시대와 같이 깨끗하며, 광명에 가득차 있습니다. 달라진 것은 다만 하나뿐입니다. 즉 목적의 이동이요, 미의 전환입니다. 모든 의혹은 다만 하나의 물음에 요약되어 있습니다. 결국 어느 쪽이 보다 아름다운가, 셰익스피어냐 구두냐? 라파엘이냐 석유냐?」

「그것은 무고다!」어느 한패가 떠들었다.

「그건 유도심문이다!」

「선동자이다!」

「그러나 나는 이렇게 단언합니다.」

이미 분개의 극에 달해서 스체판 선생은 미친 듯이 소리를 질렀다. 「셰익스피어나 라파엘은 농노의 해방보다 존귀하다, 화학보다도 존귀하다, 국민성보다도 존귀하다, 사회주의보다도 존귀하다, 젊은 세대보다도 존귀하다, 전 인류보다도 존귀한 것이라고. 왜냐하면, 그들은 이미 전 인류가 얻은 열매, 진실한 열매이기 때문입니다. 아니 어쩌면, 이 세상에 존재할 수 있는 최고의 열매일는지 모릅니다! 그들은 이미 획득된 미의 형태입니다. 이 미의 획득을 외면하면, 우리는 사는 것조차 깨끗하다고 할 수 없습니다. 오오, 도대체 이게 무엇이란 말입니까?」

그는 손뼉을 한 번 탁 쳤다.

「십 년 전 페체르부르그에서 나는 지금과 똑같이 연단에 서서, 오늘처럼 이렇게 같은 말을 외쳤던 일이 있습니다. 그리고 또 그때도 꼭 이처럼, 그들은 내 말을 이해하지 못하고, 웃고 폭언을 했습니다. 아아, 단순한 사람들이여, 여러분은 무엇이 부족해서 이 말의 의미를 해득하지 못합니까? 그러나 기억해 두는 것이 좋을 것입니다. 영국인이 없어져도, 인류는 존재할 것입니다. 독일이 없어져도 상관없습니다. 또한 러시아 인이 없더라도 상관없고, 과학이 없어진대도 괜찮습니다. 빵이 없어도 더욱 괜찮습니다. 그러나 아름다움이 없으면 모든 것은 불가능합니다. 왜냐하면 사람들은 이 세상에서 아무것도 할 일이 없어지게 되기 때문입니다! 모든 비밀은 여기에 있습니다! 과학조차도 미가 없으면 잠시 동안도 존재할 수가 없는 것입니다. 여러분, 여러분은 과연 이것을 알고 있습니까? 미가 없으면, 과학은 일개의 노예로 화하고, 못 하나도 발명할 수 없는 것입니다. 무슨 소리요, 내가 양보할 성싶소, 어림도 없소!」 최후로 그는 어리석게도 이렇게 말하면서 주먹을 쥐고 있는 손으로 힘을 다해서 탁자를 두들겼다.

그런데 그가 뜻도 순서도 없이 떠들어대고 있는 동안 홀의 질서도 점차로 어지러워지기 시작했다. 많은 사람들이 자리를 떴다. 그 중에는 연단으로 점점 가까이 가는 사람도 있었다. 전체적으로 볼 때 이런 사태는 내가 여기에 묘사하고 있는 것보다 훨씬 빠른 속도로 진행되고 있었기 때문에 대응책을 강구할 시간이 없었다. 아니, 어쩌면 아무도 그런 것을 생각하지 못했는지 모른다.

「흥, 모든 것을 차려다 주는 밥상을 받는 것처럼 살고 있는 당신들은, 그럴 거요, 그럴 수밖에. 할 일이 있어야지!」

예의 신학생이 연단의 바로 옆에 서서, 짓궂게 스체판 선생에게 이를 드러내 보이면서 이렇게 고함쳤다.

스체판 선생이 이 말을 듣고 연단 앞으로 나아갔다.

「도대체 누구던가? 젊은 세대의 감격도 이전과 같이 깨끗하고 광명에 가득차 있지만, 다만 미의 형식을 그르쳤기 때문이라고 한 것은 누구였던가? 그것은 나였다. 그런데도 자네들은 아직도 부족한가? 게다가 이렇게 절규한 것이 학대받은 한 사람의 어버이가 하는 말이라는 것을 생각할 때, 이 이상 공평하고 냉정한 의견을 요구할 수는 없는 것이 아닌가! 아아, 어쩌면 이렇게 은혜를 모르는…… 비도덕적일까……. 무엇 때문에, 도대체 무엇 때문에 자네들은 화해를 싫다고 하는 건가?」

말을 마치자, 그는 느닷없이 신경질적으로 울기 시작했다. 그는 넘쳐흐르는 눈물을 손등으로 연방 훔쳤다. 어깨와 가슴을 와들와들 떨었다. 그는 이미 모든 것을 잊어버리고 만 것이었다.

뜻하지 않은 경악이 홀을 엄습했다. 거의 모든 사람이 전부 일어났다. 율리아 부인도 남편의 손을 잡고 안락의자에서 발딱 일어났다. 예사롭지 않은 소란이 일어났던 것이다.
「스체판 선생!」하고 신학생이 마치 즐거운 듯이 소리질렀다.「지금 이 거리에는 유형수인 페지카라는 놈이 서성거리고 있습니다. 그는 여러 곳에서 강도질을 하고 있었습니다만, 엊그제만 해도 살인을 했습니다. 그런데 한 말씀 묻겠는데, 만일 당신이 십오 년 전에 노름에서 잃은 빚을 물기 위해서, 그 사나이를 군대에 보내지 않았던들, 아니 알기 쉽게 말하면, 만일 당신이 트럼프놀이에서 지지만 않았던들, 그 사나이는 징역살이를 하지 않았을 것이 아닙니까? 지금처럼 살기 위한 투쟁에서 사람을 죽이든가 했겠습니까? 어떻습니까? 대답을 좀 해보시오, 미학자 선생님!」
나는 이 이상 다음에 일어난 광경을 묘사할 수가 없다. 맨 먼저 맹렬한 박수 소리가 일어났다. 그런데 모든 사람이 죄다 박수한 것은 아니고, 많아야 청중의 오분의 일에 불과했지만, 어쨌든 그 박수 소리는 대단한 것이었다. 그 나머지의 청중은 한데 몰리어 출구 쪽으로 밀려갔지만, 박수를 친 일부의 청중이 연단 쪽으로 몰려갔기 때문에 드디어 홀 전체는 대혼란에 빠졌다. 부인네들은 비명을 질렀고 처녀들 가운데서는 집으로 돌아가자고 우는 사람도 있었다. 렘브케는 의아스러운 눈초리로 두리번거리면서 자기 자리 옆에 서 있었다. 율리아 부인은 이미 어찌할 바를 몰라 멍청해져 있었다. 이런 사태는 부인이 사교장에서는 처음 당하는 일이었다. 스체판 선생은 어땠는가 하면, 그는 처음엔 글자 그대로 신학생의 말에 압도되어 버린 듯했으나 갑자기 그는 청중을 향해서 양손을 높이 들고 떠들기 시작했다.
「나는 너희들과 절교하고 저주한다!…… 이젠 끝이다. 이젠 틀렸어!」
이렇게 말하고 몸을 홱 돌리더니 위협이라도 하듯이 두 손을 휘저으면서 그대로 분장실로 뛰어들어가 버리고 말았다.
「저놈은 사회를 모욕했다! 베르호벤스키를 잡아라!」하는 노성이 울리기 시작했다.
당장 분장실까지라도 쫓아갈 기세였다. 적어도 그 순간만은 회장을 진정시킨다는 것은 엄두도 내지 못할 일이었다. 그러자, 갑자기 최후의 파국이 마치 폭탄처럼 청중 앞에 나타나서 터져 버렸다. 세 번째의 강연자 분장실에서 노상 주먹을 휘두르고 있던 그 마니야크가 갑자기 무대로 뛰어올라갔던 것이다.

그의 표정은 한마디로 미친 사람 같았다. 자신만만한 태도로 마치 개선 장군처럼 회심의 미소를 띠고 술렁거리는 홀을 바라보고 있었지만, 그는 그 혼란을 기뻐하는 듯했다. 그는 이런 소동 속에서 연설하게 되었다는 것에 조금도 난처해하는 기색이 없고 오히려 다행스럽다고 생각하고 있는 성싶었다. 그런 표정이 너무 뚜렷하게 보였기 때문에, 곧 모든 사람의 주의를 끌었다.

「저건 또 뭐야?」하는 소리가 들렸다. 「저건 또 누구야? 쉿! 도대체 무슨 말을 하려고 저러는 거야?」

「여러분!」거의 연단 끝에 버티고 서서 카르마지노프처럼, 여자처럼 앳된 소리로(그러나, 그 혀가 짧은 소리는 귀족적은 아니었다) 마니야크는 있는 힘을 다해서 소리질렀다. 「여러분! 이십 년 전, 유럽의 태반을 적으로 하던 전쟁 전야에 있어서, 러시아는 모든 관료파의 눈에 훌륭한 이상적인 국가로 보였습니다. 문학은 검열국에 봉사했고, 대학에서는 훈련을 시켰고, 군대는 무용 단체로 화하고 국민은 노예제도 하에서 연공을 바치고 무언의 선(禪)을 하고 있었습니다. 애국주의는 산 사람에게서도, 죽은 사람에게서도, 용서없이 뇌물을 받아내는 것이 통례로 되어 버리고 말아서, 가렴주구를 않는 놈이 오히려 반역자로 취급되고 있었습니다. 즉 일반적인 조화를 깨뜨리기 때문입니다. 자작나무 숲은 질서 유지라는 명목으로 채벌되었습니다. 그래서 유럽은 두려워하고 있었던 것입니다. 그러나 러시아는 일찍이 지나간 천 년 동안에도 이처럼 수치스러운 형편에는 빠졌던 일이 없었던 것입니다……」

그는 주먹을 높이 들어 신이 나서, 힘찬 동작으로 머리 위를 한 바퀴 돌리더니 마치 적을 분쇄하기라도 하듯이 갑자기 세차게 내리쳤다. 흉흉한 노성이 사방에서 일어나, 귀가 멍할 정도의 박수 소리가 일어났다. 홀 반 이상이 박수를 쳤던 것이다. 마치 어린아이처럼 순진하게 열중했던 것이다. 러시아가 공중의 면전에서 공개적으로 모욕을 받았으니 잘 됐다 싶어 소리지르지 않을 수 없었다.

「흥, 그건 그렇지! 네 말이 옳다! 만세! 아니, 이건 벌써 미학이 아니로군그래!」

마니야크는 신이 나서 계속 떠들었다. 「그 뒤 이십 년이란 세월이 경과했습니다. 대학은 도처에 세워져 그 수를 더해갔고, 훈련은 전설로 화했고, 장교의 증원은 몇 천 명의 부족을 가져왔고, 철도는 모든 자금을 있는 대로 들여서, 러시아 전국에 거미줄처럼 설치되어 앞으로는 어디든 여행할 수 있게 될 것입니다. 그리고 다리는 불타지는 않았지만, 거리는 일정한 순서에 따라서 화재철이 되면 규칙적으로 탑니다. 또 재판소에서는 솔로몬 못지않은 판결이 내려져 배심원은, 자기가 굶어죽을 정도가 되기 전에는, 즉 생존 경재에서 어쩔 수 없는 경우에 이르기 전에는 절대로 뇌물을 받지 않는다고 자랑스럽게 일컬어지고 있습니다. 그리고 농노는 자유롭게 되면서부터 이전의 지주 대신 지금은 서로가 서로를 힐뜯고 있습니다. 보드카는 정부 예산을 메꾸기 위하여 대해의 물이 무색할 만큼 소비되고, 노브고로드에서는 낡아서 못 쓰게 된 소피아 사원 맞은편에, 과거의 동란과 혼돈의 일천 년을 기념하는 의미에서 방대한 청동의 지구의가 마련되었습니다. 이리해서 유럽은 양미간을 찌푸리면서 또다시 걱정을 시작했던 것입니다……. 아아, 개혁에 착수하고 십오 년! 거기다 러시아는 만화와 같은 혼잡한 시대에서조차 아직도 이와 같은…….」

최후의 말은 청중의 포효 같은 노성으로 들리지 않을 정도였다. 다만 그가 재차 손을 들어, 다시 한 번 자랑스럽게 내리치는 것을 보였을 뿐이었다. 청중의 환호는 벌써 정상을 잃고 있었다. 사람들은 떠들었고 또 박수를 쳤다. 그 중에는 「이제 그만! 더 이상 말을 말아 달라!」고 외치는 부인도 있었다. 모두 취한 듯했다. 연사는 일동을 한 번 휙 훑어보았지만, 자기의 대대적인 성공에 취한 듯 했다. 렘브케가 말할 수 없이 흥분한 상태로 누군가를 손가락질하는 것이 얼핏 내 눈에 들어왔다. 율리아 부인은 새파랗게 질려서 자기 옆으로 뛰어온 공작에게 급한 어조로 무슨 말을 했다. 그러나, 이 순간 한 무리의 사람들이, 대부분 공직에 있는 사람들이 여섯 사람쯤 분장실에서 연단으로 몰려들더니 느닷없이 연사를 붙들어가지고 분장실로 끌고 들어갔다. 어떻게 이 사람들을 뿌리칠 수 있었는지, 나는 아직도 수긍이 안 가지만 어쨌든 그는 용케도 빠져나와, 다시 또 연단으로 뛰어들었다. 그리고 예의 그 주먹을 휘두르면서 있는 힘을 다해서 겨우 이렇게 소리쳤다.

「그러나, 러시아는 아직도 이와 같은…….」

그러나 그는 또다시 끌리어갔다. 나는 열댓 명 정도의 사람이 그를 구출하기 위하여, 분장실로 몰려가는 것을 보았다. 그러나 그들은 연단을 거치지 않고 간막이가 있는 옆을 빠져나가려고 했기 때문에 간막이는 밀려서 우지끈하고 망가졌다……. 계속해서 비르긴스키의 누이동생인 여학생이 뚤뚤 만 서류를 옆에 끼고, 전과 같은 옷차림으로, 그때와 같은 빨간 얼굴로, 그때처럼 포동포동 살찐 몸으로 두서너 명의 남녀에 둘러싸여서 돌연 어디에선가 나타나서 연단에 뛰어올랐을 때는 나는 거의 내 눈을 의심했다.

뒤에서는, 그녀의 불구대천의 원수인 중학생이 따르고 있었다.

나는 다음과 같은 말까지 들었던 것이다.

「여러분, 나는 불행한 대학생들의 고통을 호소하고 여러 곳에 그들의 항의를 제출하기 위해서 여기에 온 것입니다.」

그러나 나는 그때 이미 달아나고 있었다. 리본은 호주머니 속에 집어넣고, 미리 알고 있었던 뒷문으로 해서 거리로 빠져나갔다. 나는 먼저 스체판 씨 집으로 달려갔다.

제2장   축제의 종말

1

 그는 나를 만나 주지 않았다. 그는 방에 들어앉아서 무엇인가 쓰고 있었다. 나는 여러 번 계속해서 문을 두들겼고 또 불렀다. 그러나 안에서는 다만 이렇게 대꾸할 뿐이었다.
 「난 이미 모든 것이 끝났단 말야, 이젠 누구든 내게 용무가 없어!」
 「당신은 아무것도 끝내지 못했습니다. 뿐더러 모든 것이 엉망진창이 되도록 했을 뿐이에요. 스체판 트로피모비치, 제발 쓸데없는 고집은 부리지 말고, 좀 열어 주시오. 아무튼 방법을 강구해야 하지 않겠습니까. 어쩌면 또 여기까지 밀려와서 당신을 모욕하는지도 모르잖아요?」
 나는 이때, 특별히 귀찮게 명령적으로 나아갈 권리가 있다고 생각했다. 그가 좀더 미친 짓을 하지 않을까 하고 염려했던 것이다. 그러나 놀란 것은 내가 뜻밖에도 단호한 대답에 부딪쳤다는 사실이다.
 「아무쪼록 자네부터 나를 모욕하지 않기를 바라네, 지금까지의 일에 대해서는 심심한 감사를 표하네. 그러나 되풀이해 말하지만, 나는 벌써 인간과 인연을 끊었단 말이야. 좋은 사람이든 나쁜 사람이든. 지금 다리아 파블로브나에게 편지를 쓰고 있는 중이야. 나는 지금까지 그 사람에 대한 것을 아주 잊어버리고 있어서 정말 미안한 마음을 금치 못하네. 혹시 호의가 있다면, 내일이라도 이 편지를 전해 주게나. 그러나 지금은『메르시』일세.」
 「스체판 트로피모비치, 이건 당신이 생각하는 것보다는 훨씬 중요한 일입니다. 당신은 누군가를 엉망으로 때려부순 것으로 생각하는 거지요? 그런데 당신은 아무도 때려부수지 못했어요. 오히려 당신 편이 유리병처럼 산산조각이 나버렸단 말입니다. (오오, 나는 얼마나 포악하고 불손한 말을 했단 말인가. 지금도 그 일을 생각하면 가슴이 아프다!) 다리아 파블로브나에게는 당신이 편지할 필요가 없습니다. 게다가 제가 없었던들, 당신은 움쭉달싹도 못 했을 거 아닙니까? 당신이 세상 일을 아십니까? 당신에겐 틀림없이 무슨 흉계가 있습니다. 정말 당신이, 더 이상 무슨 흉계를 꾸민다면 그야말로 그것은 실패를 되풀이하는 것이 될 뿐입니다……」

그는 일어나서 문 가까이로 왔다.

「자네는 그 족속들과 접촉한 지 얼마 안 됐는데도 말씨가 아주 못쓰게 됐군그래. 아무쪼록 신이 자네를 용서하고, 자네를 보호하시기를. 그러나 그는 항상 자네에게서 신사적 소양의 싹이 트고 있는 것을 인정하고 있으니까, 장차 자네도 깨닫게 될 것이네. 단 모든 우리 러시아 인의 버릇으로서, 물론 늦을세라지만. 그런데 나의 비실제적인 성질에 관한 자네의 충고에 대해서는 내가 전부터 가지고 있었던 하나의 사상을 자네에게 소개해 줌세. 다름이 아니라 우리 러시아에서는 거의 헤아릴 수 없는 정도의 많은 사람들이 실로 무서운 태도로, 게다가 여름철 파리처럼 귀찮고 집요하게, 타인의 비실제적인 성질을 공격하는 것을 유일한 일로 삼고 있네. 그리고 자기 이외의 인간은 누구든 차별없이 닥치는 대로 『비실제적』이라고 비난한단 말야. 나는 지금 흥분하고 있으니 그런 것을 머릿속에 넣어 두고 나를 괴롭히지 말아 주게. 자네에겐 여러 가지로 신세를 졌네, 다시 한 번 메르시라고 말하네. 그리고 카르마지노프가 대중과 헤어진 것처럼 우리도 헤어지세. 아무쪼록 관대한 마음을 가지고 서로 헤어지세. 또한 그처럼 집요하게 옛날의 독자들에게 잊어 달라고 부탁한 것은 그 사나이의 잔재주이지만, 나에게 있어서는 그처럼 뻔뻔하지 않으니까, 무엇보다 먼저 자네 마음의 젊음에, 아직 유혹에 물들지 않은 마음에 희망을 걸고 있는 거란 말일세. 사실, 자네 같은 사람이 이런 노인을 오랫동안 기억해 둘 필요는 없는걸세. 이 사람아, 『오래오래 사십시오』야. 이것은 요전 명명일에 나스타샤가 내게 해준 말이야. (그런 하찮은 인간이 어쩌면 그토록 이치가 풍부한 아름다운 언어를 가지고 있는걸까.) 자네에게는 그다지 많은 행복을 바라지는 않겠다, 지리해지니까 말야. 그러나 불행을 바라지는 않는다. 다만 평민 철학의 흉내를 내서,『오래오래 사십시오』하고 되풀이해 두지. 그리고 아무쪼록 너무 거북하게 살지 않도록 하게, 이 부질없는 희망은 내게 주는 것으로 덧붙여 두는 바일세. 그럼 안녕, 영원히 안녕. 이젠 더 이상 거기 서 있지 말게, 난 문을 열어 주지 않을 테니까.』
　그는 저쪽으로 가버리고 말았다. 그래서 나는 결국 아무런 소득도 없었다. 그는 흥분하고 있음에도 불구하고 그의 말투는 부드럽고 유유한 무게가 있고, 명백히 사람의 폐부를 꿰뚫으려고 노력하고 있는 성싶었다. 물론 그에게는 나에 대한 약간의 불만이 있어서 간접적으로 복수한 것일 것이다. 어쩌면 어제의 그『포장마차』라든가『양쪽으로 벌어지는 마루』에 대한 복수인지도 모른다. 특히 오늘 대중 앞에서 흘린 눈물은, 어떤 의미에선 승리를 획득했다고도 할 수 있지만, 아무래도 약간은 그를 우스꽝스러운 입장에 빠뜨린 것도 사실이다. 그도 이 점은 알고 있었다. 그런데 스체판 선생처럼 친구 지간의 형식적인 미와 엄격성에 신경을 쓰는 사람은 별로 없을 것이다. 아아, 나는 그를 나무랄 수 없다! 그런 혼란 속에서도 그처럼 섬세한 마음씨와 풍자가 있었다고 하는 것은 나를 안심시켰던 것이다. 보통때와 그다지 다름이 없는 인간이 그 순간에 어떤 비극적인 대담한 짓을 하려는 기분이 되지 않으리라는 것은 누구나 알고 있는 것이다. 나는 이렇게 생각했지만, 아아 이 무슨 착각이었을까? 나는 너무도 많은 것을 간과했던 것이다.
　계속해서 일어났던 사건들을 기록하기 전에 이튿날 다리아가 받아 본 편지 첫머리의 몇 줄을 여기에 인용해 두고자 한다.
『내 귀여운 사람이여, 내 손은 떨리고 있고 나는 모든 것을 파기했소. 그대는 세상 사람을 적으로 아는 나의 최후의 백병전에 모습을 나타내지 않았소. 그대는 그 낭독회에 참석하지 않았지만 진정 그것은 잘한 것이오. 그러나 강직한 선비가 아쉬운 우리 러시아에 단 한 사람의 용사가 의연히 서서 사방에서 일어나는 위협의 소리에도 굴복함이 없이 이런 어리석은 뭇사람을 향해서 그들의 진상, 즉 그들이 어리석은 인간이라는 것을 간파한 경위를 그대는 뒤에 듣기를 바라오. 오오, 그들은 불쌍하고 가련하고 무뢰한, 어리석은 소인배에 지나지 않소. 아아, 이 얼마나 적절한 말인가! 이리하여 심지는 뽑혔도다. 나는 영원히 이 고장을 떠나려 하오. 그러나 어디로 갈 것인가는 모르오. 일찍이 내가 사랑한 것은 모두 내게서 등을 돌렸소. 그대여,

그대는 결백무구한 사람이며, 겸허한 사람이오. 일찍이 마음이 변하기 쉽고 아집이 센 여자의 마음으로 말미암아 거의 나와 일생을 같이하고자 했던 사람이었소. 끝내 성취하지 못한 우리 둘의 결혼 전야에, 내가 좁은 소견에서 눈물을 흘렸을 때, 그대는 모멸의 눈초리로 나를 보았을 것이오. 그대의 그 아름다운 마음씨를 가지고도, 더불어 말할 수 있는 인물이라는 것 외에는 나를 바라다보려 하지 않았소. 그러나 그대에게만은 내 마음의 최후의 절규를 보내겠소. 그대에게만은 내 최후의 의무를 다하겠소. 오오, 그것은 오직 그대 하나뿐이오! 나를 은혜도 모르는 멍청이, 보잘것없는 이기주의자라고 모멸하는 그대를 뒤로 하고, 영원히 헤어져 버리기가 괴롭소. 생각건대, 그 은혜를 모르는 홀몸의 여인은 날마다 이러한 언어를 그대의 귀에 속삭일 것이오. 그러나 아아, 슬프도다. 나는 그 사람을 잊을 수 없는 몸이니……』
운운, 운운.

이런 사연이 시험지 넉 장에 가득히 쓰여 있었던 것이다.

그의 『열어 주지 않겠다』는 대답에 나는 세 번 주먹으로 문을 치고 나서, 당신은 오늘중으로 세 번 정도 나스타샤를 심부름 보낼 것이지만 나는 결코 오지 않을 것이니 그리 알라고 소리쳐 주고, 그를 내버려 둔 채 율리아 부인에게로 달려갔다.

2

그래서 나는 하나의 지극히 거북한 장면의 목격자가 됐다. 불행한 부인은 모든 사람에게 기만당하고 있었다. 그러나 나는 아무런 손도 쓸 수 없었던 것이다. 게다가 나는 부인을 향해서 무엇을 할 수 있었던가. 침착하게 생각해 보니, 내 마음속에는 다만 하나의 감각과 의심스러운 예감 외에는 아무것도 없었다. 내가 들어갔을 때 부인은 거의 히스테리를 일으킨 것처럼 되어, 울면서 오제콜론으로 찜질을 하는 한편 컵으로 물을 마시고 있었다. 그녀 앞에는 지껄이기 좋아하는 표트르와 마치 입에 자물쇠라도 채운 듯, 입을 꽉 다물고 있는 공작이 서 있었다. 그녀는 울면서 표트르의 『배신』을 질책하고 있었다. 부인은 이 날의 실패와 치욕이 모두 표트르가 없었기 때문에 일어난 것이라고 생각하고 있었다. 그것이 곧 내 주의를 끌었다.
　표트르에 대해서는, 어떤 하나의 중대한 변화가 눈에 띄었다. 다름이 아니라 그는 어쩐지 지극히 걱정스러운 한편 매우 심각한 표정을 띠고 있었다. 보통 그는 심각한 표정을 짓고 있는 일이 거의 없었다. 언제나 웃고 있었다. 화를 냈을 때도 웃는 낯을 하고 있는 그였다(그는 곧잘 화를 냈다). 그러나 지금만은 기분이 나쁘고 난폭하고 무례한 말을 하면서, 어쩐지 못마땅해했고 초조해했다. 그는 오늘 아침 일찍이 우연히 가가노프네 집에 들렀다가 두통과 구토증이 나서 참석지 못했노라고 열심히 변명하고 있었다. 불행한 부인은 아직도 속고 있었다. 내가 들어갔을 때 한자리에 앉아 있었던 사람들의 중심 화제는 무도회, 즉 자선회라는 제이부를 열어야 하느냐 어떠냐 하는 문제였다. 율리아 부인은 『아까 같은 모욕』을 받고서는 무도회에 참석할 수 없는 일이라고 말했다. 다른 말로 한다면 결국에 가서는 부인은 강권에 의해서 무도회에 출석하고 싶었던 것이다. 다시 말해서 아무쪼록 표트르가 그렇게 강권하기를 바라고 있었던 것이다. 부인은 마치 예언자처럼 그들을 쳐다보고 있었다. 만일 그가 당장 이 자리에서 일어나 간다면, 부인은 몸져 눕고 말성싶었다. 그러나 그는 그 자리를 떠나려 하지는 않았다. 그는 어떻게든 오늘의 무도회를 열어 율리아 부인을 참석하게 하려고 애를 쓰고 있었던 것이다.
　「아니 그래 왜 우는 겁니까? 당신은 어떻게든 좋지 않은 분위기를 만들어 버리려는 겁니까? 아니면 누구에겐가 울분을 터뜨리고 싶은 겁니까? 그렇다면 저에게 화를 푸십시오. 다만 빨리 해주시오. 아무래도 시간은 자꾸만 가고 있으니까, 무슨 결정을 내려야 할 게 아닙니까? 낭독회에서 실패한 것을 무도회에서 회복하는 겁니다. 자, 보세요. 공작님도 동의하고 있습니다. 아아, 공작께서 계시지 않았다면 어떡할 뻔했어요.」
　공작은 무도회를 여는 것엔 반대였지만(그보다는 율리아 부인이 무도회에 나가는 것을 반대하고 있었다. 왜냐하면 무도회는 아무래도 열지 않을 수 없었기 때문이다) 두서너 번 자기의 의견이 인용되자, 그도 점점 동의하는 태도로 나왔다. 그리고 또 한두 번 아닌 표트르의 무례한 태도에 나는 깜짝 놀라지 않을 수 없었다. 이것은 꽤 뒤의 이야기지만, 율리아 부인이 표트르와 어떤 기묘한 관계에 있다고 하는 비열한 소문도 있었는데 나는 그것을 단연히 물리쳤다. 그런 일은 절대로 없다. 또 있을 수도 없는 일이다. 그는 다만 당초부터 사회와 근본에 대한 세력을 가지려 하는 부인의 공상에 애써 맞장구를 치든가, 부인이 계획하는 일에 참여하여 협조를 하든가, 자진해서 부인을 위해 여러 가지 계획을 세워 주든가, 비굴한 아첨을 하는가 해서 세력을 차지하고 결국에는 머리에서 발끝까지 사로잡아 부인에게 있어서 마치 공기처럼 없어서는 안될 존재가 되어 버린 것이다. 내 모습을 보자 부인은 전처럼 눈을 빛내면서 소리쳤다.

「아아, 저분에게 물어 보십시오. 저분도 역시 공작처럼, 언제나 제 옆에서 떠나지 않고 계셨거든요. 이봐요, 당신은 이것이 계획적이었다는 것을 이미 알고 있었던 게 아니예요? 안드레이에게 될 수 있는 대로 나쁘게 만들고자 하는 타기할 만한 교활한 계획입니다. 여럿이서 짜고 한 짓이에요. 미리 계획했던 겁니다. 모두 한팬걸요. 완전히 짰던 겁니다.」

「아아, 당신은 전과 같은 버릇으로, 또 지나친 생각을 한 거예요. 당신의 머리에는 영원히 시가 달라붙어 있거든요. 그렇지만 아무튼 와주신 것은 잘하신 일이에요(그는 내 이름을 잊어버린 듯한 동작을 해보였다)······. 이분에게 한 번 의견을 물어 봅시다.」

나는 서둘러 말했다.「제 의견으로는, 나는 모든 것이 율리아 부인과 같은 의견입니다. 계획적이었다는 것은 뻔한 일입니다. 부인, 저는 이 리본을 반환하러 왔습니다. 무도회를 여느냐, 안 여느냐 하는 문제는 물론 제가 관여할 것이 못 됩니다, 저에게는 그런 권한이 없으니까요. 그리고 간부로서의 제 임무는 이미 끝났습니다. 제가 너무 성급한 점은 이해하여 주시기 바랍니다만 아무래도 제 상식과 신념을 손상케 하는 행동은 할 수가 없으니까요.」

「들으셨어요? 네, 들으셨어요?」하고 부인은 두 손뼉을 쳤다.

「들었습니다. 한 가지 부인에게 말씀드릴 것이 있습니다.」하고 그는 나를 향했다.「보아하니 당신들은 모두 무슨 이상한 것을 먹은 것 같군요. 그래서 모두 잠꼬대 같은 소리를 하고 있는 모양입니다. 나보고 말하라면, 아무 일도 일어나지 않았습니다. 이 마을에 지금까지 없었던 일은, 또 이 거리에서 일어날 수 없는 일은 결코 일어나지 않았습니다. 계획적이라니 당치도 않아요. 물론 거북살스러운, 말도 안 되는 엉터리없는 결과를 가져왔습니다. 그러나 계획적인 점이 무엇이란 말입니까? 율리아 부인을 괴롭히려는 것이란 말입니까? 자기들의 장난을 관대하게 용서받은 그들에게 소중한 보호자를 괴롭히겠다는 계획이 있었단 말입니까? 안 그래요? 부인! 도대체 제가 일 개월 동안 입에 침이 마르도록 해온 말이 무엇입니까? 무엇을 주의하라고 했지요? 정말, 도대체 그런 인간들이 무슨 필요가 있었단 말입니까? 그런 엉터리들에게 기대를 걸 필요가 어디 있었단 말입니까? 어째서 그랬지요? 그 이유는 뭡니까? 사회를 결합하려고 했던 것입니까? 무슨 말씀이에요? 그런 인간들과 결합해서 무얼합니까? 장난도 아니고……」

「언제 당신이 저에게 주의시켰던가요? 아니 당신은 오히려 찬성하시지 않았어요? 아니 요구했었어요. 난 정말 솔직히 말씀드리면 아주 당황해 버렸어요……. 당신 자신이 이상한 인간들을 많이 끌어들인 게 아니예요?」

「무슨 소리요? 난 당신과 다투기까지 했어요. 찬성을 했다니요? 그런데 데리고 오기는, 참 그렇군요. 데리고 온 것만은 사실이지만, 그러나 그 인간들이 자진해서 여남은 명이나 몰려왔을 뿐이지요. 그것도 최근의 일로『문학 카드리유』를 하기 위해서는 그런 인간들도 필요했기 때문입니다. 그러나, 난 단언해서 말합니다만, 오늘 그런 어중이떠중이를 열 명, 스무 명씩이나 표도 없이 끌어들인 놈이 있었어요!」

「틀림없이 그랬습니다!」하고 나는 맞장구를 쳤다.

「그것 보세요! 당신께선 벌써 내 말을 시인하고 계시지 않습니까? 게다가 한 가지만 생각해 보십시오. 요즈음 이 고장의 풍기는 어떻습니까? 즉 이 현 전체에 대한 것 말입니다. 모든 것이, 철면피화하고 파렴치화해 버리고 말았잖아요? 그것은 전적으로 목불인견의 바보 소동을 계속해서 악기로 쿵쾅거리고 있는 것과도 같은 것입니다. 도대체 그건 누가 추천한 겁니까? 자기의 권위로 옹호한 것은 누굽니까? 세상 사람들을 현혹케 한 것은 누구였습니까? 거리에서 떠드는 놈들을 화나게 했던 사람은 누구였습니까? 당신 집의 앨범에는 이 마을의 모든 가정의 비밀이 시나 그림으로 실려 있지 않습니까? 그 시인이나 화가의 머리를 쓰다듬어 준 사람은 당신이 아니었습니까? 당신 손에다 입맞추게 한 것은, 당신이 아니고 누구였단 말입니까? 일개 신학생이 당당한 사등관을 욕하고, 그 따님의 옷을 콜타르 칠을 한 구두로 더럽힌 것은, 당신의 눈앞에서 일어난 일이었지 않습니까? 그러나 거리의 사람들이 당신에게 반항적 태도를 보였다고 해서 놀라실 것은 조금도 없습니다.」
　「그렇지만, 그것은 모두 당신 자신이 하신 거예요. 아아, 어떡하면 좋단 말인가！」
　「아닙니다, 나는 당신께 주의를 주었습니다. 당신과 언쟁까지 했습니다. 기억하고 있습니까？ 언쟁까지 하지 않았어요？」
　「아니 당신은 얼굴을 마주 대하고도 거짓말을 한단 말예요？」
　「좋습니다, 무슨 소리라도 다 하십시오. 당신은 그런 말씀을 보통으로 하시니까. 당신은 지금 희생을 필요로 합니다. 아무에게라도 울분을 풀고 싶은 것입니다. 자, 나에게 그것을 풀어 보세요. 아까도 그러지 않았습니까. 그러나 나는 차라리 당신에게 말하는 편이 좋을는지 모르겠소. 저……(그는 아직도 내 이름을 기억해내지 못한 모양이었다) 한 번 우리 하나하나 계산을 해봅시다. 나는 단언해 둡니다만 리푸친 이외의 사람은 계획적인 것이 있을 수 없었습니다. 절대로 없어요. 그것은 내가 증명해 보이겠지만 우선 리푸친을 해부해 봅시다. 그 사나이는 레뱌드킨이란 바보 자식이 지은 시를 가지고 등단했습니다. 그런데 어떠했습니까？ 당신 생각엔 이것도 계획적이었단 말입니까？ 그렇지만 리푸친의 입장으로선 그것이 단순한 재미있는 멋으로 생각됐던 모양이에요. 정말, 정말로 그렇게 생각했었는지 모르지요. 그 친구는 모든 사람을 웃기려는 목적에서 등단했을 뿐입니다. 첫째 자기의 보호자인 율리아 부인을 위로해 주려고 했던 겁니다. 그것뿐이에요, 이봐요, 그렇게 생각하지 않아요？ 지난 한 달 동안, 여기서 한 일을 생각하면, 이것도 같은 성질의 것이 아닙니까？ 게다가, 뭣하면 죄다 말해 버립니다만 정말 다른 경우였다면 아무런 문제도 되지 않았을지도 몰라요. 물론 무례한 장난입니다. 아니, 오히려 약효가 지나친 장난이었습니다. 그러나 정말 우스꽝스러운 멋을 부린 게 아닙니까？」
　「네？ 그럼 당신은 리푸친의 행위를 영리한 것으로 생각하고 계시는 겁니까？」
　무서운 분노의 표정으로 율리아 부인은 이렇게 소리쳤다.「아니！ 그런 바보 같은, 그런 병신 같은, 그런 천박한, 게다가 야비한…… 그건 일부러 그랬던 겁니다. 당신네들이 일부러 꾸민 짓입니다……. 그런 말씀을 하시는 이상, 당신도 역시 그들과 한패입니다！」

「그렇구말구요. 뒤에 숨어서 계략을 전적으로 조종하고 있었을 거예요. 그러나 만일 내가 그 계획에 가담하고 있었다고 한다면, 아시겠어요? 도저히 리푸친 한 사람으로 끝나지는 않았을 거예요. 이렇게 말하면 당신은 내가 아버지와 짜고 일부러 그런 추태를 연출시켰다고 말씀하시겠지요? 그러나 아버지에게 연설을 시킨 것은, 도대체 누구의 책임입니까? 어제 당신을 말린 것은 누굽니까? 바로 어제 일이었습니다!」

「아아, 어제 그는 그처럼 재치있는 실력을 보여 줬는데, 전 그것을 기대하고 있었던 거예요. 게다가, 그분의 태도도 훌륭했기 때문에 저도 설마, 그분과 카르마지노프만은…… 그런데 그 꼴이었단 말입니다!」

「글쎄 말입니다. 그러나 그 정도의 재치에도 불구하고 아버지가 그 모임을 그렇게 엉망으로 만들어 버릴 줄을 제가 미리 알고만 있었다면, 저는 당신의 의견에 따르면, 명백히 이 행사를 망가뜨릴 계획에 가담하고 있었기 때문에 산양을 밭에 풀어 놓는 것 같은 짓은 해선 안 된다고 어제 당신을 말릴 턱이 없었을 게 아닙니까? 네, 안 그래요? 그러나 나는 어제 당신에게 그러지 말라고 했습니다. 즉 육감이 있어서 말렸던 것입니다. 그러나 그 이상 앞일을 안다는 것은 불가능했습니다. 아마 아버지도 일 분 전까지는, 무엇을 말할 것인지 자기로서도 모르고 있었겠지요. 도대체 그처럼 신경과민인 노인들에게 인간다운 점이 있다고 생각하십니까? 그러나 아직도 응급의 방법은 있습니다. 내일이라도 대중의 분격을 만족시키기 위해서 법적 수속을 밟아서 모든 예의를 잃지 않도록 아버지 집으로 두 명의 의사를 보내서 건강 진단을 하게 하면 됩니다. 오늘 해도 좋습니다. 곧 병원에 연락해서 얼음찜질이라도 시키는 겁니다. 그렇게 하면 최소한 모든 것을 일소에 붙여 버리고 새삼 화를 내서 항의할 것까지는 없다고 생각할 거예요. 나는 오늘 당장 무도회에서 이렇게 한다는 것을 공개하겠습니다. 그럴 수밖에 없는 것은 난 그 아버지의 아들이니까요. 그러나 카르마지노프는 그렇지를 못합니다. 그 사나이는 아주 바보처럼 등단해서 꼭 한 시간 동안 그 작품을 계속 읽어댔으니 말입니다. 이건 명백히 나와 공모한 짓이죠! 자, 어디 한 번 율리아 부인을 납작하게 만들기 위해서 한바탕 소동을 일으켜 볼까 하는 심산으로!」

「오오, 카르마지노프, 어쩌면 그렇게도 뻔뻔할까! 나는 얼굴에 불이 붙는 것 같았어요. 듣는 사람의 마음을 상상해 보니 창피한 생각이 들어서 정말 얼굴에 불이 붙는 것 같았습니다!」
「홍, 나는 얼굴에 불이 붙은 정도가 아닙니다. 그놈을 태워 죽이고 싶었을 정도였어요. 그건 청중들의 태도가 정당했어요. 그런데 말입니다. 좀 짓궂은 것 같습니다만, 카르마지노프의 일은 누구의 책임입니까? 내가 그를 당신에게 추천한 것입니까? 그 사나이를 숭배하는 데 나도 찬성을 했던가요? 아니, 뭐 그런 녀석 따윈 아무래도 좋아. 자, 이번엔 세 번째로 나타난 변태적인간, 그 정치광 말입니다. 이것은 약간 종류가 다릅니다. 그들은 모두가 한결같이 실패한 것입니다. 내가 어째서가 아니란 말입니다.」
「아아, 그만두세요. 이젠, 무서워요, 무서워! 그것은 저 혼자만의 책임입니다.」
「물론입니다. 그러나 여기서 나는 당신을 변호하겠습니다. 정말 그런 무례한 족속들의 감독은 아무나 할 수 있는 것이 아닙니다. 페체르부르그의 경우에서도 그런 족속들을 막을 수 없을 거예요. 그런데 그 사나이는 소개장을 가지고 왔지요, 게다가 훌륭한 소개장을! 그래서 당신도 수긍이 간 거지요. 당신은 어떻게든 오늘 무도회에 출석할 의무가 있습니다. 아시겠어요? 이 점이 중요한 것입니다. 하기는 당신이 자진해서 그 사나이를 연단으로 끌어낸 것이나 다름이 없단 말예요. 그러니까 당신은 오늘 밤 대중 앞에 나서서, 당신은 그 사나이와 공동으로 일하고 있는 것이 아니다, 그 난폭자는 이미 경찰로 넘겼다, 당신은어느 새 기만당하고 있었다, 이렇게 말해 둘 의무가 있습니다. 당신은 자신이 미치광이의 희생이 됐다고 하는 것을 분개한 어조로 알리지 않으면 안 됩니다. 그럴 수밖에 없는 것이 그 사나이는 정신병자가 아닙니까? 그것뿐입니다. 그 사나이에 대해서는 그렇게 말해 둘 필요가 있습니다. 나는 그렇게 물고 늘어지는 놈은 싫단 말야. 하기는 내가 더 가혹한 말을 하고 있는지 모르겠습니다. 그러나 연단에 서 있는 것과는 다르니까요. 게다가 요즈음 때마침 원로원 의원의 소문이 시끄러운 때이니까……」
「원로원 의원이라니 누구 말예요? 누가 그런 소릴 하고 있어요?」
「실은 나도 아무것도 모릅니다만, 부인, 당신은 원로원 의원이 어쨌다는 소문을 조금도 모른단 말입니까?」
「원로원 의원?」
「그만, 들어 보세요. 세상에서는 어느 원로원 의원이 여기 지사로 임명

된다는 거예요. 즉 본청에서 당신들을 경질시키려 한다는 식으로 세상 사람들이 알고 있단 말입니다. 난 여러 사람에게서 들었어요.」
「나도 들었습니다.」 하고 나는 그 말을 입증해 주었다.
「누가 그런 소릴 하던가요?」 율리아 부인은 얼굴을 붉혔다.
「즉, 누가 맨 먼저 발설했느냐고 물으시는 거지요?…… 그런 것을 내가 어떻게 알아요? 다만 모두 그러더라는 거지요. 세상에서 그러더라는 겁니다. 특히 어제는 대단했어요. 어쨌든 모두가 정색해서 그러더란 말입니다. 그러면서도, 전혀 종잡을 수가 없었어요. 그야 약간이라도 생각이 있는, 사리를 아는 사람은 잠자코 있었습니다만……. 그래도 그 가운데는 세상 소문에 귀를 기울이는 사람도 있었어요.」
「얼마나 비열한 게다가 얼마나 어처구니없는 짓들일까?」
「그러니까 말입니다, 그런 어리석은 친구들에게 알려 주기 위해서도, 당신은 오늘 저녁 아무래도 출석하지 않으면 안 됩니다.」
「저도 실은, 그렇게 해야 할 의무가 있다고 생각하고는 있습니다만, 그렇지만…… 만일 또 새로운 창피를 당한다면 어떡할까요? 만일 사람이 모이지 않기라도 한다면 어떡할까요? 아무도 오지 않는 거예요, 아무도…….」
「어째서 당신은 그렇게 흥분하십니까? 그 사람들이 안 올 것이라고 걱정해서 그렇습니까? 그럼 새로 지은 옷은 어떡하려고 그러는 겁니까? 따님들의 옷은 어떡합니까? 그런 말씀을 하신다면 난 부인으로서의 당신의 자격을 부정하겠습니다. 인간의 정이라는 건 그런 것이 아닙니다!」
「귀족단장의 부인께선 오시지 않을 거예요. 틀림없이 안 오실 겁니다!」
「그래, 도대체 무슨 일이 일어났다는 겁니까? 왜 사람들이 나오지 않는다는 거예요?」
드디어 짓궂고 초조해하는 어조로 그는 이렇게 소리질렀다.
「모욕적이고, 치욕적인 일들이 일어났지요. 저도 뭐가 어떻게 돌아갔는지 모르겠습니다만, 어쨌든 저로서는 출석할 수 없을 만한 이유가 있는 것입니다.」
「어째서요? 아니, 도대체 당신이 왜 나쁘다는 겁니까? 뭣 때문에 스스로 자기를 나쁜 사람이라고 하시는 거죠? 나쁜 것은 청중이에요. 당신의 입장에선 연장자고, 한 집안의 주인 입장에서는, 건달 족속들을 제지했어야 하지 않았나요? 정말 그놈들은 불량배나 건달로서 조금도 착실한 면은 찾아볼 수 없는 놈들뿐이었으니까요. 어떤 사회에서도, 경찰의 힘으로서는 결코 통제할 수 없는 것입니다. 그런데 러시아에서는, 누구든 사회인이 되면 자기에게 경관을 한 사람 특별히 붙여서 보호해 주기를 바라고 있어요. 어쨌든 사회는 스스로가 보호해야 한다는 것을 모르고 있습니다. 이번 경우만 해도, 한 집의 주인이라든가, 고관이라든가, 아내라든가, 딸들은 어떤 태도를 취할까요? 그저 묵묵히 불만을 품을 뿐입니다. 장난을 치는 놈들을 취체한다는 법의 범위내에선만 행동할 뿐이기 때문에 사회를 위한 자발적 정신이 결여되어 있는 것입니다!」

「어쩌면 그렇게 신통한 말씀을…… 묵묵히 불만을 품고…… 그리고 방관하고 있는 거예요.」

「이것이 옳은 말이라면, 당신은 지금 그것을 말하지 않으면 안 됩니다. 의젓하고도 엄격하게…… 사실, 당신은 패배하지 않았다는 것을 보여 줄 필요가 있는 것입니다. 그 노인들이라든가, 인부들에게 보여 줘야 합니다. 네, 당신은 그렇게 할 수 있습니다. 당신은 정신을 차리고 있을 때는, 천부적 재능이 있으니까요. 그런 사람들을 한자리에 모아 놓고 큰소리로 말하는 겁니다. 큰소리로 말입니다. 그러고 나서 〈골로스(소리)〉나 〈거래소 소식〉 지의 통신란에 기고하는 겁니다. 아니, 잠깐만! 내가 직접 일을 하겠습니다. 내가 좋도록 처리하지요. 하기는 한층 주의를 해야 합니다만, 식당 감독도 해야 합니다. 그 일은 공작에게도 부탁을 해야 하고, 저…… 이 사람에게도 부탁해야지요. 무슈(그는 나에게 말했다), 이렇게 모든 것을 처음부터 시작하지 않으면 안될 때 우리를 외면하시면 안 됩니다. 이봐요 부인, 이렇게 해서 당신은 지사님에게 이끌리어 사회로 진출하는 것입니다. 그런데 지사님의 병세는 어떻습니까?」

「아아, 당신께선 언제든지 그 천사 같은 양반에게 불공평한, 그릇된 비판을 내리고 계셨지요!」 갑자기 뜻하지 않았던 발작으로, 눈물을 흘릴 것처럼 손수건을 눈으로 갖다대면서 율리아 부인은 소리쳤다.

표트르는 잠깐 어리둥절했다.

「무슨 소리요? 도대체 왜 그러는 겁니까? 난 언제든지…….」

「아니예요, 당신은 한번도 그이를 진정으로 인정했던 일이 없어요!」
『여자라는 것은, 아무래도 알 수가 없단 말야.』이지러진 표정으로 쓴웃음을 띠면서 표트르가 중얼거렸다.
「바깥양반은 정말 정직하고, 상냥한 천사 같은 분이십니다. 그런 분은 정말 없을 거예요!」
「그렇구말구요. 지사님이 좋은 분이라는 건 우리들도⋯⋯ 잘 알고 있는⋯⋯.」
「아뇨, 그렇지가 않지요. 하지만 그 이야긴 하지 맙시다. 제 표현이 잘못됐으니까요. 아까 그 얄미운 귀족단장의 부인이, 어제 일을 가지고 두서너 마디 비꼬더군요.」
「아니오. 그 사람은 지금, 그런 말 할 때가 아닙니다. 그분은 지금 걱정이 태산 같습니다. 그러니, 그분이 무도회에 오지 않는다고 신경을 쓸 필요는 없어요. 그런 사건에 말려들었기 때문에 결코 올 수가 없을 테니까요. 어쩌면 그분은 죄가 없는지도 몰라요. 그렇지만 세상이 용서하지 않지요. 이미 때가 묻었으니까요.」
「뭐라고요? 전 잘 모르겠어요. 어째서 때가 묻었다는 거죠?」하고 율리아 부인은 의아해하는 듯이 상대를 보았다.
「아닙니다. 내가 뭐, 그렇다는 것이 아닙니다. 그저 사람들이 그분을 어떤 사람의 끄나불이라고 떠들어대고 있더군요.」
「뭐라구요? 누구를 꼬드기기라도 했던가요?」
「네? 아니 당신들은 아직 모르고 계셨던가요?」그는 교묘하게 경악의 표정을 지으면서 말했다.
「스타브로긴과 리자베타를⋯⋯.」
「네? 뭐라구요?」하고 우리들은 입을 모아 소리쳤다.
「아니, 정말 몰랐어요? 피유(그는 휘파람을 불었다)! 굉장한 비극 소설이 생긴 겁니다. 리자베타가 갑자기 귀족단장 부인의 마차에서 뛰어나와, 스타브로긴의 마차로 옮겨 타자, 그대로 『상대편 남자』와 함께 스크보레쉬니키로 달려가 버리고 만 것입니다. 게다가 대낮에 말입니다. 한 시간쯤 전이에요, 아니 한 시간도 채 되기 전입니다.」
우리들은 화석처럼 되어 버리고 말았다. 그러나 곧 앞을 다투어 자세한 내용을 물었다. 그러나 놀란 것은, 자기가 우연히 그 자리에서 목격했다고 하고서도 그는 전혀 순서있게 말을 하지 못했다. 어쨌든 사건은 다음과 같이 일어난 모양이었다. 귀족단장 부인이 『낭독회』에서 리자와 마브리키를 데리고 마차로 리자의 어머니(그녀는 여전히 다리를 앓고 있었다)의 집에 도착했을 때, 주차장에서 스물댓 발짝쯤 떨어진 곳에서 마차가 한 대 기다리고 있었다. 리자는 마차에서 뛰어내리자 다가갔다. 마차의 문이 열리자 곧 탕하고 닫혔다. 리자가 마브리키를 향해서「용서해 주셔요!」하더니만, 마차는 쏜살같이 곧잘 스크보레쉬니키로 달렸다. 그것은 사전에 타합됐던 일인지, 마차에는 누가 있었는지, 그런 우리들의 성급한 물음에 대해서 표트르는 아무것도 모른다고 대답했다. 다만 미리 타합이 있었음에 틀림없다, 또 마차 속에서 스타브로긴의 모습을 본 것은 아니지만 아마도 노복인 알렉세이가 앉아 있었는지도 모른다. 이런 정도였다.

「어떻게 당신은 거기에 있었습니까? 또 틀림없이 스크보레쉬니키에 갔다는 것을 어떻게 알았어요?」하는 물음에 대해서, 그는 그저 우연히 그 옆을 지나쳤을 뿐이었다고 대답했다. 그는 그때, 리자를 보았기 때문에 마차 옆으로 달려가 봤다는 것이었다(그럼에도 불구하고 호기심이 그처럼 강한 사나이가 마차 속에 누가 있었는지 확인해 보지 않았다는 것이다). 마브리키는 그를 뒤따르려 하지 않았을 뿐 아니라 리자를 붙들려 하지도 않았다. 그리고 있는 힘을 다해서 소리를 질러「그애는 스타브로긴에게 갔단 말입니다. 스타브로긴에게로!」하고 외치는 귀족단장 부인을 자기 손으로 막았던 것이다. 이때 나는 참을 수가 없어서, 표트르에게 소리쳤다.

「이 악당, 그것은 모두 네가 꾸며낸 말이야. 너는 그 때문에 오늘 아침 낭독회에 나타나지 않았지? 네놈이 스타브로긴을 도와서 그렇게 했지? 네가 그 마차를 타고 왔었고, 네가 그를 태웠지? 너란 말이다. 너야, 너! 부인, 이놈은 당신의 적입니다. 이놈은 당신의 일생을 파멸시키려고 합니다. 조심하십시오.」

이렇게 내뱉고 나는 그 집을 뛰쳐나왔다.

어째서 그때 그런 말을 했는지 지금까지도 알 수가 없다. 지금 생각해도 자신의 대담한 행동에 경악을 금치 못한다. 그러나 내 추측은 모두 다 적중했다. 거의 내가 한 말 그대로라는 것이 판명됐다. 무엇보다도 그가 이

제 3 부   187

일을 말할 때의 석연치 않은 태도가 너무나 뚜렷하게 나타났기 때문이었다. 그는 이 집에 왔을 때 대단한 사건인 양 맨 처음으로 이것을 보고했어야 함에도 너희들은 내가 오기 전에 이미 알고 있겠지 하는 표정으로 시치미를 떼고 있었다. 그런 일이 그렇게 단시간에 일어날 수는 없지 않은가? 설사 알고 있었다고 하더라도 그가 입을 열도록 가만 있을 리가 없지 않은가. 또 거리에서 귀족단장 부인에 대한 것도 『떠들어대고 있다』는 것 등, 역시 그렇게 단시간내에 들을 수는 없다. 뿐만 아니라 그는 그 이야기를 하고 있을 때 두 번씩이나 어쩐지 기묘하게 비열하고 경박한 웃음을 빙그레 흘렸었다. 아마도 우리들 바보를 완전히 속일 수 있었다고 생각했으리라. 그러나 나는 이런 사나이를 상대하고 있을 겨를이 없었다. 그래서 대체적인 것만 알고 허둥지둥 율리아 부인 집을 뛰어나왔던 것이다.
　이 비극적인 파국은 내 심장을 찔렀다. 나는 눈물이 나올 정도로 괴로웠다. 아니, 어쩌면 정말 울었는지도 모른다. 나는 어쩔 줄을 몰랐다. 우선 스쩨판 씨네로 달려가 보았지만 원망스럽게도 여전히 문을 열어 주지 않았다. 나스따샤는 경건한 목소리로 지금 쉬고 계신다고 속삭였지만 나는 그것을 믿지 않았다. 리자의 집에서는 하인들로부터 여러 가지 말을 들을 수 있었다. 그들도 그녀가 가출을 했다는 것은 긍정했지만, 그 외의 것은 모르고 있었다. 집안은 매우 혼잡했다. 병중의 노부인이 기절했던 것이다. 마브리키는 그 옆에 붙어 있었기 때문에 그를 불러낼 수는 없었다. 표트르에 대해서는, 하인들도 나의 집요한 물음에 대해서, 그 사람은 요새 며칠간 노상 출입하면서 때에 따라서는 하루에 두 번 오는 일도 있었단다. 하인들은 침울한 표정을 짓고, 특별히 리자에 대해서는 침통한 어조로 말했었다. 모두 그녀를 좋아하고 있었던 것이다. 그녀가 자멸했다는 것은, 아주 자멸했다는 것은 벌써 의심할 여지가 없었다. 그러나 이 사건의 심리적인 면은 나로서는 전혀 알 수가 없었다. 더욱이 어제 그녀와 스타브로긴 사이에 그런 장면이 있은 직후라 더욱 그랬다. 거리를 돌아다니며 이미 이 소문을 듣고 고소해하고 있을 친지의 집에서 소문을 듣는 것은 불쾌한 일이었고, 또 리자에 대해서도 치욕적인 일이었다. 그러나 이상스럽게도 나는 다리아 집에 들렀던 것이다. 그러나 만나 주지는 않았다(스타브로긴 집에서 있었던 어제 이후 아무도 면회하지 않았던 것이다). 나는 무엇 때문에 여기 들렀던가, 무엇을 그녀에게 말하려

했던가, 지금도 이해가 안 간다. 그녀의 집을 나와서 나는 그녀의 오빠 집을 찾아갔다. 샤토프는 거북살스러운 표정을 짓고 입을 다문 채 내 말을 다 들었다. 겸해서 이야기해 두지만 그는 전에 없이 침울한 표정이었다. 어쩐지 깊은 생각에 잠겨서 내가 하는 말도 겨우 듣고 있는 성싶었다. 그는 거의 한 마디도 입을 떼지 않고, 보통 때보다 구두 소리를 크게 내면서 방안을 이리저리 쉴새없이 걸어다녔다. 내가 층층대를 거의 다 내려갔을 때 그는 뒤에서 소리를 질러, 리푸친 집에 들러 보라고 했다.

「거기 가면 다 알아!」

그러나 나는 리푸친 집에는 안 들르고 많이 지나쳐 왔으면서도 도중에서 다시 샤토프 집으로 되돌아갔다. 그리고 문을 반쯤 연 채, 안에는 안 들어가고 아무런 설명도 없이 간단하게, 「오늘 마리아 양 집에 가보지 않겠나?」 하고 명령하는 듯이 말했다.

이 대답으로 샤토프는 나에게 대들었다. 그러나 나는 그대로 그곳을 떠났다. 잊어버리지 않게 여기에 써두지만, 그는 그날 밤 일부러 교외까지 나가서 오랫동안 만나지 않았던 마리아를 방문했다. 가보니까 마리아는 건강했고 기분이 좋았지만 레뱌드킨은 옆방 긴의자 위에서 죽은 듯이 취해서 자고 있었다. 그때가 아홉 시였다. 이튿날 거리에서 나를 만났을 때, 그는 자기 입으로 서둘러 이 일을 보고했다.

나는 밤 아홉 시가 지나서야 무도회에 가기로 결심했다. 그러나 그것은 『간사로서의 청년』의 자격에서가 아니고(게다가 리본도 율리아 부인 집에다 두고 왔다), 다만 억제할 수 없는 호기심 때문이었다. 즉 그런 사건을 세상 사람들은 뭐라고 수군거리고 있느냐, 그것을 내가 물어서가 아니고 옆에서 입을 다물고 듣고 싶었던 것이다. 그리고 멀리서라도 좋으니까, 한 번만이라도 율리아 부인의 얼굴을 보고 싶었던 것이다. 아까 그렇게 부인 집에서 뛰어나온 것이 매우 마음에 꺼림칙했던 것이다.

3

거의 어처구니없는 사건으로 시종한 이 밤과 무서운 『결말』을 가져온 그

새벽녘은 아직도 마치 뒤숭숭한 악몽처럼 내 뇌리에 어른거려서 이 기록은 적어도 나에게 있어서만은 가장 괴로운 부분을 이루고 있는 것이다. 나는 무도회에 그다지 늦게 간 것도 아닌데, 내가 갔을 때는 이미 거의 끝나가고 있었다(사실 이 무도회는 그렇게 빨리 끝날 운명이었던 것이다.) 내가 귀족단장 부인 집 주차장으로 달려갔을 때는 이미 열 시가 넘었었다. 오늘 아침에 낭독회가 있었던 그 홀에는 벌써 실내 장식이 훌륭하게 되어 있었고 이 고장 사람들의(나는 그렇게 예상하고 있었기 때문에) 근사한 무도장으로 준비가 완료되어 있었다. 나는 아침에 무도회의 성공을 몹시 염려하고는 있었지만 그래도 막상 그것이 사실로 되리라고는 예기치 못했었다. 상류 가정에서 아무도 나타나지 않았음은 물론, 관리층에서도 약간 지위가 있는 패들은 모두 등을 돌렸다. 이런 사실은 매우 중대한 징후였다. 부인이나 따님들은 어떤가 하면, 아까 표트르의 예상은 전적으로 잘못됐다는 사실이 드러났다(지금 생각해 보면 그것도 교활한 기만이었음에 틀림없다). 모여든 것은 극히 적은 인원으로 남자 네 사람에 부인이 한 사람씩 될까말까하는 형편이었다. 게다가 그 부인들이 대단한 사람들이었다.『어디서 온 뼈다귄지 모를』연대에 근무하는 위관의 마누라라든가, 우체국원이나, 하급관리의 아내 같은 어중이떠중이들 외에 딸을 데리고 온 의사 부인 세 사람, 두세 명의 가난뱅이 지주 아내, 앞서 이미 소개한 서기의 조카딸과 일곱 명의 딸, 장사꾼 마누라들…… 이것이 그래, 율리아 부인이 기대하고 있었던 사람들일까? 상인들조차 반도 채 오지 않았었다.

   남자들 쪽은 어떠했느냐 하면 이 고장의 명사들은 한 사람도 얼굴을 보이지 않았지만, 그래도 인원수만은 대단히 많았다. 그러나 전체의 인상은 웬지 묘하게도 음울한 것이었다. 물론 몇 사람 점잖은 장교들이 부인 동반으로 와 있었고, 아까 말한 그 일곱 딸을 거느린 서기처럼 상당한 신분이 있는 집안의 주인 같은 사람도 꽤 여럿 눈에 띄었지만 이런 점잖은 사람들까지, 말하자면『어쩔 수 없어서』얼굴을 비쳤음에 불과했다. 그 증거로 이 사람들 중 한 사람이 그렇게 말했던 것이다. 그런데 또 한편에서는 와글와글 떠드는 구경꾼들이라든가, 오늘 아침 나, 표트르가 표 없이 들어왔던 놈들이라고 의심했던 그런 족속들은 아침보다 더 많았다. 그들은 먼저 오랫동안 식당에 앉아 있었다. 그런가 하면 오자마자 느닷없이 마치 예약이라도 해두었던 것처럼 식당으로 가는 것이었다. 내게는 적어도 그렇게 생각되었던 것이다. 식당은 제일 끝 넓은 방에 마련되어 있었다. 프로호리치가 클럽 부엌에 있는 모든 것을 옮겨다 놓고, 안주나 음식물을 이것 보라는 듯이 진열해 놓고 진을 치고 있었다.

나는 여기서 겨우 구멍이 뚫리지 않은 프록코트나, 무도회 같지 않은 이상스러운 옷을 입은 족속들이 있는 것을 발견했다. 그들은 간사의 간곡한 수고로, 잠깐 동안 술주정을 참고 있음에 틀림없었다. 그 중에는 어디서 왔는지, 타지방 사람도 섞여 있었다. 물론 율리아 부인의 발기로 무도회는 아주 민주적인 것으로 할 예정이었다는 것을 나는 알고 있었다.『평민이라도 표만 샀으면 입장시키기로 하자』, 부인은 위원회 석상에서 이런 말을 대담하게 했었다. 그러나 그것은 이 가난한 마을의 평민이 단 한 사람도 표를 사려 하지 않을 것이라는 것을 전제로 정했던 것이다. 그러나 아무리 위원회가 민주적 경향을 가지고 있다고 하더라도, 이런 해진 프록코트를 입은 괴상한 족속들이 오리라고는 짐작도 하지 못했었다. 도대체 무슨 목적으로 넣었을까? 리푸친과 럄신은 이 간사의 리본을 떼버리고 말았다(하기는『문학 카드리유』에 가입하고 있기 때문에 홀에 같이 앉아 있기는 했지만). 그러나 리푸친의 후임으로 등장한 것은, 천만 뜻밖에도 스체판 선생과의 싸움으로 누구보다도 가장 낭독회를 소란으로 몰아넣은 예의 신학생이었고 럄신의 후임은 바로 그 표트르였다.

이런 꼴이니, 과연 여기서 무엇을 기대할 수 있었겠는가?

나는 애써 사람들의 대화에 귀를 기울였지만 그 중에는 어처구니없는 의견도 있었다. 가령 어떤 한 패는 스타브로긴과 리자의 사건을 꾸민 것은 율리아 부인으로서, 그 예로서 부인이 스타브로긴으로부터 돈을 받았다고 단언했을 뿐 아니라 그 금액까지도 명백히 지적해서 말하는 것이었다. 그들의 말에 의하면, 이 회도 그 목적에 의해서 열렸고 마을 사람들도 이런 눈치를 채고 대부분 얼굴을 나타내지 않은 것이라는 것이었다.

그런데 주인 렘브케는 너무 혼이 나서 머리가 이상해졌다는 것이었다. 그래서 율리아 부인은 정신 이상이 된 주인을 제멋대로 조종하고 있다는 것이다. 이런 이야기와 함께, 조잡하고 비꼬는 듯한, 뱃속에 뭉친 것을 풀기 위해서 억지로 웃는 듯한 웃음 소리가 와아 하고 일어났다. 무도회만 해도

형편없이 내려깎이고 있었지만 율리아 부인은 아주 전적으로 비난의 대상이
되고 있었다.
 전체적으로 볼 때 이 대화는 시덥지 않은 단편적이고 어수선한 한 잔
들이컨 하찮은 지껄임으로, 잘 음미해서 무슨 뜻을 파악하는 것 같은 노력은
해볼 만한 것이 못 되었다.
 이 식당에는, 아무런 뜻도 없이 그저 경박하게 들떠서 떠들고 있는 패들도
자리잡고 앉아 엉터리짓을 하고 있었다.
 그 중에는 부인들도 몇 사람 섞여 있었지만 그녀들은 어떤 일이 일어나
더라도 눈 하나 깜짝 안 하는 대담한 여장부들이었다.
 그들은 주로 남편과 동행한 장교 부인들로서 무서울 만큼 천한 애교를
부리면서 즐거운 듯이 떠들고 있었다. 그들은 한패를 이루고 다른 식탁에
마주앉아서 재미있다는 듯이 차를 마시고 있었다. 이리해서 식당은 모여든
사람의 반수 이상의 피난처와 같은 한담의 장소가 되어 버리고 말았다. 그러나
조금 더 지나면 이 무리들이 떠들썩하면서 홀로 밀려 들어갈 것임에 틀림없다.
 이런 생각을 하면 무슨 일이 일어나지나 않을까 해서 걱정이 되기조차
했다.
 그 동안에 홀에서는 그 공작까지 한몫 끼여, 세 번씩이나 카드리유가
있었다. 딸들이 춤추는 것을 보면서 어버이들은 좋아하고 있었다. 그러나
여기서도 약간의 지체 있는 사람들은 함부로 즐거워하는 딸을 내버려 뒀다간
제멋대로 놀아날는지 모른다는 염려를 하는 사람도 꽤 많았다. 장본인인
율리아 부인과 말한다는 것은 나에겐 거의 불가능한 일이었다. 나는 부인
옆을 아주 가까이 지나가 보았지만 부인은 아는 체도 하지 않았다. 홀에
들어가자 인사를 했지만, 부인은 나에겐 관심도 없는 듯이 답례도 하지 않았다
(사실 나의 인사를 몰랐던 것이다). 그 얼굴은 병적인 표정을 짓고 있었고
눈에는 조소하는 듯한 거만한 빛을 드러내고 있었지만 이리저리 눈알을
굴리면서 불안한 시선을 주위에 던지고 있었다. 겉으로 보기에 부인은 자기
자신을 억제하려고 애쓰는 듯했다. 도대체 그건 무엇을 위한, 누구 때문에
그러는 것일까? 그녀는 어떻게든 이 자리를 떠나서 남편을 데리고 가지
않으면 안 되었다(이것이 가장 중요한 것이다). 그러나 그녀는 계속 머물렀다.
 이미 얼굴만 보아도 부인의 눈동자는 멍청해 있어서 아무것도 기대하지

않고 있다는 것이 확실했다. 부인은 표트르를 가까이하려 하지 않았다.
　표트르도 부인을 피하고 있는 것 같았다(나는 식당에서 그를 만났지만 매우 즐거운 듯했다). 그러나 부인은 무도회에 계속 머물러 있으면서 렘브케를 붙들고 있었다.
　아아, 그녀는 최후의 일각까지 거짓없는 마음으로부터의 분격을 가지고 남편의 건강을 구실로 짓궂게 구는 모든 조롱을 물리치려 했던 것이다. 그날 아침만 해도 그랬다.
　그러나 지금 그녀는 이 점에 대해서도 정신을 차리지 않으면 안 되었다. 내가 보기에도 렘브케의 모습은 아침보다 더 나빠진 듯이 보였다. 어쩐지 멍해 있으면서 자기가 지금 어디 있는지 그것도 확실히 모르는 성싶었다. 때때로 그는 뜻하지 않은 엄숙한 표정을 짓고 자기 주위를 둘러보곤 했다. 나는 두 번 정도 그의 응시를 받았다. 한 번은 무언가 말하려고 크게 입을 벌렸지만 말을 않고 말았기 때문에 마침 옆에 있었던 점잖은 한 분의 늙은 관리 같은 사람은 거의 무서워할 정도였다. 그러나 이 홀에 같이 있었던 대중 속에서도 이 점잖은 측에 속하는 사람들까지 침울한 표정으로 율리아 부인을 피해서 다니고 있었지만 그와 동시에 매우 기묘한 시선을 지사 쪽으로 던졌다. 그 노골적인, 찌르는 듯한 눈초리는, 이런 사람들의 두려워하는 태도와 너무나 어울리지 않는 느낌을 주었던 것이다.
　「그런 상황이 내게도 확실히 느껴졌어요. 그때 비로소 나는 렘브케의 그런 태도를 주의깊게 관찰했던 거예요.」하고 율리아 부인은 나중에 나에게 고백했었다.
　그렇다, 부인은 이 점에 대해서도 책임이 있는 것이다. 아까 아침에 내가 달아난 뒤 부인은 표트르와 의논한 끝에, 무도회를 열도록 하고 자기도 무도회에 출석하기로 결정했을 때, 아침 낭독회에서 『이성이 혼돈돼 버리고만』렘브케의 서재로 들어가서 또다시 갖은 수단을 다하여 남편을 유혹해서 끌어내는 데 성공했음에 틀림없다. 그러나 지금 부인의 괴로움은 말할 수 없이 큰 것이었다. 그래도 그는 이곳을 떠나려 하지 않았다. 긍지의 손상에서 오는 괴로움이냐, 아니면 단순히 사려 분별을 잃어버린 것이냐？ 그것도 나도 알 수 없었다. 그녀는 평상시의 거만스런 태도와는 달리 비굴한 웃음을 띠고, 두서너 명의 부인에게 말을 걸려 했다. 그러나 그 부인들은 이상스럽게 거북해하며 「네」라든가, 「아뇨」 정도로 귀찮은 듯이 간단하게 대답하면서 될수록 부인을 피하려는 듯한 태도였다.
　이 현에서 가장 화려한 인정을 받고 있는 명사로서 무도회에 참석하고 있는 사람은 전에도 잠깐 말했던 바 있는, 세력가인 퇴직 장관 한 사람이었다. 다름이 아니라 스타브로긴과 가가노프가 결투를 한 뒤 귀족단장 부인 집에서 처음, 『사회의 초조로운 요구로 문을 열었다』는 사람이다. 그는 이 방 저 방을 거드럭거리면서 돌아다니며 귀를 기울이든가, 유심히 사람들을 관찰하고 있었지만, 그 거동은 마치 『내가 온 것은 단순한 심심풀이가 아니고, 사람의 심리를 연구하기 위해서 온 것이다』 하는 것을 보이기 위해서 그러는 것 같았다. 그는 나중에 율리아 부인 옆에 자리를 잡고 그 옆을 조금도 떠나지 않았다.
　짐작컨대, 부인을 격려하고 안심시키려고 그러는 것 같았다. 그는 의심할 나위도 없는 호인으로, 지위도 대단한 위인이고, 게다가 연세도 지긋한 분이었기 때문에 이 사람 입에서 나오는 동정의 말이라면 들어도 관계없는 일이지만, 이 늙은이의 말이 건방지게도 자기를 동정해서 『내가 동석해 주는 것을 명예로운 일로 알라』고 보호자처럼 행세하고 있는 것이, 부인은 못마땅해서 죽을 지경이었다. 그러나 노인은 잠깐도 옆을 떠나지 않고 계속해서 떠들고 있었다.
　「고장마다 일곱 사람의 의인이 없어서는 안 된다고 말하지만…… 일곱 사람이었지요? 정확한 수는 모르겠지만. 그런데 이 일곱 사람의…… 정말 진정한 의인 중에서…… 이 무도회에 참석하는 영광을 가진 자가 과연 몇 사람이나 있는지 모르겠지만, 그런 사람이 출석했음에도 불구하고 이렇다는 것은 약간 유감스럽다고 생각하기에 이르렀어요. 미안해요. 부인, 그렇지 않습니까? 나는 비유조로 말해요. 부인 그렇지 않습니까? 나는 비유조로 말하고 있습니다만, 아까, 식당에 갔다가 아무 일 없이 돌아올 수 있었다는 것을 다행스럽게 생각하고 있어요. 그 대단한 프로호리치는 자기 자리에 조용히 앉아 있지를 못하더군요. 틀림없이 아침까지는 죄다 가게로 도로 가져가게 되고 말 것입니다. 아니, 참 이건 농담입니다, 나는 그저 『문학 카드리유』란 어떤 것인가 하고 기다리고 있는 겁니다. 그것이 끝나면 잠자리로 찾아가야죠. 저는 신경통을 앓고 있는 늙은이니까요, 이해를 해주십시오.

나는 일찍 자는 습관이라서요. 당신도 가셔서 『꿈나라』로 가시는 것이 어떨까요? 어린아이에게 하는 말을 해서 미안하지만, 실은 난 젊은 미인들을 보러 왔습니다요. 물론, 그런 것이 풍부하게 갖추어진 데는 여기밖에 없으니까요. 모두 강거너에서 옵니다만, 난 그쪽으로 가지를 않기 때문에 어느 장교의…… 아무래도 그 엽병대의 아내 같은 그런 여자는 꽤 좋던데요? 그리고 또 나로서도 그것을 알고 있거든요. 난 그 말괄량이와 대화를 해보았습니다만, 대단히 활발했어요. 그리고, 또, 아니, 그런데 그 딸도 아주 발랄한 아가씨였단 말예요. 정말 발랄하고 싱싱했단 말예요. 나도 호감이 갔습니다만, 꼭 꽃봉오리와 같았어요. 다만 입술이 좀 두꺼운 편이더군요. 전체적으로 러시아의 미인 얼굴에는 이목구비가 반듯한 것이 적단 말예요. 그리고 또, 오, 약간 절편 모양으로 납작하단 말예요. 미안합니다. 그러나 그렇지 않습니까? 그러나 눈은 아주 좋았어요. 웃는 것 같은 눈초리였어요. 이런 꽃봉오리 같은 아가씨들도 한창 젊은 이 년 동안은 아니, 삼 년쯤은 정말 순진한 맛이 있는데 그 뒤로는 점점 그런 맛이 없어져서 뚱뚱해지고 남편에게 그 바람직하지 못한 무관심을 가지게 하는 겁니다. 이것이 또 여성 문제의 발달을 대단히 조장하는 것인데 말입니다. 하기는 내 여성 문제에 대한 견해가 틀렸다면 그뿐입니다만, 흠, 꽤 좋은 홀이로군그래, 방마다 장식한 것도 나쁘지 않아. 좀 못 했어도 좋았단 말야. 악대 같은 것은 아주 나빠도 관계없어요. 그러나 나빠야 한다는 건 아닙니다. 그러나 부인네가 적은 것은, 좋지 않은 인상을 주는군요, 옷에 대해선 말하지 않겠습니다. 저 갯빛 바지를 입은 사나이가 저렇게 조심성 없이 마구 춤추는 것은 괘씸한 일이야. 만일 저 사나이가 계속 저렇게 나간다면 내가 면직을 시켜야겠다. 저자는 약제사란 말야. 그러니까, 열 시경까지는 있어야 할 텐데 벌써 나왔으니 아까 식당에서 두 놈이 싸움을 시작했는데 그래도 끌어내지 않더라구. 아직 열 시밖에 안 됐으니, 그런 놈들은 끌어내야 했단 말야. 두 시만 지났다면 나도 이런 말은 구태여 안할 거예요. 그땐 좀 너그럽게 봐줘야 하니까요. 단 이 무도회가 두 시까지 계속된다면 말입니다. 바르바라 부인은 결국 약속을 어기고 꽃을 보내지 않았지요? 흐음! 그분도 꽃 같은 걸 생각할 정신이 없겠지요. (불쌍한 어머니여!) 그건 그렇고, 리자는 참 가엾게 됐더군요. 들으셨어요? 무슨 말 못할 사정이 있는 모양이에요. 상대는 또 스타브로긴이라는 사나이입니다……. 흐음! 나는 이젠 가서 쉬어야겠군요……. 빈 배만 젓고 있으니까요. 도대체 그『문학 카드리유』는 언젭니까?」

드디어『문학 카드리유』에 대한 이야기가 나왔다. 근자에는 다가오는 무도회의 이야기만 나오면, 화제는 꼭 이『문학 카드리유』로 번지곤 했다.

사실 어떤 것인지, 아무도 상상조차 할 수 없기 때문에, 이상스러운 호기심을 불러일으켰던 것이다. 이런 의미에서만도 성공은 의심없이 확실한 것이었는데, 도대체 그 꼴로 끝나다니 환멸도 이만저만이 아니었다.

지금까지 닫혀 있던 홀 양쪽 문이 열리더니 갑자기 몇 사람의 가장한 인물이 나타났다. 일동은 그들을 둘러쌌다. 식당에 있었던 사람들도 한 사람 빠지지 않고 홀로 몰려들었다. 가장한 사람들은 춤을 출 위치에 각각 자리를 잡았다. 나는 곧 쑤시고 나아가 율리아 부인과 렘브케, 예의 그 장군 뒤에 자리를 잡았다. 그때 지금까지 모습을 나타내지 않았던 표트르가 율리아 부인 옆에 나타났다.

「나는 지금까지 식당에 있으면서 관찰하고 있었습니다.」마치 나쁜 일이라도 하고 있었던 국민 학생처럼 그는 나직한 목소리로 그렇게 속삭였다. 그것은 부인을 더욱 초조하게 하기 위해서 일부러 꾸민 것이었다.

부인은 화가 나서 얼굴을 붉혔다.

「이렇게 됐으니 이젠 거짓말은 그만 했으면 좋겠어, 정말 철면피 같아…….」부인이 참다못해서 소리를 질러 이렇게 말했기 때문에 옆사람들은 깜짝 놀랐다.

표트르는 자기 성공에 매우 만족한 모양으로 그녀 옆에서 물러섰다.

이『문학 카드리유』이상으로 비참하고 저속하고 엉터리고 멋없는 것은 상상도 할 수 없겠다. 이것보다 더 이 현사람들에게 어울리지 않는 행사는 도저히 생각해낼 수조차 없는 것이었다. 그런데 풍문에 의하면 이 행사를 착안한 것이 카르마지노프라는 것이다. 게다가 실제로 계획한 것은 리푸친으로, 비르긴스키네 회의에 참석했던 예의 그 절름발이 교사도 상당한 역을 했다는 것이었다. 그러나 카르마지노프는 그 입안자였을 뿐만 아니라, 사람들의 말로는 자기도 어떤 특별한 역을 맡아서, 가장을 하고 나타나려고 했다는 것이다. 카드리유는 여섯 쌍의 보잘것없는 가장자로 편성되어 있었다. 하기는 가장이라고 할 것까지도 없었지만. 왜냐하면 모두 다른 사람과 같은 복장을 하고 있었기 때문이다. 예를 들면, 키가 크지 않은 중년 신사 한 사람은 연미복을 입고, 즉 다른 사람과 같은 복장을 하고 보기 흉한 희끗희끗한 수염을 달고(이것은 턱에 붙들어맨 것이었지만 그래서 가장했다고 할 수는 없었다), 아장아장 걸으면서, 대단스런 표정을 짓고 제자리걸음으로 춤추고 있었다. 그는 어색한 목소리를 내고 있었지만, 그 쉬어터진 목소리로 어느 유명한 신문을 상징하고 있었다. 이 사람들 건너편에서는 X와 Z의 두 조가 춤추고 있었다. 이 글자는 각기 연미복에 핀으로 달고 있었지만, 도대체 이 X와 Z가 무엇을 의미하고 있는 것인지 끝내 알 수가 없었다.

『결백한 러시아의 사상』은 연미복에 장갑과 안경, 게다가 칼(목에 거는 형구)(이것은 진짜였다)을 쓴 중년 신사에 의해서 나타내어지고 있었다. 이 신사는 무슨 『일건 서류』가 든 가방을 옆구리에 끼고 있었다. 주머니에는 외국에서 온 듯한, 겉봉을 뜯은 편지가 비죽이 나와 있었다. 이것은, 의심스러워하는 모든 사람에게 대해서 『러시아 사상의 결백』을 증명하는 증서라는 것이었다. 이것은 간사가 구두로 설명했을 뿐으로, 그 편지를 읽어 본 것은 아니었다. 『결백한 러시아의 사상』은 축배의 지휘를 하려는 것처럼 높이 쳐든 오른손에는 술잔을 들고 있었다. 양쪽에는 이 『러시아의 사상』과 나란히 머리를 짧게 깎은 『허무주의자』가 두 사람, 이들도 아장아장 제자리걸음을 하고 있었다. 그런데 그 상대로는 역시 그 연미복의 사나이가 춤추고 있었는데 그는 무거운 곤봉을 들고 있었다. 그것이 어떤 신문, 페체르부르그의 것은 아니지만, 대단히 무시무시한 느낌을 주는 신문을 상징하는 것으로서, 『이것으로 한 대 갈기면, 대단한 효과가 있다』는 표정을 짓고 있었다. 그러나 곤봉 같은 것을 가지고 있으면서도 이 신사는 『결백한 러시아의 사상』이 안경 너머로 자기를 보고 있는 시선을 정시할 수가 없어서 될 수 있는 대로 옆을 보고 있었으며, 파트너의 순서가 오니까, 마치 몸둘 바를 모르는 듯이 몸을 비비꼬면서 허리를 굽히고 있었다. 아마 양심의 가책으로 견딜 수 없었던 모양이었다. 그러나 이런 엉터리 취향을 모두 들춰내는 것은 그만두자. 이것저것 모두가 엇비슷해서 나도 설명하다가 보니 창피한 느낌이 든다. 그런데 마침 그때, 이런 창피감과 같은 수치심이 다른 사람에게도 옮아간 모양이었다. 그 가운데서도 엄숙한 표정의 사람들에게서는 같은 표정을 읽을 수 있었다. 잠깐 동안 그들은 입을 다물고, 화가 난 듯이 의아한 표정으로 바라다보고 있었다. 인간은 누구나 수치감을 느끼면, 곧잘 비꼬아 보고 싶어하는 것이다. 대부분의 사람들은 차차 술렁거리기 시작했다.
「도대체 저게 뭐야?」하고 어느 한패가 식당 급사에게 물었다.
「뭐긴 뭐야, 바보짓들이지.」
「무슨 문학이라나 〈콜로스〉을 비평하고 있는 거야!」
또 다른 한패에서는,
「병신 같은 자식들!」
「아냐! 저것들은 병신이 아냐! 병신은 우리들이야!」
「어째서 네가 병신이냐?」
「내가 병신이라는 게 아냐!」
「네가 병신이 아니면, 나도 병신이 아니잖아.」
세 번째 무리 속에서는
「저 자식들을 날려 버리고 말까? 아니 뭐, 제멋대로 하게 내버려 두지 뭐!」
「홀을 뒤흔들어 놓고 싶은데……..」
네 번째 무리 속에서는
「렘브케 부부는 창피하지도 않은지, 그래도 열심히 보고 있는데……..」
「어째서 저 둘이 창피해한단 말야? 그래도 저치는 지사란 말야!」
「너보다도 못해!」
「이런 엄청나게 평범한 무도회를 나는 지금까지 한 번도 본 적이 없어.」
율리아 부인 바로 옆에 앉아 있던 한 부인이 마치 들으라는 듯이 표독스럽게 말했다.
그녀는 사십 대의 뚱뚱하게 살이 찐 부인으로 거추장스럽게 명주옷을 걸치고 볼에는 연지를 진하게 발랐다.
그녀는 이 고장에서 모르는 사람이 없을 정도로 널리 알려져 있지만, 교제하는 사람은 한 사람도 없었다. 일찍이 오등 관리의 미망인으로서 부인의 유산으로는 목조 건물 한 채와 약간의 연금이 있었지만 상당히 유복한 생활을 하고 있었고, 마차까지 있었다. 두어 달 전에 그녀는 율리아 부인을 방문했지만 현관에서 면회 사절을 당했던 것이다.
「이런 일은 전부터 짐작하고 있었지만」짓궂게 율리아 부인의 얼굴을 정면으로 보면서 그녀는 이렇게 덧붙였다.
「그렇게 짐작하셨다면 왜 나오셨지요?」하고 율리아 부인은 참을 수 없어 말했다.
「네, 난 원래가 정직한 사람이어서」하고 원기왕성한 부인은 명백히 대답하고 제멋대로 몸을 들추기 시작했다(어떡하든 공격을 하고 싶어서 죽겠는 모양이었다). 그러나 예의 장군이 그들 가운데 끼여들었다.
「부인」하고 그는 율리아 부인의 귀에 대고 말했다.「정말 돌아가시는 편이 좋겠어요. 우리들은 저 패들에게 불편한 존재니까요. 우리들만 없으면, 모두 마음껏 신이 나서 떠들겁니다. 저 패들을 위해서 무도회를 열어 줬으니, 이젠 저희들 놀고 싶은 대로 내버려 두십시오. 게다가 지사께서도 어쩐지 기분이 좋지 않으신 것 같고…… 무슨 성가신 일이라도 일어나기 전에…….」
그러나 때는 이미 늦었다.
카드리유을 하는 동안, 분격한 듯한 괴이한 표정으로 춤추는 패들을 바라다보고 있던 렘브케는 구경하는 동안 비판의 소리가 시작되자 불안한 듯이 주위를 둘러보았다. 이때 비로소, 식당에서 떠들고 있던 패들의 얼굴을 보았던 것이다. 그는 극단적으로 놀란 눈초리가 되었다. 갑자기 큰 웃음소리가 카드리유를 하고 있던 패들과 함께 구경거리가 되었다. 예의 그 곤봉을 가지고 춤추던『원형적인 지방 신문』의 발행자는 드디어『결백한 러시아 사상』의 안경 너머로 바라보는 눈초리를 견딜 수 없어, 몸을 피할 데가 없어서 느닷없이 거꾸로 서서 안경 쪽으로 걸어갔다. 그것은 즉『원형적인 지방 신문』의 상용 수단인 상식의 역설적 곡해를 상징하기 위한 것이었다. 그런데 거꾸로 서서 걸을 수 있는 것은 럅신 외엔 없었기 때문에 그가 이 곤봉을 쥔 신문의 역을 맡은 것이다. 율리아 부인도 거꾸로 서서 걷는다는 것을 꿈에도 생각하지 못했던 것이다.「그걸 나에게는 숨겼던 것입니다. 숨기고 있었던 거예요.」하고 그녀는 나중에 나를 향해서 절망과 분노에 몸부림치면서 되풀이했었다. 물론 군중의 홍소는 누구에게도 아무런 관계가 없는 단순한 풍자의 뜻에서 갈채한 것이 아니고 단순히 소맷부리가 펄럭거리는 연미복을 입고 거꾸로 서는 것을 흥겨워했던 것이다. 렘브케는 화가 벌컥 나서 몸을 부들부들 떨었다.
「이 건달 녀석!」럅신을 가리키면서 그는 소리질렀다.「저 악당을 잡아라! 거꾸로 세워라! 머리를, 머리를!」
 럄신은 빙그르르 돌아서 일어났다. 웃음소리는 더욱더 높아졌다.
「저 웃고 있는 악당들을 모두 내쫓아 버려!」하고 느닷없이 렘브케는 명령했다.
 군중은 갑자기 와글와글 떠들기 시작했다.
「그건 안 됩니다. 각하!」
「대중을 학대할 수 없습니다.」
「자기가 악당이지, 누가 악당이야?」하는 소리가 한구석에서 일어났다.
「해적 같은 놈!」 또 다른 구석에서 누군가가 이렇게 떠들었다.
 렘브케는 소리가 나는 곳으로 돌아서서 창백한 얼굴에다가 일그러진 미소를 입술에 띠면서, 갑자기 무슨 생각이 난 것처럼 고개를 끄덕였다.
 율리아 부인은 남편의 손을 잡아끌면서, 밀려드는 군중을 향해서 말했다.
「여러분, 안드레이를 용서해 주세요. 안드레이는 병중입니다……. 용서해 주세요, 네, 용서해 주세요. 여러분!」
 부인이 『용서해 주세요』라고 한 것을 나는 정말 내 귀로 들었던 것이다. 상황의 변화는 무서울 만큼 급격한 것이었다. 그러나 나는 확실히 알고 있는데 율리아 부인이 말할 때 마침, 관중의 일부가 공포에 싸인 듯이 서둘러 홀 밖으로 달아나기 시작했던 것이다. 그리고 누군가 히스테릭한 여자의 목소리가
「아아, 또 오늘 아침처럼 법석이 났구나!」하며 눈물을 머금고 외치는 말소리조차 기억해낼 수 있다. 밀고 당기고 하는 이 혼잡 속에 정말 『아침처럼』 또 하나의 폭탄이 던져졌던 것이다.
「불이야! 강 건너에 불이야!」
 이 무서운 외침은 어디서 맨 먼저 일어났을까? 홀 한가운데서나, 아니면 누군가 대기실 계단에서 뛰어들면서 지른 소린지 확실히 기억에 없었지만 거기에 따라서 일어난 공포는 도저히 말로 표현할 수가 없었다. 무도회에 모였던 군중의 반 이상은 강건너에서 온 그쪽의 목조 건물 주인이 아니면 그 셋방에 사는 사람들이었다. 사람들은 창가로 달려가서 커튼을 잡아찢었다. 강건너는 불바다였다. 불은 지금 막 시작된 듯 방향이 서로 다른 세 곳에서 불길이 하늘로 치솟아오르고 있었다. 그 광경은 사람들을 전율시켰던 것이다.

「방화다! 쉬피굴린 직공이 불을 질렀다!」하고 외치는 소리가 군중 속에서 들려왔다.
 그 중에서도 특색있는 두서너 고함 소리는 지금도 확실히 기억하고 있다.
「아아, 난 이럴 것이라고 예측했었어. 방화가 있으리라고 이삼 일 동안 느껴왔었단 말야!」
「쉬피굴린 직공이다. 쉬피굴린 직공 짓이야, 달리 누가 불을 지르겠는가!」
「틀림없이 집이 비었을 때 불을 놓으려고, 일부러 우리를 여기에 모이게 했단 말이야!」
 이 최후의 가장 놀랄 만한 고함소리는 여자의 목소리였다. 그것은 자기 집을 불태운 코로보치카(적은 상자란 뜻으로 일반적으로 자기 가정의 작은 세계 이외에는 아무것도 모르는 여자를 지칭한다)의 자연스러운 외침에 불과했다. 모든 사람은 문께로 몰려나갔다. 털가죽 외투라든가, 머릿수건이라든가, 부인네들이 외투를 찾아 입느라 떠들썩한 대기실의 혼잡, 공포에 떠는 부인들의 째지는 듯한 소리, 아가씨들의 비명, 이런 것들은 이미 여기에 쓸 것도 없다. 도둑질까지 있었다고는 생각하지 않지만, 아무튼 이렇게 혼잡한 북새통이라 자기 외투가 없다고 그냥 돌아가는 사람도 나왔기 때문에 어떨지 모르겠다. 이것은 그 뒤 오랫동안, 시중에서 어림도 없는 과장이나, 여러 가지 이야기가 덧붙여져서 말이 퍼져나갔던 것이다. 렘브케와 율리아 부인은 군중 때문에 문께에 하마터면 압사할 뻔했었다.
「모두 나가지 못하게 붙들어 놔! 한 사람도 나가게 하면 안 된다!」아우성치면서 밀려오는 군중들 위에 거창하게 손을 뻗고 렘브케는 절규했.
「모두 한 사람씩 엄중하게, 몸수색을 하는 거야. 지금 곧!」
 홀 속에서 난잡한 폭언이 일어났다.
「안드레이! 안토노비치!」이제 완전히 절망에 빠져 율리아 부인이 소리쳤다.
「이 여자를 묶어라!」렘브케는 부인을 무서운 표정으로 손가락질하면서 소리질렀다.「이 여자부터 맨 먼저 신체 검사를 하는 거다! 이 무도회는 틀림없이 방화를 목적으로 열린 것이다!」
 부인은 깜짝 놀라 외마디 소리를 지르고 기절했다(오오, 이것은 물론 정말로 기절했던 것이다). 나와 장군은 그녀를 구조하기 위해서 달려갔다. 다른 사람들도 이 난처한 경우에 우리를 도와 주었다. 그 중에는 부인들도 몇 사람 있었다. 우리들은 이 불행한 여인을 이 지옥처럼 고통스러운 곳에서 구출해내어 마차로 옮겼다. 그래도 그녀가 제정신을 차린 것은 마차가 집에 도착했을 무렵이었다. 그리고 그녀가 최초로 지른 소리는 역시 그 안드레이였다. 모든 환상이 무너져 버리자 부인 앞에 남은 것은 오직 안드레이 한 사람뿐이었다. 사람들이 의사를 부르러 갔다. 나는 부인 옆에 한 시간 정도 앉아 있었다. 공작도 역시 같이 있었다. 장군은 관대한 마음을 발동시켜서(하기는 그도 매우 당황해하고 있었지만) 밤을 새면서라도 『불행한 부인의 병상』을 떠나지 않는다고 말했었지만, 십 분쯤 지나자, 아직 의사도 오기 전에 안락의자에서 잠들어 버리고 말았다. 그래서 우리들은 그를 그대로 내버려 두었다.

화재 현장에서 무도회로 달려온 경찰서장은, 우리들 다음에 렘브케를 데리고 나와서 정성껏 각하를 향해 「쉬셔야 합니다. 쉬지 않으면 안 됩니다.」하고 권하면서, 율리아 부인의 마차에 태우려 했다. 그러나 그는 쉰다는 것엔 관심조차 없는 양, 화재 현장으로 달려가려 했다. 그런 그의 고집은 서장으로서도 어쩔 수 없었다. 결국 그는 자기 마차에 타고 화재 현장으로 렘브케를 데리고 갔다. 뒤에 그가 말하는 바에 의하면 렘브케는 도중에서 마냥 몸부림치고 손짓하면서 「도저히 실행할 수 없는 뚱딴지 같은 일이야.」라고 말했다는 것이었다. 그리고 그는 그 뒤, 각하는 『뜻하지 않았던 경악으로』 그때 이미 정신 착란에 빠져 있었다고 보고했던 것이다.

무도회가 어떻게 끝났던가? 그런 것은 지금 새삼스럽게 말할 필요도 없다. 몇십 명의 건달들과 게다가 몇 사람의 부인들까지 한패가 되어서 회장에 남아 있었던 것이다. 경찰의 감독 같은 것은 전혀 없었다. 악대는 돌려보내지 않았다. 돌아가려고 했을 때, 악사는 한 방 되게 얻어맞았다. 날이 샐 무렵까지는 『프로호리치 앞에 놓였던 것』은 모두 다 쓸어다가 있는 대로 먹어치웠다. 그리고 어떤 자는 코마린스키(러시아의 비속한 민속 무용)를 추든가 홀을 더럽혔고 겨우 새벽녘이 되어서야 송장처럼 진탕 취한 이 족속들의 한패는 타다 남은 화재 현장으로 또 한바탕 소란을 피우러 몰려갔던 것이다. 다른 한패는 그대로 홀에 눌러앉아서 마시든가 죽은 사람처럼 늘어져 코를 골든가(그러니까 여타의 결과는 미루어 알 것이다), 빌로도가 깔린 마루에 큰 대 자로 쓰러져 있었다. 아침이 되자 곧, 이 족속들은 손발이 끌리어 거리로 내쫓겼다. 현내의 부인 가정 교사 부조를 목적으로 한 이 자선회는 이렇게 해서 종말을 고했던 것이다.

4

화재는 방화로 판명되어 한층 더 강건너 사람들을 놀라게 했다. 여기에서 주의해야 할 것은 먼저 『화재다』하고 최초로 소리를 지른 사람이 있다는 것과 곧 이어 『쉬피굴린 직공들 짓이다!』하는 고함 소리가 났다는 것이다. 그러나 지금으로선 쉬피굴린의 직공이 세 사람씩이나 방화에 관계되고 있었지만, 그것으로 일단락 짓고, 다른 사람은 세상 사람들의 화제에서도 당국에서도 전적으로 혐의가 없다는 판단이 내려졌다. 이 세 사람의 건달 외에 (그 중 한 사람은 체포되어 자백했지만, 나머지 두 사람은 아직도 행방을 감추고 있다) 유형수 페지카도 방화에 관계했었다는 것은 의심없는 사실이었다. 현재끼리 화재 원인에 대해서 분명해진 것은 대체로 이 정도였다. 그 외의 여러 가지 억측을 든다면 이것은 이야기가 달라진다. 도대체 이 세 건달들은 어떤 이유에서 이런 짓을 했는가, 누구로부터 사주를 받았는가? 이 물음에 대답한다는 것은 지금으로서도 매우 곤란한 일이다.

불은 사나운 바람과 강건너 일대가 거의 목조 건물이란 점, 게다가 세 곳에 불을 놓았기 때문에 순식간에 번져서 거의 상상할 수 없을 정도의 속도로 한 구획을 전부 불태워 버렸다(방화는 오히려 두 곳에서 났다고 하는 편이 정확할는지 모르겠다. 제삼의 화재는 불이 나자 곧 진화되었기 때문이다. 이것은 또 나중에 쓰겠다). 그러나 수도의 신문에서는 그래도 이 거리의 화재 피해를 상당히 과장해서 쓴 모양이었다. 사실 불에 탄 것은 대충 계산해도, 강건너 전체의 사분의 일을 넘지 못했다(어쩌면 그것보다 적을는지 모른다). 소방대는 거리 면적과 인구에 비례해서 그 수가 비교적 적은 편이었는데도, 지극히 정확한 희생적인 활동을 보였다. 그러나 만일 새벽녘에 바람세가 달라지지 않아 불길이 계속됐다면, 주민과 협력해서 활동한 소방대도 별수 없었을는지도 모른다.

무도회를 빠져나와, 한 시간쯤 지나서 내가 강건너로 달려갔을 때는, 불은 맹렬하게 타고 있었다. 시내 쪽으로 향한 거리는 불바다로 화해서 대낮처럼 훤했다. 화재 현장을 자세하게 묘사하는 것은 그만두기로 한다. 러시아에서 그런 것을 모르는 사람은 없을 테니까. 한창 불타고 있는 거리에 가까운 옆골목에서는 형용할 수 없는 혼란과 번잡으로 들끓고 있었다. 거기서는 불이 번져올 것을 각오하고 주민들이 가구를 끌어내고 있었다. 그러나 그래도 집 근처를 떠나지 않고 모두 끌어낸 트렁크나 이부자리 위에 앉은 채, 제 집 문 앞에서 상황을 바라다보고 있었다. 남자들의 일부는 희생적으로 불을 끄고 있었다. 울타리를 마구 때려부수든가, 불에 가까운 판잣집 같은 것들도 모두 때려부수고 있었다. 자다가 깬 애들이 우는 소리라든가, 재빨리 가구를 끌어낸 여자들이 노래를 부르듯이 호소하면서 울부짖고 있었다. 그래도 아직 가구를 다 꺼내지 못한 여자들은 계속 가구를 끌어내느라고 허둥대고 있었다. 불꽃과 불똥이 멀리까지 날아갔다. 사람들은 될 수 있는 대로 그것을 막느라고 애쓰고 있었다. 화재 현장 옆에는 거리에서 모여든 구경꾼들이 우글거릴 정도로 들끓고 있었다. 그 중에는 불끄는 데 조력하는 자도 있었지만 대부분은 재미있다는 듯이 구경만 하고 있었다.

　야밤중의 큰불은 언제나 사람들을 초조케 하고 또 들뜨게 하는 것이다. 불꽃놀이는 이것을 응용한 것이리라. 그러나 불꽃은 우아하고 아름다운 규칙적인 일정한 형태를 가지고 퍼지는데다가 전혀 위험의 염려가 없기 때문에 샴페인을 한 잔 든 뒤와 같은 유희적인 가벼운 인상밖에 일어나지 않는다. 그러나 정말 화재가 일어나면 상황은 아주 달라진다. 여기에는 공포와 개인적인 위험의 느낌이(아무래도 그런 느낌이 어느 정도 드는 것이다), 밤의 화재에서 특유하게 떠오르는 것 같은 인상의 그늘에서 보고 있는 사람에게 (물론 화재를 입은 사람은 아니다) 일종의 뇌진탕이라고 할 본능이 일어난다. 게다가 이 본능은 어떠한 사람의 마음속에도, 아무리 온순하고 많은 가족을 거느린 하급 관리라 할지라도 마음속 밑바닥에 깔려 있는 것이다. 이런 음산한 감촉에는 여하한 경우에도 사람을 취하게 하는 것이 있다.

「화재라는 것을 일종의 만족감 없이 바라다보고 있을 수 있는지 전혀 자신으로서도 알 수 없단 말이야.」

　이것은 스체판 선생이 우연히 어떤 화재 현장에 가서 그 첫인상에 머리가 꽉 차서 들어온 뒤, 나에게 말한 것을 일언반구 빼지 않고 그대로 인용한 것이다. 그렇지만 이런 밤의 화재를 찬미하는 자도 자기가 불속으로 뛰어들어가 불타서 죽어가는 어린이나 노파를 구출해내는 일이 있다는 것은 말할 것도 없다. 그러나 그것은 전혀 이야기가 다른 것이다.

구경꾼들 뒤에서 인파에 밀리면서, 나는 어물거리지 않고 곧 가장 중대한 제일 위험한 장소에 도달했다. 그리고 율리아 부인의 부탁으로 찾고 있던 렘브케를 드디어 그곳에서 발견했던 것이다. 그가 있는 위치는 정상적인 자리를 떠나 있었다. 놀란 만한 일이었다. 그는 담이 무너진 위에 서 있었다. 삼십 보쯤 떨어진 왼쪽에는, 거의 불타 버린 목조 이층 집이 검은 해골처럼 서 있었고, 위도 아래도 창문 대신에 구멍이 뻥 뚫려 있었고, 지붕은 죄다 타서 내려앉아 있었다. 그리고 군데군데 새까맣게 탄 대들보를 따라서 아직도 불길이, 뱀이 혀를 나불대는 것처럼 타오르고 있었다. 뜰안에서는 타버린 집으로부터 스무 걸음쯤 되는 곳에 이층 건물이 불타오르고 있어서, 소방대는 불을 끄기에 여념이 없었다. 오른쪽에서는 소방대와 주민들이 꽤 큰 목조 건물을 불이 옮겨붙지 않도록 지키고 있었다. 아직 타기 시작하지는 않았지만 이미 여러 번 불이 붙었던 것이다. 어쨌든 전소돼 버릴 운명이었다.

렘브케는 바깥채를 향하여 소리지르기도 하고 손짓을 하면서 아무도 실행할 수 없는 명령을 내리고 있었다. 나는 처음에는 모든 사람이 그를 여기다 내버려 두고 떠나 버린 것이 아닌가 하고 생각했다. 적어도 그를 둘러싸고 있는 여러 종류의 군중이(그 속에는 평민들과 섞여서 신사들도 교회의 보좌신부도 있었다) 신기한 듯이 물끄러미 그의 말을 듣고 있으면서도 아무도 말하는 사람이 없었고, 또 끌어내리려는 사람도 없었다. 렘브케는 창백한 얼굴로 눈을 번득이면서 대단히 기발한 소리로 떠들고 있었다. 게다가 모자도 없었다. 이미 오래 전에 잃어버린 모양이었다.

「모든 것은, 죄다 방화다! 이것은 니힐리즘이다. 만일 무엇이 타고 있다면 그것은 즉, 니힐리즘이다!」 이런 소리를 들었을 때, 나는 자신도 모르게 오싹했다. 물론 지금 새삼스럽게 놀랄 것도 못 되지만 그러나, 너무나 적나라한 현실에는 언제든지 이렇게 사람의 마음을 뒤흔들어 놓는 것 같은 데가 있는 것이다.「각하」그의 옆에 한 경관이 나타났다.「댁으로 돌아가셔서 쉬시는 것이 좋겠습니다. 각하께서 이런 데 서 계신다는 것은 매우 위험합니다.」

 뒤에 들은 바에 의하면, 이 경관은 언제나 렘브케 옆에 붙어 다니면서 그를 보호하고 될수록 집으로 데리고 가려고 노력할 것은 물론, 무슨 위험한 일이라도 생겼을 경우에는 완력이라도 써야 한다고 하는, 명백히 이 경관으로서는 이행하기 힘든 명령을 경찰서장으로부터 받고 있었던 모양이었다.
「집을 불태운 자의 눈물은 틀림없이 씻겨질 것이다. 그러나 거리는 아주 폐허가 됐다. 이것은 그 네 명의 악당, 네 놈 반의 악당의 소행이다. 그 악당의 장본인을 체포해라! 목표의 상대는 한 놈이다. 네 놈 반의 악당들은 그놈의 지시를 받고 있다. 그놈으로 말하면 남의 집에 몰래 들어가서 그 명예를 유린하는 놈이다. 그리고 집을 불태우기 위해서 미끼로 가정 교사를 이용한 것이다. 비열하다. 참으로 비열하다! 앗! 저 사나이는 무엇을 하는 거야?」 한창 불타고 있는 바깥채의 지붕에 한 사람의 소방수를 발견하고, 그는 이렇게 소리쳤다. 불길은 그 소방수가 밟고 있는 지붕을 꿰뚫고 솟아오르고 있었다. 「저 사나이를 끌어내려라. 떨어지겠다. 타죽겠어! 저 불을 꺼줘라! 도대체 저자는 저기서 뭘 하고 있는 거냐?」

「불을 끄고 있습니다, 각하.」

「아냐, 그럴 리가 없어. 불은 마음속에 있는 게 아냐. 지붕 위에 있어! 저 사나이를 끌어내려라. 그리고 모든 것을 때려부숴라! 때려부수는 것이 좋아! 때려부숴 버리는 것이 좋단 말이야! 될 대로 되라고 해! 아니, 또 누군가가 울고 있군! 할머니다! 할머니가 울부짖고 있다. 어째서 할머니를 잊고 있었지?」

 과연 불타오르는 바깥채 아래층에 미처 나오지 못한 노파가 악을 쓰면서 살려 달라고 소리치고 있었다. 그녀는 집주인인 상인의 친척 뻘 되는 여든 살이나 된 노파였다. 게다가 그녀는 아직 나오지 못했던 것이 아니고, 아직 불이 붙기 전인 모서리 방에서, 자기 이부자리를 끌어내오려는 무모한 생각으로 불타고 있는 집 안으로 뛰어들어갔던 것이다. 그때는 아직 불이 붙지 않았지만 곧 불붙기 시작했기 때문에 노파는 연기에 숨이 막히고 불길에 그을려 울부짖으면서 그래도 깨어진 유리창 사이로 말라비틀어진 손으로 열심히 이부자리를 밀어내려고 애쓰고 있었다. 렘브케는 구조하기 위해서 그쪽으로 달려갔다. 그가 창문 가까이 다가가서 이부자리 끝에 손을 대어 곧 있는 힘을 다해 창문에서 끌어내려고 하는 것을 모든 사람은 보고 있었다. 그랬는데 운 나쁘게도 이 순간에 깨진 판자가 한 장 지붕에서 떨어지면서 렘브케를 덮어씌웠던 것이다. 판자는 떨어지면서 약간 그의 목을 스쳤을 뿐 별로 큰 상처를 줄 정도는 아니었는데, 렘브케의 공적인 생활은(적어도 이 마을에서는) 종말을 고했던 것이다.
　이 타격에 그는 중심을 잃고, 그대로 의식을 잃어버리고 쓰러졌던 것이다.
　드디어 암담하고 침울한 아침이 왔다. 불은 고개를 숙였다. 밤새 불던 바람도 잠잠해지고 가랑비가 부슬부슬 내리기 시작했다. 그때 나는 렘브케가 쓰러져 있는 곳에서 꽤 떨어진 다른 구역에 서 있었지만 우연히 그 군중 속에서 이상한 이야기를 들었다. 그래서 불가사의한 사실을 발견하게 되었던 것이다. 다름이 아니라 이 구역에서는 제일 끝에 있고 다른 건물에서도 약 삼십 보 가량 떨어진 텅 빈 야채밭 옆에 지은 지가 얼마 안 되는 목조의 작은 집이 하나 있었는데, 이 외따로 떨어진 집이 화재가 일어날 무렵에 제일 먼저 타기 시작했다는 것이다. 설혹 이 집에서 불이 일어났다 해도 그만큼의 거리가 있으니 불은 다른 집으로 번질 리가 없었을 것이고, 또 그 반대로 강건너 저쪽애 모두 타버렸다고 해도, 아무리 바람이 세게 부는 날이라도 이 집만은 타지 않을 수 있었을 것이다. 따라서 이 집은 집 자체에서 불이 나 탄 것이지 다른 데서 불이 번져와 탄 것이 아니라는 결론이 된다. 그러나 무엇보다도 불가사의한 것은 집은 다 타지 않았지만 밤이 지나자, 그 집에서는 놀랄 만한 사실이 발견됐던 것이다.
　이 새 집의 주인은 시외에 살고 있는 상인이었는데 새로 지은 집에 불이 났다는 것을 알자, 당장 달려와서 집 옆 벽에 쌓여 있는 장작에 불이 붙어 있는 것을 보고 근처의 주민과 힘을 합쳐서 장작 더미를 헤쳐 불을 진압했다. 그런데 이 집에는 세들어 사는 사람이 있었다. 그곳에는 거리에서도 모르는 사람이 없는, 대위와 그 여동생, 그리고 꽤 나이먹은 하녀가 살고 있었다. 셋방살이를 하는 사람은 모두 이 세 사람이었는데, 그날 밤에 모두 칼에 찔려 죽었을 뿐 아니라 명백히 약탈당했던 것이다(렘브케가 이부자리를 꺼내려 했을 때, 경찰서장이 없었던 것은 여기에 와 있었기 때문이다). 아침이 되자 이 사건은 곧 온 현 내로 쫙 퍼져 모든 사람들이 떼를 지어 이 외따로 떨어진 집을 향해서 밀물처럼 몰려왔던 것이다. 집을 태워 버린, 강 건너의 사람들까지 섞여 있었다. 그 근처는 지나갈 수가 없을 정도로 사람들이 몰려 있었다.
 나는 곧 여러 사람들로부터 이야기를 들었다. 처음 발견했을 때, 대위는 낮에 입었던 옷 그대로 침상에 쓰러져 목에 칼을 맞고 있었다. 아마도 죽은 사람처럼 취해서 자고 있을 때 찌른 모양으로 아무것도 모르는 채 죽어 버리고 만 성싶었다. 피는 마치 『소가 죽은 것처럼』 낭자해 있었고, 여동생인 마리아는 온몸이 칼에 찔린 칼자국 투성이로, 문 가까이 마루 위에 쓰러져 있었다. 이건 틀림없이 오랫동안 고통을 받으면서 흉한과 맞붙어 싸웠음에 틀림이 없었다. 하녀도 눈을 떴던 모양으로 깨끗이 머리가 갈라져 있었다는 것이다. 집주인 말에 의하면 대위는 전날 아침 잔뜩 취해가지고 그의 집으로 찾아와 꽤 많은 돈, 이럭저럭 이백 루블리 가까운 돈을 꺼내 보이면서, 자랑하고 있었다는 것이다. 낡아서 해진 대위의 녹색 지갑은 텅 비어서 마루 위에 팽개쳐져 있었는데, 마리아의 트렁크에는 손을 댄 흔적이 없었고 성상 (聖像)에 놓인 은빛 미사복도 역시 손도 안댄 채 그대로 있었다. 대위의 옷가지도 그대로 무사히 남아 있었다. 짐작컨대 도둑은 매우 서둘렀던 모양이었다. 게다가 집안 사정에는 정통한 사람이었던 모양으로 다만 돈만을 목적으로 들어왔던 것 같고, 또 그 돈이 있는 곳도 잘 알고 있었음에 틀림없었다.
 만일 집주인이 달려가지 않았다면, 장작이 함께 타서 틀림없이 집은 전소됐음에 틀림없었다. 그렇게 됐다면 숯덩이처럼 까맣게 탄 시체만 가지고 사실을 추정하는 것은 불가능했을 것이리라.
 이 살인 사건은, 이런 식으로 알려졌다. 또 곁들여서 이런 말도 전해졌다. 즉 이 집을 대위와 그의 여동생을 위해서 빈 사람은 다른 사람이 아닌 스타브로긴, 스타브로기나 장군 부인의 외아들인 니콜라이 브세볼로도비치로, 그가 직접 집주인을 방문하고 간절하게 사정을 해서 겨우 빌렸다는 것이다.
 집주인은 이 집을 술집으로 할 작정이었기 때문에 쉽사리 빌려 주려 하지 않았지만 스타브로긴은 돈에 인색하게 굴지 않고, 반 년 치를 선불한다는 바람에 결정을 보았던 것이다.
 「이건 단순한 화재가 아닌데?」 하는 소리가 군중 속에서 들려왔다.
 그러나 대다수는 가만히 있었다. 사람들의 얼굴은 어둡고 침울했지만 그렇다고 눈에 띌 정도로 흥분하는 기색은 없었다. 그렇지만 그 근처에선 스타브로긴의 화제가 끊이지 않았다. 죽은 여자는 그의 아내였다는 것과, 그가 어제 이 거리에서 제일 부자인 드로즈도프 장군 부인네 집에서 『부정한 수단』으로 그 따님을 꾀어냈다는 사실에 대해서, 이 집에서는 페체르부르그에 소송을 제기하겠다고 떠들었다는 것과, 그의 처가 살해되었다는 것은 아무래도 드로즈도바 양과 결혼하고 싶었기 때문이 아니겠느냐는 것들이었다.

이런 말들이 계속 화제가 되고 있었다. 스크보레쉬니키는 이곳에서 이 베르스타 반 정도밖에 안 되기 때문에 알렸을 것인데도 나는 지금도 기억하고 있지만, 그곳에 이 소식을 알렸는지 어쨌는지 그것은 잘 모르겠다. 더욱이 특별히 군중을 선동하는 자가 있는 것같이 보이지는 않았다. 실은 조금 전에 식당에서 떠들고 있었던 패거리 중의 두서너 놈이 눈앞에서 어정거리고 있는 것에 나는 곧 관심이 갔지만, 그렇게까지 무서운 억측은 하고 싶지 않았다.

그러나 키가 크고 여윈 상인 차림의 한 젊은이만은 지금도 기억해낼 수가 있다. 마치 검댕으로 칠한 듯한 새까만 얼굴을 하고 머리카락은 꼬불꼬불 말리고 비쩍 마른 소독저 같은 사나이로 뒤에 들은 바에 의하면 열쇠 장수라는 것이었다. 별로 취한 것 같지는 않았었는데 침울한 표정으로 서 있는 군중들과는 반대로 마치 상황을 모르는 듯한 태도였다. 그는 노상 여럿을 향해 무슨 말을 하고 있었는데, 그 말은 지금은 기억에 없다. 다만 그의 말 중에서 겨우 생각나는 것은

「아아, 너희들 말야, 이게 도대체 어떻게 됐다는 거냐? 도대체 앞으로도 이 모양이겠느냔 말야?」 하는 정도로 간단한 것이었다. 이렇게 말하면서 그는 두 손을 휘저었다.

제 3 장   깨어진 로만스

1

　스크보레쉬니키의 홀에서는(이곳은 바르바라 부인과 스체판 선생과의 최후 회견이 있었던 방이다) 화재가 환하게 바라다보였다. 날이 샐 무렵인 다섯 시경 오른쪽 끝 창 앞에 리자가 앉아서 훤하게 밝아오는 하늘을 바라보고 있었다. 그녀는 이 방에 혼자 있었다. 그녀가 입고 있는 옷은 어제 낭독회에 나갈 때 입었던 새옷으로 레이스가 많이 달린 엷은 녹색의 화려한 것이었으나, 마구 구겨져 있었고 게다가 서둘러 입은 것처럼 되는 대로 걸치고 있었다. 가슴 위의 단추가 잘 채워져 있지 않은 것을 보자, 그녀는 얼굴을 빨갛게 붉히고 서둘러 옷매무시를 고쳤다. 그리고 어제 들어오면서 팽개쳤던 빨간 네커치프를 안락의자에서 집어다가 그것을 목에 걸쳤다. 풍성한 머리는 헝클어져 있었고 네커치프 아래서 왼쪽 어깨로 흐트러져 있었다. 얼굴은 피곤한 듯 불안스러워 보였지만, 눈은 약간 찌푸린 눈썹 아래에서 타는 듯이 이글거리고 있었다. 그녀는 다시 창가로 다가가서 뜨거운 이마를 차가운 유리에 갖다대었다. 그때 문이 열리고 니콜라이가 들어왔다.
　「지금 막, 말을 태워서 사람을 보냈어요.」 하고 그가 말했다. 「십 분만 있으면 모든 것을 알 수 있습니다. 지금으로선 하인들의 말에 따르면 강문턱에 가까운 강건너의 일부가 탔다는군요. 다리의 오른쪽 말입니다. 열한 시 넘어서 불이 났는데 지금은 이미 불길을 잡았다는군요.」 그는 창가로 다가가지 않고 리자에게서 서너 걸음쯤 뒤에 멈춰 섰다. 그녀는 뒤돌아보지도 않았다.
「달력에는 이미 한 시간 전에 날이 새는 것으로 되어 있는데도 아직 밤 같은걸요.」하고 그녀는 못마땅한 듯이 말했다.
「달력 같은 것은 모두 엉터리예요.」그는 상냥하게 웃으면서 이렇게 말했지만, 갑자기 창피한 생각이 들어 덧붙였다.「달력을 보면서 산다는 것이 지리한 것이지요, 리자.」
그러나 다시 자신이 한 말이 비굴한 말이라고 느껴지자 그는 짜증스런 생각이 들어 입을 다물고 말았다. 리자는 일그러진 엷은 웃음을 띠었다.
「당신은 저와 같이 있으면서도 화제가 궁할 정도로 침울한 기분이시군요? 그렇지만 염려 마세요, 당신은 정말 근사한 말을 했어요. 나는 언제나 달력으로 살고 있어요. 내 생활은 하나하나가 모두 달력에 매여 있는 거예요. 당신은 아마 놀라셨죠?」
그녀는 갑자기 창문에서 몸을 돌려 안락의자에 앉았다.「당신도 이리 앉아 보세요, 우리들은 오래 같이 있을 수 없으니까요. 모든 것을 죄다 털어놓고 싶군요……. 당신도 무엇이든 하고 싶은 말을 해야 하잖아요?」
니콜라이는 그녀 앞에 자리를 잡자 조심스럽게 그녀의 손을 잡았다.
「그건 무슨 말입니까? 리자, 어째서 그런 말을 하는 거지요? 우리들이 이렇게 같이 오래 있을 수 없다고 하는 것은 무슨 뜻입니까? 당신이 아침에 일어나서 수수께끼 같은 말을 하는 것도 이것이 벌써 두 번째가 아닙니까?」
「아니, 그럼 당신은 언제부터 제 수수께끼 같은 말을 하나 둘 계산하기 시작한 거예요?」하고 그녀는 웃기 시작했다.「기억하고 계세요? 어제 여기 들어왔을 때, 난 이미 죽은 몸이라고 한 말을……. 그 말은 잊어버리는 편이 좋겠다고 생각하신 거죠? 잊어버리든가, 기억에 없는 것처럼 행동하고 싶으신 거죠?」
「기억에 없는데요, 리자? 어째서 죽은 몸이란 그런…… 어쨌든 살아야 하지 않습니까……?」
「또 말하다가 그치시는군요. 당신은 평소의 그 웅변을 어디다 두셨어요? 저는 이미 이 세상에선 희망이 없으니까, 그러지 않아도 괜찮아요. 당신은 그 흐리스토포르 이바노비치를 기억하고 계시죠?」
「아니오. 기억에 없는데요.」하고 그는 양미간을 찌푸렸다.

「흐리스토포르 이바노비치 말예요. 왜 로잔느에서 만났던 사람…… 그 사람은 당신을 매우 괴롭혔지 않아요? 여러 번 문을 열고 『단 일 분이라도』 하면서 온종일 눌어붙어 앉아 있었던…… 전 그 흐리스토포르 이바노비치처럼 온종일 눌어붙어 앉아 있으려는 건 아녜요.」
 병적인 표정이 그의 얼굴에 떠올랐다.
「그 비꼬는 듯한 말투가 나는 싫단 말입니다. 그렇게 비꼬는 것 당신 자신에겐 매우 소중한 것이 될지 모르지만……. 그런 말을 해서 어쩌자는 겁니까? 도대체 무엇 때문입니까?」
 그의 눈은 타는 듯이 이글거리기 시작했다.
「리자!」하고 그는 소리쳤다.「어제 당신이 여기로 들어왔을 때보다 더욱더 당신을 사랑하고 있다는 것을…….」
「그거 참 이상스런 고백이시군요? 어째서 어제니 오늘이니 하는 비교가 있어야 할까요?」
「당신은 나를 버리진 않겠지요? 설마…….」거의 절망한 어조로 그는 말을 이었다.「우리들은 여기서 떠나는 거지요? 오늘 곧, 그렇지요?」
「아야! 그렇게 쥐면, 손이 아프지 않아요! 도대체 오늘 당장 어디를 간단 말예요? 어디를 또『부활』하러 간다는 거예요? 싫어요, 이젠 더 이상 시험 당하고 싶지 않아요. 게다가 그런 일은 저에겐 취향에 맞지 않아요. 그런 일은 전 할 수 없어요. 그건 저에겐 너무 고상한 일이에요. 만일 간다면 모스크바지요. 거기서 사람들을 방문하고 또 그들의 방문도 받고, 이것이 제 이상입니다. 아세요? 전 벌써 스위스에 있을 때부터 내가 어떤 여자라는 것을 당신에게 숨기거나, 그러진 않았죠? 그래도 당신은 부인이 계시니까, 모스크바에 가서 사람들을 방문할 수는 없겠죠? 그러니 그런 것은 말할 것이 못 되지 않아요?」
「리자, 어제 무슨 일이 있었어요?」
「있을 만한 일이 있었죠, 뭐.」
「그럴 수 없어! 그건 너무 잔인해!」
「잔인하니 어쩌겠다는 거예요? 잔인하면 꾹 참고 있을 수밖에 달리 도리가 있겠어요?」
「당신은 어제의 망상을 가지고 나를 괴롭히고 있군요.」하고 그는 비꼬는 듯한 미소를 띠면서 중얼거렸다.
 리자는 갑자기 얼굴이 빨개졌다.
「어쩜 그렇게 비열한 생각을!」
「그럼 왜 당신은…… 그런 커다란 행복을 나에게 안겨 주었습니까? 그것을 물어 볼 권리가 나에게 없을까요?」
「싫어요, 그런 말은. 아무쪼록 권리라는 말은 빼고 말씀해 보세요. 오늘은 당신한테 좋지 못한 날이에요. 게다가 당신은 세상의 소문을 두려워하고 있지 않아요? 그『큰 행복』때문에 비난을 받지나 않을까 하고 걱정하고 계시지 않아요? 만일 그렇다면 부탁이니 걱정하지 마세요. 당신은 아무것도 잘못한 것은 없으니까요. 누구에 대해서도 책임을 질 일이 없어요. 어제 제가 당신의 방문을 열었을 때만 해도 누가 들어오는지조차 모르고 계셨는걸요. 그것은 즉, 지금 당신이 말씀하신 저의 망상이에요. 그것뿐이에요. 당신은 대담하고 태연하게 모든 사람에게 떳떳이 행동할 수 있는 거예요!」
「당신의 그 말투, 그 웃음은 지금까지 한 시간 동안 그처럼 짓궂게 말하는 『행복』은 나에게 있어서는 모든 것에 해당하는 겁니다. 도대체 나는 당신을 잃어버려도 될 것인가? 맹세코 말하지만, 나는 어제는 당신에 대한 사랑이 부족했단 말입니다. 어째서 당신은 오늘 모든 것을 나로부터 빼앗아가려는 겁니까? 그것이 이 새로운 희망이 나에게 얼마나 많은 댓가를 치르게 했는지 당신은 전혀 모를 겁니다. 나는 목숨을 그 댓가로 바쳤던 거요.」
「자신의 목숨을 바쳤어요, 아니면 다른 사람의 목숨을 바쳤어요?」
 그는 서둘러 몸을 일으켰다.
「그 말은 도대체 무슨 뜻이오?」상대를 응시하면서 그는 이렇게 말했다.
「당신께서 치른 희생은 자신의 것입니까, 아니면 제것입니까 하는 것이에요, 제가 묻고 싶은 것은. 당신은 지금, 아주 이해력을 잃고 있어요. 아무래도……」리자는 화를 발끈 냈다.「어째서 당신은 그렇게 놀라는 거예요? 어째서 그런 표정으로 저를 노려보는 거예요? 정말 저를 놀라게 하는 것도 분수가 있지……. 무엇이 그렇게 두려운 건가요? 저는 벌써부터 알고 있었는데, 당신은 뭔가를 두려워하고 있어요. 지금도, 정말 지금도…… 어머나! 어쩌면 저렇게도 얼굴이 창백할까?」
「리자, 만일 당신이 무언가 눈치를 챘다면, 나도 맹세코 말하지만, 나는 아무것도 모른단 말이오! 그리고 지금 희생으로 생명을 바쳤다는 건 절대로 그 일을 두고 하는 말이 아니란 말이오!」
「저는 당신이 말씀하시는 걸 전혀 모르겠어요.」 겁에 질린 듯 머뭇거리며 그녀는 이렇게 말했다.
　잠깐 뒤 온화한, 그러나 사려 깊은 미소가 그의 입가에 떠올랐다. 그는 조용히 자리에 앉아 팔꿈치를 무릎 위에 대고 두 손으로 얼굴을 가렸다.
「악몽이야, 잠꼬대란 말야! 우린 서로 다른 말을 하고 있었던 거야!」
「저는 당신이 무엇을 말씀하시는지 몰랐던 거예요. 오늘 제가 여기를 떠나 버리고 만다는 것을 어제 정말 몰랐어요? 말씀해 보세요! 아셨어요? 정말 모르셨어요? 숨기시지 말고 사실대로 대답해 주세요.」
「알고 있었어요.」 그는 조용히 대답했다.
「그렇다면 아무 말도 할 필요가 없지 않아요? 전부터 알고 하나의 『순간』을 자기를 위해 남겨 두고 있었으니까요. 더 이상 계산하고 따지고 할 필요는 없지 않겠어요?」
「그럼 사실대로 정직하게 말해 보십시오.」 깊이 고민하는 목소리로 그는 이렇게 소리쳤다.「도대체 당신은 어제 내 방의 문을 열 때, 다만 한때뿐이란 것을 자신으로서도 알고 있었습니까?」
　그녀는 증오에 찬 눈으로 사나이를 응시했다.
「극히 정직한 사람이라도 대담하게 기발한 질문을 한다는 것은 정말이군요. 그런데 왜 그처럼 겁을 먹고 있는 거지요? 아니면 여자 편에서 먼저 당신을 버리고, 왜 자기가 먼저 차버리지 못했던가 하는 자존심 때문인가요? 보세요. 니콜라이 씨, 전 댁에 있는 동안 여러 가지 일을 생각해 봤는데요, 그 중에서 이런 확신을 얻었단 말예요. 다름이 아니고 그건, 당신이 저에게 끔찍히 관대하셨다는 점입니다. 그것이 전 싫었단 말이에요.」
　그는 자리에서 일어나 방안을 몇 걸음 어정거렸다.
「좋소, 그럼 이런 정도로 그 이야긴 끝내 버리도록 합시다……. 그러나 어째서 이렇게 되어 버리고 만 것일까?」
「어마, 걱정 마시라니까요. 이런 모든 상황은 죄다 당신 자신이 직접 다섯 손가락으로 헤아리는 것처럼 알고 계시는 일이 아니에요? 이 세상에서 누구보다도 잘 깨닫고 알아서, 또 자신께서 이렇게 되기를 바라고 계셨던

게 아닙니까? 나는 처녀예요. 제 마음은 오페라에서 컸으니까요. 그것이 결국 일의 발단이었단 말예요. 이것으로 완전히 수수께끼가 풀린 셈이죠!」
「아니오!」
「그렇다고 제 자존심을 손상시키는 것 같은 일은 아무것도 없지 않아요? 모든 것이 아름다운 순간으로부터 시작됐던 거예요. 그것을 저는 계속 간직할 수가 없었을 뿐이예요. 그저께 제가 여러 사람들 앞에서 당신을 『모욕』했을 때 당신은 훌륭한 기사처럼 대답을 하셨어요. 그 뒤 저는 집으로 돌아와서 곧 그 이유를 깨달을 수 있었어요. 당신이 저를 피하게 된 것은 당신에게 부인이 있기 때문이고 결코 저에 대한 경멸에서 그러는 것은 아니라는 것을 깨달았단 말이에요. 아무튼 사교계의 아가씨 입장이 돼보니까 이 경멸이라는 것이 무엇보다도 두려운 것이더군요. 당신은 그때, 오히려 저 같은 무분별한 여자를 따라다니며 보호해 주었다고 하는 사실을 깨달았을 거예요. 안 그래요? 전, 당신의 마음이 매우 넓은 것을 높이 평가하고 있어요. 거기에 표트르 씨가 달려와서 모든 것을 속시원히 설명해 주셨어요. 그 사람은 저에게 당신은 어떤 위대한 사상 때문에 동요하고 있고 그 사상이란 것은 저도 그 사람도 그 앞에 나아가면 마치 한푼어치의 가치도 없을 만큼 그처럼 훌륭한 것이지만, 그래도 어쨌든 내가 당신이 가는 길에 방해가 된다고 털어놓고 말씀해 주셨던 거예요. 그 사람은 자기도 그 속에 포함시키고 있더군요. 그 사람은 어떻게든 세 사람이 합치기를 바라고 있으면서 대담한 말을 하더군요. 러시아 노래 속의 『작은 배』가 어떻다느니 은행나무의 노가 어떻다느니 하면서요. 저는 그래서 그 사람을 시인이라고 칭찬해 줬지요. 그랬더니 그 사람은 그것을 액면 그대로 받아들였단 말예요. 저는 벌써 오래 전부터 짧은 순간만 만족하기로 하고 있었기 때문에 그래서 결단을 내려 결정을 했던 것이에요. 아시겠어요? 그러니까 이젠 그만 말하지요. 이 이상의 설명은 필요없을 거예요. 또 말다툼을 하게 될지도 모르겠으니까요. 아무것도 두려워할 것은 없어요. 모든 것을 제가 혼자 책임질 테니까요. 저는 건달 같은 변덕스런 여자니까요. 오페라의 『작은 배』에 유혹된 거지요. 나도 역시 아가씨였단 말이에요, 그래도요, 그래도 역시 저는 말예요. 당신이 끔찍이 사랑해 주고 있다고 생각하고 있었던 거예요. 아무쪼록 이 바보 같은 여자를 경멸하지 말아 주세요. 지금 흘린 한 방울의 눈물을 비웃지 말아 주세요.

저는 저의 이 한 몸의 운명이 기구함을 가엾게 여겨 우는 것이 까닭없이 좋으니까요. 아아, 이젠 모든 것에 진저리가 나요. 아무 쓸모없는 여자와, 아무 쓸모없는 남자 두 사람이 마주쳤으니 그것만이라도 억지로 위로로 삼아야지요! 적어도 자존심의 손상으로 인한 괴로움은 피차에 없으니까요.」
「악몽이다! 잠꼬대다!」 스타브로긴은 괴로운 듯 마구 손을 비비면서, 방안을 걸어다니며 소리쳤다.
「리자, 당신은 불행한 사람이오! 도대체 당신은 자기 자신에게 무슨 짓을 하고 있는 거요?」
「촛불에 화상을 입었어요. 그것뿐이에요. 어머, 당신까지 울고 계시다니? 좀더 신사처럼 행동하세요. 좀더 신경을 무디게 하세요.」
「어째서, 도대체 무엇하러 당신은 나를 찾아왔단 말이오?」
「어머나, 정말 당신이 그런 질문을 하신다면, 사교계의 안목으로 보면 얼마나 우스꽝스런 입장에 서게 될 것인가를 모르고 하시는 말씀이세요?」
「왜 당신은 자기 자신을 파멸시키는 그런 행동을 했단 말이오? 게다가 그처럼 추하고 바보스럽게, 도대체 이제부터 어떡하려고 그러는 거요?」
「아아, 이것이 스타브로긴이란 말인가요? 당신에게 몸달아 있는 이 마을의 어느 부인이 말한『흡혈귀 스타브로긴』이란 말인가요? 저는 이미 아까도 말한 것처럼 일생을 단 한 시간으로 환산해 버렸기 때문에 이제는 마음의 안정을 얻고 있어요. 그러니까 당신도 당신 자신의 생애를 환산해 버리고 마세요……. 하기는 당신에게는 무엇 때문에라는 대상이 없기는 합니다만 당신 같은 인간은 이제부터라도, 또 여러 가지의『시간』과『순간』을 많이 만들 수 있을 테니까 말예요.」
「당신과 같을 수밖에 없어. 그것을 나는 명예를 가지고 맹세하겠소. 당신보다 하나라도 더 많은『시간』을 만들 수는 없단 말이오!」
그는 쉴 사이 없이 계속 걷고 있었기 때문에 갑자기 희망의 서광을 발견한 듯이 보이는, 전광처럼 빠르고 찌르는 듯한 여자의 시선을 눈치채지 못했다. 그 빛은 곧 사라져 버리고 말았다.
「아아, 지금 내가 처한, 불가능한 성실의 대가를 당신이 알아 줄 수만 있다면! 리자, 당신에게 털어놓고 보여 줄 수 있겠는데…….」
「털어놓고요? 저에게 뭘 털어놓고 보이려는 거예요? 당신의 털어놓는다는 말은 질색이에요!」그녀는 거의 겁에 질린 듯이 소리쳤다.
　그는 말을 그치고 불안하게 기다리고 있었다.
　「저도 고백해야 할 것이 있어요. 우리가 스위스에 있을 때부터 당신 마음속엔 뭔가 무서운, 더럽기 한량없는 피비린내나는 것이 있고, 게다가 그러면서도 무서울 만큼 우습게 보이는 것도 마음속에 숨어 있다는 그런 생각이 저의 머릿속에 달라붙어 버렸단 말예요. 그러니까 만일 그것이 정말이라면 저에게 털어놓고 말하는 것은 조심하셔야 해요. 저는 일소에 붙여 버리고 말 테니까요. 그리고 일생을 두고 당신을 비웃어 줄 테니까요. 어마, 또 얼굴이 창백해지시는군요. 더 이상 말하지 않겠어요. 그만두겠어요. 전 곧 갈 테니까요.」하고 그녀는 우울한 듯이 경멸하는 듯한 태도로 갑자기 의자에서 발딱 일어났다.
　「나를 괴롭혀 주오, 나에게 그 가슴속의 울분을 풀어 주오!」하고 그는 정신없이 소리쳤다.「당신은 그럴 만한 권리를 충분히 가지고 있단 말이오! 나는 내가 당신을 사랑하고 있지 않다는 것도, 당신을 파멸시켰다는 것도 알고 있소. 그렇지, 나는 『순간』을 보류했던 것이오. 나에게는 희망이 있단 말이오……. 벌써 오래 전부터 최후의 희망이 있었던 것이지. 당신이 어제 스스로 먼저, 다만 혼자서 내 방에 들어왔을 때 나는 내 가슴을 비추기 시작한 한 줄기의 광명을 아무래도 물리칠 수가 없었던 거요. 별안간 그 희망을 믿어 버리고 말았던 거요. 아니, 어쩌면 지금도 믿고 있는지 몰라.」
　「그런 용감한 고백에 대해서는 저도 같은 것으로 보답하지 않으면 안 되겠군요. 저는 당신의 간호원이 되고 싶지는 않아요. 만일 오늘 죽을 수가 없다면 정말 간호원이 되는지도 모르겠어요. 그러나 만일 된다고 하더라도 당신한테 가지는 않아요. 당신 같은 사람은 다리가 없든가 손이 부자유한 정도겠지만 저는 말예요, 뭔가 마치 사람 키만한 커다란 거미가 살고 있는 무시무시한 곳으로 당신에게 끌려 가서 둘이서 한평생 그 거미를 바라보면서 일생 동안 공포 속에서 살아야 한다는 그런 기분이 언제나 들었던 거예요. 그렇게 해서 우리의 연애도 종말을 고하고 마는 거예요. 그러니까 다센카에게 의논해 보세요. 그 여자라면 당신과 동반해서 아무데라도 갈 수 있을 거예요.」
　「아아, 당신은 이런 때까지 그녀를 화제로 올리지 않으면 안 되오?」
　「정말 당신은 불쌍한 강아지 같군요. 아무쪼록 그 여자에게 좋도록 전하세요. 당신이 늙은 뒤의 시중꾼으로 이미 스위스에 있을 때부터 그 여자를 정하고 있었던 것을 그 여자도 알고 있을 거 아니겠어요? 정말 당신은 얼마나 용의주도한 사람인지 모르겠어요. 얼마나 선견지명이 있는 분인지 모르겠어요. 어마, 저건 누굴까요?」

홀의 안쪽 문이 아주 조금, 아무도 모르게 열리고 사람의 머리가 기웃거렸다 싶더니 서둘러 사라지고 말았다.

「알렉세이냐?」하고 스타브로긴이 물었다.

「아니, 내가 잠깐」하고 표트르가 반쯤 머리를 내밀었다.「일찍 깼군요? 리자베타 양. 아무튼 상쾌한 아침이라고 하지 않을 수가 없군요. 틀림없이 홀에 두 분이 계시리라고 생각하고 있었습니다. 니콜라이 씨, 나는 단 일 분 동안만, 시간을 뺏으려고 왔는데 말이오, 꼭 한 마디만 하고 싶은 말이 있어서 달려왔단 말입니다. 잠깐, 아주 잠깐 동안만……」

스타브로긴은 일어나 나갔지만 서너 걸음 되돌아와서 리자 가까이 섰다.

「리자, 이따가 무슨 뜻밖의 소리를 들으면, 그것은 내 책임이라고 알아 둬요!」

그녀는 깜짝 놀라서 겁에 질린 듯이 사나이를 쳐다보았다. 그러나 그는 **빠른** 걸음으로 나가 버리고 말았다.

2

표트르가 머리를 기웃거렸던 방은 커다란 타원형의 대기실이었다. 거기에는 조금 전까지 알렉세이가 있었는데 그를 심부름 보냈던 것이다. 니콜라이는 홀로 통하는 문을 닫고 기다리는 태도로 멈춰 섰다. 그리고 표트르는 기분이라도 살피는 듯이 힐끗 상대를 보았다.

「뭡니까?」

「즉, 당신이 이미 알고 있다면」마치 눈으로 영혼까지 꿰뚫어보려는 것처럼, 표트르는 서둘러 이렇게 말을 꺼냈다.「물론 우리들은 추호의 책임이 없어요. 당신은 더욱 그렇고, 왜냐하면 이것은 결국 우연의 일치, 우연의 만남이니까요……. 간단하게 말하면 법률적으로는 당신에게 아무런 관계가 없다는 것을 알려고 달려온 것입니다.」

「탔소? 죽었소?」

「죽었는데도 타지는 않았단 말입니다. 이 점이 약간 꺼림칙하지만, 그러나 나는 명예를 걸고 맹세해 둡니다만, 당신이 아무리 나를 의심하더라도 나는 이 사건에 결코 아무런 죄도 없습니다요. 그런데도 당신은 나를 의심하고 계시는 모양인데 말입니다. 그렇지요? 원하신다면 사실대로 말하겠지만 이렇게 된 거예요. 정말 제 머리엔 그런 생각이 떠오른 것입니다(그것은 당신이 저에게 암시를 하신 겁니다. 하기는 그것은 진담에서가 아니고 농조로 그랬던 것이긴 하지만. 그렇지요, 당신이 진담으로 그런 소리를 나에게 할 이유는 없으시니까요). 그러나 나는 결심할 수가 없었어요. 어째서 그런가 하면 백 루블리 받았다고 해도 결행하려고 했던 것은 아닙니다. 게다가 유리한 조건은 아무것도 없었으니까요. 아니 참, 이건 이편의 말이구요, 저 혼잣말을 한 것입니다(그는 극도로 초조한 빛을 보이면서 마치 중국 남경의 불꽃처럼, 지껄이기 시작했다). 그런데 거기에 근사한 우연의 일치가 생겨났단 말이오. 아시겠어요? 내 돈이란 말입니다. 당신 돈은 일 루블리도 없었단 말예요. 첫째 그것은 당신부터가 이미 잘 아시고 계십니다. 나는 내 돈 이백삼십 루블리를 저 술주정꾼 바보 레뱌드킨에게 그저께 밤에 건넸던 것입니다. 아시겠어요? 그저께였단 말예요. 어제 낭독회가 끝난 뒤가 아니란 말입니다. 이 점에 주의를 해주십시오. 이것은 매우 우연한 일치입니다. 그렇지요? 그때 당신은 리자베타 양께서 오실는지 못 오실는지 몰랐으니까요. 그런데 내가 내 돈을 낸 이유는 다름이 아닙니다. 그저께 당신이 엄청난 짓을 했기 때문입니다. 모든 사람에게 비밀을 폭로한다는 엄청난 생각을 했기 때문입니다. 아니, 그건 당신의 사생활이니까 그만둡시다. 그러나 기사의 생각은 그렇지가 않단 말입니다. 그렇지만 정직하게 말해서 놀랐단 말입니다. 마치 몽둥이로 양미간을 호되게 얻어맞은 것처럼 정신이 아찔했습니다. 그러나 나는 그런 비극에는 관심이 없었기 때문에, 잠깐 양해를 구해 둡니다만, 나는 슬라브 식 말을 쓰고는 있지만 기실은 매우 착실한 사람입니다. 그런 사건은 아무래도 내 계획을 망가뜨리는 결과를 가져오게 되기 때문에 어떻게 해서라도 레뱌드킨과 그 여동생을 당신에겐 알리지 않고, 페체르부르그로 보내려고 굳게 결심했던 것입니다. 게다가 그는 자진해서 마냥 가고 싶어했던 것이니까요. 또 한 가지 실책은 당신 돈이라고 한 것입니다. 실수죠? 어쩌면 실책이 아닐는지도 모르겠습니다만, 그런데 말입니다. 그것이 이번에 저렇게 전개되었단 말입니다.」

그는 이야기에 열중해서, 스타브로긴에게 바싹 다가서면서 프록코트의 가슴께를 붙잡으려고 했다(사실은 일부러 그렇게 했는지 모르지만). 스타브로긴은 힘껏 그 손을 뿌리쳤다.

「아니, 도대체 왜 그러는 거요, 정신차리시란 말이오. 그러다가는 손이 부러지지 않겠습니까? 어쨌든 중요한 점은 어째서 그런 결과로 전개되어 갔느냐가 문제로서」손을 맞은 것엔 조금도 놀란 기색이 없이, 그는 또다시 지껄이기 시작했다.「난 그날 밤에 그 녀석에게 돈을 건넸습니다. 누이동생과 다음 날 아침 새벽에 기차를 타고 출발한다는 조건으로였죠. 그런데 그들을 기차에 태우기로 한 리푸친이 쓸데없이 청중을 상대로 못된 짓을 해가지고 그 분란을 일으켰단 말입니다. 아마 들으셨을 줄 믿습니다. 낭독회 석상에서 말입니다. 참 기가 차서 정말, 둘 모두 취해서 신가 뭔가를 읊는다고 떠들었단 말입니다. 게다가 그 절반은 리푸친이 지은 것이었어요. 그 녀석은 대위에게 연미복을 입혀 놓고 나를 향해서는『오늘 아침 출발시켰다』고 시치미를 떼곤, 그 동안에 대위를 어느 집 골방에다 숨겨 뒀던 것입니다. 느닷없이 연단으로 나타나게 하려는 계획으로 말입니다. 그러나 그 대위라는 작자는 상상 외로 자못 재빠르게 한 잔 든 김에, 아시다시피 추태를 연출하고, 결국 절반쯤 죽은 꼴이 되어서, 집으로 떠메고 가게 됐지요. 리푸친은 몰래 그 뒤를 따라가서 호주머니에서 이백 루블리를 훔쳐 가지고, 잔돈만 남겨 두었단 말입니다. 그런데 운나쁘게도 대위가 아침부터 그 이백 루블리를 주머니에서 꺼내들고 어디서든 함부로 크게 자랑을 하면서 뽐냈단 말예요. 그런데 페지카는 키릴로프 집에서 약간 얻어 들은 말이 있어서(그건 당신이 약간 눈치를 보였지요), 그것만 대기하고 있었던 참이라 이 기회를 놓칠 수 없다고 결심하기에 이른 것입니다. 자, 이것이 사건의 전부입니다. 그러나 페지카가 돈을 발견하지 못했다는 건 적어도 내가 크게 기뻐하는 것입니다. 아무튼 그 녀석은 일천 루블리 정도는 생각하고 있었던 모양입니다…… 정말 그렇게 생각하실지 어떨지는 모르겠습니다만, 저도 그 화재만은 장작으로 머리를 얻어맞은 것처럼 깜짝 놀랐단 말씀입니다. 정말 뭐라고 해야 좋을지 모를 외람된 행동이란 말예요. 나는 당신에게 그처럼 큰 기대를 걸고 있기 때문에 무엇 하나도 당신에겐 감추려 하지 않습니다. 그래서 말입니다만 제 머릿속에서는 그 화재라는 것이 벌써 오래 전부터 예견되고 있었단 말입니다. 이 화재라는 것은 정말 국민적인 것이며 통속적인 것입니다요. 그러나 이것은 필요한 때가 되기까지는 발동을 않기로 되어 있었던 것입니다. 우리들 일동이 궐기하는 순간까지는. 그런데 그 녀석들은 갑자기 월권으로, 아무런 명령도 내린 바 없는데도 이번처럼 입을 막고 숨을 죽이고 있어야 할 때 저렇게 발동을 하고 만 것이 아닙니까? 아니, 도대체 언어도단이라고 할 월권 행위란 말씀입니다. 지금 거리에서는 쉬피굴린 직공들이 어떻게 했다고 말들을 하고 있지만……. 그 사건에 우리 패가 섞여 있다면 그건 참 곤란하단 말씀입니다. 자, 보세요. 조금이라도 돈을 늦추면 이런 꼴입니다. 도대체 정말 그 오인존가 뭔가를 우두머리로 하고 있는 민주주의의 어중이떠중이는 그다지 믿을 만한 것이 못 된단 말씀이에요. 우리들에게 필요한 것은 단지 우상 같은 매력을 가진 한 사람의 당당한 전제 군주입니다. 부분적인 우상이 아니라 대중과 통속을 초월한 것을 발판으로 한 사람이어야 합니다. 그때가 되어야 오인조도 복종의 꼬리를 감아넣고 일단 유사시에는 상당한 역할을 다하게 되겠지요. 그러나 아무튼 지금 거리에서, 스타브로긴이 자기의 아내를 태워 죽이기 위해서 거리를 태워 버렸다 하고 떠들썩하게 선전하고 있지만, 그러나…….」

「벌써 그렇게 떠들썩하게 화제가 되고 있단 말이오?」

「아니, 실은 그런 일은 전혀 없습니다. 솔직히 말해서 나는 아직 그런 말을 듣지는 못했습니다. 그러나 세상 사람들이란 할 수 없는 것들이라서 더욱이 화재를 당한 사람들로 말한다면, 백성의 소리는 하늘의 소리라서 말예요. 엉터리없는 소문을 퍼뜨리는 것이 그리 어렵지 않단 말입니다. 그러나 실제로는 당신은 결코 두려워할 필요는 없습니다. 법률적으로 본다면 전적으로 결백하니까요. 양심으로 말하더라도 같은 것이 아니겠어요? 당신은 싫다고 말하지 않았습니까? 싫었죠? 증거 같은 것은 전혀 없습니다. 다만 우연의 일치가 있었을 뿐입니다. 예의 그 페지카가 그때 키릴로프 집에서 발설한 당신의 조심성없는 그 말을 생각해내지나 않을까 하는 걱정은 있습니다. 도대체 당신은 그때 왜 그런 말을 하신 겁니까? 도대체 당신은 그때 왜 그런 말을 하신 겁니까? 하긴 그렇더라도 무슨 증거가 되는 것은 아니니까, 게다가 페지카는 내가 처치할 테니까요. 오늘이라도 처치해 버리겠습니다!」
「시체는 타지 않았던가요?」
「조금도, 정말 이 멍청이 같은 녀석은, 대체 무엇 하나 똑똑히 처리하는 것이 없단 말이야. 그래도 나는 무엇보다, 당신이 그렇게 침착하게 하고 있는 것이 기쁩니다. 하기는 당신은 이 사건에 아무런 관계가 없고 따라서 책임도 없고, 또 그럴 의향도 없었다고는 하지만 그래도, 역시…… 게다가 또 생각해 보십시오. 이번 일이 처리되는 것으로 보아 당신은 여러 가지 일이 잘 되어 가지 않습니까? 갑자기 홀아비로서 자유로운 몸이 됐으니 굉장한 재산을 가진 아름다운 아가씨와 지금 당장이라도 결혼할 수 있으니 말예요. 게다가 그 사람은 벌써 당신의 수중에 들어 있단 말예요. 안 그래요? 하찮은 사연의 교묘한 연결이 이런 결과를 만들어냈으니 말입니다.」
「당신은 나를 위협하려고 그러는 건가요? 머리가 좀 돈 게 아니오?」
「아니, 뭐라구요? 지긋지긋합니다. 저는 지금 병신이지만, 그러나 뭐라고 할까요! 이번 일은 기뻐해도 좋을 텐데, 나는 조금이라도 빨리 알려 주려고, 일부러 달음질 쳐서 왔단 말입니다. 그런데 내가 어째서 당신을 위협한단 말입니까? 겁을 줘서 당신을 납득시킨다 해도 별 뾰죽한 수가 없잖아요? 나는 당신의 자유 의사가 필요한 것입니다. 겁이 나서, 싫어하면서 알아 주는 것은 원치 않습니다. 당신은 빛입니다. 태양입니다. 나야말로 당신을 마음 속으로부터 존경하고 있는 것입니다. 당신은 결코 저를 두려워하고 있는 것은 아닙니다. 안 그래요? 나는, 마브리키가 아니니까요. 사실 어떻습니까? 내가 지금 마차를 타고 이곳으로 달리다 보니까, 마브리키가 뒤뜰 한 구석 철책에 기대어 있지 않겠어요? 외투가 구겨져서 후줄근해 있는 것을 보니, 틀림없이 밤새껏 거기서 떠나지 않고 있었음에 틀림없어요! 정말 기적입니다, 이건. 인간이란 어느 정도로 이성을 잃을 수 있는지 정말 짐작조차 할 수 없단 말입니다.」
「마브리키가 정말?」
「정말이구말구요, 뜰의 철책 옆에 앉아 있었단 말입니다. 여기서 한 삼백 보 정도밖에 거리가 안 떨어져 있을 거예요. 나는 서둘러 그 옆을 지나왔지만, 역시 그에게 발견되었지요. 그럼 당신은 몰랐단 말입니까? 그렇다면 잊지 않고 알려 드려서 마침 잘 됐군요. 그런 사나이가 가장 위험합니다. 게다가 권총이라도 가지고 있는 경우엔 말입니다. 밤이고, 진눈깨비는 내리고, 게다가 보나마나 짜증을 내고 있을 것이고, 사실 그 사나이의 경우는 정말 참담한 것이니까요. 하하하! 당신은 어떻게 생각하십니까? 그 사나이는 무엇 때문에 그런 곳에 있을까요?」
「그야 물론 리자베타 양을 기다리고 있겠지요.」
「네? 그러나 그 여자가, 선생이 있는 곳으로 갈 리가 없지 않아요? 게다가…… 이렇게 날씨가 궂은데…… 정말 바보 같은 녀석이란 말입니다.」
「그 사람은 지금 선생이 있는 곳으로 나가려 하고 있단 말이오.」
「네? 그건 참 희한한 말씀이군요. 그러고 보니 아무튼 내 말을 좀 들어 보십시오. 이번에 그 여자의 상황이 아주 달라지지 않았습니까? 이제 새삼스럽게 마브리키에게 무슨 볼일이 있을까요? 그러니까, 당신은 이미 자유로운 독신자이니, 내일이라도 곧 결혼을 할 수 있단 말입니다. 그 여자는 아직 모르지요? 모든 일을 저에게 맡겨 주십시오. 제가 당신을 대신해서 좋도록 처리해 놓을 테니까요. 어디 있습니까? 그 여자를 한시라도 빨리 기쁘게 해주어야지…….」
「물론이지요. 자아, 가십시다.」
「도대체 당신은 그 여자가 둘의 시체에 대해서 아무것도 눈치채지 못하고 있는 것으로 아오?」 스타브로긴은 웬일인지 양미간을 찌푸렸다.
「물론이지요, 그녀가 어떻게 그걸 알아요?」 표트르는 대담하게 시치미를 떼고 자연스런 어조로 받아들였다. 「게다가 법률적으로는…… 아니, 당신 왜 그래요? 게다가 설사 눈치를 챘으면 또 어떻단 말입니까. 여자라는 건, 그런 것쯤은 적당히 속일 수 있는 겁니다. 당신은 아직 여자의 마음을 잘 모르시는군요. 게다가 그녀는 당신과 결혼하는 것이 가장 득이란 말입니다. 그리고 또 그녀는 어쨌든 자기 얼굴에 흙칠을 했으니 말입니다. 게다가 내가 그 사람에게『작은 배』의 이야기를 아주 많이 해줬단 말입니다. 그 사람에겐『작은 배』이야기가 뭣보다도 효력이 있단 말입니다. 어느 정도의 아가씨냐 하는 것도 대강 짐작할 수 있거든요. 염려하지 마십시오. 그 사람은 아무 렇지도 않게 콧노래를 부르면서 두 사람의 시체를 밟고 넘어갈 것입니다.

게다가 당신은 전적으로 청렴하고 결백하시니까요. 그렇지 않습니까 ? 다만 그 사람은 결혼 뒤 이 년째부터는 당신을 쿡쿡 찔러 괴롭히기 위해서 그 시체 이야기를 소중하게 간직해 두는 정도일 거란 말입니다. 어떤 여자라도 결혼할 때는 남편의 과거에서 이런 것을 찾아내 가지고 그것을 유사시에 쓰려고 간직해 두는 것이 보통이니까요. 그러나 그때는 또 그때대로…… 사실 일 년만 지나면 사정은 아주 달라집니다. 하하하…….」

「당신, 마차를 타고 왔다면, 지금 곧 그 사람을 마브리키네 집까지 데려다 줬으면 좋겠는데……. 그 사람은 내가 싫어서 견딜 수 없는 모양이니까, 그래서 이젠 내 옆을 떠나 버린다고 지금 막 그랬단 말이오. 그러니까 내 마차는 타려고 하지 않을 거요 !」

「네 ? 그럼 정말 가버리고 마는 건가요 ? 어째서 일이 그렇게 됐습니까 ?」 표트르는 바보 같은 표정을 지었다.

「내가 그 사람을 조금도 사랑하고 있지 않다는 것을 어젯밤, 어쩌다가 알아챘나 봅니다. 하기는 그런 것을 그녀는 전부터 알고 있긴 했던 모양이지만…….」

「아니, 그럼 당신은 그 여자를 사랑하고 있지 않았단 말입니까 ?」 표트르는 깜짝 놀란 듯한 표정을 지으면서 말했다. 「그렇다면 어째서 어저께 그 사람이 왔을 때 그대로 집에 머물게 했나요 ? 어째서 결백한 신사가 하는 것같이 나는 너를 사랑하고 있지 않다고, 사실대로 말하지 않았단 말입니까 ? 그것은 당신으로선 매우 비겁한 행동이 아니겠습니까 ? 게다가 당신 덕분에 나는 그 사람으로부터 추저분하고 졸렬한 인간이 되어 버리고 말 것이 아닙니까 ?」

스타브로긴은 갑자기 소리내어 웃었다.

「나는, 내 원숭이를 보고 웃었단 말이오.」 하고 그는 곧 이렇게 설명했다.

「아아 ! 내가 잠깐 어릿광대처럼 흉내를 좀 냈더니 곧 눈치를 채셨군요.」 하고 표트르도 곧 큰소리로 웃었다. 「나는 당신을 잠깐 웃기려고 그랬지요, 실은 말입니다, 당신이 나오자마자 표정으로 두손 『불행』이 있었구나 하고 짐작을 했던 겁니다. 자칫하면 전적으로 실패인지도 모르겠군요. 안 그래요 ? 참 그렇다. 틀림없다 !」 너무 만족해서 숨도 못 쉴 정도로 헐떡이면서 그는 이렇게 외쳤다.

「당신들은 밤중 내내, 홀 의자에 단정하게 나란히 앉아서 무슨 고매한 품성론 같은 것을 말하면서, 귀중한 시간을 소비하고 계셨던 거지요? 아니, 용서하십시오, 그런 것은 내가 알 바 아니지만, 나는 벌써 어제부터 틀림없이 당신은 이 사건을 허무하게도 망가뜨리고 말 것이라고 딱 예견하고 있었단 말입니다. 내가 그 여자를 데리고 온 것은 다만 당신을 즐겁게 해주려고 했던 것입니다. 내가 옆에 붙어 있으면 지리하지 않다는 것을 증명하기 위한 것이었어요. 이렇게 될 줄 알았으면 몇 백 번이라도 내가 수고를 했을 것입니다. 나는 원래가 무조건하고 사람에게 잘해 주기를 좋아하는 성품이라서요. 만일 내 예상대로 그 여자가 당신에게 불행한 존재라고 한다면(나도 실은 그런 것을 전제로 오기는 했습니다만), 그 여자가 필요치 않다고 한다면……」
「그럼 당신은, 단순히 나를 즐겁게 해주려고 그 여자를 데리고 왔었소?」
「그럼요. 아니면 왜 데려왔겠어요?」
「내가, 아내를 죽이도록 하려고 했던 게 아니오?」
「네? 그럼 당신이 죽였어요? 어쩌면 그렇게 비극적인 사람인가요?」
「마찬가지야……. 당신이 죽였으니까.」
「뭐라구요? 내가 죽였다구요? 나는 조금도 관계가 없다고 아까부터 말하지 않았어요? 그러나, 당신 덕분에 나도 차차 걱정이 되기 시작했지만……」
「아까의 말을 계속해 보시오, 당신은 『만일 그 여자가 필요없다면』 그랬었죠?」
「물론이죠, 그렇다면 제게 맡겨 두란 말입니다. 근사하게 그 여자를 마브리키에게 붙여 줄 테니까. 하기는 그 사나이를 철책 옆에 세워 둔 것은 결코 제가 아닙니다요. 그렇게 생각하신다면 곤란하단 말입니다. 나는 지금 그 사나이가 무서워요. 그건 그렇고 당신은 지금 나에게 마차를 타고 왔느냐고 물었지요? 나는 그의 옆을 스치고 지나왔지만…… 정말 그 사나이가 권총을 가지고 있었다면 어떻게 됐을까요?…… 마침 나도 한 자루 가지고 오긴 했지만 자(그는 안주머니에서 권총을 꺼내 보이고 곧 다시 집어넣었다), 약간 먼 거리다 싶어 가지고 왔어요……. 그러나 이런 문제는 곧 원만하게 해결해 보이겠습니다. 그 여자는 지금, 마브리키가 약간 그리워졌을 뿐입니다……. 적어도 그리워지게 될 것은 정한 이치니까요. 사실 말이지 나는 그 여자가 약간 불쌍한 생각이 들어요. 그래서 나는 그 사람을 마브리키와 함께 되도록 붙여 주겠습니다. 그렇게 되면 그 여자는 곧 당신을 회상하고 그 사나이 앞에서 당신에 대한 것을 칭찬하고 당사자에 대해서는 정면에서 비평을 가하게 될 것입니다. 그것이 여자의 마음이란 겁니다! 아니, 당신은 또 웃으시는군요. 당신이 그렇게 생기를 되찾은 것이 나를 즐겁게 하고도 남습니다. 자아, 그럼 어떻습니까? 가도록 합시다. 나는 먼저 마브리키부터 시작하겠습니다. 그런데 저어…… 죽은 것들에 대한 일은…… 지금으로선 아무 소리 않는 게 좋지 않겠습니까? 차차 알게 될 테니까…….」

「뭘 알게 될 거란 말이에요? 누가 죽였단 말인가요? 당신은 지금 마브리키 씨에 대한 것을 뭐라고 말씀하셨어요?」

느닷없이 리자가 문을 열고 나타났다.

「아니, 당신은 우리 말을 엿듣고 있었습니까?」

「당신은 마브리키 씨에 대해서 뭐라고 말씀하셨지요? 그분이 살해됐단 말입니까?」

「아아! 그럼 잘못 들으셨군요! 안심하십시오. 마브리키 씨는 건강하십니다. 그것은 당신이 지금 직접 확인할 수 있습니다. 그분은 지금 뜰의 철책 가까이, 길가에 서 계시니까요……. 아마도 밤새껏 그곳에서 새운 모양입니다. 외투를 입고 전신이 흠씬 젖어서 말입니다. 내가 여기로 올 때에 그 사람은 나를 보았단 말입니다.」

「그건 거짓말이에요. 당신은 『살해됐다』고 말씀하셨어요……. 누가 살해됐습니까?」 가슴을 후비는 듯한 의심스런 어조를 노골적으로 드러내며 그녀는 다그쳐 물었다.

「살해된 사람은 내 처와 그 오빠인 레뱌드킨과, 그리고 그 둘의 시중을 들고 있던 하녀입니다.」 하고 스타브로긴은 확실하게 단언했다.

리자는 몸을 부르르 떨더니 얼굴빛이 창백해지기 시작했다.

「기괴하고도 잔인한 사건입니다. 리자베타 양, 엄청난 강도 살인의 대사건입니다.」 하고 표트르는 콩알을 뿌리듯 입을 놀렸다. 「화재가 난 혼잡한 틈을 타서 행해진 강도, 그뿐입니다. 그것은 유형수 페지카의 짓입니다. 즉 여러 사람에게 돈을 꺼내 보이며 자랑했던, 레뱌드킨이란 바보가 나빴던 것입니다. 나는 그 때문에 달려왔던 것입니다……. 마치 돌로 이마를 딱 하고 맞은 것처럼 정신이 없었단 말입니다. 스타브로긴 씨는 내가 이 사건을 알리자, 자칫하면 졸도할 뻔했습니다. 우리들은 당신에게 알릴까말까하고, 여기서 지금 의논하고 있던 참입니다.」

「니콜라이 씨, 지금 이분이 말씀하신 건 정말인가요?」리자는 겨우 이렇게 말할 수 있었다.

「아니오, 그건 거짓말입니다.」

「어째서 거짓말이란 말입니까?」표트르는 깜짝 놀랐다.「그건 왜 또 그러는 겁니까? 도대체……」

「아아, 나는 머리가 돌 것 같아요!」하고 리자가 소리쳤다.

「자아, 당신은 좀 생각해 주지 않으면 안 됩니다, 이 사람은 지금 머리가 돈 것입니다!」표트르는 열심히 떠들었다.「어쨌든, 아내라는 사람이 살해됐으니까요, 보세요. 얼마나 창백한 얼굴빛을 하고 있는지…… 사실, 이 사람은 밤새껏 내내 당신하고 같이 있으면서, 조금도 당신 곁을 떠난 적이 없지 않습니까? 어째서 이 사람을 의심할 수 있단 말입니까?」

「니콜라이 씨, 원컨대 하느님 앞에 나아간 기분으로 당신에게 죄가 있는지 없는지 사실대로 말해 보세요. 그러면 저는 당신이 말씀하시는 것을 하느님의 말씀으로 알고 믿겠어요. 네, 맹세를 해도 좋아요. 저는 이 세상의 끝까지라도 당신을 따라가겠어요. 네, 따라가구말구요! 강아지처럼 따라가겠어요.」

「어째서 당신은 그토록 이 사람을 괴롭히십니까? 도대체 어째서 이렇게 뚱딴지 같은 생각을 하십니까!」표트르는 화가 난 듯이 소리쳤다.「리자베타 양, 나는 맹세코 말합니다. 만일 거짓말이라면, 나를 절구 속에 넣고 찧어도 좋습니다. 니콜라이는 결백합니다. 보시다시피 오히려 자기가 살해된 것처럼 헛소리만 하고 있습니다. 결코 조금도, 아니 마음속에서조차 죄를 짓고 있는 것이라곤 없습니다! 모든 것은 죄다 강도들의 소행입니다. 틀림없이, 한 일주일 지나면 범인이 붙잡히고 채찍으로 죽도록 두들겨맞을 것입니다. 그것은 유형수 페지카와 쉬피굴린 직공들이 한 짓입니다. 이런 소리는 거리에서 온통 떠들썩하게 화제가 되고 있습니다. 그래서 나도 이렇게 말하고 있는 것입니다.」

「그래요? 정말 그래요?」전신을 부들부들 떨면서 리자는 최후의 선고를 기다리고 있었다.

「나는 직접 내 손으로 어떻게 한 것도 아니고, 그런 흉계엔 반대도 했지만, 그러나 그 사람들이 살해된다는 것을 알고 있으면서도, 하수인의 행동을 막지는 못했습니다. 자아, 리자, 내 곁을 떠나가 주십시오.」 그렇게 말하고 스타브로긴은 홀로 걸어나갔다.

리자는 양손으로 얼굴을 감싸고 그대로 집을 뛰쳐나가 버리고 말았다. 표트르는 뒤를 따르려 하다가 다시 홀로 되돌아왔다.

「당신은 정말 그럴 작정입니까? 정말 그럴 생각입니까? 그럼 당신은 아무것도 두려워하지 않는단 말인가요?」 할 말도 다하지 못하고 분노를 못 이겨 입가에 거품을 물고 스타브로긴에게 달려들듯이, 그는 밑도끝도 없는 말을 내뱉었다.

스타브로긴은 홀 한가운데 선 채 한 마디도 대답을 하지 않았다. 그는 왼손으로 머리카락을 한 움큼 쥔 채 이성을 잃은 듯한 미소를 띠고 있었다. 표트르는 힘껏 그 손을 낚아챘다.

「그래 당신은 아주 파멸해 버리려는 거요? 그런 짓을 하게 된 이유가 뭐란 말이오? 아마도 당신은 모두 밀고하고, 자기는 수도원이라든가 그런 데로 가버리고 말려고 그러는 모양인데……. 그러나 난 당신을 어떡하든 죽여 버리고 말겠단 말이오! 당신은 나를 무서워하지 않는 모양이지만 어디 두고 보란 말야!」

「아아, 당신이로군그래. 소란스레 지껄이고 있는 것은……」 겨우 스타브로긴은 상대의 얼굴을 알아봤다. 「아아, 빨리 달려가 주오!」 갑자기 그는 제정신으로 돌아왔다. 「그 여자 뒤를 따라가 주오! 마차를 타고 어서. 그 여자를 제멋대로 하도록 내버려 뒤서는 안 되오. 빨리빨리! 쫓아가야 해! 누구의 눈에도 띄지 않고 그 집까지 가도록 하란 말이오! 그 여자가 그곳에서 시체를…… 시체를 보지 못하도록…… 강제로라도 마차에 태워서 집으로 보내 주오! 알렉세이! 알렉세이!」

「이봐요! 기다려요, 소리지르지 말고. 그녀는 이미 마브리키에게 안겨 있단 말이오! 그런 걱정은 말아요. 마브리키는 그녀를 당신의 마차에 태우도록 내버려 두지는 않는단 말이오……. 글쎄 기다리라니까요, 지금은 마차보다도 중요한 일이 있단 말이오!」 그는 다시 권총을 꺼냈다. 스타브로긴은 정색한 표정으로 그것을 보았다.

「할 수 없지. 쏘게!」 조용한 거의 모든 것을 초월한 체념한 듯한 목소리로 그는 이렇게 말했다.

「휴우, 모든 것이 뒤죽박죽이군! 인간은 언제까지 거짓의 가면을 쓰고 있을 수 있을까!」표트르는 부들부들 몸을 떨었다.「정말 죽여 버리고 싶다! 정말 그녀도 너에게만은 거짓말하지 않을 수가 없었겠지……. 너는 정말 『작은 배』였군그래! 이젠 할 수 없다. 부숴 버릴 수밖에.『작은 배』가 아니다, 낡은 구멍투성이의 『고물 배』다. 체! 이제라도, 이제라도 좋으니, 체면을 위해서 정말 형식적으로라도 정신을 차렸으면 좋겠는데 말이야! 그러나, 아니야! 자진해서 자기 이마에 총알을 박아 달라고 부탁할 정도니 이제는 벌써, 어떻게 하든 마찬가지의 결과가 아니겠는가?」

스타브로긴은 기묘한 웃음을 지었다.

「가령 당신이 그같은 어릿광대가 아니었더라면, 나도 지금은, 네라고 했을는지도 모르오. 조금만 더 똑똑했더라면…….」

「나는 어릿광대였어! 그러나 당신이, 내 반신(半身)인 당신이 어릿광대가 될 수는 없습니다. 내가 말하는 뜻을 아시겠습니까?」

스타브로긴은 그 말의 뜻을 깨달았다. 그것을 안 사람은 아마도 그 한 사람뿐일 것이다. 일찍이 스타브로긴이 샤토프에게 표트르에게는 감격이 있다고 했을 때, 상대는 완전히 어리둥절했던 것이다.「자, 이젠 내 옆을 떠나서, 아무데든 네 맘대로 가버리란 말야! 내일까지는 나도 자신 속에서 무엇인가 짜낼 수 있을는지 모르겠어. 내일 오게.」

「정말? 정말로?」

「그런 것을 내가 어떻게 알아? 자, 빨리! 빨리 꺼져 버리란 말야!」

이렇게 말하고, 그는 홀을 나가 버렸다.

「흥, 어쩌면 좋게 되는지도 모르겠다.」 표트르는 권총을 집어넣으면서 속으로 중얼거렸다.

3

그는 리자베타를 뒤쫓아서 달려갔다. 그녀는 아직 그다지 멀리까지는 못

가고, 집에서 겨우 몇 걸음 정도 떨어진 곳을 가고 있었다. 뒤쫓아간 노복 알렉세이가 연미복 차림으로 모자도 안쓴 채 허리를 굽히고 공손하게 한 걸음 뒤를 따라가면서 그녀를 만류하고 있었다. 마차 준비가 될 때까지 잠깐만 기다려 달라고 꾸준히 부탁했다. 이 노인은 아주 겁에 질려서 거의 울상이었던 것이다.

「넌 빨리 물러가 봐라. 주인 마님이 차를 한 잔 달라고 하시는데 아무도 드릴 사람이 없어.」

표트르는 노인을 떼밀더니 느닷없이 리자베타의 팔목을 잡았다.

그러나 그녀는 그 손을 뿌리치려고도 하지 않았다. 그리고 아직도 완전히 제정신으로 돌아와 있지도 않았다.

「무엇보다도, 당신이 지금 걷고 있는 길은 댁으로 가는 길이 아닙니다.」 하고 표트르는 어린아이를 달래듯 속삭였다. 「이쪽으로 가야 한단 말입니다. 이렇게 정원을 따라서 가는 것이 아니란 말입니다. 게다가 걸어가실 수는 도저히 없습니다. 댁까지는 삼 베르스타나 되는데다가 당신은 비옷도 입지 않았잖습니까? 그저 잠깐만 기다려 주시면 좋을 텐데요. 실은 난 여기 올 때 마차를 타고 왔는데, 말은 저기 저 뒤뜰에서 기다리고 있습니다요. 지금 곧 이리로 오라고 해서 당신을 모시도록 하겠습니다. 댁까지 모셔다 드리지요. 그러면 누구의 눈에도 띌 염려도 없을 테구요……」

「댁은 정말 친절하시군요……」 하고 리자는 상냥하게 말했다.

「천만에요, 이런 경우엔 누구라도 인정이 있는 사람이면 나처럼 이렇게 하게 됩니다……」

리자는 그의 얼굴을 찬찬히 들여다보다가 깜짝 놀랐다.

「어마, 이를 어째! 난 아까 그 할아버지인 줄만 알았는데……」

「이봐요! 나는 당신이 그런 태도로 이번 사건을 대하고 있는 것이 정말 기쁩니다. 왜냐하면 이런 일이란 정말 죄다 바보짓 같은 것이니까요. 하여간 일이 이렇게 돼버린 이상 곧 그 노인한테 분부를 해서, 마차를 준비하도록 하는 것이 좋을 것 같은데요. 뭐 한 십 분이면 충분합니다. 그동안 잠깐 되돌아가서 현관의 처마 밑에서라도 기다리십시다.」

「저는 무엇보다도 그 시체가 보고 싶어요. 어디 있지요?」

「아니 원, 그건 또 무슨 당치도 않은 말씀입니까? 난 그걸 걱정하고 있었던 겁니다. 안 됩니다. 안 돼요. 그런 하찮은 녀석들은 내버려 두세요. 게다가 당신 같은 분이 볼 것이 못 됩니다.」

「난 어디 있는지 알아요. 그 집도 알고 있어요.」

「알고 있으면 어떡하겠다는 겁니까? 농담하지 마십시오. 이렇게 비가 오고 안개가 끼었어요. (쳇! 도대체 신성한 의무를 타고 나기도 했지!) 내 말을 좀 들어 보십시오. 리자베타 양, 둘 중에 하납니다. 만일 나와 같이 마차를 타고 가시려면, 여기서 잠깐만 기다려 주십시오. 한 걸음도 움직여선 안 돼요. 이제 스무 걸음만 더 가면, 아무래도 마브리키 씨에게 발견될 것이니까요.」

「마브리키 씨가요? 어디, 어디에 계세요, 그분이?」

「흥, 만일 그 사람과 같이 가고 싶으시다면, 좀더 당신과 같이 가서 그 사람이 있는 데를 가르쳐 드리지요. 나야 뭐, 충실한 하인이니까요. 그러나 다만 나는 지금 그 사람 옆에 가까이 가고 싶지 않습니다.」

「그 사람은 저를 기다리고 있어요. 아아 어떡하면 좋을까……」 갑자기 그녀는 걸음을 멈췄다. 홍조가 순간적으로 그녀의 얼굴에 떠올랐다.

「그렇지만 좀 생각해 보십시오. 그 사람이 옹졸한 편견이 없는 사람이면 모르겠지만…… 안 그래요? 리자베타 양. 이런 일은 전혀, 내가 알 바 아니니까요. 나는 전적으로 제삼자입니다. 그것은 당신도 잘 알고 계실 것입니다. 그러나 그런데도 역시 나는 당신이 행복하기를 바라고 있습니다. 설령 우리의 『작은 배』가 실패로 끝난다고 하더라도, 그것을 때려부수지 않을 수 없는 낡고 썩은 『고물 배』에 지나지 않는다고 하더라도…….」

「어머나, 통쾌해라!」 리자가 소리쳤다.

「통쾌하다고 하면서도, 당신은 눈물을 흘리고 있군요. 마음을 굳게 먹지 않으면 안 돼요. 어떤 일이라도 남자에게 지지 않도록 해야 해요. 지금 세상엔 부인이라 하더라도…… 체, 정말 구질구질하군(표트르는 정말 침이라도 탁 뱉을 것처럼 짜증스러워했다). 무엇보다도 억울해할 필요는 없습니다. 오히려 이렇게 된 것이 다행스러운 것인지도 몰라요. 마브리키 씨는 그런…… 즉 감정적인 사람이니까요. 하긴 말이 없는 사람이지만…… 그러나 그 사람에게 그 쓸데없는 편견이 없다면 얼마나 좋겠습니까? 하긴 그것도 경우에 따라서는 장점이 될 수도 있긴 합니다만.」

「아이, 통쾌해! 참 통쾌하기도 하지.」 하고 리자는 히스테릭하게 깔깔거렸다.
 「자, 이 노릇을 어떡하지? 리자베타 양.」 갑자기 표트르는 새삼스럽게 이런 말을 지껄였다. 「나는 지금 당신을 위해서…… 아니지, 내가 알 바 아니지……. 나는 어제 당신께서 원하신 대로, 당신을 위해서 하느라고 했지만…… 저것 보세요. 마브리키 씨가 저기 있군요. 저기 앉아 있지 않습니까? 아직은 우리들을 못 본 모양이군요. 그런데 말입니다. 리자베타 양, 당신은《폴린카 사크스》를 읽으셨어요?」
 「뭐라구요?」
 「《폴린카 사크스》라는 소설 있잖습니까? 난 학생 시절에 읽었는데요, 사크스라는 재산가의 관리가 나쁜 짓을 한 아내를 별장에서 붙잡았단 말예요……. 쳇, 더러워서! 이런 일이 있을 수 있어요? 그런데 말입니다. 마브리키 씨는 당신이 미처 집에 도착하기도 전에 구혼할 것입니다. 근데, 저 사람은 아직도 우릴 못 보았어요.」
 「아, 괜찮아요! 우리를 못 봤어도…….」 갑자기 리자가 미친 듯이 이렇게 소리질렀다. 「가십시다, 가세요! 숲으로 가요! 들로 가요!」
 이렇게 말하고 그녀는 온 길을 다시 달려가기 시작했다.
 「리자베타 양! 너무 옹졸하게 생각하면 못 써요!」
 표트르는 그 뒤를 쫓아갔다.
 「어째서 당신은 그 사람 만나는 것을 싫어합니까? 그러지 말고 떳떳하게 그를 대하도록 해요. 만일 당신이 그, 어떤…… 처녀의 순결…… 뭐, 그런 것을 염려하고 있다면 그것은 정말 고리타분한 편견입니다. 도대체 어딜 가는 거요? 어딜! 원 빨리도 뛰지! 이봐요. 차라리 스타브로긴이 있는 데로 가도록 합시다. 내 마차에 타도록 합시다……. 도대체 어딜 가려는 겁니까? 그쪽은 들판이에요. 앗! 넘어졌군! 내 원 참…….」
 그는 걸음을 멈췄다. 새처럼 달려갔기 때문에 표트르는 한 십 보 가량 뒤지고 말았다. 그러던 중 그녀는 이끼낀 짧은 그루터기에 걸려서 넘어졌다.
 그 순간 뒤로부터 무서운 고함소리가 들려왔다. 그것은 그녀가 달려가는 모습과 뒤이어 땅바닥에 넘어지는 모습을 보고 들판을 가로지르며 달려오는 마브리키의 고함 소리였다. 표트르는 갑자기 발길을 돌려서 스타브로긴의 집 안으로 되돌아가서 서둘러 자기 마차에 올랐다.

마브리키는 무서운 경악에 이성을 잃고, 리자 곁으로 달려갔다.
그녀는 곧 일어났다. 그는 허리를 굽히고 그녀의 손을 감싸쥐었다. 이 해후의 기괴한 정경은 그의 머릿속을 혼돈 상태로 만들었다. 눈물이 그의 얼굴에 흘러내렸다. 지금까지 자기가 숭배하고 있던 여인이 이런 시각에 이런 날씨에 외투도 없이 어제 입었던 화려한 옷을 입고(그것도 지금은 수세미가 되었고, 게다가 넘어져서 흙투성이가 됐다), 들판을 미친 듯이 달려가고 있는 모습을 직접 목격하기에 이르렀던 것이다. 그는 한마디로 입을 열지 못하고 말없이 자기 외투를 벗어서 떨리는 손으로 그녀의 어깨에 걸쳐 주었다. 그러나 그는 갑자기 앗 하고 소리를 질렀다. 그녀의 입술에 자기의 손이 닿았음을 느꼈던 것이다.
「리자!」하고 그는 소리쳤다. 「나는 무엇 하나 능력이 없는 사나이지만, 아무쪼록 당신이 나를 쫓아 버리지 않기를 바랍니다!」
「그래요, 자, 빨리 여기를 나가도록 해요. 당신께선 어떡하든 저를 버리지 말아 주세요. 네?」
그녀는 자진해서 남자의 손을 잡고 앞서서 그를 이끄는 것이었다.
「마브리키 씨」그녀는 갑자기 목소리를 낮추었다. 「전 저기서는, 처음부터 끝까지 원기왕성했었지만 여기 오니까, 죽는 것이 무서워졌어요. 전 죽어요, 이제 곧 죽어 버릴 거예요. 그렇지만 무서워요, 죽는 것이 무서워……」 남자의 손을 꽉 누르면서 그녀는 이렇게 중얼거렸다.
「아아, 누구든 좀 와주었으면 좋겠는데……」 그는 절망한 표정으로 근처를 둘러보았다. 「아무도, 지나가는 사람조차 없구나, 당신 발을 물에 적셔서는 안돼! 아니 그러면 안 된다니까!」
「걱정 마세요!」
그녀는 상대를 안심시키려 했다. 「괜찮아요, 당신이 곁에 있으니까 마음이 든든한걸요. 제 손을 좀 잡아 주세요. 그리고 저를 데려다 주세요. 참 우린 지금 어디로 가는 거죠! 집으로 가는 거예요? 전 그 죽은 사람들을 보고 싶은데요. 그 사람의 부인이 죽었다는 거예요. 그리고 그 사람이 그러는데 그 부인을 자기가 죽였대요. 그건 거짓말이겠죠? 거짓말이에요. 전 그 살해된 사람들을 보고 싶어요……. 저 자신을 위해서요. 그 사람은 말예요, 그들이 살해됐기 때문에 하룻밤 사이에 그만 제가 싫어졌다는 거예요……. 전 제가 직접 가서 확인하고 싶어요. 자, 어서 빨리 가도록 해요, 제가 그 집을 알고 있으니까요……. 그 불이 났던 집이에요. 마브리키 씨, 당신은 저를 용서하시면 안 돼요. 전 이미 더럽혀진 여자니까요, 그러니 저 같은 여자는 용서를 받을 수 없어요! 왜 우시죠! 자아, 제 뺨을 때려 주세요! 이 들판에서 들개처럼 죽여 주세요!」
　「당신을 심판할 사람은 지금 아무도 없습니다.」 마브리키는 단호하게 말했다. 「하느님께선 당신을 용서해 주실 것입니다. 나 같은 인간에겐 당신을 심판할 자격이 전혀 없습니다!」
　그러나 둘의 대화를 계속해 쓴다면 매우 이상한 것이 될 것이다. 그러는 동안에 두 사람은 손을 잡고 마치 미친 듯이 서둘러서, 빠른 걸음으로 걸어갔다. 그들은 곧바로 화재 현장으로 향해 나아갔다. 마브리키는 어쩌면 농부의 마차라도 탈 수 있지 않을까 하고 노상 희망을 버리지 않았지만 마차는 고사하고 아무도 만나지 못했다. 가랑비는 계속 내려서 비안개가 자욱이 끼어, 온갖 빛과 그늘을 뒤덮고 있었고, 모든 것을 연기처럼 희뿌연 납빛으로 감싸서 분간할 수 없는 몽롱한 광경으로 만들어 버리고 말았다. 벌써 오래 전부터 한낮의 시간이 되어 있었음에도, 아직 밤이 새지 않은 것처럼 어슴푸레 했다. 그런데 이 연기처럼 차가운 안개 속에서 이상스럽게 생긴 형태의 사람 그림자가 나타나서 이쪽으로 걸어오고 있었다. 지금 그때를 상상해 보면 만일 내가 그때, 리자베타의 위치에 있었다면, 도저히 자기 눈을 믿을 수가 없었을 것이다. 그녀는 곧 환희의 소리를 질렀다. 그녀는 누가 가까이 오고 있는지를 당장 알아본 것이었다. 그 사람은 스체판 선생이었다. 어떻게 그가 집을 나왔는지 어떤 식으로 해서 가출이라는 미친 짓 같은 정신 나간 공상이 실현됐었을까? 그것은 다음에 이야기하도록 하겠다. 여기서는 다만 이것만 이야기해 두겠다.
　이날 마침 그는 열병에 걸려 있었는데 병도 그를 나가지 못하게 막을 수는 없었다. 그는 휘청거리지도 않고 비에 젖은 길을 걸었다.
　추측건대 그는 이 계획을, 무경험한 서재 생활이 허용하는 한, 상담할 상대로도 없이 혼자서 열심히 생각해낸 모양이었다.
　그는 여행 차림을 하고 있었다. 여행 차림이라고 해야 소매가 달린 망토에다 쇠장식이 붙은 옻칠을 한 폭이 넓은 가죽 혁대를 두르고 거기에다 새로운 장화를 신고 바짓가랑이를 그 속에 집어넣고 있었다. 아마도 그는 오래 전부터 여행자라면 이런 차림을 해야 한다고 생각하고 있었으리라. 걷기 불편한 번들번들 빛나는 경기병식의 긴 장화라든가 혁대는 사오 일 전부터 준비하고 있었음에 틀림없었다. 차양이 넓은 모자와 완전히 목둘레를 둘러싼 털실 목도리와, 오른손에 쥔 단장이며 왼손에 든 매우 작은 그러면서도 몹시 빽빽하게 무엇이 든 가방이 그의 여장의 유일한 특징이었다. 게다가 오른손에는 우산을 겸해서 펼쳐들고 있었는데 이 세 가지의 물건, 우산과 단장과 가방은 처음 일 베르스타까지는 들고 가기에 거북살스러웠고 이 베르스타부터는 무거워지기 시작했다.
「어마, 당신이 웬일이세요?」하고 그녀는 상대를 찬찬히 보면서 소리쳤다. 처음의 무의식적인 즐거움의 돌발은 곧 근심스러운 놀라움으로 변했다.
「리즈!」거의 미친 듯이 달려들면서 스체판 선생은 소리쳤다.「당신도 역시…… 이런 안개 속을. 자, 저길 보십시오, 저 하늘의 불빛을…… 당신은 불행하신 거지요? 아니, 묻지 않아도 압니다. 말씀하실 필요도 없습니다. 저에 관한 말씀은 묻지 말아 주십시오. 우리들은 모두 불행합니다. 그러나 저 사람들을 모두 용서해 주지 않으면 안 됩니다. 용서해 줍시다. 리즈! 그리해서 영원히 자유로워집시다. 이 세상의 번거로움을 떨어 버리고 완전히 자유로운 몸이 되려면 용서해 주지 않으면 안 됩니다. 용서하는 겁니다. 용서해 주는 겁니다.」
「아니, 당신은 왜 무릎을 꿇어요?」
「그것은 이 세상과 이별함에 있어, 당신 속에 들어 있는 과거 전체에 이별을 고하기 위해서입니다!」그는 갑자기 울면서 리자의 두 손을 잡고 눈물이 흐르는 자기 얼굴에 갖다댔다.「나는 내 생애 중에서 아름다웠던 모든 것 앞에 무릎을 꿇는 것입니다. 입을 맞추는 것입니다. 감사하는 것입니다! 지금 나는, 나 자신을 두 동강이 내고 말았습니다. 저쪽에는 이십이 년간 하늘로 날아오르는 것만 공상하고 있는 한 사람의 광인이 남아 있고, 이쪽에는 두들겨맞아서 추위에 얼어붙은 상인 집의 늙어빠진 가정 교사가 방황하고 있는 것입니다. 만일 어디엔가 그런 상인이 있다면…… 그런데, 당신은 도대체 왜 이렇게 젖었지요? 리즈!」자신의 무릎도 젖은 흙으로 뭉개진 것을 보고 갑자기 몸을 일으키면서 그는 소리쳤다.「도대체 어떻게 된 것입니까? 그런

옷을 입고…… 게다가 걸어서 이런 들판을…… 당신 울고 있어요? 당신은 불행하시지요? 아아, 저도 약간 들은 말이 있습니다……. 그러나 도대체 당신은 지금 어딜 갔다 오시는 길이에요?」깊은 의혹의 눈으로 마브리키를 보면서, 겁을 먹은 듯한 표정으로 다그쳐 물었다.「그런데 지금 몇 실까요? 아시고 계십니까?」

「스체판 선생, 당신은 그 살인자에 대해, 무슨 말을 못 들으셨습니까?…… 그 소문은 과연 정말일까요? 사실이 그럴까요?」

「그 작자들! 나는 그놈들이 하늘을 붉게 물들이는 것을 밤새도록 바라보고 있었습니다. 그놈들은 그렇게 하는 수밖에 별다른 도리가 없었던 것입니다 (그의 눈은 다시 빛나기 시작했다). 나는 열병을 앓고 난 후에 꾸는 악몽을 피해서 오는 길입니다. 러시아를 찾으러 가는 길입니다. 아아, 과연 러시아는 존재하고 있는 것일까? 아니, 대위님, 당신이었습니까? 저는 언제나 굳게 믿고 있었습니다. 어디선가 훌륭한 선행을 하고 계실 때 언젠가는 만나게 될 것이 틀림이 없을 것이라고 생각하고 있었습니다. 그건 그렇고, 우선 내 우산을 좀 가지고 계십시오. 그리고 반드시 걷지 않으면 안될 필요가 있는 것도 아닙니다. 자 부탁인데 아무쪼록 이 우산을 좀 가지고 계십시오. 난 아무래도 어디서든 마차를 꼭 타야겠습니다. 실은, 내가 걸어서 나온 것은, 만일, 나스타샤가 내가 나가는 것을 알면, 온 거리가 소란하도록 떠들어댈 것이 틀림없다고 생각했기 때문이에요. 그래서 나는 될 수 있는 대로 몰래, 남이 눈치를 채지 못하게 집을 빠져나온 것입니다. 요사이는 어디를 가도, 강도가 들끓고 있다고 일찍이〈골로스〉같은 데서 보고하고 있는 것은 알고 있습니다만, 그러나 내 생각으로는 거리에 나가면 곧 강도가 나타난다는 일은 설마, 있을 수 없지 않을까 해요. 이제 당신 뭐라고 했지요? 누군가가 살해됐다고 하시지 않았어요? 아니, 왜 그래요? 당신, 얼굴빛이 나쁜데요?」

「갑시다, 가도록 해요!」다시 또 선두에 서서 마브리키를 재촉하면서 리자는 신경질적으로 소리질렀다.「기다려 주세요. 스체판 선생님.」갑자기 그녀는 되돌아왔다.「기다려 주세요. 당신은 정말 불쌍한 분이에요. 자, 제가 십자를 그어 드리지요. 그러니까 당신도 불행한 리자를 위해서 기도해 주세요. 그렇지만 잠깐만 해주시면 되는 거예요. 그다지 열심히 하지 않아도 돼요. 마브리키 씨, 이 어린이에게 우산을 돌려 주세요. 꼭 돌려 주셔야 해요. 그럼요,

그래야 하구말구요. 자 가요! 어서 가시자니까요!」
　그들이 그 운명적인 집에 도착했을 때는 그 앞에 모여 있는 군중이 스타브로긴에 대한 이야기나 그에게 있어서 아내를 죽이는 것이 얼마나 유리한 것이었던가 등을 이미 귀에 못이 박이도록 들은 뒤였다. 그러나 되풀이해서 말하면, 대다수의 인간은 여전히 침묵을 지킨 채 아무런 동요도 보이지 않고 듣고 있었다. 전후를 잊고 듣고 있는 것은 다만 수다스럽게 지껄여대는 주정꾼들과 노상 손을 내젓고 있는 직공과 같은 『쉽게 격하기 쉬운』 인간들뿐이었다. 이 직공은 보통 얌전한 사람으로 알려져 있었지만 만일 무엇엔가 자극을 받으면 마치 고삐가 끊긴 말처럼 함부로 날뛰는 그런 성질을 가지고 있었다. 나는 리자와 마브리키가 온 것을 모르고 있었다. 처음 그다지 멀지 않은 군중 속에서 리자의 모습을 발견했을 때 나는 깜짝 놀라서 한참 동안 그냥 멍청하게 서 있었다. 그러나 마브리키가 와 있었다는 것은 전혀 몰랐었다. 아마도 한두 걸음 뒤졌는지, 아니면 군중에 가려져 있었는지 모른다. 리자는 자기 주위에는 조금도 관심을 갖지 않고, 그리고 또 무엇 하나 눈치챈 것도 없이 군중을 헤치고 또 헤치면서 앞으로 나아갔다. 그러나 마치 병원에서 도망나온 열병환자 같은 그 모습은 곧 사람들의 주의를 끌었다. 갑자기 사람들이 큰소리로 떠들면서 이야기하기 시작하였다. 그러자 누군가가 큰 소리로
　「저게 스타브로긴의 정부다!」하고 소리쳤다.
　그러자 또 한쪽에서도
　「죽인 것만으로도 부족해서, 또 뻔뻔스럽게 구경까지 왔단 말인가?」
　그러자 뒤에서 누군가의 손이 리자의 머리 위로 쳐들렸다 싶더니, 곧 그녀의 머리를 내리쳤다. 리자는 쓰러졌다. 그 순간 마브리키가 지르는 무서운 고함소리가 들렸다. 그는 그녀를 구하려 몸부림치면서 리자와 자기를 가로막고 있는 한 사나이를 주먹으로 내리쳤다. 그러나 그 순간 전의 그 직공이 두 팔로 그를 뒤에서 안아 버렸다. 잠깐 동안 근처 일대가 와글와글 혼잡해져서 뭐가 어떻게 됐는지 알 수가 없었다. 리자는 그때 다시 한 번 일어났던 것으로 기억된다. 그러나 곧 새로운 타격으로 기운없이 쓰러져 버리고 말았다. 갑자기 군중이 쫙 물러서자 리자가 쓰러진 곳에 약간의 공간이 생겼다. 미친 듯이 이성을 잃은 마브리키는 피투성이가 되어 울고 떠들어대며, 제 손을 맞잡고

비비꼬면서 그녀 앞에 가로막아 서 있었다. 그리고 어떻게 됐는지 정확한 것은 나도 모른다. 다만 갑자기 사람들이 리자를 메고 나선 것만은 기억하고 있다. 나도 그 뒤를 따라 달려갔다. 그녀는 아직 살아 있었다. 어쩌면 아직 그때까지는 의식이 있었는지도 모른다.

 뒤에 이 군중 속에서 예의 그 직공과 다른 세 사람이 검거되었다. 이 세 사람의 사나이는 지금까지도 자기들은 그 흉행에 아무런 관계도 없을뿐더러 자기들이 체포된 것은 오해에 불과하다고 주장하고 있다. 어쩌면 그들이 하는 말은 옳을는지도 모른다. 직공들은 증거가 명백히 드러났음에도 불구하고 원래 똑똑지 못한 사나이라, 지금까지도 사건의 설명조차도 조리있게 못 하고 있는 형편이다. 나는 약간 떨어진 거리에 있긴 했지만 목격자의 한 사람으로 예심 때 증언을 하지 않으면 안 되었었다. 내가 증언한 것은 이런 것이었다. 『이 사건은 지극히 우발적인 것이었고 게다가 관련자는 모두 취해 있었기 때문에 사건의 동기나 경과 같은 것은 모두 알아낼 수 없는 사람들이며, 어쩌면 전부터 광포한 정신적 상태가 되어 있었는지는 모르겠지만, 거의 자기의 행위를 의식하고 있었던 것은 아니라고 생각한다.』 지금도 나는 역시 마찬가지로 생각하고 있다.

제4장   최후의 결의

1

이날 아침 사람들이 표트르의 모습을 보았다. 그런 사람들은 모두가 한결같이 그가 쓸데없이 흥분하고 있었던 것을 뒤에 생각해냈다. 오후 두 시경에 그는 가가노프네 집에 들렀다. 그는 그 전날, 시골에서 올라왔는데 그 집은 방문객으로 가득차 있었다. 그들은 이번에 새롭게 일어나 화제가 되고 있는 춘사(椿事)에 대해 열을 올려서 의견을 교환하고 있었다. 표트르는 어느 누구보다도 가장 많이 지껄여서 다른 사람이 자기의 이야기를 경청하게 했다. 그는 언제나 이 거리에서,『머리가 약간 돈 수다쟁이 대학생』으로 불려지고 있었는데, 지금 그는 율리아 부인에 관한 말을 하기 시작했기 때문에 온통 거리가 떠들썩하게 소란을 피우고 있었던 때라 그 화제는 곧 한자리에 모인 사람들의 주의를 끌었다. 그는 최근까지만 해도 부인과는 매우 친숙한 격의 없는 상담의 상대였기 때문에 여러 가지로 진귀한 뜻밖의 정보를 털어놓았다. 그 이야기 속에서 그는 무의식적으로(물론 부주의한 데서 그러는 것이었지만) 이 거리에서 이름이 알려진, 많은 사람에 관한 율리아 부인의 소견도 약간 정도는 들려 주었지만 말할 것도 없이 그것은 곧 한자리에 앉은 사람들의 자존심을 상하게 하는 결과를 초래했다. 그의 이야기는 대체로 애매한 것이었고 횡설수설이었다. 그것은 악의없는 정직한 인간이 한꺼번에 산처럼 쌓인 오해를 풀지 않으면 안될 괴로운 입장에서, 단순해서 농간을 부릴 줄 모르는 성분의 인간이기 때문에 무엇을 이야기하기 시작했는데도 어떻게 결말을 지어야 할지 자신도 몰라서 쩔쩔매고 있는, 그런 사람처럼 보였다.
 그는 부주의하게 율리아 부인은 스타브로긴의 비밀을 완전히 알고 있어서 그 음모를 조종한 것은 곧 그녀였었다는 의미의 말을 얼떨결에 했던 것이다. 즉 부인이 표트르 자신에게 그런 짓을 하게끔 했다고 했다. 왜냐하면 그 자신이 불쌍한 리자를 사랑하고 있었기 때문에 그는 리자를 억지로 마차에 태워서 스타브로긴 집으로 데리고 가도록 근사하게 일을 꾸밀 수 있었다고 하는 것이었다.
 「웃어요? 흥, 당신들은 얼마든지 실컷 웃으세요. 아아, 나도 전부터 알고만 있었더라면, 이것이 어떤 결과를 가져올 것인가 하는 것을 미리 알고만 있었더라면……」 하고 그는 말끝을 맺었던 것이다.
 스타브로긴에 관한 여러 가지 불안스러운 물음에 대해서 그는 확실한 대답을 해주었다. 레뱌드킨의 횡사는 그의 견해에 의하면 정말 우연한 사건으로서 돈을 보이면서 자랑한 당사자인 레뱌드킨이 철두철미하게 잘못한 것이라는 등, 이런 말을 그는 각별히 힘주어 설명했다. 듣고 있던 사람들 중 한 사람이 아무 생각없이 너는 그렇게 잘난 체하고 말을 해도 소용이 없다, 너는 율리아 부인 집에서 먹고 마시고 하면서 거의 숙식을 거기서 전적으로 하다시피 해온, 그런 특별한 관계에 있으면서 지금 이 마당에선 태도를 돌변해서 그 부인의 얼굴에 흙칠을 하고 있다, 그런 배신 행위는 결코 네가 생각하고 있는 것처럼 자연스러운 것이 아니다 하고 주의를 주었다.
 그러나 표트르는 곧 항변했다.
 「내가 그곳에서 먹고 자고 한 것은 돈이 없어서 그런 것이 아니었소. 그녀가 나를 초대했기 때문에 그랬던 것이고, 그리고 그것은 내가 알 바 아니지 않소? 그렇게 된 일을 내가 어떻게 하든 그것은 내 자신이 판단해야 할 문제가 아니겠느냐 말이오?」
 결국 전체적으로 그 자리의 사람들이 받은 인상은 그에게 유리한 것이었다. 「그러니까, 저 사나이가 악의없고 멍청해서 머리가 텅 빈 인간이라 하더라고 율리아 부인의 어리석은 행위에 대해서는 저 사나이에게 아무런 책임도 없지 않은가? 뿐만 아니라 오히려 부인을 만류하는 형편이었으니까……」
 그날 두 시경, 갑자기 하나의 새로운 소식이 날아들었다. 다름이 아니라 그처럼 말썽 많던 소문의 주인공인 스타브로긴이 갑자기 정오의 기차로 페체르부르그로 출발했다는 것이다. 이 소문은 많은 사람의 흥미를 불러일으켰다. 대다수의 사람들은 눈살을 찌푸렸다. 표트르는 극단적인 놀라움에 얼굴빛이 변해서 누가「그 사나이를 달아나게 했단 말이냐?」하고 기묘한 소리를 질렀다는 것이다. 그는 곧 가가노프의 집을 뛰어나왔다. 그러나, 그는 그때부터 두서너 집 떨어진 것에서 그 모습을 나타냈다.

날이 저물 무렵, 그는 매우 곤란한 입장을 무릅쓰고 율리아 부인 집에 요행히 들어가는 데 성공했다. 부인은 절대로 그를 만나지 않는다고 했었다. 이런 일은 삼사 주일 뒤 부인이 페체르부르그로 출발하기에 앞서 직접 말했다. 자세한 말은 하지 않았지만,「그때는 말도 할 수 없을 정도로 그는 나를 협박했어요.」하고 그녀는 떨면서 말했던 것이다. 짐작건대 그는 만일 부인이 자칫『입을 잘못 놀리기라도 하면 부인까지 한패로 끌고 들어간다』고 협박을 했던 모양이다. 부인을 위협할 필요는, 물론 당사자인 부인에게는 당치도 않은 것인지 모르겠지만, 당시의 그의 음모와는 밀접한 관계를 가지고 있었기 때문에 그런 것이고, 또 어떤 의미에서 그가 부인의 침묵에 그처럼 신경을 썼으며, 또 어째서 부인의 새로운 분격의 폭발을 그처럼 두려워했는지……그것을 부인이 깨달은 것은 그로부터 닷새 가량 지난 뒤의 일이었다.

이미 아주 어두워진 그날 밤 일곱 시 조금 지나서 교외의 포민 뒷골목에 있는 기울어져 가는 조그마한 집, 소위보(小尉補) 에르켈리의 집에서 오인조의 한패가 전부 모여 있었다. 이 총회는 장본인인 표트르가 정한 것이지만, 그는 도저히 용서할 수 없을 정도로 아주 늦게야 나타났다. 회원들은 벌써 한 시간 이상 기다려서 지쳐 있었다. 소위보인 이 에르켈리는 비르긴스키의 명명일에 연필을 손에 들고 수첩을 앞에 놓고 처음부터 끝까지 입을 다문 채 앉아 있었다. 그는 예의 그 타지방 사람으로 젊은 장교였다. 그가 이 거리에 온 것은 최근의 일로, 평민 출신의 늙은 자매가 살고 있는 쓸쓸한 뒷골목 집에 셋방을 얻어들고 있었는데, 이젠 가까운 시일내에 전근해야 하는 사람이었다. 이런 연유로 그의 집은 한패가 모이는 데는 가장 사람들 눈에 안 띄고 안전한 장소였던 것이다. 이 이상한 청년은 다른 사람들과 달라서 입이 무거운 사나이로 알려져 있었다. 아무리 한자리의 사람들이 떠들어대도, 아무리 이상한 일이 화제에 올라 있다고 해도 자기는 한 마디도 입을 열지 않고 열심히 긴장만을 고조시켜 기울이면서 열흘 밤이라도 계속해서 능히 앉아 있을 수 있는 사나이였다. 그는 퍽 귀여운 모습이었다. 거의 영리하게 보일 정도로 총명한 얼굴 생김이었다. 그는 오인조의 한 사람은 아니었지만, 다른 사람들은 그가 어쩌면 무슨 일을 실천하는 데 특별한 임무를 띠고 있을 것이라고 상상하고 있었다. 그러나 지금으로선 특별한 임무를 띠고 있기는 커녕 자신의 임무조차도 변변히 알지 못하고 있다는 것이 명확하게 되었다. 다만 그는 만난 지 얼마 안 되는 표트르에게 깊이 심취하고 있는 것에 불과했던 것이다. 만일 때를 잘못 만나 타락한 사회주의에 물든 괴물을 사귀게 되어 무엇인가 사회적이면서도 낭만적인 구실하에 강도가 모인 것 같은 도당을 만들어서 우선 시험적으로 누구든 닥치는 대로 농군을 죽이고 돈을 강탈한다고 한다면 그는 필경 어정어정 그 현장으로 가서 명령받은 대로 할 것임에 틀림없었다. 그는 어느 곳엔가 병약한 어머니를 모시고 있다는데, 다달이 박봉의 절반을 보내고 있었다. 아아, 그 어머니는 아마빛을 한 이 아들의 귀여운 머리에 얼마나 많은 뜨거운 키스를 퍼부었을까? 얼마나 자기 자식의 신상을 생각해서 몸서리를 치고 그를 위해서 신에게 빌었을까? 내가 이 사나이에 대해서 이렇게 길게 말을 늘어놓는 것은 그가 불쌍해서 그러는 것이다.

『한패의 사나이들』은 흥분하고 있었다. 어젯밤에 일어난 사건은 그들을 깜짝 놀라게 했다. 일동은 아무래도 겁을 먹은 듯했다. 그들이 지금까지 열심히 가담하고 있던 단순한, 그러면서도 일정한 계통이 있는 추악한 사건은 드디어는 그들에게 있어서 상상 밖의 결과를 가져왔던 것이다. 밤의 화재, 레뱌드킨 오누이의 참살, 리자에 대한 군중의 폭행, 이런 일들은 모두 그들이 짠 프로그램 속에서는 꿈에도 예상하지 못했던 뜻밖의 일이었다. 그들은 전제와 전횡을 가지고 자기들을 조정하고 있는 인간을 열을 올려서 비난했다. 간단히 말하면 그들은 표트르를 기다리고 있는 동안에, 서로가 의견을 같이해서 다시 한 번 그에게 명백한 설명을 요구하도록 하자, 만일 그가 또다시 전번처럼 애매한 말을 해서 속이려고 한다면 당장 오인조의 조직을 해산해 버리고 그 대신 『이상 선전』의 새로운 비밀 결사를 창립하도록 하자, 그러나 그것은 자기들만의 발의에 의한 것으로 서로가 동등한 권리를 가지는 민주적인 것이 아니면 안 된다고 하는 것을 결심했던 것이다.

리푸친과 쉬갈표프와 민간 정보통들은 특히 이 설을 주장했다. 럄신은 동의하는 듯한 태도를 보이면서 침묵을 지키고 있었다. 비르긴스키는 아무런 결정도 내리지 못한 채, 우선 표트르의 의견을 듣고자 했다. 그래서 일단 표트르의 설명을 듣는 것으로 결정을 보았다. 그런데 그는 아무리 기다려도 오지 않았다. 사람을 무시하는 식의 이런 행동은 한층 더 그들의 마음속에 역겨운 불만을 불러일으켰던 것이다. 에르켈리는 전적으로 침묵을 지키고 다만 차를 내오는 것에만 열심히 신경을 써서 봉사하고 있었다. 그는 주전자도 들여오지 않았을 뿐더러 하녀도 들이지 않고 컵에 따른 것을 쟁반 위에 놓고 주부가 있는 곳으로부터 자기가 손수 날라오는 것이었다.

표트르는 여덟 시 반이 되어서야 겨우 얼굴을 나타냈다. 그는 일동이 자리를 잡고 앉아 있는 긴의자 앞에 있는 둥근 탁자로 성큼성큼 빠르게 다가섰다. 손에는 모자를 든 채 차도 거절하고, 마시지 않았다. 그는 독살스럽게 위엄있는, 그리고 또 거만스러운 얼굴을 하고 있었다. 틀림없이 사람들의 표정에서 모두가 『모반』을 일으켰구나 하고 깨달은 것임에 틀림없었다.

「내가 입을 열기 전에 먼저, 자네들이 생각하고 있는 것을 털어놓고 이야기해 주게나, 자네들은 어쩐지 이상스럽게 침묵을 지키고 있단 말야……」 일동의 얼굴을 흘끗 둘러보면서 짓궂은 냉소를 띠고 그는 이렇게 시작했다.

리푸친은 일동을 대표해서 입을 열었다. 분개가 지나쳐 목소리를 떨면서 「이런 상태로 계속해간다면, 도리어 자기 머리를 스스로가 깨뜨려 버리게 될는지도 모르겠소!」 하고 내뱉었다. 물론 자기들은 머리를 깨뜨리든 말든 조금도 무서워하지는 않는다, 아니 오히려 그것을 각오하고 있을 정도지만 그러나 그것은 다만 공동 사업을 위해서만인 것이다(그 자리의 분위기는 동요와 찬성의 분위기가 감돌았다), 그러니까 아무쪼록 자기들에게 솔직하게 대해 줬으면 좋겠다, 언제든지 사전에 알려 줬으면 좋겠다, 그렇게 하지 않는다면, 무슨 일이 일어날지 모른다(또다시 동요하여 몇 사람은 헛기침을 하는 사람도 있었다), 그런 식으로 일을 하는 것은 자기들에게 있어서는 굴욕일 뿐더러 위험하기도 하다……, 이런 말을 하는 것은 결코 겁이 나서 그러는 것은 아니다, 다만 한 인간이 자기만의 의향과 포부로써 움직이고 싶을 뿐 다른 사람의 장기의 졸역을 떠맡고 있어서는 그 한 사람이 만일 잘못 실수를 하는 경우에는 다른 사람들까지 모두 걸려들지 않을 수 없게 된다(한자리에 앉은 사람들은 옳소, 옳소, 하는 고함 소리로 모두 그의 말을 성원했다).
 「쳇, 그 바보 같은 소리 작작해! 도대체 어떡하라는 거야?」
 「도대체 그 스타브로긴의 하찮은 음모가」리푸친은 발끈 화를 냈다. 「공동의 사업에 어떤 관계를 가지고 있다는 거요? 그 사람이 중앙 본부와 무슨 비밀스런 관계를 맺고 있든 그것은 그의 자유입니다. 단 그 옛이야기 같은 중앙 본부라는 존재가 사실로 존재하고 있다면 말입니다만, 그런 것은 아무래도 좋습니다. 알고 싶지도 않아요. 그런데 이번엔 그 살인이 실천에 옮겨져 경찰이 떠들기 시작했어요. 실을 더듬어 올라가면, 나중에는 실꾸러미까지 찾아내게 마련이니까요.」
 「당신이 스타브로긴과 함께 체포된다면 우리들도 마찬가지로 당하게 될 것입니다.」 하고 민정에 통하고 있는 자가 말했다.
 「그리고 그것은 공동의 사업을 위해서는 전혀 무익한 것이기 때문이지요.」 하고 비르긴스키가 대단한 것을 이야기한 듯한 투로 말을 마쳤다.
 「무슨 쓸데없는 소리를 하는 거야! 그 사건은 전혀 우연히 발생한 사건이란 말야. 페지카가 강도를 목적으로 한 짓이란 말이야!」
 「홍, 그러나 기묘한 일치인데요.」 하고 리푸친은 몸을 움찔했다.
 「그렇게 말한다면 말해 주지, 그것은 모두 자네의 손을 통해 행해진 것이란 말이야!」
 「아니, 어째서 내 손을 통해서 됐다는 겁니까!」
 「첫째 말이야, 리푸친 군, 자네는 이 음모에 가담하고 있었잖느냐 말이야, 또 둘째는 레뱌드킨을 전송할 명령을 받고 돈을 건넨 것은 자네가 아니냔 말이야. 그런데 자네는 자기가 어떤 일을 저질렀는지 알지? 만일 자네가 그 사나이를 출발시켰다면 아무런 사건도 일어나지 않았을 거란 말이야!」
 「그러나 그 사나이를 연단에 내보내서 시를 읽히면 재미있을 것이라고 암시를 준 것은 당신이 아닙니까?」
 「암시란 명령이 아니란 말이야. 명령은 출발시키도록 하라는 거였잖아.」
 「명령이라니, 매우 기묘한 말이로군요. 그뿐만 아니라 당신은 출발을 중지하도록 하라고 명령하지 않았어요?」
 「자네는 착각을 하고 있는걸세. 그리고 자신의 열등함과 월권을 폭로하고 있는 거야. 그건 그렇고 그 살인 사건이란 것은 페지카가 혼자서 한 짓으로서 그 사나이 한 사람이 강도를 목적으로 한 것이란 말야. 자네는 세상의 소문을 듣고 그것을 믿어 버린 거야. 자넨 겁이 난 거야, 스타브로긴은 그런 바보가 아니야. 그 증거로 그 사람은 오늘 열두 시에 부지사와 회견한 뒤 페체르부르그로 떠나 버리고 말았어. 혹시 자네가 말하는 그런 일이 있었다고 한다면, 대낮에 그 사람을 페체르부르그로 출발시킬 리가 없잖느냔 말이야.」

「저로서도 스타브로긴 씨가 직접 한 것이라고 단언하는 것은 아닙니다.」 독살스럽고 단호한 말투로 리푸친은 이렇게 그 말을 받았다. 「스타브로긴 씨는 나와 같이 아무것도 몰랐는지도 몰라요. 그런데 말입니다. 나는 양고기가 냄비 속에 던져지는 것처럼 이 사건에 끌려들어갔는지도 모르지만, 어떻게 된 일인지는 전혀 몰랐습니다. 그건 당신도 잘 알고 있는 것이라고 생각합니다.」

「그럼, 자네는 누가 나쁘다는 건가?」 표트르는 침착한 눈초리로 상대를 응시했다.

「즉, 그건 거리에 불을 놓아 태워 버릴 필요를 느낀 놈들의 짓이겠지요.」

「그러나 자네들이 넘겨짚으려고 하는 것이 무엇보다도 나쁘단 말야. 자, 어디 이것을 한 번 읽어보고 다른 사람에게도 보여 주면 어떨까? 그저 참고로 말이야.」

그는 렘브케 앞으로 쓴 레뱌드킨의 편지를 주머니에서 꺼내가지고 리푸친에게 건넸다. 리푸친은 그것을 읽어 보고 나서는 매우 놀란 모양으로 무엇인가를 곰곰 생각하면서 옆사람에게로 돌렸다. 편지는 곧 여러 사람을 한 바퀴 돌았다.

「이건 정말 레뱌드킨이 쓴 것입니까?」 하고 쉬갈로프가 물었다.

「그 사람의 필적이군요.」 리푸친과 톨카첸코(예의 그 민정에 통하고 있는 자)가 단언했다.

「나는 자네들이 레뱌드킨의 일로 해서, 매우 후회하고 있다는 것을 알았기 때문에 그래서 그저 참고로 하려고.」 편지를 받으면서 표트르는 말했다. 「그런 의미에서 말이야. 페지칸지 뭔지 어느 곳에서 굴러온지도 모르는 녀석이, 우연히 우리들로부터 위험한 인물을 제거해 준 거란 말이야. 우연이란 것은 이렇게 도움을 주는 수가 있단 말이야! 정말 뜻밖의 혜택이 아니냔 말이야!」

회원들은 서로가 얼굴을 마주보았다.
「그런데 자네들, 이번엔 내가 자네들에게 물을 차례가 됐군그래.」하고 표트르는 자세를 고쳤다.「다름이 아니고, 어떤 생각으로 자네들은 허가도 받지 않고 거리에 불을 지르는, 그런 끔찍한 짓을 했느냐 말이야?」
「그건 또 무슨 소릴 그렇게 하십니까? 우리들이, 아니 그래, 우리들이 거리에 불을 놓았다고요? 그건 자기의 죄를 남에게 덮어씌우는 것입니다!」하고 일동은 고함을 질렀다.
「아니야, 난 잘 알고 있어, 자네들은 너무 지나쳤단 말이야.」
표트르는 완강하게 말을 이었다.
「이것은 율리아 부인을 상대로 한 장난과는 틀리단 말이야, 내가 여기에 자네들을 모이도록 한 것은, 즉 자네들이 어리석게도 자기들 스스로가 저지른 위험의 정도를 설명하기 위해서야. 사실 그것은 자네들뿐만 아니고, 여러 가지 일에 대해서 중대한 위협이 되는 것이니까 말이야.」
「그게 무슨 소리예요? 뿐만 아니라 지금 막 우리들 편으로부터, 회원에겐 일언반구의 의논도 없이 그처럼 중대한, 동시에 기괴한 수단을 취하게 된 그 전횡과 불공평의 정도를 지적해 주려고 생각한 것입니다.」지금까지 침묵을 지키고 있었던 비르긴스키가 분격해서 이렇게 말을 시작했다.
「그럼 자네들은 부정한단 말이지? 그러나 나는 이렇게 단언한다. 불을 지른 것은 자네들이야, 자네들이 불을 질렀단 말야. 달리 누구도 불을 지른 사람은 없어! 자네들은 거짓말하면 안돼. 나는 정확한 정보를 입수하고 있으니까 말이야. 그런 독단적인 행위를 함으로 해서 자네들은 공동의 사업까지도 위태로운 상태에 빠뜨렸단 말이야. 자네들은 무한한 결사의 조직에 있어서 지극히 작은 하나의 존재에 불과한 것이지. 그리고 중앙 본부에 절대 복종의 의무를 지니고 있는 거란 말이야. 그런데도 자네들 가운데 세 사람이 아무런 통보도 받지 않고 쉬피굴린 직공에게 방화를 선동했다. 그래서 화재가 일어났단 말이야!」
「세 사람이란 누구를 말하는 겁니까? 우리들 중 세 사람은 누구누구란 말입니까?」
「엊그제밤 세 시 좀 지나서 자네는 『물망초』에서 폼카 자비알로프를 선동하지 않았느냐 말야?」

「엉터리 없는 소리 마시오!」하고 이쪽은 펄쩍 뛰었다.

「나는 한두 마디 했을 뿐이지만 그것도 아무런 생각없이 한 것입니다. 다만 그날 아침 그 녀석이 호되게 얻어맞았기 때문이었어요. 그러나 그 녀석이 너무 취했다는 것을 알고 나는 그대로 내버려 뒀단 말입니다. 지금 당신이 그런 말을 하지 않았다면 난 까맣게 잊어버릴 뻔했어요. 다만 한마디로 말해서 불이 난다는 것은 있을 수 없는 일이에요.」

「자네는 한 개의 불똥으로 커다란 화약고가 완전히 폭발해 버린 것을 보고 깜짝 놀라는 사람과 꼭 닮았군그래.」

「나는 작은 소리로, 그것도 구석진 곳에서 그 녀석에게 귀띔했을 뿐인데, 어째서 그것을 당신이 알고 있지요?」톨카첸코는 갑자기 생각난 듯이 이렇게 물었다.

「나는 그곳에 있는 테이블 밑에 숨어 있었단 말야. 걱정할 염려는 없어. 이보게, 나는 자네들의 일거일동을 모르는 것 없이 죄다 알고 있단 말이야. 리푸친 군, 자네는 독살스러운 웃음을 띠고 있군그래. 그런데 난 말이야, 요전 그저께 밤에 자네가 침실에서 뒹굴다가 아내를 꼬집은 것까지도 알고 있단 말이야.」

리푸친은 멍청히 입을 벌린 채 새파랗게 질렀다. 리푸친에게 있었던 일은 그가 고용하고 있는 아가피아라는 하녀가 말했다는 것이 그 뒤에 겨우 판명됐다. 표트르는 처음부터 그 하녀에게 돈을 주고 염탐꾼 역할을 시키고 있었던 것이다.

「나는 사실을 증명해도 좋습니까?」느닷없이 쉬갈료프가 자리에서 일어났다.

「증명해 보게!」

쉬갈료프는 자리에 앉아 자세를 바로했다.

「내가 들어서 아는 바에 의하면(들어서 모를 리도 없었다), 당신은 처음 한 번과, 그 뒤에 또 한 번 지극히 웅변적으로, 하긴 너무 이론적이긴 했지만 얼마나 무한한 결사의 조직으로 러시아가 뒤덮여 있는가를 우리들에게 설명해 주셨습니다. 그리고 한편으로는 현재 활동하고 있는 이들 결사는 제각기 끊임없이 새로운 당원을 만들고 여러 가지 지사에 의해서 무한히 퍼져가면서 간단없이 지방 관헌의 권위를 떨어뜨리고 주민들 사이에 회의하는 생각을 불러일으켜, 빈정댐과 추행과 모든 것에 대한 절대적 불신과, 보다 좋은 상태에 대한 갈망을 원하는 분위기를 조성하고, 결국에 가서는 화재라는 국민적 성질을 띤 방법을 가지고(만일 필요하다고 인정된다면) 예정된 어떤 순간에 온통 전국을 절망의 심연으로 가라앉혀 버리고 만다는, 계통적이며 노골적인 선전을 목적으로 해야 한다는 식으로 말씀하셨습니다. 나는 당신의 그 말씀을 한 마디 한 마디, 틀리지 않도록 애쓰면서 되풀이했습니다만, 어떻습니까? 틀리지 않았습니까? 이것은 확실히 당신께서 중앙 본부에서 파견한 대표자로서 저희들에게 보고하신 예정된 행동이십니다. 그렇지 않습니까? 하기는 그 중앙 본부라는 것도 오늘날까지 전혀 정체를 알 수 없는, 저희들에게는 거의 꿈과 같은 존재이긴 합니다만.」

「그렇지. 하기는 자네가 하는 말은 약간 농담스러운 기가 있기는 하지만……」

「사람은 누구나 자유로운 발언권을 가지고 있습니다. 그런데 당신의 말로 추측을 해보면 러시아 전체를 그물처럼 뒤덮고 있는 결사의 수는 지금까지 백 개쯤 된다고 합니다. 그리고 당신의 가정을 부연하면, 만일 각 개인이 자신의 임무를 완전히 수행하면 러시아 전국은 주어진 시기까지는 한 발의 신호를 계기로 해서……」

「아아, 귀찮다! 그렇지 않아도 할일이 많단 말이야!」 표트르는 의자에 앉은 채, 방향을 빙그르르 돌렸다.

「좋습니다, 그럼 저는 간단히 질문하는 것으로 결론을 맺겠습니다. 우리들은 이미 여러 가지의 추행을 보았습니다. 주민의 불만도 보았습니다. 이 고장 행정관의 몰락도 직접 목격했을 뿐 아니라, 우리들이 직접 거기에 손을 쓰기도 했습니다. 그리고 최후로는 이 눈으로 화재가 일어난 것도 보았던 것입니다. 그런데 당신은 무엇이 불만입니까? 이것은 당신이 예고한 프로그램이 아닙니까? 그런데도 어떤 점이 어떻게 됐다고 우리들을 견책하려고 합니까?」

「자네들의 독단적인 행동 때문에 화가 나는 거야!」 표트르는 사납게 고함쳤다. 「내가 여기 있는 동안은, 내 허락 없이는 어떠한 행동도 해선 안돼. 이젠 그만해 둬! 이미 밀고의 준비는 해놓았으니까, 내일이든 오늘 밤이든 자네들은 모두 붙잡히고 말 거야. 이것이 자네들이 받는 보상이지. 이것은 확실한 정보란 말야. 알겠어?」
 이 말엔 벌써 모든 사람이 멀거니 입을 벌리고 있을 뿐이었다.
「더욱이 단순한 방화 사주 건만이 아니고, 오인조로서 체포되는 것이란 말야. 밀고자는 결사의 비밀과 연락을 잘 알고 있으니까 말이야. 자, 자네들의 장난이 이런 사태를 가져왔단 말이야!」
「틀림없이 스타브로긴의 짓이다!」하고 리푸친이 소리쳤다.
「뭐라고? 어째서 스타브로긴이란 말야?」갑자기 표트르는 더듬거렸다.
「쳇! 엉터리없는 소리.」그는 곧 정상으로 되돌아왔다.「그건 샤토프란 말이야! 아마도 자네들도 이젠 알고 있을 것이네만, 샤토프는 한때 우리들의 일에 관여했던 적이 있었단 말이야. 나는 모든 것을 털어놓지 않을 수 없네. 나는 그 사나이를 신임하고 있는 두서너 사람을 통하여, 끊임없이 그 사나이를 감시하고 있던 바, 놀랍게도 그 사나이가 각 결사 연락의 비밀이나 그 조직도…… 즉, 모든 것을 알고 있다는 것을 발견했단 말이야. 그 사나이는 전에 자기가 가담하고 있던 죄를 면하기 위해서 우리들 모두를 밀고하기로 결심했어. 그러나 지금까지 주저하고 있었기 때문에 나도 그 사나이를 너그럽게 봐주고 있었거든. 그랬는데 이번에 자네들이 저지른 그 화재 사건이 그놈의 마음을 흔들어 놓았단 말이야. 그놈은 방화에 극도로 충격을 받고 더 이상 주저할 것을 단념하고 말았어. 그래서 내일 우리들은 국사범 및 방화범으로 체포되지 않으면 안 되게 되었단 말이야!」
「정말일까? 어째서 샤토프가 그것을 알고 있을까?」
 그 자리에 모였던 사람들의 동요는 무어라고 형용할 수 없을 정도였다.
「지금 말한 것은 모두 사실이야. 나는 내가 걸어온 길을 자네들에게 제시하고, 발전의 경로를 설명할 권리는 못 가졌지만, 최소한 이런 말은 자네들을 위해서 알려 두는 거야. 그건 다름 아닌 이런 거란 말야. 나는 어떤 사람을 통해서 샤토프에게 영향을 주려 하고 있지. 그렇게 하면 그 사나이는 아무것도 눈치채지 못하고 밀고를 연장하게 될 거야. 그러나 그것은 겨우 하루 낮밤뿐이고 그 이상의 유예는 내 힘으로는 미치지 못한단 말야. 그런 의미에서 자네들도 모레 아침까지는 자신의 안전이 보장된 것이라고 생각해도 괜찮을 것이란 말일세.」
 일동은 계속 침묵하고 있었다.

「그럼 그놈을 당장 처치해 버리지 않으면 안 되겠다!」
맨먼저 톨카첸코가 소리쳤다.
「벌써 해치워야 했었단 말이야!」럄신은 주먹으로 테이블을 쾅 하고 치면서 독살스러운 소리로 이렇게 말했다.
「그럼 그놈을 어떻게 처치하지?」하고 리푸친이 중얼거렸다.
 표트르는 곧 이 묻는 말의 꼬리를 잡아서 자기의 계획을 말했다. 그것은 이런 것이었다. 샤토프가 보관하고 있는 비밀 인쇄 기계를 양도한다는 구실하에 다음 날 밤 해가 지자 곧, 기계가 묻혀 있는 쓸쓸한 장소로 그를 유인해내서, 『거기에서 처치해 버리자』는 것이었다. 그는 여러 가지 필요한 세부적인 것에 대해서 설명하고(그것은 여기서는 생략하도록 한다), 중앙 본부에 대한 샤토프의 애매한 태도를 자세하게 설명했다. 그러나 이것도 역시 독자들은 이미 알고 있는 것이다.
 「그건 모두 그렇다고 치더라도」하고 리푸친은 결단을 내리지 못하여 더듬으며 말했다.「그러나, 또 같은 성질의 괴변이 거듭되게 하는 것이니······ 너무 인심을 소란케 하는 것이 되지 않을까 몰라.」
 「물론」하고 표트르는 맞장구를 쳤다.「그러나 그것도 이미 꿰뚫어보고 있단 말이야, 완전히 혐의를 피할 수 있는 방법이 강구되어 있단 말이야.」
 그는 정확한 어조로 키릴로프에 대한 것을 들려 주었다. 그가 자살을 결심했다는 것, 신호를 기다리기로 약속했다는 것, 죽기 전에 유서를 남겨 놓아 구두로 말하는 것을 모두 자신이 책임진다고 했다는 것, 즉 독자가 이미 자세히 알고 있는 것들이다.
 「자살하려는 그의 결심, 철학적인 아니, 그보다도(내가 보는 바로는) 오히려 미친 것 같은 결심을 저쪽 본부에서 알게 되었단 말이야.」하고 표트르는 설명을 계속했다.「아무튼 저쪽에서는 머리카락 하나라도, 먼지 한 톨이라도 함부로 하지 않고 그것을 모두 공동의 사업을 위해서 이용한단 말이야. 본부에선 이 결심이 가져오는 이익을 꿰뚫어보고, 또한 그의 각오가 철두철미하게 진정이라는 것을 확인했기 때문에 러시아까지 돌아갈 여비를 그 사나이에게 보냈고(그 사나이는 웬지 어떡하든 러시아에서 죽고 싶어한단 말이야) 어떤 한 임무를 주었는데 그는 그 일의 수행을 맹세했단 말이거든(그리고 정말 수행했던 것이다). 게다가 본부로부터 명령이 있을 때까지는 결코 자살을 하지 않겠다고 하는, 이미 자네들도 알고 있는 그런 맹세를 그 사나이에게 시켰던 것이다. 그랬더니 그는 모든 것을 약속했었다. 여기서 잠깐 주의해 두기 바라는 것은 그가 어떤 특별한 사정으로 결사에 들어와 있으면서도 사업에 도움이 되는 일을 하고 싶다고 바라는 점이야. 그러나, 이 이상 털어놓고 이야기할 수는 없어. 그래서, 내일 샤토프의 일이 끝난 다음에, 내가 그 사나이에게 구두로 말해서 샤토프의 죽음의 원인은 자신에게 있다는 편지를 쓰게 할 작정이란 말이야. 이것은 매우 그럴 듯하게 생각될 수 있는 일이란 말이야. 왜냐하면 그 둘은 처음엔 매우 사이가 좋아서 함께 아메리카에 가기도 했었지만, 뒤에 싸움을 하기 시작했었더란 말이야. 이런 것들을 모두 유서 속에 써넣을 작정이란 말이야. 게다가…… 경우에 따라서는 또 달리 무엇이든, 키릴로프에게 뒤집어씌워도 된단 말야. 가령 예를 들면 격문이라든가, 방화 책임의 일부라든가…… 하기는 이 문제에 대해서는 내가 좀더 잘 생각해 보겠지만 말야. 뭐 걱정할 필요까진 없어. 그 사나이는 쓸데없는 편견은 가지고 있지 않으니까, 무엇이든 승낙해 줄 거야.」

갑자기 의혹의 소리가 높아졌다. 이야기가 너무 돌발적이어서 소설 같은 느낌을 받았던 것이었다. 하기는 키릴로프에 관한 것은 모두 다소간 들어 왔었다. 특히 리푸친 같은 경우는 가장 많이 알고 있었던 것이다.

「만일 그 사나이가 갑자기 생각을 달리해서 싫다고 하면 어떡할까요?」 하고 쉬갈료프가 말했다. 「그 말이 정말이라고 해도 그 사나이는 역시 아주 미쳤다고 할 수 있기 때문에 그런 기대는 부정확한 것이라고 말할 수 있지 않을까요?」

「걱정할 필요 없어, 자네들은. 그 사나이는 결코 싫다고 하지 않을 거야.」 하고 표트르는 단정하는 듯이 말했다. 「계약에 의하면 나는 그 전날 즉, 오늘 그 사나이에게 예고하기로 되어 있단 말야. 그래서 나는 곧 리푸친과 함께 그 사나이한테로 출발하도록 해야겠어. 그렇게 하면 리푸친 군은 내가 말한 것이 거짓말인지 사실인지 확인해 보고, 필요하다면 오늘 밤 안으로라도 되돌아와서 자네들에게 보고하도록 하지, 또 그리고……」 이런 인간들을 상대해서 이렇게까지 열심히 설명해 주는 것은 너무 영광이 지나쳐서 벌이라도 받을지 모른다고 느끼기라도 한듯이 갑자기 대단한 분격의 빛을 띠고 말을 뚝 그쳤다. 「하긴 자네들 마음대로 행동하도록 해! 만일 자네들이 결심을 주저한다면 이 결사는 지리멸렬로 깨어져 버리고 말 거야. 그것은 오로지 자네들의 반항과 배신이 원인이란 말이야. 그렇게 되면 우리들은 지금부터 각자가 자유 행동을 취하게 된다. 그런데 여기서 사전에 알아 둬야 할 것이 있다. 만일 그렇게 된다면 샤토프의 밀고와 거기에 연관되는 불쾌한 일 외에 하나 더 약간 불쾌한 일을 당하지 않으면 안 된단 말이야. 그것은 결사 조직을 할 때 굳게 선언했던 것이지. 그런데 나의 입장으로 말한다면, 난 자네들을, 그다지 두려워하고 있긴 않아……. 아무쪼록 나라는 인간이 자네들과 완전히 일체를 이루고 있는 것은 아니라는 것을 알아 두기를 바라는 바일세……. 하긴 그런 것은 아무래도 상관없지만…….」
「아니 우리들은 결단을 내렸습니다.」 하고 럄신이 밝혔다. 「달리 무슨 방법이 없으니까 말이야.」 하고 톨카첸코가 중얼거렸다. 「만일 리푸친이 키릴로프에 관한 것을 확인한다면…….」
「나는 반대합니다, 나는 잔인한 행위를 결의하는 데는 극력 반대합니다!」 갑자기 비르긴스키가 자리에서 일어났다.
「그러나?」 표트르는 반문했다.
「그러나, 어쨌단 말입니까?」
「자네가 그러나라고 했기 때문에, 기다리고 있는 거란 말이야.」
「나는 그러나라고 하지 않았는데요. 다만 내가 말하고 싶었던 것은 만일 모두가 그런 결의를 한다면…….」
「그때는?」
비르긴스키는 입을 다물었다.
「내 생각으로는 자기 생명의 안전을 등한히 하는 것은 관계없지만」 갑자기 에르켈리가 입을 열었다. 「만일 공동의 사업에 지장을 가져오든가 한다면 자기 생명의 안전을 등한히 할 수는 없는 것이라고 생각합니다…….」
그는 당황해서 얼굴이 빨갛게 되었다. 일동은 자기 상념에 몰두하고 있었지만, 그래도 모두 깜짝 놀란 것처럼 그를 보았다. 이 사나이가 다른 사람처럼 입을 여는 것은 전혀 예상 밖이었기 때문이었다.
「나도 공동 사업에 참여한 사람입니다.」 느닷없이 비르긴스키가 이렇게 말했다.
일동은 자리에서 일어났다. 내일은 한 곳에 모이지 않고 낮까지 다시 한 번 일동의 정보를 종합한 뒤 결정적인 최종의 결의를 하기로 했다. 그리고 인쇄 기계가 묻혀 있는 장소가 지시됐고, 각자의 역할이 결정되었다. 리푸친과 표트르는 함께 키릴로프가 있는 곳으로 출발했다.

2

샤토프가 밀고하리라는 것은 누구나 굳게 믿고 있었다. 그러나 표트르가 자기들을 마치 장기의 졸처럼 마구 부리고 있다는 것도 역시 엄연한 사실로 믿고 있었다. 그리고 내일은 누가 무어라고 해도 일동이 모두 지정한 장소에 모여서 샤토프의 운명을 결정해 버리고 말 것이라는 것 또한 각오하고 있었다. 어쨌든 그들은 마치 파리가 커다란 거미줄에 걸린 것처럼 꼼짝 못하게 된 것을 억울해했지만, 그래도 공포에 떨고 있을 뿐 별다른 도리가 없었다.

표트르는 의심할 여지없이 그들에게 졸렬한 짓을 했음에 틀림없다. 그가 약간만이라도 현실적인 문제에 마음을 썼더라면 만사는 좀더 온건하고 좀더 부드럽게 진척되었을 것이다. 그런데도 그는 사실을 온건한 빛으로 싸서 고대 로마의 시민과도 같은 행위와 그런 부드러운 언동으로 설명하려 하지 않고 단적으로 거친 공포와 자기 생명에 대한 위협에만 역점을 두었다. 이런 점으로 말한다면 벌써 예의를 전적으로 무시한 행동이었다. 물론 모든 것이 생존 경쟁인 이 세상에서 달리 아무런 자연율(自然律)이 없다는 것은 익히 알고 있지만 그러나 아무리 그렇다고 하더라도······.

그래도 표트르는 그들의 로마 시민 같은 마음에 접할 겨를이 없었다. 그 자신부터가 정상적인 상태를 벗어난 것 같은 마음 상태였다. 다름이 아니라 스타브로긴의 도망은 그를 깜짝 놀라게 압도해 버리고 말았던 것이다. 스타브로긴이 부지사를 면회했다는 것은 그가 지어낸 거짓말이었다. 뿐만 아니라 그는 어느 누구도 심지어 어머니까지 만나지 않고 출발했던 것이다. 사실 그를 만류하는 사람이 아무도 없었다는 것이 이상하다고 할 정도였다(그 뒤 지방 장관은 이 일에 관해서 특별한 소명서를 썼던 것이다). 표트르는 종일 찾아다녔지만 아무런 단서도 얻지 못했다. 그가 이렇게 걱정한 것은 지금까지는 없었던 일이었다. 사실 그렇게 갑자기 깨끗하게 미련없이 스타브로긴을 체념할 수는 없지 않은가? 그것 때문에 그는 한패의 사람들에 까지도 그다지 부드럽게 할 수가 없었던 것이다. 게다가 그는 지금 자유로운 몸이 아니었다. 여유를 두지 않고 스타브로긴의 뒤를 추적하겠다고 결심했던 것이다. 그런데 샤토프의 일건이 그의 출발을 멈추게 했다. 만일의 경우를 생각해서 오인조를 단단히 결속해 놓지 않으면 안 되었다. 『오인조 놈들을 내버려 둘 수는 없다. 또 어쩌면 무슨 일에 소용이 되는지 모르니까.』 이렇게 생각했을 것으로 나는 상상한다.
　샤토프에 대해서는 어떤가 하면, 표트르는 그의 밀고를 굳게 믿고 있었다. 그가 한패들에게 말했던 밀고서 운운의 말은 모두 엉터리였다. 그는 그런 밀고서 같은 것을 일찍이 들어 보지도 못했고 또 직접 본 일도 없었지만 그것이 작성돼 있다는 것은 2×2는 4라고 할 정도로 틀림없다고 굳게 믿고 있었다. 샤토프는 어떤 일이 있어도 이번의 사건, 리자의 죽음, 마리아의 참살을 참을 수 없다고 격분하고 있었다. 때에 따라서는 상상 밖으로 그는 이 생각에 확실한 근거를 가지고 있었는지도 모른다. 또 그가 개인적으로 샤토프를 미워하고 있는 것도 역시 우리들 사이에 알려지고 있는 사실이다. 일찍이 그들 사이에서는 약간의 충돌이 있었고, 그는 결코 모욕당한 것을 잊어버리는 그런 사나이가 아니었다. 이것이 곧 중요한 이유가 아니겠느냐고 나는 생각하고 있는 것이다.
　거리의 보도는 벽돌을 깔아 놓은 좁은 길로서 곳에 따라서는 판자를 깐 데도 있었다. 표트르는 그 보도가 좁다는 듯이 한가운데를 거침없이 걸어갔다. 그래서 리푸친은 나란히 걸어갈 수 없어서 때로는 한 걸음 뒤져서 따라가든가, 때로는 나란히 이야기를 하면서 걷기 위해 차도의 진창으로 뛰어내리기도 했는데, 그는 조금도 그런 것을 아는 체조차 하지 않았다. 표트르는 우연히 생각이 났다. 얼마 전에 그 자신도 스타브로긴의 뒤를 따라가느라고 지금처럼 진창을 조심스럽게 걸어갔던 일이 있었다. 그랬더니 스타브로긴은 마치 지금의 그처럼 보도를 꽉 메울 정도로 한가운데를 걸어갔던 것이다. 그때의 광경을 머리에 떠올리면 그는 광포한 분노에 숨이 막히는 듯했다.
　그러나 리푸친도 분노로 숨이 막힐 듯했다. 설혹 표트르가 소위 『동지』들을 제마음대로 부려먹으려 해도 자기에게만은…… 왜냐하면 자기는 동지들 가운데서도 누구보다 사정을 잘 알고 있어서 이 사건에 관해서도 가장 밀접한 관계를 가지고 있을 뿐 아니라, 누구보다도 가장 깊이 관계하고 있는 것이다. 그리고 지금까지 간접적이라고는 하지만 끊임없이 이 사건에 힘을 보태고 있는 것이다. 아아, 그는 충분히 알고 있는 것이다. 즉 표트르는 절대절명의 위기에서는 리푸친 자신도 없애버릴 것임에 틀림이 없다. 그러나 그는 벌써부터 표트르를 미워하고 있었다. 그것은 같이 일을 하는 것이 위험하기 때문이 아니고, 그 거만한 태도 때문이었다. 이번에 이런 참혹한 짓을 결행하지 않을 수 없는 경우에 빠졌기 때문에 그는 동지들보다도 더 불만이 많았던 것이다. 그러나 유감스러운 것은 자신은 내일 밤 틀림없이 『노예처럼』 제일 먼저 약속 장소로 갈 뿐만 아니라, 다른 사람들까지 데리고 갈 것이라는 사실이었다. 그것은 그 자신도 알고 있었다. 그러나 어떻게 해서든 내일까지 그 자신의 신세를 망치지 않고 표트르를 죽일 수가 있다면, 그는 반드시 그렇게 할 것이 틀림없었다.

이런 생각에 몰두해서 그는 입을 다문 채 폭군의 뒤에서 터덜터덜 잰걸음으로 걸어갔다. 그런데 저편은 그에 대한 생각 같은 것은 잊어버린 모양으로 때때로 부주의하게 팔꿈치로 그를 찌를 뿐이었다. 갑자기 표트르는 거리에서도 가장 번화한 곳에서 멈춰섰다가 어느 요릿집으로 들어갔다.

「도대체 어딜 가시는 겁니까?」리푸친은 벌컥 화를 냈다. 「여긴 요릿집이 아닙니까?」

「비프 스테이크가 먹고 싶어서그래.」

「농담이 아닙니다. 여긴 언제나 사람들이 꽉 차 있단 말입니다.」

「그래 어쨌단 말인가!」

「그렇지만…… 늦지 않겠어요? 벌써 열 시나 됐는데…….」

「거길 가는 데 무슨, 늦고 빠르고가 있나?」

「그렇지만 난 늦으면 곤란합니다. 동지들이 내가 돌아오는 것을 기다리고 있으니까요.」

「상관없어! 자네가 그런 족속들에게 간다는 것은 어리석은 짓이란 말야. 오늘은 자네들과 떠드느라고 난 아직도 식사를 못 했단 말야. 키릴로프가 있는 곳이라면, 늦으면 늦을수록 확실히 만날 수가 있을 테니까…….」

표트르는 별실에 자리를 잡았다. 리푸친은 화가 난 듯한, 모욕당한 듯한 표정으로 한쪽 구석의 팔걸이의자에 앉아서 상대가 식사하는 것을 지켜보고 있었다. 이렇게 해서 삼십 분 이상 시간이 흘렀다. 표트르는 태연히 침착성을 과시하는 듯한 태도로 정말 맛있다는 듯이 쩝쩝거리면서 식사를 하고 있었다. 그리고 두 번씩이나 겨자를 가져오라고 했고, 그 다음에는 맥주를 주문하기도 했으나 그 외엔 한마디도 입을 열지 않았다. 그는 깊은 생각에 잠겨 있었다. 그는 한꺼번에 두 가지 일을 하고 있었다. 즉 음식 맛을 보면서 먹는 것과 동시에 깊은 상념에 잠기는 것이었다. 리푸친은 드디어 참을 수가 없어서 아무리 애써도 그 얼굴로부터 눈을 돌릴 수가 없을 정도였다. 그것은 일종의 신경질적인 발작이라고 할 그런 것이었다. 그는 상대방의 입속으로 들어간 비프 스테이크의 덩어리를 하나하나 헤아리면서, 그 입이 딱 벌어져 기름진 고깃덩어리를 아주 맛있는 듯이 우물우물 씹고 있는 것과 수프를 들이마시고 있는 것이 미워서 견딜 수가 없었다. 나중에는 그의 눈이 흐뭇해지는 것처럼 느껴지기조차 했다. 머리가 어쩐지 흔들거리고, 등뒤가 갑자기 뜨거워지기도 하고 때로는 싸늘해지기도 했던 것이다. 「자네 심심할 텐데, 이거라도 좀 읽어 보게나.」 갑자기 표트르가 한 장의 쪽지를 그를 향해 던졌다. 리푸친은 촛불 앞으로 가까이 갔다. 쪽지에는 자잘한 글자가 가득히 메워져 있었는데, 한 줄마다 지운 흔적이 있었다. 겨우 그가 읽기를 마쳤을 때는, 표트르는 이미 계산을 끝내고 일어나려는 참이었다. 보도로 나오자 리푸친은 그 종이쪽지를 그에게 내밀었다.

「이건 자네가 가지고 있게나, 나중에 이야기할 테니까. 그런데 자넨 어떻게 생각하는가?」

리푸친은 전신을 와들와들 떨었다.

「나보고 말하라면 이런 격문 따위는…… 다만 엉터리없는 웃음거리에 불과하다고 생각합니다.」

마침내 분통은 터지고 말았다. 그는 몸이 소리개에게 채이는 듯한 기분이 들었다.

「만일 우리들이 이런 격문의 살포를 결심한다면 그야말로 어처구니없는, 일을 분별하지 못하는 인간이 되어 버려서 사람들의 경멸을 살 뿐입니다.」

「음, 그래? 그러나 나는 그렇게 생각하지 않는데…….」

표트르는 걸음걸이를 흐트러뜨리지 않고 걸어 나아갔다.

「저야말로 그렇게는 생각하지 않습니다. 도대체 이건 당신이 직접 쓴 것입니까?」
　「그건 자네가 알 바 아니야.」
　「나는《영광스러운 인격》…… 그 상상할 수도 없을 만큼 졸렬하기 그지없는 시도, 역시 게르첸의 작품이라고는 생각하지 않는단 말입니다.」
　「그 바보 같은 소리 작작해, 그건 훌륭한 시란 말이야.」
　「나는 아직도 이상스럽게 생각하는 것이 있습니다.」 리푸친은 얼결에 힘을 얻어 마구 떠들기 시작했다. 「어째서 당신은 우리들에게 모든 파괴를 목적으로 하는 행동을 취하도록 하려는 것입니까? 유럽에도 프롤레타리아가 존재하고 있는 이상 모든 것을 파괴하기를 바라는 것은 당연한 일이지만 러시아에는 우리들과 같은 푸리에밖에 없기 때문에 다만 먼지만 일으킬 뿐이 아니겠어요?」
　「나는 자네를 푸리에 파라고 생각하고 있었어.」
　「푸리에 설과는 다릅니다, 전혀 다릅니다.」
　「당치도 않은 소리임은 나도 알고 있네.」
　「아닙니다, 푸리에 설은 당치도 않은 소리가 아닙니다. 실례일는지 모르지만 나는 오월에 반란이 일어나리라고는 아무래도 믿을 수가 없어요.」
　리푸친은 웃옷 단추까지 끌렀다. 그처럼 더웠던 것이다.
　「아니 좋아, 그런데 지금 잠깐 잊어버리지 않도록 말해 두겠는데」 하고 표트르는 무서울 만큼 냉정한 어조로 갑자기 화제를 바꾸고 말았다. 「자네는 이 격문을 자기 손으로 문선해서 인쇄하지 않으면 안 된단 말야. 샤토프에게 맡긴 인쇄 기계를 내일 우리들이 파낼 테니까 자네는 내일부터 그것을 보관하는 책임을 맡게 되는 거란 말이야. 그리고 될수록 빨리 활자를 뽑아서 한 장이라도 더 많이 인쇄해 달란 말이야. 이 겨울 동안 내내 그것을 뿌려야 하니까 말이야, 자금이 나오는 데는 지령이 있을 거야. 어쨌든 가능한 한 많이, 여유있게 인쇄해 주지 않으면 안돼! 다른 지방에서도 주문이 있으니까.」
　「싫습니다. 그건 깨끗이 거절하겠습니다. 나는 그런 것을…… 한다고 맡을 수는 없습니다. 거절합니다.」
　「그렇지만 결국에 가서는 이 일을 맡게 될 거야. 나는 중앙위원회의 명령으로 행동하고 있는 것이니까, 자네는 그것에 복종할 의무가 있단 말이야.」

「그러나 내 생각으로는 외국에 있는 러시아의 중앙위원회는 현실의 러시아를 잊어버리고, 모든 연락을 끊어 버린 것입니다. 그들은 꿈을 꾸고 있는 것에 불과해요. 아니, 그 정도가 아닙니다. 러시아에 몇 백 개나 있다는 오인조라는 것은 거짓말이고, 우리들의 오인조 단 하나만 있는 것이 아닐까, 연락망이라는 것도 전혀 없는 것이 아닐까 하고 생각될 정도란 말입니다.」 벌써 리푸친은 숨이 차서 헐떡거리고 있었다.

「사실의 진위조차 판별해 보지도 않고 경솔하게 뇌동한 자네들이야말로 오히려 경멸한 만한 대상이 아니겠는가? 지금만 하더라도 당장 들개처럼 내 뒤를 따라오고 있지 않은가?」

「아니오…… 당신을 뒤따르고 있는 것이 아니란 말입니다. 우리도 당신 곁을 떠나서 새로운 결사를 조직할 권리를 충분히 가지고 있으니까요.」

「바보!」하고 갑자기 표트르는 눈을 부릅뜨면서 소리를 질렀다.

둘은 잠깐 동안 마주보고 서 있었다. 표트르는 빙글 돌아서 목적했던 바 있다는 식으로 온 길을 되돌아가기 시작했다.

『이대로 방향을 돌려서 돌아가 버리고 말까? 지금 돌아가지 않는다면 영영 되돌아갈 수 없겠지?』이런 생각이 리푸친의 머릿속을 마치 번갯불처럼 번쩍 지나갔다.

그는 열 발짝 정도 걸어가면서 이런 것들을 생각하고 있었지만, 열한 걸음째는 또 새로운 자포자기의 생각이 그 머릿속에 불타올랐다. 그는 되돌아가지도 그대로 걸어가려 하지도 않았다.

그리고 두 사람은 필립포프 집에 이르렀지만 거기까지 채 가지 못해서 옆골목이라기보다는 차라리 울타리에 따라 있는, 사람들의 눈에 그다지 뜨이지 않는 곳으로 갔다. 한참 동안 둘은 개천가의 급한 경사를 따라서 가지 않으면 안 되었다. 발이 자꾸만 미끄러져 울타리에 붙어서 걸었다. 꼬부라진 울타리의 가장 어두운 한 모퉁이에서 표트르는 널빤지를 한 장 뽑아들었다. 그리고 그곳에 난 구멍 속으로 곧 기어들어갔다. 리푸친은 잠깐 어리둥절 했지만 자기도 곧 뒤따라 들어갔다. 그리고 나서 널빤지를 전처럼 다시 끼웠다. 이것은 페지카가 키릴로프의 집으로 잠입하는 예의 그 비밀 통로였던 것이다.

「우리들이 여기 왔었다는 것을 샤토프에게 알리면 안 된단 말이야.」라고 표트르는 리푸친을 향해서 위엄있는 어조로 속삭였다.

3

　키릴로프는 언제나 이 시각이면 하는 것처럼, 예의 그 가죽으로 싼 긴의자에 앉아서 차를 마시고 있었다. 그는 일어나서 마중하려고는 하지 않았지만, 어쩐 일인지 이상스럽게 전신을 부르르 한 번 떨고 나서 들어오는 사람들을 불안스럽게 쳐다보았다.
　「상상했던 바와 같이……」하고 표트르가 말했다. 「나는 예의 그 용무로 왔네.」
　「오늘인가?」
　「아니 내일이라네, 이맘때쯤 해서.」 그는 갑자기 침착성을 잃어버린 키릴로프의 태도를 어느 정도 불안한 표정으로 바라다보면서 서둘러 테이블 옆에 앉았다. 그러나 그는 벌써 완전히 침착성을 되찾고 전처럼 평상시의 표정으로 되돌아가 있었다.
　「아무리 해도 동지들이 믿어 주지 않아서 말이야, 내가 리푸친을 데리고 왔다고 해서 자네 뭐 화가 난 것은 아니겠지?」
　「오늘은 화를 내지 않겠지만, 내일은 혼자 있고 싶네…….」
　「그렇지만 내가 오기 전에 해치우면 안돼. 내가 입회해야만 되네…….」
　「자네의 입회는 바람직하지 못한데…….」
　「자넨 기억하고 있겠지, 내가 부르는 대로 써가지고 거기에다 서명한다고 약속하지 않았나?」
　「나는 아무래도 좋단 말이야. 그건 그렇고 오늘 밤은 오래 있겠나?」
　「난 그를 만나야 하기 때문에 삼십 분 동안만 폐를 끼치겠네. 그 다음은 아무렇게 하든 상관없지만 삼십 분 동안만은 앉아 있겠네.」
　키릴로프는 입을 꽉 다물고 있었다. 그 동안에 리푸친은 한모퉁이 주교의 초상화 아래 자리를 잡았다. 조금 아까 가졌던 자포자기의 상념은 점점 그의 머리를 점령해가고 있었다. 키릴로프는 그에게는 거의 눈길조차 돌리지 않았다. 리푸친은 전부터 그의 인생관을 알고 있었기 때문에 언제나 그것을 냉소하고 있기는 했지만 지금은 화가 난 듯이 입을 꽉 다물고 음산한 표정으로 주위를 둘러보고 있었다.
「차를 좀 마셔도 나쁘지 않겠는데.」 하고 표트르는 의자를 끌어당겼다. 「지금 막 비프 스테이크를 먹고 오는 길인데, 차는 마시지 않고 왔단 말이야.」
「마셔, 마시고 싶으면…….」
「전에는 자네가 직접 대접해 줬는데.」 하고 표트르는 초라도 마신 듯한 표정으로 이렇게 말했다.
「그런 것은 아무래도 상관없지 않아. 리푸친에게도 마시라고 하지?」
「아니, 난 마시지 못합니다.」
「마시질 못하는가, 아니면 마시고 싶지 않은가? 어느 쪽이야?」 갑자기 표트르가 몸을 홱 돌렸다.
「나는 이 댁에서는 마시지 않습니다.」 힘 주어 말하는 듯한 어조로 리푸친은 거절했다.
표트르는 양미간을 찌푸렸다.
「신비한 듯한 냄새라도 난다고 해서 그러는 건가? 정말 자네들은 왜 그러는지 도대체 알 수 없는 인간들이란 말이야. 도대체 왜 그러는 건가?」
아무도 그 말에는 대답하지 않았다. 일 분 이상은 침묵이 흘렀다.
「그런데 나는 꼭 한 가지 알고 있는 것이 있단 말이야.」 그는 날카로운 어조로 말을 이었다. 「어떤 편견이라도 자기가 자신의 의무를 다한다는 것은 방해할 수 없는 거란 말이야!」
「스타브로긴은 가버리고 만 건가?」 키릴로프가 물었다.
「가버리고 말았지.」
「그건 참 좋은 일을 했군요.」
표트르는 잠깐 동안 눈을 번뜩거렸지만 곧 자제했다.
「나는 자네가 뭐라고 생각하든 아무렇지도 않아. 단, 각자가 약속을 지키면 그것으로 족한 거야.」
「난 약속을 지키네.」
「하긴 난 평소부터 믿고 있었지. 자네는 독립성이 강한 진보적인 사람이니까, 자기의 의무를 이행할 것이라고 말이야.」
「자네는 재미있는 사람이야.」

「그래? 그럼 그건 그렇다고 해두지. 나는 사람을 웃기는 것이 재미있어 죽겠단 말이야. 사람들의 마음에 들면 언제든지 나는 그것을 유쾌하게 생각하지.」

「자네는 나를 자살하게 만들고 싶어서 어쩔 줄 모르는 모양인데 갑자기 싫다고 하지 않을까 하고 겁을 내고 있는 것이 아닌가?」

「그러나 생각을 좀 해보게나. 자네는 자진해서 우리들의 행동과, 자신의 계획을 결합시키지 않았든가 말이야. 우리들은 이미 자네의 계획을 전제로 해서 여러 가지 방법을 세웠단 말이야. 자네는 지금 새삼스레 이젠 싫다고 할 수는 없단 말이야, 자네가 우리들을 유인해낸 것이니까.」

「그런 일을 강제할 권리는 조금도 없어!」

「알고 있어, 잘 알고 있단 말이야. 물론 그것은 전적으로 자네의 자유 의사로서 우리들은 아무런 권리도 없는 인간들이야. 다만 자네의 그 자유 의지가 실행되기만 하면 되는 거지.」

「그럼 나는 자네의 추행을 모두 떠맡지 않으면 안 된단 말이지.」

「이보게, 키릴로프, 아까는 겁을 먹고 불안해하지 않았나? 만일 거절하고 싶으면 지금 곧 그렇게 말해 주게나.」

「나는 겁을 먹는다든가 하지는 않아.」

「실은 자네가 너무나 여러 가지 일에 대해서 물어 보기 때문에 그저 한 번 그래 본 거란 말이야.」

「자넨 이제 가겠나?」

「또 물어 볼 게 있나?」

키릴로프는 경멸하듯 상대를 바라보았다.

「이봐.」 더욱 화가 나서 침착성을 잃어버리고 어떤 어조로 말을 해야 할지 몰라 하면서도 표트르는 말을 이었다. 「자네는 혼자서 생각을 집중하려고 내가 떠나기를 바라고 있지만 그것은 자네에게 있어서, 누구에게보다도 자네 자신을 위해서 가장 위험한 징조란 말이야. 자네는 많은 것을 생각하고 싶어하지만, 생각 같은 것은 이제 그만하고 다만 간단히 해치워 버리는 것이 좋을 거야. 사실 자네는 나를 몹시 걱정하게 만들거든.」

「다만 한 가지 내게 꺼림직한 것은, 그 순간에 자네 따위의 더러운 벌레 같은 녀석이 내 옆에 있게 된다는 거란 말이야.」

「홍, 그런 것은 아무래도 좋지 않은가? 그렇다면 그때만 내가 밖으로 나가서 현관에 서 있어도 좋겠지. 자네가 죽음을 각오하면서도, 그렇게 허심탄회하게 있을 수 없다면…… 그건 매우 위험한 짓이란 말이야. 나는 현관에 나가 서 있겠어. 그리고 나를 아무것도 모르는 자네보다 무한히 낮은 인간이라고 가정하면 될 거 아닌가?」

「아냐, 자네는 무한히란 것이 아니야. 자네에겐 재능이 있지만 많은 사물에 대한 이해가 매우 결여되어 있단 말이야. 그것은 자네가 비겁한 인간이기 때문에 그런 거야.」

「좋아, 아주 좋아. 나는 지금 말한 것처럼 사람들에게 기쁨을 느끼게 하는 것이 매우 유쾌한 일로 생각돼……. 말하자면 이런 순간에 말이야.」

「자네는 아무것도 모르는군.」

「그렇지만 나는…… 아무튼 무엇이든, 난 경의를 표하면서 듣고 있네.」

「자네는 아무것도 할 수 없어. 지금도 그 발끈하는 성미를 참을 줄 몰라. 그런 것을 얼굴에 나타내는 것은 자네를 위해서 불리한 것이 되는데도. 만일 자네가 나에게 조바심을 보인다면 나는 갑자기 반 년쯤 미룬다고 할는지도 모르지.」

표트르는 시계를 보았다.

「나는 지금까지 한 번도 자네의 이론을 이해하지 않았지만, 그러나 자네가 그 이론을 생각해낸 것은 우리를 위해서가 아니기 때문에 우리들이 없더라도 실행될 것은 틀림없으리라 생각해. 그것만은 알고 있네. 그리고 또 자네는, 자네가 사상을 지배하고 있는 것이 아니라 사상이 자네를 지배하고 있기 때문에 연기할 수가 없을 거라는 것도 역시 알고 있단 말이야.」

「뭐라구? 사상이 나를 지배하고 있다구?」

「그렇지!」

「내가 사상을 지배하고 있는 것이 아니라구? 그건 참 재미있군. 자네에겐 그래도 아주 조금은 지성이 있군그래? 그러나 자네가 아무리 나를 농락해도 나는 더욱더 긍지를 느낄 뿐이란 말이야.」

「옳아, 옳다구, 정말 그래야 해. 자네는 긍지를 가지지 않으면 안 된단 말이야.」

「자, 이젠 그만하세. 자네는 차도 마셨고 했으니 그만 돌아가 주게.」

「제기랄, 그래 정말 돌아가란 말이야?」하고 표트르는 자리에서 일어났다. 「그러나 역시 너무 이른걸, 이보게, 키릴로프, 아마도 먀스니치하(매춘부의 이름)에게 가면, 그 사나이를 만날 수 있을 거야. 누구를 말하는지 알겠지? 하기는 그 여자도 거짓말을 했는지 모르지만…….」

「만날 수 없을걸세. 그 사나이는 여기 있지, 그곳에는 없으니까!」

「뭐라구! 여기 있어? 제기랄, 어디 있단 말이야?」

「부엌에 틀어박혀 앉아서 마구 마시고 있단 말이야.」

「원! 그런 발칙한 녀석이 있나!」표트르는 얼굴을 붉히고 화를 냈다. 「그 녀석은 저쪽에서 기다리고 있어야 했는데. 아니야, 그럴 리가 없어. 그 녀석은 여권도 없고 돈도 없단 말이야.」

「글쎄, 아무튼 그 사나이는 출발한다고 알리러 왔단 말이야. 여행 차림을 하고 모든 준비를 갖추었던데, 이번엔 가면 다신 돌아오지 않는다던데. 그리고 자네는 악당이기 때문에 자네가 돈을 줄 것이라고는 기대하지 않는다고 그러더군.」

「하하하! 그 녀석은 내가 어떻게 할까봐 겁을 먹고 있군그래. 만일 그런 일이 있다면, 나는 지금이라도 그놈을…… 어디 있나? 부엌에 있다고 그랬지?」

키릴로프는 조그마한 어두운 방으로 통하는 옆문을 열었다. 이 방에서 세 계단을 내려가면 바로 부엌으로 통하게 되어 있었다. 여기에는 조그마한 방이 칸막이로 막혀 있었고 하녀의 침대가 놓여 있었다. 지금 이 방 한구석에 있는 성상 밑에 칠도 하지 않고 식탁보도 깔지 않은 탁자 앞에 페지카가 앉아 있었다. 탁자 위에는 보드카의 작은 술병이 놓여 있었고, 접시에는 빵이, 프라이팬에는 한 덩어리의 고기와 감자가 있었다. 그는 찬찬히 생선을 먹고 있었다. 이미 반쯤 취해 있었지만, 그래도 털가죽이 달린 반외투를 입고 있는 것으로 보아 출발 준비를 끝낸 성싶었다. 칸막이 저쪽에서는 불이 활활 타고 있었는데, 그것은 페지카를 위한 것이 아니었다. 페지카는 오히려 그 불을 피우든가 그 불이 잘 피는지 어떤지를 보고 있었고, 벌써 지금까지 한 주일 동안이나 『알렉세이 닐르이치』를 위해서 매일 밤 봉사하고 있는 것이었다. 오히려「그러다 보니 매일 밤 차를 마시는 것이 버릇처럼 돼버렸어요.」하고 그는 말했다. 고깃덩어리와 감자, 하녀가 없는 것으로 미루어보아 주인인 키릴로프가 페지카를 위해서 아침부터 마련해 준 것임에 틀림없다고 나는 생각한다.

「도대체 너는 무엇을 생각해낸 거야?」하고 표트르는 부엌으로 뛰어내렸다.「어째서 일러 둔 곳에서 기다리지 않고 여기서 이러고 있는 거야?」

이렇게 말하면서 그는 화가 난 듯이 주먹을 쥐고 탁자를 내리쳤다.

페지카는 상반신을 뒤로 젖혔다.

「잠깐 기다리십시오, 표트르 씨. 잠깐 기다리시라니까요.」한 마디씩 또박또박 똑똑한 어조로 그는 이렇게 말을 시작했다.

「당신은 우선 상황을 똑똑히 머릿속에 넣지 않으면 안 된단 말입니다. 당신은 지금 키릴로프 씨 댁에 손님으로 와 있는 겁니다. 당신은 언제나 그 사람의 구두를 닦아 주어도 마땅하단 말입니다. 왜냐하면 그 사람은 당신에게 비한다면 교육도 받았고 현명한 사람이기 때문이지요. 그런데 당신이 하는 짓은 이게 뭐요? 체!」

그는 화가 난 모양으로, 나오지도 않는 침을 옆에다 탁 뱉었다. 그의 태도에는 거만스럽고 단호한 태도와 침착한, 사리를 따지는 듯한 태도가 엿보였다. 그것은 폭발 직전의 위험성을 가진 것이었다. 그러나 표트르는 그런 위험성을 눈치챌 여유가 없었고, 또 그런 것은 그의 인생관에는 어울리지 않는 것이었다. 이날 일어난 사건들과 실패는 거의 완전히 그의 머리를 혼돈시켜 버리고 말았던 것이다. 리푸친은 세 층층대 위의 어두컴컴한 작은 방에서 호기심에 찬 눈빛으로 내려다보고 있었다.

「도대체 너는 확실한 여권과, 내가 말한 곳으로 멀리 달아나는 데 필요한 목돈의 여비를 가지고 싶지 않느냐 말이야.」

「잠깐 내 말을 좀 들어요, 표트르 씨. 당신은 처음부터 나를 속이려 들었단 말이오. 그 이유는 당신이란 사람은 정말 틀림없는 악당이기 때문이오. 내 눈으로 그것을 꿰뚫어보았단 말이오. 당신은 마치 사람의 몸에 붙어서 피를 빨아먹는 이〔虱〕나 벼룩이오. 나는 당신이란 인간을 이렇게 생각하고 있단 말이오. 당신은 죄없는 인간의 피의 댓가로 거액의 돈을 나에게 약속하고 또 스타브로긴을 대신해서 맹세까지 했소. 그런데 알고 보니, 그것은 흉측스런 음모였단 말이오. 그것뿐이오. 나는 그 한 방울의 피와는 아무런 관계도 없단 말이오, 천 오백 루블리의 돈이 문제가 아니오. 그럼에도 스타브로긴 씨는 일전에 당신의 뺨을 후려갈겼다고 하던데, 정말 그렇지? 나는 이미 알고 있단 말이오. 이번엔 또 나를 위협해서 돈을 준다고 약속하지만, 무슨 일이냐고 물으면 대답도 하지 않았소. 나는 이렇게 의심하고 있단 말야, 당신이 나를 페체르부르그에 보내려 하는 것은 내가 지레짐작하기를 바래서, 방법은 아무래도 좋다고 생각하고 어떻게든 스타브로긴 씨에 대한 원한을 풀려고 그러는 것이라고 생각해 볼 때, 당신은 맨먼저 손꼽힐 하수인이란 말이오. 게다가 그 썩어빠진 정신 때문에 진정한 하느님을 진정한 창조주를 믿지 않게 되었다는 이유 하나만으로 어떤 놈이 되어 버렸는지 당신은 알고 있느냐 말이오. 당신은 우상 숭배자이기 때문에 타타르 인이라든가 몰도바인과 같은 부류란 말이오. 키릴로프 씨는 철학자이기 때문에 당신에게 정말 만물을 창조하신 신에 대한 것이라든가, 이 세상의 시작이라든가, 내세의 운명이나, 『계시록』에 나오는 짐승이라든가, 그 밖의 여러 가지 생물의 변화, 탄생 등에 관한 것을 여러 번 되풀이해서 당신에게 들려 주셨던 것이오. 그런데도 당신은 사리를 분별 못 하는 멍청이고 벽창호이고 고집불통으로서 저 무신론자라는 극악무도한 유혹자처럼, 소위보 에르첼레프(에르켈리를 이룬다. 에르켈리는 독일의 성이지만, 페지카는 그것을 러시아 식으로 바꾸어 말한 것임)를 같은 길로 끌고들어가 버렸단 말이오.」

「뭐라구? 이 주정뱅이 녀석이! 성상을 모독하며 떠돌아다니고 있는 주제에 누구에게 설교를 하려드는 거냐?」

「표트르, 당신이 지금 말하는 것처럼 나는 정말로 성상을 헐뜯고 돌아다녔소. 그렇지만 그것은 다만 진주를 훔친 것뿐이란 말이오. 게다가 당신은 모르겠지만, 어쩌면 내 눈물이 그때 하느님의 손에 의해서 진주가 됐을는지도 모른단 말이오. 하느님께서 내가 받은 괴로움을 불쌍히 생각하셔서 말이오. 왜냐하면 나는 일정한 거처가 없는, 이 세상에는 의지할 데 없는 천애고독한 몸이기 때문이죠. 당신도 책을 읽어서 알고 있겠지만, 옛날 어떤 곳에 한 사람의 장사꾼이 역시 나처럼 눈물을 흘리면서 탄식을 하며 기도를 드리고 또 드려서 성모 마리아상의 후광에 붙어 있는 진주를 훔쳤단 말이오. 그러고 난 뒤 여러 사람이 보는 앞에서 무릎을 꿇고 훔친 돈을 모두 마리아 앞에 바쳤소. 그런데 마리아께선 그 많은 사람 앞에서, 그 장사꾼의 옷소매에 그 돈을 도로 넣어 주셨단 말요. 이런 기적이 그때 베풀어졌기 때문에 관리들이 정부가 발행하는 책에도 그대로 그것을 써넣게 했다는 거요. 그런데 당신은 마치 생쥐를 놓아 주는 듯한 짓을 하고 있소. 즉 하느님의 뜻에 대해서 욕을 한 것과 마찬가지의 짓을 예사로 하고 있단 말이오. 만일 당신이 태어날 때부터 내 주인의 입장에 있지만 않았더라면, 굶주리던 어린 시절에 내 손을 붙들고 같이 걸어 준 사람이 아니었더라면 나는 이 자리를 떠나지 않고 당신의 숨통을 끊어 놔버렸을 거요.」

표트르는 극도로 분노하여 몸을 떨었다.

「사실대로 말해 봐! 너는 오늘 스타브로긴을 만났었지?」

「그런 소리는 당신이 내게 물을 권리가 없어요. 스타브로긴 씨는 당신을 아주 체념하고 계시더란 말이오. 그분은 명령을 한다든가 돈을 낸다든가 하기는커녕 그 사건에 관해선 어떻게 했으면 좋겠다는 생각조차 가지고 계시지 않았단 말이오. 그것은 당신이 나를 끌어들인 것에 불과하단 말이오.」

「돈을 주겠어. 이천 루블리도 페체르부르그에 도착하는 즉시 그 자리에 몽땅 귀를 맞추어서 건네겠단 말이야. 거기다가 또 더 주겠단 말이야.」

「이봐 대장! 그만해 두지, 그런 엉터리 없는 소리는. 난 이젠 당신 따윈 보기조차 우스워서 견딜 수 없단 말이오. 정말 당신은 어쩌면 그렇게 경박한 소리를 곧잘 하는지 모르겠군. 스타브로긴 씨는 당신에 비한다면 훨씬 높은 위치에 서 계시는 분이란 말이오. 당신이 하층 계급에서 정신이 빠진 개새끼 모양으로 가냘픈 소리를 깽깽거리고 있을 때 그분은 위에서 내려다보면서 침을 뱉어 주는 것조차 무슨 자비를 베푸는 것처럼 생각하고 계신단 말이오.」

「뭐이 어째? 두고 보자 이 녀석.」 하고 표트르는 표정을 일그러뜨리고 소리쳤다. 「너 같은 개자식은 여기서 한 발짝도 밖으로 나가지 못하게 하고, 직접 경찰에 넘겨주고 말 테다!」

페지카는 별안간 뛰어일어나 무섭게 두 눈을 부라렸다. 표트르는 권총을 꺼냈다. 그러나 그 순간, 눈 깜짝할 사이에 처참한 광경이 벌어졌다. 표트르가 미처 권총을 겨눌 틈을 주지 않고 페지카는 재빨리 몸을 날려 있는 힘을 다해서 그의 옆얼굴을 후려쳤다. 또 그와 같은 순간에 또 다른 주먹 소리가 들려왔다. 계속해서 또 한 방 또 한 방…… 모두 얼굴에서 일어났다.

표트르는 정신을 잃고 눈을 부릅뜬 채 무어라고 중얼거렸다 싶더니 갑자기 쾅 하고 썩은 나무가 넘어지듯이 마룻바닥에 쓰러졌다.

「자, 이자를 삼가 바칩니다. 마음대로 하십시오!」개선 장군처럼 홱 돌아서서 페지카는 빠른 동작으로 모자를 집었다. 그리고 책상 아래에서 꾸러미를 하나 꺼내가지고는 모습을 감추고 말았다.

표트르는 정신을 잃고, 목구멍에서 끼룩거리는 소리를 내고 있었다. 리푸친은 정말 죽은 것이 아닌가 했다.

키릴로프는 서둘러 부엌으로 달려갔다.

「물을 끼얹어라!」하고 그는 소리쳤다.

양동이 속에서 물을 퍼다가 머리 꼭대기에 퍼부었다. 표트르는 부르르 한 번 떨더니 머리를 쳐들고 이윽고 몸을 일으켜 앉아서 아무런 표정도 없이 멍청히 앞만 바라보고 있었다.

「표트르, 기분이 어떤가?」하고 키릴로프가 물었다.

그러나 표트르는 아직도 정신을 차리지 못했는지 꼼짝 않고 허공을 뚫어지게 보고 있었으나, 그때 우연히 부엌에서 얼굴을 내밀고 있는 리푸친을 발견하자, 그 언제나 하는 것처럼 기분 나쁜 웃음을 빙그레 띠고, 갑자기 마루에 떨어져 있던 권총을 주워들면서 벌떡 일어났다.

「네가 그 스타브로긴이란 새끼처럼 내일이라도 이곳을 도망해 나가겠다는 생각을 일으킨다면」그는 갑자기 얼굴이 창백해지면서 말조차 확실하게 못하면서, 정신이 나간 사람처럼 키릴로프에게 덤벼들었다. 「난 이 세상 끝까지 너를 따라가서…… 파리처럼 목을 매서…… 밟아 죽이고 말 테니까, 알겠어?」

그렇게 말하고 나서 그는 키릴로프의 이마에 권총을 갖다댔다. 그러나 그와 거의 때를 같이해서 겨우 제정신으로 돌아와 그 손을 거두고 권총을 주머니에 넣었다. 그리고는 아무 소리도 않고 그대로 밖으로 뛰어나가 버리고 말았다. 리푸친도 그 뒤를 따랐다. 둘이는 들어왔던 그 구멍을 통해서 또다시 담장을 붙들고 시궁창 기슭의 경사진 둔덕을 따라 내려갔다.

표트르는 리푸친이 따라가기가 힘들 정도로 빠른 걸음으로 서둘러 걸어갔다.

그리고 맨처음에 도착한 네거리에 이르자 그는 돌연 멈춰섰다.

「야아!」하고 그는 도전하듯이, 리푸친을 돌아보았다.

리푸친은 아직도 권총과 조금 전의 광경이 떠올라서 부들부들 떨며 어쩔 줄을 몰라하고 있다가, 대답은 이렇게 저절로 저항하기 어려운 힘을 가지고 굴러나오고 말았다.
「나의 생각으로는…… 나의 생각으로는『스몰렌스크에서 타시켄트까지』그렇게 열심히 학생이 오기를 기다리고 있는 것도 아닌가 본데요.」
「자네는 부엌에서 페지카가 무엇을 마시고 있었는지 보았나?」
「무얼 마시고 있었다뇨, 보드카를 마시고 있지 않았어요?」
「그럼 말이야, 알겠어? 그것은 그 사나이가 이 세상에서 마지막으로 마신 보드카란 말이야. 이제부터의 일을 참고하도록 잠깐 알려 주는 거야. 자, 이젠 아무데든 네가 가고 싶은 데로 가보란 말이다. 내일까지는 너도 별다른 용무가 없는 놈이야……. 그렇지만 조심하도록 하게. 바보 같은 짓을 하면 알겠지!」
리푸친은 곧장 자기 집을 향해서 달려가기 시작했다.

4

그는 벌써 오래 전부터 자기 명의로 여권을 준비하고 있었다. 이 빈틈없는 속물, 가정에서는 변변찮은 폭군, 관리(푸리에 파의 사회주의자라고는 하지만 그래도 관리임엔 틀림없다), 게다가 자본가이며, 고리대금업자인 리푸친이 만일의 경우를 대비해서 언제든지 외국으로 도피할 수 있도록 이렇게 여권을 준비해 둬야겠다는 황당무계한 생각을 벌써 오래 전부터 하고 있었다는 것은 정말로 뜻밖의 일이다. 그러나 그는 이 만일의 경우를 가능성 있는 일로 인정하고 있었던 것이다. 하기는 이 만일이 무엇을 의미하고 있는지 물론 그 자신도 확실하게는 모르고 있었지만…….
그런데 지금 갑자기 게다가, 지극히 뜻밖의 형태로 이 만일의 경우가 실현되지 않았던가? 조금 아까 보도에서 표트르로부터 그『바보 같은 자식』이란 말을 들은 뒤, 키릴로프 집으로 들어가도록까지 계속 생각하고 있었던 자포자기적인 상념은 다른 것이 아니었다.
즉 내일이라도 곧 날이 샐 무렵에 모든 것을 내버린 채 외국으로 달아난다는 것이었다. 그런 특이한 생각이 지금의 러시아의 일상 생활에 흔하게 일어나지는 않을 것이라고 의문을 가지는 사람이 있다면 외국으로 간 진짜 러시아 망명객의 전기를 조사해 보는 것이 좋을 것이다. 단 한 사람도 이보다 영리한 실제적인 도망 방법을 택한 사람은 없었음을 알게 될 것이다. 어느 것을 보아도 터무니없는 공상의 세계인 것이다. 그 답은 이것뿐이다.

집으로 달려가자, 그는 맨 처음으로 방문을 걸어잠그고 가방을 꺼내고는 경련이라도 일으킨 것과 같은 손동작으로 짐을 꾸리기 시작했다. 그의 주된 조심은 돈에 대한 것이었다. 어떻게 해서 얼마만큼의 돈을 건져낼 수 있을까라는 것이었다. 정말 건져내는 것이다. 왜냐하면 그의 생각으로는 이미 조금도 시간적 여유가 없었다. 밤이 새기 전까지는 어떻게 해서든 큰길까지 나가 있지 않으면 안 되겠기 때문이었다. 그뿐만 아니라 어떻게 해서 기차를 타야 하는 것인가? 그것조차도 아직 잘 모르고 있었던 것이다. 그러나 어디든, 도시로부터 두서너 정거장 떨어진 곳에서 기차를 타지 않으면 안 된다. 거기까지는 걸어서라도 반드시 가지 않으면 안 된다. 이렇게 마음속으로 막연하게나마 정하고 있었다. 이런 식으로 본능적으로, 기계적으로 마치 선풍과도 같은 상념을 머릿속에서 느끼면서, 그는 열심히 가방을 챙기고 있었지만…… 갑자기 손을 멈추었다. 그리고 모든 것을 내팽겨친 채, 깊은 신음 소리를 내면서, 긴의자 위에 쓰러졌다.

그는 갑자기 확실하게 느꼈다. 자기는 아마도 도망할 것임에 틀림없다. 그러나 샤토프를 처치하고 해야 할 것인가, 그렇잖으면 그 뒤에 할 것인가? 이 문제를 해결한다는 것은 벌써 그에겐 도저히 불가능한 일이라고 자각한 것이다. 지금의 그는 다만 조잡한, 감각이 없는 몸, 타력에 의해서 움직이고 있는 고깃덩어리에 불과하다. 그는 지금 무서운 외부의 힘에 의하여 조종되고 있는 것이다. 설령 외국으로 갈 수 있는 여권이 있다고 해도, 또 샤토프 사건으로부터 도망칠 수 있는 자유가 있다고 하더라도(그것이 아니었다면 이렇게 서두를 필요가 없는 것이다), 그래도 그가 도망하려면 샤토프의 사건 전이 아니면, 그 중도도 아니고, 아무래도 샤토프 사건의 뒤가 될 것임에 틀림없다. 그것은 이미 결정되었고 서명까지 했으며, 벌써 도장까지 찍어 놓은 것이나 진배없는 것이다. 견디기 어려운 번민으로 쉴 사이 없이 몸을 떨든가, 자기 자신을 어처구니없어하든가, 신음 소리를 내든가, 마비된 사람처럼 꼼짝 않고 있든가 하면서 그는 문을 닫아 건 채 긴의자에 쓰러져 이튿날 아침 열한 시까지 이럭저럭해서 시간을 보냈다.

그런데 갑자기 막연히 기대하고 있었던 하나의 사건이 일어나서 그것이 그의 결심을 굳히게 하는 동기가 되었다.

열한 시에 그가 방문을 열고, 가족의 거실로 나가자마자 그는 갑자기 집안 사람들의 입으로부터 뜻밖의 사실을 들었던 것이다. 그것은 다름이 아니라 지금까지 사람들의 전율의 대상이 되어 왔던 교회 강도 페지카가, 지금까지 경찰이 맹렬히 추적하고 있었지만 도저히 체포할 수 없었던 며칠 전만 하더라도 살인을 하고 방화를 한 범인이 오늘 아침 새벽에, 큰길에서 칠 베르스타 가량 떨어진 현의 신작로에서 자하리노로 나가는 마을길 분기점에서 시체로 발견됐다고 이미 온 거리에 소문이 쫙 퍼져서 야단이라는 것이었다. 그는 곧 서둘러 뒤도 돌아보지 않고 집을 뛰어나가서 자세한 이야기를 들으려 했다. 그래서 제일 먼저 알아낸 것은 페지카는 머리가 깨져서 쓰러져 있었지만 모든 면으로 보아 돈을 강탈당한 것 같다는 것과, 그리고 경찰 측에서는 이 범인이 원래 쉬피굴린 공장에 있었던 폼카인 것 같다는 강한 혐의를 가지고 있을 뿐 아니라, 그렇게 단정하기에 족한 확실한 증거까지 쥐고 있다는 것이었다. 폼카는 레뱌드킨 오누이를 죽이고 불을 놓은 공범자로 추정되는 사나이이며, 틀림없이 레뱌드킨의 집에서 훔쳐서 페지카가 감춰가지고 있었던 거액의 돈 때문에 도중에 두 사람 사이에 싸움이 벌어졌음에 틀림없다는 것이었다…….

리푸친은 표트르의 집으로 달려가 보았다. 그리고 표트르는 이럭저럭 어젯밤 한 시경 귀가했지만 그러고 나서 계속 아침 여덟 시까지 조용히 자기 집에서 쉬고 있었다는 것을 뒷문에서 남몰래 듣고서 알았다. 물론 강도 페지카의 횡사에는 조금도 이상한 점이 없었다. 이런 사건의 대단원은 이런 경우의 결말이 있음직한 것이다. 그것은 의심할 여지가 없는 것이다. 그러나 『페지카는 오늘 저녁 마시는 보드카가 마지막 술이다.』라고 한 무서운 예언의 말이 즉시 사실로 나타나 적중한 것이 아무래도 뜻깊게 생각되지 않을 수 없었던 것이다.

리푸친은 갑자기 망설이던 것을 중지하고 말았다. 충동은 드디어 일어났던 것이다. 그것은 마치 커다란 돌이 위에서 떨어져 영영 그를 짓누르는 것과도 같은 것이었다.

집으로 돌아오자, 그는 입을 굳게 다문 채 침대 아래로 가방을 차넣어 버렸다.
 그리고 밤이 되자 그는 정한 시각에 제일 먼저 약속 장소로 나가서 샤토프를 기다렸다. 예의 그 여권은 여전히 그의 호주머니 속에 들어 있었지만······.

제 5 장   여행하는 여자

1

　　리자의 횡사와 마리아의 참살은 샤토프에게 충격적인 인상을 주었다. 내가 먼저 말했듯이 그날 아침 잠깐 그를 만났지만 마치 정신을 잃은 사람처럼 보였던 것이다. 그러나 그렇다고는 해도 전날 저녁 아홉 시경(즉 불이 나기 세 시간 전에)에 마리아를 방문한 것을 말했다. 그날 아침 그는 시계를 보러 갔지만, 내가 알고 있는 범위에서는 그날 아침에 그는 아무데서도 어떤 의사 표시가 없었던 것 같다. 그러나 그날이 저물 무렵이 되어서 그의 마음 속에 무서운 폭풍이 일기 시작했다. 그리고…… 그리고, 나는 단호하게 말할 수 있다. 황혼녘의 어느 순간에는 그는 곧 일어나서 밖으로 나가서 모든 것을 죄다 알리고 만다고 생각할 정도였다고. 『모든 것을 죄다』란 도대체 무엇을 말하는 것일까? 그것은 그만이 알 수 있는 것이다. 그러나 물론 아무런 결과도 얻을 수가 없어서 오히려 자기가 자기 자신을 파는 결과를 가져올 것임에 틀림없었다. 왜냐하면 이번의 폭행을 폭로하려 해도 아무런 증거도 쥐고 있는 것이 없기 때문이다. 다만 그의 심중에서는 이 사건에 관해서 막연한 추측이 있을 뿐인 것이다. 하기는 이 추측은 그에게 있어서 충분히 확신할 만한 것이었지만, 그러나 그는 자기 자신 한몸의 파멸 같은 것을 구태여 두려워하지는 않았다. 다만 어떻게 해서든 그 『악당들을 짓밟아 터뜨릴』 수만 있으면 되는 것이었다.

　　이것은 그가 직접 한 말이다.

표트르는 이러한 그의 심리적 발작을 거의 정확하게 꿰뚫어보고 있었다. 그래서 새로 세운 무서운 계획의 실행을 이튿날까지 연기한 것은 그로서는 심한 모험을 시도한 셈이었다. 거기에는 평상시의 자부심과 그 어중이떠중이에 대한 경멸감, 특히 샤토프에 대한 경멸감이 원인이 되어 있었던 것이다. 그는 전부터 샤토프를 『울보에다 멍텅구리』라고 경멸하고 있었다. 이것은 훨씬 전, 외국에 있을 때부터 곧잘 하는 말이었다. 그래서 이런 단순한 사나이를 조종하는 것은 손쉬운 일이라고 굳게 믿고 있었다. 즉 오늘 하루만 그를 감시하고 있으면서 만일 위험한 태도가 보이면, 곧 그것을 미연에 방지하자는 것이었다. 그런데 정말로 상상도 할 수 없었던 뜻밖의 일이 당분간 그 악당들을 돕는 결과를 가져왔다.

밤 일곱 시쯤(그것은 마침 그 한패들이 에르켈리 집에 모여 표트르가 나타나기를 기다리면서 분개하며 흥분하고 있었던 때였다) 샤토프는 머리가 아픈데다가, 가벼운 오한을 느끼면서 어둠 속에서 촛불도 없이 침대에 길게 쓰러져 누워 있었다. 그는 의혹에 시달리면서 여러 번 분연히 결심하려 했지만 아무래도 결정적인 단안을 내릴 수가 없었다. 결국 아무런 결과도 얻지 못하고 말 것이라고 느끼자 자기 자신이 원망스럽기까지 했다. 점점 더 그는 몽롱한 잠 속으로 이끌려 들어가 망아(忘我)의 경지로 떨어져가고 있었다. 그때 그는 무언가 악몽 같은 것에 사로잡혀 버리고 말았다. 온몸이 노끈 같은 것으로 침대에 꽁꽁 매어져 옴쭉달싹할 수 없게 되고 한편 울타리 문 창을, 키릴로프가 살고 있는 딴 채를 두드리는 무서운 소리가 집 전체가 흔들릴 정도로 울려퍼지는 것이었다. 그와 동시에 어디선가 멀리서 귀에 익은, 그에게 있어서는 괴로운 목소리가 정말 애달프게 그의 이름을 부르는 것이었다. 그는 선뜻 눈을 뜨고 일어나 앉았다. 놀라운 것은 문을 두드리는 소리가 여전히 계속되고 있었던 것이다. 그것은 꿈에서 들은 것과 같은 그런 심한 소리는 아니었지만 끊임없이 빈번하게 울려왔던 것이었다. 그리고 기묘한 『괴로운 목소리』는 결코 애달픈 소리가 아니고 오히려 지리한, 초조한 듯한 어조로 계속해서 아랫문 근처에서 들려오고 있었다. 그리고 또 한 사람의 약간 조심성 있는 목소리도 섞여서 들려오고 있었다.

그는 일어나서 창문에 달린 통풍구를 열고 나서 거기에 머리를 들이밀었다. 「거 누구요?」 경악으로 전신을 돌처럼 굳히면서 그는 이렇게 소리를 질렀다.
 「만일 당신이 샤토프라면」 날카롭고 확실한 소리가 아래에서 대답했다. 「어서 남자답게 명확하게 말해 주세요. 나를 집안으로 들여보내 주시겠어요, 어떡하겠어요?」
 틀림없이 이런 소리였다. 그는 그 목소리의 주인을 알 듯했다.
 「마리! 당신이었군!」
 「저예요. 마리아 샤토바예요. 정말 저는 이 이상 더 단 일 분이라도 마차를 기다리게 할 수는 없으니까요.」
 「지금 곧 나가……. 잠깐 촛불을…….」 하고 샤토프는 가냘프게 소리쳤다. 그리고 나서 성냥을 찾으러 갔다.
 그러나 이런 경우에 흔히 그런 것처럼, 성냥은 쉽사리 찾을 수 없었다. 초를 마루에 떨어뜨리는 순간 또 밑에서 지리한 듯한 소리가 들려왔기 때문에, 그는 모든 것을 내버려 둔 채 가파른 경사 층층대를 일직선으로 뛰어내려 덧문을 열려 했다.
 「미안하지만, 잠깐 이 가방을 가지고 계세요. 저는 저 멍청한 사람을 처치해 버릴 테니까요.」 하고 마리아 샤토바는 갑자기 아래에서 소리를 지르고 큰 청동 못을 박은 드레스덴 제의 값싼 손가방을 그에게 밀어붙이더니 정말 화난 듯한 태도로 마부에게 달려들었다.
 「거듭 말하지만, 당신은 욕심이 너무 지나치세요. 당신이 이 흙투성이의 거리를 만 한 시간 동안 이리저리 마차를 끌고 돌아다녔다 하지만, 그것은, 여보세요, 자신이 잘못한 거 아녜요? 이 지저분한 거리와 이 엉뚱한 집들이 어디 있는지 당신이 몰랐기 때문이었지요. 자, 아무쪼록 약속한 삼십 코페이카를 받아 주세요. 그리고 더 이상 줄 수 없다는 것을 양해해 주세요.」
 「아니 부인, 당신 스스로 보즈네센스카야라고 말하지 않았어요. 여긴 보고야블렌스카야입니다. 보즈네센스카야 골목은 여기서 훨씬 저쪽에 있단 말입니다. 불쌍하게도 이 말을 좀 보세요. 땀을 비오듯 흘리고 있지 않습니까요?」
 「보즈네센스카야든, 보고야블렌스카야든, 그런 엉터리 같은 이름은 모두 당신이 나보다 더 잘 알고 있을 거 아녜요? 당신은 여기 살고 있는 사람이니까. 게다가 당신이 말하고 있는 것은 틀렸단 말예요. 내가 맨 처음에 필립포프 소유의 집이라고 하니까, 알고 있다고 하잖았어요? 하여간 당신은 내일이라도 치안 재판소에 가서 나를 고소해도 무방하지만, 오늘 밤만은 부탁이니, 여기서 나를 놓아 줘요!」

「자아, 자. 그럼 오 코페이카 더 주지.」 샤토프는 서둘러 주머니에서 오 코페이카짜리를 꺼내서 그것을 마부에게 내밀었다.

「부탁이니, 아무쪼록 그런 외람된 행동일랑 하지 말아 주세요!」 하고 샤토바 부인은 화를 냈지만, 마부는 벌써 말을 몰아가 버리고 말았다. 샤토프는 그녀의 손을 잡고 안으로 들어갔다.

「빨리, 마리아, 빨리…… 그런 소린 쓸데없는 소리요. 그리고…… 아니, 이거 함빡 젖은 거 아뇨? 조용히 이리로 올라가야 해요. 이거 원, 불이 없어서 곤란한데……. 가파른 계단이니까, 나를 꼭 붙들고 따라오란 말야, 꼭 붙들고. 자 여기가 내 방이야, 미안해. 불도 켜지 않고…… 지금 곧!」

그는 초를 주워 들었지만 이번에도 성냥을 찾을 수 없었다. 마리아는 그래도 꼼짝 않고 입을 다문 채, 방안 한가운데 서서 기다리고 있었다.

「아아, 다행이다. 이제야 겨우……」 방안을 촛불로 밝게 비추면서 그는 기쁜 듯이 이렇게 소리쳤다.

마리아는 재빨리 방안을 둘러보았다.

「비참하게 살고 있다고 들어서 알고 있었지만, 그래도 이렇게 살 줄은 미처 몰랐어요.」 하고 중얼거리고 그녀는 침대로 걸어갔다.

「아아, 피곤해.」 그녀는 맥이 빠진 듯한 태도로 딱딱한 침대에 앉았다. 「아무쪼록 가방을 아래에 놓고, 당신도 의자에 걸터앉으세요. 하긴 아무렇게 하든 마음대로 하세요. 왜 그런지 당신이 자꾸만 눈에 떠올라서 어쩔 수가 없었어요. 제가 당신 집에 온 것은 무엇이든 일거리를 찾을 때까지 잠깐 동안 머물러 있고 싶어서 그러는 거예요. 그럴 수밖에요. 이쪽 형편은 전혀 몰랐고 게다가 전 돈을 가지고 있지 않기 때문에 말예요. 그래도 만일 폐가 된다면 역시 제가 부탁을 하고 있는 것이니 지금이라도 당장 그렇게 말씀해 주세요. 그것은 결백한 인간으로서 꼭 지켜야 하는 것이에요. 그리고 내일이면, 아무것이라도 팔아서 여관에라도 들 수 있을 테니까요. 그렇지만 여관에는 당신의 안내를 받아서 가도록 해야겠어요……. 아아, 난 지금 너무나 피곤해서 죽겠어요…….」

샤토프는 전신을 와들와들 떨었다.
「그럴 필요는 없어. 마리, 여관 같은 것은 필요없단 말이야! 여관에는 뭣하러 간다는 거야? 도대체 여관을 뭣하러 가겠다는 거야? 여관엘 가다니……」
그는 기도를 하는 것처럼 두 손을 마주잡았다.
「만일 여관에 가지 않는다고 해도 역시 사정을 명백히 해두지 않으면 안 되겠어요. 샤토프 씨, 기억하고 계시겠지요? 저는 당신과 두 주일 동안하고 며칠 동안 주네브에서 결혼 생활을 하였지요. 그렇지만, 내가 돌아온 것은 옛날의 그 관계를 부활시키기 위해서 그러는 것은 아니에요. 그렇게 생각하시면 곤란해요. 저는 다만 일자리를 찾으려고 돌아왔을 뿐이에요. 이 거리로 곧장 찾아온 것도 아무 데라도 일자리만 있으면 관계없기 때문이었어요. 저는 무슨 후회를 해서 사과를 하러 온 것이 아녜요. 부탁이니 아무쪼록 그런 터무니없는 오핼랑 하지 말아 주세요. 네?」
「뭐라고? 마리! 그런 소릴, 결코 그런 소리를!」 하고 샤토프는 무슨 소린지도 모를 말을 중얼거렸다.
「만일 그러시다면, 만일 이런 말씀조차도 알아듣도록 트인 마음이시라면, 한 가지만 더 첨부해서 말씀드리겠어요. 지금 제가 느닷없이 당신 댁에 와서 당신 방에 들어온 것은 달리 또 이유가 있습니다만, 전 언제나 당신에 대해 『그이는 결코 비인간적인 악당이 아니다. 다른 악당에 비하면 어쩌면 훨씬 훌륭한 사람일지도 모른다』고 믿고 있었기 때문이에요.」
그녀의 눈은 갑자기 빛났다. 짐작건대 그녀는 어딘가에서 『악당』들 때문에 여러 가지 괴로움을 당했음에 틀림없었다.
「아무쪼록 부탁이니, 제가 말씀드리고 있는 것을 믿어 주세요. 지금 제가 당신을 훌륭한 사람이라고 말한 것은 결코 조롱하는 의미에서 그런 것은 아녜요. 저는 아무런 꾸밈도 없이 탁 털어놓고 말씀드렸을 뿐인걸요. 게다가 전 꾸민다는 건 정말 싫단 말예요. 그렇지만 이런 이야기는 쓸데없는 소리예요. 전 말예요, 당신만은 사람을 귀찮게 하지 않을 수 있는 지혜가 있을 것이라고 언제나 생각하고 있었던 거예요. 아아…… 정말 피곤해!」
그녀는 너무나 피곤하여 괴로운 듯한 시선으로 남자를 응시하고 있었다. 샤토프는 댓 발짝 떨어진 곳에 서서 무엇인지 예사롭지 않은 희열과 희망의 표정을 얼굴 가득히 담고 약간 소심한 듯하기는 하지만 어쩐지 사람이 달라진 듯한 표정으로 그녀의 말에 귀를 기울이고 있었다. 이 완고한, 거칠고 언제나 화가 난 듯한 태도의 사나이가 갑자기 부드러워져서 유쾌한 태도로 변모해 버린 것이다. 그는 마음속으로 무언가 심상치 않은, 전혀 뜻밖의 어떤 전율을 느꼈다. 이별한 지 삼 년, 짓밟혀진 결혼 생활의 삼 년도 그의 마음속에서는 아무것도 내몰 수 없었다. 그는 지금까지 삼 년간 매일같이 그녀에 대한 것을, 일찍이 자기에게 사랑한다는 한 마디를 속삭였던 귀중한 기억을 계속 공상하고 있었는지도 모르는 것이다. 나는 샤토프라는 인간의 됨됨이를 알고 있었기 때문에 이렇게 솔직하게 단언할 수가 있는 것이다. 그는 누구든 다른 여자가 자기를 사랑한다고 말해 주는 사람이 있으리라고는 꿈에도 생각할 수가 없었다. 그는 우스꽝스러울 정도로 동정심이라든가 수치심이 강했고, 자신을 무서울 정도로 추한 병신으로 생각하고 있었다. 그리고 자신의 용모와 성질을 마음속으로부터 증오하고 있으면서 자기는 이 시장에서 저 시장으로 끌고 다니면서 구경거리로 해도 좋을 괴물이라고 남몰래 생각하고 있었다. 이런 까닭으로, 그는 결백이라는 것을 무엇보다도 중히 여기고 광신에 가까울 정도로 자기 신념에 몰두해서 항상 음울하고 거만했으면서도 말이 없는 성격이었다.

그런데, 두 주일 동안 자기를 사랑해 준(그는 항상 언제나 이것을 굳게 믿고 있었다) 이 유일한 여성이, 그 과실을 확실히 냉정하게 알고 있음에도 불구하고 그래도 그 자신보다는 훨씬 낫다고 생각되는 여성이, 그로서는 무슨 일이라도 깨끗이 용서해 줄 수 있는 여성이(그런 것은 이미 문제가 될 수 없을 정도로 명백한 것이었다. 아니 그보다도 오히려 반대로 자기야말로 모든 점에 있어서 그녀에게 죄를 짓고 있다고까지 그는 생각하고 있었던 것이다), 바로 그 여성인 마리아 샤토바가 뜻하지 않게 또다시 자기 방에 앉아 있다. 게다가 자기 앞에 앉아 있는 것이 아닌가……. 이것은 거의 믿을 수 없는 일이기도 했다. 그는 거의 완전히 흥분되어 있었다. 이런 일에도 헤아릴 수 없는 두려움과 동시에 헤아릴 수 없는 행복이 뒤섞여 있는 것이다. 그는 아무래도 제정신으로 돌아가지지 않았다. 아니 돌아가고 싶지 않았다. 오히려 그렇게 되는 것을 두려워했을 정도였던 것이다. 그것은 마치 꿈을 꾸는 듯했다. 그러나 그녀가 괴로워하는 듯한 눈초리로 그를 보고 있었을 때,

자기가 한없이 사랑하고 있는 이 여성이 괴로워서 몸부림치고 있을 뿐 아니라 어쩌면 모욕을 받고 있는지도 모른다는 생각이 순간적으로 들었던 것이다. 그의 부풀었던 가슴은 갑자기 위축되었다. 그는 비통한 표정으로 여자의 얼굴을 응시했다. 이 피곤에 지친 듯한 얼굴은 벌써 오래 전에 젊은 청춘의 빛을 잃어버리고 있었다. 하기는 그녀는 지금도 옛날과 다름없이 아름답기는 했다. 그의 눈으로 보기에는 전과 조금도 다름없는 미인이었던 것이다(사실상 그녀는 아직 스물다섯 살로 꽤 단단한 체격에다가 키도 중키 이상이었고 샤토프보다 컸다. 머리는 아마빛으로 풍만하게 물결치고, 얼굴은 달걀 모양을 하고 있으면서 화사했고, 커다란 눈은 검은 기가 도는 것이 마치 열병을 앓고 난 사람의 눈처럼 번득이고 있었다). 그러나 그전에 그가 익숙히 보아온 경솔하고, 순진하며, 솔직하고, 열정적인 점은 사라져 버려서 거북해하는 듯한 신경질적인 점과, 환멸적인 마음가짐과 수줍어할 줄 모른다고 할 정도로 드러난 감정이 그것과 바꾸어져 있었다. 그러나 그녀는 아직도 이 새로운 감정에 덜 익숙해서 자기로서도 그것을 무거운 짐처럼 느끼고 있는 성싶었다. 그러나 무엇보다도 마음에 걸리는 점은 그녀가 앓고 있다는 점이었다. 그것은 그도 명백히 알아봤다. 그는 격렬한 공포를 느끼고 있음에도 불구하고, 갑자기 성큼성큼 그녀 곁으로 걸어가서 그녀의 두 손을 쥐었다.

「마리…… 저기 말이야……. 당신은 매우 피곤한 듯한데…… 부탁이니 화내지 말아 줘……. 적어도 말이야, 차라도 마시는 것을 승낙해 주었으면 좋겠는데 응? 차는 매우 원기를 북돋아 주는 거란 말이야. 응? 정말 승낙해 줬으면 좋겠는데 말이야…….」

「그런 거, 승낙하고 안 하고가 뭐 있어요? 물론 승낙하구말구요. 당신도 참, 옛날처럼 여전히 어린아이처럼 구시는군요. 있으면 내놓으세요. 정말 왜 이렇게 방이 좁죠? 그리고 또 왜 이렇게 춥지요?」

「아, 알겠어. 내가 이제 곧 장작을, 장작을 마련해오지. 장작은 나에게 있으니까…….」 그는 당황해서 덤벙거렸다. 「장작은…… 아니, 그렇지만 뭐 차는 곧 끓일 수 있어.」 그는 자포자기적인 결심의 빛을 보이고 한 손을 휘저으면서 모자를 집었다.

「아니, 당신 그래 어딜 가시는 거예요? 그럼 집에 차가 없는가요?」

「아니, 이제 곧 돼. 그리고 난……」 하고 그는 선반에서 권총을 내렸다.

「난 지금, 이 권총을 팔든가 그렇잖으면 잡히든가 하겠어.」
 「뭐라구요? 내 참, 어이가 없어서…… 그리고 오래 걸릴 거 아녜요? 안 돼요. 자, 당신에게 아무것도 없다면 제 돈을 가지고 가세요. 여기에 십 코페이카 짜리가 여덟 개 있을 거예요. 그것이 전재산예요. 당신 집은 마치 정신병 환자 집 같군요.」
 「필요없어! 당신 돈 따위는 필요없어. 이제 곧, 한 일 분간이면 돼! 난 권총 같은 거 없어도 된단 말이야…….」
 그는 헐레벌떡 키릴로프가 있는 데로 달려갔다. 그것은 아마도 표트르와 리푸친이 키릴로프를 방문하기 약 두어 시간 전의 일이었던 모양이다. 샤토프와 키릴로프는 같은 구역내에서 살고 있으면서 서로가 거의 얼굴을 맞댄 적이 없었다. 도중에서 만나도 인사말 한 마디도 없었을 뿐더러 아는 체조차 하지 않았다. 그들은 『미국에서 너무나 오랫동안 함께 지냈던 것』이다.
 「키릴로프 군, 자네 집에는 언제나 차가 있었지, 지금 차와 주전자가 있는가?」
 키릴로프는 방안을 뚜벅뚜벅 걸어다니고 있었는데(대개 밤새껏 구석에서 구석까지 계속 걷는 것이 보통이었다) 갑자기 멈춰서서 조용히 구멍이라도 뚫을 듯이, 하기는 그다지 놀란 표정도 없이 달려들어온 샤토프를 찬찬히 보았다.
 「차는 있고 설탕도 있고 주전자도 있어. 그렇지만 주전자는 필요없어. 차가 뜨거우니까 말이야. 그러니까 앉아서 마시기만 하면 돼!」
 「키릴로프, 우리들은 일찍이 미국에서 함께 오랫동안 한방에서 뒹굴며 고생했었잖아……. 우리집 여편네가 왔단 말이야……. 내게…… 차를 좀 주게나. 주전자도 필요하단 말야.」
 「그래? 마누라가 왔다면 그야 물론 주전자도 필요하겠지. 그러나 주전자는 나중 문제야, 우리 집엔 둘 있으니까. 그럼 곧 식탁 위에 있는 주전자를 가져오게나. 뜨거워, 굉장히 뜨겁단 말이야. 모두 가져, 가져가게, 설탕도 가져가고 말이야. 죄다 가져가란 말이야. 빵…… 빵도 있지. 죄다 가져가게. 양고기도 있어, 돈도 일 루블리 있고…….」
 「좀 빌려 주게나, 내일 돌려줄 테니까! 응? 키릴로프!」
 「그런데, 그 스위스에서 어떻게 한 아내인가? 응, 그건 그렇고…… 그리고 자네가 그렇게 허둥지둥 달려들어온 것도, 그것도 좋아……」
　「키릴로프!」하고 샤토프는 소리쳤다. 주전자를 팔꿈치로 누르고 두 손으로 설탕과 빵을 움켜쥐면서.「키릴로프! 만일…… 자네가 그 무서운 공상을 포기할 수 있다면…… 그 무신론의 악몽을 저버릴 수 있기만 하다면……. 아아, 그렇게만 된다면 자네는 얼마나 아름다운 인간이 될지 모를 텐데……. 키릴로프!」
　「자네는 스위스 사건이 있은 뒤에도, 역시 아내를 사랑하고 있었던 모양이군그래, 스위스 사건 뒤에도. 그랬다면 그건 정말 좋은 일이야. 차가 필요하게 되면 또 오게나, 한밤중에 와도 상관없으니까. 나는 통 잠을 자지 않으니까 말이야. 주전자를 준비해 놓을게. 이 일 루블리를 가지고 가게. 자, 이젠 아내가 기다리는 곳으로 어서 가보게나, 나는 여기 있으면서 자네와 자네 마누라의 일을 생각하고 있을 테니까…….」
　마리아 샤토바는 일이 빨리 된 것에 만족을 느낀 모양으로 마치 굶주린 사람처럼 차를 마시기 시작했지만, 구태여 주전자를 가지러 갈 필요까지는 없었다. 그녀는 잔으로 절반쯤 마셨을 뿐이고 빵도 작은 한쪽만을 먹었을 뿐이었다. 양고기는 거북해하는 듯한, 그리고 짜증스러운 태도로 거절해 버리고 말았다.
　「당신은 병이 났군, 마리! 당신의 태도는 아무래도 병적이란 말이야!」
조심스럽게 옆에서 이것저것 시중을 들면서 샤토프는 겁 먹은 듯이 이렇게 말했다.
　「물론, 병이 났어요. 아무쪼록 좀 앉아 줘요. 도대체 당신은 어디서 차를 가져왔지요? 당신 집엔 차가 없었던가 본데…….」
　샤토프는 키릴로프에 관해 간단하게 요점만 추려서 이야기했다. 그녀도 이 사나이에 대한 것은 약간 들은 바 있었다.
　「알고 있어요, 저도. 약간 머리가 돌았다면서요? 고마워요, 이젠 그만 합시다. 바보 같은 인간이라면 이 세상에는 흔히 있는 거예요. 그런데 당신은 미국에 가셨더랬어요? 하기야 저에게 편지까지 띄우셨죠?」
　「그래, 나는 파리의 주소로 보냈었지.」
　「이젠 그만하세요. 다른 이야기나 해주세요. 당신은 정말 슬라브주의자예요?」

「난, 난, 뭐 별로 그런 것도 아니야, 러시아 사람이 될 수가 없으니까. 그래서 슬라브주의자가 된 것뿐이란 말야.」
 장소에 어울리지 않는 무리한 소리를 한 사람처럼 괴로운 듯이 일그러진 웃음을 띠었다.
「그럼 당신은 러시아 사람이 아녜요?」
「응, 러시아 사람이 아니야.」
「그래요? 그렇지만 그런 건 모두 바보 같은 소리예요. 자, 앉으세요. 제가 이렇게 청을 드리고 있잖아요? 어째서 당신은 노상 저쪽으로 갔다 이쪽으로 왔다하는 거예요? 제가 무슨 잠꼬대라도 하고 있는 줄 아세요? 그러나 정말로 제가 잠꼬대를 할지 몰라요. 당신은 단 둘이서만 이 집에서 살고 있다고 하셨지요?」
「단 둘이서…… 아래에…….」
「게다가 이렇게 착하고 어진 분들만……. 아래, 뭐라고 그러셨는지요? 당신 아래, 뭐 어떻구…… 하셨지요?」
「아니 아무것도 아냐.」
「뭐가 아무것도 아녜요? 전 알고 싶은데요.」
「내가 말하려 했던 것은 말이야. 지금 이 집에는 우리 둘밖에 없지만, 전엔 아래층에 레뱌드킨과 그 여동생이 살고 있었다는 말을 하고 싶었어.」
「그럼, 어제 살해된 그 여자 아녜요?」 그녀는 갑자기 펄쩍 뛰었다.
「전 들었어요. 여기 도착해서 곧 들었어요. 이 거리에 불이 났었다면서요?」
「응, 그래. 마리, 어쩌면 이 순간 나는 그 악당들을 용서해 주는 것으로 해서 무서운, 비겁한 행동을 결과적으로 하고 있는지도 몰라…….」 그는 느닷없이 일어나서 전후 사정을 생각하지 않는 듯이 두 팔을 휘저으면서 방안을 이리저리 돌아다니기 시작했다.
 그래도 마리아는 그의 말을 확실히 알 수가 없었다. 그녀는 그의 말에 그다지 주의를 기울이지 않았다. 자기는 여러 가지 묻는 것이 많았지만, 그의 대답에는 변변히 귀를 기울이고 듣지 않고 있었던 것이다.
「당신들은 근사한 일을 하고 있군요. 아아, 모든 것이 비겁한 것뿐이로군요! 이 사람도 저 사람도 모두 비겁한 인간들뿐이에요! 자, 그런 이야긴 그만하고 이리로 앉으세요. 제가 부탁하고 있잖아요! 아아, 당신은 정말

날 아주 초조하게 만들어 버리시는군요!」
 이렇게 말하고 그녀는 베개에 머리를 파묻는 것이었다.
「마리, 이젠 그런 말 안 할게……. 당신은 잠깐 눕는 것이 좋겠는데…….」
 그녀는 대답을 않고 힘없이 눈을 감았다. 그 창백한 얼굴은 마치 죽은 사람과도 같았다. 그녀는 그가 보고 있는 데서 곧 잠이 들어 버리고 말았다. 샤토프는 주위를 둘러보고 촛불을 들어다가 다시 한 번 여자의 얼굴을 걱정스러운 눈초리로 보고 나서 팔짱을 끼고 발끝으로 조용히 걸어 복도로 나갔다. 그리고 층층대 위에서 얼굴을 벽에 대고 십 분가량 꼼짝 않고 서 있었다. 그는 더 오래 그렇게 하고 싶었는지도 모른다. 그러나 갑자기 아래층으로부터 조심스런 발소리가 들려왔다. 누군가가 올라오는 모양이었다. 샤토프는 덧문을 잠그는 것을 잊은 것이 생각났다.
「누구요?」그는 작은 목소리로 물었다.
 미지의 손님은 천천히 서두르지 않고 대답도 없이 올라왔다. 층층대를 다 올라와서 손님은 멈춰섰다. 아주 캄캄했기 때문에 아무것도 보이지 않았다. 돌연 조심스런 질문이 들려왔다.
「이반 샤토프 씹니까?」
 샤토프는 이름을 말했다. 그러나 곧 상대를 만류하듯이 손을 내밀었다. 그랬더니 상대는 느닷없이 그의 양손을 붙들었다. 샤토프는 마치 무서운 독충에라도 손이 닿은 것처럼 소스라치게 몸을 떨었다.
「여기 서 있게.」그는 **빠른** 어조로 속삭이듯이 말했다.「들어가면 안돼. 나는 지금 자네를 방에 들일 수 없어. 집사람이 돌아왔기 때문이야. 내 곧 촛불을 가지고 올 테니까.」
 그가 촛불을 가지고 돌아와 보니 젊은 장교가 서 있었다. 이름은 알 수 없지만 어디선가 본 듯한 얼굴이었다.
「에르켈리」하고 그는 자기 이름을 말했다.「비르긴스키네 집에서 만난 적이 있었습니다.」
「기억하고 있어. 자네는 책상 앞에 앉아서 무언가 열심히 쓰고 있었지.」 갑자기 전후를 생각하지 않은 듯이 상대편에게 가까이 갔지만, 목소리는 여전히 속삭이는 듯한 어조로 샤토프는 약간 흥분한 듯이 이렇게 말했다. 「자네는 방금 내 손을 붙들면서 손으로 신호 같은 것을 보냈어. 그러나 기억해

두게. 나는 그런 것을 인정하지 않아……. 난 싫어……. 나는 지금 곧 자네를 이 계단에서 밀쳐 버릴 수도 있단 말이야. 자네는 그런 것들을 알고 있나?」

「아니오, 난 그런 것은 조금도 모릅니다. 게다가 어째서 당신이 그렇게 화를 내는지 도대체 이유를 알 수가 없습니다.」

조금도 악의가 없는 거의 어린아이와 같은 어조로 손님은 대답했다.

「전 잠깐 전하고 싶은 것이 있어서. 한시라도 빨리 알려 드리려고 이렇게 일부러 온 것입니다. 다름이 아닙니다. 당신은 자신의 소유가 아닌 인쇄기계를 가지고 계실 것입니다. 그리고 당신께서도 아시다시피 그것에 대해서 보관의 의무를 띠고 계신 것입니다. 저는, 내일 오후 정각 일곱 시에 그 기계를 리푸친에게 양도하도록 당신에게 요구하라는 명령을 받았습니다. 또한 그 외에 금후 당신은 아무런 요구도 할 수 없다는 것을 전하라는 명령도 받았습니다.」

「아무런?」

「네, 아무런 요구도. 당신의 청원은 모임에서 수리가 되어, 당신은 영영 제명이 된 것입니다. 이런 것을 틀림없이 당신에게 전하도록 하라는 명령이었습니다.」

「누가 명령했나?」

「그것은 나에게 신호를 가르쳐 주신 바로 그분들입니다.」

「자네는 외국에서 왔나?」

「그것은…… 당신에게 있어선, 아무런 관계가 없는 것이라고 저는 생각합니다만…….」

「뭐라구? 제기랄! 그런데 자네는 그런 명령을 받고 어째서 빨리 와주지 않았지?」

「나는 어떤 훈령에 의해서 행동하고 있었고, 또 혼자 있지 않았기 때문이었습니다.」

「다 알고 있어, 자네가 혼자 있지 않았다는 것은 나도 알고 있어. 에잇! 어리석은 녀석들, 대관절 왜 리푸친이 직접 오지 않았을까?」

「내가 내일 밤 정각 여섯 시에 이곳으로 올 테니까 함께 그쪽으로 가주시기 바랍니다. 우리들 세 사람 외는 아무도 오는 사람이 없습니다.」

「베르호벤스키는 오는가?」

「아니, 그 사람은 오지 않습니다. 베르호벤스키는 내일 아침 열한 시에 이 거리를 출발하게 되어 있습니다.」
「그럴 것이라고 생각했어요.」하고 샤토프는 미친 듯이 소리지르면서 주먹을 불끈 쥐고 자기 무릎을 쳤다.「달아나 버렸구나, 그 악당놈!」
그는 흥분한 모양으로 생각에 잠겼다. 에르켈리는 조용히 그 모습을 바라보면서 아무 말도 않고 서 있었다.
「자네들은 어떻게 그것을 받을 작정인가? 그런 것을 한꺼번에 손에 들고 갈 수는 없을 텐데.」
「그렇게 할 필요는 없습니다. 우리들은 당신에게 그 장소를 가르쳐 달래서, 정말 거기에 묻어 놓았는지 어떤지, 확인만 하면 되니까요. 우리들은 그 장소가 어느 방면에 있다는 것만 알 뿐이지 바로 묻힌 장소는 모르는 것입니다. 당신은 그 장소를 누구에겐가 가르쳐 준 적이 있습니까?」
샤토프는 꼼짝 않고 그를 응시하고 있었다.
「자네는, 자네는 아직 어린데도…… 양처럼 그런 일에 어째서 머리를 싸매고 대들었지? 아아, 그놈들은 결국 이런 달콤한 국물을 빨아먹고 싶었던 것이다! 자, 가게나. 아아, 그 악당놈은 자네들 모두를 속여 놓고서 그대로 행방을 감춰 버렸단 말이야!」
에르켈리는 맑고 침착한 눈으로 상대를 바라다보고 있었을 뿐 무슨 소린지 모르는 모양이었다.
「베르호벤스키는 도망쳤다. 베르호벤스키가!」샤토프는 이를 갈았다.
「아니, 그 사람은 아직 여기 있습니다. 아무데도 가지 않았습니다. 그 사람은 내일 떠납니다.」부드럽게 설명해 주는 듯한 어조로 에르켈리는 말했다.「저는 특별히 그 사람에게 입회를 부탁했습니다. 제가 받은 훈령은 전부 그 사람으로부터 나온 것이니까요(하고 그는 무경험한 청년들이 으레 그러듯이 아는 것을 죄다 지껄이고 말았다). 그러나 유감스럽게도 그 사람은 출발을 구실로 해서 승낙해 주지 않았습니다. 왜 그런지 이상스럽게 출발을 서두르고 있습니다.」
샤토프는 또 한 번 연민하는 듯한 시선을 이 단순한 청년에게 던지고 나더니 갑자기『흥, 불쌍하게 생각해 줄 만하군』하고 생각한 듯이 한 손을 흔들었다.

「좋아, 가지.」 갑자기 그는 단정을 내린 듯이 이렇게 말했다. 「그러니까 이젠 그만 가주게. 자 빨리!」
「그럼 정각 여섯 시에 오겠습니다.」 하고 에르켈리는 정중하게 인사를 하고 계단을 유유히 내려갔다.
「이 멍청이!」 참을 수 없어서 샤토프는 계단 위에서 소리쳤다.
「왜 그러십니까?」 그는 아래에서 되물었다.
「아무것도 아냐, 어서 가!」
「저는 뭐라고 말씀하신 걸로 알았는데요…….」

2

에르켈리는 요긴한 통치자로서의 분별은 없었지만 자질구레한 통치자로서의 분별은 교활하다고 해도 무방할 정도로 꽤 많이 갖추고 있는 『바보』였다. 『공동의 사업』이라기보다 사실상 표트르에게 광신자나 어린아이처럼 완전히 심복하고 있는 그는 지금도 표트르의 명령에 따라서 행동하고 있었던 것이다. 이 명령은 아까 『한패』들이 모여서 여러 가지 내일의 계획과 절차를 정할 때, 표트르가 그에게 준 것이었다. 표트르는 그때 그를 옆으로 불러서, 십 분 가량 이야기를 한 후 그에게 심부름꾼의 역할을 하게 했던 것이다. 이런 분별없는, 타인의 의사에 예속하는 것만을 바라고 있는, 천박한 인간에게 있어서는 실행면의 임무가 본성에 맞는 것이다. 하기는 『공동의 사업』 때문이라든가 『위대한 사업』을 위해서라는 구실이 언제나 부수물로 붙어 있기는 했지만, 그러나 그것마저 아무래도 상관없는 것이었다. 그 이유는 에르켈리와 나이가 같은 젊은 광신자는 이상에 대한 봉사라는 것을 자기가 마음속으로부터 전적으로 믿어버려서 이상의 대변자로 하는 인물에 결부시키지 않으면 아무래도 승복할 수가 없었기 때문이었다.

다정다감하고, 선량하고, 착한 에르켈리는 어쩌면 샤토프를 향해서 달려들었던 그 한패 가운데서 가장 냉혹한 하수인이었는지도 모른다. 자기로서는 아무런 사적인 원한이 없는데도 불구하고 눈 한 번 깜짝하지 않고, 참살의 장면에 입회했을 것임에 틀림없다. 비유해서 말한다면, 그는 사명을 실천하는

데 있어 현재의 샤토프의 사정을 잘 보고 오라고 하는 명령을 받고 있었지만, 샤토프가 그를 계단 위에서 맞이하면서 자기도 모르게, 얼떨결에 자기도 채 생각하지 못하고 아내가 돌아왔다고 말했을 때도, 이 아내가 돌아왔다고 하는 사실이 자기의 임무에 중대한 의미를 가지고 있다는 생각을 에르켈리는 전광처럼 뇌리에 떠올렸음에도 불구하고, 조금도 그 다음의 이야기를 물어 보고 싶지 않은 태도를 보였을 정도의 본능적인 교활한 지혜를 가지고 있었던 것이다.

이것은 틀림없는 사실이었다. 이런 사건 하나가『악당들을』샤토프의 결심으로부터 구출했을 뿐 아니라, 동시에 그를『처리할』빌미가 되었던 것이다. 첫째로 이 사건은 샤토프를 흥분시키고 마음속의 궤도로부터 내쫓아 버리고 말아서 평소의 그 명민한 통찰력과 신중한 태도를 빼앗아 버렸던 것이다. 자기의 안전이라는 생각 같은 것은 전적으로 별다른 사항이라는 사고방식에 가득차 있는 그의 머리에는 도저히 그런 것이 떠오를 까닭이 없었다. 뿐더러 내일 베르호벤스키가 도망친다는 것을 그는 무조건하고 사실화해 버리고 말았다. 이 이야기는 너무도 그의 상상에 꼭 들어맞는 것이었기 때문이었다. 자기 방으로 돌아오자 그는 다시 한구석에 앉아서, 무릎 위에 두 팔을 대고 짚으면서 손으로 얼굴을 감쌌다. 괴로운 상념이 그를 고민하게 만든 것이었다.

이윽고 그는 다시 머리를 들고 조용히 발끝으로 일어나더니 아내의 얼굴을 들여다보기 위해서 소리도 없이 침대로 다가갔다.

『아아, 내일 아침엔 몸이 불덩이처럼 달아오를 것임에 틀림없다. 아니 어쩌면 열은 올라 있는지도 모른다! 물론 감기가 들었을 것이다. 이런 무서운 기후에는 익숙하지 않을 것이고 게다가 삼등 열차를 타고 온 여행, 폭풍우, 비…… 게다가 이렇게 얇은 외투를 입고 있었으니. 또 따뜻한 옷 한 가지도 없지 않은가? 이런 경우에 그냥 내버려 두다니, 보살피지 않고 모르는 척하다니…… 그리고 이 가방은 어떤가? 가볍고 조그마한 망가진 가방, 그 무게는 십 파운드도 채 되지 못할 성싶다. 불쌍하게도 어쩌면 이렇게 초라한 꼴이 되었을까? 아마도 꽤 고생을 한 성싶군. 그녀는 긍지가 강한 여자이기 때문에, 그러면서도 입 밖으로 그런 소리를 하지 않을 뿐이다. 그렇지만 그처럼 신경질을 부리다니…… 하기는 아프니까 그러겠지. 어떤 천사라도 병에 걸리면 신경이 예민해지는 법이지. 저 이마는 틀림없이 말라빠져서,

불덩이처럼 뜨거울 것이다. 그리고 저 눈 아래 검은 그림자…… 그러나 달걀처럼 아름다운 저 얼굴은 무어라고 해야 좋을까? 게다가 또 숱 많은 머리의 아름다움은……」

 그는 서둘러 시선을 옮겼다. 그는 이 여성에게서 타인의 도움을 필요로 하는, 피로에 지쳐 괴로워하는 불행한 인간이라는 것 외에 무엇이든 또다른 것을 발견할 수 없는 것인가 하고 생각하는 것조차 깜짝 놀랄 일이라는 것을 새삼 느낀 것처럼 당황하여 시선을 옮겼던 것이다.

 「도대체 이런 경우엔 어떤 희망이 있을까? 아아, 나는 얼마나 비천하고 얼마나 졸렬한 인간이란 말이냐?」

 그는 다시 좀전에 그가 있었던 방의 한구석으로 돌아가서 앉더니 두 손으로 얼굴을 파묻고 말았다. 그리고 다시 공상에 빠져들어가면서 여러 가지를 회상해 보는 것이었다. 그러자 또다시 전과 같은 희망이 머리를 스치고 지나갔다.

 「아아, 피곤하다. 아아, 피곤해!」라고 하는 아내의 신음 소리가 들렸다. 그것은 약하디약한, 지금이라도 당장 숨을 넘길 듯한 소리였다. 『지금 그녀를 팽개쳐 두면 어떻게 될까? 그녀는 팔십 코페이카밖에 가지고 있지 않아. 낡아빠진 조그마한 지갑을 꺼냈었지……. 일자리를 찾아서 왔다고 했것다. 흥, 제가 무슨 일을 한다고 그러는 거지? 제가 무슨 수로 러시아라는 곳을 알 수 있단 말인가? 그녀는 마치 어린아이와도 같이 아무것도 모른다. 그래서 그들이 생각하는 것이란 모두 자기들이 만들어낸 공상뿐이야. 가엾게도, 저 사람도 여기 와보고 어째서 정말 러시아는 이렇게 외국에서 상상했던 것과는 다른 것일까 하고 화를 내고 있을 거야. 얼마나 불행한 사람들이란 말이냐? 게다가 아무런 죄도 없지 않은가?…… 그건 그렇고, 정말 여기는 너무 추운데…….」

 그는 아내가 춥다고 한 것과 자기가 난로를 피우겠다고 했던 것이 생각났다. 「장작은 저기 있으니 가져오면 되지만 어떻게든 저 사람이 깨지 않도록 해야 할 텐데……. 그렇지만 문제 없어. 그런데, 양고기는 어떡할까? 잠을 깨면, 먹겠다고 할는지도 모른다. 그렇지만 괜찮아. 그것은 나중에 해도 된다. 키릴로프는 밤새껏 자지 않으니까……. 무얼 좀 덮어 줬으면 좋겠는데, 잠이 깊이 들기는 했지만 몹시 추울 텐데, 아아, 그러고 보니 추위 보이는데…….」

그는 다시 한 번 아내의 모습을 보러 갔다. 옷이 약간 헤쳐져서 오른쪽 다리를 절반쯤 무릎께까지 드러내 놓고 있었다. 그는 거의 겁에 질린 듯이 얼굴을 돌렸다. 그리고 자기의 두꺼운 외투를 벗어서 헌 프록코트만을 걸친 채 될수록 그쪽으로 시선을 돌리지 않도록 애쓰면서 드러난 허벅다리께를 덮어 주었다.
 장작을 지피고 발돋움하며 걸어다니면서 자고 있는 아내의 얼굴을 보기도 하고 방 한구석에서 공상에 잠기기도 하고, 또다시 자고 있는 아내의 모습을 보곤 하는 동안 꽤 많은 시간이 흘러 두서너 시간이 지났다. 이 사이에 키릴로프 집으로 베르호벤스키와 리푸친이 찾아왔던 것이다. 이윽고 그도 방 한구석에서 잠들어 버리고 말았다. 갑자기 여자의 신음 소리가 들려왔다.
 마리아는 눈을 뜨고 그를 불렀다. 그는 마치 죄인처럼 깜짝 놀라서 일어났다.
 「마리, 내가 깜박 잠이 들었던가 봐. 아아, 난 어쩌면 이렇게 멍청할까……」
 그녀는 자기가 지금 어디 있는지 모르는 모양으로 어리둥절해하며 주위를 둘러보면서 일어났다. 그리고 갑자기 화를 내며 펄쩍 뛰었다.
 「제가 당신 침대를 점령하고 있었군요. 난 피곤해서 그만 잠이 폭 들어버리고 말았던가 봐요. 어머나, 그런데 어째서 당신은 나를 깨우지 않으셨어요? 제가 당신에게 폐를 끼치다니, 얼마나 뻔뻔스러운 일이겠어요? 이런 실례는 생각조차 할 수 있는 일이 아니예요. 안 그래요?」
 「어떻게 내가 당신을 깨울 수가 있단 말이오! 마리!」
 「깨우셔야지요. 왜 깨우실 수 없다는 거예요? 달리 당신이 잘 데가 없는데. 내가 당신 침대를 차지하고 있었잖아요? 당신은 저를 거북한 입장에 빠지게 해서는 안 돼요. 안 그래요? 그보다도 제가 당신의 자비심을 바래서 왔다고 생각하고 계시는 거예요? 자, 지금 곧 당신은 침대로 들어가 주세요. 저는 이쪽 구석에 의자를 늘어놓고 잘 테니까요……」
 「마리, 그렇게 할 의자도 없어요. 게다가 깔 것도 없고……」
 「그럼 마루 위에서 자겠어요. 안 그러면 당신이 마루에서 자게 될 거 아녜요? 제가 마루에서 자겠어요. 당장, 지금 당장 말예요.」
 그녀는 일어나서 한 걸음 내디디려 했지만 갑자기 당기는 듯한 심한 통증이 한꺼번에 힘과 기운을 빼앗아간 것처럼 높은 신음 소리와 함께 또다시 침대

위로 쓰러지고 말았다. 샤토프는 무의식적으로 급히 다가갔다. 그러나 마리아는 얼굴을 베개에 파묻은 채 갑자기 그의 손을 잡더니, 있는 힘을 다해서 움켜쥐든가 쥔 손을 꼬기 시작했다. 그 동작은 일 분 동안 계속됐다.

「마리, 당신 정말 그렇게 괴로우면, 여기 프렌첼리란 의사가 있으니, 내가 빨리 가서 데리고 올까? 그는 내 친구인데, 매우……」

「그럴 필요 없어요!」

「아니, 왜? 그래 그럼, 이봐, 마리, 도대체 어디가 아파서 그러는 거야? 필요하다면 찜질이라도 해서, 배든 어디든…… 그런 일이라면 의사를 부르지 않아도 내가 할 수 있는데. 아니면 겨자떡이라도……」

「그건 도대체 뭐예요?」 그녀는 머리를 쳐들고 겁에 질린 듯이 샤토프의 얼굴을 응시하면서 이상한 어조로 물었다.

「그렇지만, 아니, 거 무슨 소리야? 마리!」 샤토프는 수긍이 가지 않았다. 「무얼 물은 거지? 아아, 어떻게 하면 좋을까? 나는 무엇을 어떻게 해야 할지 모르겠어. 마리, 날 용서해 줘. 나는 아무것도 모른단 말이야.」

「네, 그만두세요. 당신이 알 것이 아녜요. 게다가 쑥스러운 일이니까요……」 하고 그녀는 괴로운 듯이 웃었다. 「무슨 말이든 해주세요. 방안을 걸어다니면서 이야기해 주세요. 그렇게 옆에 서서 내 얼굴만 보고 있지 말고……. 이건 제가 정말 부탁하는 거예요.」

샤토프는 그녀를 보지 않도록 애쓰면서, 열심히 마루만 내려다보고 방안을 걷기 시작했다.

「실은…… 마리, 부탁인데 화내지 말아 줘. 가까운 곳에 양고기와 차가 있는데…… 아까 당신이 먹은 것이 너무 적었기 때문에……」

그녀는 아무렇게나, 짓궂은 표정으로 손을 흔들었다.

샤토프는 절망한 듯이 말을 잇지 못했다.

「전 말이에요, 합리적인 조합을 기초로 해서 여기서 제본업을 시작하려고 해요. 당신은 여기 살고 있으니 아시리라 믿는데, 어떻게 생각하세요? 잘 될까요?」

「어림도 없어. 마리, 이 고장 사람들은 책 같은 것은 읽지 않아요. 그리고 책이라는 것은 도대체 구경도 할 수 없단 말이야. 게다가 그 녀석이 제본 같은 걸 하게 할 성싶나?」

「그자가 누구예요?」
「이 거리의 독자라든가 주민 전체를 말하는 거야. 마리.」
「그럼 그렇다고 하시지. 그 녀석이라니, 누가 그 녀석인지 알 수가 없잖아요? 도대체 문법이란 것을 모르세요?」
「그건 말하다 보니 그렇게 된 거야, 마리.」하고 샤토프는 중얼거렸다.
「어마, 그런 버릇일랑 하지 마세요. 을씨년스러워요. 어째서 이곳의 주민이라든가 독자들은 제본이라는 것을 할 줄 모를까요?」
「즉, 독자와 제본은 인지 발달의 특이한 두 시대, 게다가 큰 시대를 나타내고 있기 때문이야. 처음, 한동안 인간은 조금씩 책을 읽는 것을 배우게 마련이야. 물론 거기에는 몇 백 년이란 긴 세월이 필요한 거지. 그렇지만 요컨대 쓸데없는 것을 이것저것 함부로 읽어 버리고 만단 말이야. 그런데 제본이란 것은 이미 책에 대한 존경심에서 하는 것이야. 단순히 읽는 것이 좋아졌을 뿐 아니고, 꼭 필요한 일이라고 인정하게 된 증거란 말이야. 러시아 전체가 아직 이 시기에까지 미치지 못하고 있는 거란 말이야. 유럽에서는 벌써 오래 전부터 제본을 하고 있지만 말이야.」
「그것은 약간 현학적(衒學的)인 냄새가 나기는 하지만, 그런 대로 제법 인정힐 만한 말투로군요. 어쩐지 삼 년 전의 일이 생각나는군요. 당신은 삼 년 전엔 꽤 기지가 풍부했잖아요?」
 이런 말을 하면서도 그녀는 전에 하던 심심풀이로 말하는 투의 어조를 그대로 지니고 있었다.
「마리, 마리!」샤토프는 감격의 빛을 띠면서 아내를 향해 이렇게 말했다. 「오오, 마리! 지난 삼 년 동안에 얼마만큼의 변화가 일어났는지 그것을 당신이 알고 있다면……. 이것은 나중에 들은 것이지만, 당신은 내가 변절했다고 해서 매우 심하게 경멸했다고 하던데. 그러나 내가 버린 것은 무엇이었지? 살아 있는 생명의 적이었어. 자기 자신의 독립과 독보(獨步)를 두려워하는, 시대에 뒤떨어진 자유주의자란 말야. 사상의 하수인, 개인과 자유의 적, 시체와 썩은 고깃덩어리의 늙어빠진 선전꾼이야! 그들이 가지고 있는 것은 무엇일까? 늙은 황금의 중용주의자다. 가장 천하고 비루한 범용이지. 질투에 가득찬 평등주의자다. 1793년대의 프랑스 사람들이 의식한 것과 같은 평화주의자다. 자기의 존엄성을 유지하지 못하는 평등주의다…….

그러나 무엇보다도 성가신 것은 어딜 가도 비열한 놈들이 있다는 것이다, 비열한 놈 말이야. 비열한 놈!」
「그래요, 비열한 사람은 많아요.」 마리아는 병적인 어조로 이렇게 말했다.
그녀는 피곤한 듯한, 그러나 타는 듯한 눈초리로 천장을 응시하면서 머리를 비스듬히 베개 위에 내던진 채 꼼짝달싹도 않고 길게 누워 있었다. 그러나 그 얼굴은 창백했고 입술은 아주 말라서 바삭바삭 타고 있었다.
「당신도 그렇게 생각하는군? 마리, 그렇게 생각한단 말이지?」 샤토프는 소리쳤다.
그녀는 머리를 저어 부정의 표시를 하려 했지만 갑자기 아까와 같은 경련이 또다시 일어났다. 그녀는 다시 얼굴을 베개에 파묻고 한 일 분쯤, 죽을 힘을 다해서, 공포에 사로잡혀서 무의식적으로 다가온 샤토프의 손을 아플 정도로 꽉 쥐었다.
「마리, 마리! 이건 어쩌면 매우 큰 병인지도 몰라. 응, 마리!」
「가만 있어 줘요. 전 싫단 말예요. 싫어요, 싫단 말예요!」 또다시 반듯이 누우면서 그녀는 무서운 기세로 소리쳤다. 「그런 동정적인 태도로 제 얼굴을 보지 말아 주세요! 자, 어서 방안을 거닐면서 무슨 이야기든 해줘요, 이야기를……」
샤토프는 어찌할 바를 모르겠다는 듯이 무어라고 중얼거리기 시작했다.
「당신은 여기서 뭘 하고 계시는 거죠?」 거북살스럽고 초조한 빛으로 상대의 말을 막으면서 그녀가 갑자기 물었다.
「어느 상인의 가게에 다니고 있지 뭐야, 난 말이야, 마리! 그렇게 하고만 싶으면 여기서 큰 돈벌이도 할 수 있단 말이야.」
「그래요? 축하합니다.」
「아아, 마리, 그렇게 잘못 생각하지는 말아 줘! 내가 말한 것은 다만……」
「그리고 또 다른 일도 하고 있어요? 뭘 선전하고 계시는 거죠? 당신은 무언가 선전하지 않고는 배기지 못하는 사람인걸. 그런 성격이시죠?」
「하느님을 선전하고 있어! 마리.」
「자기도 믿지 않는 하느님을 말예요? 전 그런 사상을 아무리해도 긍정할 수가 없어요!」
「그만해 두지, 마리. 그것은 다음에 또 이야기하도록 하자.」

「그럼 여기 있었다는 그 마리아 치모페예브나란 도대체 누구예요?」
「그것도 역시, 다음에 이야기하지.」
「저한테 그런 충고는 말아 주세요! 그 살인은 그 한패들의 범행이라던데 정말 그럴까요?」
「틀림없이 그럴 거야.」 샤토프는 이를 부득부득 갈았다.
마리아가 갑자기 머리를 쳐들고 병적인 목소리로 떠들기 시작했다. 「이젠 그런 말씀은 그만해 두세요. 절대로 하시면 안 돼요. 두 번 다시 말하면 그대로 안 두겠어요!」
이렇게 말하면서 그녀는 아까와 같이 끌어잡아 당기는 듯한 아픔에, 또다시 침대 위로 쓰러지고 말았다. 이것이 벌써 세 번째였다. 게다가 이번엔 전보다 신음 소리가 컸을 뿐 아니라, 그 소리는 거의 절규에 가까운 것이었다.
「오오, 당신은 어쩌면 그렇게 태연할 수 있을까! 오오, 어쩌면 이렇게 멍청한 사람일까?」
그녀는 위에서 내려다보고 샤토프를 밀어내면서 자신을 돌볼 생각도 못한 채 자꾸 몸부림치는 것이었다.
「마리, 나는 무엇이든 당신이 좋은 대로 해주겠어……. 이렇게 거닐며…… 이야기해도 좋아.」
「어머나, 도대체 당신은 지금 무슨 일이 일어났는지 몰라요?」
「무슨 일이 일어나다니? 마리!」
「아아, 제가 어떻게 알아요? 도대체 이것이 내가 알 문제냔 말예요?…… 아아, 저주받은 여자! 오오, 처음서부터 모든 것을 죄다 저주한다!」
「마리, 정말 무슨 일이 일어났다는 거야? 말 좀 해봐. 그럼 나는…… 그렇게만 말하고 나면, 난 무슨 소린지 알 수가 없잖아…….」
「당신은 추상적인 소리만 지껄일 뿐 아무 소용이 없어요. 오오, 이 세상의 모든 것을 저주한다! 저주해!」
「마리! 마리!」
이 여자는 정신이 이상해지기 시작했다고 그는 정말 그렇게 생각했다.
「도대체 당신도 이젠 그만했으면 알 만한데. 해산의 진통이에요!」 무서운 병적 분노로 얼굴을 일그러뜨리고 남자를 뚫어지게 응시하면서 그녀는 반쯤 몸을 일으켰다. 「이젠 당장이라도 저주를 받아도 좋다. 이런 갓난아기를!」

「마리!」 이제야 겨우 진상을 깨닫고 샤토프는 이렇게 소리쳤다. 「마리, 어째서 처음부터 그렇게 말을 하지 않았어?」 그는 갑자기 제정신으로 돌아왔다. 그리고 단호한 결심을 보이면서 모자를 집어들었다.

「여기로 들어올 때엔 그런 것을 몰랐단 말예요. 그런 줄 알았으면 당신에게 올 리가 없지 않아요. 아직 한 열흘쯤 여유가 있다고 생각했던 거예요. 어딜, 당신 어딜 가시는 거죠? 그렇게 하면 안 돼요!」

「산파를 데리러! 나는 권총을 파는 거야, 지금은 무엇보다도 첫째가 돈이니까 말이야.」

「아무 일도 말아 주세요. 산파를 부르지도 말아요. 그냥 돌봐 줄 여자를 한 사람 불러 줘요. 할머니 같은 사람이면 돼요. 내 지갑에 팔십 코페이카 있으니까……. 시골 여자들은 산파도 없이 해산을 하잖아요. 그러다가 죽으면 오히려 그렇게 되는 편이 낫겠어요!」

「산파도 온다. 할머니도 온다. 그러나 나는 당신을 혼자 내버려 두고는 나갈 수가 없단 말이야. 마리!」

그러나 곧 그는 이 의지할 데 없는 여자를 나중에 혼자 있게 하는 것보다는 지금 내버려 두고 가는 편이 나으리라 생각하고, 마리아의 격한 분노에도 불구하고, 그 신음 소리도 화를 내게 하는 듯한 고함 소리도 아랑곳하지 않고 될 수 있는 한 빨리 계단을 뛰어내려갔다.

3

제일 먼저 키릴로프 집으로 달려갔다. 시간은 이미 한밤중으로 새벽 한 시경이었다. 키릴로프는 방 한가운데 우뚝 서 있었다.

「키릴로프, 집사람이 해산을 한다는 거야!」

「그게 무슨 소린가?」

「해산을 말이야! 애를 낳고 있단 말이야!」

「자네가 잘못 안 게 아냐?」

「아냐! 그렇지 않아! 지금 진통이 시작됐단 말이야. 산파가 있어야겠어! 할머니 같은 사람이 필요해……. 지금 곧 필요한데……. 지금 불러올 수 있을까 모르겠네. 자네 집엔 할머니가 많이 있었는데!」
 「이건 정말 유감스러운 일이지만, 난 해산을 돕는 일이 매우 서툴러서 말이야.」키릴로프는 깊이 생각한 듯이 말했다.「아니, 참, 내가 해산을 돕는 것이 서툰 것이 아니라 해산을 잘하도록 도울 줄을 모른단 말이야……. 아냐, 그게 아니고…… 안 되겠어, 난 아무래도 잘 말할 수가 없어!」
 「결국 자네가 직접 해산을 도울 수 없다는 거지? 그러나 내가 하는 말은 그게 아냐. 할머니가 필요해! 할머니가. 나는 여자를 부탁하고 있는 거야, 간호부를 말이야. 시중들 여자가 필요하단 말이야.」
 「할머니는 부를 수 있지만, 그렇지만 지금 곧 부를 수는 없어! 나라도 괜찮다면…….」
 「아냐, 그건 안돼! 난 지금부터 비르긴스카야네 집에, 그 산파 집으로 갈 것이니까.」
 「그 마귀할멈 말인가?」
 「응, 그래. 키릴로프, 그렇지만 그 여자가 제일 잘하니까. 아아, 게다가 그처럼 위대한 생명…… 새로운 생명의 출현이 경건한 자세나 환희의 감정도 없이 혐오와 조소와 소독으로써 행해지지 않으면 안 된단 말이야……. 그녀는 벌써 지금부터 갓난애를 저주하고 있단 말이야!」
 「그럼 나라도 가서 도와야지!」
 「안돼! 그건 안돼! 내가 뛰어 돌아다니고 있는 동안에(괜찮아! 내가 비르긴스카야를 끌고 올 것이니까……) 자네는 때때로 내 방 계단 있는 데로 가서 조용히 방안 공기에 귀를 기울이고 살펴만 달란 말이야. 단, 절대로 안에 들어가면 안 된단 말이야. 그녀가 깜짝 놀랄 것이니까. 어떤 일이 있더라도 들어가선 안돼. 다만 듣고만 있어야 해! 혹시 어떤 무서운 일이 일어날지도 모르니까 말이야. 그리고 만일 다급한 일이 생겼을 때는, 그땐 들어가도 관계없지만 말이야!」
 「알았어, 돈은 아직 일 루블리 있어. 난 내일 닭을 한 마리 사려고 했었지만 지금은 이미 필요없단 말이야. 어서 빨리 뛰어가 보게, 열심히 달려가 보도록 해. 주전자는 밤새 있으니까 말이야!」
 키릴로프는 샤토프에 대한 『한패』들의 계획을 전혀 알지 못했다. 게다가 전부터 샤토프의 신변에 가해지는 위험 정도를 전혀 모르고 있었던 것이다.

다만 샤토프와 그『한패』들 사이에 옛날부터 어떤 의무 관계가 있다는 것밖엔 아는 것이 없었다. 하기는 그도 외국에 있을 무렵에는 어떤 명령을 받았었기 때문에 약간은 이 일에 관계한 적이 있기는 하지만(그도 무슨 일이든 그다지 파고들어서 관계한 적이 없었기 때문에, 이 명령이라는 것도 매우 표면적인 것에 불과했다), 그러나 최근에는 이처럼 모든 것을 죄다 팽개쳐 버리고, 모든 일(특히『공동의 사업』으로부터)로부터 전적으로 손을 떼고 명상 생활에 몰두해 버리고 만 것이다.

표트르 베르호벤스키는 회의 석상에서 키릴로프가 주어진 시기에 샤토프의 사건을 인수하는가 어떤가를 확인하기 위해서 리푸친을 동반하고 갔지만, 키릴로프와 대화하는 동안, 샤토프의 일은 한 마디도 언급하려고 하지 않았다. 아마도 그런 소리를 하는 것은 졸렬하다고 생각한 모양이고 키릴로프를 믿을 수 없는 놈이라고 생각했는지도 모르는 일이므로 내일 모든 것을 끝내 버리고, 키릴로프가『아무렇게 되든 마찬가지』라고 생각하도록 기다리자, 적어도 표트르는 키릴로프에 대한 것을 이렇게 판단했음에 틀림없었다. 리푸친도 역시 마찬가지로, 그런 약속이 있었음에도 불구하고 샤토프에 대한 말이 조금도 나오지 않았다는 것에 대해서는 충분히 생각이 미치고 있었지만 항의를 하기에는 너무나 지나치게 흥분해 있었던 것이다.

샤토프는 마치 회오리바람처럼 무리비나야 거리를 향해서 달려갔다. 끝없이 계속된 것처럼 생각되는 가까운 거리를 저주하면서…….

비르긴스키 집에서는 한참 동안 문을 두들기지 않으면 안 되었다. 벌써 오래 전에 잠들어 버렸던 것이다. 그러나 샤토프는 아무런 망설임없이 있는 힘을 다해서 덧문을 계속 두드렸다. 마당에 쇠줄로 매놓은 개가 달려들려고 몸부림치면서, 짖궂게 짖어대자 근처의 개들도 덩달아서 짖어 무서우리만큼 소란한 개들의 합창이 시작되었다.

「어째서 그렇게 두드리는 겁니까? 도대체 무슨 용무세요?」드디어 창문 안에서 주인인 비르긴스키의 목소리가, 이런『모욕』에 어울리지 않는 부드러운 목소리가 들려왔다.

곧 덧문이 열리고 이어 통풍창도 열렸다.

「거기 있는 것은 누구야? 어디 패야?」이번엔 아주 전적으로 모욕적인 말소리가, 비르긴스키의 친척 뻘 되는 올드미스의 악의에 찬 쩌렁거리는 목소리가 들려왔다.
「나는 샤토프입니다. 집사람이 다시 돌아와서, 지금 해산을 시작했습니다요.」
「해산을 하든 말든 맘대로 해! 썩 물러가 버려요!」
「나는 아리나 할머니를 모시러 왔습니다. 아리나 할머니와 같이 가야겠어요!」
「아리나 할머니는 아무 집에나 가시는 분이 아니예요. 밤중에 가는 것을 전문으로 하는 사람이 따로 있단 말예요. 어서 빨리 마크셰예바네로 가는 것이 좋을 거예요. 소란을 피우지 말아 줬으면 좋겠어! 내 참 어이가 없어서……」 숨이 찬 듯이 악의에 찬 소리로 여자는 이렇게 말했다.
비르긴스키의 만류하는 소리가 들렸다. 그래도 늙은 처녀는 그를 밀쳐 버리면서 막무가내였다.
「난 돌아가지 않겠소!」 하고 샤토프는 또다시 소리질렀다. 「잠깐 기다려 주게. 응, 잠깐만 기다려 달라니까!」 늙은 처녀를 겨우 회유하고 비르긴스키는 이렇게 웅얼거렸다. 「샤토프 군, 부탁이니 오 분 동안만 기다려 주게나. 내가 아리나를 깨울 테니까. 아무쪼록 두드리든가 소리지르든가는 하지 말아 주게나, 아아…… 이거 원 왜 이렇게 입장이 곤란하게 되었지!」
정말 지리한, 오 분이란 시간이 흘러서 겨우 아리나가 모습을 나타냈다.
「당신 집에 부인이 돌아왔다고요?」 이런 소리가 통풍창에서 들려왔다. 놀랍게도 그 소리는 조금도 귀찮아하는 어조가 아니었을 뿐 아니라, 다만 언제나처럼 약간 명령적인 어조였을 따름이었다. 그것은 아리나는 그런 어조로밖에 말을 할 줄 몰랐기 때문이었다.
「네, 집사람이…… 지금 해산을 하려고 합니다.」
「마리아 이그나치예브나가?」
「네, 마리아 이그나치예브나입니다. 물론이지요!」
잠깐 동안 침묵이 흘렀다.
샤토프는 꼼짝 않고 기다리고 있었다. 집안에서는 사람들이 무어라고 쑤군거리고 있었다. 「부인은 벌써부터 와 있었던가요?」 또 다시 비르긴스카야가 이렇게 물어왔다.
「오늘 밤 여덟 시에 왔습니다. 아무쪼록 서둘러 주십시오.」

다시 쑥덕거리는 소리가 들려오는 것으로 보아 아무래도 의논을 하고 있는 모양이었다.
　「이봐요! 잘못 생각하고 그러시는 거 아녜요? 그녀가 직접 나를 데려 오라고 하던가요?」
　「아닙니다, 그녀가 그러지는 않았습니다. 그녀는 나에게 여러 가지 비용을 부담시키는 것을 꺼려서, 그저 할머니를 한 분 오게 하라고 한 거예요. 그러나 걱정하실 필요는 없습니다. 제가 틀림없이 사례는 할 테니까요.」
　「알겠어요, 사례는 하든 말든 제가 가 봐주지요. 나는 마리아 양의 그 독립적이고 고집스런 성격에 언제나 감격하고 있었단 말예요. 하기는 그녀는 나를 기억하지 못하는지도 모르지만. 그리고 당신 방에는 꼭 있어야 할 필요한 물건들이 갖추어져 있습니까?」
　「아무것도 없습니다만, 모두 준비하겠습니다. 모든 것을 죄다……」
　『저런 인간들에게도 역시 인정은 있군.』 럄신 집으로 서둘러 가면서 샤토프는 이렇게 생각했다. 『주의와 인간성, 이것은 여러 면에 있어서 전적으로 다른 두 개의 것인지도 몰라. 나는 저 사람들에게 매우 나쁜 짓을 하고 있는지 모른다……. 모두가 나쁜 것이다. 모두에게 죄가 있는 것이다(그리고 모두 이렇다는 사실을 알아 줬으면 좋겠는데……).』
　럄신 집에서는 그렇게 오랫동안 문을 두드리지 않아도 됐다. 놀라운 것은 그는 곧 침대에서 뛰어 일어나, 코감기의 위험도 잊어버리고 셔츠 한 장과 맨발로 통풍창을 열었다. 그는 보통 때는 매우 예민한 신경질형으로서 자기 건강에 매우 신경을 쓰는 성격이었다. 그러나 이렇게 재빨리 나온 것에는 또 다른 특별한 이유가 있었다. 럄신은 그날 밤『한패』가 모인 회의의 결과에 밤새껏 전전긍긍하면서 그때까지 아직도 잠자리에 들지 못하고 있었던 것이다. 어쩐지 매우 반갑지 않은 손님이 네댓 사람씩이나 몰려올 것 같은 생각이 자꾸만 들었던 것이다. 샤토프의 밀고라는 정보는, 무엇보다도 그를 괴롭혔던 것이다……. 그런데 갑자기 일부러 그렇게 하려고 하는 것처럼, 무서울 만큼 맹렬하게 창을 두드리는 소리가 들려온 것이 아닌가…….
　그는 샤토프를 보더니 아주 겁에 질려서 곧 통풍창을 쾅 하고 닫고는 침대가 있는 곳으로 달려가 버리고 말았다. 샤토프는 굉장한 서슬로 문을 두드리고 또, 떠들어대기 시작했다.

「어째서 자네는 밤중에 이렇게 자꾸만 두드리는 거야?」 겨우 샤토프가 혼자 온 것을 확인하고 나서야 다시 또 한 번 통풍창을 열 것을 결심한 럄신은 무서움에 가슴을 졸이면서 엄한 목소리로 이렇게 소리쳤다. 그것은 문을 두드리기 시작한 지 이 분이나 지나서였다.
「자, 여기 자네 권총이 있어, 이걸 도로 가져가고 십오 루블리만 주게!」
「그건 도대체 무슨 소린가? 자네 지금 취했나? 그건 마치 강도가 아닌가? 난 공연히 감기만 들지 않나 말이야? 잠깐 기다리게. 내 잠옷을 좀 걸치고 올 테니까.」
「지금 곧 십육 루블리만 꾸어 주게나, 만일 꿔주지 않으면 나는 날이 새도록까지 두드리면서 떠들어댈 테니까. 이 창문을 부숴 버리고 말겠단 말이야!」
「그런 짓을 하면 난 경관을 불러서 자네를 유치장에 처넣어 버리고 말겠어.」
「자넨 나를 벙어리로 알고 있나? 내가 경관을 부를 줄 모른다고 생각하나? 도대체 누가 경관을 무서워해야 하나? 자넨가? 난가?」
「자네는 그런 비열한 생각을 가질 수 있는 사람이군그래……. 자네가 무엇을 암시하고 있는지 난 알고 있단 말이야……. 기다리게, 잠깐만 기다리게. 부탁이니 두드리지 말아 주게! 자네도 좀 생각해 보게나, 누가 밤중에 돈을 가지고 있단 말인가, 도대체 뭣 때문에 돈이 필요한가? 만일 자네가 취해서 그러는 것이 아니라면 말이야…….」
「집사람이 돌아왔단 말야. 난 자네에게 십 루블리 감해 주는 거란 말이야. 아직 한 번도 쏴보지 않았단 말이야. 자, 이 권총을 받아 주게, 곧 받도록 하란 말이야.」
럄신은 기계적으로 통풍창으로 손을 뻗쳐서 권총을 받았다. 그는 잠깐 꼼짝 않고 있었지만 갑자기 통풍창으로부터 머리를 내밀어, 마치 등골에 오한이라도 느끼는 것처럼 전후 사정을 잊어버리고 이렇게 속삭였다.
「자네는 거짓말을 하고 있어. 아내가 돌아왔다니 헛소리 말게…… 그것은…… 그건, 다만 어딘가로 달아나려는 속셈이지?」
「이 멍청이, 내가 어딜 달아난단 말이냐? 그건 자네들의 한 사람인 베르호벤스키가 도망치는 거지, 내가 그런다는 것이 아니야. 난 지금 막 산파인 비르긴스카야에게 다녀오는 길이야. 그랬더니 그 여자도 곧 승낙했단 말이야.

정 의심스러우면 물어서 확인하게. 집사람은 지금 대단히 괴로워하고 있단 말이야. 그래서 꼭 돈이 필요해, 자, 어서 주게나!」
　여러 가지의 생각이 마치 불꽃처럼 랴신의 재빠른 머릿속에서 번득였다. 상황이 완전히 일변해 버리고 만 것이다. 그러나 공포의 감정은 냉정한 판단을 허용하지 않았다.
「그렇지만…… 도대체 자네는 부인과 같이 산 건 아니잖았냐 말이야?」
「그럴 소릴 물으면 난 자네 머리를 깨버리고 말겠어!」
「아, 이거 정말 실례했군그래. 아니, 알고 있어. 아무튼 난 매우 혼동하고 있단 말이야…… 응, 알겠어. 알겠단 말이야. 그러나…… 그렇지만, 대관절 아리나가 자네 집에 갈까? 자네는 방금 그녀가 출발했다고 했지? 이 사람아, 그건 거짓말이야, 봐 그것 보란 말이야, 자네가 하는 말 하나하나는 모두 거짓말이란 말이야.」
「그 여자는 틀림없이 지금쯤 집사람 곁에 앉아 있을 것이다. 이젠 그런 소린 그만하게. 자네가 멍청이라고 해도 그것은 나와 아무런 관계가 없으니까 말이야.」
「거짓말 마, 난 멍청이가 아니야. 미안하지만 난 아무래도…….」
　그는 이제 뭐가 뭔지 통 알 수가 없어서 세 번째로 문을 닫으려 했지만, 샤토프가 무서운 서슬로 떠들어대기 시작했기 때문에 그는 다시 또 머리를 내밀었다.
「이건 말이야. 이 사람아, 완전한 인권 침해란 말이야. 도대체 자네는 무엇을 내게 요구하고 있는 거야? 응? 뭘, 요구하고 있어? 명백하게 말하게! 그리고 생각을 좀 해보게, 아무리 원 이런 한밤중에…….」
「십오 루블리의 돈을 요구하고 있지 않나? 이 돌대가리야!」
「그러나 나는 전혀 권총을 돌려받고 싶은 생각이 없단 말이야. 그러니 자네에겐 아무런 권리가 없지. 자네는 물건을 샀을 뿐이야. 그것으로 이야기는 끝나지 않았느냐 말이야. 자네에겐 그런 것을 요구할 권리가 없어. 나는 이 밤중에 도저히 그런 돈을 마련할 수가 없어. 어떻게 그런 돈이 마련될 성싶다고 생각하나?」
「자넨 언제든지 돈을 가지고 있어. 난 십 루블리 감하겠다고 하지 않았냔 말야. 뭐야? 이 유대인 같은 녀석아!」
 「모레 오게나, 알겠나? 모레 아침에 말이야, 아니 열두 시에 오게, 완전히 갖추어 줄 테니까. 이젠 됐지?」
 샤토프는 세 번째로 광포하게 창문을 두드렸다.
 「그럼 십 루블리만 주게. 그리고 내일 아침 일찍 오 루블리.」
 「안돼! 내일 모레 아침에 오 루블리이다. 내일은 세상 없어도 안돼! 그러니까, 오지 않는 편이 좋아!」
 「십 루블리 내놔라! 이 개새끼야!」
 「어째서 자네는 그렇게 욕지거리인가? 아아, 좀 기다리게, 불을 좀 켜야겠으니……. 이것 봐, 이렇게 유리를 깨지 않았느냔 말이야……. 한밤중에 이렇게 문을 두드리는 녀석이 어디 있단 말이냐? 자!」하고 그는 창문에서 지폐를 내밀었다.
 샤토프는 낚아챘다. 지폐는 오 루블리짜리였다.
 「아무래도 안 되겠다. 설혹 죽인다 해도 어쩔 수 없다. 내일 모레는 마련할 수 있지만, 지금은 아무래도 안돼!」
 「내가 돌아갈 것 같아?」하고 샤토프는 부르짖었다.
 「자, 이것을 받아 주게! 또 한 장, 알겠어? 한 장 더 있지? 더 이상은 안 된다. 자네가 목청이 터지도록 외쳐도 난 더 이상 안낼 테니까. 어떤 일이 있더라도 안낼 테니까. 안내! 절대로 안 낸단 말이야.」
 그는 전후를 생각하지 않고 땀을 뻘뻘 흘리고 있었다. 그가 뒤에 내민 지폐는 일 루블리짜리 두 장이었다.
 이리하여 샤토프의 손에 있는 돈은 모두 칠 루블리가 되었다.
 「그럼 네 맘대로 해봐! 내일 또 올 테니까. 럄신, 팔 루블리 준비해 놓지 않으면 난 자네를 때려눕히고 말 테니까.」
 『흥, 난 집에 안 있을 테니까, 이 바보!』럄신은 속으로 재빨리 마음먹었다.
 「기다리게나, 잠깐만 기다려!」이미 달려가기 시작한 샤토프의 등 뒤에서 그는 미친 듯이 떠들었다.
 「기다려! 되돌아오게. 자넨 지금 아내가 되돌아왔다고 했는데 그건 사실인가?」
 「멍청이!」샤토프는 침을 탁 뱉고, 곧장 자기 집을 향해서 달리기 시작했다.

4

 양해를 구해 두지만, 아리나는 엊저녁의 회의에서 통과된 결의 사항을 조금도 모르고 있었던 것이다. 집으로 돌아왔을 때 비르긴스키는 완전히 정신이 뒤집혀서 마치 얼빠진 사람처럼 되어 있었다. 그래서 그날 밤의 결의 사항을 아내에게 알릴 용기가 없었다. 그러나 아무래도 견딜 수가 없어서 사실의 절반 정도만 알려 주었다. 즉 틀림없이 샤토프가 밀고한 것임에 틀림없다고 하는 베르호벤스키가 말했던 정보였다. 그러나 그는 곧 그 자리에서 아무래도 이 정보는 신용할 수가 없다고 덧붙여 말했었다. 아리나는 무서워서 깜짝 놀랐다. 이런 형편이었기 때문에 샤토프가 그녀를 데리러 왔을 때, 엊저녁에 밤새껏 한 산부를 상대로 죽을 고생을 다했음에도 불구하고, 곧 가겠다고 결심하기에 이르렀던 것이다. 그녀는 평소에 언제나『저런 샤토프 같은 건달 녀석은 틀림없이 사회적으로 비열한 행동을 할 것임에 의심할 여지가 없다』고 굳게 믿고 있었지만, 그러나 마리아 이그나치예브나의 도착은 사건에 새로운 빛을 던졌다. 샤토프의 허겁지겁하는 태도라든가, 도움을 청할 때의 절망적인 애원의 어조 같은 것은 명백히 이 배반자의 감정이 전환됐다는 것을 보이고 있었다. 단순히 남을 망치게 하기 위해서 배신까지 하려고 결심한 인간이라면, 지금 실제로 그가 본 것과는 전혀 다른 태도를 하고 있어야 하는 것이다. 어쨌든 아리나는 모든 것을 자기 눈으로 확인하리라 생각하고 조산을 하러 갔던 것이다. 비르긴스키는 아내의 결단에 크게 기뻐했다. 마치 열여섯 관 정도의 무거운 짐을 어깨에서 내려놓은 듯이 기분이 개운했다. 뿐만 아니라, 일종의 희망까지 그의 마음속에 일어났다. 사실 샤토프의 모습은 베르호벤스키의 상상과 일치하는 데가 전혀 없는 듯이 생각되었던 것이다.
 과연 샤토프의 기대는 틀림이 없었다. 그가 집으로 돌아왔을 때 아리나는 이미 마리아 옆에 앉아 있었다. 그녀는 이곳에 오자 곧 계단 아래 멍청하게 서 있는 키릴로프를 바보 취급을 해서 쫓아 버리고 말았다. 그리고 아무리 애써도 그녀를 옛 친구로 받아들이지 않는 마리아와 재빨리 초대면의 인사를 끝냈다. 산부는 『무시무시한 험악한 징조』를 보이고 있었다. 즉, 자세를 흐트러뜨리고 있었고, 짓궂었고 게다가 『가냘픈 절망』에 빠져 있었다. 아리나는 불과 오 분도 못 돼서 산부의 갖가지 반항을 완전히 눌러 버리고 말았다.
「당신은 고급 산파가 싫다니, 어째서 그렇게 분수없이 구는 거죠?」
샤토프가 들어온 순간에 그녀는 이런 말을 하고 있었다.
「참, 어처구니없는 노릇이에요, 비정상적인 상태에서 일어난 부정직한 생각이에요. 그냥 아무것도 모르는 할머니, 즉 교육이 없는 막잡이 할머니의 손에 걸렸으면 십분의 오까지는 나쁜 결과를 봤을 것이라고 각오하지 않으면 안 되는 거예요. 그렇게 됐으면 고급 산파를 부르는 것보다도 더 큰 소동이 벌어져서 돈을 더 많이 쓰지 않으면 안 되었을 거예요. 게다가 어째서 나를 고급 산파로 결정해 버리는 거죠? 뭐, 지불은 나중에라도 좋아요. 당신에게 지나친 돈을 받아내지는 않을 테니까요. 그리고 순산 문제는 책임을 질 테니까요. 내가 하면 불상사라곤 절대로 없어요. 이 정도는 약과고 굉장한 난산도 내가 순산을 시켰는걸요. 그리고 낳은 아기는 내일이라도 양육원에 보내고 얼마 동안 있다가 시골에 양자 같은 것으로 보내도록 내가 주선할 테니까요. 그렇게 하면 일은 다 끝나는 거예요. 그 동안에 당신도 건강이 회복돼서 좋을 것이고. 그리고 무슨 일이든 남부럽지 않은 일을 하게 되면 될 거 아니겠어요? 그렇게 되면 얼마 안 가서 샤토프에게도 방값이라든가 기타 소소한 것을 갚을 수 있을 거예요. 소소한 경비 같은 거야 뭐 얼마 되나요? 뻔한 거지요……」
「제가 말씀드리는 것은 그런 것이 아닙니다. 전 저분께 그런 폐를 끼칠 권리가 없단 말예요.」
「그건 도리에 맞고 훌륭한 시민다운 감정입니다. 그렇지만 내가 하는 말을 잘 들어 보세요. 만일 샤토프 씨가 미친 사람 같은 공상을 그만하고 조금이라도 정당한 사상가가 된다면 거의 아무것도 잃어버리지 않을 수 있는 거란 말예요. 다만 바보 같은 짓만 안 하면 되는 거예요. 떠들썩하게 북을 치면서 혓바닥을 드러내고 추태를 부리면서 온 거리를 싸다니는 것과 같은 짓만 안 하면 되는 거죠. 저 사람을 옆에서 만류하지 않고 그대로 내버려두면 새벽녘까지는 이 거리의 의사라는 의사는 아마도 거의 죄다 문을 두드려

깨워 버리고 말 거예요. 아까만 해도 우리 마을의 개라는 개는 모두 깨서 짖어대게 했단 말예요. 의사 같은 것은 필요 없어요. 이제까지 말한 것처럼 내가 모든 것을 책임질 테니까요. 그러나 할머니 정도는 뒷시중을 위해서 불러오는 것도 좋을 거예요. 뭐 얼마 안 줘도 되니까요. 게다가 저 사람만 해도 언제든 저러고 있지만은 않겠지요. 때때로 내 일을 거들어 줄 테니까요. 손도 있고 다리도 있으니까요. 약방에 심부름 정도는 해줄 거예요. 그런 정도를 가지고 생색을 내서 당신의 감정을 모욕하는 일은 없을 거예요. 게다가 뭐 은혜랄 게 있어요? 당신을 이렇게 고생시키는 것도 저 사람이 아니겠어요? 당신이 가정 교사를 하고 있을 때, 당신과 결혼하겠다는 이기적인 목적으로 가족들과 싸움을 하게 한 것은 저 사람이 아니었어요? 우리들도 약간 들어서 알고 있단 말예요. 하기는 저 사람은 지금도 자진해서 마치 미친 사람처럼 달려와서 거리가 떠들썩하게 떠들어댔단 말씀이에요. 나는 아무 집이나 그렇게 호락호락 가지 않는 성미인데 우리에겐 모두 연대 책임이 있다고 느꼈기 때문에 당신을 위해서 이렇게 온 거예요. 나는 집에서 나오기 전부터 이런 말을 선언했던 거예요. 당신이 만일 나를 필요로 하지 않는다면 난 가겠어요. 다만 어떤 불행이 일어나지 않았으면 좋겠다고 생각해요. 그러나 나만 있으면 그런 것은 문제없이 피할 수 있지만……」

그녀는 의자에서 일어나 보이기까지 했다.

마리아는 정말 의지할 데 없는 몸일뿐더러 또 심히 고통을 받고 있었고 게다가 사실에 있어서 임박한 해산에 대한 두려움이 너무나 강했기 때문에 그녀를 돌아가도록 내버려 둘 수는 없었다. 그렇지만 마리아는 갑자기 이 여자가 미워서 어쩔 줄을 몰랐다. 말하는 것이 통 방향이 틀린 성싶었다. 마리아의 마음속에 있는 것과는 전적으로 다른 것이었다. 그러나 경험이 없는 엉터리 할머니 손에 걸려 목숨을 잃을는지도 모른다는 예언은 결국 혐오의 감정을 정복하고 말았다. 그래도 그 대신 샤토프에 대해서는 이 순간부터 한층 더 제멋대로 하게 되고 한층 더 쌀쌀하게 굴었다. 나중에는 자기를 보지 말라고까지 했고 또 자기 쪽으로 얼굴을 돌리는 것까지 못하게 했다. 진통은 또 시작되었다. 저주의 소리, 욕을 하는 폭언의 소리는 점점 더 광포하게 발전했다.

「이젠 저 사람을 쫓아 버립시다.」 하고 아리나는 결단을 내린 듯이 말했다.

「저 얼굴빛은 도대체 볼 수가 없단 말예요. 다만 당신을 깜짝 놀라게 할 뿐이란 말예요. 마치 죽은 사람처럼 창백한 얼굴을 하고 있단 말예요. 도대체 당신은 무슨 용무가 있어서 거기 서 있는 거예요? 어디 한 번 이야기나 해봐요. 도대체 이상한 사람이군요. 마치 희극 같단 말예요.」
 샤토프는 대답을 안 했다. 벌써부터 일체 대답을 않기로 결심했던 것이다.
「나도 이런 경우에 바보짓을 하는 애아버지를 본 적이 있어요. 역시 약간 돈 것처럼 되는 모양이에요. 그러나 그런 것은 뭐라고 하든……..」
「그만두세요. 아니면 나를 내버려둬 주세요. 병신이 되든 말든 내버려두세요. 한 마디도 입 밖에 내지 말아 주세요. 싫어요! 싫어!」하고 마리아는 소리를 질렀다.
「만일 당신이 분수를 모르고 있지 않다면, 한 마디도 말을 안 하고 있는 것이 불가능하다는 것은 알 만한 일일 텐데……. 지금 나는 당신들의 일을 생각하고 있는 거예요. 아무튼 용건만은 말하지 않을 수가 없는 거예요. 이봐요, 무슨 준비가 되어 있어요? 샤토프, 어서, 용건만 말해요, 저분은 지금 이러고 있을 때가 아니니까요.」
「뭐가 필요합니까? 말씀하세요.」
「그럼, 아무 준비도 안된 모양이군요.」
 그녀는 없어서는 안될 물건을 차례로 일러 주었다. 그러나 그녀의 용의주도한 행동도 인정해 주지 않으면 안 된다. 그녀는 이때, 마치 판자집에서 해산할 때 쓰는 것과도 같은 지극히 적은, 없어서는 안될 것만 준비하도록 시킨 것이었다. 두서너 가지는 샤토프가 거처하는 방에 있었다. 마리아는 열쇠를 꺼내어 그에게 내밀면서 자기 가방 속에서 찾아 달라고 했다. 그는 손이 부들부들 떨려서 가방을 여는 데 보통 때보다 좀 오래 걸렸다. 마리아는 극히 초조해했지만 아리나가 달려가서 열쇠를 뺏으려 하니까 그녀는 아리나를 제지했다. 아리나에게 가방 속을 보이는 것이 싫었던 것이다. 그녀는 무섭게 울부짖으며 가방은 샤토프가 열어야 한다고 소리쳤다.
 어떤 것은 키릴로프네 집으로 가지러 가야 했다. 샤토프가 몸을 돌려서 밖으로 나가려 하자, 그녀는 갑자기 난폭한 소리를 질러서 그를 불렀다. 샤토프가 서둘러 돌아와서 자기는 잠깐 동안 꼭 필요한 것을 가지러 갈 뿐으로 곧 돌아올 것이라고 설명을 했을 때 비로소 겨우 안심했던 것이다.

「당신의 기분을 맞추기가 정말 힘이 드는군요.」하고 아리나는 깔깔 웃었다.
「꼼짝 말고 벽을 향한 채 얼굴을 이쪽으로 돌리지도 말라고 하는가 하면, 이번에는 갑자기 잠깐 동안이라도 옆을 떠나서는 안 된다고 하면서 울어대니, 그렇게 하면, 저 양반이 또 무슨 다른 생각을 하게 될는지도 모른단 말예요. 자아 자, 그렇게 억지를 쓰지 말고 이젠 그만 말썽을 부려요. 내가 다 웃고 있지 않아요?」
「저분은 절대로 딴 생각은 안할 거예요.」
「쯧쯧, 만일 저 사람이 마치 양처럼 당신에게 반하지 않았다면, 저렇게 혀를 드러내고 헐떡거리면서 이 거리에서 저 거리로 뛰어다니며 온 동네의 개를 모두 짖게 하는 소동은 일으키지 않았을 거예요. 저 양반은 우리 집 창문을 때려부쉈다니까요.」

5

샤토프가 들어갔을 때, 키릴로프는 여전히 방안을 이리저리 왔다갔다하고 있었지만, 완전히 방심상태가 되어 있어 마리아의 도착을 잊어버린 것 같았고, 상대의 이야기를 들으면서도 무슨 소린지 이해가 가지 않는 모양이었다.
「아아, 그래 그래.」지금까지 몰두하고 있던 어떤 상념으로부터 겨우 잠깐 동안 마음을 돌린 것처럼, 그는 갑자기 생각난 듯이 이렇게 말했다.
「그렇지…… 할머니…… 부인이었던가? 할머니였던가? 아니 잠깐 기다리게, 부인과 할머니 둘이었었지? 그래 이제 생각이 난다, 갔다가 왔어, 할머니는 오기는 오는데 지금 당장은 곤란할 거야, 베개? 가지고 가게나, 그리고 뭐랬지? 아아, 잠깐 기다리게, 샤토프. 자네는 때때로 영구한 조화의 순간을 경험한 적이 있는가?」
「이봐! 키릴로프, 자네는 이제부턴 밤에 자지 않는 습관을 고치지 않으면 안 된단 말이야!」
키릴로프는 이제야 겨우 제정신으로 돌아왔다. 그리고 이상스럽게도 평소보다 훨씬 부드럽게 말을 술술 시작했다. 짐작건대 그는 벌써 오래 전부터 이런 생각을 완전히 형성해 놓은 성싶었다. 어쩌면 무언가 써두었는지도 모른다.

「몇 초라는 시간이 있네. 그것은 한 번에 오 초라든가 육 초 정도밖에 계속하지 않지만 그때 돌연히 완전히 획득된 영구 조화의 존재를 직감하는 것이야. 이것은 벌써 지상의 것이 아니야. 그렇다고 해서 그것이 뭐, 천상의 일이라고 하는 것은 아니야. 즉 현재대로의 인간에게는 도저히 지닐 수 없는 것이란 뜻이야. 어떻게 해서 생리적으로 변화하느냐, 아니면 죽어 버리느냐? 둘 가운데 하나지. 그것은 논박의 여지가 없을 정도로 명백한 심적 상태야. 마치 뜻밖에 전 우주를 직감하고 『옳다! 그것은 적당하다』고 할 만한 심적 상태란 말이야. 신은 세계를 창조했을 때, 그 창조의 하루가 끝날 때마다 『옳도다! 그것은 적당하다. 그것은 선이다!』하고 말했지. 그것은, 그것은 말이야, 결코 신이 나서 지르는 환희가 아니고, 다만 아무렇지도 않은 조용한 희열인 것이야. 사람들은 이미 용서한다는 미덕을 행하지 않아. 왜냐하면 아무것도 용서할 것이 없기 때문이지. 사랑한다는 감정과는 달라. 오오, 그것은 이미 사랑 이상의 감정이다! 무엇보다도 무서운 것은 그것이 근사하게 명백해서 무어라고 할 수 없을 정도로 기쁜 감정이 넘쳐흐르는 것을 말하는 것이지. 만일 십 초 이상 계속한다면 혼백은 그 이상 견딜 수 없어서 소멸해 버리고 말 것이란 말이야. 나는 이 오 분 동안에 한 삶을 사는 것이야. 이 때문이라면 일생을 던져 버린다고 해도 아깝지 않아. 그만큼 가치가 있으니까 말이야. 그러나 십 초 이상 견디기 위해서는 생리적으로도 변화가 있지 않으면 안돼, 나는 말이야, 인간이 더 이상 아기를 낳는 것을 중지하지 않으면 안된다고 생각해! 목적이 달성된 이상, 아기가 무슨 필요가 있단 말인가. 발달이 무슨 필요가 있어? 복음서에도 그렇게 씌어 있지 않느냔 말이야. 부활의 날엔 사람은 아기 낳는 것을 그만두고 모두 다 천사와 같이 되는 것이니라 하고 말야. 재미있는 암시가 아니냔 말이야. 자네 처는 아기를 낳고 있지?」

「키릴로프, 그런 증세는 자주 있는가?」

「사흘에 한 번 있을 때도 있고, 또는 일주일에 한 번 있기도 해!」

「자네, 간질 증세가 있는 거 아냐?」

「아아니?」

「그럼 곧 있을 거야. 조심하게, 키릴로프. 간질은 꼭 그런 식으로 시작한다는 말을 난 사람들로부터 들었어. 나는 어떤 간질병자로부터 발작하기 전의 상태를 자세하게 들은 적이 있는데, 지금 자네가 말한 것과 조금도 다르지 않아. 그 사나이도 역시 오 초 동안이라고 명확하게 말하던데. 그리고 그 이상은 견딜 수 없다고 했었어. 이 사람아, 마호메트가 독에서 물이 다 새어나가 버리기 전에 말을 타고 천국을 한바퀴 돌고 왔다는 이야기를 생각해 보게. 독…… 이것이 즉 그 오 초간이란 말야. 자네의 그 영구한 조화와 똑같지 않은가? 게다가 마호메트는 간질병을 가지고 있었으니 말이야. 조심하게나. 키릴로프, 그건 간질이야!」
「이젠 벌써 늦었어!」 키릴로프는 빙그레 웃고 있었다.

6

밤은 벌써 밝으려 하고 있었다. 샤토프는 심부름을 하든가, 저주를 받든가, 또는 다시 불려가곤 했다. 삶을 염려하는 마리아의 공포의 상념은 이미 극단에 달하고 있었다. 그녀는, 살고 싶다, 『어떡하든, 무슨 수단으로든』 살고 싶다, 죽는다는 것은 무섭다고 소리쳤다. 「이젠 됐어, 그만 됐어!」 하고 되풀이하기도 했다. 만일 아리나가 없었다면 사태가 악화되었을는지 모른다. 점차로 그녀는 산부를 정복해서 이젠 완전히 그녀를 휘어잡고 말았다. 산부는 마치 갓난아이처럼 그녀의 한 마디 한 마디에 따르고 있었다. 아리나는 상냥하게 기분을 맞춘다고 한다기보다 오히려 협박과 같은 말투로 공포심을 주고 있었지만, 그 대신 일을 보는 데 있어서는 누구보다도 능숙했다. 곧 밤도 밝기 시작했다. 우연히 아리나는 샤토프가 계단이 있는 곳으로 달려가서 기도라도 드리고 있지 않을까 하는 생각이 들어 재미있다는 듯이 웃었다. 마리아도 역시 짓궂게, 그리고 이죽거리면서 웃어댔다. 그러나 이 웃음소리 덕분으로 어쩐지 기분이 가벼워진 성싶었다. 드디어 샤토프는 아주 방을 쫓겨나고야 말았다. 축축하고도 냉랭한 아침이 왔다.

그는 어젯밤 에르켈리가 들어왔을 때처럼 방 한구석의 벽에 얼굴을 갖다댔다. 마치 나뭇잎처럼 떨면서 열심히 무서운 상념을 억제하려 했던 것이다. 그러나 그의 마음속은 곧잘 무의식적 상태에서 경험하는 것처럼 그저 단순히 그 상념에만 집착하려고 했던 것이다. 여러 가지의 공상은 끊임없이 그를 다른 방향으로 끌고 가서는 언제나 썩은 끈처럼 탁탁 끊어 버리고 마는 것이었다.
　방안에서는 이젠 신음 소리라고 하는 것보다는 오히려 무시무시한, 완전히 야수가 울부짖는 소리와도 같은 절규가 흘러나왔다. 그는 귀를 막고 싶었지만 그렇게 할 수가 없었다. 그래서 느닷없이 마루에 꿇어앉아서 무의식적으로 되풀이하는 것이었다.
　「마리, 마리!」하고 갑자기 또다시 절규하는 소리가 들려왔다. 그러나 그것은 새로운 절규였다. 샤토프는 깜짝 놀라서 펄쩍 뛰었다. 그것은 약하디약한, 금이 간 것 같은 갓난아이의 울음소리였다. 그는 십자를 긋고 방안으로 뛰어들어갔다.
　아리나의 손에는 조그맣고 빨간 주름투성이의 생물이 울음소리를 커다랗게 내면서 조그마한 수족을 옴죽거리고 있었다. 마치 한 개의 검불처럼 바람만 좀 불어도 견딜 수 없는, 말할 수 없이 하찮은 존재이면서도 역시 생의 절대권을 가지고 있는 듯이 커다란 소리로 자기를 주장하는 것이었다……. 마리는 의식을 잃은 것처럼 꼼짝 않고 옆으로 누워 있었지만 일 분쯤 지난 뒤 눈을 떴다. 그리고 기묘한, 정말 기묘한 눈초리로 샤토프를 보았다. 그것은 전혀 별다른 눈초리였다. 누가 어떤 눈빛이냐고 물어도 샤토프는 대답을 할 수가 없었으리라. 그것은 그녀가 이런 눈초리를 한 적은 지금까지 한 번도 없었기 때문이다. 「사내아이인가요?」 그녀는 병적인 소리로 아리나에게 물었다.
　「사내아이요!」 갓난애를 포대기에 싸면서 아리나는 고함치듯이 대답했다.
　그녀가 갓난아이를 포대기에 싸고 침대에 베개를 둘 나란히 놓은 사이에 뉘기 위해서 준비를 할 테니까 잠깐 안아 달라고 샤토프에게 어린아이를 건넸다. 마리아는 아리나를 무서워하는 듯이 고갯짓을 했다. 이쪽은 금세 그 뜻을 알아차리고 갓난애를 안고 옆으로 가서 보였다.
　「아아…… 귀여운 아이군요…….」 그녀는 미소를 띠면서 가냘프게 중얼거렸다.
　「흥, 이 사람의 표정은 뭐라고 할까?」 샤토프의 얼굴을 보면서 득의에 찬 아리나는 유쾌한 듯이 웃었다.
　「정말 왜 이런 표정을 하고 있지요?」

「아리나 프로호브나! 이건 정말 위대한 기쁨이니까요……」 갓난아이의 표정을 두고 말한 마리의 한마디로 기쁨에 넘친 샤토프는 얼빠진 듯한 얼굴로 이렇게 말했다.

「원 참, 위대한 기쁨이라니, 도대체 어떤 것을 이르는 말이에요?」 아리나는 마치 유형수처럼 야단법석을 떨면서 전후 사정을 아랑곳하지 않고 분주히 뒤처리를 하면서 매우 흥겨워했다.

「새로운 생이 출현하는 비밀입니다. 설명할 수 없는 위대한 신비입니다. 아리나 프로호브나, 당신이 그걸 모르시다니 정말 유감이로군요!」

샤토프는 신이 나서 밑도끝도없는 소리를 되풀이했다. 마치 머릿속에서 무언가가 흔들거리기 시작해서 그것이 혼자서 저절로 흘러나오는 듯한 느낌이었다.

「지금까지 둘밖에 없었던 방에 갑자기 제삼의 인간이, 새로운 영혼이 탄생한다는 것은 인간의 힘으로는 도저히 할 수 없습니다. 완전히 절대의 힘이라고 할 수 있습니다. 새로운 사상, 새로운 사랑, 정말 무서울 지경입니다……. 이것보다 위대한 것은 이 세상에 또 없을 것입니다!」

「참, 쓸데없는 소리를 떠들어대고 있군! 그저 유기체의 발전일 따름이죠. 그뿐이에요, 신비 같은 것은 조금도 없어요!」 아리나는 재미있는 듯이 깔깔거리고 웃었다. 「그런 식으로 말한다면 한 마리의 파리까지도 신비로운 것이 되어 버리고 말겠네요. 다만 쓸데없는 인간은 태어날 필요가 없는 거예요. 먼저 첫째로 일체의 것을 다시 만들어내서 그런 인간을 유용한 인물로 만들지 않으면 안 된단 말이에요. 그렇게 하지 않으면 뜻이 없어지니까요……. 이애만 하더라도 모레쯤은 양육원으로 데리고 가야겠는데……. 하기는 이 경우에는 아무래도 그렇게 할 수밖에 없겠지만…….」

「나는 절대로 이애를 양육원 같은 데로 보내지 않겠소!」

마루를 응시하면서 샤토프는 단호하게 말했다.

「양자로 하실 거예요?」

「이애는 처음부터 제 자식입니다.」

「물론 이애는 샤토프입니다. 법률상으로 샤토프임에 틀림없지만, 그렇다고 해서 당신이 그처럼 인류의 은인같이 행동할 필요는 없지 않아요? 이런 때 인간은 누구든 당신처럼 훌륭한 듯한 소리를 늘어놓게 마련이란 말예요.

그래요, 그렇게 해요. 그런데 말입니다.」 그녀는 겨우 뒤치다꺼리를 끝마쳤다. 「나는 이젠 가봐야겠어요. 또 오전중으로 다시 오겠어요. 만일 필요하다면 밤에도 오겠지만 지금으로선 만사가 무사하게 끝났으니까, 딴 데도 가봐야 겠어요. 벌써부터 기다리고 있을 테니까요. 샤토프 씨, 저기 할머니가 와 계시는군요. 그러나 할머니는 할머니고, 당신은 여길 떠나지 않도록 해야 해요. 무슨 일이 있을지 모르니까요. 마리아도 이젠 당신을 쫓아 버리지는 않을 테니까요. 어마, 내가 이거 원, 농담을 하고 있군……」
  샤토프가 문까지 전송했을 때, 그를 향해 그녀는 이렇게 덧붙였다.
  「당신은 정말 웃겼어요. 난 일생을 두고 잊어버리지 않을 거예요. 당신으로부터 돈은 받을 생각도 안 해요. 정말 꿈속에서까지 웃을 것 같군요. 오늘 밤의 당신처럼 우스운 사람은 지금까지 본 적이 없어요.」
  그녀는 아주 만족한 표정으로 돌아갔다. 샤토프의 태도나 그 이야기하는 품으로 미루어보아, 이 사나이가 애아버지가 되고 싶어하는 병신 중의 병신이라는 것은 불을 보는 것처럼 명백한 사실이었다. 그녀는 그 길로 다른 산부를 왕진 가는 것이 가까운 길이기도 하고 겸해서 할 일이기도 했지만, 비르긴스키에게 이런 사실을 알려 주고 싶었기 때문에 일부러 자기 집으로 달려갔던 것이다.
  「마리, 그 여자는 잠깐 동안 자지 않고 있는 것이 좋다고 했어. 하기는 그렇게 하기란 매우 힘든 일이긴 하지만……」 하고 샤토프는 조심스럽게 말했다. 「나는 저기 창가에 앉아서 너를 보고 있을 테니까…… 응?」
  이렇게 말하고 그는 긴의자 뒤쪽의 창가에 앉았다. 그래서 그의 모습을 산부로서는 볼 수가 없었다. 그러나 일 분도 채 못 돼서 그녀는 그를 불러 가까이 오게 해서 베개를 잘 놓아 달라고 안타깝게 부탁하는 것이었다. 그는 베개를 바로 놓기 시작했다. 그녀는 화가 난 듯이 벽을 응시하고 있었다.
  「그렇게 하는 게 아녜요. 아, 그게 아니라니깐, 어쩜 그렇게도 손이 서툴죠!」
  샤토프는 또다시 했다.
  「내쪽으로 허리를 굽혀 주세요.」 될수록 상대의 얼굴을 보지 않으려 하면서 그녀는 갑자기 이렇게 말했다.
  그는 가슴이 뜨끔했지만 하라는 대로 허리를 굽혔.

「좀더…… 그게 아녜요……. 좀더 이쪽으로.」하고 말했다 싶었는데 갑자기 그녀의 왼쪽 팔이 남자의 목을 감았다. 그는 자신의 이마에 힘찬, 그리고 습기가 어린 입맞춤을 느꼈다.

「마리!」

그녀의 입술은 떨렸다. 그녀는 꾹 참고 있었지만 갑자기 몸을 일으키고 눈을 번쩍거리면서 이렇게 말했다.

「니콜라이 스타브로긴은 악마예요!」

이렇게 말하고 나자 그녀는 갑자기 얻어맞은 사람처럼 힘없이 얼굴을 베개에 파묻어 버리고 말았다.

히스테릭하게 흐느끼는 울음소리를 내면서 샤토프의 손을 꽉 쥔 채…….

이 순간부터 그녀는 한시도 샤토프를 옆에서 놓아 주지 않았다. 그녀는 샤토프를 향해서 머리맡에 앉으라고 자꾸 졸라댔다.

자기로서는 그다지 많은 말을 할 수는 없었지만 끊임없이 남자의 얼굴을 바라보면서 정말 행복한 듯이 웃고 있었다. 그녀는 갑자기 바보 같은 어린 소녀가 되어 버려서 모든 것이 완전히 다시 태어난 사람 같았다.

샤토프는 때로는 어린아이처럼 우는가 싶다가도, 때로는 상상 밖의 뚱딴지 같은 것을 기묘하게 숨막힐 듯한 말투로 신이 나서 떠들어대곤 했다. 때로는 마리의 손에 키스를 하는 때도 있었다. 그녀는 기쁜 듯이 듣고 있었지만 말의 뜻은 잘 알아듣지 못했는지도 몰랐다. 그러나 힘이 빠진 손으로 남자의 머리를 만지든가, 쓰다듬어 내리든가, 또는 한참 동안 응시하기도 했다. 그는 키릴로프에 대한 일이라든가, 또 둘이서 이제부터 『새롭게 영원히』생활을 시작하자는 일이라든가, 신이 존재하고 있다는 것이라든가, 모든 사람은 착하다는 것 등등을 이야기했다. 그는 너무나 기뻐서 또다시 갓난아이를 찬찬히 들여다보는 것이었다.

「마리?」양손으로 갓난애를 안고 그는 이렇게 불렀다.

「낡은 잠꼬대도, 굴욕도, 시체도, 그런 것들은 모두 끝나 버리고 말았어. 이제부터 새로운 길을 향해서 우리 셋이서 살아가 보잔 말이야. 응?…… 알겠어? 아아, 그래 참 이애에게 뭐라고 이름을 붙이지? 마리!」

「애 이름을요?」하고 그녀는 깜짝 놀란 듯이 반문했지만 갑자기 그 얼굴에 슬픈 표정이 떠올랐다.

그녀는 손뼉을 한 번 치고 나서 힐끗 책망하는 듯한 눈초리로 샤토프를 한 번 보더니, 그대로 베개에 얼굴을 묻었다.
「마리, 왜 그러지?」 슬픈 듯한 놀람을 나타내면서 그가 물었다.
「당신까지도 그렇게…… 아아, 어쩌면 이렇게도 인정이 없을까…….」
「마리, 용서해 줘……. 나는 그저 어떤 이름이 좋을까 하고 물었을 뿐이야. 난 도대체 이유를 모르겠어…….」
「이반(샤토프의 이름)이에요, 이반이라고 붙이는 거예요.」 하고 그녀는 불꽃처럼 타오르는, 눈물에 젖은 얼굴을 쳐들었다. 「도대체 당신은 어떤 다른 무서운 이름이라도 붙일 것이라고 생각하셨던 건가요!」
「마리, 진정해요! 아아 당신은 신경이 매우 예민해졌어!」
「또 그런 기분 나쁜 소리를. 나를 신경이 과민한 탓으로 돌리시다니, 그래요 그렇다고 해두지요. 만일 제가 이애에게…… 그 무서운 이름을 붙인다고 한다면 당신은 곧 찬성하실 거 아녜요? 그 정도가 아니라, 전혀 눈치를 채지 못했을는지도 몰라요! 아아, 얼마나 몰인정하고 비열한 사람들일까! 아아, 모두, 모두가 그렇단 말예요!」
일 분 뒤에는 물론 둘은 또다시 화해를 했다. 샤토프는 그녀에게 한잠 자라고 했다. 마리는 얼마 안 있어 곧 잠들었지만, 그래도 샤토프의 손을 꼭 쥐고 있었다. 그리고는 이따금씩 눈을 뜨고서는 혹시나 가버리고 만 것이 아닌가 하고 걱정을 하는 것처럼 조용히 그의 얼굴을 응시하다가 이내 깊이 잠들어 버리곤 하는 것이었다.
키릴로프는 노파 한 사람을 『축하』의 뜻으로 보내왔다. 그리고 그 밖에도 뜨거운 차와 금방 구워낸 코틀레타(양이나 송아지 고기로 저며 만든 음식. 때로는 감자나 쌀로도 만든다)와 게다가 『마리아 이그나치예브나 앞으로』라는 명목으로 수프를 흰빵과 함께 보내왔다. 산부는 아주 맛있게 수프를 비웠다. 노파는 갓난아이의 기저귀를 갈아 주었다. 마리아는 샤토프에게도 코틀레타를 먹도록 했다.
이리해서 시간은 흘러갔다. 샤토프는 기운이 빠져서 늘어졌고 의자에 걸터앉아서 마리아의 베개에 머리를 묻고 잠들어 버리고 말았다. 약속대로 왔던 아리나는 둘의 이런 모습을 보고 유쾌한 듯이 그들을 불러 깨웠다. 그리고 마리아에게 필요한 것이 무엇인가를 묻고 갓난아이를 잠깐 들여다보았다.

그녀는 다시 또 샤토프에게 곁을 떠나지 말라고 일렀다.
　그러고 나서 어느 정도 경멸하는 듯한 거만한 빛을 띠면서 『부부』를 놀려 주고 난 뒤 아까와 마찬가지로 만족한 표정으로 돌아가 버렸다.
　샤토프가 눈을 떴을 때는 이미 완전히 어두워져 있었다. 그는 서둘러 촛불을 켜고 노파를 부르러 달려갔다. 그가 막 계단을 한 발 내디뎠을 때, 자기가 있는 쪽을 향해서 올라오는 누군가의 조용한 그러면서도 느릿느릿한 발소리가 그를 섬뜩하게 했다.
　에르켈리가 들어왔던 것이다.
　「들어오면 안돼!」하고 샤토프는 속삭였다. 그리고 느닷없이 그의 손을 붙들고 문 옆으로 끌고 갔다.
　「여기서 기다려 주게, 곧 나올 테니까. 나는 자네와의 약속을 아주 잊고 있었단 말이야. 어째서 자네는 이런 때 나를 찾아왔단 말인가?」
　그는 매우 서두르고 있었기 때문에 키릴로프에게도 들르지 않고 다만 노파만 불러왔다.
　마리아는 나를 혼자 내버려 두고 가다니 그럴 수 있느냐고 화를 내다 못해 절망의 빛까지 나타내었다.
　「그렇지만」그는 의기양양해서 말했다.「이것은 정말 최후의 한걸음이란 말이야. 그러고 나면 앞으론 새로운 길이 열리는 것이야. 그렇게 되면, 앞으로는 절대로 옛날의 공포 같은 것은 꺼내지 않을 테니까!」
　그는 겨우 마리아를 납득시키고 정각 아홉 시엔 틀림없이 돌아온다고 약속했다. 그리고 힘있게 그녀와 갓난아이에게 키스를 하고 난 뒤 그는 빠른 걸음으로 에르켈리가 있는 곳으로 달려 내려갔다.
　두 사람은 스크보레쉬니키의 스타브로긴 공원을 향해서 출발했다. 그곳은 일 년 반 전 그가 위탁받은 인쇄 기계를 묻어 둔 곳이다. 공원에서도 제일 구석에 있는 솔밭에 접한 쓸쓸한 황무지로 스타브로긴 집에서는 꽤 떨어져 있었기 때문에 거의 사람의 눈에 띌 염려는 없었던 것이다. 필립포프 소유의 집으로부터는 삼 베르스타 반 내지 사 베르스타 가량 걷지 않으면 안 되었다.
　「설마, 내내 걸어가는 건 아니겠지! 난 마차를 불러야겠어.」
　「아닙니다, 부탁이니 마차는 부르지 말아 주세요.」하고 에르켈리는 대답했다.「이 점을 여러 번 주의하셨습니다……. 마부도 역시 증인이 될 수 있으니까요!」
 「그래?…… 쳇, 아무래도 상관없다! 어쨌든 빨리 처리해 버리고 말면 되니까, 어서 정리해 버려야지!」
 둘은 매우 빨리 걸었다.
 「에르켈리, 가엾은 좋은 소년!」하고 샤토프가 소리쳤다.「자네는 언젠가 행복했던 적이 있는가?」
 「그런 것보다 지금 당신은 매우 행복한 것처럼 보이는데요?」잔뜩 호기심어린 목소리를 담으면서 에르켈리는 이렇게 말했다.

제 6 장   분주한 하룻밤

1

　비르긴스키는 이날 두 시간 가량을 허비하면서 『한패』에 속하는 사람들을 일일이 찾아다니며, 어젯밤에 있었던 일을 보고하리라 마음 먹었다. 즉 아내가 샤토프에게 다녀온데다 부인이 아이를 낳았기 때문에 그는 밀고 같은 것을 하려 하지는 않을 것이라고 생각하였다.『적어도 인정이란 것을 가지고 있는 자로서는』, 이 순간 그를 위험한 인물이라고는 도저히 상상할 수도 없다는 것이었다. 그러나 랴신과 에르켈리 이외에는 어디에 갔는지 모두 없었기 때문에 그는 순간적으로 당황했다.
　에르켈리는 밝은 표정으로 그의 눈을 바라다보면서 말없이 이 소식을 들었다.「자네는 여섯 시에 출발하겠나?」라고 묻는 정면의 질문에 대해서 그는 밝은 미소를 띠면서「물론 가고말고요.」하고 대답했었다.
　랴신은 겉으로 보기에 매우 위중한 병에 걸리기라도 한 듯이 담요를 머리로부터 뒤집어쓰고 자고 있었다. 비르긴스키가 들어오는 것을 보자, 그는 섬뜩 놀란 듯한 태도를 했다. 그리고 그가 입을 열자마자 갑자기 담요 속에서 두 손을 내저으며 아무쪼록 자기에겐 그런 소리를 말아 달라고 했다. 그러나 그래도 샤토프의 건에 대해선, 아무 소리 없이 다 들었다. 모두들 찾아갔으나 죄다 외출중이라고 하는 말을 들었을 때, 그는 웬일인지 심상치 않은 경악을 느낀 모양이었다. 그는 이미 리푸친을 통해서 페지카의 참사를 알고 있었다. 그는 자진해서 허둥지둥하는 어조로 이 이야기를 서둘러 비르긴스키에게 들려 주었다. 이 사실은 이번엔 정반대로 손님 편을 놀라게 했다.

「오늘 밤 일을 보러 가야 할까? 어떻게 하면 좋을까?」라는, 정면으로 묻는 질문에 대해서 럄신은 또다시 양손을 저으면서「나는 전혀 관계없는 사람이야, 나는 아무것도 모른단 말이야, 아무쪼록 나는 가만히 내버려둬 달란 말이야.」하고 애원조로 나오는 것이었다. 비르긴스키는 심한 불안으로 괴로워하면서 피곤한 몸을 집으로 옮겼다. 가족에게 숨겨야 한다는 것이 그에게 있어서는 무엇보다도 괴로운 것이었다. 그는 모든 것을 죄다 아내에게 이야기하는 것이 하나의 버릇처럼 되어 있었다. 만일 열에 들뜬 그의 머릿속에 그 순간 새로운 생각이 떠오르지 않았더라면, 장래의 행동에 관한 하나의 새로운, 타협적인 계획이 떠오르지 않았더라면, 럄신과 마찬가지로 마루에 누워 버리고 말았을는지도 모른다. 그러나 이 새로운 생각은, 그에게 새로운 힘을 주었다.

아니, 뿐만 아니라 그는 초조한 마음으로 약속 시간을 기다렸다. 그리고 조금 일찍 약속한 장소로 갔던 것이다.

그곳은 넓은 스타브로긴 공원의 끝에 있는 무시무시할 정도로 음산한 장소였다. 나는 뒤에 일부러 그곳으로 가보았지만 이 어두운 가을 밤에는 여기가 얼마나 처참한 느낌으로 보였는지 모를 정도였다. 이곳은 옛부터 벌목을 금한 솔밭이기 때문에, 몇 백 년이나 된 거대한 소나무의 음침한 숲으로 군데군데 반점처럼 흩어져 있는 것이 어둠 속에서도 어렴풋이 보였다. 그것은 전적으로 캄캄한 암흑으로 두 걸음만 떨어져도 서로가 볼 수 없을 정도로 어두웠다. 그러나 표트르와 리푸친, 그리고 좀 늦게 온 에르켈리는 제각기 등불을 들고 있었다. 무엇 때문에, 언제 생겨난 것인지는 모르지만 여기에는 손을 댄 적이 없는 자연석으로 조립된, 무엇인지 모를 꽤 이상스런 동굴이 세상 사람들의 기억에서 사라진 먼 옛날부터 있었다. 굴속에 있는 탁자나 벤치는 벌써 오래 전부터 썩어서 산산이 부서져 있었다. 이백 보 가량 떨어진 오른쪽에는 공원의 제삼의 못이 있었다.

여기 있는 이 세 개의 못은 저택의 바로 옆에서 시작하여 서로 연결되는 식으로 흐르면서, 일 베르스타 이상이나 계속되고 있었다.

여기서는 무슨 소리나 절규가(설혹 총소리라도), 주인이 없는 스타브로긴 저택의 하인의 귀에까지 들리리라고는 도저히 상상할 수 없었다. 어제 스타브로긴이 떠나고, 늙은 하인인 알렉세이가 철수하고 난 이후, 이 커다란 저택에는 대여섯 명밖에는 살고 있는 사람이 없었고, 게다가 그것도 쓰레기와 같은 인간들뿐이었다. 어쨌든 이렇게 쓸쓸하게 틀어박혀 있는 사람들이 설혹 비명이라든가 구조를 청하는 고함소리를 들었다고 할지라도 그것은 공포의 감정을 불러일으킬 뿐이며, 아무도 난로의 옆이라든가 따뜻한 침대를 떠나서 구조하러 가려는 사람은 있을 수 없겠다고 충분한 확신을 가지고 단정할 수 있는 것이다.

여섯 시 이십 분에는 샤토프를 마중하러 보낸 에르켈리를 제외하고는 모두 모여 있었다. 표트르도 이번에는 늑장을 부리지 않았다. 그는 또 톨카첸코와 함께 왔다. 톨카첸코는 양미간을 찌푸리고 걱정스러운 표정을 하고 있었다. 언제나처럼 일부러 그러는 듯한 거만스러운 단호한 태도도 벌써 그의 얼굴에서 완전히 사라져 있었다. 그는 거의 조금도 표트르의 곁을 떠나지 않았다. 짐작건대 갑자기 표트르에게서 한없는 신뢰를 느끼기 시작한 모양이어서 노상 곁에 바짝 달라붙어서 무엇인가 수군수군 속삭이고 있는 것이었다. 때때로 표트르는 아무 대답도 하지 않고 듣기만 했지만, 때로는 적당히 해서 쫓아 버리기 위해선지 짜증스러운 말투로 중얼거리는 정도였다.

쉬갈료프와 비르긴스키는 표트르보다 약간 일찍 왔다. 그가 모습을 나타내자마자 둘이는 명백히 옛날부터 짜고 있었던 모양으로 깊은 침묵을 지키면서 약간 옆으로 물러나 버렸다. 표트르는 등불을 쳐들면서 사람을 무시하는 듯한 방자한 태도로 찬찬히 구멍이 뚫릴 정도로 둘을 훑어보았다. 『무엇인가 말하려는 모양이구나』하는 생각이 퍼뜩 그의 머리에 스쳤다.

「럄신은 없습니까?」하고 그는 비르긴스키에게 물었다. 「그 사나이가 병이 났다고 한 것은 누굽니까?」

「난 여기 있어요!」갑자기 나무 그늘에서 걸어나오면서 럄신이 대답했다. 그는 따뜻해 보이는 외투를 입고, 그 위로 담요를 단단히 뒤집어쓰고 있었기 때문에, 등불을 들고 있었지만 그 얼굴은 확실히 볼 수 없을 정도였다.

「그럼, 리푸친이 없을 뿐이군요.」

그러나 리푸친도 성큼 굴속에서 나왔다. 표트르는 또다시 등불을 쳐들었다.

「뭣 땜에 자네는 그런 굴속에 들어갔었는가? 어째서 지금까지 나오지 않고 있었지?」

「나는 말이오, 우리들은 모두 자기의 행동에 자유를 보유하고 있다고 생각하오.」 하고 리푸친은 중얼거렸지만 자기로서도 무엇을 말하려 했는지 모르는 모양이었다.

「여러분」 지금까지의 어느 정도 속삭이는 듯한 어조를 깨뜨리고 표트르는 비로소 소리를 높였다. 그것이 꽤 적지않은 효과를 가져온 것 같았다. 「지금 이 마당에서 무슨 딴 소리나 어물어물 주저할 것이 없다는 것은 여러분도 이미 잘 알고 있으리라고 생각해요. 이미 어제 모든 것을 직접 명확하게 토의했고 따져 보지 않았느냐 말이오. 그러나 여러분의 얼굴 표정으로 추측건대 이 속에는, 그 어떤 의견의 발표를 바라고 있는 사람이 있는 것처럼 생각되오. 만일 그렇다면 빨리 부탁해요. 농담이 아냐! 시간은 얼마든지 있는 것이 아니란 말이오, 에르켈리가 지금이라도 곧 그 사나이를 데리고 올지도 모른단 말이오.」

「그 사람은 틀림없이 그 사나이를 데리고 올 것이네.」

무엇 때문인지 톨카첸코가 말참견을 했다.

「만일 내 생각이 틀림없다면, 먼저 인쇄기의 인수 인계를 하는 거죠?」 무엇 때문에 이런 질문을 하는지 자기로서도 확실히 모르는 듯한 태도로 리푸친이 또 이렇게 물었다.

「그야 물론, 쓸데없이 포기할 필요야 없겠지.」 하고 말하며 표트르는 그의 얼굴에다 등불을 바싹 들이댔다. 「그러나 실제로 인수 인계를 할 필요는 없다고 어제 모두가 결정하지 않았느냐 말이야. 그 사나이가 자기가 묻은 지점을 자네에게 가르쳐 주기만 하면 나중에 우리가 파낸단 말이야. 그곳은 이 동굴 속의 구석에서부터 열 발짝쯤 떨어진 곳이라는 것만은 나도 들은 적이 있단 말이야. 그건 그렇고 그런데 자네는 어째서 그걸 잊어버렸단 말인가? 리푸친, 그때 우리가 타협했을 땐, 우선 자네가 사나이를 혼자 나가 맞아들이고, 그리고 나서 우리들이 나타나기로 하지 않았느냐 말이야. 자네가 지금 새삼스럽게 묻는 것은 이상한 일인데, 그저 다만 잠깐 이야기해 본 것인가?」

리푸친은 침울한 표정을 짓고 입을 꽉 다물고 있었다. 모두 입을 다물고 있었다. 바람은 소나무 가지를 흔들고 있었다.

「그런데 여러분, 나는 여러분이 각자가 자신의 의무를 이행할 것을 굳게 믿고 있소.」 표트르는 초조한 듯이 침묵을 깨뜨렸다.

「샤토프의 아내가 돌아와서 아기를 낳았다는 것을 나는 정확하게 알고 있소.」 갑자기 비르긴스키가 이렇게 말을 시작했다. 흥분해서 떠듬거리며 말의 발음도 확실히 못 하면서 연방 몸짓과 손짓을 하는 것이었다. 「적어도 인정을 가지고 있는 사람이라면…… 지금 그가 밀고할 리가 없다는 것을 굳게 믿어도 좋을 것입니다만……. 왜냐하면 그는 지금 행복감에 도취해 있기 때문입니다……. 그런 이유로 나는 아까, 여러분이 있는 곳을 두루 찾아갔지만 모두가 집에 없었습니다. 이런 까닭으로 지금으로선, 전혀 아무 일도 할 필요가 없을는지도 모른다고 생각합니다…….」

그는 말을 끊었다. 숨이 막혔던 것이다.

「비르긴스키, 만일 당신이 갑자기 행복한 몸이 되었다고 하면」 표트르는 그에게 한 걸음 가까이 다가갔다. 「그때 당신은 밀고 같은 것은 별개로 하더라도 무언가 공민으로서의 모험적인 일을 연기합니까? 그것은 행복하기 전에 계획했던 것으로 위험이라든가 행복의 상실이라든가 하는 것과는 관계없이 자기의 의무라고 생각하는 것과도 같은 일을 말입니다」

「아니, 연기 안 해요! 어떤 일이 있어도 연기하지 않아요.」 왜 그러는지 느닷없이 터무니없는 열성을 가지고 비르긴스키는 전신을 꿈틀거리면서 이렇게 말했다.

「당신은 비열한 인간이 되기보다는 차라리 다시 또 불행한 사람이 되기를 바라겠지요?」

「그렇습니다. 그렇구말구요! 나는 그 정도가 아니고 정반대로…… 전적으로 비열한 인간이 되기를, 아니, 그렇지 않지…… 결코 비열한 사람이 아니고 즉 비열한 사람이 되기보다는 차라리 아주 불행한 사람이 되기를 바랍니다.」

「그러면 말인데 샤토프는 이 밀고를 공민으로서의 의무라고 생각하고 있소. 자기의 가장 고원한 신념으로 생각하고 있단 말이오. 그 증거로는 자기로서도 얼마만큼 정부에 대해서 위험을 무릅쓰는 것조차 꺼리지 않는 것이 아닙니까? 게다가 그 사나이는 밀고 때문에 충분히 정상 참작의 혜택을 받을 수 있다는 것은 말할 것도 없지만…… 그런 사나이는 절대로 자기의 뜻을 달리 하지는 않는단 말이오. 어떠한 행복도 이것을 이길 수는 없는 것이오. 하루만 지나면, 정신이 번쩍 들어서, 자기가 자기를 질타하면서 단호히 원래의 뜻을 펼 것임에 틀림없어요. 게다가 그 사나이의 아내가 삼 년간의 별거 생활 뒤에 스타브로긴의 애를 낳기 위해서 돌아왔다는 것에서 나는 아무런 행복도 찾아볼 수 없다고 생각해요!」

「그렇지만, 아직 밀고장을 본 사람은 없지 않습니까?」 갑자기 쉬갈료프가 직설적으로 말했다.

「밀고장은 내가 봤소!」 표트르는 소리를 꽥 질렀다. 「딱 써가지고 있었단 말이오. 그러나 여러분, 이런 것을 말한다는 건 바보들의 짓이오!」

「그렇지만 나는」 갑자기 비르긴스키가 열을 내기 시작했다.

「나는 항의합니다……. 전력을 다해서 항의합니다. 나는…… 나는 이렇게 하고 싶습니다. 그 사나이가 오면 우리들은 모두 다 나가서 여럿이서 그 사나이를 힐문합니다. 만일 사실이라면 참회를 시키고 그 사나이에게 바람직한 장래를 맹세하게 하고, 방면해 주자는 식으로 하고 싶은 것입니다. 어쨌든 재판이라는 것은 필요해요. 모든 것은 재판에 의해서 결정하지 않으면 안 됩니다. 모두가 그늘에 숨어 있다가, 느닷없이 달려든다는 것은…….」

「맹세 정도로 공동의 사업을 위험에 빠뜨리는 것은 어리석기 그지없는 것이오! 여러분, 지금 이 자리에서 그런 소리를 하는 것은 정말 바보 같은 인간이나 하는 짓이오! 도대체 여러분은 이 위급한 존망의 때를 당해서 어떤 역할을 하고 싶다는 거요?」

「나는 반대요! 반대!」 하고 비르긴스키는 같은 말을 되풀이할 뿐이었다.

「그렇게 떠들어대는 것만이라도 그만해 줬으면 좋겠소. 신호를 들을 수 없단 말이오. 여러분, 샤토프는…… (쳇, 더럽다. 지금 이 자리에서 이 무슨 어리석은 소리야!), 내가 전에 이미 말한 것처럼 샤토프는 슬라브주의자입니다. 즉 이 세상에서 가장 바보 같은 인간의 한 사람입니다……. 아니 그런 건 상관없어. 그런 것은 아무렇든 관계가 없어요. 제 맘대로 하라고 해! 정말 여러분 덕분에 나도 뭐가 뭔지 모르겠단 말이오……. 여러분, 샤토프는 세상을 등진 인간입니다. 그러나, 본인이 바라고 있건 말건 그것은 별도로 하고, 역시 우리 당에 속해 있기 때문에 나는 최후의 순간까지 공동의 사업을 위해서 그 사나이를 등진 인간으로서 이용할 수 있고 적당히 써먹을 수 있다고 믿고 있었기 때문에 본부로부터 엄격한 명령을 받고 있었음에도 불구하고, 그 사나이를 용서해 주고 보호하고 있었던 것입니다. 나는 그 사나이의 실제의 가치보다도 백 배 정도 덤으로 후하게 용서해 주었단 말이오! 그래도 그는 결국 밀고 같은 것을 계획하기에 이르렀단 말이오. 그러나 이런 것도 어리석은 이야기니, 저 하고 싶은 대로 하라고 해! 그런데 지금 누구든 이곳을 빠져나가 보란 말이오! 자네들은 어느 누구도 이 사업을 포기할 권리를 가지고 있지 않단 말이야! 그야 물론 원이라면 그자와 짝자꿍이 되어도 관계는 없는 일이겠지만, 공동의 사업을 한낱 맹세 같은 것으로 처리한다는 것은 도대체 있을 수가 없는 일이란 말이오. 그런 짓을 할 권리는 당신들에게 없소! 그런 흉내를 내는 것은 돼지뿐이란 말이오! 정부에 매수된 개만도 못한 간첩뿐이란 말이오!」

「여기에 누군가가, 정부에 매수된 자라도 있습니까?」하고, 잇새에서 내미는 듯한 소리로 리푸친이 말했다.

「자네일는지도 모른단 말이야! 리푸친! 자네는 차라리 입을 다물고 있는 편이 좋을는지 몰라! 자넨 그저 그런 소리를 한 번 해본 거겠지! 언제나의 버릇대로 말이야. 여러분, 정부에 매수된 간첩은 위험에 직면했을 때, 겁쟁이 짓을 하는 인간이란 말이오. 공포라는 것은 언제든지 바보를 만들어내는 거란 말이오. 이런 인간은 최후의 순간이 되면 갑자기 경찰에게 달려가서 『아아, 아무쪼록 나만은 살려 주십시오. 한패였던 놈들은 모두 팔아 버리겠으니까요.』하고 울부짖는단 말야. 그러나 여러분, 아시겠소? 당신들은 이미 이렇게 되어 버렸기 때문에 아무리 밀고해도 용서를 받을 수 없단 말이오. 설혹 형2등(刑二等)을 감형받는다 하더라도, 그래도 역시 모두가 다 시베리아행을 각오하지 않으면 안 된단 말이오! 게다가 말이오, 당신들은 또 하나의 심판의 칼을 면할 수가 없단 말이오, 이것은 정부의 것보다는 더 날카로운 것이니까.」

표트르는 분노에 사로잡혀서 쓸데없는 것까지 지껄여댔던 것이다. 쉬갈료프는 결심을 한 듯이 세 걸음 정도 그의 앞으로 다가갔다.

「어젯밤부터 나는 심각히 이런 사태를 숙고해 보았습니다.」하고 그는 예의 그 무엇을 믿는 것이 있는 듯한 어조로 말을 시작했다(우선 보기에 그는 설혹 자기가 서 있는 대지가 무너지더라도 계속해서 소리를 높이든가, 조리 있는 서술의 어조를 바꾸든가 하지 않을 것임에 틀림없었다).「충분히 사태를 숙고한 끝에 나는 다음의 결론에 도달했습니다. 지금 기도되고 있는 살인은 단순히 귀중한 시간의 낭비일 뿐 아니라, 사실 이 시간은 좀더 본질적이고 직접적인 방법으로 사용할 수 있는 것입니다. 그뿐 아니라 정상적인 길을 벗어난 무서운 방황인 것입니다. 이것은 무엇보다도 사업에 가장 해독을 끼치고 수십 년 동안 그 성공을 지연해 버리고 만 것입니다. 왜냐하면, 순수한 사회주의자가 아니고 정치적 색채가 짙은 경솔한 사람들의 세력에 굴복하기 때문입니다. 내가 여기 온 것은 현재 기도하고 있는 일에 반대를 해서 일동을 각성시키고자 하는 것에 불과합니다. 그리고 어떤 의미에선가 당신이 위급한 때라고 말하고 있는 이 순간부터 나 자신을 제외하게 하려는 것입니다. 내가 떠나는 것은 이 위험을 두려워하기 때문도 아닐 뿐더러 샤토프에 대한 감상 때문도 아닙니다. 나는 결코 그 사나이와 짝자꿍이 되고 싶지는 않습니다. 다만 이 일이 시종일관해서 내 자신의 프로그램에 글자 그대로 모순을 가져오기 때문입니다. 그러나 밀고라든가 정부에서 매수한다든가 하는 점에 대해서는 당신은 전적으로 안심하셔도 무방합니다. 밀고 같은 것은 하지 않습니다.」

그는 빙글 돌아서 힘차게 걷기 시작했다.

「제기랄, 저놈은 도중에서 그들과 만나가지고, 샤토프에게 귀띔을 할는지도 모르겠다!」하고 표트르는 외치고 나서 느닷없이 권총을 끄집어냈다.

철컥 하는 방아쇠를 올리는 소리가 났다.

「아무쪼록 안심하십시오.」또다시 쉬갈료프가 뒤돌아보았다.「내가 도중에서 샤토프를 만나면, 인사 정도는 할는지 모르지만 귀띔 같은 것은 결코 안 하겠습니다.」

「자넨 알고 있겠지, 그런 짓을 한다면 그만한 정도의 보복을 반드시 받지 않으면 안 된다는 것을, 푸리에 씨!」

「말씀드려 둡니다만 나는 푸리에가 아닙니다. 나를 그런 달콤한, 추상적이고 설익은 이론가와 혼동하는 것은 당신이 다만 하나의 사실을 증명하는 데 불과한 것입니다. 다름이 아니라 당신은 내 원고를 자기 수중에 가지고 있으면서도 내용은 전혀 모르고 있다는 점입니다. 그런데 당신의 보복에 대해서는 난 이렇게 말해 두겠습니다. 당신이 방아쇠를 올린 것은 서툰 짓입니다. 이 경우에선 당신을 위해서 오히려 불리하지 않습니까? 게다가, 내일이나 모레 보자고 나를 협박한다면. 당신은 나를 쏘아 죽인다는 것을 통해서는 쓸데없이 귀찮은 일을 하는 것 외에 아무것도 소득이 없다는 것을 알아야 합니다. 나를 죽여 봤자, 늦든 빠르든 당신은 내 주장에 도달하게 될 것이니까요. 자, 그럼 안녕!」

마침 이때 이백 보쯤 떨어진 공원의 늪에서부터 휘파람 소리가 들려왔다. 리푸친은 어제의 사전 약속에 의해 똑같은 식으로 휘익 하고 소리신호를 보냈다(그는 자신의 들쭉날쭉한 이에서 나오는 휘파람 소리가 믿음직하지 못해서 일부러 시장에서 일 코페이카를 주고 흙을 구워 만든 장난감 호루라기를 샀던 것이다). 에르켈리는 오는 도중에 미리 샤토프에게 약속 신호의 휘파람이 있다는 것을 알려 둔 일이 있기 때문에 그는 아무런 의심도 일으키지 않았다.

「걱정없습니다. 나는 저 패들을 피해서 갈 테니까 저쪽에서는 조금도 나를 모를 것입니다.」 쉬갈료프는 또박또박 끊어서 천천히 속삭였다.

그러고 나서 조금도 걸음을 빨리하는 기색도 없이, 또 서두르는 품도 없이 그는 어두운 공원을 빠져서 곧장 자기 집을 향해 걸어갔다.

지금은 이 무서운 사건이 어떻게 일어났느냐 하는 것이 지극히 자세한 점까지 일반에게 알려져 있다. 최초에 리푸친이 동굴의 바로 옆에서 에르켈리와 샤토프를 맞이했다. 샤토프는 그에게 인사도 하지 않았을 뿐 아니라, 손을 내밀려고 하지 않고 곧 성큼성큼 들어가 큰소리로 말하기 시작했다.

「자, 도대체 삽은 어디 있나? 그리고 등불이 하나 더 없는지 모르겠군. 아니, 걱정할 필요 없어. 여기는 전혀 사람이 없는 데니까. 여기서는 스크보레쉬니키까지 대포를 쏜다고 해도 전혀 들리지 않을 거란 말이야. 여기 있어 자, 여기 있단 말야. 바로 아래……」

그는 실제로, 동굴의 뒤쪽 구석에서 숲으로 열 발짝쯤 간 곳에서 발로 땅을 쾅쾅 밟아 보았다. 이 순간 나무 그늘에서 톨카첸코가 뒤에서 나타나서 그에게 달려들었다. 에르켈리도 함께 뒤로 그의 팔을 붙잡았다. 리푸친은 앞으로부터 달려들었다. 세 사람은 곧 그의 다리를 걸어 눕히고 말았다. 그때 표트르가 예의 그 권총을 쥔 채 달려나왔다. 들은 말에 의하면 샤토프는 그가 있는 쪽으로 머리를 돌리고 그 얼굴을 볼 수 있을 만큼의 시간적 여유가 있었다고 했다. 세 개의 등불이 이 장면을 비쳤다. 샤토프는 갑자기 짧은 절망적인 고함소리를 질렀다. 그러나 언제까지라도 소리를 내도록 내버려 두지는 않았다. 표트르는 정확한 솜씨로 그의 이마에 바싹 권총을 갖다대고 그대로 방아쇠를 당겼다. 발사 소리는 그다지 큰 것은 아니었던 모양이다. 적어도 스크보레쉬니키에서는 아무도 들은 사람이 없었다고 한다.

물론 쉬갈료프는 들었다. 그는 겨우 삼백 보 정도밖에 떨어져 있지 않았기 때문에 절규하는 소리도 총소리도 들었지만, 뒤에 그 자신이 말한 바에 의하면 뒤를 돌아보지도 않았고, 또 멈춰 서지도 않았다는 것이다. 살해는 거의 순간적으로 행하여졌던 것이다.

충분히 실제적인 능력——냉정한 침착성이라고는 할 수 없지만——을 보유하고 있었던 것은 다만 표트르 한 사람뿐이었다. 그는 그 자리에 주저 앉으면서 분주한 듯이 그러나 틀림없는 솜씨로 죽은 자의 호주머니를 뒤지기 시작했다. 돈은 없었다(돈지갑은 마리아의 베개 밑에 넣어 두고 온 것이었다). 두서너 장의 하찮은 종이 조각이 나왔지만, 하나는 사무실에서 온 편지고 하나는 무슨 책인가의 목차, 또 하나는 외국술집의 낡은 계산서였다. 어째서 이런 것들이 이 년 동안이나 호주머니 속에 들어 있었는지는 이상한 일이 아닐 수 없다. 이 종이 쪽지를 표트르는 자기 호주머니에 넣었지만 우연히, 모두 한곳에 모여 앉아서 아무것도 하지 않고 그냥 멍청히 시체를 바라다보고 있는 것을 보자, 갑자기 독살스럽게 욕지거리를 하면서 일동을 몰아세우기 시작했다. 톨카첸코와 에르켈리는 제정신으로 돌아가서 달아나기 시작했지만 곧 동굴 안에서 아침에 이미 준비해 두었던 돌을 두 개 가지고 왔다. 돌은 두 개 다 스무 근 정도의 무게가 나가는 것으로 벌써 준비가 돼 있었다. 말하자면 노끈이 단단히 붙들어매어져 있었다.

시체는 가까이 있는 제삼의 못까지 옮겨다가 그 속에 가라앉히기로 되어 있었기 때문에 사람들은 다리와 목에 돌을 붙들어매기 시작했다. 그것을 붙들어매는 것은 표트르의 일이었고, 톨카첸코와 에르켈리는 다만 돌을 안고 있다가 차례로 그것을 내밀 뿐이었다. 에르켈리가 처음에 돌을 건넸다. 표트르는 투덜투덜하든가 중얼거리면서 시체의 다리를 노끈으로 매고 거기에 돌을 붙들어매고 있었다. 톨카첸코는 이렇게 오랜 시간 동안 자, 하면 곧 건네줄 수 있도록 공손한 자세로 상반신을 앞으로 깊이 숙이면서 꼼짝 않고 두 손에 돌을 안은 채로, 잠깐 동안이라도 이 귀찮은 것을 땅바닥에 놓으려고는 전혀 생각도 않고 있었다. 겨우 두 개의 돌이 붙들어매어지고 표트르가 땅바닥에서 몸을 일으키며 일동의 얼굴을 바라다보려고 했을 때, 그때 갑자기 전혀 뜻밖의 하나의 기괴한 사건이 돌발해서 일동의 간담을 서늘하게 했던 것이다.

앞서도 말한 바와 같이 톨카첸코와 에르켈리를 제외한 다른 사람은 거의 아무것도 하지 않고 멍청하게 서 있었다. 비르긴스키는 모두가 샤토프에게 달려들었을 때 자기도 같이 뛰어나오긴 했지만 샤토프에겐 손을 대지 않았고, 또 그를 억누르려는 데는 도우려 하지 않았다. 럄신은 이미 총성이 난 다음에야 일동이 있는 데로 모습을 나타냈다. 그리고 나서 십 분 가량 시체의 처리로 북적대고 있을 때 일동은 사실상 자의식의 일부분이 떨어져 나간 성싶었다. 그들은 빙 둘러 한곳에 몰려 있었지만 불안하다든가, 걱정이 된다든가 해서라기보다는 지금은 그저 경악의 감정에 사로잡혀 있는 성싶었다. 리푸친은 누구보다도 앞에 나서서 시체의 바로 옆에 서 있었다. 비르긴스키는 무언가 하나의 특별한, 마치 자기와는 관계가 없는 것을 보는 듯한 호기심의 표정을 띠고 리푸친의 뒤에서 그의 어깨 너머로 들여다보고 있었을 뿐, 오히려 발꿈치를 들고서 좀더 자세히 보아 두려고 애쓰고 있었다. 럄신은 비르긴스키 뒤에 숨어서 때때로 깜짝깜짝 놀라면서 들여다보고는 곧 또 뒤로 몸을 숨겨버리곤 했던 것이다.

그런데 시체에 돌을 붙들어매고 표트르가 막 일어서려 했을 때 비르긴스키는 갑자기 몸을 부들부들 떨기 시작했고 두 손을 딱 치고는, 있는 힘을 다해서 큰소리로 슬픈 듯이 소리를 질렀다.

「이건 틀려, 안돼! 전혀 틀리단 말이야!」

그가 이 뒤늦은 고함 소리에 또다시 무어라고 덧붙였는지는 알 수 없었다. 그러나 럄신은 끝까지 말하도록 내버려 두지 않았다. 느닷없이 뒤에서 비르긴스키를 붙들어가지고 있는 힘을 다해서 목을 죄면서 무슨 소린지 도저히 상상도 할 수 없는 목소리로 울부짖기 시작했다. 곧잘 사람이 지나치게 놀랐을 때는 갑자기 지금까지 생각지도 못했던, 마치 동물 소리 같은 아주 낯선 소리를 지르는 수가 있다. 그리고 그것은 무시무시한 소리를 내는 수가 있다. 럄신은 인간이라고 전혀 생각되지 않는 동물과도 같은 소리로 떠들어대기 시작했던 것이다. 경련적인 발작에서 시작하여 차차로 그 정도가 심해갔고, 두 팔로 뒤에서부터 비르긴스키를 죄면서 그는 일동을 향해 눈을 부릅뜨고 입을 크게 벌린 채 계속해서 놀란 소리를 지르는 것이었다. 그리고 마치 북으로 빗방울이 떨어지는 박자를 치기라도 하는 듯이 두 다리로 가늘고 짧게 땅을 내리밟는 것이었다. 비르긴스키는 아주 당황해서 자기도 미친 듯이 떠들어대기 시작했다. 그리고 비르긴스키로서는 뜻밖의 대담스런 짓궂은 것 같은 처참한 표정으로 뒤로 손이 미치는 한도까지 럄신을 할퀴든가 두들기든가 하면서 그의 손에서 벗어나려고 몸부림쳤다. 에르켈리도 옆에서 도와 겨우 럄신을 떼어 놓았다.

그러나 비르긴스키가 넋이 빠져서 한 십 보쯤 옆으로 몸을 피했을 때, 럄신은 불현듯 표트르를 보고 생각이 난 듯이 또다시 놀란 소리를 지르면서 이번엔 그를 향하여 달려들었다. 그러다가 시체에 걸리자, 그는 그대로 시체를 뛰어넘어서 표트르를 잡고 넘어졌다. 그리고 표트르의 가슴에 머리를 박고 비비면서 힘주어 두 팔로 안아 버렸기 때문에 표트르도 톨카첸코도 에르켈리도 잠깐 동안은 어떻게 할 수도 없었다. 표트르는 소리를 지르거나 했으며 주먹으로 머리를 치기도 해서 겨우 있는 힘을 다해서 뿌리치고 나자, 느닷없이 권총을 꺼내들고 여전히 계속해서 떠들어대고 있는 럄신의 벌린 입을 향해서 정통으로 겨누었다. 톨카첸코와 리푸친과 에르켈리는 이미 단단히 럄신을 양쪽에서 붙들고 있었다. 그러나 럄신은 총구가 자신을 겨누고 있음에도 불구하고 계속해서 마구 떠들어대고 있었다. 결국에 가서는 에르켈리가 자기 손수건을 둥글게 뭉쳐서 솜씨있게 입을 틀어막았다. 이리하여 겨우 고함 소리가 끝났던 것이다. 톨카첸코는 그 사이 남은 노끈의 동아리로 그의 두 손을 묶어 버리고 말았다.

「이건 정말 괴상한 일이야!」

불안한 경악에 타격을 받은 표트르는 미치광이를 바라보면서 말했다.

보아하니 그는 몹시 간담이 서늘했던 모양이었다.

「나는 이 녀석의 경우를 아주 전적으로 달리 생각하고 있었어.」 그는 깊은 생각에 잠긴 채 이렇게 덧붙였다.

잠깐 럄신 옆에는 에르켈리를 붙여 두기로 했다. 우선 무엇보다도 죽은 사람의 시체부터 처리하지 않으면 안 되었다. 매우 오랜 시간, 또 큰소리로 떠들어댔기 때문에 어디선가 소리를 들은 사람이 있을는지도 모른다. 톨카첸코와 표트르는 등불을 들고 시체의 머리에 손을 댔다. 리푸친과 비르긴스키는 다리를 들고 걷기 시작했다. 돌 두 개를 매단 이 짐은 매우 무거웠다. 게다가 거리는 이백 보도 더 되었다. 그들 중에서 제일 힘을 쓰는 자는 톨카첸코였다. 그가 보조를 맞추는 것이 좋겠다고 했는데도 아무도 거기에 대답하는 사람은 없었다. 그래서 사람들은 모두가 제멋대로 걸었다. 표트르는 오른쪽으로 걸어갔다. 그리고 아주 앞으로 처지면서 시체의 머리를 어깨에 메고, 오른손으로 돌을 밑으로부터 받쳐들고 있었다. 톨카첸코는 절반쯤 오는 동안, 그를 도와서 돌을 같이 든다든가 하는 생각은 추호도 하지 않았다. 그래서 표트르는 드디어 욕지거리를 섞어서 그에게 소리를 질렀다. 그 고함소리는 매우 돌발적인 것이어서 조용한 주위에 울려퍼졌다. 일동은 침묵 속에서 계속 시체를 옮겨가고 있었다. 겨우 늪 옆에까지 왔을 때 비르긴스키는 짐이 무거워서 피로한 모양으로 기묘하게 등을 구부리면서 아까처럼 우는 듯한 높은 소리로 느닷없이 이렇게 소리쳤다.

「이건 틀린다. 안돼, 이건. 전혀 틀려!」

그들이 시체를 옮겨온 이 제삼의 꽤 큰, 스크보레쉬니키 늪은 공원 속에서도 가장 황막한 장소로 더욱이 이 무렵처럼 만추의 계절이 되면 거의 찾아오는 사람조차 없었다. 늪의 이쪽 끝 한 둔덕에는 풀이 무성하게 자라고 있었다. 사람들은 등불을 놓고 시체를 두세 번 흔들어서 늪 가운데로 던져 버렸다. 둔한 음향이 길게 꼬리를 끌었다. 표트르는 등불을 치켜들었다. 계속해서 일동도 몸을 앞으로 길게 뽑고 시체가 가라앉는 것을 진귀한 광경처럼 바라다보았지만 벌써 아무것도 보이지 않았다. 돌을 두 개 매단 시체는 금방 가라앉아 버리고 말았다. 물의 표면에 일어난 커다란 파문은 점점 사라져갔다. 만사는 이제 끝났다.

「여러분」하고 표트르는 일동에게 말했다. 「이것으로 이제 우리들은 헤어지는 것입니다. 의심할 필요도 없이 여러분은 자유로운 의무의 이행에 따르는 자유로운 명예를 느끼고 있을 것이라고 생각합니다. 만일 유감스럽게도 지금 그런 감각을 맛보기에는 너무도 흥분한 상태에 있다고 한다면, 내일은 틀림없이 감득할 것이라고 생각합니다. 내일 그것을 감득하지 못한다면, 그것은 이미 수치입니다. 그런데 저 추악함의 극단을 보인 샤토프의 홍분에 이르러서는 나는 단순히 열에 들뜬 자의 잠꼬대와 같은 것으로 간주하렵니다. 더욱이 그는 정말 오늘 아침부터 병을 앓고 있다고 하니까 말입니다. 그리고 비르긴스키, 당신은 다만 일 분간이라도 자유로운 기분에서 성찰해 본다면 공동의 사업을 위해서는 맹세라는 것을 믿어선 안 된다는 것과 아무래도 내가 한 것과 같이 해야만 한다는 것을 알게 될 것이오. 사실로 밀고장이 있었다는 것은 그 결과가 당신에게 보여 준 것입니다. 나는 당신이 떠든 말을 잊어버리도록 하겠소. 위험이라든가 그런 것은 결코 없을 것이오. 누구든 우리에게 혐의를 둔다는 것은 생각조차 할 수 없을 것입니다. 특히 여러분이 그럴 듯하게 행동하고 돌아간다면 더욱 안전합니다. 왜냐하면, 소중한 일은 요컨대 여러분과 여러분의 충분한 신념에 걸려 있는 것이니까. 여러분이 이 신념을 내일이라도 곧 획득할 것을 나는 바라는 바입니다. 게다가 여러분은 지금 현재 공동의 사업을 위해서 서로가 전력을 나누어서 필요에 따라서는 서로가 주의 감독하는 목적을 가지고 동지의 자유 결사인 독립된 기관에 들어가 있는 것입니다. 따라서 여러분은 한 사람 한 사람이 똑같이 최고의 책임을 모두 가지고 있는 것입니다. 정체되어 있어서 악취를 발하는 낡은 사물을 일신하는 사명을 가지고 있는 것이죠. 용기를 상실하지 않기 위해서 이것을 언제나 염두에 두기 바랍니다. 현재 여러분이 나갈 길은 오로지 일체의 파괴, 국가와 그 도덕의 파괴에 있을 뿐입니다. 그 파괴 뒤에는 미리 권력을 계승하고 있는 우리들만이 남게 됩니다. 그리하여 현명한 자를 우리 편으로 이끌어들이고 어리석은 자는 계속해서 짓밟아 버리는 거죠. 그것을 여러분은 괴로워할 필요가 없는 것입니다. 자유를 욕되게 하지 않기 위해서는 일대의 인간을 다시 단련시켜내지 않으면 안 됩니다. 앞으로도 또 몇 천 명의 샤토프가 우리가 나아가는 길에 가로놓일 것입니다. 우리들은 커다란 전체의 방향을 파악하기 위해서 단결한 것입니다. 때문에 한가하게 누워 있으면서 멍청하게 입을 열고 우리들을 보고 있는 녀석들을 잡아내지 않는 것은 오히려 치욕이라고 할 것입니다. 이제부터 나는 키릴로프네 집으로 갑니다. 그리고 내일 아침까지는 예의 그 유서가 작성됩니다. 그것은 그 사나이가 죽음에 임해서 정부에 대한 변명서라는 의미에서 일체를 자기가 떠맡는 것인데, 아무튼 이것만큼 근사하고 그럴 듯한 결합은 달리 없습니다. 첫째 그 사나이는 샤토프와 사이가 나빴습니다. 둘은 오랫동안 미국에서 함께 살고 있었기 때문에 그때 싸움을 여러 번 했을 것입니다. 또 샤토프가 변절한 것도 널리 알려져 있습니다. 이렇게 보면 주의상의 적대시, 밀고를 두려워하는 적대시라는 것이 있음에 틀림없습니다. 즉 도저히 타협의 여지가 없는 적대 관계입니다. 이런 것이 모두 유서 속에 씌어지는 것입니다. 또 게다가 그 사나이가 살고 있던 필립포프 소유의 집에 페지카가 기거하고 있었다는 것도 쓰게 합니다. 이런 뜻에서 우리들에 대한 혐의를 모두 다 배제하는 것입니다. 왜냐하면 이 세상의 멍청한 놈들은 완전히 오리무중을 방황할 것임이 틀림없으니까요. 그건 그렇고 여러분, 내일은 우리가 만날 수 없습니다. 나는 잠깐 동안 군부(郡部)가 있는 곳으로 가보지 않으면 안 됩니다. 모레가 되면 여러분에게 새로운 보고를 전달할 수가 있을 것입니다. 가능하면 내일 하루 동안은 여러분은 집에 파묻혀 있는 게 좋을 것입니다. 자, 그러면 여기서 우리들은 두 사람씩, 서로 다른 길로 가 흩어집시다. 톨카첸코, 자네에게 부탁하는데, 자넨 럄신의 뒷일을 좀 살펴봐 주게. 집에까지 데려다 주란 말야. 자네라면 능히 할 수 있는 일이니까. 그리고 도대체 속이 그렇게 좁아서는 자신을 위해서도 이로울 것이 없다고 그에게 잘 타일러 주게나. 그리고 비르긴스키, 당신 친척 쉬갈료프에 대한 것은 나도 당신과 마찬가지로 조금도 의심을 하고 싶지 않아요. 다만 그의 행동을 안타깝게 생각할 따름이오. 그러나 그는 아직 탈퇴를 선언한 것이 아니기 때문에 그를 매장하는 것은 아직 시기상조란 말이오. 자 그러면 여러분, 될수록 빨리 돌아갑시다. 아무리 얼간이놈들이라고 해도 역시 조심은 해야 하니까……」

비르긴스키는 에르켈리와 함께 돌아가게 됐다. 에르켈리는 럄신을 톨카첸코에게 인계하기에 앞서 그를 표트르에게 데리고 가서 이 사나이는 이미 제정신으로 돌아와서 자기의 행위를 후회하고 용서를 빌고 있으며 그때는 어떻게 됐는지 자기도 모르겠다고 한다는 말을 전했다.

표트르는 혼자서, 길을 돌아 공원 밖에 있는 늪의 저쪽 길을 걸어갔다. 놀랍게도 거의 반쯤 갔을 때 리푸친이 뒤에서 쫓아왔다.

「표트르 스체파노비치, 럄신이 틀림없이 밀고할 겁니다.!」

「아니야, 그 사나이는 이제 곧 제정신으로 돌아와서, 만일 밀고를 하면, 자기가 제일 먼저 시베리아로 가지 않으면 안 된다는 것을 알게 될걸세. 지금으로선 아무도 밀고할 사람이 없어! 자네만 해도 하지 않을 것이고.」

「그럼, 당신은?」
「말할 필요도 없어. 만일 자네들이 배신하려고 쑥덕거리기라도 한다면, 나는 곧 너희들을 처치해 버리고 말 것이니까. 자네도 그것은 알고 있지? 그러나 자네는 배신 같은 건 하지 않을 거야. 그런데 자네는 그걸 묻기 위해서 이 베르스타나 내 뒤를 쫓아왔단 말인가?」
「표트르 스체파노비치, 우리들은 이젠 영영 만나지 못하게 되는지도 모르겠지요?」
「어째서 그런 소리를 하는 거야?」
「꼭 한 가지 묻고 싶은 것이 있는데요.?」
「도대체 뭔가? 나는 지금 자네가 빨리 가주기를 바라고 있는데.」
「꼭 한 가지만, 정확한 대답을 듣고 싶습니다. 우리들 오인조는 세계에서 딱 하나밖에 없는 것입니까? 아니면 이런 오인조가 몇 백 개나 있다는 것이 정말입니까? 저는 한 단계 높은 견지에서 묻고 있는 것입니다. 표트르 스체파노비치!」
「그건 자네의 흥분한 표정으로 봐서도 능히 알 수 있단 말이야. 자네는 럄신보다도 더 위험한 인물이라는 것을 자신도 알고 있는가?」
「알고 있어요, 알다마다요. 그런데, 대답은? 당신의 대답은?」
「자네는 멍청한 작자로군 그래! 지금으로선 오인조가 하나든, 천이든, 자네 입장으로선 마찬가지가 아닌가?」
「그럼 하나뿐이란 말이군요. 나도 그럴 것이라고 생각했습니다!」하고 리푸친은 소리쳤다. 「나는 언제나, 지금까지 주욱 하나뿐이라고 생각해왔었습니다…….」
이렇게 말하고 그는 다음 대답도 기다리지 않고 이미 몸을 홱 돌리더니 그대로 어둠 속으로 사라져 버리고 말았다.
표트르는 잠깐 생각했다.
「아냐! 아무도 밀고하지 않아!」 이렇게 그는 단정을 내렸다.
「그러나 집단은 역시 어디까지나 집단으로서의 명령에 복종하지 않으면 안 된다. 그렇지 않으면 나는 그놈들을……. 그러나 도대체 얼마나 못된 건달 패들이란 말인가!」

2

그는 먼저 자기 집에 들러서, 천천히 가방 속에 물건을 넣기 시작했다. 아침 여섯 시에는 급행 열차가 출발하게 되어 있었다. 이 급행은 일주일에 한 번밖에 없었다. 그것도 최근부터, 당분간 시험적으로 운전해 보기로 한 것이었다. 표트르는 그 『한패』에게 잠깐 며칠 동안, 군부가 있는 곳에 갔다 온다고 했지만 사실은, 뒤에 판명된 바에 의하면, 그의 계획은 전혀 달랐다. 가방을 다 챙기고 나더니 벌써 미리 출발을 알려 두었던 여주인에게 계산을 마친 후, 마차를 불러 타고 정거장 근처에 살고 있는 에르켈리가 있는 곳으로 출발했다. 그리고 밤 두 시쯤 키릴로프네 집으로 갔다. 전과 다름없이 그 페지카가 만들어 놓은 비밀 통로를 통해서 잠입해 들어갔던 것이다. 표트르는 무서운 기분에 사로잡혀 있었다. 그에게 있어 매우 중대한 두서너 가지의 불만은 제쳐놓고라도(그는 지금까지도 스타브로긴에 관한 것을 아무것도 알아낼 수 없었다) 그는 오늘 안에 어디서부터든(아마도 페체르부르그일 것이다) 가까운 장래에 자기를 기다리고 있는 어떤 종류의 위험에 대해서 비밀의 통지를 받고 있는 모양이었다. 이렇게 애매한 투로 말하는 것은, 나 자신으로서도 명확하게 그래서 그렇다고 단언할 수가 없기 때문이다. 물론 이 무렵에 관한 것은 지금까지 거리에서 옛날 이야기처럼 소문이 여러 가지나 있기 때문에 말할 필요도 없지만 그러나 만일 무엇이든, 정확한 것을 알고 있는 사람이 있다고 한다면, 그것은 다만 그 계통의 사람들뿐일 것이다. 나 한 개인이 상상하는 바로는 표트르는 사실 이 거리 외에 어딘가 또 다른 곳과 연락을 가지고 있어서 사실 그런 곳에서 정보를 받고 있는 모양이었다. 뿐만 아니라 리푸친의 조롱적이고 절망적인 의심에 반해서 그는 정말 이 거리 이외의 고장, 다시 말해서 두 수도 등지에서 두서너 개의 오인조를 조직하고 있었던 것으로 보인다. 설혹 그것이 오인조라고 할 수는 없을는지 모르지만 여러 가지 관계와 연락이 있었을 것임에 틀림없다. 게다가 그것은 매우 특출한 것이었는지도 모른다.

그가 출발한 뒤 사흘도 채 못 돼서 즉시 그를 체포하라는 명령이 이 거리에 왔다. 그건 무슨 사건 때문일까? 이곳에서 있었던 사건 때문일까? 아니면 다른 일 때문일까? 그런 것은 나로선 알 수 없다. 이 명령은 마침 그 신비적인 의미가 깊은 대학생 샤토프의 참살(그것은 이 거리에서 계속해서 일어났던 괴사건의 정점을 이루는 것이었다)과 이 사건에 따르는 여러 가지의 수수께끼 같은 내막이 발견되었기 때문에 이곳의 관헌을 비롯해서 지금까지 완고하게 태도를 지니고 오던 사교계까지 갑자기 사로잡아 버리고 만 신비적인 공포의 인상을 한층 더 강하게 했던 것이다. 그러나 그의 체포 명령은 이미 늦었다. 표트르는 그땐 재빨리 이름을 바꾸고 페체르부르그에 잠입하고 있었지만 약간 이상하다고 냄새를 맡자 곧 외국으로 달아나 버리고 말았다……. 그런데 나는 너무 앞지른 것 같다.

그는 짓궂은 것 같은 도전적이라고 할 얼굴로 키릴로프의 방으로 들어갔다. 그는 중요한 용무 외에, 또 무언가 개인적으로 키릴로프에게 신경질을 부려서 무엇인가 절대적인 싸움이라도 할 성싶었다. 키릴로프는 그의 방문을 기뻐하는 듯했다. 명백히 그는 무서울 정도로 오랫동안 병적인 초조를 안고 그를 기다리고 있었던 모양이었다. 그 얼굴은 전보다 더 창백해져 있었고 거무스름한 눈초리는 무거운 듯이 가라앉아 있었다.

「나는 이젠 안 오는 게 아닌가 했지.」하고 긴의자의 한구석에 앉아서, 마중을 위해서는 몸을 움직이지도 않았다.

표트르는 그의 앞에 마주서서 무슨 소리를 입밖에 내기에 앞서 찬찬히 상대편의 얼굴을 들여다보았다.

「즉, 이젠 만사가 모두 정리되었겠지? 예의 그 결심을 바꾸는 것 같은 일은 없겠지? 참, 훌륭해!」그는 사람을 마치 바보로 취급하는 듯한 태도로 보호자연한 미소를 띠면서 말했다.

「그래 어떤가?」하고 그는 조롱하듯이 농담조로 덧붙였다.

「약간 정도는 늦는다 치더라도, 자네가 뭐 불만일 것까지야 없지 않겠나? 나는 자네에게 세 시간씩이나 혜택을 주었으니까…….」

「나는 쓸데없는 시간 같은 것을 자네에게 신세지고 싶진 않단 말이야! 게다가, 자네 같은 인간이 나에게 무슨 혜택을 줄 것 같은가?」

「뭐라구?」하고 표트르는 부르르 떨었으나 곧 자기 자신을 억눌렀. 「도대체 왜 그렇게 화를 잘 내는가? 이것봐, 우리들은 서로 잘 격분하고 있군그래!」여전히 사람을 바보 취급하는 듯한 거만스런 태도로 그는 한

마디 한 마디를 또박또박 말했다. 「이런 경우에는 침착한 편이 좋겠군. 아마, 자네는 컬럼버스가 된 기분으로 나를 쥐새끼처럼 생각하고 화를 내지 않는 것이 제일 좋아. 그런 것은 내가 어제도 권했던 바지만……」

「나는 자네를 쥐새끼 같은 것으로 생각하고 싶지는 않은데……」

「그건 또 무슨 소리지? 내 비위를 맞추는 건가? 하기는 차도 이미 식어 버렸지만. 그러고 보니 모든 것이 엉망진창이 되어 버렸군. 안돼! 아무래도 바람직하지 못한 일이 일어난 모양이야. 뭐야, 저건? 창문 위에 뭐가 있군 이것봐 접시 속에 말이야(그는 창가로 다가갔다). 호오, 쌀을 넣어서 끓인 닭이로군!…… 그런데 어째서 아직 손도 안 댔지? 하하하, 맞았어, 우리들은 지금 닭고기를 먹을 수 있는 기분이 아니란 말이지?」

「나는 먹었어! 자네가 알 바 아냐. 그런 소린 말게!」

「아아, 그야 물론, 게다가 어떻게 하든 마찬가진 걸 뭐……. 그러나 나에게 있어서는 지금이 마찬가지가 아니란 말이야. 난 아직 전혀 식사를 안 했으니까! 만일 내가 상상하는 대로 닭고기가 자네에게 불필요하다면……」

「먹을 수 있다면 들게나!」

「그건 참 고맙군. 그리고 차도 한 잔 주게나, 나중에……」

그는 잽싸게 긴의자 반대쪽에 앉아서 몹시 시장했던 모양으로 게걸스럽게 먹어댔다. 그러나 그와 동시에 계속해서 자기의 희생물을 관찰하고 있었다. 키릴로프는 독살스러운 혐오의 빛을 띠고, 마치 눈을 뗄 수 없는 것처럼 눈 하나 깜짝하지 않고 그를 응시하는 것이었다.

「그런데」 계속해서 먹으면서 표트르는 갑자기 몸을 젖혔다.

「그런데 용건은 어떻게 됐지? 우린 결심을 바꿀 수는 없어! 그런데 유서는?」

「나는 오늘 밤 드디어, 어떻게 되든 마찬가지라고 결정해 버리고 말았어! 쓰겠어. 격문을 말하는 거지?」

「응, 격문도 있구…… 하긴 내가 불러 줄 것이니까, 자네에게 있어선 어떻게 하든 관계없는 것이지, 도대체 자네는 이런 단계에서도 유서의 내용 같은 것이 문제가 된다고 생각하나?」

「그건 자네가 알 바 아니지……」

「물론 내가 알 바 아니지, 하기는 다만 두서너 줄이면 되는 것이니까.

이를테면, 자네가 샤토프와 함께 격문을 뿌린 것과, 또 네 하숙집에 숨어 있던 페지카의 손을 빈 것이라든가…… 이 나중의 문제 즉, 페지카와 하숙의 문제는 매우 중요한 의미를 지니는 것이지, 아주 중대하다고 해도 좋을……. 자 보게나, 난 자네에겐 전적으로 공개적이지 않나?」

「샤토프? 어째서 샤토프에 대한 것까지…… 나는 절대로 샤토프에 대한 것은…….」

「뭐라구? 또 시작이군. 도대체 자네에게 어떻다는 거지? 이미 그 사나이에게 폐가 되는 일은 하려고 해도 할 수가 없단 말이야!」

「그에게 아내가 돌아왔단 말이야. 아까 그 부인이 자다가 깨서, 그가 어디 있느냐고 물으러 내게 사람을 보냈었어!」

「그녀가 자네 집으로 사람을 보냈더라고? 흥, 그건 곤란한데, 아마 또 사람을 보내겠지. 내가 여기 있다는 건 아무에게도 알리면 안 되네…….」

표트르는 초조해지기 시작했다.

「그의 아내는 알 수가 없지, 아직 자고 있으니까. 거기에는 산파가 있어, 아리나 비르긴스카야가.」

「그래?…… 그런데 내가 여기 있다가는 들키지 않을까? 현관을 잠그지 않아도 될까?」

「절대로 모를 거야! 만일 샤토프가 오면 자네를 저쪽 방으로 숨겨 줄 테니까…….」

「샤토프는 오지 않을 거야. 그런데, 자네는 배신과 밀고 때문에…… 오늘 그 사나이와 싸움을 해서…… 그것이 그 사나이의 죽음을 가져왔다고, 이런 식으로 유서를 써주었으면 좋겠는데…….」

「그가 죽었다고?」키릴로프는 긴의자에서 펄쩍 뛰면서 소리쳤다.

「오늘 밤 일곱 시 조금 지나서, 아니 그것보다는 어젯밤 일곱 시 지나서가 좋겠군. 지금은 이미 열두 시가 지났으니까」

「그건 네가 한 짓이지? 나는 어제부터 벌써 알고 있었단 말야!」

「그야 물론 알고 있었겠지. 자, 이 권총으로 말이야(그는 보라는 듯이 권총을 꺼냈지만, 다시 집어넣으려 하지도 않고 언제든지 준비가 되어 있는 것처럼 계속해서 오른손에 꽉 쥐고 있었다). 그런데 자네는 이상한 사람이군, 키릴로프. 그 바보 같은 사나이의 최후가 이렇게 되게끔 정하여져 있었다는 건, 자네도 잘 알고 있었던 게 아닌가? 이 경우엔 사전에 알고 있었다는 게 문제가 아니지. 나는 이미 여러 번 자네에게 잘 생각해 보라고 말하지 않았나? 샤토프가 밀고를 계획하고 있기 때문에 나는 그를 감시하고 있다고. 그런데 아무래도 그대로 둘 수가 없게 되었단 말이야. 게다가 자네를 감시하라는 명령도 받고 있어. 또 그래서 삼 주일 전에 자네가 직접 나에게 그런 소식을 알려 주지 않았느냐 말이야……」

「닥쳐! 네가 그 친구를 죽인 것은 그가 주네브에서 네 얼굴에 침을 뱉었기 때문이야!」

「그것도 있고, 또 다른 이유도 있어. 여러 가지 다른 원인이 많이 있었던 거야. 결코 사사로운 감정 때문에 한 건 아니야. 어째서 그렇게 펄쩍 뛰는 건가? 뭣 때문에 그렇게 험악한 얼굴을 하는 건가? 호호오, 역시 자네는 이런 것에 이르기까지……」

그는 벌떡 일어나서 권총을 앞으로 내밀었다. 갑자기 키릴로프가 벌써 아침부터 준비해서 탄알을 재두었던 자기 권총을 창문 위에서 집어들었던 것이다. 표트르는 자세를 취하고 자기의 무기로 키릴로프를 겨눴다.

키릴로프는 독살스럽게 웃어댔다.

「실토를 해라! 이 악당아! 네가 권총을 집어든 것은 내가 네놈을 쏠 것이라고 생각했기 때문이지? 나는 너 같은 놈을 쏘지는 않아!」

이렇게 말하면서 그는 자기가 상대를 쏴 쓰러뜨리는 광경을 상상하고 그 쾌감을 그냥 포기하는 것이 아쉬운 것처럼 목표물을 겨누는 것과 같은 자세로 또다시 표트르에게 총구를 겨누었다. 표트르는 여전히 자세를 취한 채, 꼼짝 않고 기다리고 있었다. 자기가 먼저 이마에 탄환을 받을 위험을 무릅쓰고 최후의 순간까지 기다리고 있었다. 사실 이런 미치광이이기 때문에 이런 일이 있는지도 모르는 것이다.

그러나 미치광이는 드디어 손을 내렸다. 그리고 숨을 가쁘게 몰아쉬면서, 그리고 몸을 부르르 떨면서 무슨 말을 할 기력조차 없는 듯했다.

「잠깐 그래 본 거야. 이젠 그만.」 하고 표트르도 권총을 내렸다. 「자네가 장난을 치고 있다는 것을 나는 벌써 알고 있었어. 그러나 자네는 모험을 했어. 나는 방아쇠를 당길 수도 있었단 말이야.」

그는 의젓한 모습으로 긴의자에 걸터앉아서 컵에 차를 따랐다. 그 손은 약간 떨리고 있었지만……. 키릴로프는 권총을 테이블 위에 놓고 방안을 이리 저리 걷기 시작했다.

「나는 샤토프를 죽였다고는 쓰지 않겠어. 그리고 지금은 아무것도 쓰지 않겠어. 유언 같은 건 쓰지 않겠어!」

「쓰지 않겠다니?」

「안 쓰겠어!」

「이건 정말 비겁하군, 얼마나 비겁한 짓이냐?」표트르는 격분한 나머지 얼굴빛이 창백해졌다.

「하기는 난 이러리라고 미리 짐작했었다. 이봐! 느닷없이 나를 당황하게 만들려고 하다니. 그건 안돼. 그러나 그게 어떻든지 마음대로 하게. 만일 무리하게 자네를 강제할 수 있기만 하다면 그렇게 할 수도 있겠는데……. 어쨌든 자네는 비겁해!」표트르는 점점 참을 수 없는 상태가 되어가고 있었다.「자네는 그때, 우리들로부터 돈을 졸라대면서 여러 가지 약속을 하지 않았느냐 말이야. 나는 무슨 결과를 얻기 전에는 나가지 않겠어. 적어도 자네 스스로 이마를 쏘는 것을 보기 전에는 말이야.」

「난 자네가 지금 당장 나가 줬으면 좋겠어!」키릴로프는 단호한 걸음 걸이로 걸어와서 표트르 앞에 멈춰섰다.

「아니, 그렇게는 도저히 안 되겠는걸.」표트르는 또다시 권총에 손을 댔다. 「아마도 자네는 지금 체면과 공포 때문에 모든 것을 중지하고 있는 성싶은데, 그래서 또 돈이라도 좀 생길까 해서 내일쯤은 밀고하러 가고 싶은 생각이 일어날 거야. 하긴 그렇게 하면 사례를 받을 수 있을 테니까 말이야. 제기랄! 너 같은 소인배는 무슨 일이라도 서슴지 않고 할 놈이니까 말이야! 단 걱정은 필요없단 말야. 나는 모든 경우를 예상하고 있으니까. 만일 자네가 공포증을 발휘해서 그 결심을 번복하는 일이 생긴다면 샤토프와 마찬가지로 이 권총으로 그 대가리를 깨뜨려 버리기 전에는 돌아가지 않을 작정이다. 알겠어?」

「네놈은 어떡하든지 내 피까지 보고 싶다는 거냐?」

「난 억지로 이러고 있는 것이 아니란 말이야. 생각해 봐, 나로 말하면 아무래도 좋단 말이야. 나는 다만 공동의 사업에 관해서 걱정하고 있기 때문에 그러는 거야. 인간이란 도대체 믿을 수가 없어. 그것은 자네도 알고 있는 바와 같아. 도대체 자네의 자살의 망상은 어떤 점에 있는 것인가? 나로선 전혀 알 수가 없어! 이것은, 내가 자네를 위해 생각해낸 것이 아니고 자네가 자진해서 나를 만나기 전부터 생각한 것이 아니냔 말이야. 게다가 그 말을 처음에 들은 것은 내가 아니고 외국에 있는 회원들이었단 말이야. 게다가 주의를 바라고 싶은 것은 아무도 강제적으로 자네에게 고백시킨 것이 아니라는 점이란 말야. 그 회원들은 그때 자네를 전혀 모르고 있었는데, 자네가 자기의 감상적인 병폐 때문에 마음대로 찾아와서 털어놓았던 것이 아니냔 말이야. 안 그래? 당시 자네 자신의 제의에 의해(알겠어? 네 자신의 제의에 의해서란 말이야), 자네의 승낙을 얻어서 이 거리에서의 우리들의 운동 계획을 자네의 이 결심 위에다 쌓아올린 것이 아니냔 말이야. 그러니 어떻게 할 수 없는 것이라구. 이 시점에서 그것을 변경할 수는 없는 거란 말이야! 자네는 지금 그런 형편에 처해 있으면서, 쓸데없는 것을 지나치게 많이 알고 있단 말이야. 그러니까 자네가 바보 같은 생각을 일으켜서 내일이라도 밀고하러 간다면 우리들에게 있어선 매우 불리한 결과가 될 것이 아니냔 말이야. 이 점을 어떻게 생각하는 거지? 안돼! 자넨 의무에 얽매여 있어. 서약도 하고 돈도 받았잖아? 자네로서도 도저히 부정할 수가 없을 거란 말이야……」

표트르는 무섭게 열이 올랐다. 그러나 키릴로프는 벌써 오래 전부터 귀를 기울이고 있지 않았다. 그는 또다시 깊은 생각에 잠긴 듯 방안을 계속 걸어다니고 있었다.

「나는 샤토프가 불쌍하다고 생각해!」 다시 표트르 앞에 발을 멈추고 그는 이렇게 말했다.

「그야 물론 나로서도 불쌍하게 생각하지. 도대체……」

「닥쳐, 이 악당!」 상상할 수도 없는 무서운 동작을 하면서 키릴로프는 울부짖듯이 이렇게 소리쳤다. 「죽인다!」

「그, 그건 거짓이었어. 자네가 말하는 것처럼 그렇게 불쌍한 것만도 아니었어. 자, 이젠 그만, 그만두세!」 표트르는 손을 앞으로 뻗치면서 조심스럽게 자리에서 일어났다.

키릴로프는 별안간 조용해졌다. 그리고 다시 뚜벅뚜벅 걷기 시작했다.

「나는 더 이상 연기하지 않겠어! 아무튼 나는 지금 자살을 하고 싶단 말이야. 죄다 비열한 놈들뿐이다!」
　「정말, 그건 확실한 거지. 이놈도 저놈도 할것없이 죄다 비겁자뿐으로 훌륭한 인간은 이 세상에서 살 수가 없으니까!」
　「바보! 나도 역시 네놈과 마찬가지로, 또다른 족속들과 마찬가지로 비겁자란 말이야. 훌륭한 인간이 아니란 말이야!」
　「이제야 겨우 그걸 알았군, 키릴로프. 자네는 그런 총명한 이성을 가지고 있으면서도 지금까지 그것을 깨닫지 못했단 말이군? 누구든 모두 어슷비슷한 거란 말이야. 이 세상에는 선인도 악인도 없어. 다만 현명한 자와 바보 같은 자가 있을 뿐이지! 만일 모두가 비열한 인간들뿐이라면(하기는 이런 이야긴 하찮은, 필요도 없는 말이지만) 당연히 비열한 인간이 되지 않을 수 없지 않겠어?」
　「아아, 자네는 정말 나를 조롱하고 있는 것이 아닌가?」
　키릴로프는 잠깐 놀란 듯한 표정으로 상대를 응시했다.「자네는 열의를 갖고, 정직한 태도로써…… 도대체 자네 같은 인간도 신념이라는 걸 가지고 있는가?」
　「키릴로프, 나는 왜 자네가 자살을 하려고 하는지 아무리 생각해도 납득이 안 간단 말이야. 다만 신념…… 굳은 신념에서 나온 것이라는 것만은 알고 있었지만 말이야. 그러나 만일 자네가 뭐라고 할까, 그 충심을 피력하고 싶다는 욕구를 느낀다면 나는 기꺼이 듣겠어……. 단, 시간이란 점엔 제한이 있지만……」
　「몇 신가?」
　「아아, 정각 두 시야.」하고 표트르는 시계를 바라보며 담배에 불을 붙였다.『아직 이야기를 해볼 수가 있겠구먼.』하고 그는 속으로 생각했다.
　「나는 자네한테 아무것도 말할 것이 없어.」하고 키릴로프는 중얼거렸다.
　「나는 아무래도 신의 소리가 있었다고 기억하고 있어……. 안 그래? 언젠가 자네가 설명해 준 적이 있지 않아? 아마 두 번일 거야, 그렇지? 자살을 한다면 그대로 신이 된다고 한 것 같은데?」
　「아아, 나는 신이 되는걸세.」
　표트르는 눈썹 하나 까딱하지 않고 조용히 앉아 있었다. 키릴로프는 미묘하게 그를 쳐다보았다.

「자네는 정치 기만자요, 음모가다. 자네는 나를 철학과 열정의 경지로 유혹해서 화목하게 만든 다음, 나의 노여움을 흐지부지하게 해버리려고 생각하고 있지. 화목하게 되었을 때 내가 샤토프를 죽였다고 하는 유서를 나로 하여금 쓰게 해보자는 속셈이란 말이야, 그렇지?」

표트르는 자못 자연스럽게 온순한 태도로 대답했다.

「아아, 내가 설령 그런 비열한 놈이라고 하더라도 최후의 순간이 되면 그런 것은 아무래도 좋지 않은가? 키릴로프, 도대체 우리는 무엇 때문에 이런 토론을 하고 있는 건가? 한 번 물어 보고 싶군. 자네나 나나 그저 그렇고 그런 인간들인데, 거기서 뭣이 나온다는 건가? 게다가 둘 다……」

「비열한 놈들이지.」

「그래, 비열한 놈일는지도 몰라. 자네만 해도 그런 것은 단순한 말에 불과하다는 것을 알고 있지 않나?」

「나는 한평생을 통하여 이것이 단순한 말에 그치는 것이 아니기를 바라고 있어. 나는 언제든지, 그렇지 않기를 바라는 마음에서 지금까지 살아온 거야. 지금도 매일같이, 단순한 말이 아니기를 바라고 있는 것이야.」

「하는 수 없군, 각자가 제나름대로 자기에게 맞는 장소를 찾고 있는 것이니까. 물고기는…… 아니, 결국 어떤 사람이라도 자기 방식으로, 제각기 쾌락을 추구하고 있는 것이지. 그것뿐이야. 벌써 옛날부터 익히 알고 있는 것이 아닌가?」

「자네 쾌락이라고 했지?」

「말씨름 같은 건 해서 무얼 하나.」

「아니야, 자넨 좋은 말을 했어! 자 그럼 쾌락이란 것으로 해두세. 신은 필요하다, 그래서 존재하는 것이다.」

「흥, 그것으로 훌륭하잖나!」

「그러나 신은 존재하지 않는다, 또한 존재할 수 없다는 것을 나는 알고 있단 말이야.」

「그것이 더 정확한 말이로군.」

「도대체 자네는 알지 못한단 말인가? 이 두 가지 사상을 가지고 있는 인간은 도저히 살아갈 수가 없을 거야!」

「자살하지 않으면 안 된단 말인가?」

「이것 하나만 가지고도 충분히 자살할 이유가 된다는 것을 자네는 도대체 모른단 말인가? 몇 십억이라는 자네들과 같은 인간 속에서 다만 한 사람만이 그런 생활을 바라지 않고, 또 거기에 견디어낼 수 없는 인간이 있다는 것을 자네는 전혀 이해하지 못하고 있어.」
「나는 다만 자네가 지금 잘못 생각하고 있다는 것만은 이해하고 있어……, 게다가 그것은 매우 나쁜 일이야……」
「스타브로긴도 역시 사상에 사로잡히고 말았단 말이야.」 키릴로프는 거북한 듯이 방안을 걸어다니면서 상대의 말은 듣지도 않고 이렇게 말했다.
「어떻게?」 하고 표트르는 귀를 기울였다. 「어떤 사상에? 그가 자네한테 뭐라고 했나?」
「아니야, 내가 혼자서 생각한 거야. 스타브로긴은 설혹 신앙을 가진다고 해도 자기가 신앙을 가지고 있다는 것을 믿지 않을 것이고, 또 가령 신앙을 가지지 않는다면 그 신앙을 가지고 있지 않다는 것을 믿지 않는 사나이란 말이야.」
「흠, 스타브로긴에게는 그 이상 다른 점이 있다네. 좀더 똑똑한 일면이 있단 말이야……」
불안스레 『화제의』 방향과, 키릴로프의 창백한 얼굴빛을 주시하면서 표트르는 도전적으로 이렇게 중얼거렸다.
『제기랄, 놈은 여간해선 자살할 성싶지도 않군.』 그는 생각했다.
『전부터 직감하고 있었단 말이야. 요컨대 두뇌의 산물이야, 그것뿐이다. 도대체 뭐라고 해야 좋을 건달놈들이란 말인가!』
「자네는 나와 자리를 같이하는 최후의 인간이야. 그래서 혐오감을 가지고 자네와 헤어지고 싶지는 않아.」 갑자기 키릴로프가 말하기 시작했다.
표트르는 당장 대답하지는 않았다.
『이 녀석이 이번엔 또 무슨 소리를 지껄여댈까?』 하고 그는 다시 생각했다.
「키릴로프, 사실 말이지, 나는 개인적으로 자네에 대해서 별로 악의 같은 것은 가지고 있지 않아. 언제나……」
「자네는 비열한 놈이야. 자네는 위선의 지혜를 쓰는 놈이야. 그러나 나 역시 자네와 다름없는 비열한 인간이야. 그러나 나는 자살을 하고, 자네는 살아 남는 것이지.」

「결국 자네가 이야기하는 것은 내가 생존을 바랄 만큼 비열한 놈이란 말이지?」

그는 이런 경우, 이렇게 대화를 계속하는 것이, 과연 유리한 것인지 불리한 것인지를 결정할 수 없었기 때문에 일이 되어가는 대로 계속 두고 보자고 결심했다. 그러나 키릴로프의 우월한 논조와 전혀 감추고자 하지 않는, 언제나처럼 멸시하는 태도가 처음부터 그를 시종 초조하게 만들고 있었지만 지금은 웬일인지 전보다 한층 더 심하게 느껴졌다. 앞으로 한 시간만 더 지나면 죽지 않으면 안 되는 키릴로프가(그는 지금도 전처럼 그것을 염두에 두고 있었기 때문에) 그의 눈으로 보면 뭐랄까, 이런 때의 키릴로프는 반 편밖에 못 된다는 생각이 들어서 거만한 태도 같은 것은 도저히 할 수 없다는 생각이 들었던 것이다.

「자네는 어쩐지 나에게 자살을 자랑하고 있는 것 같은데?」

「나는 모든 인간이 살려고 하는 것을 언제나 이상스럽게 생각하고 있단 말이야!」 키릴로프는 상대의 말에는 귀도 기울이지 않았다.

「흥, 그것도 하나의 관념이지만, 그러나……」

「원숭이, 자네는 나를 굴복시키려고 맞장구만 치고 있는 것이 아닌가? 가만 있으란 말이야. 자네는 아무것도 모른단 말이야. 만일 신이 없다면 그땐 내가 신이란 말이야.」

「그렇지, 맞았어. 나는 자네의 그 주장 속에서 그 점이 아무래도 내 배짱에 맞지 않았단 말이야. 어째서 자네가 신이란 말인가?」

「만일 신이 있다면, 모든 것이 신의 의지야. 따라서 나도 신의 뜻으로부터 한걸음도 벗어날 수가 없단 말이야. 그러나 신이 없다고 한다면 그땐 내 의지가 모든 것이지. 따라서 나는 자아의 의지를 주장할 수 있는 의지를 지니게 되는 것이지.」

「자아 의지? 그런데 어째서 무슨 의지가 있다는 거지?」

「왜냐고? 모든 것이 내 의지이기 때문이지. 인간은 신을 죽이고 자아 의지를 믿고 있으면서도 가장 완전한 의미에 있어서, 이 자아 의지를 주장할 용기가 있는 자는 우리 지구상에 과연 한 사람도 없는 것일까? 그것은 마치 가난한 사람이 막대한 유산을 상속하고 얼이 빠져서 자신의 능력으로서는 그것을 영유할 힘이 없다고 단정을 내리고, 돈 자루에 접근할 용기를 갖지 못하는 것과 같은 이론이란 말이야. 나는 자아 의지를 주장하고 싶어. 나 혼자라도 괜찮아. 나는 결단코 단행하겠어.」

「좋도록!」

「나는 자살할 의무가 있어. 왜냐하면 내 자신의 자아 의지의 가장 완전한 점은, 다름이 아니라 자기가 자기를 죽이는 데 있기 때문이지.」

「그렇지만 자살하는 것은 자네 한 사람이 아니란 말일세. 자살하는 사람은 얼마든지, 수두룩하단 말일세.」

「그러나 그들은 제각기의 이유가 있어. 그런데 아무런 이유없이 자신의 자아 의지 때문에 자살하는 것은 나 혼자뿐이란 말이야.」

『자살하지 않을지도 몰라.』 또다시 표트르의 머릿속에 이런 생각이 번득였다.

「이봐, 자넨 말이야.」 하고 그는 초조한 듯이 말하기 시작했다. 「내가 자네 위치에 섰다면, 자기 의지를 내보이기 위해서 자기를 죽이지 않고 누군가 다른 사람을 죽이겠어. 그 편이 훨씬 더 뜻이 있을 거야. 만일 깜짝 놀라지 않는다면, 누구를 죽여야 할 것인가를 내가 가르쳐 줄 테니까 말이야. 그렇게 하면 어쩌면 오늘 자살하지 않아도 될지 몰라. 타협할 여지가 있단 말이야.」

「타인을 죽인다는 것은 나의 자아 의지 속에서도 가장 비열한 행위란 말이야. 그 말 가운데 자네의 진면목이 여실히 드러나 있군. 나는 자네와 달라서, 최고의 행위를 바라는 거야. 그래서 자살하는 거야.」

「갈 수 있는 데까지 갔군.」 표트르는 독살스럽게 중얼거렸다.

「나는 자신의 무신앙을 선고할 의지가 있어.」 키릴로프는 방안을 이리저리 계속 거닐었다. 「나에게 있어선 『신은 없다』는 것 이상으로 고매한 사랑은 달리 없다고 생각해. 인류의 역사가 있을 뿐이야. 인간은 자살하지 않고 살기 위해서 신을 생각해내는 것에만 몰두해온 것이지. 종래의 세계사는 바로 이것에 불과했단 말이야. 그런데 나는 전 세계사 중에서 단 한 사람으로서 처음으로 신을 생각해내는 것을 거부하는 것이야. 인류는 이것을 알아서 영구히 기억하지 않으면 안돼!」

『자살하지 않을 거야.』 하고 표트르는 마음속으로 초조해했다.

「누가 그것을 안단 말인가?」 그는 핀잔을 주었다. 「여기에는 자네와 나 밖에는 아무도 없지 않나? 리푸친의 경우를 말하고 있는 건가?」

「모두가 다 알지 않으면 안돼, 모두 알게 될 것임에 틀림없다……. 이 세상에는 백일하에 드러나지 않는 비밀이란 하나도 없어! 이것은 『그』가 한 말이야!」

이렇게 말하면서 그는 열병을 앓는 사람과도 같은 흥분한 동작으로 구세주의 성상을 가리켰다. 그 앞에는 등명이 타고 있었다. 표트르는 완전히 화가 나버렸다.

「그럼, 자네는 역시 그를 믿고 등명을 올리고 있는 건가? 그것은 설마 『만일의 경우』를 위해서 그러는 건 아니겠지?」

이쪽은 계속 침묵을 지키고 있었다.

「그러고 보니, 내가 보기엔 자네는 아무래도 성직자 이상으로 신앙을 철저히 가지고 있는 것 같군그래?」

「누구를? 『그』를? 내 말을 좀 들어 보게나.」 꼼짝 않고 앉아서 격분한 눈초리로 허공을 응시하면서 키릴로프는 갑자기 걸음을 멈췄다. 「자네에게 한 가지 위대한 사상을 들려 주지. 일찍이 이 지상에 하루의 날이 있었어. 그리고 이 지구의 한가운데에 세 개의 십자가가 서 있었어. 십자가 위에 있었던 한 사람은 매우 독실한 신앙을 가지고 있었기 때문에 또 다른 한 사람을 향해서 『너는 나와 함께 오늘 천국으로 가게 될 것이다』하고 단언했어. 그리고 나서 그날은 끝났고, 두 사람은 모두 죽고 말았어. 그리고 같이 저승길로 떠났는데, 천당도 부활도 발견할 수 없었어. 예언은 결국 적중하지 않고 말았던 것이야. 알겠나? 이 사람은 전 지구에서 최고의 인간으로 지구 생활의 목적으로 되어 있었던 것이지. 이 한 개의 유성도 그 위에 있는 모든 것도, 이 사람이 없었다면 단순한 광란의 세계에 불과할 뻔했지. 이 사람 말고는, 그 전에도 그 뒤에도 이런 정도의 사람은 일찍이 나타나지 않았어. 그것은 정말 기적이라고 해도 과언이 아니었어. 결국 이런 사람은 지금까지도 없었고 금후에도 절대로 나올 성싶지 않아. 거기에 기적이라는 것이 있을 수 있지. 만일 그렇다고 한다면, 자연율이라는 것이 이 사람에게마저 용서없이──자기의 기적까지 인정하지 않고, 『그』로 하여금 거짓 속에 살게 하고 거짓 때문에 죽게 했다고 할 것 같으면, 당연히 이 유성 전체는 허위의 덩어리이고, 어리석은 조소와 기만 위에 서 있는 것이 되어 버리고 말지. 이렇게 생각해 보면 이 유성의 법칙 그 자체가 허위야.

악마의 희극인 것이지. 도대체 무엇 때문에 사는 건가? 만일 자네가 인간이라면 대답을 해보게.」

「이거 이야기가 다른 데로 빗나갔군. 자네의 머릿속에는 두 가지의 다른 원인이 하나로 혼돈되어 있는 성싶군. 이것은 아무래도 좋지 않은 징조일세. 그러나 실례지만 만일 자네가 신이라고 한다면 어떻게 되는 건가? 만일 허위가 종말을 고하고 자네가 홀연히 『일체의 허위는 낡은 신이 있었기 때문이었다』고 깨닫는다고 한다면, 도대체 어떻게 되는 건가?」

「드디어 자네도 알았군그래!」키릴로프는 환희의 소리를 질렀다.「자네와 같은 인간이 알았다고 한다면 결국은 누구든지 이해할 수 있다는 결론이 나오지. 이젠 알았지? 만인을 위한 구속의 길은 모든 사람에게 이 사상을 증명하는 데 있는 거란 말이야. 그런데 누가 그것을 증명한단 말인가? 그건 바로 나야! 나는 조금도 수긍이 안가. 어떤 이유에서 지금까지의 무신론자는 신이 없다는 것을 알면서도 동시에 자살하지 않고 살 수 있었단 말인가? 또 신이 없다고 자각하면서 동시에 자기가 신이 되었다는 것을 자각하지 않는 것은 정말 전적으로 무의미한 논리야. 그렇지 않다면 아무래도 자살하지 않고는 못 배길 것이 당연한 논리지. 만일 그것을 자각하면, 벌써 그 사람은 제왕이야. 그땐 자살 같은 것은 하지 않고 최고의 영예 속에서 살아갈 수 있을 거야. 그러나 다만 한 사람만이, 즉 그것을 최초로 자각한 사람은 꼭 자살하지 않으면 안 되지. 그렇게 하지 않으면 도대체 누가 시작을 하느냔 말이야. 도대체 누가 그것을 증명하느냔 말이야. 나는 그것을 시작하기 위해서, 그것을 증명하기 위해서 꼭 자살할 작정이야. 나는 아직 부득이한 신이기 때문에 불행하단 말이야. 왜냐하면 자아 의지를 주장하는 의무가 있기 때문이지. 사람은 모두 불행하다. 그것은 자아 의지를 주장하는 것을 두려워하기 때문이야. 지금까지 인간이 그처럼 불행하고 비참했던 것은 자아 의지의 가장 요긴한 점을 주장하는 것을 두려워하고 마치 국민 학생처럼 몰래 한구석에서 자기 혼자 자아 의지를 휘젓고 있었기 때문이야. 나는 몸서리칠 정도로 불행하다. 그것은 무섭게 겁을 내고 있기 때문이야. 공포라는 것은 인간이 저주해야 할 대상이야……. 그러나 나는 자아 의지를 주장한다. 나는 자신의 무신앙을 믿을 의무가 있어. 나는 시작하고, 그리고 종결짓는 거야. 나는 문을 열겠다. 그리고 구원해 주겠다. 모든 인간을 구한다. 다음

시대에 그들을 생리적으로 개조할 수 있는 방법은 다만 이것 하나밖에 없는 것이다. 그것은 내가 생각하는 한도 내에서는, 지금과 같은 생리적인 상태로서는 인간이 오래된 신 없이 살아간다는 것은 결국 불가능하기 때문이야. 나는 삼 년 동안 나 자신의 신의 속성을 추구한 나머지 겨우 그것을 발견했어. 나 자신의 신의 속성은, 다른 것이 아닌 자아 의지야. 이것이야말로 내가 최고의 의미로써 나 자신의 아무것에도 얽매이지 않은 독립성과 새로운 놀랄 만한 자유를 나타낼 수 있는 유일한 방법인 거야. 사실 이 자유는 정말 무시무시한 것이기 때문이야. 나는 아무것에도 얽매이지 않은 나 자신의 독립성과 새로운 무시무시한 자유를 나타내기 위해서 나 자신이 나를 죽이는 것이지!」

그의 얼굴은 부자연스럽게 창백해졌고 눈초리는 견디기 어려운 듯이 무거워 보였다. 그는 마치 열병을 앓는 사람과도 같았다. 표트르는 지금이라도 당장 그가 넘어지지 않을까 하고 생각했다.

「자, 펜을 집어 주게!」갑자기 키릴로프는 감격의 정점에 선 것처럼 뜻밖에 이렇게 외쳤다.「자, 말하게 나는 무엇이라도 다 써주겠어. 자, 내가 우습다고 생각하고 있는 동안에 무엇이든 내가 받아쓰도록 말하게! 샤토프를 죽인 것도 내가 했다고 써주지. 나는 거만한 노예놈들의 의견 같은 것은 조금도 무서워하지 않는다! 모든 비밀이란 것은 얼마 안 가서 백일하에 드러난다는 것을 자네도 수긍할 것이라고 믿는 바이네. 자네 같은 것은 짓눌려서 납작해지고 말 것이다……. 나는 그것을 믿어, 믿고말고!」

표트르는 자리에서 발딱 일어서더니 재빨리 잉크병과 종이를 가지고 왔다. 그리고 적당하게 때를 노리면서 성공 여부를 염려하여 가슴을 두근거리면서 부르기 시작했다.

『나 알렉세이 키릴로프는 다음 사실을 선언한다…….』

「잠깐 기다려 주게, 나는 싫다! 도대체 누구에게 선언하는 거냐?」

키릴로프는 마치 열병을 앓는 사람처럼 떨고 있었다. 이 선언이란 어휘와 그것에 관계된 일종 특별한 뜻밖의 상념은 갑자기 그의 전신과 전 영혼을 집어삼켜 버린 모양이다. 그것은 괴로워서 지쳐 버린 그의 혼백이 짧은 순간이긴 했지만, 정면으로 달려든 일루의 광명이었다.

「누구에게 선언하는 거냐? 나는 그것을 기필코 알고 싶네!」

「누군 누구야, 모든 사람이지. 최초로 이것을 읽는 사람이지. 뭐 그런 것을 처음부터 결정하고 나갈 필요가 어디 있겠나! 즉 전세계를 향해서 말이야!」

「전세계? 부라보! 그리고 후회할 만한 것은 없어. 나는 후회 같은 것을 하는 것은 싫다. 관헌 따위의 간섭은 받고 싶지 않다!」

「암, 물론이지. 그럴 필요는 없어. 관헌 따위는 개똥이다! 자 받아쓰게. 만일 자네가 정말 진정으로 하고 싶은 생각이 있다면……」

표트르는 히스테릭하게 소리질렀다.

「잠깐 기다리게. 나는 이 위쪽에 혀를 죽 늘어뜨린 상판을 그려 넣고 싶네!」

「쳇! 쓸데없는 짓을.」표트르는 초조해서 소리지르고 말았다.「그림 같은 것은 없어도 그런 것은 모두 글속에서 나타낼 수 있잖나?」

「글속에? 그거 참 좋은 생각이다! 그렇지, 글이다. 어조다! 그런 어조로 불러 주게나!」

「나, 알렉세이 키릴로프는」키릴로프의 한쪽 어깨에 허리를 굽히고 흥분한 나머지 부들부들 떨리는 손으로 한 자씩 기입해가는 글자를 일일이 주시하면서 표트르는 똑똑한 명령적인 어조로 부르기 시작했다.

「나 키릴로프는 다음의 사실을 선언하노라. 즉, 오늘 10월 ○일 오후 일곱시 조금 지난 때 대학생 샤토프를 공원에서 살해했다. 그 원인은 그가 변절하고 나와 함께 둘이서 거주하는 필립포프 소유의 집에 열흘 동안 머물면서 숙박한 바 있는 페지카와 격문의 건에 관해서 밀고를 기도했기 때문이다. 그리고 내가 오늘 밤 권총으로 자살하는 것은 후회와 공포 때문이 아니고, 이미 외국에 체류했을 때부터 자신의 생명을 끊으려는 의지를 가지고 있었기 때문이다.」

「겨우 이것뿐인가?」놀람과 불만의 빛을 띠면서 키릴로프는 이렇게 소리쳤다.

「이젠 더 이상 한 마디도 보태선 안돼.」틈만 있으면 이 증서를, 그의 손으로부터 낚아채려고 기회를 엿보면서 표트르는 손을 저어 보였다.

「기다려 주게!」키릴로프는 손을 종이 위에 덥석 올려 놓았다.「기다려! 이런 바보 같은 수작이 어디 있어! 나는 누구와 같이 했는가를 쓰고 싶단 말이다. 게다가 페지카에 대한 것은 무엇 때문에, 그리고 화재는 ? 나는 모든 것을 쓰고 싶단 말이다. 그 어조라는 것을 가지고 좀더 욕지거리를 해주고 싶단 말이다. 그 어조라는 것으로 말야 ! 」

「충분하네. 키릴로프, 정말 충분하단 말일세 ! 」 혹시나 지금 당장이라도 그 증서가 찢어지지 않을까 해서 신경을 곤두세우며 표트르는 거의 기도를 하는 것처럼 애원했다. 「사람들에게 사실처럼 믿게 하기 위해서는 가능한 한 어렴풋하게 해둬야 하네. 말하자면 이것으로 충분하네. 그저 약간 냄새만 맡게 하면 되는 거야. 사실이라는 것은 그저 약간 한 구석만 보이면 되는 것이란 말이야. 즉 모두를 조롱하는 식으로 쓰면 되는 거지, 인간이란 족속을. 언제든지 남에게 속아넘어가기보다는 자기 자신에게 더 거짓말을 하고 싶어하는 법일세. 그리고 물론 남의 거짓말보다는 자기의 거짓말을 더 믿는 것이지. 게다가 그것이 무엇보다도 안성마춤이 아니겠는가 ! 가장 적절한 조건이란 말씀이지. 자, 이리 넘겨 주게나, 그것으로 됐어. 자 이리 넘기라니까 ! 」

이렇게 말하면서, 그는 종이를 빼앗으려 했다. 키릴로프는 눈을 부릅뜨고 무엇인가 열심히 이해하려고 애쓰고 있는 성싶었다. 그는 이미 이해력을 잃어버린 성싶었다.

「에잇 ! 」 갑자기 표트르는 노하기 시작했다. 「아아, 아직 서명을 하지 않았단 말이야 ? 어째서 자네는 그렇게 눈알을 부릅뜨고 있느냔 말이야 ? 서명을 하라는데도 ! 」

「나는 욕지거리를 하고 싶단 말이야 ! 」

키릴로프는 중얼거렸지만 그러면서도 펜을 집어들고 서명했다.

「나는 실컷 욕지거리를 하고 싶단 말이다 ! 」

「공화국 만세라고 쓰란 말이야. 그거면 충분해 ! 」

「근사한데 ! 」

키릴로프는 기쁜 나머지 으르렁거리듯이 부르짖었다. 「민주적, 사회적, 국제적 공화국 만세. 그것이 아니면 죽음을 ! …… 아니, 이게 아냐. 자유, 평등, 동포애, 그것이 아니면 죽음을 ! …… 아아, 이편이 낫다. 이것이 좋아 ! 」 그는 정말 기분이 좋은 듯이 자기의 서명 아래 그렇게 써넣었다.

「됐어, 이만하면. 충분해 ! 」 표트르는 여전히 계속 되풀이했다.

「기다려 주게, 좀더. 여보게 난 또 한 번 프랑스 어로 서명하겠어! 러시아의 귀족으로서 세계의 시민 키릴로프, 핫핫하!」하고 그는 한바탕 웃었다. 「아니, 아니야, 잠깐 기다려 주게, 더 좋은 것이 생각났어! 이건 굉장한 거야. 러시아의 귀족적인 신학생으로서 문명 세계의 시민! 이것이 무엇보다 훌륭해.」

그는 느닷없이 긴 의자에서 뛰어일어나 갑자기 재빠른 솜씨로 창틀 위에서 권총을 집어들더니 그대로 다음 방으로 뛰어들어갔다. 그리고 단단히 문을 닫아걸어 버리고 말았다.

표트르는 일 분간쯤 깊은 사려에 잠긴 듯 문을 바라다보면서 서 있었다. 『지금 당장이라면 해치울 수도 있지만, 다시 생각하기 시작한다면 아무 일도 없이 끝나 버리고 말 것이 틀림없어.』

그는 이때다 싶어 종이를 집어들고 자리에 앉더니 다시 그것을 되풀이 읽었다. 역시 그의 마음에 들었다.

『지금 이 시점에선 어떤 일이 또 필요할까? 한참 동안 세상 놈들을 완전히 허둥지둥하게 만들어 놓고 주의가 딴 곳으로 쏠리게 하지 않으면 안 되겠어. 공원…… 그러나 이 거리에는 공원이 없으니까, 아무래도 스크보레쉬니키라고 곧 눈치채게 될 것이다. 이렇게 생각이 미치기까지는 꽤 시일이 경과될 것이다. 그리고 찾고 있는 동안에 또 시일이 흐른다. 그러는 중에 마침내 시체를 발견하고 과연 사실이었구나 하고 수긍하게 될 것이다. 그러고 보면 모든 것이 사실과 틀림없다. 게다가 페지카에 관한 것도 사실이란 결론에 도달하게 된다. 그런데 페지카란 도대체 어떤 놈일까? 페지카는 화재의 진범인 동시에 레뱌드킨 사건의 진범인 것이다. 따라서 모든 것이 거기서, 필립포프의 집에서부터 나온 것이다. 그런데도 자기네들은 전혀 눈치채지 못하고 있었던 것이다. 이렇게 될 테니까, 그놈들의 눈은 완전히 사리를 잘 알아보지 못하게 될 것이야. 우리들 『한패』에 대한 것은 생각지도 못할 것이다. 샤토프와 키릴로프, 게다가 페지카와 레뱌드킨 들이다. 도대체 이런 놈들은 무엇 때문에 서로 죽이고 죽고 했을까, 이런 것에 또 약간 의문이 있게 되면, 에잇 이 빌어먹을! 아직 권총 소리가 들리지 않는군…….』

그는 유서를 읽고 그 내용에 기뻐하고 있었지만, 그래도 끊임없이 괴로운, 불안한 생각을 하면서 열심히 귀를 기울이고 있었다. 그러던 중 갑자기 울화가 치밀어오르기 시작했다. 그는 불안스레 시계를 바라보았다. 이미 많은 시간이 흘렀다. 키릴로프가 사라지고 나서 벌써 십 분이 흘렀다……. 그는 촛불을 들고 키릴로프가 들어가 버린 방문 앞으로 갔다. 마침 문이 있는 곳에서 촛불은 대부분 다 타버려서 얼마 남지 않아, 앞으로 이십 분 정도 지나면 다 타버릴 것 같았다. 그리고 달리 초는 한 자루도 없다, 이런 생각이 불현듯 머리에 떠올랐다. 그는 손잡이를 잡고 조심성있게 귀를 기울였지만 쥐죽은 듯이 조용했다. 그는 느닷없이 문을 열고 촛불을 높이 들었다. 그랬더니 무엇인가가 신음 소리를 내면서 그를 향해서 달려들었다. 그는 있는 힘을 다해서 문을 쾅 닫고, 다시 그 문을 어깨로 힘차게 밀어서 열리지 못하게 했다. 그러나 근처는 쥐죽은 듯이 고요해졌고 다시 죽음의 세계처럼 적막으로 되돌아갔다.

오랫동안 그는 촛불을 손에 든 채 아무런 결정도 내리지 못하고 그곳에 그렇게 하고 서 있었다. 이제 방금 문을 연 순간 그는 얼핏 안의 상태를 볼 수밖에 없었지만, 그렇지만 방 한구석 창가 가까이에 서 있는 키릴로프의 얼굴과 갑자기 자기를 향해서 달려들었던 그의 야수와 같은 맹렬한 행동이 그의 눈을 스치고 지나간 것만은 확인했었다. 표트르는 몸을 부르르 떨더니 재빨리 촛불을 테이블에다 올려 놓고 권총을 쥐고 반대쪽 구석으로 발돋움하여 달려갔다.

만일 키릴로프가 문을 열고 권총을 들고 테이블 쪽으로 달려나온다 해도 그는 키릴로프보다 먼저 목표물을 겨누고 방아쇠를 당길 수 있었던 것이었다.

자살이란 것을 지금으로선 표트르는 전혀 믿을 수도 없었던 게 아니었을까?

『방안 한가운데 서서 무엇인가 깊이 생각하고 있었지만…….』 이런 생각이 마치 선풍처럼 표트르의 머릿속을 스치고 지나갔다.

『게다가 캄캄하고 무시무시한 방이었어. 그 녀석이 무서운 신음 소리를 내면서 달려들었지만 거기에는 두 가지의 가능성이 포함되어 있는 거야. 결국…… 그 방아쇠를 당기려는 순간에 내가 오히려 방해를 했던가, 그렇지 않으면…… 그게 아니면, 저쪽에 꼼짝 않고 서 있으면서 어떻게 하면 나를 죽일 수 있을까 하고 궁리하고 있었는지도 모른다. 그렇다! 그럴 것임에 틀림없어. 녀석은 그런 것을 생각하고 있었던 것이야. 만일 녀석이 겁을 집어먹고 우물쭈물하면, 내가 자기를 죽이기 전에는 돌아가지 않는다는 것을 자기로서도 알고 있을 거야. 즉 저 녀석의 입장으로선 내게 죽음을 당하기 전에 자기편에서 나를 죽이지 않으면 안 된다는 것은 뻔한 이치지. 아아, 그런데 어째서 녀석은 저렇게 꼼짝 않고 바스락 소리조차 없을까?…… 정말 이것은 무서울 정도군. 갑자기 문을 열면 어떻게 될까?…… 무엇보다도 마땅치 않은 점은 저 녀석이 이상하게 신부보다도 더 신을 믿고 있다는 점이야……. 그러니까 절대로 자살 같은 것은 하지 않을 것이다. 저 녀석처럼 『제나름대로 자기가 바라는 정신 세계에까지 도달한』 족속들이 요사이 부쩍 늘었단 말이야. 건달 같은 자식들! 후우, 에잇, 젠장! 초가, 촛불이! 이제 한 십여 분 가량 지나면 아주 꺼지고 말 텐데, 어서 빨리 처치해 버려야 할 텐데, 무슨 일이 있더라도 처치해 버려야 한다. 앞으로 어떤 일이 일어나든, 이렇게 됐으니 이젠 죽여 버려도 상관없어. 이 유서가 있으면 어떤 놈이라도 내가 죽였다고는 생각할 수 없을 거야. 저 녀석의 손에 발사한 총을 쥐어 주고 마루 위에 뉘어 놓으면 틀림없이 녀석 스스로 한 짓이라고 생각할 것임에 틀림없다……. 음, 에잇! 젠장, 저 녀석을 어떻게 죽인다? 내가 문을 열면 녀석이 또 달려들어 나보다 먼저 총을 쏜다면…… 음, 제기랄, 틀림없이 실패할 것이다!』

그는 상대의 심중을 추측할 수가 없어서, 자신이 결단을 내리지 못하는 초조감에 몸을 떨면서 괴로워하고 권총을 쳐들고 자세를 취하면서 문께로 가까이 다가갔다.

그리고 촛불을 쳐들고 왼손으로 손잡이를 꽉 움켜잡았다. 그러나 그것은 잘 되지 않았다. 손잡이가 찰칵 하고 금속이 갈리는 소리를 냈다.

『이젠 꼭 쏜다!』는 생각이 표트르의 머릿속에서 번득였다.

그는 힘을 다해서 발로 문을 차 열고 촛불을 쳐들면서, 권총을 쑥 내밀었다. 그러나 발사의 소리도 고함 소리도 들려오지 않았다. 방안에는 아무도 없었던 것이다.

그는 깜짝 놀라서 가슴이 덜컥 내려앉았다. 빠져 나갈 문이 없는 텅 빈 방으로, 도망갈 곳은 아무데도 없었다.

그는 다시 촛불을 치켜들고 주위를 찬찬히 둘러보았다. 전혀 아무도 없었다. 그는 나직하게 키릴로프를 불러 보았다. 그리고 또다시 약간 큰소리로……

그러나 아무런 반응도 없었다.
「설마, 창문으로 도망가지는 않았겠지…….」
 실제로 한 창문의 통풍구가 열려 있었다. 『통풍창으로 달아났을 리는 없어!』
 표트르는 방안을 가로질러서 창문으로 가까이 갔다. 『결코 그럴 리는 없다』고 불현듯 그는 홱 돌아섰다. 무엇인지 이상스런 것이 그의 전신을 흔들어 놓았던 것이다.
 창문 맞은편 벽을 따라서 문의 오른쪽으로 장이 하나 놓여 있었다. 그 장의 오른쪽 벽과 장 사이에 생긴 공간에 키릴로프가 서 있었던 것이다. 게다가 그 모양이 무서울 정도로 기괴천만한 것이었다. 꼼짝 않고, 전신을 뒤로 젖히고 두 손을 바지 솔기에 댄 채 목을 잔뜩 치켜들고 뒷머리를 바싹 벽의 모서리에 붙이고 있는 모습은 마치 자태를 감추고 금방이라도 사라져 버리고 말 듯한 형상이었다. 모든 점으로 미루어 보아, 정말 숨으려고 했음에 틀림없었다. 그러나 어쩐지 숨으려고 했다는 것은 사실이라고 할 수도 없었다. 표트르는 그 모서리에서 약간 비스듬히 서 있었기 때문에 다만 상대의 몸의 전면 일부분, 즉 튀어나온 신체의 일부분밖에 볼 수가 없었다. 그는 좀더 왼쪽으로 걸음을 옮겨서, 키릴로프의 전신을 훑어본 뒤에도 의문의 의미를 풀어 보려는 결심을 아직도 채 할 수가 없었던 것이다. 그의 심장은 격하게 뛰기 시작했다. 그리고 갑자기 극도의 광분이 그를 엄습했다. 그는 몸을 날리면서 소리를 지르고 나서, 마루를 쾅쾅 울리면서 사나운 동작으로 으슥한 장소로 달려들었다.
 그러나 아주 가까이 그 옆까지 갔을 때 또다시 전보다도 더한 공포에 질려서, 마치 장승처럼 그 자리에 꼼짝 않고 우뚝 섰다. 그가 그처럼 놀란 주된 원인은 무서울 만큼 지른 소리에도, 미친 듯이 달려든 동작에도 불구하고, 이 우뚝 서 있는 입상(立像)은 마치 화석이나 백랍처럼 조금도 움직이지 않을 뿐만 아니라 손가락 하나, 발가락 하나도 꼼짝 하지 않는다는 것이었다. 창백한 얼굴빛도 부자연했을 뿐더러 검은 두 눈도 조용히 가라앉아서 어딘가 공중의 한 점을 응시하고 있었다. 표트르는 촛불을 위에서 아래로, 그리고 다시 아래서 위로 옮기면서 모든 점을 샅샅이 비쳐 보고 그 얼굴을 관찰했다. 그는 갑자기 정신이 들었다. 키릴로프는 어딘가 전방을 보고 있기는 하지만 곁눈질로 표트르를 보고 있을 뿐만 아니라, 때에 따라서는 자세하게 관찰하고 있는지도 모른다는 점이었다. 이때 어떤 생각이 그의 머릿속에 떠올랐다.『어디 한번 이 촛불을 갑자기『이 녀석』의 코끝에 갖다대서 화상을 입혀 주어 어떻게 하나 보자.』갑자기 키릴로프의 턱이 들먹거리더니 그 입술은 마치 이쪽의 속뜻을 알아차린 것처럼 생각되었다. 그는 무의식적으로 몸을 떨면서 자신도 모르게 키릴로프의 어깨를 강하게 움켜쥐었다.

　이 행동에 뒤따라서 뭔지 모를 대담하고 추악한 생각이 전광석화처럼 일어났던 것이다. 표트르도 뒤에 이때의 기억을 질서있게 정돈해서 생각하기가 도저히 불가능했었다고 한다. 그가 키릴로프에게 손을 대려는 순간 이쪽은 재빨리 목을 앞으로 숙이고 머리로 촛불을 그의 손으로부터 떨어뜨려 버리고 말았던 것이다. 촛대는 쨍강 하고 소리를 내면서 마룻바닥에 떨어지고 불은 꺼지고 말았다. 그 순간 그는 자기 오른손 새끼손가락에 무섭게 아픈 통증을 느꼈다. 그는 꽥하고 소리쳤다. 그리고 난 다음에는 이쪽으로 덮쳐오는 키릴로프의 머리를 그냥 정신없이 서너 번 권총으로 힘껏 내리쳤다는 것을 기억하고 있을 뿐이었다. 겨우 그는 물린 손을 뿌리치고 나자 어둠 속을 더듬으면서 뒤도 돌아보지 않고 방을 뛰어나갔다. 그 뒤로부터는 뒤쫓아오듯이 무서운 고함 소리가 방안으로부터 울려퍼졌다.

「지금 곧, 지금 곧!……」

　이런 소리가 열 번쯤 되풀이됐다. 그러나 그는 계속 달려서 겨우 현관이 있는 복도까지 뛰어나갔다. 그때 권총 소리가 크게 울려퍼졌다. 이때 그는 복도의 어둠 속에서 걸음을 멈추고 약 오 분쯤 상상을 하고 있었다. 드디어 그는 방으로 되돌아갔다. 우선 초를 찾지 않으면 안 되었다. 그러기 위해서는 장 오른쪽에서 마룻바닥에 불의의 타격으로 떨어뜨린 촛대를 찾아내면 되는 것이었지만, 그러나 어떻게 해서 타다 남은 초에 불을 켤 것인가를 궁리하지 않을 수 없었다. 불현듯 그의 머리에 하나의 희미한 기억이 떠올랐다. 어제 부엌에 뛰어내려가서 페지카에게 달려들었을 때 한쪽 구석에 놓인 찬장 위에 빨간 성냥통이 있는 것을 얼핏 본 것 같은 기억이 떠올랐던 것이다. 그는 더듬어서 왼쪽에 있는 부엌문을 향해서 갔다. 문은 곧 찾을 수 있었다. 그는 입구를 거쳐서 계단을 내려갔다. 찬장 위에는 지금 그가 기억에서 떠올렸던 것과 같은 장소에 아직 터뜨리지 않은 커다란 성냥통이 놓여 있는 것을 그는 어둠 속에서 더듬어 찾아냈다. 그러나 불을 켜지 않고 그대로 그는 서둘러 위로 올라갔다. 겨우 아까 그 장 옆, 아까 그의 손가락을 물고 늘어졌던 키릴로프를 권총으로 후려갈긴 장소까지 가자 그는 갑자기 물렸던 손가락이 생각났다. 그 순간 그는 거의 참을 수 없을 정도의 통증을 또 느끼기 시작했던 것이다.

그는 이를 악물면서 겨우 초 도막을 찾아 불을 붙여서 그것을 촛대에 꽂아 가지고 주위를 둘러보았다. 통풍구가 열린 창문의 근처 가까이, 다리를 방의 왼쪽 구석으로 둔 채 키릴로프가 가로누워 있었다. 탄알은 오른쪽 관자놀이에서 두개골을 뚫고 왼쪽으로 빠져나갔다. 피와 머릿골이 튄 흔적이 보였다. 권총은 마룻바닥에 나가 떨어져 있는 자살자의 손에 쥐어져 있었다. 죽음은 순간적으로 이루어진 모양이었다. 완전히 면밀하게 모든 것을 조사해 보고 나서 표트르는 몸을 일으켜 발끝으로 걸어서 방을 나왔다. 그리고 문을 닫고 촛불을 원래 있었던 방 테이블 위에 올려 놓았다. 그는 잠깐 생각하고 나서 화재 같은 것은 일어날 염려가 없다는 생각이 들자, 촛불을 끄지 않고 그대로 두기로 했다. 테이블 위에 놓여 있던 유서에 다시 한 번 눈을 주고 그는 기계적으로 히죽 웃고 나서 여전히 발소리를 죽이면서 발끝으로 걸어서, 이번에는 드디어 이 집을 나가 버리고 말았다.

그는 다시 페지카의 비밀 통로를 빠져나와서 다시 감쪽같이 그 뒤를 덮어 두었다.

3

꼭 여섯 시 십 분 전, 정거장의 플랫폼에는 상당히 길게 연결되어 있는 열차 옆을 표트르와 에르켈리가 걷고 있었다. 표트르가 출발하기 때문에 에르켈리가 전송하러 나온 것이다. 수하물은 이미 맡겨 버렸고 손가방은 이등 찻간에 잡은 자기 자리에 놓아 두었다. 첫번째 벨은 벌써 울렸고, 사람들은 두 번째 벨을 기다리고 있었다. 표트르는 찻간 안으로 들어가는 여객들을 관찰하면서 공공연하게 주위를 둘러보고 있었다. 가까운 친지는 거의 볼 수

없었다. 다만 두 번 정도 가벼운 인사를 했을 뿐이었다. 한 사람은 간접적으로
알고 있는 상인이었고 또 한 사람은 두 정거장 떨어진 자기의 종교 구역으로
가는 젊은 시골 출신의 목사였다. 에르켈리는 이 최후의 순간에 좀더 중대한
이야기를 무척 하고 싶어했다. 하기는 그것이 명확하게 어떤 내용의 이야
기인지는 자기로서도 몰랐지만, 그래도 자기가 먼저 그 이야기를 꺼낼 용기는
없었다. 그는 아무래도 표트르가 자기를 귀찮게 여겨 빨리 최후의 벨이
울렸으면 하고 초조하게 기다리고 있는 것처럼 자꾸만 생각되는 것이었
다.

「당신은 너무나 태연하게 여러 사람의 얼굴을 보고 계시군요.」

그는 상대를 경계하는 듯 웬지 겁먹은 듯한 어조로 말했다.

「왜 그러면 안 되나? 나는 아직 숨을 단계가 아니야. 좀 이르지, 걱정하지
않아도 돼! 나는 다만 저 리푸친이란 녀석이 오지 않는가 하고, 그것에
마음을 못 놓고 있는 거야. 냄새를 맡고 달려올는지 모른단 말야.」

「그 패들은 믿을 수 없어요!」 단호한 어조로 에르켈리가 말했다.

「리푸친 말인가?」

「모두 다죠.」

「실없는 소리, 지금 그 패들은 모두 어제 일로 해서 붙들려 있는 거야.
한 사람도 배반하는 놈은 없어. 이성을 잃어버리지 않는 한 누군들 제 발로
멸망의 진구렁으로 뛰어들 놈이 어디 있겠나?」

「아닙니다, 그 패는 모두 이성을 잃어버리게 될 것입니다.」

이런 걱정은 지금까지 벌써 여러 번 표트르의 마음속에도 일어났던 모
양이었다. 그래서 에르켈리의 의견은 한층 더 그를 초조하게 했던 것이다.

「에르켈리, 자네마저 겁을 집어먹은 것이 아닌가? 나는 그들을 한데
뭉친 것 이상으로 자네 한 사람에게 기대를 걸고 있는 것일세. 나는 한 사람
한 사람 그들이 어느 정도의 가치를 가지고 있는지 이젠 완전히 알았단
말이야. 오늘이라도 자네는 그 패들에게 구두로 죄다 보고하도록 해주게.
나는 그 패들을 전적으로 자네에게 일임하는 것이니까. 이제부터 그들을 찾아
한 바퀴 돌아 주게나. 내 훈령은 내일이나 모레쯤 모두가 차분히 알아들을
수 있도록 침착성을 회복했을 때 아무데나 모아 놓고 들려 주도록 하게…….
그러나 내가 책임지고 말할 수 있는 것은 그 패들은 내일이 되면 침착성을

회복할 거야. 인간이란 겁을 집어먹으면 마치 납 모양으로 유순해지는 것이니까 말이야……. 그런데 무엇보다 중요한 것은 자네부터 먼저 기운을 잃어버리지 않도록 해야 한단 말이야…….」
「그러니까 표트르 스체파노비치, 당신께선 가시지 않으면 좋겠는데요.」
「아니야. 뭐 이삼 일 걸리면 되는걸. 곧 돌아올게…….」
「표트르 스체파노비치.」 조심스럽게, 그러나 확실한 어조로 에르켈리는 말을 이었다. 「당신께서 페체르부르그로 가시는 것은 좋습니다. 저는 이미 알고 있습니다. 당신께선 『공동의 사업』을 위해서 필요한 일을 하러 가시니까요.」
「나는 그보다 적은 호의를 자네로부터 받는 일은 없을 것이라고 늘 생각하고 있었어, 에르켈리 군. 만일 페체르부르그로 간다는 것을 눈치챘다면, 그날 밤 그때 모든 사람을 놀라지 않게 하기 위해서 이렇게 긴 여행을 한다고 말할 수 없었던 이유는 자네도 이해해 줄 것이라고 생각하네. 그 패들이 어떠했던가는 자네도 직접 봤으니 알고 있지 않은가. 그러나 나는 일을 위해서 대단히 중요한 공동의 사업 때문에 가는 것이므로 리푸친 같은 놈들이 상상하는 것처럼 빠져나가려는 것이 아니라는 것을 자네도 이해해 줄 것이라 믿네.」
「가령 당신이 외국에 가시더라도 나는 충분히 이해합니다. 당신은 당신 자신의 한 몸을 안전하게 조처할 필요가 있는 것입니다. 왜냐하면, 당신은 모든 것 그 자체이고, 우리들은 아무것도 아니니까요. 나는 벌써부터 이 정도는 알고 있습니다.」
가엾은 소년은 목소리마저 떨렸다.
「고맙네, 에르켈리…… 아하, 자네는 내 아픈 손가락을 건드렸어.(에르켈리는 억세게 그의 손을 잡고 흔들었던 것이다. 아픈 손가락은 검은 헝겊으로 싸매여 있었다.) 그러나, 나는 다시 한 번 명확히 말해 두는데 말이야. 내가 페체르부르그로 가는 것은 그저 약간 냄새를 맡기 위해서 가는 거니까 하루 낮과 밤만 있다가 다시 이곳으로 되돌아올 것이란 말야. 돌아오면 나는 세상 사람들의 눈을 속이기 위해서 시골에 있는 가가노프의 집에 틀어박혀 있으려고 해! 그리고 만일 그 패들에게 무슨 일이 생기면 나는 즉시 달려가서 그들과 함께 그것을 해결할 작정이야. 만일 페체르부르그에서 오래 머물게 되면 곧…… 예의 그 방법으로 자네에게 통지를 할 테니까, 그때에는 자네가 또 그 소식을 『한패』들에게 전달해 주게나!」

두 번째 벨이 울렸다.

「발차 시간까지 겨우 오 분 남았군. 나는 말이야 이 사람아, 이곳에 있는 우리『한패』가 산산이 흩어지는 것이 마땅치 않단 말이야. 나는 조금도 무서운 게 없어. 그러니까, 나에 관한 것은 걱정하지 말게. 결사라는, 그물의 하나 하나의 매듭이 내 수중에 꽤 많이 있으니까 말이야. 여기 오인조 같은 것은 그다지 대단하게 여길 필요가 없단 말이야. 다만 그 매듭이 하나 더 있으면 있을수록 좋다는 것뿐이지. 또 나는 자네에 대한 것은 안심하고 있어. 그 병신 같은 놈들 옆에 자네를 혼자 남겨 두고 가긴……. 하지만 뭐 걱정하지 않아도 돼! 그 패들은 절대로 밀고하지 않을 거야. 그럴 만한 용기가 없어……. 아아…… 당신도 오늘?……」갑자기 그는 반가운 듯이 인사를 하러 가까이 오는, 젊은 사나이에게 생기있는 표정을 짓고 명랑한 어조로 말했다. 「당신도 역시 급행으로 떠나시다니, 난 전혀 모르고 있었습니다. 어디…… 어머님한테…….」

이 청년은 그 어머니가 이웃 현에서 굴지의 지주였고, 율리아 부인의 먼 친척 뻘 되는 사람으로, 두 주일 정도 이 거리에 머물고 있었던 것이다.

「아닙니다, 저는 멀리까지 갑니다. K역까지 가지요. 여덟 시간이나 기차에 앉아 있어야 하니……. 페체르부르그까지 가십니까?」하고 청년은 껄껄 웃었다.

「어떻게 내가 페체르부르그로 간다고 생각하셨지요?」아주 개방적인 어조로 표트르도 같이 웃었다.

청년은 장갑을 낀 손가락을 세워 보이며, 위협하는 듯한 손짓을 했다.

「네 그래요. 말씀하신 대롭니다.」표트르는 아주 비밀인 양 속삭였다. 「나는 율리아 부인의 편지를 가지고 서너너덧 분 방문하기 위해서 가는 겁니다. 그게 누군지 아시겠어요? 정말 생각하면 어처구니가 없다니까요. 이런 심부름은 참 매우 곤란하단 말입니다!」

「그렇지만 도대체 그 여자는 어째서 그렇게 겁을 먹은 사람처럼 위축이 됐지요?」하고 청년도 같은 모양으로 속삭였다.

「어제 그 여자는, 저까지도 방에 들이지 않더라니까요. 내 생각으로는 그처럼 어울리기를 걱정할 필요는 없을 것 같습니다. 뿐만 아니라 그 여자는 불이 난 현장에서 정말 쓰러져 버리지 않았습니까? 말하자면 그 한 몸을 바쳤다고 할 수 있지 않겠어요?」

「아니, 내 말을 좀 들으십시오.」표트르는 웃으면서 말했다.

「그분은 말이지요, 이미 여기서는…… 어떤 사람들이 벌써 편지를 낸 것이나 아닐까 하고, 그것을 걱정하고 있는 것입니다. 즉 이것에 대해서는 스타브로긴이라고 하는 것보다, 오히려 K공작 편이 주된 인물일 것입니다……. 아아, 어쨌든 여기에는 복잡한 사정이 있습니다. 어쩌면 가면서 그런 이야기를 당신에게 하게 되는지도 모르겠습니다. 물론 기사도가 허용하는 한도내에서입니다만……. 이 사람은 내 친척으로 소위보 에르켈리입니다. 군부(郡部)에서 나온 사람입니다.」

지금까지 에르켈리에게 곁눈질하고 있던 청년은 잠깐 모자에 손을 갖다 댔다. 에르켈리는 거수 경례를 했다.

「참, 베르호벤스키, 기차 안에서 여덟 시간을 지낸다는 것은 정말 괴로운 일이죠. 실은 나와 함께, 베레스토프라는 정말 재미있는 대좌가 한 분 일등 찻간에 타고 있습니다. 바로 이웃 현에 사는 지주로서 가리나(가린 집안에서 태어난 사람)를 마누라로 얻었단 말입니다. 굉장히 근사한 사람이지요. 게다가 자기 자신의 사상을 가지고 있습니다. 여기에는 겨우 이틀밖에 머물지 않았습니다. 예랄라쉬 승부를 매우 좋아하지요. 한번 같이 해보시지 않겠어요? 또 한 사람은 벌써 물색해 놓았습니다. 프리푸홀로프라는 T거리의 상인으로서 턱수염을 기른 백만 장자입니다. 진짜 백만 장자입니다. 이 점은 제가 보증합니다……. 제가 당신을 소개해 드리도록 하죠. 정말 재미있는 돈주머니입니다. 크게 한 번 웃어 보도록 합시다.」

「예랄라쉬라면 나도 무척 좋아합니다. 기차 속에서 한다는 건 더욱 유쾌합니다만, 그러나 난 이등 찻간이어서……」

「네? 뭐라구요? 그건 절대로 안 됩니다, 우리들 있는 데로 옮기세요. 곧 당신의 자리를 일등 찻간으로 옮기도록 이르겠습니다. 차장은 내가 하는 말은 듣게 되어 있습니다. 당신의 짐은 뭡니까? 가방? 무릎덮개?」

「좋습니다. 가십시다!」

표트르는 당장 자기 가방과, 무릎덮개와 책을 가지고 무섭도록 재빨리 서둘러서 일등 객차로 옮겼다. 에르켈리도 그것을 도왔다. 그때 세 번째 벨이 울렸다.

「그럼, 에르켈리」 객차 창문에서 손을 내밀면서 표트르는 바쁜 듯한 태도로 서둘러 말하기 시작했다.「나는 저 친구들과 승부를 시작하겠어!」

「뭣 때문에 저에게 변명 같은 말씀을 하시는 겁니까? 저는 이미 알고 있단 말입니다, 잘 알고 있습니다. 표트르 스체파노비치.」

「자, 그럼 다시 만나세.」하고 그는 말했지만, 이때 놀이를 할 사람에게 소개한다고 그를 부르고 있는 청년 쪽으로 후딱 방향을 돌려 버리고 말았다.

이리하여 에르켈리는 숭배해 마지않는 표트르를 더 이상 볼 수 없게 되어 버리고 만 셈이었다.

그는 매우 우울한 표정으로 집으로 돌아왔다. 그것은 표트르가 갑자기 그들을 버린 것처럼 생각해서 걱정이 되어서 그런 것은 아니었다. 그러나……그는 그 젊은 멋쟁이가 불렀을 때 너무나도 결단성 있게 자기에게 등을 돌리고 만…… 게다가『또 만나세』하는 말 외에 뭔가 더 할 말이 있었음 직했는데…… 적어도 손만이라도 좀더 힘주어 쥐어 줬어야 했다…….

이 최후의 사실이 가장 중요한 것이었다. 웬지 모르게 이상한 것이 그의 애달픈 가슴을 할퀴기 시작했다.

그것이 과연 무엇이었던가는 그 자신으로서도 알 수 없었지만, 아무튼 어젯밤에 일어난 사건과 관련된 것이었다.

제 7 장   스체판 선생의 최후의 방랑

1

　나는 굳게 믿고 있다. 스체판 선생은 자기의 미친 것 같은 계획을 수행할 시기가 가까웠음을 느꼈을 때, 대단한 공포에 휩싸였을 것임에 틀림없다. 나는 또 이렇게도 믿고 있다. 그는 특히 그 전날 밤, 그 무시무시한 사건이 있었던 밤에는 예사롭지 않은 공포에 시달렸음에 틀림없을 것이다. 나스타샤가 뒤에 말한 바에 의하면, 그는 매우 밤이 깊어서야 자리에 들었고, 그리고 푹 잤다는 것이다. 그렇지만 그런 말은 아무런 증명도 되지 못한다. 사형 선고를 받은 자는 형의 집행 전날까지도 실컷 깊은 잠을 잔다는 것이다. 사실 그가 가출한 것은 아무리 신경질적인 사람이라도 약간은 원기를 회복하는 날이 샐 무렵의 일이기는 했지만(비르긴스키의 친척되는 타위는 밤이 새자마자 곧 신에 대한 신앙마저 잃어버린다고 하지 않았던가), 그러나 내가 믿는 바로는 그는 지금까지 한 번도 공포의 감정을 가지지 않고서는 이런 상태로, 그것도 혼자서 큰길을 방황하는 자신의 모습을 상상할 수 없었음에 틀림없었다. 그가 이십 년간 살아오던 장소와 나스타샤를 버리고 갑자기 들어간 세계의, 고독한 감각도 물론 처음 당분간은 그의 마음속에 포함되어 있는 자포자기적인 어떤 절망감 때문에 꽤 많이 힘이 약화된 것으로 생각된다. 그러나 그것은 아무래도 좋다. 가령 그가 자기를 기다리고 있는 모든 공포를 아무리 확실하게 의식하고 있다손 치더라도 그래도 역시 큰길로 나가서는 무작정하고 어디까지든지 자꾸만 갔을 것임에 틀림없다. 어떤 일이 있었다고 해도 이 사실 속에는 뭔가 자랑스러운 마음을 들뜨게 하는 것이 있었다. 아아, 그는 바르바라 부인의 풍부한 조건을 받아들여서 부인의 호의 밑에 『세상에 흔히 있는 더부살이로서』 끝낼 수도 있었던 것이다. 그러나 그는 그 호의를 고맙게 받아들여서 머물러 있는 것을 달가워하지 않았다. 이렇게 그는 자진해서 부인을 버리고 위대한 이상의 깃발을 쳐들고 그 이상을 위해서 큰길로 뛰어나가 죽으려 한 것이다! 바로 그는 이렇게 느꼈음에, 이와 같이 이 행위가 그의 눈에 비쳤을 것임에 틀림없었다.

그리고 또 다른 의문이 여러 번 내 머릿속에 떠올랐다. 다름이 아니라 어째서 그는 그렇게 달아났던 것일까? 즉 어째서 글자 그대로 자기 발로 도망해서 마차를 타지 않았을까? 나는 처음엔 이 사실을 그의 오십 년에 걸친 비실제적인 생활과, 격한 감정에서 기인한 특출한 사상의 혼돈에서 온 것이라고 설명했다. 역마라든가 마차란 것은(설혹 벨이 달려 있다고 해도) 그에게는 너무 단순해서 산문처럼 생각되었음에 틀림없다. 그런데 그와 반대로 순례 여행이란 것은 설사 우산 같은 것을 들고 간다고 하더라도 훨씬 아름답고 그리고 복수적인 낯익은 느낌을 가지고 있는 듯이 생각된다. 이렇게 나는 상상하고 있었던 것이다. 그러나 모든 것이 종말을 고한 지금에 와서 생각해 보면 이런 것들은 그 무렵 훨씬 간단하게 결행되었을 것이라고 생각된다. 첫째 그는 마차를 타고 간다는 것을 두려워했을 것이다. 그렇게 하면 바르바라 부인이 눈치를 채고 강제로 붙들 염려가 있었기 때문이었다. 실제로 부인은 그렇게 했을 것이고, 그는 반드시 거기에 따랐을 것임에 틀림없다. 그렇게 되면 그 위대한 이상도 영구히 빛을 못 보고 말았을 것이다.

둘째 이유로서는 역마권을 받는 데는 적어도 목적지를 알고 있지 않으면 안 된다. 그런데 그 목적지를 안다는 것이 이 경우의 그에게는 가장 큰 고통이었던 것이다. 그는 그 목적지의 이름을 댈 수가 없었다. 왜냐하면 어디에 있는 아무 거리라고 결정해 버리면 벌써 그 순간부터 그의 계획은 그 자신의 눈으로 보기에도 불가능한 것이 되어 버리고 말기 때문이었다. 그는 이런 점을 충분히 느끼고 있었던 것이다. 실제로 어디 있는 아무데로 결정한다고 해서 그가 도대체 어떻게 하겠다는 것인가? 어째서 그 거리가 아닌 다른 거리면 안 된단 말인가? 예의 그 상인이라도 찾으려고 하는 것일까? 그러나 도대체 어떤 상인일까? 여기서 또다시 그에게 있어 무엇보다도 무서운 두 번째 의문이 떠올랐던 것이다. 사실에 있어 그로서는 이 상인만큼 무서운 것은 달리 없었다. 그는 지금 갑자기 무작정하고 이 상인을 찾으러 뛰쳐나오기는 했지만 막상 그를 찾아낸다고 해도 그것이 무엇보다 무서웠던 것이다. 아니, 이젠 오히려 단순한 큰길이 좋겠다. 다만 태연하게 큰길로 걸어 들어가서 생각하지 않을 수 있을 때는 아무것도 생각하지 않고 다만 걸어가기만 하면 된다. 큰길 그것은 마치 인생 그 자체와 같이 인간의 공상처럼, 무엇인지는 모르지만 긴, 끝을 볼 수 없는 것과 같은 것이다. 큰길 이 속에는 사상이 내포되어 있다. 그런데 역마권에는 무슨 사상이 있는가? 역마권은 사상의 종언이다……. 『큰길 만세!』 그런 다음의 문제는 또 그 다음에 할 일이다.

리자와 뜻하지 않았던 돌발적인, 당돌한 해후를 한 뒤(이것은 전에 이미 말했다), 그는 한층 망아(忘我)의 경지에 빠져들면서 앞으로 앞으로 나아갔다. 큰길은 스크보레쉬니키에서부터 반 베르스타쯤 떨어진 곳에 뻗어 있었지만, 이상스러운 것은 그는 처음에 어떻게 큰길로 접어들었는지 전혀 기억이 없을 정도였다. 사물을 근본적으로 판단한다든가 명확하게 의식한다든가 하는 것은 이때의 그에게 있어서는 견디기 힘든 것이었다. 가랑비는 그쳤다가 다시 내리고 있었다. 그러나 그는 비 같은 것엔 전혀 신경을 쓰지 않고 있었다. 또 가방을 어깨에 걸머지고 있었기 때문에 걷기가 편하게 된 것도 역시 의식하지 못했다. 이렇게 일 베르스타나 그 절반쯤 걸었을까 했을 때 그는 갑자기 발길을 멈추고 주위를 둘러보았다. 차바퀴로 파인, 거무칙칙한 큰길은 길 양쪽에 버드나무가 즐비하게 서 있었고, 그것이 저끝까지 한없이 길게 계속되어 있었다.

오른쪽엔 이미 추수를 끝낸 텅 빈 밭이, 왼쪽엔 관목 숲 저쪽에 송림이 계속되어 있었다. 그리고 훨씬 저쪽으로는 철도의 선로가 비스듬히 숲속으로 뻗쳐 있는 것이 어렴풋이 바라다보였고, 그 위에는 기차의 연기 같은 것이 보였지만 차소리는 들리지 않았다.

스체판 선생은 약간 겁이 났다. 그러나 그것도 한순간이었다. 이렇다 할 이유도 없이 한숨을 푹 쉬고 그는 가방을 버드나무 옆에 놓고 쉬려고 그 자리에 앉았다. 아니, 앉으려고 몸을 움직였을 때 그는 체내에서 이상스러운 오한을 느끼고 무릎을 짚고 몸을 굽혔다. 그는 그때 비로소 비가 내리는 것을 느끼고 우산을 폈쳤다. 그는 때때로 입술을 실룩거리면서 우산대를 꽉 잡고 오랫동안 이렇게 앉아 있었다. 여러 가지 환상이 꼬리를 물고, 주마등처럼 빠른 속도로 돌아가면서, 기괴한 행렬을 지어 그의 눈앞을 스치고 지나갔다.

『리즈, 리즈』하고 그는 생각했다.

『그녀와 함께 모리스가 있었지. 이상한 사람들이었어. 그런데 이 화재 사건은 얼마나 이상스러운 것이었던가? 게다가 그녀는 도대체 무슨 말을 했을까, 도대체 누가 살해됐단 말이냐? 아마 나스타샤는 아직 아무것도 모르고 커피를 끓여 놓고 나를 기다리고 있을 거야……. 카드놀이…… 도대체 나는 카드놀이에 져서 사람을 판 것일까? 흠! 이 러시아에서는 말하자면 농노제 시대에…… 앗 그렇다. 페지카!』

그는 놀란 나머지 몸을 떨고 주위를 둘러보았다.

『아아, 만일 어딘가 이 근처 숲속에 그 페지카가 숨어 있다면 어떻게 될까? 사람들의 말로는 그놈이 어느 큰길에서 도당을 조직해서 강도짓을 하고 있다고 하던데……. 아아, 그때, 그를 만나게 되면 그때 난, 그를 향해서 내가 잘못했다고 정직하게 사실대로 말하고 사과해야겠다……. 그리고 난 십 년 동안이나 그놈이 군대에서 고생한 것보다 훨씬 더 많이 그놈 때문에 괴로워했다는 것을 이야기해 주자. 그리고…… 그리고 또 지갑을 줘버리자. 흐음! 나는 가지고 있는 돈이 모두 해야 사십 루블리이다. 그놈은 이 돈을 빼앗고도 나를 죽이고 말겠지……. 』

그는 공포에 질려, 뜻없이 우산을 접어 자기 옆에 놓았다.

이때 저 멀리 거리에서부터 시골 마차와 같은 것이 큰길에 나타났고 그는 불안스레 바라다보고 있었다.

『고맙군. 저건 시골 마차구나. 천천히 오고 있군. 저거라면 별로 위험이 없을 것이다. 저것은 지쳐빠지도록 혹사당한 이 고장의 폐마(廢馬)가 끌고 있는 마차야……. 나는 곧잘 말의 종류를 따지기를 좋아했었는데……. 그래, 표트르 일리치가 클럽에서 마종(馬種)을 논했기 때문에 나는 그 친구를 카드놀이로 참패를 시켰었지. 그리고…… 그런데 저 뒤에 있는 것이 뭘까? 농부의 마누라가 마차를 타고 있는 모양이구나, 농부와 마누라, 이건 참 어째 일이 무사하게 될 성싶군. 마누라가 뒤에 앉았고 농부가 앞에 서 있다. 이건 정말 태평무사로구나! 저 부부의 뒤에는 소가 그 뿔이 끈으로 붙들린 채 마차에 매워져 있구나, 이것은 점점 더 태평무사로구나.」

마차는 옆에까지 가까이 왔다. 그것은 꽤 단단해 보이는, 그다지 모양 사납지 않은 농부용 마차였다. 마누라는 뭔가 잔뜩 넣은 자루 위에 앉아 있었고, 농부는 고삐를 들고 앉아서 스체판 선생 쪽으로 다리를 늘어뜨리고 있었다.

뒤에는 정말로 빨간 암소가 뿔을 붙들어매인 채 느릿느릿 걷고 있었다.

농부 부부는 눈을 동그랗게 뜨고 스체판 선생을 바라보았다. 스체판 선생 쪽에서도 역시 같은 모양으로 둘을 쳐다보는 것이었다. 그러나 이십 보쯤 지나쳐 갔을 때 그는 갑자기 서둘러 일어나서 마차를 뒤따라갔다.

마차와 나란히 걷는다면 자연히 마음이 든든할 것이라고 생각했기 때문이었다. 그러나 마차에 다다랐을 때는 벌써 그런 생각을 잊어버리고 또다시 그 도막도막 단편적으로 일어나는 상념과 환영에 몰두해 버리고 말았다. 그는 터벅터벅 뒤쫓으며 걸었다. 그리고 이때, 자기가 농꾼 부부 생각에 이런 큰길을 혼자 걷는 것이 이상스러운 일이라고 여길 것이란 자격지심 같은 것은 전혀 생각지도 않았던 것이었다.

「대단히 실례올시다만, 당신은 도대체 누구십니까?」 스체판 선생이 멍청하게 마누라를 바라보고 있자 더 이상 그녀는 참을 수 없었던지 이렇게 물었다.

마누라는 나이가 스물일곱 살 정도로 몸집이 좋고 눈썹이 짙고 거무틱틱한, 건강해 보이는 여자로 빨간 입술은 상냥스럽게 웃음을 머금었고 그 그늘에서 가지런한 흰 이가 반짝거리고 있었다.

「당신은…… 당신은 내게 물었습니까?」 근심스러운 듯한 놀람의 빛을 띠면서 스체판 선생은 이렇게 중얼거렸다.

「아아, 장사를 하시는 분인가 보군요.」 농부는 자신있는 듯이 말했다.

그는 키가 큰, 마흔 살 가까운 사나이로 폭이 넓은 영리한 듯한 얼굴을 불그레한 수염으로 덮고 있었다.

「아니, 난 장사꾼이 아니오. 나는…… 난, 난 좀 별다른 사람이오.」 스체판 선생은 적당히 어물어물하고 말았다. 그리고 만일에 대비해서 약간 뒤로 처졌기 때문에 소와 나란히 걷게 되었다.

「아아, 지체가 높은 분인가 보군.」 러시아 어와는 전혀 다른 말을 들은 농부는 이렇게 생각하고 고삐를 바싹 당겼다.
「이렇게 당신의 모습을 보니까, 마치 산책하러 나온 사람 같군요!」하고 마누라는 또다시 이상스럽다는 표정으로 이렇게 물었다.
「그건…… 그건 내게 묻는 말입니까?」
「흔히 외국 사람이 기차를 타고 오곤 하지만 댁의 구두도 이곳의 것과는 다른 것 같군요.」
「군인이 신는 구두야.」 농부는 아는 체하고 자랑스러운 어조로 말했다.
「아니, 난 군인이 아니오, 나, 나는…….」
『정말 호기심이 대단한 여자로군.』 스체판 선생은 마음속으로 은근히 화가 났다. 『게다가 저들이 나를 추근추근 보는 것이 여간 기분이 나쁘지 않아!…… 그러나 요컨대…… 간단히 말하면 마치 나는 그 사람들에 대해서 뭔가 나쁜 짓이라도 한 것 같은 기분이 드는군. 그건 아무래도 이상한 일이다. 나는 저 사람들에 대해서 무엇 하나 나쁜 짓을 한 기억이 없는데 말이야…….』
마누라는 농부와 속삭이기 시작했다.
「혹, 원하신다면 당신을 태워 드려도 좋은데……. 만일 타고 가는 것이 편하겠다고 생각이 드신다면 말입니다…….」
스체판 선생은 불현듯 정신이 들었다.
「정말입니까? 저는 매우 기쁩니다, 대단히 피곤하니까요. 그런데 어떻게 올라가지요?」
『이건 정말 뜻밖이군.』 하고 그는 마음속으로 생각했다. 『나는 이 소와 그처럼 오래 나란히 걸으면서 태워 주었으면 하는 생각이 전혀 일어나지 않았으니 말이야……. 이 현실이라는 것은 무언가 매우 특이한 점을 가지고 있는 모양이로구나!』
그러나 농부는 마차를 멈추지 않았다.
「그런데 당신은 어딜 가는 거요?」 하고 그는 어느 정도 신용할 수 없다는 듯이 물어왔다.
스체판 선생은 그 말을 곧 알아들을 수 없었다.
「틀림없이 하토보까지일 거야.」
「하토보라고? 아니오, 하토보가 아닙니다. 게다가, 우린 친지가 아니니까요. 하긴 들어 본 적이 있긴 하지만……」
「하토보는 마을 이름입니다요. 여기서 구 베르스타 가량 떨어진 마을이에요.」
「마을? 그건 참 재미있군. 그러고 보니 어쩐지 들은 것 같군요.」
 스체판 선생은 역시 걷고 있었다. 웬일인지 아무리 기다려도 태워 주지 않았다. 그런데 그때 근사한 생각이 머릿속에 떠올랐다.
「당신들은 혹시, 나를…… 나는 여권을 가지고 있어요. 그리고 나는 대학 교수란 말이오. 아니, 뭣하면 그냥 선생이라고 해도 좋은데, 게다가 선생의 우두머리란 말야, 난 선생의 우두머리요. 그렇지, 이런 식으로 번역할 수 있을 것이오. 나를 좀 태워 줬으면 하는데 어떻겠소?…… 사례로 조그마한 술을 한 병 사드리겠소.」
「오십 코페이카는 받아야죠, 나으리. 길이 이렇게 나쁜데…….」
「그렇지 않으면 아무래도 곤란합니다.」 하고 아낙네도 말참견을 했다.
「오십 코페이카? 좋아요, 그건 오히려 좋은 일이군. 나는 사십 루블리 가지고 있으니까…….」
 농부는 말을 멈췄다. 그리고 둘이서 스체판 선생을 마차로 끌어올리고 아낙네와 나란히 부대 위에 앉혔다. 그러나 선풍과도 같은 상념은 그의 뇌리를 떠나지 않았다. 때때로 그는 자신의 정신 상태에 대한 생각을 했다. 그리고 왜 그런지 대단히 멍청해져서 전혀 필요없는 것만 생각하고 자기 자신에 대해서 새삼 놀라는 것이었다. 이처럼 머리가 병적으로 쇠약해진 것을 의식하면 그는 때때로 견딜 수 없을 정도로 마음이 무거워져서 오히려 화가 날 정도였다.
「저건…… 저건…… 도대체 어떤 의미로 뒤에다가 소를 매놓은 거요?」 하고 그는 갑자기 아낙네한테 물었다.
「무슨 말씀을 그렇게 하세요, 나으리. 마치 지금까지 전혀 본 적이 없는 것처럼 말씀하시네요.」 하고 아낙네는 웃어댔다.
「읍에서 지금 사오는 겁니다.」 하고 농부가 대답했다.「우리 소가 말입니다, 나으리. 금년 봄에 쓰러졌단 말입니다, 유행병으로 말이죠. 근처의 소가 죄다 병에 걸려서 반도 남지 않았지요. 울고 떠들고 온통 야단법석을 떨었지만 별수 없었지요.」

이렇게 말하면서 그는 움푹한 곳에 바퀴가 끼여서 쉽사리 움직이지 못하는 말에 채찍질을 했다.
 「그래 그래, 그런 일은 러시아의 시골엔 흔히 있는 일이오. 그리고 대체로 우리 러시아 인은…… 아니 아무튼 흔히 있는 일이란 말이야.」 스체판 선생은 말을 중도에서 그치고 말았다.
 「정말, 당신이 선생이라면 하토보 같은 데 가서 뭘 하려고 그러는 겁니까? 아니면 좀더 멀리까지 가는 겁니까?」
 「나는…… 아니, 난 어디 뭐 먼 데를 간다는 것도 아니고…… 즉, 말하자면…… 어느 상인을 찾아가는 겁니다.」
 「아아, 그러면 틀림없이 스파소프일 거야!」
 「그래 맞았어. 스파소프요. 하긴 그런 것은 아무래도 상관없지만…….」
 「그런 구두로 걸어서 스파소프로 가신다고 하면 한 일주일쯤 걸릴 거예요, 아마…….」 하고 아낙네가 웃기 시작했다.
 「그렇구말구, 그렇지만 그런 것은 아무래도 상관없단 말이야.『여보게들』그런 것은 아무래도 상관없단 말이야!」 스체판 선생은 지리한 듯이 이렇게 상대의 말을 막았다.
 『무섭도록 호기심이 강한 사람들이다. 그러나 마누라가 남편보다는 말을 잘 하는군. 아무래도 내가 관찰하는 바로는 이월 십구일(1861년 농노 해방령 공포일)부터 지금까지 농부들의 말투가 달라진 것 같군. 그러나 내가 가는 목적지가 스파소프든 아니든, 이 패들에게 무슨 상관이 있단 말인가? 나는 돈을 내고 타는 것이다. 그러니까 이렇게 귀찮게 물어 볼 필요가 어디 있단 말인가?』
 「스파소프로 간다면 증기기관차를 타야만 해요.」 농부는 또 말을 걸어왔다.
 「그건 정말 그래요.」 하고 아낙네는 활기에 차서 말참견을 했다. 「왜 그러냐 하면 이 기슭을 마차로 가신다면 삼십 베르스타는 돌게 되니까요.」
 「사십 베르스타지.」
 「내일 두 시경엔 우스치예바에서 증기 기관차를 탈 수 있어요.」 하고 아낙네가 시간까지 말했다. 스체판 선생은 입을 열지 않았다. 두 질문자도 입을 다물었다. 농부는 계속 말고삐를 잡아당겼다. 아낙네는 때때로 간단한 이야기를 남편과 주고받을 뿐이었다. 스체판 선생은 꾸벅꾸벅 잠이 들었다.

그러다가 갑자기 당황해서 정신을 차렸다. 아낙네가 웃으면서 그를 깨웠던 것이다. 그래서 주위를 둘러보니까 마차는 언제 왔는지 꽤 큰 마을에 도착해서 창문이 세 개 달린 어느 시골집의 현관 앞에 와 있었던 것이다.

「선생, 좀 주무셨습니까요?」

「이건 어떻게 된 거요? 여기가 어디지? 아 그렇지 참! 아니, 아무래도 좋아!」하고 스체판 선생은 깊은 한숨을 쉬면서 마차에서 내렸다.

그는 침울한 표정으로 주위를 둘러보았다. 이런 마을의 광경이 그의 눈에는 어쩐지 기묘하게, 무섭도록 낯설게 비쳤던 것이다.

「아아, 오십 코페이카, 깜박 잊고 있었군!」 어쩐지 거친 동작으로 그는 농부를 향해서 말했다.

그는 벌써 이 사람들과 헤어지는 것을 두려워하고 있는 것 같았다.

「그럼, 방안으로 들어가셔서 계산해 주십시오.」하고 농부가 말했다.

「그렇지요, 저쪽에 가셔서 주세요.」하고 아낙네도 동의했다.

스체판 선생은 가파른 계단을 올라갔다.

『도대체 어째서 이렇게 됐을까?』 그는 겁을 먹은 듯한, 그러면서도 절실히 의아한 감정에 사로잡혀서 이렇게 중얼거렸다. 그렇지만 아무튼 집안으로 들어갔다. 『그녀는 이것을 바라고 있었던 것이다.』 하는 생각이 그의 가슴을 찌른 것 같은 감정을 느꼈다.

동시에 그는 또다시 모든 것을 잊어버리고 말았다. 방안에 들어간 것조차 잊어버리고 말았던 것이다. 그것은 꽤 깨끗한 농부의 집이며, 창문이 세 개 붙어 있었고 두 개의 방으로 나누어져 있었다. 여인숙이라고까지는 할 수 없지만 옛날부터의 습관으로 친지들이 오다가다 들를 것 같은 그런 집이었다. 스체판 선생은 별로 기가 질리는 느낌도 없이 정면의 한구석으로 걸어갔다. 그리고 인사하는 것조차 잊어버리고 자리에 앉자 그대로 또 생각에 몰두하기 시작했다. 그렇게 하고 있을 때, 큰길의 습기 속에서 세 시간이나 지낸 뒤라 따뜻한 온기의 감촉이 갑자기 그의 전신을 나른하게 했다. 특별히 신경질적인 사람이 열병에 걸렸을 때는 흔히 있는 일이지만, 추운 곳에서 갑자기 따뜻한 곳으로 옮겼기 때문에 때때로 싸늘하게 등줄기를 타고 내리는 오한까지도 왜 그런지 이상스럽게 쾌감을 주는 듯했다. 그가 머리를 들어 보니까, 난로 옆에서 여주인이 열심히 굽고 있는 블린(과자의 일종)의 달콤한 냄새가 그의 후각을 자극했다. 그는 어린아이처럼 미소를 띠면서 여주인 쪽으로 목을 길게 빼고 갑자기 이렇게 말했다.
「그건 도대체 무엇입니까? 블린인가요? 이건 참 좋은데요?」
「선생님, 좀 들어 보시겠어요?」 곧 여주인은 정중한 어조로 대답했다.
「먹고 싶군요. 그리고 나선 차도 한 잔 부탁합니다.」 하고 스체판 선생은 힘이 나서 말했다.
「사모바르를 드릴까요? 네에 네, 그건 곧 올릴 수 있습니다.」
커다란 푸른 무늬가 있는 접시에 블린을 놓아서 가져왔다. 보통 농가에서 만드는 얄팍한, 반쯤 밀가루가 섞인 블린으로 뜨겁고 신선한 버터를 바른 굉장히 맛있는 것이었다. 스체판 선생은 아주 맛있게 그것을 먹었다.
「이 기름이 잘잘 흐르는 블린은 참 맛있군. 다만 보드카만 있었으면 좋겠구먼……」
「그러면, 선생님, 보드카를 원하십니까?」
「네, 네 맞았어요. 약간이면 돼요. 아주 조금이면 됩니다.」
「그러면 오 코페이카만 주시면 되겠습니다.」
「오 코페이카라…… 오 코페이카, 오 코페이카, 오 코페이카. 아주 조금이면 된단 말이야.」 정말 기쁜 듯한 미소를 띠면서 스체판 선생은 이렇게 맞장구를 쳤다.
시험적으로 농부에게 뭔가 한 번 부탁을 했더니, 그는 할 수 있는 일이라면, 그리고 하려고만 든다면 열심히 기분 좋게 시중을 들어 주었다. 그런데 그에게 보드카를 사달라고 부탁하니까, 보통 땐 침착하고 상냥스러웠던 그의 태도가 갑자기 이유도 없이 서성거리는 기쁜 듯한 태도로 변했다. 그것은 아주 다정한 사이의 사람에게 대한 마음씨라고 해도 좋을 그런 것이었다. 보드카를 사러 가는 당사자는 그것을 마시는 것이 부탁한 사람이고, 자기가 아니라고 하는 것을 벌써부터 알고 있음에도 역시 부탁한 사람이 장차 가질 쾌감을 어느 정도는 자기도 느끼는 것과도 같은 것이다. 삼사 분도 채 걸리지 않아서 (술집은 바로 옆에 있었다) 스체판 선생 앞 식탁 위에는 커다란 술잔이 놓여졌다.
「이것이 모두 내거란 말이오?」 스체판 선생은 적지않게 놀랐다.「내 집에도 언제나 보드카가 있었지만 오 코페이카로 이렇게 많이 준다는 것은 지금까지 전혀 몰랐단 말이야.」
 그는 잔에 가득 따른 다음 일어났다. 그리고 제법 의젓한 태도를 보이면서 방을 가로질러 저쪽 구석으로 갔다.
 거기에는 그와 함께 부대 위에 앉아 있었던 아낙네, 여기 오는 도중 귀찮게 여러 가지 질문을 해왔던 눈썹이 검은 여자가 자리잡고 있었다. 그녀는 약간 부끄러운 듯이 시원스럽지 못한 어조로 사양했지만, 예의에 어긋나지 않도록 적당히 사양하고 나서는 성큼 일어나서 보통 여자들이 그렇게 하는 것처럼 예의바르게 세 모금으로 잔을 비웠다. 그러고 나서 정말 괴로운 듯한 표정을 지어 보이면서 스체판 선생에게 잔을 주고 인사를 했다. 그도 예의바르게 인사를 하고, 자랑스러운 듯한 빛을 띠면서 식탁 쪽으로 되돌아갔다.
 이것은 일종의 감흥에 의한 것이었다. 그 자신도 일 초 전까지는 그 여자를 대접하기 위해서 일부러 그녀에게까지 가리라고는 꿈에도 생각하지 않았던 것이다.
 『나는 민중을 응대하는 기술을 완전히, 완전히 알고 있다. 이것은 내가 언제나 그들에게 말하곤 했던 것이다.』 남은 술을 병에서 따르면서 그는 만족한 듯이 이렇게 생각했다.
 술은 잔에 가득 차지는 않았지만 그래도 그에게 원기를 주고 몸을 따뜻하게 해주었다. 약간 얼굴에 술기가 오른 정도였다.
 『나는 아주 병들어 버리고 말았다. 그래도 병이 들어 버린다는 것은 그다지 나쁜 일도 아니란 말이야.』
 「이것을 사지 않으시겠습니까?」 하는 나직한 여자의 목소리가 옆에서 들려왔다.
 그는 눈을 들었다. 그랬더니 놀랍게도 자기 앞에 한 부인이, 한 사람의 부인, 그것도 당당한 풍채의 부인이 서 있는 것이 아닌가? 연령은 이미 삼십을 넘은 듯했고 언뜻 보기에도 매우 단정한 여자로 점잖고 옷을 평범하게 입고서 커다란 쥐색 목도리를 어깨에 걸치고 있었다. 그 얼굴에는 어딘가 매우 상냥스러운 데가 있어서 그것이 곧 스체판 선생의 마음에 들었던 것이다. 그녀는 지금 막 이 집으로 들어왔기 때문에 그때까지 자신의 짐은 스체판 선생이 점령하고 있는 장소에서 가까운 긴의자 위에 놓여 있었다. 그 중에는 가방이 하나 있었는데 그는 들어오자마자 호기심을 일으켜 그것을 유심히 봤던 기억이 있었다. 그것은 무척 큰, 유포(油布)로 만든 주머니였다. 이 주머니 속에서 그녀는 아름답게 제본한 두 권의 책을 꺼내가지고 스체판 선생 옆으로 가지고 왔다. 표지에는 십자가가 찍혀 있었다.

「아아, 이것은 틀림없는 성서로군요. 네에 네, 기쁘게 받겠습니다……. 아아, 이제야 겨우 알았다……. 당신은 세상에서 말하는 성서를 파는 사람이군요. 난 때때로 신문에서 본 적이 있어요……. 오십 코페이카입니까?」

「삼십 코페이카입니다.」하고 성서를 파는 여자는 대답했다.

「네, 기쁘게 받겠습니다. 저도 역시 성서에는 반대를 안 합니다. 그리고…… 벌써 오래 전부터 다시 읽어 보려고 생각해오고 있었습니다…….」

이 순간 그는 벌써 적어도 삼십 년쯤, 복음서라는 것을 읽은 적이 없었고, 다만 칠 년쯤 전에 르낭의 《예수전》을 읽었을 때의 기억이 약간 남아 있을 뿐이라는 생각이 들었다.

잔돈을 가지고 있지 않았기 때문에 그는 예의 그 십 루블리 지폐 넉 장(이것이 그가 가지고 있는 돈의 전부였다)을 꺼냈다. 여주인은 잔돈을 바꾸는 수고를 해주었다.

이때 그는 주위를 둘러보고 나서 비로소 정신이 들었다. 그 집 안에는 꽤 많은 사람들이 모여서 벌써부터 그의 모습을 추근추근하게 바라다보면서 아무래도 그에 대한 화제로 쑥덕거리고 있는 모양이었다. 거리에서 일어났던 화재도 화제에 올랐지만, 예의 그 소를 끌고 온 마차의 주인이 지금 막 거리에서 돌아왔기 때문에 누구보다도 열심히 이야기하고 있었다. 방화라든가 쉬피굴린 직공이란 말도 들렸다.

『저 사나이는 나를 태우고 올 때 여러 가지 말을 쓸데없이 지껄이고서도 화재에 대한 말은 한 마디도 안 했었지.』하는 이상한 생각이 스체판 선생의 머리에 떠올랐다.

「선생님, 베르호벤스키 선생님, 이거 참 어떻게 된 일입니까? 선생님께서 여길 다 오시다니 너무 뜻밖이어서……. 그런데 기억나시지 않습니까?」나이가 꽤 들어 보이는 작달막한 사나이가 느닷없이 이렇게 소리쳤다. 보기에 옛날 어느 집 하인과 같은 모습으로 턱수염을 깨끗이 면도하고 깃이 옆으로 꺾인 긴 외투를 입고 있었다. 스체판 선생은 자기 이름을 듣고 섬뜩했다.

「아아, 이거 실례로군.」하고 그는 중얼거렸다.「난 기억이 잘 나질 않는데…….」
 「아니, 잊으셨단 말씀입니까? 저는 아니심, 아니심 이바노프입니다. 돌아가신 가가노프 어른을 모시고 있었습니다. 선생께서는 곧잘 스타브로긴 마님과 함께, 돌아가신 아브도치아 씨 댁에 오시곤 하시지 않으셨습니까? 그래서 늘 뵙곤 했던 것입니다. 저는 곧잘 마님의 심부름으로 나으리 댁으로 책을 가지고 가곤 했었고, 페체르부르그의 과자도 두 번씩이나 가지고 갔던 일이 있었습니다……..」
 「아아, 참 그랬었지. 이제 생각이 났어. 아니심.」하고 스체판 선생은 웃었다. 「아아, 그래 자넨 여기 살고 있나?」
 「아닙니다, 스파소프의 교외에 있는 수도원에 있습니다. 아브도치아 세르게에브나의 언니 마르파 세르게에브나 집에 있습니다. 기억하고 계시겠지요? 무도회에 가실 때 마차에서 떨어져서 다리가 부러진 분……. 지금 수도원 근처에 살고 계시기 때문에 저도 그 옆에서 살고 있습니다. 그런데 지금은 보시다시피 친척집에 다녀오려고 하는 참입니다.」
 「흐응, 그래?」
 「나으리를 이렇게 뵐 수 있어서 정말 기쁩니다. 언제나 상냥하게 돌봐주셨으니까 더욱…….」 하고 아니심은 기쁜 듯이 미소를 지었다. 「그런데 도대체 어디를 가시는 길입니까? 제가 뵙기로는 아무도 없이 혼자신 것 같은데요……. 그 전에는 혼자 외출하시는 일이 절대로 없으셨는데……..」
 스체판 선생은 겁먹은 사람처럼 상대를 바라보았다.
 「혹시 저희들이 살고 있는 스파소프에 가시는 길이 아니신가요?」
 「그래, 나는 스파소프에 가는 길이라네. 어쩐지 세상 사람들이 죄다 스파소프로 가는 것 같구먼.」
 「혹시 표도르 마트베예비치에게 가시는 건 아닙니까? 가시면 정말 기뻐하시겠습니다. 옛날엔 당신을 매우 존경하고 계셨으니 말입니다. 지금도 늘 당신에 관한 말씀을 하고 계십니다……..」
 「그래 그래, 그 표도르 마트베예비치 집으로 가는 길이네.」
 「그러시겠지요, 그러실 것입니다. 그런데 이 농부들은 당신께서 혼자서 큰길을 걷고 계신 것을 보았다면서 이상하게 생각하고들 있습니다요. 정말 바보 같은 녀석들이란 말입니다.」

「나는 말이야…… 나는 말이야 그…… 난 말이야. 아니심, 영국 사람처럼 내기를 했는데 말이야. 그 내기에 져서 약속대로 걸어서…… 그리고…….」
 그는 이마와 관자놀이에 땀을 흘리고 있었다.
「그러시겠지요, 그러셨을 것입니다.」 아니심은 유감없이 만족해서 호기심의 표정을 띠면서 귀를 기울이는 것이었다. 그러나 스체판 선생은 그 이상은 무어라고 할 말이 없었다. 그는 입장이 거북한 나머지 일어나서 나가 버리고 말까 했다. 그런데 그때 뜨거운 차가 담긴 주전자가 들어왔다. 그러자마자 지금까지 어딘가 가서 그 자리에 없었던 성서 파는 그 여자가 돌아왔다. 그는 열심히 이 장면을 모면하려는 사람처럼 그녀를 향해서 차를 권했다. 아니심은 자리를 피해서 어디론가 사라졌다.
 사실 농부들 사이에서는 의혹이 일어났던 것이었다.
『도대체 어떤 사람일까? 큰길을 어정어정 걷고 있는 것이 발견되어 자기 말로는 선생이라고 하는 모양이지만, 몸차림은 마치 외국인 같고 지능으로 본다면 어린아이같이 철이 없는 성싶다. 그리고 갈피를 잡을 수 없는 터무니없는 말만 하고 있다. 마치 어디선가 도망해 나온 사람과 같다. 게다가 돈을 가지고 있다! 경찰에 신고를 할까?』 하는 생각까지 일어날 정도였던 것이다. 게다가 거리의 사정도 꽤 소란스러웠기 때문이다.
 그러나 이런 문제는 아니심이 원만하게 해결했다. 그는 바깥 복도로 나가자 낯선 사람에 대한 이야기를 듣고 싶어하는 사람들에게, 스체판 선생은 선생 정도가 아니고 『굉장히 훌륭한 학자』로서 대단히 중요한 학문을 연구하고 계시는 분이다, 게다가 이전에는 이 근처의 지주로서, 벌써 이십이 년 동안 스타브로긴 장군 부인의 저택에 살고 계시면서 가장 소중한 분으로 대우받고 계시다, 귀족들의 클럽에서는 곧잘 하룻밤 사이에도 잿빛 지폐(오십 루블리짜리)라든가 무지개빛 지폐(일백 루블리짜리)를 카드놀이 승부에서 헌신짝처럼 버리기도 했던 분이시다, 계급은 고등관으로서 중좌와 같은 지위니까 한 계단만 더 오르면 대좌가 되는 것이다, 돈이 있었다고 그러는데 돈이란 스타브로긴 장군 부인으로부터 얼마든지 제한없이 지출을 받을 수 있는 분이라고 떠들어댔던 것이었다.
『그런데 이 여자는 훌륭한 부인이다, 어디 하나 흠잡을 데 없는 부인이다.』 아니심의 공격을 벗어나서 한시름 놓으면서 스체판 선생은 기분 좋은 호기심을 가지고 옆에 앉아 있는 성서 판매원 여자를 관찰하는 것이었다. 그 여자는 이런 스체판 선생의 태도에는 아랑곳없이 차를 접시에 옮기고 설탕을 갉으면서 마시고 있었다. 『저 설탕 덩어리, 저건 아무것도 아니다……. 저 여자에겐 뭔지 모르고 고상한 그리고 꿋꿋한, 동시에 조용한, 차분히 가라앉은 데가 있다. 정말 나무랄 데 없는 부인이다. 하기는 보기에도 벌써 보통 사람과는 약간 취향이 다른 인상을 주고 있긴 하지만…….』

그는 곧 이 여자의 입으로부터 이름은 소피아 마트베예브나 울리치나라는 것과 지금 살고 있는 주소는 K거리로, 미망인으로 살고 있는 언니가 있다는 것과 자기도 역시 미망인 신세라는 것, 남편은 상사 출신의 소위였지만 세바스토폴리에서 전사했다는 것 등을 알았다.

「그러나 당신은 매우 젊어요. 아직 서른도 안 됐지요?」

「서른넷입니다.」 소피아는 프랑스 어로 대답하고 웃었다.

「아, 당신은 프랑스 어도 할 줄 아는군요.」

「네 약간은……. 저는 그 뒤에 명문 저택으로 가 살면서 그 댁 자제분들로부터 배웠던 것입니다.」

그녀가 이야기한 바에 의하면, 열여덟 살에 남편을 여의고 세바스토폴리에서 간호부로 근무하고 있다가 그 뒤 여러 곳을 전전하면서 지내왔고 지금은 복음서를 팔러다니는 신세가 되었다는 것이었다.

「아아, 그렇군요. 언젠가 거리에서 이상스런, 정말 기괴한 사건이 일어난 것은 혹시 당신의 사건이 아니었어요?」

그녀는 얼굴을 빨갛게 물들였다. 그 사건의 주인공은 과연 그녀였던 것이다.

「그 건달놈들이, 그 죽일 놈들이!……」하고 그는 흥분한 나머지 떨리는 목소리로 말했다. 병적인 증오에 가득찬 기억이 그의 마음속에 괴로울 정도로 사무쳐 일어났던 것이다. 그는 순간적으로 전후를 잊어버릴 정도였다.

『아니, 그 여자는 또 어디론가 가버렸구나!』그녀가 또다시 사라진 것을 알자 그는 제정신으로 돌아왔다.『그 여자는 들락날락하면서, 뭔가 분주한 모양이다. 걱정거리가 있는 것처럼 보이기까지 했어……:. 그리고 보니 난 자기 중심적으로 되어가는 것 같구나!』

그는 눈을 들었다. 그러자 아니심의 모습이 보였다. 그러나 이번엔 주위가 대단히 이상야릇한 광경을 드러내고 있었다. 방안은 농부들로 가득차 있었다.

그 속에는 이 집의 주인도 있었고, 또 소를 몰고 오던 농부도 있었으며, 그 외 두 농부(이 사람은 마부라고 했다), 그리고 또 작달만한, 얼큰하게 취한 사나이도 있었다. 이 사람은 농부 같은 차림을 하고 술 때문에 몸을 망친 서민층의 인간이라고 할 차림이었지만 수염을 깨끗이 깎고 있었다. 이 사나이는 누구보다도 가장 잘 떠들었다. 모두 한결같이 스체판 선생에 관해서 이야기하고 있었던 것이다.

소를 몰고 오던 농부는 어디까지나 의견을 굽히지 않고 강기슭을 따라서 사십 베르스타를 가는 것은 크게 도는 것이며, 반드시 증기선을 타야 한다고 주장하고 있었다. 반쯤 취한 서민층의 사나이와 집주인은 열이 나서 반대했다.

「그건 말이야, 말할 것도 없이 우리 선생님은 기선을 타고 가시는 것이 가까울 것임에는 틀림없을 거야. 그렇지만 요즈음 같은 날씨엔 기선이 그곳에 가지 않거든.」

「간단 말야, 가. 아직 일주일쯤은 다닐 거야.」 하고 아니심이 누구보다도 열을 내서 떠들었다.

「그야 그럴지도 모르지! 하지만 가고오고하는 것이 제멋대로란 말이야. 게다가 날씨가 매우 추워졌단 말이야. 어떤 땐 호수 근처에서 이삼 일씩 묵는 수도 있단 말이야.」

「그렇지만 내일은 틀림없이 들어올 거야. 선생님, 밤까지는 충분히 스파소프에 도착할 것입니다.」 하고 아니심은 기를 쓰고 주장했다.

『이 사나이는 왜 이러는 것일까?』 장차 어떡하려고 그러는가 싶어 스체판 선생은 두려움에 몸을 떨었다.

그러자 마부가 앞으로 나서더니, 마차비에 대한 옥신각신이 시작되었다. 호수까지는 삼 루블리라고 했다. 다른 사람들도 그 정도면 근사한 값이라고 했다. 또 그것이 적당한 금액이며, 지금까지 호수로 가는 데는 여름내내 그 액수로 갔다고 했다.

「그렇지만 여기도 대단히 좋은 곳이야……. 나는 별로 가고 싶지 않아…….」 하고 스체판 선생은 우물우물하면서 말했다.

「여기가 좋으시다구요! 그야 물론입니다. 그렇지만 스파소프 쪽이 얼마나 더 좋은지 몰라요! 게다가 표도르 마트베예비치도 얼마나 기뻐하실지 몰라요…….」

「아아, 곤란한데…… 여러분, 이것은 나에겐 너무 뜻밖의 일이라서……」
그러고 있는데 마침 소피아가 돌아왔다. 그러나 그녀는 매우 당황한 모습으로 정말 슬픈 듯이 의자에 앉았다.
「저는 도저히 스파소프로는 갈 수가 없게 되었어요!」
그녀는 여주인에게 말했다.
「아니 그럼, 당신도 스파소프로 가려고 했습니까?」
스체판 선생은 자신도 모르게 깜짝 놀라 이렇게 소리쳤다.
이야기를 들어 보니 나제즈다라는 한 여지주가 어제부터 그녀를 스파소프로 데리고 가겠다고 약속하고, 이 하토보에서 기다리라고 했는데도 아직까지 나타나지 않는다는 것이었다.
「그러니 전 어떡해야 좋을지 모르겠어요……」하고 소피아는 되풀이했다.
「이봐요. 나도 그 여지주처럼, 그 뭐라고 그러셨더라, 저…… 그, 내가 마차를 타고 갈, 그 마을에 당신을 데려다 드릴 수 있습니다. 그리고 내일 그렇지요, 그러니까 내일, 우리 함께 스파소프로 가도록 하십시다.」
「어마, 당신께서도 역시 스파소프로 가시는 길인가요?」
「어쩔 수 없잖아요, 게다가 난 매우 즐겁습니다. 난 마음속으로부터 당신을 성심껏 모시도록 하겠습니다. 보세요, 저 사람들이 자꾸만 권하기 때문에 내가 마차를 타기로 한 것입니다……. 내가 타기로 한 마차의 주인은 누구였지요?」
스체판 선생은 웬일인지 갑자기 스파소프로 가고 싶어졌다.
십오 분쯤 뒤에 두 사람은 포장이 쳐진 이륜 마차에 자리를 잡았다.
그는 매우 활기를 띠고 만족한 듯한 표정이었다.
그녀는 예의 그 주머니를 가지고 감사가 가득찬 미소를 띠고 그 옆에 앉았다. 아니심은 이 두 사람을 부축해서 마차에 태웠다.
「그럼 안녕히 가세요, 선생님.」 그는 매우 열심히 마차의 시중을 들었다.
「선생님을 뵙게 돼서, 정말 이렇게 기쁠 수가 없군요.」
「잘 있게나, 잘 있게. 그럼 안녕!」
「표도르 마트베예비치를 만나시게 됩니까? 선생님께선……」
「아아, 만나겠어. 표도르 마트베예비치를……. 그럼 잘 있게…….」

2

「저어, 저 좀 보세요. 당신을 친구라고 부르는 것을 허락해 주시겠어요?」
이륜 마차가 움직이기 시작하자 스체판 선생은 서둘러 말했다.
「이봐요, 나는…… 나는 민중을 사랑합니다. 그것은 어쩔 수 없는 제 마음입니다. 그러나 저는 지금까지 민중에게 접근한 적이 없었던 것으로 기억합니다. 나스타샤…… 그 여자가 민중 속에서 나왔다는 것은 말할 것도 없습니다. 그러나 진정한 의미에서의 민중…… 즉, 신작로 큰길에 서 있는 그런 진정한 민중을 말하고 있는 것입니다. 아무래도 그 사람들은 내가 가는 곳에 매우 관심을 가지고 있는 것 같아요……. 그러나 이런 기분 나쁜 소리는 그만둡시다. 아, 내가 너무 지나치게 떠들어댄 것 같은데 아마 신경질이 좀 있어서 그럴 거예요.」
「당신은 기분이 그다지 좋지 않으신 것 같군요.」 날카롭기는 해도 공손한 태도로 소피아는 조용히 상대를 응시했다.
「아니, 약간 그, 저 뭔가 좀 뒤집어쓰면 괜찮을 거예요. 어쩐지 좀 서늘한 바람이 부는군요. 좀 으스스해요. 그러나, 그런 얘긴 뭐 그만둡시다. 제가 무엇보다 하고 싶었던 이야기는 그런 것이 아닙니다. 친애하기 이를 데 없는 친구, 나는 정말 행복해진 것 같은 생각이 듭니다. 게다가 그 원인은 당신 때문입니다. 그러나 나에게 있어서 행복이란 아무런 소용이 없는 것입니다. 왜냐하면 나는 자진해서 모든 적을 용서하고 믿기 때문입니다…….」
「하긴, 그건 매우 바람직한 일이 아니겠어요?」
「언제나 그런 것은 아닙니다. 순진한 친구여, 복음서라는 것은…… 이제부터 둘이서 전도하며 다닙시다. 저도 기꺼이 당신의 그 아름다운 책을 팔도록 하겠습니다. 이것은 참 좋은 생각일는지도 모른다는 그런 생각이 듭니다. 그런 것 가운데서는 뭔가 매우 새로운 것이 성싶군요. 러시아의 국민들은 신앙심이 두텁습니다. 그건 이미 인정되었어요. 그러나 아직 복음서를 모르고 있어요. 나는 그것을 그들에게 들려 주렵니다. 직접 말로 설명하면 어쩌면 이 놀라운 서적의 그릇된 점을 바로잡을 수 있을는지도 모릅니다. 하기는 전 이 책에 대해서 대단히 존경심을 가지고 있습니다만, 저는 거리에서도 유용한 인물이 될 수 있습니다. 나는 언제나 유능한 인재였으니까요. 나는 늘 그 패들에게 이렇게 말하곤 했습니다. 그리고 그 사랑하는 배은망덕한 여자에게도……. 아아, 용서해 줍시다, 용서해 주자구요. 뭣보다도 먼저, 언제든지 모든 사람을 용서해 주도록 합시다. 그리고 자신도 남으로부터 용서를 받을 수 있다는 희망을 가지도록 합시다. 그럴 수밖에요, 모든 사람은 서로가 죄를 짓고 살고 있으니까요. 그렇구말구요, 모두가 죄인인걸요.」

「그 말씀은 참 옳은 말씀입니다. 저도 어쩐지 그렇게 생각됩니다.」

「그렇군요, 그래요……. 저도 대단히 유익한 말을 했다고 생각합니다. 저는 세상 사람들에게는 대단히 잘 이야기할 수 있다고 생각합니다. 그런데 나는 무엇을 주로 이야기하려 했었는지 모르겠군요. 저는 항상 이야기가 다른 길로 가곤 해서 기억을 잘 못 하는 수가 있어요……. 참, 당신은 저를 용서해 주시겠습니까? 나는 당신과 헤어지고 싶지 않습니다. 저는 이렇게 생각합니다. 나는 당신의 눈과 그리고 당신의 옷차림에 경탄하고 있는 것입니다. 당신은 정말로 솔직합니다. 당신의 말에는 어쩐지 친근한 데가 있고 차를 잔에서부터 접시로 옮겨서 그 딱딱한 설탕 덩어리를 갉아먹기는 하시지만 그래도 당신에게는 어딘지 아름다운 데가 있습니다. 그것은 얼굴의 표정을 보아도 알 수 있습니다……. 아아, 얼굴을 붉히지 말아 주십시오. 나를 남자라고 두려워하지 말아 주십시오. 친근하기 이를 데 없는 친구여, 저에게 있어 여자라는 것은 생활의 전부입니다. 나는 여자 옆에서 살지 않고서는 견디지 못합니다. 그러나 다만 그저 옆에 있을 뿐입니다……. 저는 무섭도록, 정말 무섭도록 다른 길로 가버리고 말기 때문에 무엇을 말하려 했는지 도저히 생각해낼 수가 없군요. 아아, 언제나 신의 뜻에 의해서 여자와 같이 있을 수 있는 사람은 행복합니다. 그리고…… 저는 일종의 기쁨까지 느끼는 것 같습니다. 거리에도 고상한 사상이 있습니다! 그렇습니다. 내가 사상에 관해서 말하려 했던 것은 바로 이것이었습니다. 이제야 겨우 생각났습니다. 지금까지 한 말은 모두가 생각하던 것을 바로 표현하질 못했습니다. 그런데 어째서 그 사람들은 나를 이런 외딴 곳으로 데려왔을까요? 거기도 매우 좋은 곳이었는데요. 여기는, 어쩐지 추워지는데요. 그런데 나는 여기에 통틀어 사십 루블리 가지고 있습니다. 이것이 제 돈 전부입니다. 자 이걸 받으세요, 나는 아무래도 돈 간수를 잘 못합니다. 잃어버리든가 뺏기든가 하기 쉽습니다. 게다가…… 저는 자꾸 졸음이 오기 시작합니다. 왜 그런지 머릿속이 빙글빙글 도는 것 같아요. 아아, 돈다, 돌아, 자꾸만 돈다. 오오, 당신은 얼마나 친절한 사람일까! 덮어 주시는 것은 무엇입니까?」

「당신께선 틀림없이 열병에 걸려 있는 것이에요. 제가 담요를 드렸어요. 그렇지만 돈에 대한 것은 전…….」

「아아, 부탁입니다. 이젠 그런 소리 맙시다. 어쩐지 기분이 나빠지니까요. 오오, 당신은 어쩌면 이렇게 친절하실까!」

그는 왜 그랬는지 갑자기 말을 중단했다. 그러나 상상도 할 수 없을 정도로 빨리 열병을 앓는 듯한 오한에 시달리면서 잠이 들어 버리고 말았다. 십 칠 베르스타나 계속된 시골길은 그다지 평탄한 편이 아니었기 때문에 마차는 사정없이 덜커덩거리고 있었다.

스체판 선생은 때때로 눈을 떴다.

그리고 소피아가 살짝 받쳐 놓은 베개에서 약간 머리를 들고 그녀의 손을 잡으면서 물었다.

「당신께선 여기 있었군요?」

그것은 그녀가 자기 옆을 떠나지 않았을까 두려워해서 그러는 성싶었다. 그는 소피아를 향해서 무서운 짐승들이 샤나운 이를 드러내고 커다란 입을 벌리고 있는 것을 꿈에서 보았는데, 그것이 싫고 무서워서 어쩔 줄을 몰라 했다는 말을 했다. 소피아는 그의 건강이 이유없이 걱정되었다.

마부는 두 사람의 손님을 갑자기 한 채의 커다란 시골집으로 데리고 들어갔다. 그곳은 창문이 네 개나 붙은 집으로 뜰안에는 여러 개의 사랑채가 있었다. 눈을 뜬 스체판 선생은 서둘러 집 안으로 들어가서 그 집에서 가장 넓고 제일 깨끗한 두 번째의 방으로 들어갔다.

잠이 덜 깬 듯한 얼굴은 분주한 표정으로 변했다. 그는 곧 여주인을 붙들고 (그녀는 마흔 살 정도로 까만 머리카락의, 마치 콧수염이라도 기른 것처럼 보이는 키가 큰, 탄탄하게 생긴 아낙네였다) 자기가 이 방을 혼자서 쓰겠다고 요구했다.

「그러니 문을 잠그고 아무도 여기에 들여 보내서는 안 돼요. 우리들은 할 이야기가 있으니까요. 그렇지요, 소피아? 나는 많은 이야기를 당신에게 하고 싶습니다. 나는 그것만큼의 댓가를 지불하겠소. 꼭 준다니까요!」 하고 그는 여주인에게 손을 흔들어 보였다.
 그는 매우 서두르고 있기는 했지만, 어쩐지 혀가 잘 돌아가지 않았다.
 여주인은 불친절한 표정으로 듣고 있다가 승낙의 표시로 침묵하고 있었다. 그러나 그 침묵에는 어딘가 이상스러운 데가 있었다.
 그러나 그런 것에는 아무 상관도 없이 그는 서두르는 태도로 곧 저쪽으로 가서 당장 될수록 빨리 한시도 지체하지 말고 뭐든 먹을 것을 만들어 달라고 여주인에게 일렀다.
 이때, 여주인은 참을 수 없다는 듯 말했다.
 「이곳은 당신의 여관이 아니란 말예요. 저희는 손님들에게 식사 대접은 하지 않습니다. 단지 새우라도 삶는다든가, 뜨거운 물을 끓이는 정도이고, 그 외는 아무것도 준비할 수 없어요. 그리고 싱싱한 생선은 내일에야 구할 수 있을 텐데요.」
 그래도 스체판 선생은 두 손을 저으면서
 「해주는 것만큼 지불할 테니까, 빨리 빨리!」하고 초조한 듯이, 화가 난 듯이 연거푸 서둘러대는 것이었다. 그래서 마침내 고기즙과 닭구이로 결정을 보았지만 여주인은 온동네를 모두 찾아다녀도 닭을 구할 수 없을 거라고 말했다. 그러나 어쨌든 구하러 간다고 승낙을 하면서 대단한 자비라도 베푸는 성싶은 표정이었다.
 여주인이 나가자마자, 스체판 선생은 곧 긴의자에 앉아서 소피아를 자기 옆에 앉혔다. 방안에는 긴의자와 팔걸이 의자가 있었지만, 다 망가진 것들이었다. 그러나 방은 대체로 넓었고, 일부분은 판자로 칸막이를 했고 저쪽으로 침대 같은 것이 놓여 있었다.
 노란 누더기 같은 벽지를 바른 벽에는 신화를 형상화한 그림 같은 석판화가 걸려 있었고, 정면의 구석에는 액자처럼 되어 있는 것이라든가, 접는 병풍 같은 것에 동으로 만든 성상이 줄지어 걸려 있었다. 이런 것들은 모두 주워 모은 것처럼 이상스럽게 고물스런 것뿐이었다.
 어딘지 도회풍인 데도 있었고, 태고적 인상이 있는 시골풍의 느낌도 있어서 그런 것들이 함께 뒤범벅을 이루고 있는 듯한, 그래서 보기에도 답답한 인상을 주는 그런 방이었다. 그러나 그는 그런 것에는 조금도 관심을 가지지 않았다. 뿐더러 거기에서 여남은 집 떨어진 곳에 펼쳐져 있는 커다란 호수를 창

너머로 바라보려고도 하지 않았다.
「이제야 겨우 우리들은 둘만의 세계를 가졌군요. 이젠 아무도 들어오지 않을 겁니다. 저는 당신에게 모든 것을 죄다 이야기하고 일의 처음부터 들어주기를 바라고 싶습니다.」
소피아는 심한 불안의 빛을 보이면서 그의 말을 가로막았다.
「당신께선 아시고 계시는지 모르겠군요. 스체판 선생……」
「아니, 당신은 어떻게 내 이름을 벌써 알고 계시는가요?」
그는 기쁜 듯이 미소를 지었다.
「아까 아니심 이바노비치와 이야기하고 계셨을 때, 잠깐 옆에서 들어 알고 있습니다. 그런데 좀 건방진 소릴는지 모르겠습니다만, 제가 한 가지 주의 말씀을 드리고 싶습니다만……」
이렇게 말하고 그녀는, 누군가 엿듣고 있지나 않은가 하고 닫아 놓은 방문을 뒤돌아보면서 빠른 어조로 이렇게 속삭였다. 다름이 아니라 여기, 즉 이 마을에 있다가는 뜻하지 않은 재난을 당한다는 것이었다.
여기 사는 사람들은 거의가 어부로서 그것을 생업으로 하고 있지만, 해마다 여름에는 여행자들의 주머니에서 많은 돈을 우려낸다는 것이다. 이 마을은 길이 막혀 있어서 지나치는 곳이 아니다. 그래서 기선을 타려고 여행자들이 모여드는데, 곧잘 기선이 오지 않는 수가 많고 약간만이라도 날씨가 나빠지면 그 기선이 들어오지 않는다는 것이다. 그렇게 되면 이삼 일간 여행자들이 이곳에 묵게 되어 동네는 길손들로 가득 찬다. 그래서 동네 사람들은 그렇게 되기만 바라고 있으며, 그때가 오면 모든 물건 값을 세 배 정도로 비싸게 받는다.
게다가 이 집 주인은 이 고장에서는 제일 돈이 많은 사람이기 때문에 대단히 거만하고, 무례한 사나이로서 그물만 하더라도 천 루블리 이상의 비싼 것을 가지고 있는 사람이라는 것이었다.
스체판 선생은 소피아가 신이 나서 이야기하는 것을 못마땅한 듯한 눈초리로 바라다보면서 몇 번씩이나 그 말을 막는 듯한 손짓을 했다. 그러나 그녀는 그런 것엔 조금도 구애없이 할 말을 모두 해버리고 말았다.
그녀가 하는 말에 의하면, 그녀는 이미 지난 여름, 어느 『매우 훌륭한 부인』 과 같이 이곳에 와서 기선이 들어올 때까지 만 이틀을 묵은 적이 있었는데,

그때의 괴로웠던 기억은 지금 생각해도 지긋지긋하다는 것이었다.

「그런데 스체판 선생님, 당신께선 이 방을 다 쓰신다고 말씀하셨지요……. 저는 다만 미리 말씀드리려고 생각해서 그러는 거예요……. 저쪽 방에도 역시 손님이 있습니다. 한 사람은 꽤 나이가 든 사람이고 한 사람은 젊은 사람입니다. 그리고 어린아이를 데리고 있는 부인도 한 사람 있습니다. 그런데 말예요, 내일 두 시경까지는 이 집엔 손님들로 가득 찰 것입니다. 게다가 앞으로 이틀 정도가 지나도록 기선이 들어오지 않는다니 아마 굉장할 것입니다. 사정이 이러한데 방을 다 쓴다든가, 식사를 주문한다든가 그러셨으니, 틀림없이 바가지를 쓰시게 될 것입니다. 읍에서도 내라고 하지 않을 정도로 그렇게 많은 돈을 달라고 할 것입니다.」

그러나 그는 괴로웠다.

정말 괴로웠던 것이다.

「그만해 주시오, 부탁이니 그만해 주시오. 우리들에게는 그만한 돈이 있지 않습니까. 그리고 그 다음은, 그 다음은 하느님에게 맡기십시다. 저는 이상스럽게 느껴질 정도입니다. 당신처럼 그렇게 고상한 분이 어째서…… 이젠 그만 두세요, 당신은 나를 괴롭히고 있습니다.」하고 그는 신경질적으로 소리쳤다.

「우리들 앞에는 희망이 있어요. 그런데 당신은 그 미래에 대한 것으로 나를 위협하고 있단 말입니다…….」

그는 곧 자기의 경력을 이야기하기 시작했다. 그러나 너무 서둘러 말했기 때문에 처음엔 무슨 소린지 잘 알아들을 수가 없었다. 이야기는 꽤 오래 계속되었다.

고기즙이 나오고, 닭구이가 나온 뒤 차도 나왔지만, 그는 계속해서 이야기했다.

이야기는 어느 정도 기묘하고 병적인 느낌을 주는 것이었지만 그것이 문제가 아니었다. 그는 이미 병적인 상태에 있었던 것이다. 그것은 갑자기 일어난 심한 지력(知力)의 긴장이었다. 이런 상태는 곧 그 자신의 조직내에서 이상한 힘의 저항으로 나타나서 반동을 가져올 것임에 틀림없었다.

소피아도 그의 이야기를 듣고 있으면서 이것을 예감하고 걱정의 빛을 감추지 못했다. 그는 『아직 젊은 정열을 가슴에 안고 들을 뛰어다녔던』 유년시절부터 이야기를 시작했다. 한 시간 쯤 지나서야 겨우 두 번째의 결혼과 베를린에서 생활했다는 이야기까지 나온 것이었다.

하긴 나는 이런 그를 조소하려는 것은 아니다. 거기에는 사실 그에게 있어서는 가장 숭고한 그 무엇이 있었다. 새로운 말로 표현한다면, 삶에의 투쟁이 포함되어 있는 것이었다. 그는 일생의 인생 항로의 반려자로서 선택한 여자를 눈앞에 앉혀 놓고 있기 때문에 될수록 빨리 모든 것을 그녀에게 알리고 싶었던 것이다. 그의 천재성은 이제부터 평생을 같이할 여자로서는 마땅히 알아야 하는 것이라고 생각했던 것이다……. 그러나 어쩌면 그는 소피아를 너무 과대평가했었는지도 모른다. 그러나 그는 이미 선택을 끝냈던 것이다. 그는 여자 없이는 살 수가 없었다.

그녀가 그의 말을 거의 알아듣지 못하고 있다는 것은 그로서도 상대방의 표정으로 보아서 확실히 알 수 있었다.

『이런 것쯤은 아무것도 아니야, 좀더 기다려 보자. 그렇지, 머지않아 직감으로라도 깨달아 줄 것이다…….』

「나의 친구여. 나는 다만 당신의 마음을 가지고 싶을 뿐입니다!」이야기를 그치고 그는 이렇게 힘주어 말했다.

「그리고 지금 나를 보고 있는, 부드러운 매력이 풍부한 그 눈길과 아아, 아무쪼록 얼굴을 붉히지 말아 주십시오. 그러지 말라고 이미 부탁을 드리지 않았습니까…….」

또 이야기가 시작돼서, 지금까지 어느 한 사람도 스체판 선생을 이해할 수 없었다는 것과,『우리 러시아에서는 재능 있는 사람이 많이 썩고 있다』는 것을 말했다. 그리고 그런, 만천하가 공동으로 토론해야 할 만큼 커다란 문제로 이야기가 옮겨갔을 때는, 가엾게도 포로의 신세가 된 이 여자로서는 더욱더 구름을 잡은 듯이 뭐가 뭔지를 알 수 없었다.

「정말 너무 고상한 말씀만 하셔서」하고 그녀는 나중에 우울한 목소리로 말했다.

그녀는 눈을 약간 동그랗게 뜨고 대단히 알아듣기 힘들다는 표정으로 귀를 기울이고 있었다. 스체판 선생이『현대 제일류 선각자들』에 대해서 해학과 역설로 풍자하기 시작했을 때, 그녀는 벌써 지쳐 버리고 말았다. 두 번 정도는 그의 웃음에 대한 답례로 웃어 주었지만 그 뒤로는 우는 것보다도 괴로운 결과를 가져오고야 말았다. 그래서 스체판 선생도 입장이 거북해져서 한층 더 심한 독살스러운 어조로 허무주의자와 『새로운 인간들』에 대한 공격을 시작했다.

그녀는 벌써 두려움에 질려 있었다.

그녀가 처음에 약간 마음을 놓았던 것은(하기는, 그것은 매우 피상적인 안심이긴 했지만) 그의 사랑의 이야기가 시작되었을 때였다. 여자란 설혹 수녀라고 하더라도 역시 여자임에는 틀림없다. 그녀는 미소를 띠고 고개를 끄덕였지만, 곧 얼굴이 빨개져서 눈을 아래로 내리깔았다. 그것이 스체판 선생을 아주 황홀하게 했던 것이다. 그는 제 흥에 못 이겨 거짓말을 많이 했다.

그의 말에 의하면 바르바라 부인은 세상에서 드물게 아름다운 브루네트였다(페체르부르그에서뿐 아니라 유럽의 많은 사람들을 열광케 했던 일까지 있다는 것이다). 남편은 『세바스토폴리 전투에서 관통상을 입고』 전사했지만, 그 원인은 자기가 부인의 사랑을 받기에 적합하지 않다고 느끼고, 아내를 경쟁자(즉 스체판 선생)에게 양보하기 위해서였단다.

「그렇게 수줍어하지 마십시오. 나의 정숙한 벗이여, 나의 사랑하는 그리스도 교도여!」 자기가 자기 이야기에 감탄해서 그는 소피아를 향해서 이렇게 소리쳤다. 「그것은 하나의 지극히 고상한 감정이었습니다. 정말 너무나 미묘한 감정이었기 때문에 우리들은 둘 다 일생 동안 한 번도 입에 올리지 않았을 정도입니다.」

이런 형편이 된 원인이란 그가 말한 바에 의하면 한 사람의 블론드(금발의 여인)였다(이 블론드가 다리아라고 가정하지 않으면 스체판 선생이 누구를 말하는 것인지, 나로서는 알 수가 없다). 이 블론드는 여러 면으로 브루네트의 은혜를 입고 있어서, 먼 친척으로서 은인 집에서 자라났던 것이다. 결국 브루네트가 스체판 선생에 대한 블론드의 사랑을 눈치채고 자기의 감정을 억제했다. 블론드는 블론드대로 브루네트가 스체판 선생을 사랑하고 있다는 것을 눈치채고, 그녀도 역시 자기의 감정을 억제했다. 이리해서 이 세 사람은 서로가 의리를 지켜 괴로운 마음을 안고 제각기 자기 감정을 억제하면서 이십 년 동안이나 침묵을 지켜왔던 것이었다. 「아아, 그것은 얼마나 열렬한 정열이었던가!」 거짓없는 환희의 감정에 흐느껴 울면서 그는 이렇게 소리쳤다.「나는 그녀의(즉 브루네트의) 한창 꽃피던 아름다움을 보았다. 나는 그녀가 매일 내 옆을 마치 자기의 아름다움을 부끄러워하는 듯한 태도로 지나치는 것을(한 번은 그가 『충실하게 성숙한 자기의 육체를 부끄러워하는 듯』이라고 말했던 적도 있었다) 가슴이 찢어지는 듯한 심정으로 바라다보았다.」

드디어 그는 열에 들뜬 듯한 이 이십 년의 꿈을 버리고 달아났다.

「이십 년! 그리하여 지금 이 거리에 나선 것입니다…….」

그리고 그는, 마치 뭔가가 뇌속에 염증이라도 일으킨 것처럼 오늘의 『뜻하지 않았던 운명적인 두 사람의 해후가, 영원히 계속해야 할 이 만남이』 과연 무엇을 의미하고 있는가를 소피아에게 설명해 주었다. 이윽고 소피아는 대단히 당황한 표정으로 긴의자에서 일어났다. 그가 자기 앞에 꿇어앉으려는 것 같은 동작까지 해보였기 때문이었다. 그녀는 거의 울상이 되어 버렸다. 저녁놀은 점점 짙어가고 있었다. 두 사람은 문을 꼭 닫은 방안에서 벌써 여러 시간 동안 틀어박혀 있었던 것이다.

「이젠 그만, 저쪽 방으로 가게 해주세요.」 하고 그녀는 머뭇거리면서 말했다.「그렇지 않으면, 남이 어떻게 생각할는지 모르니까요.」

그녀는 결국 뿌리치고 나왔다. 그는 곧 누워서, 자겠다고 약속하고 그녀를 밖으로 나가도록 했지만 헤어질 무렵에는 머리가 몹시 아프다고 호소했다. 소피아는 들어왔을 때부터 자기 가방이라든가 다른 짐을 그 방에 붙은 조그마한 방에 넣어 두었었다. 그것은 여주인과 같이 안방에서 자려고 했기 때문이었다.

그러나 그녀는 거기서 잘 수가 없었다.

한밤중이 되어서 스체판 선생은 유사 콜레라의 발작을 일으켰다. 그것은 나를 비롯해서 친구들 모두가 익히 알고 있는, 그가 전에도 앓곤 하던 병으로 보통 신경적인 흥분이라든가 정신적인 동요의 결과로서 나타나는 것이었다. 가엾은 소피아는 밤새껏 한잠도 잘 수가 없었다. 그녀는 병자를 간호하기 위해 때때로 여주인 방을 거쳐서 그 방을 들락날락해야 했기 때문에 거기에서 자고 있던 여주인과 손님들은 투덜거렸고, 새벽녘에 그녀가 물을 끓여 차를 준비하려 했을 때는 결국 욕지거리를 하기 시작했던 것이다. 스체판 선생은 발작을 일으키고 있는 동안 반의식의 상태에 빠져 있었다. 때때로 꿈속에

서처럼 차 준비를 하고 있는 것이라든가, 자기가 뭔가로 목을 축이고 있다는 것이라든가(그것은 나무딸기가 든 차였다), 뭔가로 배라든가, 가슴을 찜질하고 있는 것 등을 느꼈다. 그러나 그는 끊임없이 그녀를 자기 곁에서 느끼고 있었다. 그녀가 왔구나, 혹은 또 그녀가 갔구나, 그녀가 자기를 침대에서 일으켰구나, 혹은 또 그녀가 나를 누이는구나 하고 느꼈다. 이러는 동안 새벽 세 시쯤부터 약간 편해지기 시작했다. 그는 몸을 일으키고 침대에서 발을 내리고 거의 아무것도 생각하지 않으면서, 느닷없이 그녀의 발밑에 몸을 던졌다. 이것은 아까 무릎을 꿇었을 때의 재치있는 동작과는 전혀 다른 것이었다. 그는 어처구니없게도 여자의 발밑에 꿇어 엎드려서 옷자락에다 입맞춤을 했던 것이다.

「그만 하세요, 저는 전혀 그런 존경의 표시를 받을 만한 자격이 없는 여자입니다.」

그녀는 그를 침대에 오르도록 부축하면서 허겁지겁 말을 했다.

「당신은 저의 구세주이십니다.」 그는 공손한 동작으로 두 손을 모았다. 「당신은 마치 후작 부인처럼 훌륭하신 분입니다! 저는 파락호입니다! 오오, 저는 한평생을 파렴치하게 살아왔습니다…….」

「아무쪼록 진정하세요.」 하고 소피아는 기도를 드리는 것처럼 말했다.

「저는 아까 거짓말을 했습니다. 단순한 허식을 위한 것이었습니다. 아무런 소용도 없는 허영심에서 나왔던 것입니다. 네, 모두 모두 거짓말이었습니다, 처음부터 끝까지 죄다……. 아아, 정말로 나는 파락호입니다.」

이렇게 발작은 일변해서, 히스테릭한 자기 견책으로 옮겨갔다. 나는 이전에 바르바라 부인에게 보낸 그의 편지를 소개하면서 이미 이런 종류의 발작에 대해서 한 마디 해둔 바가 있다. 그는 갑자기 리자에 대한 것이라든가 어제 아침의 만남에 대한 것을 머릿속에 떠올렸다.

「그것은 정말 무서운 것이었다. 틀림없이 무슨 불행한 일이 일어났을 것이다. 그럼에도 나는 아무것도 묻지 않았다. 아무것도 알아보지 않고 왔어. 나는 내 일밖에 생각하지 않고 있다. 그 사람은 어떻게 되었을까? 당신은 그 사람이 어떻게 됐는지 모르십니까?」 하고 그는 소피아에게 매달려 물었다. 그리고 그는 『나의 결심은 절대로 변하지 않는다』, 기어코 그 사람에게로 돌아간다고 맹세하는 것이었다(그것은 바르바라 부인을 두고 하는 말이었다).
 「우리는(즉 소피아와 함께) 매일같이 그 사람의 현관에 가서, 그 사람이 마차를 타고 아침 산책을 하러 나가는 것을 몰래 보곤 합시다……. 아아, 나는 그 사람에게 다른 한쪽의 뺨도 때려 달라고 하고 싶군. 나는 기꺼이 얻어맞겠어. 나는, 당신이 가지고 있는 책에 쓰여 있듯이 다른 한쪽 뺨까지 그녀에게 내밀겠습니다. 이제야말로 알았습니다. 다른 한쪽 뺨을 내민다는 의미가 무슨 뜻인지 이제야 겨우 알았습니다. 지금까지는 아무리해도 알 수가 없었던 것입니다!」
 이리하여 소피아의 생애에서 가장 무서운 이틀 동안의 경험이 시작되었다. 그녀는 지금도 이때의 이틀 동안을 회상하면 가슴이 떨려온다는 것이었다. 스체판 선생의 병세는 점점 험악해져서 기선은 이번에야말로 정확하게 오후 두 시에 입항했는데도 그는 끝내 출발할 수가 없었다. 소피아도 그를 혼자 내버려 두고 떠날 수가 없었기 때문에 그녀도 역시 스파소프로 가는 것을 연기하기로 했다. 그녀의 말에 의하면 스체판 선생은 기선이 떠나 버렸다고 하자 무척 기뻐하더라는 것이다.
 「참, 고맙군. 아니, 참 잘됐다.」하고 그는 침대에 누운 채 말했다.「나는 스파소프로 가게 되면 어떡할까 하고 걱정을 했었는데. 여기는 정말 좋아, 여기는 어디보다도 좋단 말이야……. 당신은 나를 버리고 가지는 않겠지요? 아아, 가지 않고 계셔 주셨군요!」
 그러나 『여기』는 결코 좋은 데가 못 되었다. 그는 여자의 괴로움을 조금도 알지 못했다. 또 알려고 하지도 않았다. 그의 머리는 여러 가지 공상으로 꽉 차 있었다. 그는 자기 병을 무슨 일시적인 대수롭지 않은 것으로 여기고 그런 것은 전혀 신경쓰지 않았다.
 다만 둘이서 『그 책』을 팔러 가는 것만 생각하고 있었다. 그는 소피아에게 복음서를 좀 읽어 달라고 부탁했다.
 「나는 읽은 지가 벌써 오래 됐어요. 원본으로 읽었지만……. 그래서 누군가가 물으면 잘못 말하게 되는지도 모른단 말이오. 누가 뭐라고 해도 역시 준비해 두어야겠어요.」
 그녀는 스체판 선생 옆에 앉아서 책을 펼쳤다.
 「당신은 아주 잘 읽는군요.」한 줄도 채 다 읽기 전에 그는 말했다.「나는 알았다, 정확하게 알았어. 나는 잘못 본 것이 아니야!」애매한, 그러나 승리를 자랑하는 듯한 어조로 이렇게 덧붙였다.

　대체로 그는 줄곧 신이 나서 자랑이라도 하는 듯한 상태가 되어 있었다. 그녀는 산상수훈의 대목을 읽었다.

「충분해요, 충분해! 내 사람아…… 됐어요. 도대체 당신은 이것으로도 부족하다고 생각하십니까?」

　그는 낙담한 듯이 눈을 감았다. 매우 약해져 있었지만 아직 의식을 잃을 정도는 아니었다. 소피아는 그가 잠들었다고 생각하고 조용히 일어나려고 하자 그가 갑자기 불러세웠다.

「내 친구여, 나는 한평생 거짓말만 해왔소. 사실을 말하고 있을 때조차 그랬단 말이오. 나는 지금까지 한 번도 진리를 위해서 말한 적이 없었어요. 언제나 나 자신을 위해서만 이야기해왔어요. 나는 언제나 그것을 알고 있었지요. 그러나 정말로 그것을 느낀 것은 지금이 처음입니다……. 오오, 나는 일생 동안 내 우정에 대해 모욕한 친구들이 지금 어디 있는지 모릅니다. 모두가 그렇다. 이 사람도 그 사람도 마찬가지다. 그렇지만 나는 지금도 거짓말을 하고 있는지도 몰라요. 아니, 지금도 거짓말을 하고 있음에 틀림없어. 가장 나쁜 것은 거짓말을 하면서도 자진해서 그것을 진짜라고 주장한다는 것입니다. 인생에 있어서 무엇보다도 힘이 드는 것은 거짓말을 하지 않고 사는 것입니다……. 특히 우리가 한 거짓말을 사실이라고 하지 않아야 한다는 것입니다. 인생에서 무엇보다도 어려운 것은 거짓말을 안 하고 산다는 것입니다……. 맞았어요, 그래요! 그렇지만 이 이야기는 나중에 합시다. 우리들은 같이 있도록 해요. 네? 같이 있도록 합시다!」

　그는 신이 나서 떠들어댔다.

「스체판 선생님」하고 소피아는 조심성있게 물어 보았다.

「읍에 가서 의사선생님을 모시고 오면 어떨까요?」

　그는 펄쩍 뛰었다.

「뭐라구요? 아니, 내가 그럼, 그렇게 병이 심한가요? 뭐 대수롭지 않은데요, 게다가 아무런 관계도 없는 사람을 불러서 어떡하자는 겁니까? 만일 사람들에게 알려진다면, 그럼 어떡하지요? 안 돼요, 안돼. 사람을 부르지 말아요. 우리는, 우리 둘만 있도록 해요. 단둘이만!」

「그렇지만」잠깐 입을 다물고 있다가 그는 또 말을 시작했다.「한 가지만 더 읽어 주십시오. 아무데라도 눈에 띄는 대로 아무데라도……」

소피아는 책을 펼쳐서 읽기 시작했다.

그러나 그는 계속해서 말했다.「어디든 좋으니까, 펼쳐지는 대로 바로 거기를 읽어 줘요.」

「『그대들 라오디게아 교회의 사자들에게 써보내노라……』.」

「그건 뭡니까? 도대체 뭐라는 대목입니까?」

「이것은 『묵시록』입니다.」

「아아, 그렇지, 생각이 났다. 『묵시록』이군요. 읽어 주십시오, 읽어 주십시오. 나는 그 책으로 우리 두 사람의 장래를 점치고 있는 것입니다. 그래서 어떤 점괘가 나왔는지 알고 싶어요. 어서, 그 사자의 대목부터 읽어 주세요. 사자의 대목부터……」

「『그대들 라오디게아 교회의 사자들에게 써보내노라. 아멘이라고 하는 자, 진실한 신의가 있는 증언자, 신의 조화의 처음이 되는 자, 이와 같이 말했느니라. 이르기를 내, 그대의 행실을 알도다. 그대 이미 미적지근해서 차지도 않고 뜨겁지도 않도다. 나는 차라리 그대가 차갑든가 하기를 바라노라, 이처럼 뜨겁지도 않고 차갑지도 않고, 다만 미적지근하기 때문에 나는 그대를 내 입으로부터 뱉어 버리려 하노라. 그대 스스로 이르기를 나는 부자가 되고, 또한 편안하게 되어서 가난한 바 없다고 하면서 사실은 불쌍히 여길 것과, 또 가난하고 유약한 헐벗은 자를 모르는도다.』」

「그렇게 씌어 있습니까? 그 책에……」베개에서 머리를 들고 두 눈을 번쩍이면서 그는 이렇게 소리질렀다.

「나는 지금까지 이 위대한 장을 전혀 모르고 있었습니다. 정말 그렇군요, 하기는 미적근한 것보다는 차가운 것이 좋아요. 그저 미적지근한 것보다는 오히려 찬 것이 좋을 거란 말입니다. 아아, 나는 그것을 증명합니다. 다만 나를 버리지 말아 주십시오. 저를 혼자만 버려 두고 가지 말아 주십시오. 우리들은 그것을 증명하지 않으면 안 됩니다. 증명해야 합니다!」

「저는 이처럼 당신을 혼자 내버려 두지는 않고 있습니다. 스체판 선생님, 게다가 절대로 당신을 버리지 않겠습니다!」눈물어린 눈으로 그를 응시하면서 그 손을 잡고 자기의 가슴에 갖다댔다.『그때 그분이 정말 불쌍해서』

하고 그녀는 뒤에 말했었다.
　그의 입술은 일그러지면서 떨렸다.
　「그렇지만, 스체판 선생님, 그건 그렇다고 치더라도 도대체 어떡하면 좋을까요? 누군가 당신의 친지라든가, 친척에게 이 사실을 알려 드리지 않아도 괜찮을까요?」
　그러나 그가 너무 펄쩍 뛰었기 때문에 그녀는 쓸데없이 이런 소리를 다시 또 꺼낸 것을 후회했고 입을 다물고 말았다. 그는 전전긍긍하는 표정으로 아무쪼록 아무도 부르지 말고 어떠한 일도 자기를 위해서 계획하지 말아 주기를 마치 기도라도 하는 듯이 간청했다.
　그리고는 그녀의 그러마 하는 맹세를 듣고서도 또 되풀이 말했다.
　「아무도 부르지 말아요! 둘이만 있읍시다. 정말 단둘이, 둘이서 같이 출발합시다.」
　그러나 다른 또 한 가지 곤란한 점은 주인네 부부가 걱정하기 시작해서 툴툴거리며 소피아를 나무라기 시작한 것이다.
　그래서 그녀는 계산을 해주고 될수록 돈을 보이도록 했다. 그래서 사태는 한때 완화되었지만 주인은 스체판 선생에게 신분을 확인할 만한 증거를 보이라고 했다. 병자는 거만한 미소를 지으면서 자기의 작은 가방을 가리켰다. 소피아는 그 속에서 그의 퇴직 사령장을 끄집어냈다. 그는 일생을 이것 한 장을 가지고 행세했던 것이다. 그래도 주인은 납득하지 않고 「아무데라도 저분을 당장 데리고 나가 주십시오. 여기는 병원이 아니니까, 만일 죽기라도 한다면 무슨 귀찮은 일이 생길지도 모르잖습니까. 그렇게 되면 피해를 입는 것은 우리들이니까요.」 하는 것이었다.
　소피아는 주인에게 의사를 부르면 어떻겠느냐고 의논해 보았지만, 만일 읍의 의사를 불러오면, 그야말로 대단히 많은 돈이 들기 때문에 의사를 부른다는 것은 단념하지 않을 수 없었다. 그녀는 풀이 죽어서 병자에게로 돌아왔다. 스체판 선생은 자꾸만 쇠약해져갔다.
　「이번엔, 또다시 그 돼지에 관한 대목을 읽어 주십시오.」하고 느닷없이 그가 말했다.
　「뭐라구요?」 소피아는 어리둥절했다.
　「돼지에 대한 대목 말이오……. 그것은 저어…… 그 돼지 있잖아요? 나도 기억하고 있단 말입니다. 악마가 돼지들 속에 들어가서 먹혀 버리고 말았다는 그 이야기입니다. 아무쪼록 그걸 좀 읽어 주십시오. 무엇 때문인가 하는 것은 나중에 이야기해 줄 테니까요. 나는 한 자 한 자 기억에서 되살려 보고 싶습니다. 한 자 한 자를……」

소피아는 복음서를 잘 알고 있었기 때문에 곧 《누가 복음》편에서 그 대목을 찾아냈다. 그것은 내가 이 이야기의 제목으로 내건 장이다. 나는 또다시 그것을 여기에 인용한다.

『마침 그곳에 많은 돼지의 떼가 산에서 풀을 뜯어먹고 있는지라, 악령들이 그 돼지에게로 들어가게 허하심을 간구하니 예수께서 이를 허락하시니라. 이에 악령들이 사람으로부터 나와서 돼지에게 들어가니, 그 돼지떼는 절벽을 내달아 호수로 떨어져 몰사하거늘 목자들이 이러함을 보고 달려가서 성내와 촌에 고하니라. 사람들이 그러했음을 보고자, 달려 나와서 예수에게로 와보니, 악령 나간 사람이 옷을 입고 똑똑한 정신으로 예수의 옆에 앉아 있음을 보고, 서로가 놀라워하더라. 악령에 씌웠던 사람이 이렇게 구원된 것을 본 사람들이 이것을 저들에게 알리매……』

「내 벗이여」 스체판 선생은 예사롭지 않은 흥분의 태도로 말했다. 「이것 봐요. 이 경탄할 만한…… 이 비범한 일장은 내게 있어서 일생을 두고, 이 책에서는 지장을 주는 대목이었어요. 그래서 나는 벌써 어렸을 때부터, 바로 이 대목을 기억하고 있었던 것입니다. 그런데 지금 어떤 하나의 생각이, 하나의 비유가 머리에 떠올라왔습니다. 지금 내 머릿속에는 대단히 많은 여러 가지 생각이 떠오르는 것입니다. 이것은 말입니다. 꼭 우리 러시아라는 나라와 같은 것입니다. 병자로부터 나와서 돼지에게로 들어간 이 악령들은 몇백 년 동안이나, 우리의 그 위대하고 친애하는 병자, 즉 우리의 조국 러시아라는 나라에 쌓이고 쌓여 있는 온갖 질병입니다. 세균입니다. 불결물입니다. 온갖 마귀들입니다. 마귀의 새끼들입니다. 그렇습니다, 이것이 내가 언제나 사랑하고 있는 러시아입니다. 그러나 위대한 사상, 위대한 의지는 마치 그 미친 사나이와도 같이 우리 러시아를 높은 위치에서 비쳐 볼 것임에 틀림없습니다. 그러면 이 악령과 마귀의 새끼들과 표면에서 곪아 고름이 생긴 상처를 가진 모든 불결물은 깨끗이 밖으로 내쫓겨서…… 돼지 속으로 들어가게 해달라고 자진해서 원하고 나올 것입니다. 아니, 어쩌면 벌써 거기에 들어가 버렸는지도 모르지요. 그것은 즉 우리들입니다. 우리들과 그리고 그들입니다. 페트루샤도 마찬가집니다. 그를 따르는 다른 사람들도 마찬가집니다. 어쩌면 나 같은 것은 그 괴수가 되는지도 모릅니다. 우리들은 모두 악귀에 사로잡혀서 미쳐 날뛰면서 언덕에서 바다로 뛰어들어가 물에 빠져 죽어 버리고 마는 것입니다. 그것이 우리들의 운명입니다. 우리들은 그 정도밖에는 소용에 닿지 않는 인간들이니까요. 그러나 병자는 치료되어 낳아서 『예수의 발 아래 앉는다』일 것입니다. 그리고 사람들은 놀란 눈으로 그를 바라다볼 것임에 틀림없습니다. 친애하는 그대여, 그대도 이제 알게 될 것이겠지만……, 그러나 지금 이런 이야기는 너무나 나를 흥분시킵니다. 당신은 뒤에 차차 알게 될 것입니다……. 우리들도 이제 다같이 알게 될 것입니다.」

그러다가 그는 헛소리를 하게 됐고 마침내 의식을 잃고 말았다.

이런 상태가 며칠 동안 계속되었다. 소피아는 그 옆에 앉아서 울 뿐이었다. 그녀는 벌써 사흘 밤이나 자지 못했다.

주인 내외는 어쩐 일인지 될수록 얼굴을 대하려 하지 않았다. 그들이 어쩐지 무슨 대책을 강구하기 시작한 것 같은 눈치를 그녀도 직감적으로 느끼고 있었다.

그런데 사흘째 되던 날 구원의 손길이 뻗쳐왔다. 그날 아침 스체판 선생은 우연히 제정신으로 돌아와 그녀의 모습을 보자, 그쪽으로 손을 뻗쳤다. 그녀는 일루의 희망을 품고 성호를 그었다. 그는 창밖을 보고 싶다고 했다.

「아아, 호수로구나!」하고 그는 말했다. 「아아, 어째서 그랬을까? 나는 지금까지 호수가 있다는 것도 모르고 있었다니…….」

이때 현관 앞에서 누군가의 마차 소리가 났다. 그러고 나서 집안에는 예사롭지 않은 혼란이 일어났다.

3

그것은 두 하인과 다리아를 데리고 사인승의 사두 마차로 달려온 바르바라 부인이었다. 기적은 지극히 간단히 일어났던 것이다. 호기심에 사로잡힌 아니심은 읍에 도착하자, 그 이튿날 곧 바르바라 부인을 찾아갔다. 그리고 하인을 붙들고 스체판 선생이 혼자서 마을에 있는 것을 보았다고, 그리고 시골 사람들이 스체판 선생이 신작로를 터벅터벅 혼자서 걸어가고 있더라고 하던 말과 소피아와 함께 스파소프를 목표로 우스치예보로 가더라는 것 등을 알려 주었다. 한편 바르바라 부인은 크게 걱정을 하고 가능한 한도의 노력을 기울여 행방불명이 된 친구를 찾고 있었던 참이라, 그 하인은 곧 아니심의 말을 부인에게 알렸다. 그의 말을 듣자마자(그가 어느 누군지도 모르는 소피안가 뭔가라는 여자와 같은 마차를 타고, 우스치예보로 가게 된 사연을 특히 자세하게 파고들어 물었다) 그녀는 곧 출발 준비를 하고, 아직 출발하기 이전의 스체판을 찾아서 우스치예보로 달려갔던 것이다. 병이 났다는 것은 전혀 생각지 못하고 있었다.

　엄격한데다 명령하는 어조의 부인의 목소리가 쨍쨍 울려퍼졌다. 그것은 주인 부부까지도 벌벌 떨게 하는 그런 것이었다. 부인은 스체판 선생이 벌써 오래 전에 스파소프에 도착했으리라고 생각했기 때문에 여기에서 마차를 멈춘 것은 다만 그에 대한 소식을 얻어 듣기 위한 것에 불과했다. 그러나 그가 병이 나서 여기에 누워 있다는 말을 듣자, 부인은 잔뜩 화가 나서 집안으로 들어갔다.

　「그래, 그분은 어디 있어요? 아아, 네가 바로 그랬구나!」 마침 이때 안방의 토방에 나타난 소피아를 보자 부인은 느닷없이 이렇게 외쳤다.「그 해맑은 얼굴로 보아, 너란 것을 알았단 말이야. 나가! 썩 나가지 못해? 이 음탕한 계집! 이제부턴 절대로 저 여자가 여기 얼씬도 못 하도록 해! 쫓아 버리란 말야! 어물어물하면 너 따윈 일생 동안 아주 감옥에다 처넣어 버린단 말이야. 그러니까 이 여자를 우선 다른 방에 넣어 두고 지키고 있으란 말이야. 저 여자는 전에도 읍의 감옥에 들어갔었는데, 다시 처넣어야지, 그리고 당신이 주인이에요? 당신한테 말해 두는데 내가 여기 있는 동안은 아무도 들어오지 못하게 해요! 나는 스타브로긴 장군 부인이오. 난 이 집을 전부 쓰도록 할 테니까. 그리고 당신은 모든 것을 사실대로 나에게 보고하는 거예요!」

　익숙하게 들어왔던 부인의 음성은 스체판 선생을 매우 놀라게 했다. 그는 부들부들 떨기 시작했다. 그러나 부인은 벌써 방안으로 들어왔다. 눈을 번득이면서 그녀는 발로 의자를 끌어당겨서, 상반신을 뒤로 젖히고 다샤에게 소리질렀다.
「넌 잠깐 동안 저쪽에 가서 주인 방에라도 좀 앉아 있거라, 어쩌면 호기심이 그렇게 강할까……. 그리고 밖에서 이 방문을 꼭 닫아 둬!」
한참 동안이나 부인은 입술을 다문 채 험악한 눈초리로 그의 겁에 질린 듯한 얼굴을 들여다보고 있었다.
「그래, 심기가 어떠세요? 스체판 선생님, 유람 기분이 어떠하십니까?」 심한 풍자의 말이 부인의 입에서 튀어나왔다.
「부인……」 하고 스체판 선생은 정신없이 말했다. 「난 러시아의 실태를 알았습니다, 나는 복음을 전도할 작정입니다…….」
「오오, 이 얼마나 염치없는 천한 사람인가!」 갑자기 부인은 손뼉을 치면서 소리를 질렀다. 「당신은 그래, 내 얼굴에 흙칠을 해놓고도 아직도 부족해서 저런 여자와…… 오오, 이 늙어빠진 뻔뻔스러운 음란한 사나이!」
「부인…….」
그는 말이 막혀서 더 이상 아무 말도 할 수가 없었다.
다만 공포에 질려 눈을 크게 뜨고, 꼼짝 않고 상대의 얼굴을 지켜보고 있을 뿐이었다.
「도대체 저 여자는 누구예요?」
「그녀는 천사입니다. 나에게 있어서는 천사보다 더한 사람이었습니다. 그녀는 밤새껏……, 아무쪼록 소리는 지르지 말아 주십시오. 그 여자를 협박하지 말아 주십시오, 부인, 부인…….」
바르바라 부인은 갑자기 의자를 덜컹거리며 뛰어일어났다. 그리고 「물, 물!」 하는 소리가 울렸다. 그는 곧 제정신으로 돌아왔지만, 부인은 와들와들 떨고 있었다. 그리고 창백한 얼굴로 그의 일그러진 얼굴을 들여다보고 있었다.
이때 비로소 부인은 그의 병이 대단하다는 것을 깨달았던 것이다.
「다리아」 부인은 갑자기 다샤를 불렀다. 「곧 의사선생을 모셔오도록 해. 잘리츠피쉬를 데려오도록, 곧 예고르이치를 보내. 말은 여기서 세내어 타고 가서 읍에 가서는 마차를 한 대 더 오라고 해라. 그리고 어떻게든 오늘 밤 안으로 돌아오지 않으면 안 된다고 해라!」
다샤는 명령을 이행하려고 달려나갔다. 스체판 선생은 여전히 겁에 질린 듯한 눈빛으로 부인을 쳐다보고 있다. 파랗게 질린 입술을 부들부들 떨고 있었다.
 「기다려요, 스체판 트로피모비치, 기다려 주세요. 괜찮지요?」 부인은 마치 어린아이라도 달래듯이 말했다.
 「좀 기다리면 돼요. 이제 다리아가 돌아오면…… 아아, 이 일을 어쩌면 좋을까……. 아주머니, 아주머니! 이리 오세요, 당신이라도 좋으니까!」
 부인은 초조해하면서 달려나갔다.
 「곧, 지금 곧, 그 여자를 불러와요. 그 여자를 불러오란 말이에요!」
 다행히 소피아는 아직 집을 나가기 전이었다. 자신의 보따리와 주머니를 가지고 마침 문을 나가려던 참이었다. 사람들은 그녀를 다시 불러들였다. 그녀는 극단의 놀람으로 손발까지 와들와들 떨고 있었다. 바르바라 부인은 소리개가 병아리를 채듯 그녀의 손을 붙들고 스체판 선생이 있는 방으로 마구 끌고 들어갔다.
 「자, 이 여자를 당신에게 돌려 주겠어요. 나는 이 여자를 잡아먹으려는 것은 아니었어요. 당신은 정말 내가 이 여자를 잡아먹었다고 생각하고 있었지요?」
 스체판 선생은 바르바라 부인의 손을 잡고 자기 눈에 갖다대더니 그대로 엉엉 울기 시작했다. 병적인 울음으로 마치 발작이라도 일어난 것처럼 흐느끼면서.
 「자, 그만 진정해요, 이젠 진정하라니까요. 그렇지 착하지! 그렇지? 스체판 트로피모비치! 아아, 어쩌면 좋을까……. 정말 이젠 정신을 좀 차려줘요!」 하고 부인은 초조하게 소리쳤다. 「아아, 당신은 어쩌면 나를 이렇게도 괴롭힌단 말인가요, 아주 영영 나를 괴롭힐 작정이지요?」
 「소피아」 간신히 스체판 선생은 이렇게 중얼거렸다. 「당신은 저쪽으로 좀 가주시지 않겠어요? 부탁입니다. 좀 할 이야기가 있어서……」
 소피아는 곧 서둘러 자리를 피했다. 「친애하는, 부인……」 하고 그는 숨을 몰아쉬면서 말했다.
 「아직은 말하지 말고 있으세요. 스체판 트로피모비치. 좀 기다려요! 잠깐 쉬도록 해요. 자, 물을 드릴까요. 어머, 기다리라고 하니까!」
 부인은 또다시 의자에 앉았다. 스체판 선생은 그 손을 꽉 잡고 있었다. 부인은 오랫동안 그에게 말을 못 하게 했다. 그는 부인의 손에 입술을 대고 연방 입을 맞추었다.
 부인은 어딘가 방 한쪽 구석에 시선을 주면서 입을 꽉 다물고 있었다.
「나는 당신을 사랑했어요!」라는 소리가 드디어 그의 입에서 튀어나왔다. 부인은, 지금까지 한 번도 그의 입으로부터 이런 말을 들어본 적이 없었다.
「한평생 동안 당신을 사랑하고 있었어요. 이십 년 동안!」
 부인은 여전히 입을 다물고 있었다.
 일 분, 이 분……
「그럼, 어째서 다샤와 결혼하려 했어요? 향수 같은 걸 뿌리고서…….」
 갑자기 부인은 이렇게 심각한 어조로 속삭였다. 스체판 선생은 벌써 제 정신이 아니었다.
「새 넥타이까지 매고…….」
 또 다시 이 분 동안이나 침묵이 흘렀다.
「여송연을 기억하고 있습니까?」
「여송연.」 그는 공포에 사로잡힌 채 뭐라고 입속에서 말하려 했다.
「여송연을, 그날 밤 창가에서 피우셨지요? 달이 비치던 날 저녁 안채에서 헤어지고 난 뒤…… 그렇지, 스크보레쉬니키에서…… 기억하고 있어요? 기억하고 있느냐구요?」 그의 베개의 양끝을 움켜쥐고 그걸 베고 있는 그의 머리를 함께 흔들면서 부인은 의자에서 발딱 일어났다. 「기억하고 있어요? 아아, 얼마나 속이 텅 빈, 속이 없는, 옹졸한 사람일까! 당신은 영원히, 속이 없는 인간입니다!」 부인은 간신히 소리를 죽이면서 겨우 그 영악한 어조로 속삭이는 것이었다. 이윽고 그 손을 뿌리치고 의자에 털썩 주저앉아서 두 손으로 얼굴을 감쌌다. 「그만해요. 지긋지긋해요!」 갑자기 화가 나서 부인은 끊어 버리듯이 말했다. 「이십 년이나 지나 버리고 말았어요. 이젠 돌이킬 수 없는 일이에요. 저도 바보였어요!」
「나는 당신을 사랑하고 있었어요.」 하고 그는 또다시 두 손을 모았다.
「어째서 당신은, 나는 당신을 사랑하고 있었다고 마냥 같은 말만 되풀이하고 있는 거죠? 자 이젠 그만하세요!」 하고 부인은 또 화를 냈다. 「당신 말예요. 지금 곧 잠들지 않으면, 나는 더 이상…… 당신은 지금 휴식이 필요해요. 그러니까 좀 자도록 해요. 지금 곧 자요, 잠을 청하세요. 아아, 어떡할까? 지금 이분이 식사를 하고 싶을지도 몰라. 당신 뭘 드시고 싶어요?

이분은 뭘 자셔야 하지? 아아, 어떡할까? 그 여자는 어디 있을까? 그 여자가 어디 있지?」

또 한바탕 혼잡이 일어났다. 그러나 스체판 선생은 잠깐 자고 나서 그 다음에, 수프와 차가 먹고 싶다……, 요컨대 자기는 매우 행복하다고 중얼거리듯이 말했다. 그는 옆으로 누웠다. 그리고 정말 한참 자는 듯이 보였다 (아마 자는 척하고 있었던 것이리라). 바르바라 부인은 한참 동안 우두커니 있더니 이윽고 칸막이의 밖으로 나왔다.

부인은 주인 부부가 거처하는 방에 들어가 그들을 내쫓고 난 뒤, 다샤에게 그 여자를 데려오도록 명했다.

이윽고 어마어마한 심문이 계속되었다.

「자, 너는 이제부터 모든 것을 죄다 상세하게 털어놓고 들려 줘. 그렇지, 이리 앉아서, 그래 그래 어떻게 된 거냐?」

「제가 스체판 선생님을 뵙게 된 것은…….」

「잠깐 기다려, 미리 말해 두지만 말이야. 네가 만일 거짓말을 한다든가 하면, 나는 어떡하든 그것을 알아가지고 너에게 그만큼의 보복을 할 테니까 그리 알고……. 알았지? 자, 그럼 그래서…….」

「저는 스체판 선생님과 함께…… 제가 하토보에 도착하자 곧…….」

소피아는 숨이 차서 말을 잘 잇지 못했다.

「잠깐, 잠깐 멈춰…… 가만 있으라는데 뭘 횡설수설하고 있는 거냐. 그런데 도대체 넌 뭐야? 어떻게 된 여자냔 말이야?」

그녀는 허둥지둥하면서도(그래도 요령있게 핵심만 추려서) 예의 세바스토폴리를 서두로 해서 자기의 신상 이야기를 시작했다.

부인은 의자 위에서 몸을 젖히고 위엄있는 눈초리로 꼼짝 않고 상대방의 얼굴을 주시하면서 말없이 듣고 있었다.

「어째서 너는 그렇게 부들부들 떨고 있느냐? 어째서 그렇게 아래만 보고 있지? 나는 나를 정면으로 보면서 말하는 사람을 좋아한단 말야. 자, 계속해서 말해 봐!」

그녀는 두 사람이 만난 일에서부터 성서에 관한 이야기, 스체판 선생이 농부의 아내에게 보드카를 대접한 것까지 낱낱이 얘기했다.

「그렇지 그래, 아무리 사소한 것이라도 빠뜨리지 않도록.」 하고 바르바라 부인은 그녀의 이야기하는 태도를 칭찬해 주었다.
 드디어 이야기는 둘이 하토보를 떠난 것과 스체판 선생이『마치 병자처럼』장황한 이야기를 늘어놓았다는 것, 그리고 여기서 스체판 선생은 자기의 일생을 처음부터 여러 시간에 걸쳐서 이야기를 시작했다는 대목에 이르렀다.
「그 신상 이야기도 해보렴, 뭐라고 하더냐?」
 소피아는 갑자기 말문이 막혀서, 아주 당황해 버리고 말았다.
「거기에 관해서는 아무것도 이야기할 수가 없습니다.」그녀는 거의 울음을 터뜨릴 정도로 울상이 되어 이렇게 말했다.「게다가 무어라고 하셨는지 잘 알아들을 수가 없었습니다.」
「거짓말! 어째서 뭐라는지 몰랐다는 거야?」
「저, 어떤 한 사람의 검은 머리의 귀부인에 대한 것은 오랫동안 이야기하고 있었습니다.」소피아는 얼굴을 빨갛게 물들였다. 비록 바르바라 부인이 아마빛 머리카락을 하고 있어서 그 부루네트와는 조금도 비슷한 데가 없다는 것을 느껴서 알았는데도……
「머리가 검은 여자? 도대체 그게 무슨 소리냐? 다음을 이야기 해봐!」
「그 귀부인을 일생 동안 이십 년 동안, 사랑하고 있었다는 말이었습니다만, 자신이 너무 뚱뚱한 것이 창피한 생각이 들어서, 그분에게 사랑한다고 고백할 용기가 없었다고 하는 그런……」
「바보 같은 사람!」
 바르바라 부인은 한심스러운 듯한 그러면서도 단호한 어조로 잘라말했다.
 소피아는 이젠 울고 있었다.
「저는 더 이상은 아무 말도 할 수 없습니다. 그럴 수밖에 없는 것이 저는 그분의 신상을 아주 걱정하고 있었기 때문에, 게다가 그분은 매우 현명하신 분이었기 때문에, 저로서는 도저히 수긍이 가지 않았던 것입니다.」
「그 사람의 지혜가 어떻다는 것을 너 같은 얼간이가 어떻게 알 수 있단 말이야? 너에게 청혼하는 말은 안 했니? 똑똑히 말해 봐!」
 소피아는 부들부들 떨기 시작했다.
「네게 반하지 않았더냐? 바른 대로 말해! 너에게 청혼했지!」
 바르바라 부인은 소리를 빽 질렀다.
「네, 대체적으로 그렇다고 말씀드려도 괜찮을 정도였습니다.」하고 그녀는 울기 시작했다. 「그렇지만 그분은 병이 났기 때문에 그런 말은 아무런 뜻도 없는 빈말이라고 저는 생각했습니다.」 눈을 치켜뜨면서 그녀는 이렇게 말했다.
「네 이름과 성은 뭐지?」
「소피아 마트베예브나라고 합니다.」
「그래? 그럼 내 가르쳐 줄 것이니 소피아 마트베예브나, 그 사람은 세상에서 가장 덜된, 가장 속이 텅 빈 인간이란 말이야……. 아아, 어쩌면 좋을까? 넌 나를 덜된 여자라고 생각하겠지?」
이쪽은 눈을 동그랗게 떴다.
「덜된 여자라 생각하니? 그 사람의 일생을 망하게 한 폭군이라고 생각하니?」
「어머, 마님께서는 울고 계시면서도 어째서 그런 말씀을 하십니까?」
바르바라 부인의 눈에는 정말 눈물이 흐르고 있었다.
「자, 앉아요. 앉으라니까, 그렇게 겁내지 않아도 돼요. 다시 한 번 내 눈을 똑바로 보란 말이야. 왜 얼굴이 빨개지지? 다샤, 이쪽으로 오너라! 잠깐 이 여자를 좀 봐라. 너 어떻게 생각하니? 이 여자는 마음이 고운 여자지……」
놀랍게도(아마도 소피아는 더욱 기분이 나빴을 것임에 틀림없다) 부인은 갑자기 그녀의 뺨을 가볍게 두드렸다.
「다만 아까운 것은 바보라는 점이야. 제 나이 구실도 못 하는 바보란 말이야. 좋아, 앞으로 내가 네 뒤를 돌봐 주겠어. 이젠 알았어? 그런 일들은 모두 쓸데없는 것들이야. 바보 같은 소리란 말이야. 어쨌든 당분간 내 옆에서 살도록 해. 방도 하나 주겠고 식생활도 무엇도 다 내가 돌봐 줄 테니까……. 그럼 이따가 부를게.」
소피아는 깜짝 놀라서 자기는 갈길을 서둘러야 한다고 말했다.
「너는 아무래도 서둘러 갈 데가 없지 않아? 네 그 책은 내가 전부 살 테니까, 너는 여기에 안정하고 있는 것이 좋아! 어쨌든 가만 있으란 말이야. 변명이나 이유 같은 건 일체 하지 않는 거예요. 안 그래? 만일 내가 오지 않는다면, 너로서도 역시 저 사람을 버리고 가지는 않았겠지?」
「어떤 일이 있더라도 버리고 가지는 않았겠지요.」 소피아는 눈물을 훔치면서 조용하게, 그러나 또박또박 대답했다.

의사 잘리츠피쉬가 온 것은 밤이 아주 깊어서였다. 이 사람은 매우 소문이 난 사람으로 경험이 대단히 풍부한 의사였다. 얼마 전에 상관과 뜻밖의 언쟁을 했기 때문에 근무처를 잃었지만, 바르바라 부인은 그때부터 그를 적극적으로 돌보아 주기 시작했던 것이다. 그는 바르바라 부인에게 환자의 병세는 병 발증으로 해서 매우 위험한 징조를 보이고 있으니 병세는 좀더 악화할 것으로 생각한다고 신중한 어조로 말했다.

벌써 이십 년간이나 스체판 선생의 병에 대해서 여러 가지 일을 겪어왔기 때문에 병세가 위독하다든가, 중대한 사태라든가 하는 것을 절실히 느끼기에는 이미 면역이 생긴 바르바라 부인으로서도 이번만은 절실히 마음의 공포를 느끼지 않을 수가 없어서, 얼굴빛까지 갑자기 창백해졌다.

「그럼 전혀 가망이 없어요?」

「전혀 가망이 없다는 건 아닙니다. 그러나……」

부인은 밤이 새도록 자리에 들지 않고 날이 새는 것을 초조하게 기다렸다. 간신히 환자가 눈을 뜨고 처음으로 의식을 회복했을 때(그는 자꾸만 쇠약해갔지만 의식을 잃지는 않았다), 부인은 무슨 결단을 내린 듯한 표정으로 그의 옆으로 다가갔다.

「스체판 트로피모비치, 어떤 경우를 당하더라도 각오를 단단히 해야 합니다. 저는 신부님을 모셔오도록 사람을 보냈습니다. 당신은 인간의 의무를 다하지 않으면 안 됩니다.」 그의 평시의 주장을 알고 있었기 때문에 부인은 그가 거절할 것이 아닌가 하고 걱정을 하고 있었다. 그러자 그는 깜짝 놀란 듯이 부인을 바라다보았다.

「쓸데없는 말 마세요, 쓸데없는 말 마세요.」 부인은 그가 거절하고 나오리라 생각하고 이렇게 날카로운 소리로 외쳤다. 「지금은 농담 같은 걸 할 때가 아니예요. 바보 짓은 이젠 그만하세요.」

「그렇지만…… 내가 그렇게까지 병세가 나쁜가요?」

그는 신중한 태도로 수락했다. 한마디로 말해서 그는 죽음을 두려워하는 것 같지는 않았다. 나는 후일에 이 이야기를 바르바라 부인으로부터 듣고, 정말 놀랐던 것이다. 어쩌면 그는 자기가 중태라는 것을 믿지 않고 역시 전처럼 그저 약간 대수롭지 않은 병이 났다고밖에 생각하지 않고 있었는지도 모른다.

그는 고해성사도 치렀고 성체(聖體)도 기꺼이 받았다. 일동은, 소피아와 하인들까지 그에게 거룩한 계시가 있기를 축원했다. 살이 빠지고 아주 수척해진 얼굴이라든가, 창백한 그래서 부들부들 떨고 있는 입술을 보고 사람들은 모두 약속이라도 한 듯이 소리 죽여 울기 시작했다.
「여러분들이 그렇게 염려하고 있다는 것이 저에겐 어쩐지 이상스럽게 생각이 드는군요. 어쩌면 내일이라도 자리를 걷어올리고, 우리 모두가……출발하게 되는지도 모르잖습니까?…… 이런 식은 모두…… 아니, 저로서도 물론 이런 것에 대해서 상당한 경의를 표하고는 있습니다만……. 그러나……」
「신부님, 부탁이온데 아무쪼록 환자 곁에 있어 주시기 바랍니다.」
벌써 제의를 벗어 버린 신부를 바르바라 부인은 서둘러 만류했다.
「여러분에게 차가 나오면 곧 신앙에 대한 말씀을 시작해 주십시오. 그것은 저분의 신앙 생활에 매우 필요한 일이니까요.」
신부는 설교를 시작했다. 사람들은 환자의 침대 둘레에 앉기도 하고 서 있기도 했다.
「이즈음 같은 죄많은 세상에서는」하고 신부는 찻잔을 손에 든 채, 부드러운 어조로 이야기를 시작했다.「전능하신 하느님에 대한 신앙만이 착한 이에게 약속된 행복 속에 있어서나, 또 이 삶의 온갖 모든 슬픔과 시련 속에 있어서나 우리 인간에게 있어서는 유일한 피난처인 것입니다…….」
스체판 선생은 갑자기 생기를 회복한 듯, 미묘한 웃음이 그의 입가에 떠올랐다.
「신부님, 감사합니다. 신부님은 정말 좋은 분이십니다. 그러나……」
「그러나라뇨? 그런 말은 당치도 않은 소립니다. 그러나 어쩌구 하는 말은 있을 수 없는 말입니다!」느닷없이 의자에서 발딱 일어나며 바르바라 부인은 이렇게 소리쳤다.
「신부님」하고 부인은 신부 쪽을 향했다.「이 사람은 원래가 이런 사람입니다……. 이 사람은 언제나 이렇습니다……. 이 사람은 한 시간만 지나면 다시 또 한 번, 고해성사를 해야 할 것입니다. 정말 이 사람은 원래가 이런 인간입니다!」
스체판 선생은 조심스럽게 미소를 지었다.
「나의 벗들이여!」하고 그는 이야기를 시작했다.「하느님은 영원히 사랑할 수 있는 유일한 존재라는 이유 하나만으로도 저에게 없어서는 안될 존재입니다.」

과연 그가 정말로 신앙을 얻었든가, 혹은 또 장엄한 성심 강복의 미사의식이 그의 예술가적인 감수성을 흔들고 자극했었든가, 그러한 것들에 대해서는 자세히 알 수 없지만, 아무튼 그는 똑똑한 어조로 대단한 감동을 나타내면서 예전의 주장과는 전혀 다른 이야기를 꺼냈던 것이었다.

「하느님은 부정을 하는 것을 좋아하시지 않습니다. 한번 제 가슴속에 일어난 하느님에 대한 사랑을 아주 꺼버리는 것 같은 행동은 바라시지 않습니다. 이미 그것만 가지고서도 제가 죽는다는 것이 불필요하다는 이유가 될 것입니다. 아아, 사랑보다 더 훌륭한 것이 또 어디 있겠습니까? 사랑이란 생존보다 훌륭한 것입니다. 이렇게 볼 때 생존은 사랑 앞에서 무릎을 꿇지 않을 수가 없는 것입니다. 만일 제가 하느님을 사랑하고 또는 나 자신의 사랑에 기쁨을 느낀다면 하느님은 저라는 인간에게 과연 사랑을 소멸케 해서 모든 것을 허무한 것으로 만들 리야 없지 않겠느냔 말입니다. 만일 하느님이 계신다면 저는 이미 죽지 않는다는 판정이 내려졌다고 생각합니다. 이것이 나의 신앙의 고백입니다.」

「하느님은 계세요. 스체판 트로피모비치, 제가 그것을 보증하지요. 정말 계십니다.」

바르바라 부인은 기도를 올리는 것처럼 간절하게 말했다.

「적어도 일생에 한 번쯤은 그런 터무니없는 생각일랑 버리세요. 부정해 버리시란 말예요!」 부인은 그의 신앙의 고백을 전혀 이해할 수 없었던 모양이었다.

「여보.」 하고 그는 점차로 활기를 띠기 시작했다. 그러나 이야기는 거의 항상 중간에서 중단되기가 일쑤였다.

「그 왼쪽 뺨까지 내밀라고 한 의미를 깨달았을 때, 나는…… 또 곧 다른 뜻도 있다는 것을 깨달았습니다. 나는 일생 동안 거짓말만 해왔어요. 일생 동안을 줄곧! 그러나 나는 될 수만 있다면…… 내일…… 내일은 모두가 함께 출발하도록 하십시다.」

바르바라 부인은 울기 시작했다. 그는 누군가를 찾는 듯한 눈초리를 했다.

「아아, 여기 있어요. 그 여자는 여기 있어요!」 하고 부인은 소피아의 손을 잡고 그의 옆으로 끌고 왔다.
 그는 감개무량한 듯이 미소를 지었다.
 「아아, 나는 될 수만 있다면 다시 한 번 살아보고 싶다!」하고 그는 이상스러운 정력이 밀려오는 듯한 것을 느끼면서 소리쳤다.「이 세상에 있어서는 일 분 일 초라도 모든 인간에게 법열의 시간이 아니어서는 안 됩니다. 그렇습니다, 꼭 그렇게 되어야 합니다! 그렇게 하는 것이 인간의 의무입니다. 그것은 법칙입니다. 겉으로 나타나 있지는 않지만 엄연히 존재하고 있는 법칙입니다……. 오오, 나는, 페트루샤라든가…… 다른 친구들을 보고 싶다……. 그리고 샤토프도…….」
 여기서 말해 두지만 샤토프에 관한 것은 다리아도, 바르바라 부인도, 제일 나중에 읍에서 떠나온 잘리츠피쉬까지도 아직 전혀 모르고 있었던 것이다.
 스체판 선생은 병적으로 악화되어 그의 힘으로는 도저히 견디지 못할 정도로 흥분했다.
 「어딘가 이 우주에는 나보다 훨씬 바르고 또한 행복한 무엇인가가 존재하고 있다는 것을 끊임없이 생각하고 있는 것만으로도 내 마음은 한없이 기쁘고 또 영광으로 가득 찹니다. 아아, 내가 어떤 인간이든 어떤 짓을 하든 그런 것은 벌써 문제가 되지 않아요. 인간이란 자기 개인의 행복보다도 어딘가에 완성된, 조용한 행복이 모든 사람과 모든 사물에 대해서 존재한다고 하는 것을 자각하는 편이 훨씬 필요한 것입니다. 인간 존재의 법칙은 모두 한 점에 귀착되어 있는 것입니다. 그것은 다름이 아니고 인간에게 있어서는 언제나 어떤 무한히 위대한 것 앞에 무릎을 꿇을 필요가 있습니다. 인간에게서 그 위대한 것을 빼앗는다면 그들은 살아갈 수가 없어서 절망 속에서 죽어 버릴 것임에 틀림없습니다. 무한하면서도 영원한 것은, 인간에게 있어서, 그들이 현재 서식하고 있는 이 한 개의 미소한 유성과 마찬가지로 필요불가결의 것입니다. 여러분, 위대한 이상을 만세 부르도록 하십시다! 영원하면서도 무한한 사상! 어떠한 인간도 인간은 모두 위대한 사상의 출현에 무릎을 꿇을 필요가 있는 것입니다. 지극히 우매한 인간까지도 뭔가 위대한 것을 필요로 하는 것입니다. 페트루샤…… 아아, 나는 그 친구들을 다시 한 번 만나보고 싶다. 그들은 자기들 속에도 역시 이 영원의 위대한 사상이 간직되어 있다는 것을 모르고 있을 거란 말입니다!」

　의사인 잘리츠피쉬는 미사 의식 때는 같이 있지 않았지만 갑자기 밖에서 뛰어들어오더니 몸을 떨었다. 그리고 병자를 흥분시켜서는 안 된다고 말하고 그 자리에 있는 사람들을 쫓아 버리고 말았다.

　스체판 선생은 그로부터 사흘 뒤 영원히 눈을 감아 버리고 말았지만 그때는 아주 의식을 잃어버리고 있었다. 그는 타버린 촛불처럼 꺼져갔다. 바르바라 부인은 그 자리에서 장례를 끝마치자 불행한 친구의 시신을 스크보레쉬니키로 옮겼다. 무덤은 교회 묘지에 마련되고 대리석으로 꾸며졌다. 비명과 철책은 봄까지 연기하기로 했다.

　바르바라 부인이 읍을 떠나 있었던 기간은 팔 일간이었다. 부인과 함께 마차를 타고 소피아도 읍에 와 있었다. 아마도 영원히 부인 밑에 같이 있게 될 것이리라, 다만 한마디 해둘 것은 스체판 선생이 의식을 잃자마자(그것은 그날 아침에 일어났던 일이었다), 바르바라 부인은 곧 또 소피아를 물리쳤는데, 이번엔 아주 집 밖으로 내쫓아 버리고 말았던 것이다.

　그리고 최후까지 혼자서 병구완을 했지만 스체판 선생이 숨을 거두자마자, 급히 그녀를 불러들였던 것이다.

　영원히 스크보레쉬니키로 이사를 오도록 하라는 권유(라고 하기보다는 오히려 명령)를 받고 그녀는 대단히 놀라서 거절하려고 했지만 부인은 그런 것엔 귀를 기울이려고도 하지 않았다.

　「모든 것이 바보 같은 짓이다. 나는 너와 함께 성서라도 팔면서 돌아다닐 작정이다. 난, 이제 세상에서 아무도 의지할 사람이 없어!」

　「그렇지만 마님에게는 아드님이 계시지 않습니까?」

　잘리츠피쉬가 말했다.

　「나에게는 아들도 없어요!」하고 바르바라 부인은 잘라말했다. 그러나 이 말은 예언 같은 것이 되어 버리고 말았다.

제8장   종 말

　이런 모든 난맥과 범죄는 이상스런 속도로, 표트르가 예상했던 것보다 훨씬 신속히 폭로되어 버렸던 것이다. 우선 일의 시초는 그 불행한 여인 마리아가 남편이 살해된 날 밤, 새벽녘에 눈을 뜨고 손을 뻗쳐 보았지만 옆에 남편이 없는 것을 알자, 안정을 못 하여 소란을 피우기 시작했다는 것에서 비롯했다. 그때 그녀의 옆에는 아리나에 의해 고용된 시중드는 여자가 묵고 있었는데, 아무리 애써 봐도 산모를 진정시킬 수가 없어서 밤이 새기를 기다리지 못하고 아리나에게 달려갔다. 산모에게는 아리나가 남편의 간 곳을 알고 있고, 또 그가 돌아올 시간도 안다고 말했던 것이다. 한편, 아리나도 그때 어느 정도까지는 불안을 느끼고 있었다. 그녀는 벌써 남편의 입으로부터 그날 밤, 스크보레쉬니키에서 일어났던 일에 대해서는 들어 알고 있었던 것이다. 그는 그날 밤 열 시가 지나서 집으로 돌아왔지만 심신이 모두 무서운 상태에 빠져 있었다. 그는 자기 스스로 제 손을 비틀어꼬면서 침대 위에 엎드린 채 오열의 흐느낌으로 전신을 와들와들 떨면서 계속해서 되풀이하는 것이었다.
　「그건 틀려, 그런 게 아냐. 전혀 틀린단 말야!」
　물론 결국에 가서는 기어코 달라붙어서 떨어지지 않는 아내 아리나에게 모든 것을 죄다 털어놓고 말았다. 하기는 그것을 안 것은 집안에서는 그녀 한 사람뿐이었지만, 그녀는 엄숙한 어조로 남편을 향해서「만일 울고 싶다면, 사람들에게 들리지 않도록 베개에 얼굴을 묻고 우세요. 내일 만일 이상스런 태도를 남에게 보이기라도 한다면, 그야말로 당신은 정말로 바보가 되는 거예요.」하고 타이른 뒤 남편을 자리에 뉘고 밖으로 나갔다. 그러고 나서 그녀는 잠깐 생각에 잠겼다가 곧, 만일에 대비해서 정리를 시작했다. 서류라든가 책, 그리고 격문 같은 것도 모두 감추든가 태워 버리고 말았다. 그리고 난 뒤 그녀는, 언니에게나 숙모에게나 또 시누이인 여대생에게도, 나아가서는 오빠인 쉬갈료프에게까지도 그다지 겁을 낼 필요는 없다고 생각했다. 이튿날 아침 심부름하는 여자가 달려왔을 때 그녀는 주저하지 않고 마리아에게로 갔다. 그리고 어젯밤 남편이 헛소리처럼, 미친 듯이 겁에 질린 어조로 속삭여 들려 준 표트르가 장차 일으킬 일에 대한 계획, 즉 그들 일당의 안전을 도모하기 위해서 키릴로프를 이용하려는 계획이 진짠가 아닌가를 한시라도 빨리 확인하고 싶었던 것이다.

그러나 그녀가 마리아에게 왔을 때는 이미 때가 늦었었다. 마리아는 시중드는 여자를 심부름 보내고 혼자 있게 되자, 더 이상 그러고 있을 수가 없어서 자리에서 일어나 손에 잡히는 대로 옷을 걸치고(그것은 계절에 맞지 않는 매우 얇은 것이었던 모양이다) 좀 떨어져 있는 키릴로프네 집으로 갔다. 이분이라면 남편의 소식을 알려 줄 것이라고 생각했던 모양이다. 그러나 거기서 목격한 광경이 산모에게 어떤 영향을 주었느냐 하는 것은 상상하기 힘들지 않다. 여기서 주의해야 할 점은 식탁 위에 눈에 띄게 세워 놓았던 키릴로프의 유서를 그녀가 읽지 않았다는 것이다. 그 이유는 너무 놀란 나머지 그것을 볼 정신적인 여유가 없었던 것이다. 그녀는 자기 방으로 달려오자, 갓난아이를 안고 거리로 뛰어나갔다. 그때는 축축한 아침으로 안개가 끼여 있었다. 이 쓸쓸한 거리에는 통행인도 없었다. 그녀는 차가운 진흙길을 숨이 차서 헉헉거리며 쏜살같이 뛰어갔다. 그리고 그녀는 남의 집 문을 쾅쾅 두드리기 시작했다. 한 집은 아예 열려고조차 하지 않았고, 또 한 집에서는 문을 여는 데 꽤 오랜 시간이 걸렸다. 그녀는 기다리지 못해 그 집을 포기하고 이번엔 세 번째 집 문을 두드리기 시작했다. 그것은 치토프라는 상인의 집이었다. 여기서 그녀는 무서운 혼란을 일으켰다. 울부짖으면서 밑도끝도 없이 『남편이 살해됐다』고 되풀이하는 것이었다. 치토프도 샤토프에 대해서는 그 경력을 얼마쯤은 알고 있었다. 그 사람의 말에 의하면 해산을 하고 겨우 하루낮과 밤을 지냈을 뿐인데, 제대로 옷도 입히지 않은 갓난아이를 안고 이런 추위에 변변히 옷도 걸치지 않고 거리를 뛰어다닌다는 것이 사람들을 섬뜩하게 했다는 것이었다. 처음에는 열에 들떠서 그러는 것이 아닌가 했었단다. 게다가 도대체 누가 살해됐다는 것인지, 키릴로프냐 샤토프냐, 이것이 확실치 않아서 더더욱 꿈을 꾸는 듯했다는 것이다.
　사람들이 자기의 말을 믿어 주지 않는다는 것을 눈치채자, 그녀는 또 다음 집으로 뛰어가려고 했지만 사람들은 그녀를 억지로 만류했다. 소문에 의하면 이때 그녀는 무섭게 소리를 지르면서 몸부림을 쳤다고 한다. 사람들은 필립포프의 집으로 갔다. 그리고 두 시간 뒤, 키릴로프의 자살과 그 유서는 읍내에 떠들썩하게 알려졌다. 경관은 그때 아직 제정신을 차리지 못한 산모를 심문하기 시작했다. 이때 그녀가 아직 키릴로프의 유서를 읽기 전이라는 것을 알고 어째서 남편이 살해됐다고 단정하게 됐느냐 하는 문제를 캤지만, 그것은 아무리 애써도 알아낼 수가 없었다. 그녀는 다만 이런 소리를 떠들어댔을 뿐이라는 것이다. 「그 사람이 살해된 이상, 우리집 양반도 살해되었음에 틀림없어요. 둘이는 언제나 같이 있었습니다!」 점심 때쯤 해서 그녀는 의식을 잃고 말았다. 그리고 끝내 제정신으로 돌아오지 못하고 사홀쯤 지나서 죽고 말았다.
　감기에 걸렸던 갓난아이는 그보다 먼저 죽었던 것이다.
　아리나 마리아도 갓난아이도 방에 없는 것을 보자, 형세가 좋지 않다고 느끼고 제 집으로 달아나려고 하다가 문가에 멈춰서서 시중드는 여자를 향해서, 「사랑채로 가서 주인에게 물어 봐, 마리아가 거기 오지 않았느냐고. 그리고 마리아에 대해서 아는 바 없느냐고 물어 보란 말이야.」 하고 말했다. 조금 있다가, 시중드는 여자는 거리가 떠들썩하게 소리를 지르면서 돌아왔다. 아리나는 『혐의를 받는다』는 편리한 논법에서 큰소리를 내지 말고 또 누구에게도 알리지 말도록 하라고 시중드는 여자에게 귀띔을 해놓고, 그대로 문 밖으로 달아나 버리고 말았다.
　그녀가 그날 아침, 마리아의 산파로서 경찰에 불리어갔음은 물론이다. 그러나 그녀로부터는 많은 것을 알아낼 수는 없었다. 그녀는 샤토프 집에서 보고 들은 것을 침착한 태도로, 사무적으로 하나도 빠뜨리지 않고 이야기했지만 사건 그 자체에 대해서는 아무것도 모른다고 주장했다.
　이렇게 해서 읍내가 떠들썩하게 소란스러웠다고 하는 것은 상상하기에 어렵지 않다. 또 새로운 사건이 일어난 것이다. 또 살인 사건이 일어났다! 그러나 이번엔 사정이 전혀 달랐다. 즉 암살자나 방화범, 이런 혁명당의 배반자의 비밀 결사가 존재하고 있다고 하는 사실이 명백히 드러났던 것이다.

무시무시한 리자의 최후, 스타브로긴이 아내를 살해한 사건, 당사자인 스타브로긴, 방화, 부녀 가정교사 구호를 위한 무도회, 율리아 부인을 중심으로 한 방탕자의 무리, 그뿐 아니라 스체판 선생의 행방 불명이라는 사건 속에 틀림없이 어떤 의문이 숨어 있음에 틀림없다. 이런 식으로 믿고 있었다. 니콜라이 스타브로긴에 관한 것도 사람들은 계속해서 수군거렸다. 그날 저물 무렵이 되어서, 표트르의 출발이 시내에 알려졌지만, 이상스럽게도 그에 대한 것은 그다지 화제에 오르지 않았다. 그날 무엇보다도 화제에 오른 것은, 『원로원 의원』에 대한 것이었다. 필립포프 집 앞에는 아침 내내 사람들이 들끓었다.

사실, 경찰은 키릴로프의 유서 때문에 미궁에 빠져 버리고 만 것이었다. 모든 사람들은 키릴로프가 샤토프를 살해했다는 것과 『하수인』이 자살했다는 것을 사실로 믿고 있었다. 그러나 경찰이 어찌할 바를 모르고 있다고 해서 전혀 어떻게 해보지도 않고 있는 것은 아니었다. 예를 든다면 키릴로프의 유서에 막연히 삽입되어 있는 『공원』이라는 말은 표트르가 기대했던 것만큼 당국자들을 갈팡질팡하게 하지는 못했다. 경찰은 곧 스크보레쉬니키로 달려갔다. 그것은 공원이란 거기에 있을 뿐, 읍내에는 없다는 하나만의 이유에서가 아니고 어떤 하나의 직감에 의한 것이었다. 최근 이 거리에서 일어난 여러 가지 전율할 만한 사건은 직접이든 간접으로든 스크보레쉬니키와 관계가 있었기 때문이다. 적어도 나는 이렇게 생각하고 있다(미리 말해 두지만, 바르바라 부인은 아침 일찍 아무것도 모르고 스체판 선생을 붙들기 위하여 시내를 떠났었다).

시체는 그날 저녁, 약간의 단서로 늪속에서 발견됐다. 하수인들이 미처 생각하지 못하고 놔뒀던 샤토프의 모자가 범죄 장소에서 발견되었기 때문이다. 시체를 일견한 인상도 그랬고, 검사의 결과도 그랬고, 또 두서너 가지의 추측으로 미루어 보아 아무래도 키릴로프에겐 공범이 있었음에 틀림없다는 의문이 맨 먼저 나왔다. 계속해서 샤토프와 키릴로프가 가담되어 있는, 격문과 관계된 비밀 결사의 존재도 다 함께 명백히 드러났다. 그러나 그 회원들은 어떤 녀석들일까? 그 한패에 대한 것은 그날엔 아직도 꿈에도 생각하는 사람이 없었다. 다만 키릴로프가 세상을 등진 사람처럼 외롭게 살고 있었기 때문에 유서에도 씌어 있듯이 그렇게 애써서 수색한 페지카가 여러 날 같이 있었음에도 불구하고 전혀 알 수 없었다는 사실을 경찰에서도 알았던 것이다. 그러나 이런 혼란된 사건 속에서도 무엇 하나 일반적인 연결을 명백히함직한 사실을 파악할 수가 없어서 그것이 무엇보다도 일동을 괴롭했다. 만일 럄신 덕분으로 모든 것이 이튿날 갑자기 폭로되지 않았더라면 거의 공포상태에 빠질 정도로 위협을 받고 있었던 거리의 사람들이 어떤 터무니없는 결론에 도달했을지 전혀 상상도 못할 뻔했던 것이다.

럄신은 결국 견딜 수가 없었다. 그리고 최근 표트르까지 걱정하던 일이 사실로 되어 그 신상에 나타났던 것이다. 처음엔 톨카첸코에게, 계속해서 에르켈리에게 감시를 받게 되었던 그는 이튿날 종일토록 자리에 누워 있었다. 겉으로 보기에는 지극히 얌전하게 벽 쪽으로 얼굴을 돌린 채 이야기를 걸어도 대답도 않고, 거의 한 마디도 말을 하지 않았다. 이런 의미에서 그는 시중에서 일어난 것을 종일토록 전혀 모르고 지냈다. 그러나 일체의 모든 것을 눈치챈 톨카첸코는 저녁때가 되어서 표트르로부터 위임받은 럄신 감시의 임무를 포기하고 읍에서 군으로 떠나야겠다는 생각을 일으켰다. 즉 일은 간단했다. 도망을 한 것이었다. 에르켈리가 모두 제정신이 아니라고 예언했던 것은 사실이었던 것이다. 겸해서 말해 두지만, 리푸친도 그날 점심 전에 거리에서 행방을 감추었다. 그래도 이 편은 어떠했던가 하면, 겨우 이튿날 저녁이 되어서야 주인의 가출에 깜짝 놀라서 공포로 말미암아 굳게 입을 다물고 있는 가족들을 심문하기 시작했을 때 비로소 경찰에서도 알게 되었던 것이다.

그러나 럄신에 대해서 이야기를 계속하자. 그는 자기 혼자 남게 되자마자 (에르켈리는 톨카첸코를 만나려고 한걸음 먼저 집으로 돌아갔기 때문에), 곧 집을 뛰어나오고 말았다. 그리고 말할 것도 없이 얼마 안 가서 사태의 진전을 알아 버린 것이다. 그는 집에 들르지 않고 발길 닫는 대로 달렸다. 그러나 근처는 아주 캄캄했고 게다가 그의 계획은 너무나 무시무시하고 곤란한 것이었기 때문에 그는 거리를 두세 개 건너갔다가, 어정어정 제 집으로 돌아와서 밤새껏 자기 방에 틀어박혀 있었다. 그는 아침까지 자살을 궁리하고 있었던 모양이다. 그러나 성공하지 못했다. 그렇지만 이튿날 낮까지 틀어박혀 있다가 갑자기 경찰로 달려갔던 것이다. 사람들의 말에 의하면 그는 무릎을 꿇고 마룻바닥을 기어다니기도 하고 울기도 하고, 떠들기도 했으며, 마루에 입까지 맞추면서, 저 같은 놈은 앞에 서 계신 고관들의 구두에 입맞출 가치조차 없는 놈이라고 떠들어대더라는 것이다. 사람들은 그를 진정시키고 여러 가지로 상냥하게 위로했다. 심문은 무려 세 시간 이상 걸렸다는 것이다. 그는 모든 것을 죄다 고백했다. 사건의 내용을 속속들이 털어놓고 온갖 모든 사실을 사소한 점까지 이야기했다. 앞으로 달려가기도 하고, 모든 것을 한 꺼번에 털어놓으려고 서둘렀기 때문에 묻지도 않는데, 쓸데없는 소리까지 늘어놓기조차 했다. 들어 보니까 그는 꽤 여러가지 일에 대해서 자세하게 알고 있었고 꽤 조리있게 사건의 진상을 설명했던 것이다. 샤토프와 키릴로프의 비극, 화재, 레뱌드킨 오누이의 죽음 같은 것은 이차적인 것이 되어 버리고 표트르, 비밀 결사, 혁명 운동의 조직, 오인조의 망 등등, 이런 것들이 전면으로 드러났던 것이다. 도대체 무엇 때문에 그런 헤아릴 수 없을 정도로 많은 살인과 추악하기 이를 데 없는 비열한 사건을 저질렀느냐는 물음에 대해서, 그는 흥분해서 말을 더듬으면서 이렇게 대답했다.

「그것은 조직적으로 사회의 밑바탕을 근본부터 흔들어 놓기 위해서였습니다. 사회 조직을 비롯해서 모든 것의 기초를 계통적으로 부패시키기 위해서입니다. 모든 사람의 거친 성품을 충동해서 모든 것을 혼란 상태로 빠지게 하기 위해서입니다. 이렇게 그 밑바닥이 흔들린 사회가 산화하고 병적인 것이 되어 염치를 잃고 신앙심을 빼앗기면서 무엇인가 지도적인 사상이라든가 자기 방위의 수단을 무한한 욕망을 가지고 구하고 있는 틈을 타 갑자기 반란을 일으켜서 한꺼번에 우리들 수중으로 그들을 잡아넣으려고 했던 것입니다. 이때 힘이 되는 것은 전국에 그물처럼 펴놓은 오인조입니다. 그들은 그 동안 계속해서 행동하여 동지를 늘리고 모든 기회를 이용할 수 있는, 틈이 벌어진 사회의 약점이나 취약처를 실제적으로 찾아내는 활동을 하고 있는 것입니다.」

그리고 결론으로서 그는 다음과 같이 말했다. 이곳에서 표트르는 이런 조직적인 교란 작전의 최초의 시도를 약간 만행해 봤을 뿐으로 이것이 말하자면 장래의 모든 오인조의 행동 계획의 지침 같은 것이 되는 것이다.

그러나 이것은 그 자신, 즉 람신의 생각이며 그 한 사람의 상상에 불과하다.

「그렇기 때문에 아무쪼록 이 점을 잘 기억해 주시고 생각하셔서 제가 얼마나 명백하고 정확하게 깨끗이 모든 것을 털어놓았는가를 알아 주시기 바랍니다. 사실이 이러하니까 앞으로 나으리들께 대단히 필요한 이야기가 될 것이라는 생각이 들어서 말입니다.」

　오인조는 많이 있는가라는 정면으로 묻는 질문에 대해서는, 헤아릴 수 없을 정도로 많다, 러시아 전국은 이런 오인조의 조직망으로 덮여 있다고 대답했다. 그는 따로 증거를 내보이지는 않았지만, 철두철미하게 착실히 답변한 것으로 추측된다. 그가 제출한 것은 외국에서 인쇄한 회합의 프로그램과 대수롭지 않은 인쇄물이긴 하지만 표트르가 자필로 쓴 장래의 행동 계획서뿐이었다. 이것으로 미루어보아 럄신의 소위 『사회의 기초를 흔든다』 운운의 말은 한 자 한 자 어김이 없이 이 종이 쪽지 속에서 인용한 것이었다. 구두점까지도 하나하나가 틀림이 없었다. 그는 모든 것이 자기의 상상에서 나온 것이라고 주장하고 있었지만.

　율리아 부인에 대한 이야기가 나오자, 그는 놀랄 정도로 당황해서, 묻기도 전에 지레짐작으로 「그 여자에게는 죄가 없습니다. 그 여자는 이성을 완전히 잃어버렸던 것입니다.」라고 말했다. 그러나 여기서 주의해야 할 것은 그가 니콜라이 스타브로긴을 제외해 놓고 비밀 결사에 아무런 관계도 없고 표트르와도 아무런 협정을 맺은 바 없다고 단정한 점이다(표트르가 스타브로긴에 대해서 품고 있었던 황당하기 이를 데 없는 절실한 희망에 대해서는 럄신도 전혀 아는 바 없었던 것이었다). 레뱌드킨 오누이의 죽음은 그의 말에 의하면, 니콜라이와는 아무런 관계도 없었고, 다만 표트르 혼자 한 짓으로 니콜라이를 범죄의 공범으로 끌어들여서 자기 마음대로 그를 부려먹고 싶었기 때문이라고 했다. 그러나 표트르가 경솔하게도 깊이 기대하고 있었던 감사 대신에, 그는 다만 무서운 불만과 절망의 정을 『고결한 니콜라이』의 마음속에 불러일으켰을 뿐이었다.

　스타브로긴에 관한 결론도 마찬가지로 그는 묻기도 전에 매우 서둘러 발표했다. 그것은 스타브로긴은 매우 중요한 임무를 띤 인물이었지만, 거기에는 일종의 비밀이 포함되어 있어서, 이 거리에 머물러 있었던 것도 말하자면 변장을 하고 잠행(潛行)으로서 특별한 임무를 띠고 왔던 것이다. 어쩌면 또 가까운 시일 내에 페체르부르그로부터 올는지도 모르지만(럄신은 그가 지금 페체르부르그에 있다고 굳게 믿고 있었다) 이번에는 전혀 모습을 달리하고 이곳 사람들이 들으면 깜짝 놀랄 만한 사람을 데리고 올 것이다. 이런 이야기는 모두 『니콜라이의 비밀의 적』인 표트르부터 들은 것이다. 이런 식의 말들을 럄신은 의식적으로 넌지시 시사하려는 듯했다.
 여기서 잠깐 보충해 두지만, 두 달 뒤에 럄신이 자백한 바에 의하면 그는 스타브로긴의 보호를 목적으로 일부러 그를 변호했다는 것이다. 아마도 페체르부르그에서 운동해서 형벌을 이등 정도로 감형받은 뒤 유형을 받을 때에 돈이나 소개장 같은 것을 혜택으로 보내 줄 것이라고 기대하고 있었던 것이다. 이 자백으로 미루어보아도 사실 그가 스타브로긴에 대해서는 상식 밖으로 과대한 생각을 품고 있었다고 하는 것은 쉽사리 짐작할 수 있다.
 물론, 그날 안으로 비르긴스키도 체포됐다. 더욱이 도매금으로 가족까지 구속됐던 것이다(하기는 지금은 아리나와 그 언니와, 숙모와 덤으로 그 여대생까지 모두 청천백일하에 드러난 몸이 되어 있다. 소문에 의하면 쉬갈료프도 형법의 어느 조문에도 적용되지 않아서 가까운 시일내에 방면될 것이라고 한다. 하기는 이것만은 지금으로선 풍문에 불과하지만). 비르긴스키는 곧 모든 것을 시인하고 말았다. 그는 구속되자 곧 발병해서 병상에 누워 버리고 말았지만, 오히려 매우 즐거워하는 듯한 태도로 『아아, 이제야 겨우 마음이 좀 가벼워졌다.』고 했다는 것이다. 그에 관해서는 이런 풍문도 있다. 그는 지금은 모든 것을 명백히 진술하고 있지만 항상 일종의 위엄을 지니고 있으면서 자기의 『영광스러운 희망』을 하나도 버리려 하지 않는다. 그와 동시에 『쌓이고 쌓인 사연의 소용돌이』에 말려들어가서 경솔하게도 멍청스럽게 사회적인 수단과 정반대의 정치적 노선으로 들어선 것을 마음속으로부터 저주하고 있다는 것이었다. 살인을 할 때의 그의 동작은 어느 정도 그를 위해서 유리한 해석으로 참작되는 모양이었다. 그래서 그도 역시 운명에 대해서 어느 정도까지의 형의 경감을 기대해 봄직하다고 할 수 있다. 적어도 거리의 사람들은 그렇게들 단언하고 있는 것이다.
 그러나 에르켈리의 운명에 이르서는 거의 경감의 여지가 없다고 해도 좋을 정도이다. 이 사나이는 체포된 직후부터 시종 침묵을 지키고 있는데, 혹 입을 열면 될수록 사실을 인정하지 않으려 했다. 재판관은 오늘에 이르도록 한 마디도 그의 입으로부터 후회하고 개심하는 말을 들을 수가 없었다고 한다. 그럼에도 불구하고 그는 가장 엄격하고 혹독한 재판관에게도, 일종의 동정심을 일으키게 했던 것이다. 그것은 그가 아직 어린 나이라는 점과 천애고독한 몸이라는 것과, 겉으로 보기에는 정치적인 선동자의 광신적인 희생에 지나지 않았다고 생각게 된 것 등이 원인이었지만, 그러나 무엇보다도 어머니에 대한 효도가 있었기 때문이었다. 그는 지금까지 박봉의 거의 절반을 어머니에게 매달 보내고 있었던 것이다. 어머니는 지금 이 거리에 살고 있다. 그녀는 병을 앓고 있는 약한 부인으로서 나이에 비해서 대단히 늙은 편이다. 그녀는 울면서 자식의 목숨을 살려 달라고, 겉으로만이 아니라 정말로 사람들의 발밑에 몸을 던지곤 하는 것이다.

어쨌든 거리에서는 많은 사람들이 에르켈리를 불쌍하게 생각하고 있다.

리푸친은 페체르부르그에서 두 주일 동안 체류하고 있다가 검거됐다. 그는 설명하기조자 힘들 정도로 기괴한 짓을 해치웠던 것이다. 사람들의 말에 의하면 그는 타인 명의의 여권을 가지고 있었기 때문에 외국으로 **빠**져나갈 수가 있었던 것이다. 게다가 그는 목돈을 가지고 있었다. 그런데도 그는 페체르부르그에서 어물어물 늑장을 부리면서 다른 데로 가지 않고 있었다. 처음 얼마 동안은 스타브로긴과 표트르를 찾고 있었지만 느닷없이 술에 **빠**지기 시작했다. 그리고 전적으로 상식을 벗어나서 자기 경우에 대해 이해할 줄 모르는 사람처럼, 터무니없는 탐닉을 시작했던 것이다. 그는 페체르부르그의 어느 기생집에서 취해 있다가 체포되었다. 소문에 의하면 지금도 그는 조금도 풀죽은 기색없이 진술할 때도 거짓말을 하기도 하고, 목전에 다가오는 공판에 대해서도 상당한 희망을 품고 당당한 자세로 그날을 맞이한다고 떠벌이고 있다는 것이다. 법정에서 일장 연설을 할 작정으로 있는 모양이다.

톨카첸코는   뒤, 열흘쯤 지나서 지방 군에서 체포되었는데 그의 태도는 다른 사람들과 비교가 안될 정도로 은근해서 거짓말도 하지 않았을뿐더러 속이지도 않았으며, 알고 있는 한 모든 것을 자백했으며, 구태여 변명 같은 것도 하지 않았으며, 얌전하게 죄의 값을 받고 있지만, 그 역시 다변이어서 말을 많이 하고 싶어하는 경향이 있었다. 그는 자진해서 모든 것을 말할 뿐만 아니라 이야기가 일단 민중과 그 혁명적(?)인 분자에 관한 지식에 미치면 당장 이상스런 자세를 짓고, 듣는 사람을 감탄시키려고 서둘러대는 것이었다. 들은 바에 의하면 그도 역시 법정에서 뭔가 지껄일 모양이란다. 한마디로 말해서 그와 리푸친은 그다지 겁을 먹고 두려워하는 것 같지가 않았다. 그것은 오히려 이상할 정도였다.

되풀이해서 말하지만 이 사건은 전부 끝난 것이 아니다. 이미 삼 개월이 지난 지금으로선 이 거리의 사회도 한숨 쉬고 나서 차림새를 고쳤다고 할 수 있기 때문에 꽤 여유 같은 것을 느끼게 되기 시작했으므로 제나름의 의견도 가질 정도가 되었다. 심지어는 당사자인 표트르를 가리켜서 보기 드문 천재라고 일컫는 사람까지 있다. 적어도 『천재적인 능력을 가진 사나이』라고 평하고 있었다. 『그 조직은 얼마나 놀라운가요?』하고 클럽 같은 데서 손가락을 위로 향해 보이면서 이런 말을 주고받고 있었다. 하기는 그런 것은 죄없는 농담으로서 소수의 사람들만이 하고 있는 말이지만 대다수의 사람들은 그의 예민한 재능을 부정하지는 않았고, 현실에 대한 무서운 무지, 가공할 만한 추상벽, 한쪽으로 편중된 불구적인 둔한 발달로 말미암아 대단히 경박한 데로 빠져들어간 것으로 평하고 있는 것이다. 그의 정신적인 결함에 대해서는 중설이 모두 일치해 있다. 거기에는 이미 의논의 여지가 없는 것이다.

자, 모든 것을 유감없이 처리하기 위해서는 이젠 누구에 대한 말을 해야만 할까? 나는 전혀 알 수가 없다. 마브리키는 어디론가 사라져 버리고 말았다……. 드로즈도바 노부인은 아주 어린아이처럼 되어 버리고 말았다……. 그런데 또 한 가지 대단히 음산한 사건이 남아 있지만, 다만 사실을 전하는 데 그치기로 한다.

바르바라 부인은 여행에서 돌아오자 집안으로 들어앉았다. 그런데 여행 중에 쌓이고 쌓인 여러 가지 화제가 일시에 부인을 엄습해와서 그녀를 심하게 놀라게 했다. 그래서 그녀는 방안에 틀어박혀 버렸다. 그때는 벌써 밤이었기 때문에 동행했던 사람들도 모두 피곤해서 일찍 자리에 들었다.

이튿날 아침 하녀가 마치 무슨 비밀이라도 전하는 것처럼 다리아에게 한 통의 편지를 건넸다. 그녀의 말에 의하면 이 편지는 전날 온 것이지만 어젯밤은 밤도 깊었고 모두 쉬고 있었기 때문에 그녀는 전하지 않았던 것이라고 했다. 그것은 우편으로써가 아니었고 한 사람의 낯선 남자가 스크보레쉬니키에 있는 알렉세이 예고르이치 앞으로 가지고 왔기 때문에 예고르이치가 어젯밤 직접 가지고 와서 하녀에게 건네 주고 그대로 곧 스크보레쉬니키로 돌아가 버리고 말았다는 것이다.

다리아는 두근거리는 가슴을 진정시키면서 한참 동안 그 편지를 바라다보고 있었다. 당장 봉투를 뜯을 수가 없었던 것이다. 그녀는 누구로부터 온 것인지를 이미 알고 있었다. 그것은 니콜라이의 편지였던 것이다. 그녀는 겉봉을 읽었다. 『알렉세이 예고르이치에게, 비밀로 다리아 파블로브나에게 전하도록』

이 편지는 유럽 식 교육을 훌륭히 받았으면서도 러시아 어의 읽기와 쓰기를 충분히 습득하지 못한 러시아 귀족 자제의 문체에 흔히 있는 오류를 사소한 점까지 정정하지 않고, 그대로 한 자 한 구절 그대로 옮긴 것이다.

사랑하는 다리아 파블로브나

당신은 일찍이 나의 『간호부』가 되기를 희망했습니다. 그리고 필요할 때는 사람을 보내면 와주겠다는 언질을 주었던 적이 있었습니다. 나는 이틀 뒤에 출발합니다. 다시는 이곳에 오지 않으렵니다. 나와 함께 가지 않겠습니까?

작년에 저는 게르첸과 함께 스위스의 우리 주의 시민으로 귀화했습니다. 그것을 아는 사람은 아무도 없습니다. 거기에 나는 조그마한 집을 샀습니다. 나에게는 아직도 일만이천 루블리의 돈이 있습니다. 나와 함께 가셔서 거기서 평생을 살지 않으렵니까? 나는 이젠 절대로 아무데도 가지 않을 작정입니다.

그곳은 매우 한적한 곳입니다. 산골짜기란 말입니다. 산이 시야와 사상을 가로막고 있는 곳입니다. 무섭도록 음산한 곳입니다. 그것은 조그마한 집을 한 채 판다고 해서 산 겁니다. 만일 당신의 마음에 들지 않는다면, 나는 그걸 팔아서 다른 데에 집을 사도록 하지요.

나는 건강을 상했습니다. 그러나 환각증은 그곳의 공기로 고쳐질 것이라고 생각합니다. 그것은 육신의 문제이고, 정신 면에 대해서는 무엇이 필요한지 당신께선 잘 알고 있을 것이오, 단 전부는 아닐는지 모르겠지만.

나는 내 생애에 대해서 대단히 많은 것을 당신에게 이야기해 주었소. 그러나 전부는 아니오. 당신에게도 전부를 이야기하지는 않았소. 겸해서 이야기해 두지만 나는 아내의 죽음에 대해서 양심의 가책이 있습니다. 나는 그 뒤, 당신을 만난 적이 없기 때문에 그래서 잠깐 확인해 두려는 거요. 리자베타 니콜라예브나에 대해서도 죄가 있소. 그러나 이것은 당신도 잘 알고 있을 것이오. 당신이 거의 들어맞게 예언을 했었습니다.

당신께선 오시지 않는 편이 좋겠지요. 내가 당신을 부른다는 것은 대단히 비열한 행위입니다. 게다가 당신은 나 따위와 함께 자신의 일생을 묻어 버릴 필요는 조금도 없는 것입니다. 나는 당신이 그립습니다. 기분이 울적할 때 당신 옆에 있으면 즐거웠습니다. 당신에게만은 나의 마음에 있는 말을 할 수가 있었습니다. 그러나 그런 것들은 아무런 이유도 되지 않아요. 당신은, 자기를 『간호부』로 결정해 버렸단 말이오(이것은 당신이 한 말입니다). 도대체 무엇 때문에 그처럼 막대한 희생을 치르는 것입니까? 또 이런 것도 수긍해 줬으면 좋겠습니다. 나는 당신을 초청하는 이상, 당신을 가엾게 여기고 있지는 않겠습니다. 또 당신의 승낙을 기대하고 있는 이상, 당신을 존경하고 있지 않는 겁니다. 그럼에도 불구하고 나는 당신을 초청하고 또한 기대합니다. 어쨌든 당신의 편지만은 꼭 필요합니다. 왜냐하면 출발을 매우 서두르기 때문에 경우가 그렇게 된다면 나는 혼자서 떠납니다.

　나는 우리의 생활에서는 아무것도 기대하는 것이 없습니다. 다만 그저 가보는 거죠. 나는 일부러 음산한 곳을 선택한 것도 아니오. 러시아에서는 난 어떤 자에게도 속박을 받지 않고 삽니다. 다른 모든 장소와 같이 모든 것이 나에게 있어선 무관계한 것입니다. 하기는 러시아에서 산다는 것은 다른 곳 어디보다도 가장 싫기는 했지만 그러나 그 러시아에서조차도 나는 아무것도 증오할 수가 없었던 것이오!

　나는 여러 곳에서 내 힘을 시험해 보았소. 그것은 당신이 『자기 자신을 알라』고 했기 때문에 그렇게 해본 것이오. 이리해서 이전에, 즉 지금까지의 생활에서는 나 자신을 위해서, 또 남들에게 보이기 위해서 시험해 볼 때, 내 힘은 무한한 것으로 보였소. 나는 당신 앞에서 당신의 오빠로부터 뺨을 맞고도 참았소. 공공연하게 그 결혼을 자백했었소. 그러나 도대체 어디에다 이 힘을 쓰면 좋을까 이것을 끝내 알 수가 없었소. 당신이 스위스에서 인정해 준 말이 있음에도 불구하고 또 내가 그것을 참말로 받아들였음에도 불구하고 아직도 전혀 모르고 있는 것이오. 나는 지금도 옛날과 마찬가지로 선행을 해보고 싶다는 희망을 품을 수가 있고 또 그것에 의해서 쾌감을 맛볼 수도 있어요. 그와 동시에 악행도 희망해서 그것으로부터도 마찬가지로 쾌감을 맛볼 수 있소. 그러나 그 느낌은 두 쪽 모두 여전히 천박한 것이오. 나의 희망은 너무나 강한 맛이 결여돼 있어서, 지도할 만큼의 힘이 없는 것입니다. 통나무를 타고 시내를 횡단할 수는 있지만, 나뭇잎으로는 안 됩니다. 이것은 만일 당신이, 내가 우리 주로 가는 데는 뭔가 희망이 있어서가 아닐까 하고 생각하지 않게 하기 위해서 쓰는 것이오.

 나는 여전히 어느 누구도 탓하려 하지 않아요. 나는 대담한 방탕을 시도했었소. 그래서 그것 때문에 힘을 소모해 버리고 말았소. 그러나 나는 방탕을 좋아하지는 않고, 그때도 바라서 그랬던 것은 아니오. 당신은 최근 나를 주시하고 계셨는데 이런 것을 알 수 있었습니까? 나는 일체를 부인하는 그 친구들조차 짓궂은 눈으로 바라다보고 있었던 것이오. 그 친구들이 희망에 차 있는 것이 부러웠던 것이오. 그러나 당신의 걱정은 불필요한 것이었소. 나는 그 친구들과 함께 어울릴 수도 없었소. 아무런 공통된 느낌도 없었기 때문이었소. 다만 풍자적으로도, 체면치레로도 역시 할 수가 없었소. 그것은 내가 남에게 우습게 보일 것이 두려워서가 아니었소. 나는 그런 것을 겁내는 사람이 아니오. 다만 나는 신사로서의 체면을 가지고 있기 때문에 그렇게 하는 것이 비굴하다고 생각했기 때문이었소. 만일 그 사람들에게 좀더 증오나 선망을 느꼈었더라면, 혹시 그들과 함께 지냈을는지 모르오. 사실, 그렇게 하는 편이 내게는 얼마나 쉬웠는지 그래서 얼마나 내가 망설였는가를 통찰해 주기 바라오.

 다정한 벗이여. 내가 발견한 우아하고 관대한 사람이여! 어쩌면 당신은 나에게 풍성한 사랑의 혜택을 주고, 그 아름다운 가슴에서 한량없는 아름다움을 나에게 불어넣고 그것에 의해서 최후로 내 눈앞에 인생의 목적을 계시하려고 공상하고 있을는지도 모르겠소. 그러나, 그건 안 되오. 당신은 보다 더 신중하게 태도를 결정하지 않으면 안 되오. 나의 사랑은 나와 마찬가지로 천박한 것인지도 모르니까요. 그렇게 되면 당신은 불행한 신세가 되고 말 것입니다. 당신의 오빠는 나에게 이런 말을 했소. 자기 고향과의 연결을 잃은 자는 자기의 신, 즉 자기의 목적지를 잃어버리는 것이라고. 그것은 어쨌든 토론을 하자면 한이 없지만, 다만 나라고 하는 인간으로부터는 일체의 아량도 역량도 없는 단순한 부정만 주조해내는 것입니다. 아니 부정까지도 주조되어 있지는 않아요. 모든 것이 항상 천박해 버린 거요. 마음이 넓은 키릴로프는 관념을 가지기가 힘에 겨워서 자살해

버리고 말았소. 그러나 내가 보는 바로는 키릴로프는 건전한 판단을 잃어버렸기 때문에 그것으로 인해서 마음을 넓게 가질 수가 있었던 거요. 나는 아무리 애써도 판단력을 잃어버릴 수가 없어요. 따라서 그 사나이처럼, 그 정도까지 관념을 믿을 수가 절대로 없단 말이오. 그 정도로 관념에 몰두할 수가 없단 말입니다. 결코, 결코 나로서는 자살 같은 것을 할 수는 없어요!

나는 잘 알고 있소. 나 같은 놈은 자살하지 않으면 안 된다는 것을, 더러운 벌레처럼 지구의 표면에서 근절해 버리지 않으면 안 된단 말입니다. 그러나 나는 자살을 두려워해요. 마음을 넓게 가지는 것이 무섭기 때문입니다. 나는 잘 알고 있소. 그것은 다른 또 하나의 허위입니다. 무한한 허위의 연속에 있어서의 최후의 허위입니다. 다만 마음이 넓다는 모방을 하기 위해서 스스로를 기만해서 과연 어느 정도의 이익이 있단 말인가? 불안이라든가 수치심 같은 것은 결코 나의 내부에는 존재하지 않소. 따라서 절망이라는 것도 있을 수가 없습니다.

이렇게 많이 쓴 것을 용서해 주기 바라오. 지금 우연히 생각이 났소. 이것은 나도 모르게 한 것이오. 이런 식으로 쓴다면 백 페이지도 모자랄 것이고 열 줄만 써도 충분할 것이오. 『간호부』로 와달라는 부탁은 열 줄로 충분할 것이오.

나는 이곳을 출발해서, 여섯 번째 역의 역장실에 있겠소. 그 역장은 오년 전 페체르부르그에서 거칠게 놀 때 서로 알게 된 사나이요. 내가 이곳에 살고 있다는 것은 아무도 모르오. 이 사나이의 이름으로 답장을 받고 싶소. 주소는 따로 써서 동봉해 놓았소.

니콜라이 스타브로긴

다리아는 곧 바르바라 부인에게 달려가서 이 편지를 꺼내 보였다. 부인은 한 번 읽고 난 뒤 다시 한 번 되풀이 읽어 보고 싶으니까, 잠깐 동안 저쪽에 가 있어 달라고 다샤에게 말했다.

그러나 웬일인지 이상스럽게 금방 그녀를 다시 불러들였다.

「가겠니?」하고 부인은 거의 겁에 질렸다고 해도 좋을 만한 어조로 물었다.

「가겠습니다.」하고 다샤가 대답했다.

「준비를 해! 같이 가자!」

다샤는 의아한 표정으로 부인을 응시했다.

「나는 지금, 여기 있어도 할 일이 있는 것이 아니란 말이야. 마찬가지지 뭐, 나도 역시, 우리 주로 전적을 해서 산골짜기에서 살겠어……. 걱정 안 해도 돼! 방해하지는 않을 테니까…….」

두 사람은 낮 기차를 타기 위해서 서둘러 준비를 시작했다. 그러나 삼십 분도 지나지 않아서 스크보레쉬니키에서 예르고이치가 찾아왔다. 그가 보고하는 바에 의하면 오늘 아침 갑자기 니콜라이가 첫차를 타고 와서 지금 스크보레쉬니키에 있는데,「그 거동이 아무래도 이상해서 뭘 물어 봤더니, 대답도 않으시고 집안을 두루 걸어다니시면서 살펴보신 뒤 지금은 거실에 들어가셔서 꼼짝 않고 계십니다…….」하는 것이었다.

「저는 나리의 분부를 어기고 이곳으로 와서 알려 드리기로 결심하고 온 것입니다.」하고 예르고이치는 지극히 조심스럽게 말을 이었다.

바르바라 부인은 날카로운 시선으로 한참 동안 그를 응시했지만, 귀찮게 꼬치꼬치 캐묻지는 않았다. 곧 마차가 준비됐다. 부인은 다샤와 함께 출발했다. 부인은 도중 마차 속에서 여러 번 성호를 긋더라는 것이다.

『거실』의 문은 활짝 열려 있었고, 니콜라이의 모습은 아무데도 없었다.

「혹시 이층에 계시는 것이 아닐까요?」포무쉬카가 겁에 질린 듯 말했다.

여기서 주의해야 할 점은 몇 명인가의 하인들이 바르바라 부인의 뒤를 따라『거실』안으로 들어왔다는 점이다. 하기는 다른 하인들은 홀 쪽에 남아 있었다. 그들이 이렇게 저택의 규율을 깨는 일은 지금까지는 절대로 없었던 일이었다. 바르바라 부인은 이런 사실에 신경이 미치기는 했지만 아무 소리도 하지 않았다.

이층에도 올라가 보았다. 거기에는 방이 셋 있었지만 아무도 없었다.

「혹시, 저기에 올라가시지는 않으셨을까요?」하고 누군가가 다락방의 문을 가리켰다.

그리고 보니까 언제나 닫혀 있던 다락방 문이 지금은 활짝 열려 있었다. 거기는 거의 지붕 바로 아래로 대단히 폭이 좁은 그리고 매우 가파른, 긴 나무로 만든 사다리를 올라가지 않으면 안 되었다. 거기에도 역시 조그마한 방이 하나 있었기 때문이다.

「나는 못 올라가겠어. 무슨 일이 있어서 그애가 저런 데까지 올라갔을까?」
바르바라 부인은 하인들을 둘러보면서 순간 얼굴빛이 창백해졌다. 그들은 부인을 바라보면서 입을 다물고 말이 없었다. 다샤는 부들부들 떨고 있었다.

바르바라 부인은 나는 듯이 사다리를 올라갔다. 다샤도 뒤를 따랐다. 그러나 부인은 다락방으로 올라가자마자 외마디 소리를 지르고 그대로 기절해 버리고 말았다.

우리 주의 시민은 다락방 문 저쪽에 매달려 있었다. 탁자 위에는 조그마한 종이 쪽지가 놓여 있었다.

『아무도 벌하지 마라! 나는 스스로가 한 것이니라!』라고 연필로 씌어 있었다. 또한 탁자 위에는 한 자루의 쇠망치와 비누 조각과 미리 예비로 준비한 성싶은 커다란 못이 놓여 있었다. 니콜라이가 자살에 사용한 단단한 명주끈은 벌써부터 골라서 마련해 두었던 모양으로 온통 비누칠이 되어 있었다. 모든 것은 오래 전부터의 각오와 최후의 순간까지 지니고 있었던 명확한 의식을 말해 주고 있었다.

거리의 의사들은 시체를 해부한 뒤, 정신착란이라는 사람들의 의심을 절대로 부정했다.

감상과 해설 ─────────────────── 편집부

《도스토예프스키, 그 인간과 작품》

　도스토예프스키가 태어난 시대의 러시아는 1861년의 농노해방기(農奴解放期)여서 작가 자신의 말을 빌리자면 『러시아 국민의 전 역사 중에서도 가장 혼돈되고 과도기적이며 숙명적인 시대』였다. 더욱이 도스토예프스키는 그 자신이 이 과도기적 모순과 혼돈의 와중에 뛰어들어 직접 그 모순과 부딪쳐온 작가였다. 그의 작품 세계가 톨스토이의 경우와 같은 조화(調和)와는 인연이 멀고 다성성(폴리포니)이라 불려지는 특질을 농후하게 갖고 있는 것은 그 때문이며 그것은 또한 그의 문학의 현대성의 한 요소를 이루고 있다고도 할 수 있다.
　표트르 미하일로비치 도스토예프스키는 1821년 10월 30일(新曆 11월 11일) 모스크바의 마리아 빈민 시료병원 관사에서 태어났다. 아버지 미하일은 이 병원 의사로서 그후 원장이 되었으나, 대지주·귀족 출신이었던 톨스토이나 트루게네프와 비교해 볼 때 작가가 자라던 생활환경은 비교도 되지 않을 정도로 가난했다. 그의 아버지는 작가가 18세 되던 해 농민들로부터 원한을 사 참살되었다. 이 사건은 이 작가의 가슴에 평생 지울 수 없는 상흔을 남기게 되었다. 《카라마조프 가의 형제》에서 부친을 살해하는 주제는 여기서 구해졌을 것이라는 유력한 견해도 있다.
　교육열이 대단했던 아버지의 영향으로 도스토예프스키는 17세 때 페체르스부르그 공병 사관학교에 입학하였으나 그 이전부터 이미 문학에 정열을 불태우던 그에게는 사관학교 생활도, 그리고 21세 때 소위에 임관되어 근무하던 공병국(工兵局) 제도과(制図課) 근무도 체질에 맞지 않았다. 재학중에는 희극《마리아 스튜아르트》,《보리스 고두노프》등의 습작을 썼으며,

졸업 후에는 짬짬이 번역한 발자크의 《으제느 그랑데》가 평판이 좋아서, 재직한 지 1년 만에 『근무는 감자를 먹는 것보다도 싫증이 났습니다.』라는 말을 남기고 공병국을 그만둔 후에는 문필 활동으로 입신하려 했다. 러시아에서는 거의 최초의 직업 작가였다. 작가로 실패한다면 『목을 매거나』 『네바 강에 빠져죽겠다』는 비장한 각오 아래 써낸 처녀작 《가난한 사람들》이 예상외로 반응이 좋아 도스토예프스키는 24세라는 젊은 나이에 화려하게 수도의 문단에 데뷔하게 되었다. 1845년 5월, 처녀작의 원고를 읽은 학우 그리고로비치와 시인 네크라소프는 너무나 감동한 나머지 새벽 4시에 작가를 깨워 『새로운 고골리』의 출현을 축복하여, 이 무명의 신인을 당시 비평계의 거물인 벨린스키에게 소개했다는 이야기는 러시아 문학사상 너무나도 유명한 에피소드이다.

그러나 처녀작의 성공에 힘입어 《분신(分身)》, 《주부》, 《백야(白夜)》 등 잇따라 발표된 10여 편의 평판은 별로 좋지 않았으며, 특히 벨린스키는 그의 작품들에서 이상심리에 대한 병적인 관심과 리얼리즘으로부터의 이탈을 보고 작자에 대해서 신랄한 비평을 가했다. 한편, 이 시기를 전후하여 도스토예프스키는 푸리에의 공상적 사회주의를 신빙하는 혁명 사상가 페트라셰프스키의 서클에 접근하여, 그 골수 좌파의 영수였던 스페시네프의 강한 영향하에 비밀 인쇄소 설치 등에도 상당히 적극적인 역할을 했다. 이 시기의 그의 체험은 《악령》의 창작에 대폭 삽입되어 있으며 스페시네프에서 스타브로긴의 원형을 찾으려는 연구가도 있다. 결국 1849년 4월, 도스토예프스키를 포함한 페트라셰프스키 회 멤버 전원이 체포되어 잔혹한 사형집행을 당하게 되었다. 총살 직전, 황제의 특사로 내려진 판결은 도스토예프스키의 경우, 4년 징역의 복역이 끝나면 사병 근무를 해야 하는 것이었다. 죽음과 대결해야 했던 이때의 공포 분위기의 체험은 작가의 정신을 밑뿌리부터 뒤흔들어 놓는 큰 충격이었다. 생애를 통한 간질 증세도 이 사건을 전후하여 급격히 악화되었다.

1850년부터 4년에 걸쳐서 시베리아의 옴스크 형무소에서 복역한 옥중생활에 대해서는 장편소설 《죽음의 집의 기록》에서 자세히 나타나 있는데, 작가로서의 도스토예프스키에게 있어서 가장 큰 수확이라면 러시아 민중의 갖가지 유형을 접할 수 있었으며, 여기서 자기의 독자적인 민중관(民衆觀)을 구축하여 그것을 토대로 흔히 『신념의 갱생』이라 불려진 자기 자신의 사상적 전환을 이룩했다는 점이었다. 출옥 후 5년 동안 중앙 아시아에서의 사병 근무를 마치고 10년 만에 수도 페체르스부르그의 흙을 밟게 된 도스토예프스키의 머릿속에는 그 당시 서구적 진보파의 사상적 조류에 등을 돌린 러시아 메시아니즘적인 『토양주의(土壤主義)』 사고가 무르익고 있었다. 그는 그의 형 미하일과 잡지 〈시대(時代)〉를 창간하고 그 노선에 입각한 논진을 펴는 한편, 《죽음의 집의 기록》과 장편 소설 《학대받은 사람들》을 여기에 발표, 문단에서도 재기를 과시했다.

그러나 시베리아를 도스토예프스키의 사상의 전환점으로 본다면, 그의 문학상의 전기가 된 것은 1864년에 발표된 중편 《지하실의 수기(手記)》라 할 수 있다. 지하의 좁은 세계에서 박차고 나온 역설가(逆說家)의 독백체로 씌어진 이 소설은 많은 연구가들에 의해 후기에 창작된 대작들을 이해하는 열쇠로 지적되고 있으며, 사실 이 작품은 그 문체로 보아 의식의 병에 감염된 현대인의 혼돈을 내부로부터 파헤치는 도스토예프스키 특유의 유니크함으로 일관되어 있다. 적어도 인간의 사상이나 철학이 인간의 육체를 빌어 표현되는 그의 대장편의 작품 세계는 이 《지하실의 수기》에 의해 분명하게 예언되고 있다 할 수 있을 것이다.

이 시기를 전후하여 그의 신변에는 두 차례에 걸친 서구 여행, 애인 수스로와와의 지옥도(地獄圖) 같은 정사, 중앙 아시아에서의 군복무 이후 아내 마리아의 병사(病死), 형 미하일의 죽음, 잡지 경영의 실패 등 불운한 사건이 잇따랐다. 그러나 빚쟁이에 시달려 도피해 있던 비스바덴에서 도박으로 무일푼이 되면서도 《죄와 벌》을 구상하기도 하고, 악질 출판업자와의 계약에 몰리면서 써낸 중편 《도박자》가 인연이 되어 젊은 속기사(速記士) 안나 스니트키나와 맺어지는 등 당시의 도스토예프스키에게는 일신상에 덮쳐오는 일체의 불행을 딛고 일어서는 이상한 생명력도 내재해 있었던 것 같다. 어떻든 《죄와 벌》이 완성된 후 새 아내와 3개월 정도의 예정으로 떠난 외국 여행이 뜻밖에 길어져서, 도스토예프스키는 장편 《백치(白痴)》와 중편 《영원한 남편》을 탈고하고 《악령(惡靈)》의 제1부도 완성했다. 그리고 《악령》을 완성하려면 아무래도 러시아에 있지 않으면 안 되겠다고 생각하여 1871년 7월, 이 작품의 모델이 된 네차예프 사건의 공판이 페체르스부르그 법정에서 한창 진행중일

때, 4년 만에 고국으로 돌아오게 된다.

외유에서 돌아온 후 10년간은 파란에 찬 그의 생애중에서 비교적 안정되고 행복한 시기였다. 이 기간에 나온 작품으로는 장편 《미성년》과 최후의 역작 《카라마조프 가의 형제》의 두 책뿐이지만, 1873년부터는 평론, 수상, 회상, 단편 등을 포함하여 자유로운 문집 《작가의 일기》를 단속적으로 발표하였으며, 이것은 그의 필명과 권위를 크게 높여 주었다. 1880년에는 모스크바에서 있은 푸시킨 기념상(紀念像)의 제막식에서 한 연설이 열광적인 찬사를 받아 도스토예프스키는 최대의 영광을 안게 되었다. 그 반 년 후인 1881년 1월 28일(新曆 2월 9일), 폐동맥의 파열로 그는 세상을 떠났다. 그의 유해는 페체르스부르그의 알렉산드르 네프스키 사원에 묻혔다.

《악령》에 대하여

《악령》은 《죄와 벌》, 《백치》와 마찬가지로 카트코프가 편집하는 종합잡지 〈러시아 보지(報知)〉에 게재되었다. 1871년 1월로부터 연재가 시작되어 동년에 제1부와 제2부가 발표되고, 제3부는 10개월쯤 중단되다가 72년 말 다시 동지에 게재되었다. 이 중단은 《악령》의 중심적인 장(章)이었던 유명한 『스타브로긴의 고백』을 가정 취향의 잡지라는 이유로 카트코프가 게재를 거부했기 때문이며, 도스토예프스키는 그래서 이 작품의 구상을 중도에서 대폭 변경하지 않을 수 없었다.

그런데 《악령》은 그 이전에도 구상을 두세 번 바꿔야 하는 운명에 처해졌었다. 그 원형이라 볼 수 있는 것은 《백치》의 집필중에 착상된 《무신론(無神論)》이라는 제명의 장편의 계획인데, 이것이 1870년에는 제명도 《위대한 죄인의 생애》로 고쳐 전 5부로 된 거대한 장편의 구상으로까지 무르익고 있었다. 그러나 이 계획을 작품화하기 전인 1869년 11월, 이른바 네차예프 사건이 일어나서 도스토예프스키는 이 사건을 소재로 하여 시사적인 테마의 작품을 쓰고 싶은 유혹에 사로잡히게 되었다. 네차예프란 당시 스위스에 있던 세계 혁명운동의 거물 바쿠닌에 매료되어(이 바쿠닌이 스타브로긴의 모델이라는 설도 있다) 1870년 2월까지 러시아에 대폭동을 일으켜 전제국가를 전복하라는, 이른바 『주네브 지령』을 휴대하고 귀국한 광신적인 청년 혁명가로서, 사건은 그가 모스크바의 페트로프스카야 대학의 학생들로 조직한

『5인조』(별명『도끼의 모임』) 멤버였던 학생 이바노프가 전향하여 다른 멤버들에 의해 참살된 것에서 발단된 것이었다.
　도스토예프스키는 이 사건에 남다른 관심을 보여 페트라셰프스키 회에 참가했던 당시의 자신의 체험에서 40년대의 자유주의자, 급진주의자의 사상과 이 사건의 배후에 있는 사상과의 연관을 직감했다. 그는 즉각 40년대 자유 사상가의 대표자이며 모스크바 대학에서 중세사(中世史)를 강의하고 있던 그라노프스키(소설에서는 스체판 씨)와 네차예프(소설에서는 표트르)를 낳게 할 필연성을 골자로 한 소설의 구상을 짜냈다. 그러나 이 계획에 따라 추진된 『경향적인 소설』은 중도에서 방향을 바꾸지 않으면 안 되었다. 작자 자신의 말을 빌리자면 그가 처음에 주인공으로 설정한 네차예프 즉 표트르는 『반 희극적인 인물』이 되었으며, 그 대신 『소설의 진짜 주인공의 위치를 요구하는 새로운 인물』이 나타나게 되었던 것이다. 『새로운 인물』이란 말할 것도 없이 니콜라예비치 스타브로긴이며, 이것은 그가 수년 동안 품어 왔던 《위대한 죄인의 생애》에서 새로운 장편으로 옮겨진 인물이라 볼 수 있다. 아무튼 이 새로운 주인공의 출현과 더불어 도스토예프스키는 그때까지 써왔던, 7, 8백 매의 원고를 파기하고 처음부터 새로 쓰기 시작했다. 이것은 1870년 여름의 일이다.
　이처럼 새로 쓰기 시작한 장편의 테마는 에피그라프로 게재한 누가 복음서의 기술에 잘 나타나 있다. 즉, 서구에서 이입된 무신론 혁명사상을 성서에서 말하는 『악령』에서 찾아내고, 여기에 이끌린 네차예프 등은 호수에 빠져죽고, 악령이 빠져나가 병을 고친 사나이, 즉 러시아는 예수의 발 아래 앉아 있다는 것이다. 이것은 도스토예프스키가 친구 아폴론 마이코프에게 쓴 편지에서 밝힌 것이며, 적어도 작가가 주관적으로는 이 테마를 실현하고 싶은 포부를 가지고 새로운 주인공 스타브로긴을, 그 『병을 고친 사나이』로 만든 것은 의심할 여지가 없다.
　그러나 창작을 진전시킴에 따라 이른바 이 구상의 관념성은 점차 분명해져 갔다. 우선 네차예프를 두목으로 하는 『악령』을 단순히 돼지 속에 들어가 빠져죽는 정도의 존재로 보는 것에 대한 의문이 생기게 되었다. 도스토예프스키는 누가 복음서의 내용과 함께 푸시킨의 시도 에피그라프로 게재했는데 여기서 노래되는 악령들은 고대 러시아의 이교(異教)의 신들이 그리스도교의 핍박을 받아 영락한 모습이며 악의 권화(權化)라기보다는 오히려 러시아의 토착 원념(怨念)의 화신이었다. 이것은 바로 도스토예프스키가 작중의 악령들에 대해서도 러시아의 민속 신앙에 뿌리박은 그 어떤 시민권을 인정했음을 의미한다. 그리고 이것을 뒷받침하기라도 하듯이 작가는 표트르의 입을 빌어, 주인공 스타브로긴을 러시아의 민속 신앙이 낳은 인물 이반 황태자에 비유했던 것이다.

《악령》의 참다운 비극성은 이 이반 황태자가 끝내 출현하지 않은 점에 있었다. 러시아에 전해지는 성모 신앙을 상징하는 듯한 인물 마리아 치모페예브나는 스타브로긴이 진정한 구세주 이반 황태자가 아니라 실은 단순한 『참칭자(僭稱者)』에 지나지 않는다는 것을 간파해 버린다. 아닌게 아니라, 2년 전 페체르스부르그 뒷골목에서의 스타브로긴은 결코 분열된 존재가 아니라, 국민이 신이라는 사상을 가진 샤토프와 사람이 신이 된다는 주장을 하는 키릴로프 두 사람을 동시에 낳을 수 있을 정도로 강렬한 개성을 가졌으며, 선악미추(善惡美醜)의 기준을 『상실』한 것이 아니라 오히려 그것을 초월한 생명력을 내재하고 있었는지도 모른다. 그러나 현실의 스타브로긴은 리자와의 하룻밤마저도 불모(不毛)로 끝내지 않으면 안 되는 『가짜』이며, 이러한 것을 『통찰』하고 있는 마리아에게 살의를 품은 참칭자에 지나지 않는 것이다. 이리하여 그는 치혼 승정이 말하는 『따분함과 무위(無爲)』의 형에 처해지는 운명을 겪어야 했으며, 최후에는 명석한 의식을 가지고 자살의 길을 택하지 않으면 안 되었다.

《악령》은 도스토예프스키의 작품 중에서도 가장 복잡하고 미궁 같은 작품이며, 그런 만큼 각 시대를 통하여 평가도 여러 가지로 갈렸다. 소련에서는 이 작품이 『혁명 운동을 비방한 책』이라는 강한 견해가 있는가 하면, 또 한편으로는 스타브로긴을 가리켜 세계문학이 낳은 가장 심각한 인간상이며, 이 책을 현대에의 예언서로 보는 평가도 있다. 아무튼 이 작품이 《카라마조프 가의 형제》와 아울러 도스토예프스키의 사상적, 문학적 탐구의 정점에 위치하는 대작이라는 데는 논의의 여지가 없다.

도스토예프스키는 특히 『스타브로긴의 고백』의 장을 《악령》의 구성상 중심을 이루는 것으로 생각하여, 그것이 잡지에 게재되지 않은 뒤에도 이 장에 대해서 대단한 애착을 가지고 있었음은 의심할 여지가 없다. 이 장은 평생을 통하여 작자를 괴롭힌 신(神)과 불신의 문제를 치혼과 스타브로긴 이라는 양진영의 거인적인 대표자를 직접 대결시킴으로써, 그리고 양자의 이상한 내적 교감 속에서 철저히 발굴하려 한 것이며, 세계문학 중에서도 가장 불안과 긴장에 찬 문장으로서 독립된 가치를 갖고 있는 것이라고 말하지 않을 수 없다.

세계명작학술문고 일신 그랜드 북스

① 여자의 일생	⑤① 싯다르타
② 데미안	⑤② 이방인
③ 달과 6펜스	⑤③⑤④ 무기여 잘 있거라(Ⅰ Ⅱ)
④ 어린 왕자	⑤⑤⑤⑥ 지와 사랑(Ⅰ Ⅱ)
⑤ 로미오와 줄리엣	⑤⑦⑤⑧ 생활의 발견
⑥ 안네의 일기	⑤⑨⑥⓪ 생의 한가운데(Ⅰ Ⅱ)
⑦ 마지막 잎새	⑥①⑥② 인간 조건(Ⅰ Ⅱ)
⑧ 젊은 베르테르의 슬픔	⑥③ 이반 데니소비치의 하루
⑨⑩ 부활(Ⅰ Ⅱ)	⑥④⑥⑤ 25시(Ⅰ Ⅱ)
⑪⑫ 죄와 벌(Ⅰ Ⅱ)	⑥⑥~⑥⑧ 분노의 포도(Ⅰ Ⅱ)
⑬⑭ 테스(Ⅰ Ⅱ)	⑥⑨ 나의 생활과 사색에서
⑮⑯ 적과 흑(Ⅰ Ⅱ)	⑦⓪~⑦② 누구를 위하여 종은 울리나(Ⅰ Ⅱ)
⑰⑱ 체털리 부인의 사랑(Ⅰ Ⅱ)	⑦③ 주홍글씨
⑲⑳ 파우스트(Ⅰ Ⅱ)	⑦④ 슬픔이여 안녕
㉑㉒ 셜록홈즈의 모험(Ⅰ Ⅱ)	⑦⑤ 80일간의 세계일주
㉓ 이솝 우화	⑦⑥ 물과 원시림 사이에서
㉔ 탈무드	⑦⑦ 람바레네 통신
㉕㉖ 한국 민화(Ⅰ Ⅱ)	⑦⑧~⑧⓪ 인간의 굴레(Ⅰ~Ⅲ)
㉗ 철학이란 무엇인가	⑧① 독일인의 사랑
㉘ 역사란 무엇인가	⑧② 죽음에 이르는 병
㉙ 인생론	⑧③ 목걸이
㉚㉛ 정신 분석 입문(Ⅰ Ⅱ)	⑧④ 크리스마스 캐럴
㉜ 소크라테스의 변명	⑧⑤ 노인과 바다
㉝ 금오신화 · 사씨남정기	⑧⑥⑧⑦ 허클베리 핀의 모험(Ⅰ Ⅱ)
㉞ 청춘 · 꿈	⑧⑧ 인형의 집
㉟ 날개	⑧⑨⑨⓪ 그리스 로마 신화(Ⅰ Ⅱ)
㊱ 황토기	⑨① 인간론
㊲ 백범 일지	⑨② 대지
㊳ 삼대(上)	⑨③⑨④ 보바리 부인(Ⅰ Ⅱ)
㊴ 삼대(下)	⑨⑤ 가난한 사람들
㊵ 조선의 예술	⑨⑥ 변신
㊶㊷ 조선 상고사(Ⅰ Ⅱ)	⑨⑦ 킬리만자로의 눈
㊸ 백두산 근참기	⑨⑧ 말테의 수기
㊹ 선과 인생	⑨⑨ 마농 레스꼬
㊺㊻ 삼국유사(Ⅰ Ⅱ)	⑩⓪ 젊은이여, 시를 이야기하자
㊼ 욕망이라는 이름의 전차	⑩① 피아노 명곡 해설
㊽ 리어왕 · 오셀로	⑩② 관현악 · 협주곡 해설
㊾ 도리안그레이의 초상	⑩③ 교향곡 명곡 해설
㊿ 수레바퀴 밑에서	⑩④ 바로크 명곡 해설

판형 / 4 · 6판 ＊면수 / 평균 256면

세계명작학술문고 일신 그랜드 북스

- ⑩⑤ 혈의 누
- ⑩⑥ 자유종·추월색
- ⑩⑦ 벙어리 삼룡이
- ⑩⑧ 동백꽃
- ⑩⑨ 메밀꽃 필 무렵
- ⑪⓪ 상록수
- ⑪⑪⑪⑫ 아들들(ⅠⅡ)
- ⑪⑬ 감자·배따라기
- ⑪⑭ B사감과 러브레터
- ⑪⑮ 레디 메이드 인생
- ⑪⑯ 좁은문
- ⑪⑰ 운현궁의 봄
- ⑪⑱ 카르멘
- ⑪⑲ 군주론
- ⑫⓪⑫⑪ 제인 에어(ⅠⅡ)
- ⑫⑫ 논어 이야기
- ⑫⑬⑫⑭ 탁류(ⅠⅡ)
- ⑫⑮ 에반제린 이녹 아든
- ⑫⑯⑫⑰ 폭풍의 언덕(ⅠⅡ)
- ⑫⑱ 내훈
- ⑫⑲ 명심보감과 동몽선습
- ⑬⓪ 난중일기
- ⑬⑪ 대위의 딸
- ⑬⑫ 아버지와 아들
- ⑬⑬ 나의 라임오렌지나무
- ⑬⑭ 갈매기의 꿈
- ⑬⑮⑬⑯ 젊은 그들(ⅠⅡ)
- ⑬⑰ 한국의 영혼
- ⑬⑱ 명상록
- ⑬⑲ 마지막 수업
- ⑭⓪ 잠 못 이루는 밤을 위하여
- ⑭⑪ 페스트
- ⑭⑫ 크눌프
- ⑭⑬⑭⑭ 빙점(ⅠⅡ)
- ⑭⑮ 페이터의 산문
- ⑭⑯ 적극적 사고방식
- ⑭⑰ 신념의 마력
- ⑭⑱ 행복의 길
- ⑭⑲ 카네기 처세술

- ⑮⓪ 한중록
- ⑮⑪ 구운몽
- ⑮⑫ 양치는 언덕
- ⑮⑬ 아들과 연인
- ⑮⑭⑮⑮ 에밀(ⅠⅡ)
- ⑮⑯⑮⑰ 팡세(ⅠⅡ)
- ⑮⑱⑮⑲ 짜라투스트라는 이렇게 말했다(ⅠⅡ)
- ⑯⓪ 광란자
- ⑯⑪ 행복한 죽음
- ⑯⑫ 김소월 시선
- ⑯⑬ 윤동주 시선
- ⑯⑭ 한용운 시선
- ⑯⑮ 英·美명 시선
- ⑯⑯⑯⑰ 쇼펜하워 인생론
- ⑯⑱⑯⑲ 수상록
- ⑰⓪⑰⑪ 철학이야기
- ⑰⑫⑰⑬ 백경
- ⑰⑭⑰⑮ 개선문
- ⑰⑯ 전원교향곡·배덕자
- ⑰⑰ 소나기(外)
- ⑰⑱ 무녀도(外)
- ⑰⑲ 표본실의 청개구리(外)
- ⑱⓪ 사랑방 손님과 어머니(外)
- ⑱⑪ 순애보(上)
- ⑱⑫ 순애보(下)
- ⑱⑬ 유리동물원(外)
- ⑱⑭⑱⑮ 무영탑
- ⑱⑯⑱⑰ 대도전
- ⑱⑱ 태평천하
- ⑱⑲⑲⓪ 실락원(ⅠⅡ)
- ⑲⑪ 베니스의 상인
- ⑲⑫ 사랑의 기술
- ⑳⓪ 무정
- ⑳⑪⑳⑫ 흙
- ⑳⑬ 유정·꿈
- ⑳⑭⑳⑮ 사랑
- ⑳⑯⑳⑰ 단종애사
- ⑳⑱ 무명
- ⑳⑲ 이차돈의 사

판형 / 4·6판 ✳면수 / 평균 256면

당신을 영원한 감동의 세계로 안내할

完訳版 世界 名作100選

1 누구를 위하여 종은 울리나	E. 헤밍웨이	25 백 경	허먼 멜빌
2 폭풍의 언덕	에밀리 브론테	26 죄와 벌	도스토예프스키
3 그리스 로마신화	T. 불핀치	27 28 안나 카레니나 Ⅰ Ⅱ	톨스토이
4 보바리 부인	플로베리	29 닥터 지바고	보리스파스테르나크
5 인간 조건	A. 말로	30 31 카라마조프가의 형제 Ⅰ Ⅱ	도스토예프스키
6 생의 한가운데	루이제 린저	32 마지막 잎새	O. 헨리
7 분노의 포도	존 스타인 백	33 채털리부인의 사랑	D. H. 로렌스
8 제인 에어	샤일럿 브론테	34 파우스트	괴 테
9 25時	게오르규	35 데카메론	보카치오
10 무기여 잘 있거라	E. 헤밍웨이	36 에덴의 동쪽	존 스타인 백
11 성	프란시스 카프카	37 신 곡	단 테
12 변신 / 심판	프란시스 카프카	38 39 40 장 크리스토프 Ⅰ Ⅱ Ⅲ	R. 롤랑
13 지와 사랑	H. 헤세	41 마 음	나쓰메 소세키
14 15 인간의 굴레 Ⅰ Ⅱ	S. 모옴	42 전원교향곡·배덕자·좁은문	A. 지드
16 적과 흑	스탕달	43 44 45 레 미제라블	빅토르 위고
17 테 스	T. 하디	46 여자의 일생·목걸이	모파상
18 부 활	톨스토이	47 빙 점 48 (속)빙 점	미우라 아야꼬
19 20 바람과 함께 사라지다 Ⅰ Ⅱ	마가렛 미첼	49 크눌프·데미안	H. 헤세
21 개선문	레마르크	50 페스트·이방인	A. 카뮈
22 23 24 전쟁과 평화 Ⅰ Ⅱ Ⅲ	톨스토이	51 52 53 대 지 Ⅰ Ⅱ Ⅲ	펄 벅

일신서적출판사

121-110 서울·마포구 신수동 177-3호
공급처 : ☎ 703-3001~6, FAX. 703-3009

당신을 영원한 감동의 세계로 안내할

完訳版 世界 名作100選

번호	제목	저자
54	안네의 일기	안네 프랑크
55	달과 6펜스	서머셋 모음
56	나 나	에밀 졸라
57	목로주점	에밀 졸라
58	골짜기의 백합 (外)	오노레 드 발자크
59 60	마의 산 Ⅰ Ⅱ	도스토예프스키
61 62	악 령 Ⅰ Ⅱ	도스토예프스키
63 64	백 치 Ⅰ Ⅱ	도스토예프스키
65 66	돈키호테 Ⅰ Ⅱ	세르반테스
67	미 성 년	도스토예프스키
68 69 70	몽테크리스토백작 Ⅰ Ⅱ Ⅲ	알렉상드르 뒤마
71	인간의 대지 (外)	생텍쥐페리
72 73	양철북 Ⅰ Ⅱ	G. 그라스
74 75	삼총사 Ⅰ Ⅱ	알렉상드르 뒤마
76	크리스마스 캐럴	찰스 디킨스
77	수레바퀴 밑에서 (外)	헤르만 헤세
78	셰익스피어의 4대 비극	셰익스피어
79 80	쿠오 바디스 Ⅰ Ⅱ	솅키에비치
81	동물농장 · 1984년	조지 오웰
82	도리안 그레이의 초상	오스카 와일드
83	오만과 편견	제인 오스틴
84	설 국	가와바타야스나리
85	일리아드	호메로스
86	오디세이아	호메로스
87	실락원	J. 밀턴
88	나의 라임오렌지나무	바스콘셀로스
89	서부전선 이상없다	E. 레마르크
90	주홍글씨	A. 호돈
91 92 93	아라비안 나이트	
94	말테의 수기 (外)	R. M. 릴케
95	춘 희	알렉상드르 뒤마
96	사랑의 기술	에리히 프롬
97	타인의 피	시몬느 보브와르
98	전락 · 추방과 왕국	A. 카뮈
99	첫사랑 · 아버지와 아들	투르게네프
100	아Q정전 · 광인일기	루 쉰
101 102	아메리카의 비극	드라이저
103	어머니	고리키
104	금색야차 (장한몽)	오자키 고요
105 106	암병동 Ⅰ Ⅱ	솔제니친

일신서적출판사

121-110 서울·마포구 신수동 177-3호
공급처: ☎ 703-3001~6, FAX. 703-3009

악 령 Ⅱ

- ■ 저　자 / 도스토예프스키
- ■ 역　자 / 구　　자　　운
- ■ 발행자 / 남　　　　　용
- ■ 발행소 / 一信書籍出版社

주소 : 121-110 서울 마포구 신수동 177-3
등록 : 1969. 9. 12. NO. 10-70
전화 : 영업부 703-3001~6
　　　 편집부 703-3007~8
　　　 FAX 703-3009

　　　　© ILSIN PUBLISHING Co. 1990.

● 값 12,000원